Percival Frost

Memorabilia

Chiefly from the text of Kühner

Percival Frost

Memorabilia
Chiefly from the text of Kühner

ISBN/EAN: 9783337424558

Printed in Europe, USA, Canada, Australia, Japan

Cover: Foto ©Andreas Hilbeck / pixelio.de

More available books at **www.hansebooks.com**

𝕲rammar 𝕾chool 𝕮lassics.

XENOPHON'S MEMORABILIA;

CHIEFLY FROM THE TEXT OF KÜHNER:

WITH NOTES,

BY THE

REV. PERCIVAL FROST, M.A.

LATE FELLOW OF ST. JOHN'S COLLEGE, CAMBRIDGE.

NEW EDITION.

LONDON:

WHITTAKER AND CO., AVE MARIA LANE;
GEORGE BELL & SONS, YORK STREET, COVENT GARDEN.

1878.

INTRODUCTION.

In the Memorabilia, or Reminiscences, Xenophon professes to give specimens of the conversations of Socrates, and particulars of his life, so far as they bear on the question of the truth or falsehood of the indictment on which he was brought to trial. The charge against him may be regarded as threefold: he was accused first of disbelieving in the recognized Gods of Athens; secondly, of introducing new divinities; and thirdly, of corrupting the Athenian youth. To these charges Xenophon professes to reply. Socrates, he observes, *did* believe in the usual Gods, for he sacrificed at the public altars of the city, which were used by all other citizens [1], and not only himself acted on the direction given by the Delphic priestess to conform to the state customs in religion (νόμῳ πόλεως ποιοῦντας εὐσεβῶς ἂν ποιεῖν), but advised his friends as well to conform to this rule [2]. A similar remark is made in Xenophon's Apologia [3]. This argument does not, of course, amount to demonstration. The conduct of Socrates might be explained on the hypothesis

[1] I. 1. 2.   [2] I. iii. 1.   [3] Section ii.

that although he used the state altars, his sacrifices and prayers were addressed, in reality, to other than the state Gods. A sacrifice at the altar of Zeus does not necessarily imply perhaps a belief in the existence of an actual Zeus corresponding to the God of the popular theology, only a belief in the existence of some God or other, scarcely in all cases so much even as that. However, the question might hardly perhaps admit a demonstrative proof, and Xenophon's argument was as strong as the nature of the case allowed. The whole matter, indeed, appears involved in some confusion, nor does it seem absolutely clear what the assertion of the accuser meant. At all events Plato in his Apologia [4] represents Socrates as asking Melëtus whether he charged him with believing in Gods other than those of Athens, or disbelieving in their existence entirely (νομίζω εἶναι θεούς, οὐ μέντοι οὕσπερ γε ἡ πόλις, ἀλλ᾽ ἑτέρους—and λέγω ὡς τὸ παράπαν οὐ νομίζεις θεούς). And Xenophon adduces arguments [5] which certainly do nothing more than prove his belief in some divinity, without identifying that divinity with the objects of the popular worship. One may doubt, indeed, whether Socrates would consider his acquiescence in the usual worship of his fellow-citizens to imply a belief in the exact objects of their adoration. He certainly speaks of a tacit reception of the popular mythology, from the impossibility of sifting it to ascertain the proportion of truth and falsehood contained in it. It seems probable that Socrates did not believe in the recognized Gods; but the matter is one of great obscurity.

[4] Apol. 26 C.   [5] L. l. 5.

The second count in the indictment was, as already mentioned, that Socrates introduced new divinities. This charge arose mainly from the assertion of Socrates that he received warnings from "the divine" (τὸ δαιμόνιον). Xenophon, in reply[6], observes that there was nothing peculiar or heterodox in this, for others believe in augury, omens, and the like; believe, that is, that through the instrumentality of birds, sounds, &c., the Gods disclose to men future events. It is not the birds or sounds which convey this knowledge of the future, but the divine power through their means. This was all that Socrates meant when he spoke of the intimations given him by the divine (τὸ δαιμόνιον). These remarks coincide with a passage in the Apologia (Xenophon's) where Socrates argues that as τὸ δαιμόνιον was a divine voice, and the sounds of birds from which auguries were drawn were also voices, there was nothing peculiar in his views on this point. In the Apologia of Plato this count in the indictment is virtually passed over without any answer.

The third charge against Socrates was, that he corrupted the morals of the Athenian youth. Xenophon refutes this by showing that Socrates was himself temperate and otherwise virtuous, and by example and precept dissuaded his associates from vicious living[7]. Nor, again, did he generate in his followers a contempt for the political institutions of their country[8]; nor could he be fairly held responsible for the subsequent conduct of some of his former hearers, such as Critias and Alcibiades[9]. He did not, as was falsely asserted, inculcate want of

[6] I. i. 3.   [7] I. ii. passim.   [8] I. ii. 9.   [9] I. ii. 12.

respect to fathers and kinsmen[1], nor show himself an advocate of unconstitutional tyranny[2]. The charge there-fore of corruption fell to the ground. The formal defence of Socrates ends here. In the remaining portion of the work Xenophon's aim was thoroughly to explain the cha-racter of Socrates by detailing his theories, conversations, and acts. His views on prayer[3], and sacrifice[4], and the providential government of the world[5] are given. His theory of temperance is stated[6], and of sobriety[7]. Affec-tion for one's parents is urged[8], and brotherly regard[9]; the excellence of friendship is pointed out[10], and so on. There are various conversations given, one for instance with Aristippus, where the theory of pleasure is dis-cussed[11]. Elsewhere a general's duties[12] and those of a cavalry officer[13] are investigated. Such is a general out-line of the contents of the Memorabilia. Xenophon's object is plain: to show that Socrates was not simply great as a negative controversialist; that he did not only exert his wonderful powers of refutation, but had a posi-tive side as well; that he was not a mere destroyer of other men's work, but a builder of work himself.

Those who have drawn their views of Socrates from the aspect of him given by Plato, will see at once the great difference between the portraits. In Plato, Socrates is a negative teacher; he displays unrivalled powers of refutation, and wields a matchless elenchus. For instance,

---

[1] I. ii. 49.   [2] I. ii. 56.   [3] I. iii. 2.   [4] I. iii. 3.
[5] I. iv. 3.   [6] I. v.   [7] I. vi. 6.   [8] II. ii.
[9] II. iii.   [10] II. iv.   [11] II. i.   [12] III. i.
[13] III. iii.

in the Theætetus the various definitions of knowledge are
examined; in the Laches sundry accounts of bravery are
reviewed. These various definitions are all found to be
untenable, but no further progress is made. This in
truth appears to have been the great excellence of
Socrates. To lay hold of men who fancied they could
give off-hand replies to his questions, to show how little
able they were really to reply to those questions, to set
them thinking when they found the conventional views
acquiesced in by them so long to be untenable, to rouse
them to independent reflection, and stir up their slumber-
ing minds, this seems to have been his great office. This,
at all events, is the character he sustains in Plato's dia-
logues. In Xenophon's portraiture there is little of this:
here he is a positive teacher, explains duties, is more dog-
matic and practical. Which, then, is the real Socrates?
the Socrates of Xenophon, or the Socrates of Plato? or is
he a combination of the two—βρότειος ἢ θεόσυτος ἢ
κεκραμένος? Plato was a great speculative genius, and
Xenophon a man of the world, whose forte lay rather
in active occupation than in the speculations of the
closet. Plato, therefore, was far likelier to have dressed
up this central figure of his Dialogues with something
of his own gorgeous array than Xenophon, who pro-
bably had no great head for abstruse discussion. This
would, of course, be some argument for the greater
truthfulness of the Xenophontic Socrates. But, in truth,
there does not appear to be much discrepancy between
the two accounts. Xenophon had a definite purpose in
his work, and naturally laid the greater stress on that

side of the character of Socrates which suited his purpose
best. Wishing to prove that Socrates did not corrupt
the youth of Athens, he was naturally anxious to show
that the teaching of the philosopher was positive and
practical, and that its result would be an actual advance-
ment in virtue. But there are not wanting in the Me-
morabilia indications that this was not the only phase of
the teaching of Socrates. Xenophon hints that the con-
versation of his master often ran in more speculative
channels: αὐτὸς δὲ περὶ τῶν ἀνθρωπείων ἂν ἀεὶ διελέγετο
σκοπῶν τί εὐσεβές, τί ἀσεβές, τί καλόν, τί αἰσχρόν, κ.τ.λ.
The discussion of these and similar topics would, no
doubt, take the Platonic form of negative results mainly;
but to enter into them beyond an incidental notice would
be foreign to the writer's purpose. So far, then, there is
not of necessity any discrepancy between the writers.
But I think it must be admitted that in one or two
points there is a clear difference between the two nar-
rators. For instance, in a conversation with Aristippus[1]
on the good and the beautiful, Socrates asserts that that is
good and beautiful which is properly adapted for the use
for which it is intended; but that as for any abstract
good, which was good for no end, he neither knew any
such, nor cared to know. This is, of course, a perfectly
intelligible theory, but to those who are acquainted with
the Socrates of Plato it has an unfamiliar ring: *he* would
denounce any such 'theory as mean and low; there must
be, he would argue, some abstract good and beautiful, by

[1] III. viii. 3.

participation in which all that is good and beautiful in
the phenomenal world is made so. Again, in another
conversation with Aristippus, Socrates points out that
inordinate indulgence in youth of the passions and appe-
tites is reprehensible because it involves the loss of future
happiness; and that virtuous training in early years,
although irksome at first, will be compensated by sub-
sequent pleasure and greater eventual satisfaction. But
Plato, in the main, represents him as advocating a
transcendental virtue, a virtue regarded absolutely, with-
out respect, that is, to its influence on the individual, in
the way of happiness or the reverse. There can be, I
think, little doubt that Xenophon more accurately repre-
sents the views of the historical Socrates.

The text of this edition nearly corresponds with that
of Kühner, differing from it in a very few points only,
where he has conjecturally emended the text, or has not,
as I think at least, sufficient reasons for the reading
adopted. I append the passages where my text differs
from his.

			Kühner.	This Edition.
I.	ii.	31	οὐδέ	οὔτε
I.	iv.	2	οὔτ᾽ εὐχόμενον	omitted
I.	iv.	11	οἷς	omitted
I.	iv.	16	ὅτι omitted aft. οὐχ ὁρᾷς	ὅτι retained
II.	i.	8	[ἔργου]	ἔργου without brackets
II.	vi.	39	ποιεῖν	θηρᾶσθαι
II.	vii.	6	ἔφη	omitted
II.	ix.	4	ἂν ἔδωκε	ἄν omitted
III.	i.	4	[οὕτως]	οὕτω without brackets
III.	v.	11	ὅπη	ὅποι
III.	ii.	1	[καὶ . . . . ἔεται]	without brackets
III.	iv.	5	ἐξευρίσκητε	ἐξευρίσκηται

			Kühner.	This Edition.
III.	v.	16	οὕτω	οὗτοι
III.	ix.	9	[ὅλως . . . . μέντοι]	without brackets
III.	xi.	10	ἀρεστοί	ἄριστοι
III.	xiii.	2	[φησί]	without brackets
III.	xiii.	4	βλακίστατος	βλακώτατος
III.	xiv.	1	ᾐσχύνοντο τό τε μή	τό omitted
IV.	ii.	12	[ἔφη]	without brackets
IV.	ii.	14	τό	omitted
IV.	iv.	5	εἰδέναι	εἶναι
IV.	vii.	4	[τῶν] νυκτοθηρῶν	τῶν νυκτοθηρῶν

ΞΕΝΟΦΩΝΤΟΣ

ΑΠΟΜΝΗΜΟΝΕΥΜΑΤΑ.

BOOK I.

CHAPTER I.

1. Πολλάκις ἐθαύμασα, τίσι ποτὲ¹ λόγοις Ἀθηναίους ἔπεισαν οἱ γραψάμενοι² Σωκράτην, ὡς ἄξιος εἴη³

¹ τίσι ποτέ. The more regular construction here would be οἷστισι, as τίς is properly the interrogative particle, and ὅστις the relative. But for the sake of liveliness, the sentence is made quasi-interrogative. Sometimes the two forms are combined in the same sentence: cf. Plato, Gorg. 448 E, ἀλλ' οὐδεὶς ἐρωτᾷ ποία τις εἴη ἡ Γοργίου τέχνη, ἀλλὰ τίς καὶ ὄντινα δέοι καλεῖν τὸν Γοργίαν. The particle ποτέ is one of *time*, and through its dialectic form κοτέ is connected with the Latin *quando*, and probably therefore is the temporal adverb of τίς. It is added to interrogatives, like our "ever," expressing astonishment or impatience. Cf. ὅτῳ ποτὲ τρόπῳ τοῦτο ἐγένετο, "how ever did this come to pass?"

² οἱ γραψάμενοι. Γράφεσθαι is to be carefully distinguished from

γράφειν. It means "to indict," probably in accordance with the usual force of the middle "to get something done for one." Ὁ γραφόμενος would be "the man who gets a charge officially committed to writing." These accusers were Melêtus, Anytus, and Lycon. The former took that part of the charge which related to religion, and the others the second point in the indictment, whereby Socrates was accused of corrupting the youth of Athens. Plato (Apol. Socr. 23 E) says that Melêtus was the spokesman for the poets, Anytus for the craftsmen and statesmen, and Lycon for the orators, all alike being roused to hatred by the exposure of their pretended knowledge and real ignorance, at the hands of Socrates.

³ ὡς ἄξιος εἴη. The optative is

R

2   MEMORABILIA.   [2.

θανάτου τῇ πόλει⁴. Ἡ μὲν γὰρ γραφὴ⁵ κατ' αὐτοῦ
τοιάδε τις⁶ ἦν· ἀδικεῖ Σωκράτης οὓς μὲν ἡ πόλις⁷
νομίζει θεοὺς οὐ νομίζων, ἕτερα δὲ καινὰ δαι-
μόνια εἰσφέρων· ἀδικεῖ δὲ καὶ⁸ τοὺς νέους δια-
φθείρων.

2. Πρῶτον μὲν οὖν⁹, ὡς οὐκ ἐνόμιζεν οὓς ἡ πόλις
νομίζει θεούς, ποίῳ ποτ' ἐχρήσαντο τεκμηρίῳ; θύων

that of the *oratio obliqua*, as representing the words or argument of the prosecutors addressed to the Athenians.

⁴ τῇ πόλει. "At the hands of the state." Cf. Eurip. Hec. 309, ἡμῖν 'Αχιλλεὺς ἄξιος τιμῆς, "at our hands."

⁵ Ἡ μὲν γὰρ γραφή. The μέν has no δέ answering to it, as it generally has; but δέ is sometimes omitted when the clause to which μέν is opposed is easily supplied by the reader from the general sense. The idea here is, that the *accusation* on the one hand (μέν, cf. εἷς, μία, ἕν) ran in the terms put down; but the *proofs* of the prosecutors on the other hand (δέ, cf. δύο) failed to substantiate it. Δέ is also omitted when the sentence is not finished as the author intended, but in some other way. Cf. Thucyd. ii. 74, πρῶτον μέν, and subsequently τοσαῦτα ἐπιθειάσας καθίστη ἐς πόλεμον τὸν στρατόν, instead of ἔπειτα δὲ καθίστη, &c.

⁶ τοιάδε τις. The indefinite pronoun τις is added to adjectives to qualify them, and make them less positive. The sense here is, "Something of the following kind." Cf. Plato, Leg. 678 B, ἐν παμπόλλῳ τινὶ χρόνῳ.

⁷ οὓς μὲν ἡ πόλις. Stallbaum remarks that τοὺς θεοὺς νομίζειν means to acquiesce in the claims

of the usually recognized gods, but that θεοὺς νομίζειν without the article is, "to believe in the existence of gods." If so, the words here mean, "not believing that those gods exist which the city believes to exist." Others construe, "not acquiescing in the gods whom the State recognizes," making νομίζειν θεούς to be "to receive as deities," and ἡγεῖσθαι θεούς "to believe in their existence." I am inclined to think Stallbaum right. But in truth the words of the indictment seem ambiguous; for Socrates (Apol. 26 C) is represented by Plato as not knowing, or professing not to know, whether his accusers really asserted him to be an atheist, or to believe in Gods different from the recognized deities.

⁸ ἀδικεῖ δὲ καί. The δέ here connects the second clause with the former, for ἕτερα δέ answers to οὓς μέν. Καί of course is "also." With the first ἀδικεῖ, μέν is omitted. Cf. III. viii. 7, πολλάκις γάρ, &c.

⁹ πρῶτον μὲν οὖν. The μέν is virtually without a corresponding δέ, at all events until the beginning of chap. ii., θαυμαστὸν δὲ φαίνεται, where the second count of the indictment is discussed. Just below, ὡς οὐκ ἐνόμιζεν is, "(as to their assertion) that," &c.

τε γὰρ φανερὸς ἦν [10] πολλάκις μὲν οἴκοι [11], πολλάκις
δὲ ἐπὶ τῶν κοινῶν τῆς πόλεως βωμῶν, καὶ μαντικῇ
χρώμενος οὐκ ἀφανὴς ἦν· διετεθρύλητο γὰρ, ὡς φαίη
Σωκράτης τὸ δαιμόνιον [12] ἑαυτῷ σημαίνειν· ὅθεν δὴ [13]
καὶ μάλιστά μοι δοκοῦσιν αὐτὸν αἰτιάσασθαι καινὰ
δαιμόνια εἰσφέρειν. 3. Ὁ δ᾽ οὐδὲν καινότερον εἰσέφερε
τῶν ἄλλων, ὅσοι μαντικὴν νομίζοντες οἰωνοῖς τε χρῶν-
ται καὶ φήμαις καὶ συμβόλοις [14] καὶ θυσίαις· οὗτοί τε

[10] θύων τε γὰρ φανερὸς ἦν. This
does not mean, by an inverted
construction, that it was known
that he offered sacrifices; it is
rather, "he was openly seen in
the act of sacrificing," it was
"plain for all folk to see."

[11] οἴκοι. This adverb is the
old dative of οἶκος; that case
originally being formed with a
short vowel (οι), as that of the
declension in η was formed in ε
(ει). Cf. αὐτοβοεί (βοή), ἀμαχεί
(μάχη). In the αὐλή, or open
court in the interior of a Greek
house, an altar was generally
placed. Cf. Plato, Repub. 308 C,
τεθνκὼς γὰρ ἐτύγχανεν ἐν τῇ αὐλῇ.

[12] τὸ δαιμόνιον. There is a good
deal of difficulty about the mean-
ing of Socrates, when he spoke of
a supernatural agency (δαιμόνιον)
warning him. He describes it as
an inward monitor, never urging
him to any course, but only dis-
suading him from certain acts at
various times; it was an inward
voice. Cf. φωνή τις γιγνομένη ἣ
ὅταν γένηται ἀεὶ ἀποτρέπει με
τούτου ὃ ἂν μέλλω πράττειν, προ-
τρέπει δὲ οὔποτε, Plato, Apol.
31 D; and for instances, take
Memor. IV. viii. 5, where So-
crates mentions that he was pre-
vented by the monitor from pre-
paring a defence to the charge
against him. Also Plato Apol.

31 D, where Socrates explains his
standing aloof from political life,
out of regard to its warnings.
Both Socrates and Plato speak of
it playfully; but this does not
prove that Socrates and his
friends were not convinced of the
reality of its existence. I think
Socrates was thoroughly in ear-
nest in his belief, and that he
considered this direct intimation
of the divine will a singular privi-
lege. Men often speak playfully
and lightly of their most earnest
convictions, sometimes through
shame at their very earnestness.

[13] ὅθεν δή. Δή seems the
strong form of δέ, and so would
draw marked or exclusive atten-
tion to the second point, the first
being either mentioned slightly,
or not at all, although of course
it must be tacitly inferred. Ὅθεν
δή would strictly be, "whence
(passing over other points and
coming to) this." The particle is
practically added to adjectives and
adverbs, to intensify the mean-
ing. Here translate, "the very
point whence." So πλεῖστα δή,
"the very most." Καί qualifies
μάλιστα, "absolutely to the great-
est extent."

[14] φήμαις καὶ συμβόλοις. Φήμη
includes any omen of the future
conveyed by the voice. Pro-
phetic utterances, oracles, chance

B A

γὰρ ὑπολαμβάνουσιν οὐ τοὺς ὄρνιθας¹⁵ οὐδὲ τοὺς ἀπαντῶντας εἰδέναι τὰ συμφέροντα τοῖς μαντευομένοις, ἀλλὰ τοὺς θεοὺς διὰ τούτων αὐτὰ σημαίνειν, κἀκεῖνος δὲ οὕτως ἐνόμιζεν. 4. Ἀλλ᾽ οἱ μὲν πλεῖστοί φασιν ὑπό τε τῶν ὀρνίθων καὶ τῶν ἀπαντώντων ἀποτρέπεσθαί τε καὶ προτρέπεσθαι· Σωκράτης δέ, ὥσπερ ἐγίγνωσκεν, οὕτως ἔλεγε· τὸ δαιμόνιον γὰρ ἔφη σημαίνειν. Καὶ πολλοῖς τῶν ξυνόντων¹⁶ προηγόρευε τὰ μὲν ποιεῖν, τά δὲ μὴ ποιεῖν, ὡς τοῦ δαιμονίου προσημαίνοντος· καὶ τοῖς μὲν πειθομένοις αὐτῷ συνέφερε, τοῖς δὲ μὴ πειθομένοις μετέμελε. 5. Καίτοι τίς οὐκ ἂν ὁμολογήσειεν αὐτὸν βούλεσθαι μήτ᾽ ἠλίθιον μήτ᾽ ἀλαζόνα φαίνεσθαι τοῖς συνοῦσιν; ἐδόκει δ᾽ ἂν¹⁷ ἀμφότερα ταῦτα, εἰ προ-

words of good or ill omen, casually let fall, would all be instances. Σύμβολα are indications derived from accidental occurrences, such as thunder, lightning, meeting ill-omened animals on a journey, &c. These are referred to in τοὺς ἀπαντῶντας. In the Agamemnon (l. 144) Æschylus speaks of the appearance of two eagles to the Atreidæ on their march as ξύμβολον; but this would rather be included here under οἰωνοῖς.

¹⁵ οὐ τοὺς ὄρνιθας. The infinitive is usually negatived by μή, but verbs of thinking (νομίζω, ἡγοῦμαι, ὑπολαμβάνω) often take οὐ, as here, when ἀλλά follows, and there is a strong contrast, "not the birds, but," &c.

¹⁶ τῶν ξυνόντων. Xenophon does not speak of the disciples of Socrates, for he never professed to give formal instruction as others did (cf. Mem. I. ii. 3). There was, properly speaking, no Socratic school, as there was an Eleatic or Megaric. Socrates

talked with any one, and his friends who were chiefly attached to him, accompanied and listened to him.

Plato, from his way of mentioning this inward monitor, gives one the idea, in the main, that its warnings were confined to Socrates' own individual acts. In the Theages however (128 D), a friend of Socrates, Charmides, is represented as consulting him, and Socrates, instantly perceiving the voice, dissuaded him from the course he thought of adopting. The dialogue however is regarded as spurious by most, but Xenophon clearly here extends the functions of the monitor, and represents the friends of Socrates as warned by it through him.

¹⁷ ἐδόκει δ᾽ ἄν. The general way of expressing "would have" is by an aorist with ἄν; the imperfect meaning "would," with a reference to present time rather than a past. Sometimes the two forms are combined, when the meaning requires it; for instance,

ἀγορεύων ὡς ὑπὸ θεοῦ φαινόμενα κᾷτα ψευδόμενος
ἐφαίνετο. Δῆλον οὖν, ὅτι οὐκ ἂν προέλεγεν, εἰ μὴ
ἐπίστευεν ἀληθεύσειν. Ταῦτα δὲ τίς ἂν ἄλλῳ πιστεύ-
σειεν ἢ θεῷ; πιστεύων δὲ θεοῖς πῶς οὐκ εἶναι θεοὺς [18]
ἐνόμιζεν; 6. Ἀλλὰ μὴν ἐποίει καὶ τάδε πρὸς τοὺς
ἐπιτηδείους· τὰ μὲν γὰρ ἀναγκαῖα συνεβούλευε καὶ
πράττειν [19], ὡς ἐνόμιζεν ἄριστ᾽ ἂν πραχθῆναι· περὶ
δὲ τῶν ἀδήλων, ὅπως ἂν ἀποβήσοιτο [20], μαντευσομένους
ἔπεμπεν, εἰ ποιητέα. 7. Καὶ τοὺς μέλλοντας [21] οἴκους
τε καὶ πόλεις καλῶς οἰκήσειν μαντικῆς ἔφη προσ-
δεῖσθαι [22]· τεκτονικὸν μὲν γὰρ ἢ χαλκευτικὸν ἢ γεωρ-
γικὸν ἢ ἀνθρώπων ἀρχικὸν ἢ τῶν τοιούτων ἔργων

Soph. Œdip. Rex 433, οὐδ᾽ ἱκόμην
ἔγωγ᾽ ἂν εἰ σὺ μὴ 'κάλεις, "I
would not have come, if you had
not *continually summoned* me."
So here, I think, the imperfect is
used, because there is an idea of
Socrates' appearing foolish con-
tinually, whenever the occurrence
happened.

[18] πῶς οὐκ εἶναι θεούς. See
above on θεοὺς νομίζων.. There
seems some confusion here. The
charge against Socrates was, ap-
parently, not that he disbelieved
in gods altogether, but only in
the recognized gods. Here Xeno-
phon speaks as though he were
accused of entire disbelief in any
deity. At all events his argu-
ments disprove nothing more;
they show that Socrates believed
in some Gods, but not necessarily
the usual Gods of Greece.

[19] καὶ πράττειν. "(Not only
to discuss them, but) also to do;"
for this is easily gathered from
the next words, ὡς ἐνόμιζεν ἄριστ᾽
ἂν πραχθῆναι. It is virtually like
the phrase in Thucydides (ii. 93),
ὡς ἔδοξεν οὕτω καὶ ἐχώρουν εὐθύς.

[20] ὅπως ἂν ἀποβήσοιτο. The

ἂν here is to be taken with ἀπο-
βήσοιτο, not with ὅπως, for then
a subjunctive would be required;
and if ἀποβήσοιτο were the op-
tative of the *oratio obliqua*,
there would be no ἂν at all.
Compare below οἷς ἂν ὦσιν ἵλεῳ,
where οἷς ἂν is "quibuscunque."
In I. iii. 2 there is εἰ ἄλλο τι
εὐχοιντο τῶν φανερῶς ἀδήλων
ὅπως ἀποβήσοιτο, where the op-
tative is used because the matter
is viewed rather in relation to
those who offered the prayer, than
as a mere statement of facts. In
other words, it is due to the
oratio obliqua.

[21] Καὶ τοὺς μέλλοντας. This
use of καί is to be noticed. There
is not here introduced a new fact
or statement, but an instance or
illustration of the preceding re-
mark. Καί is therefore explana-
tory. Kühner quotes a good
instance from Xen. Anab. V. ii.
29, οἱ Ἕλληνες ψευδενέδραν ἐποι-
ήσαντο. Καὶ ἀνὴρ προσεποιεῖτο
τοὺς πολεμίους πειρᾶσθαι λανθά-
νειν, "So *accordingly* a man," &c.

[22] προσδεῖσθαι. "Want . . . be-
sides (πρός)" the usual appliances.

ἐξεταστικὸν ἢ λογιστικὸν ἢ οἰκονομικὸν ἢ στρατηγικὸν
γενέσθαι, πάντα τὰ τοιαῦτα μαθήματα καὶ ἀνθρώπου
γνώμῃ [23] αἱρετέα ἐνόμιζεν εἶναι· 8. τὰ δὲ μέγιστα τῶν
ἐν τούτοις ἔφη τοὺς θεοὺς ἑαυτοῖς καταλείπεσθαι, ὧν
οὐδὲν δῆλον εἶναι [24] τοῖς ἀνθρώποις. Οὔτε γάρ τοι τῷ
καλῶς ἀγρὸν φυτευσαμένῳ δῆλον, ὅστις καρπώσεται·
οὔτε τῷ καλῶς οἰκίαν οἰκοδομησαμένῳ δῆλον, ὅστις
οἰκήσει· οὔτε τῷ στρατηγικῷ δῆλον, εἰ συμφέρει στρα-
τηγεῖν· οὔτε τῷ πολιτικῷ δῆλον, εἰ συμφέρει τῆς πόλεως
προστατεῖν· οὔτε τῷ καλὴν γήμαντι, ἵν᾽ εὐφραίνηται,
δῆλον, εἰ διὰ ταύτην ἀνιάσεται [25]· οὔτε τῷ δυνατοὺς
ἐν τῇ πόλει κηδεστὰς λαβόντι δῆλον, εἰ διὰ τούτους
στερήσεται τῆς πόλεως. 9. Τοὺς δὲ μηδὲν τῶν τοι-
ούτων οἰομένους εἶναι δαιμόνιον, ἀλλὰ πάντα τῆς ἀν-
θρωπίνης γνώμης, δαιμονᾶν ἔφη· δαιμονᾶν δὲ καὶ τοὺς
μαντευομένους ἃ τοῖς ἀνθρώποις ἔδωκαν οἱ θεοὶ μα-
θοῦσι [26] διακρίνειν· οἷον εἴ τις ἐπερωτῴη [27], πότερον

[23] καὶ ἀνθρώπου γνώμῃ. "By a
man's intellect as well" as by the
guidance of the gods; "even by
a man's intellect."

[24] δῆλον εἶναι. The infinitive
is continued in the relative clause,
because ἔφη extends over the
whole sentence. Below, in § 13,
there is a similar form, ἐπεὶ καὶ
τοὺς μέγιστον φρονοῦντας ἐπὶ τῷ
περὶ τούτων λέγειν οὐ ταὐτὰ δοξά-
ζειν, where ἔφη is supplied from
the general meaning of the pre-
vious sentence.

[25] εἰ ἀνιάσεται. As Kühner
observes, we should insert a
"not" here; "whether he will
not thereby suffer annoyance."
Before, I suppose, Xenophon
wrote εἰ συμφέρει, because he im-
plies that it is the more natural
result for a general to get some
good out of his office. The in-
ference would be, that as he here
says εἰ ἀνιάσεται, he puts natu-
rally the most probable contin-
gency first, and we arrive at the
fact that, in his view, a beautiful
wife was likelier to cause annoy-
ance than to give pleasure.

[26] μαθοῦσι. "After due in-
struction," whether derived from
others, or from their own ex-
perience.

[27] ἐπερωτῴη. The verb ἐπ-
ερωτᾶν, "to ask further ques-
tions," is used, because the man
is supposed already to have asked
the general question, whether it
will be to his interest to take in
hand the matter alluded to; he
is then supposed to make further
inquiries about the best way of
doing it. Having ascertained
that it is proper to drive a cha-
riot, he foolishly asks, who is the
best man to drive it.

ἐπιστάμενον ἡνιοχεῖν ἐπὶ ζεῦγος λαβεῖν κρεῖττον ἢ μὴ
ἐπιστάμενον· ἢ πότερον ἐπιστάμενον κυβερνᾶν ἐπὶ
τὴν ναῦν²⁸ κρεῖττον λαβεῖν ἢ μὴ ἐπιστάμενον· ἢ ἃ
ἔξεστιν ἀριθμήσαντας²⁹ ἢ μετρήσαντας ἢ στήσαντας
εἰδέναι· τοὺς τὰ τοιαῦτα παρὰ τῶν θεῶν πυνθανομένους
ἀθέμιστα ποιεῖν ἡγεῖτο· ἔφη δὲ δεῖν ἃ μὲν μαθόντας
ποιεῖν ἔδωκαν οἱ θεοὶ μανθάνειν· ἃ δὲ μὴ δῆλα τοῖς
ἀνθρώποις ἐστί, πειρᾶσθαι διὰ μαντικῆς παρὰ τῶν
θεῶν πυνθάνεσθαι· τοὺς θεοὺς γὰρ οἷς ἂν ὦσιν ἵλεῳ
σημαίνειν.

10. Ἀλλὰ μὴν ἐκεῖνός γε ἀεὶ μὲν³⁰ ἦν ἐν τῷ φανερῷ·
πρωΐ τε γὰρ εἰς τοὺς περιπάτους καὶ τὰ γυμνάσια ἤει
καὶ πληθούσης ἀγορᾶς³¹ ἐκεῖ φανερὸς ἦν καὶ τὸ λοιπὸν
ἀεὶ τῆς ἡμέρας ἦν ὅπου πλείστοις μέλλοι³² συνέσεσθαι·
καὶ ἔλεγε μὲν ὡς τὸ πολύ, τοῖς δὲ βουλομένοις ἐξῆν
ἀκούειν. 11. Οὐδεὶς δὲ πώποτε Σωκράτους οὐδὲν³³
ἀσεβὲς οὐδὲ ἀνόσιον οὔτε πράττοντος εἶδεν οὔτε λέ-

---

²⁸ ἐπὶ τὴν ναῦν. "On board
his ship," whereas ἐπὶ ναῦν (cf.
ἐπὶ ζεῦγος) would be "on board
ship," put generally.

²⁹ ἀριθμήσαντας. Of course
this might have been ἀριθμήσασι
(cf. μαθοῦσι above), but the par-
ticiple is attracted into the accu-
sative case before the infinitive.
Either form can be used indis-
criminately. Cf. I. ii. 49, φάσκων
ἐξεῖναι παρανοίας ἑλόντι δῆσαι;
and II. vi. 26, ἐξῆν τοῖς κρατίσ-
τοις συνθεμένους ἐπὶ τοὺς χείρους
ἱέναι. And both ἔδωκαν μαθοῦσι
διακρίνειν, and ἔδωκαν μαθόντας
ποιεῖν, occur here close together.

³⁰ ἀεὶ μέν. This corresponds
to οὐδεὶς δέ below; and between
come ἔλεγε μέν and τοῖς δὲ βου-
λομένοις. The περίπατοι here
mentioned were covered walks
for exercise.

³¹ πληθούσης ἀγορᾶς. This is
merely added as a mark of time,
not whenever the market hap-
pened to be crowded, but at
"full-market time," the forenoon.

³² ὅπου πλείστοις μέλλοι. "Ex
mente Socratis dictum," Kühner
says. Perhaps; or it may be an
optative of indefinite frequency,
in all places wherever he was
likely to find most persons to
talk to.

³³ Σωκράτους οὐδέν κ.τ.λ. The
genitive may be an absolute one,
and αὐτόν be understood after
εἶδεν, "No one was ever a wit-
ness when Socrates did any
thing." Perhaps when Xenophon
began the sentence he had ἤκου-
σεν in his mind, and added οὔτε
πράττοντος εἶδεν, to round the
clause. Or the genitive Σωκρά-
τους may depend on οὐδέν, and

γοντος ἤκουσεν. Οὐδὲ γὰρ περὶ τῆς τῶν πάντων³⁴ φύσεως ἧπερ τῶν ἄλλων οἱ πλεῖστοι διελέγετο σκοπῶν, ὅπως ὁ καλούμενος³⁵ ὑπὸ τῶν σοφιστῶν³⁶ κόσμος ἔφυ, καὶ τίσιν ἀνάγκαις ἕκαστα γίγνεται τῶν οὐρανίων, ἀλλὰ καὶ τοὺς φροντίζοντας τὰ τοιαῦτα μωραίνοντας ἀπεδείκνυεν. 12. Καὶ πρῶτον μὲν³⁷ αὐτῶν ἐσκόπει, πότερά ποτε νομίσαντες ἱκανῶς ἤδη τἀνθρώπινα εἰδέναι ἔρχονται ἐπὶ τὸ περὶ τῶν τοιούτων φροντίζειν, ἢ τὰ μὲν ἀνθρώπεια παρέντες, τὰ δαιμόνια δὲ σκοποῦντες ἡγοῦνται τὰ προσήκοντα πράττειν. 13. Ἐθαύμαζε δ', εἰ μὴ φανερὸν αὐτοῖς ἐστιν, ὅτι ταῦτα οὐ δυνατόν· ἐστιν ἀνθρώποις εὑρεῖν· ἐπεὶ καὶ τοὺς μέγιστον φρονοῦντας³⁸ ἐπὶ τῷ περὶ τούτων λέγειν οὐ ταὐτὰ δοξάζειν ἀλλήλοις, ἀλλὰ τοῖς μαινομένοις ὁμοίως διακεῖσθαι

αὐτό be supplied after πράττοντος. "No one saw any impious act on the part of Socrates, as engaged in that act."

³⁴ περὶ τῆς τῶν πάντων κ.τ.λ. It was a great merit in Socrates that he narrowed the area of philosophical discussion. The older speculators examined the Cosmos, or Nature, as one vast whole, embracing cosmogony, physics, &c. Socrates discovered the unsatisfactory nature of the hypotheses started by Thales, Pythagoras, and others, in explanation of the phenomena of the Universe, or all existing things, and confined his attention to subjects of really human interest, such as ethics.

³⁵ ὅπως ὁ καλούμενος. There is a union here (noticed in the note on τίσι ποτέ, § i.) of the relative and directly interrogative forms. It seems more usual for the interrogative form to come ᵃᵣst and the relative afterwards.

³⁶ σοφιστῶν. The older philosophers and intellectual masters were called "sophists;" it was only later that the word conveyed a disparaging notion, as Plato uses it. See Grote's Hist. of Greece, chap. 67.

³⁷ Καὶ πρῶτον μέν. This seems to correspond to ἐσκόπει δὲ περὶ αὐτῶν καὶ τάδε in § 15. The genitive αὐτῶν depends on πρῶτον, "first in connexion with them" (the speculators on these topics). Socrates wanted to know whether such inquirers fancied they knew all there was to be known about questions of human interest, or thought they might indulge in such superhuman speculations, although they had in consequence to abandon those other questions.

³⁸ τοὺς μέγιστον φρονοῦντας. The superlative adverb is generally the neuter plural of the superlative adjective, the comparative adverb, the neuter sin-

πρὸς ἀλλήλους. 14. Τῶν τε γὰρ μαινομένων³⁹ τοὺς
μὲν οὐδὲ τὰ δεινὰ δεδιέναι, τοὺς δὲ καὶ τὰ μὴ φοβερὰ
φοβεῖσθαι· καὶ τοῖς μὲν οὐδ' ἐν ὄχλῳ δοκεῖν αἰσχρὸν
εἶναι λέγειν ἢ ποιεῖν ὁτιοῦν, τοῖς δὲ οὐδ' ἐξιτητέον εἰς
ἀνθρώπους εἶναι δοκεῖν· καὶ τοὺς μὲν οὔθ' ἱερὸν οὔτε
βωμὸν οὔτ' ἄλλο τῶν θείων οὐδὲν τιμᾶν, τοὺς δὲ καὶ
λίθους καὶ ξύλα τὰ τυχόντα⁴⁰ καὶ θηρία σέβεσθαι·
τῶν τε περὶ τῆς τῶν πάντων φύσεως μεριμνώντων τοῖς
μὲν δοκεῖν ἓν μόνον τὸ ὂν εἶναι⁴¹, τοῖς δ' ἄπειρα τὸ
πλῆθος· καὶ τοῖς μὲν ἀεὶ κινεῖσθαι⁴² πάντα, τοῖς δ'
οὐδὲν ἄν ποτε κινηθῆναι· καὶ τοῖς μὲν πάντα γίγνεσ-
θαί⁴³ τε καὶ ἀπόλλυσθαι, τοῖς δὲ οὔτ' ἂν γενέσθαι
ποτὲ οὐδὲν οὔτ' ἀπολεῖσθαι. 15. Ἐσκόπει δὲ περὶ
αὐτῶν καὶ τάδε· ἆρ', ὥσπερ οἱ τἀνθρώπεια μανθά-
νοντες ἡγοῦνται τοῦθ', ὅ τι ἂν μάθωσιν, ἑαυτοῖς τε καὶ
τῶν ἄλλων⁴⁴ ὅτῳ ἂν βούλωνται ποιήσειν, οὕτω καὶ οἱ

gular. Perhaps, as Kühner sug-
gests, the form is used because
the positive is μέγα φρονεῖν.
³⁹ Τῶν τε γὰρ μαινομένων.
This corresponds to τῶν τε μερι-
μνώντων a few lines down. This
joining clauses by τε . . . . τε is
more common in verse writers
than in prose.
⁴⁰ ξύλα τὰ τυχόντα. " Any
chance blocks of wood." The
words can hardly mean wooden
images, for τὰ τυχόντα would be
inappropriate. Cf. Plato, de Leg.
723 E, ὡς προοίμιον ἀλλ' οὐ τὸν
τυχόντα λόγον περαίνοντες.
⁴¹ ἓν μόνον τὸ ὂν εἶναι. This
was the dogma especially of the
Eleatic school, Xenophanes, Par-
menides, who believed in one con-
tinuous Ens (or existence), indivi-
sible and unchangeable (οὐδὲ διαί-
ρετόν ἐστιν, ἐπεὶ πᾶν ἐστιν ὅμοιον),
Empedocles, &c. In the next
words, τοῖς δὲ ἄπειρα τὸ πλῆθος,

perhaps Democritus, the atomist,
is alluded to, and Anaxagoras.
⁴² τοῖς μὲν ἀεὶ κινεῖσθαι. He-
racleitus disbelieved in any un-
changeable Ens; he recognized
an eternal flux and reflux only.
On the other hand, Zeno the
Eleatic denied the possibility of
motion altogether. Of course ἂν
κινηθῆναι is "could ever be
moved."
⁴³ τοῖς μὲν πάντα γίγνεσθαι.
This may refer to Democritus,
who believed in infinite combina-
tions and resolutions of atoms.
The next words may refer to the
Eleatics generally, Parmenides,
Zeno, &c.
⁴⁴ τῶν ἄλλων κ.τ.λ. The con-
struction is ἡγοῦνται ποιήσειν (the
subject of the infinitive being
often omitted when it is the same
as that of the main verb) ἑαυτοῖς
τε καὶ ὅτῳ ἂν βούλωνται (ποιῆσαι)
τῶν ἄλλων.

τὰ θεῖα ζητοῦντες νομίζουσιν, ἐπειδὰν γνῶσιν, αἷς
ἀνάγκαις ἕκαστα γίγνεται, ποιήσειν, ὅταν βούλωνται,
καὶ ἀνέμους καὶ ὕδατα καὶ ὥρας καὶ ὅτου δ' ἂν [45] ἄλλου
δέωνται τῶν τοιούτων, ἢ τοιοῦτο μὲν οὐδὲν οὐδ' ἐλπί-
ζουσιν, ἀρκεῖ δ' αὐτοῖς γνῶναι μόνον, ᾗ τῶν τοιούτων
ἕκαστα γίγνεται; 16. Περὶ μὲν οὖν τῶν ταῦτα πραγ-
ματευομένων τοιαῦτα ἔλεγεν· αὐτὸς δὲ περὶ τῶν ἀν-
θρωπείων ἂν ἀεὶ διελέγετο [46], σκοπῶν, τί εὐσεβές, τί
ἀσεβές· τί καλόν, τί αἰσχρόν· τί δίκαιον, τί ἄδικον· τί
σωφροσύνη, τί μανία· τί ἀνδρεία, τί δειλία· τί πόλις,
τί πολιτικός· τί ἀρχὴ ἀνθρώπων, τί ἀρχικὸς ἀνθρώ-
πων [47], καὶ περὶ τῶν ἄλλων, ἃ τοὺς μὲν εἰδότας ἡγεῖτο
καλοὺς κἀγαθοὺς [48] εἶναι, τοὺς δ' ἀγνοοῦντας ἀνδρα-
ποδώδεις ἂν δικαίως κεκλῆσθαι.

17. Ὅσα μὲν οὖν μὴ φανερὸς ἦν ὅπως ἐγίγνωσκεν,
οὐδὲν θαυμαστὸν ὑπὲρ τούτων [49] περὶ αὐτοῦ παρα-
γνῶναι [50] τοὺς δικαστάς· ὅσα δὲ πάντες ᾔδεσαν, οὐ
θαυμαστόν, εἰ μὴ τούτων ἐνεθυμήθησαν; 18. Βου-
λεύσας [51] γάρ ποτε καὶ τὸν βουλευτικὸν ὅρκον ὀμόσας,

[45] καὶ ὅτου δ' ἄν. Xenophon
is fond of this combination of
particles καὶ . . . δέ. Cf. I. i. 3,
κἀκεῖνος δέ. Translate, "And of
whatever else moreover."

[46] ἂν ἀεὶ διελέγετο. This use
of ἄν to express *habit* or *custom*
is to be noticed. It is exactly
like our form " he *would* talk,"
in the sense of " he used to talk."
It seems to have arisen from a
suppressed hypothetical clause,
"if he ever had an opportunity,
then he would talk."

[47] τί ἀρχικὸς ἀνθρώπων. "What
is one fit to rule men."

[48] καλοὺς κἀγαθούς. This ex-
presses the perfection of hu-
manity. The καλὸς κἀγαθός was
possessed of bodily excellence
(καλός),—of great importance in

the eyes of a Greek, with his keen
sense of beauty,—and moral ex-
cellence (ἀγαθός) of character.

[49] ὑπὲρ τούτων. The use of
ὑπέρ, very much in the sense of
περί, is not common. Cf. De-
mosth. cont. Mid. 554, ἡ εἰσαγ-
γελία ἐδόθη ἡ εἰς τὴν βουλὴν
ὑπὲρ Ἀριστάρχου ὅτι εἴη Νικόδη-
μον ἀπεκτονώς; also Soph. Œdip.
Rex 164, εἴ ποτε καὶ προτέρας
ἄτας ὑπὲρ ὀρνυμένας πόλει.

[50] παραγνῶναι. For this sense
of παρά in compounds (*beyond*,
and so *amiss*, *falsely*), cf. παρ-
ακούειν, "to hear incorrectly,"
παρακόπτειν, "to stamp coun-
terfeit money," παρακρούειν, "to
strike a false note."

[51] Βουλεύσας. Βουλεύειν is used
absolutely, in the sense of being

ἐν ᾧ ἦν κατὰ τοὺς νόμους βουλεύσειν, ἐπιστάτης ἐν
τῷ δήμῳ γενόμενος, ἐπιθυμήσαντος τοῦ δήμου παρὰ
τοὺς νόμους ἐννέα στρατηγοὺς μιᾷ ψήφῳ τοὺς ἀμφὶ
Θράσυλλον [52] καὶ Ἐρασινίδην ἀποκτεῖναι πάντας, οὐκ
ἠθέλησεν ἐπιψηφίσαι, ὀργιζομένου μὲν αὐτῷ τοῦ δή-
μου, πολλῶν δὲ καὶ δυνατῶν ἀπειλούντων, ἀλλὰ περὶ
πλείονος ἐποιήσατο εὐορκεῖν ἢ χαρίσασθαι τῷ δήμῳ
παρὰ τὸ δίκαιον καὶ φυλάξασθαι [53] τοὺς ἀπειλοῦντας.
19. Καὶ γὰρ ἐπιμελεῖσθαι θεοὺς ἐνόμιζεν ἀνθρώπων,
οὐχ ὃν τρόπον οἱ πολλοὶ νομίζουσιν· οὗτοι μὲν γὰρ
οἴονται τοὺς θεοὺς τὰ μὲν εἰδέναι, τὰ δ' οὐκ εἰδέναι [54]·
Σωκράτης δὲ πάντα μὲν ἡγεῖτο θεοὺς εἰδέναι, τά τε

a member of the βουλή, or council
of five hundred. Of course the
aorist is used in its distinctive
meaning; it is not, "while
being," but "after he was made,
a Senator." Βουλεύειν, "to be a
senator," occurs below, I. ii. 35,
and ἄρξας, "having been elected
Archon," II. vi. 25. The Senate
was divided into ten bodies of
fifty (πρυτάνεις), who were in
office for thirty-five or thirty-six
days, in rotation; of these, again,
bodies of ten (πρόεδροι) pre-
sided in the senate during seven
days, and the chairman of the
πρόεδροι for the day being was
ἐπιστάτης. On this officer de-
volved the duty of putting ques-
tions to the vote of the assembly
(ἐπιψηφίζειν).
[52] τοὺς ἀμφὶ Θράσυλλον. "Thra-
syllus and Erasinides, and their
fellow-officers." This refers to
the charge brought against the
Athenian commanders at Argi-
nusæ, who were accused of having
neglected to collect for burial the
bodies of their dead sailors. They
were condemned and executed,

"for no other reason," says Mon-
taigne, "but that the Greeks
followed their blow, and pursued
the advantages prescribed them
by the law of arms." Neverthe-
less, the commanders do seem to
have been somewhat in fault.
See Grote's Hist. of Greece, ch.
64.
[53] φυλάξασθαι. This is con-
nected by καί with εὐορκεῖν, not
with χαρίσασθαι: "he thought it
better to observe his oath, than
to gratify the people, and take
his chance as he best could
against those who threatened
him." Probably there is a change
of tense from the present (εὐορ-
κεῖν) to the aorist (φυλάξασθαι),
because, in the former, the ge-
neral habit is thought of, So-
crates wished to be a person
regardful of oaths; in the latter,
the particular necessity, arising
from his conduct then, of guarding
against his enemies is spoken of.
[54] τὰ δ' οὐκ εἰδέναι. From
thinking them probably not wor-
thy of their attention.

λεγόμενα[55] καὶ πραττόμενα καὶ τὰ σιγῇ βουλευόμενα,
πανταχοῦ δὲ παρεῖναι καὶ σημαίνειν τοῖς ἀνθρώποις
περὶ τῶν ἀνθρωπείων πάντων.

20. Θαυμάζω οὖν, ὅπως ποτὲ ἐπείσθησαν Ἀθηναῖοι
Σωκράτην περὶ τοὺς θεοὺς μὴ σωφρονεῖν, τὸν ἀσεβὲς
μὲν οὐδέν ποτε περὶ τοὺς θεοὺς οὔτ᾽ εἰπόντα[56] οὔτε
πράξαντα, τοιαῦτα δὲ καὶ λέγοντα καὶ πράττοντα περὶ
θεῶν, οἷά τις ἂν καὶ λέγων καὶ πράττων εἴη τε καὶ
νομίζοιτο εὐσεβέστατος.

CHAPTER II.

1. Θαυμαστὸν δὲ φαίνεταί μοι καὶ τὸ πεισθῆναί
τινας, ὡς Σωκράτης τοὺς νέους διέφθειρεν, ὃς πρὸς τοῖς
εἰρημένοις πρῶτον μὲν ἀφροδισίων καὶ γαστρὸς πάντων

---

[55] τά τε λεγόμενα κ.τ.λ. The article is here put once only, because the things λεγόμενα and πραττόμενα are viewed as forming a single class. Opposed to these, or not included in them, are the things σιγῇ βουλευόμενα; therefore to the last class the article is again prefixed. This is a common principle. Cf. III. x. 5, τὸ μεγαλοπρεπές τε καὶ ἐλευθέριον καὶ τὸ ταπεινόν τε καὶ ἀνελεύθερον. For the same principle somewhat expanded, compare Thucyd. vi. 44, τοὺς σιτοποιοὺς καὶ λιθολόγους καὶ τέκτονας, in the sense of the whole class of artificers, comprising bakers, masons, and carpenters. Also Thucyd. i. 1, τῶν Πελοποννησίων καὶ Ἀθηναίων, "the belligerents made up of Peloponnesians on the one side, and Athenians on the other." The reader may consult a note on the former passage in my edition of Thucydides' Sicilian Expedition.

[56] τὸν ... οὔτ᾽ εἰπόντα. These words of course, as Kühner observes, describe Socrates, not as the Athenians viewed him (for that would have required τὸν μηδέν, &c.), but as he appeared to Xenophon, so that the negative is a direct one. The aorists are used because it is implied that there was no *single instance* of any impious word or act on the part of Socrates. The present participles imply that he was in the constant habit of acting in the way described. That after writing περὶ τοὺς θεούς, Xenophon should write περὶ θεῶν is nothing unusual. These changes of construction often occur. An extreme case occurs in Æschylus, Agamemnon, 659, ὁρῶμεν ἀνθοῦν πέλαγος Αἰγαῖον νεκροῖς ἀνδρῶν Ἀχαιῶν ναυτικῶν τ᾽ ἐρειπίων.

ἀνθρώπων ἐγκρατέστατος ἦν, εἶτα⁵⁷ πρὸς χειμῶνα καὶ
θέρος καὶ πάντας πόνους καρτερικώτατος⁵⁸, ἔτι δὲ πρὸς
τὸ μετρίων δεῖσθαι πεπαιδευμένος οὕτως, ὥστε πάνυ
μικρὰ κεκτημένος πάνυ ῥᾳδίως ἔχειν ἀρκοῦντα. 2. Πῶς
οὖν, αὐτὸς ὢν τοιοῦτος, ἄλλους ἂν ἢ ἀσεβεῖς ἢ παρα-
νόμους ἢ λίχνους ἢ ἀφροδισίων ἀκρατεῖς ἢ πρὸς τὸ
πονεῖν μαλακοὺς ἐποίησεν ; ἀλλ' ἔπαυσε μὲν⁵⁹ τούτων
πολλοὺς ἀρετῆς ποιήσας ἐπιθυμεῖν καὶ ἐλπίδας παρ-
ασχών, ἂν ἑαυτῶν ἐπιμελῶνται, καλοὺς καὶ ἀγαθοὺς
ἔσεσθαι. 3. Καίτοι γε⁶⁰ οὐδεπώποτε ὑπέσχετο δι-
δάσκαλος εἶναι τούτου· ἀλλὰ τῷ φανερὸς εἶναι τοιοῦτος
ὢν ἐλπίζειν ἐποίει τοὺς συνδιατρίβοντας ἑαυτῷ, μιμου-
μένους ἐκεῖνον⁶¹ τοιούσδε γενήσεσθαι. 4. 'Αλλὰ

---

⁵⁷ εἶτα. This corresponds to
πρῶτον μέν, the δέ with εἶτα and
ἔπειτα being often omitted. Cf.
I. iv. 11, IV. ii. 31, and Thucyd.
i. 18, ὀλίγον μὲν χρόνον ξυνέμεινεν
ἡ ὁμαιχμία, ἔπειτα διενεχθέντες
ἐπολέμησαν.

⁵⁸ καρτερικώτατος. Socrates is
represented as going barefoot all
the year round, and even in the
inclement winter of Thrace, when
on service at Potidæa, he made
no change in his practice. Sum-
mer and winter he wore the same
cloak. His whole aim seems to
have been to carry out the maxim,
that "man wants but little here
below." For his abstemious
habits in the matter of food and
drink, see I. iii. 5, 6.

⁵⁹ ἀλλ' ἔπαυσε μέν. The cor-
responding clause to this seems
to be καίτοι γε οὐδεπώποτε ὑπέσ-
χετο διδάσκαλος εἶναι τούτου.
The transition from the regular
optative form εἰ ἐπιμελοῖντο to
the subjunctive ἂν ἐπιμελῶνται is
very common, from the natural
liveliness of the Greek mind and

its tendency to describe every
thing dramatically, as actually in
process of occurring.

⁶⁰ Καίτοι γε. This combina-
tion of particles occurs also in
IV. ii. 7. I do not quite under-
stand Kühner's view of the mat-
ter in a note he gives here, but it
seems to me that the force of γέ
is what it is elsewhere, "at least,"
"at all events," having a restric-
tive sense. Socrates induced
many to abandon certain habits ;
and yet this remark must be so
far restricted (γέ) as to leave it
true that he never undertook
formally to cure them ; it was
his example that was thus effec-
tive. This is the train of thought
conveyed, I think, clearly by
"and yet at least," or "at all
events."

⁶¹ ἑαυτῷ, μιμουμένους ἐκεῖνον.
This change of pronouns is not
very easy to explain. In the first
clause with ἑαυτῷ, Socrates is
regarded as the main subject, and
the pronoun referring to him is
therefore made reflexive; he is

μὴν καὶ τοῦ σώματος αὐτός τε οὐκ ἠμέλει τούς τ'
ἀμελοῦντας οὐκ ἐπήνει. Τὸ μὲν οὖν ὑπερεσθίοντα
ὑπερπονεῖν [62] ἀπεδοκίμαζε, τὸ δέ, ὅσα γ' ἡδέως ἡ ψυχὴ
δέχεται, ταῦτα ἱκανῶς ἐκπονεῖν [63] ἐδοκίμαζε· ταύτην
γὰρ τὴν ἕξιν ὑγιεινήν τε ἱκανῶς εἶναι καὶ τὴν τῆς

the centre, as it were, round which the narrative turns. In the second clause he is viewed with reference to his auditors, not himself, and to them, of course, he is only αὐτός or ἐκεῖνος, not ἑαυτοῦ, the reflexive sense being no longer right. Another explanation, somewhat of the same kind, would be that the ἐκεῖνον describes Socrates with reference to the *writer*, not the companions of Socrates. With this view compare Thucyd. vii. 17, ναῦς τε οἱ Κορίνθιοι ἐπλή-ρουν ὅπως πρὸς τὰς ὁλκάδας αὐτῶν ἧσσον οἱ 'Αθηναῖοι κωλύοιεν, where αὐτῶν might have been more naturally σφῶν, the indirect reflexive, pointing to the Corinthians as the subjects of the sentence, but αὐτῶν describes them from the point of view either of the author or the Athenians. See my note on the passage. 'Εκεῖνον is used here instead of αὐτόν, as Kühner says, because it is emphatic, which αὐτόν would not be. And this seems probable, for cf. Thucyd. iv. 29, ὥστε προσπίπτειν ἂν αὐ-τοὺς ἀπροσδοκήτως, ἐπ' ἐκείνοις γὰρ ἂν εἶναι τὴν ἐπιχείρησιν. But there seem passages where the change is apparently quite arbi-trary, as Thucyd. i. 132, παιδικά ποτε ὢν αὐτοῦ καὶ πιστότατος ἐκείνῳ. In the next words the use of τοιούσδε is to be noticed. The pronoun used retrospectively is generally τοιοῦτος. Cf. Thucyd. vi.

41, τοιαῦτα μὲν 'Αθηναγόρας εἶπε. But compare Thucyd. vi. 2, βάρ-βαροι μὲν οὖν τοσοίδε Σικελίαν ᾤκη-σαν, by way of summing up: and below, I. vii. 5. I do not know whether the use of τοιόσδε in these cases is to be put down to the same tendency which explains the present form above in ἂν ἑαυτῶν ἐπιμελῶνται, a desire to be vivacious, and speak of the men as present, " such as we have got here before us in our minds " (τοιόσδε); as ὅδε is *hicce*, the man *here* before us. If so, τοι-ούσδε here would not be so much "the characters mentioned be-fore," as " the characters we have before us." There is a passage in Soph. Ajax 313, where τοιούσδε γόους is used apparently with a back reference, τοιαῦτα being used a few lines below. A similar principle might explain this.

[62] ὑπερεσθίοντα ὑπερπονεῖν. Here Socrates alludes to the vast amount of eating got through by athletes, to repair the waste of their violent exertions in train-ing. Athenæus (bk. x.) gives some instances of this voracity, and Theocr. (iv. 10) speaks of a pugilist taking twenty sheep to keep him while training and on the journey.

[63] ἐκπονεῖν. "To work the full tale (ἐκ) of what the mind submits to with pleasure," or " to work off what amount of food the inclination takes." Perhaps the latter is the real sense.

ψυχῆς ἐπιμέλειαν οὐκ ἐμποδίζειν ἔφη. 5. Ἀλλ' οὐ
μὴν θρυπτικός γε οὐδὲ ἀλαζονικὸς ἦν οὔτ' ἀμπεχόνῃ
οὔθ' ὑποδέσει οὔτε τῇ ἄλλῃ διαίτῃ· οὐ μὴν οὐδ'
ἐρασιχρημάτους γε τοὺς συνόντας ἐποίει· τῶν μὲν γὰρ
ἄλλων ἐπιθυμιῶν ἔπαυε, τοὺς δὲ ἑαυτοῦ ἐπιθυμοῦντας
οὐκ ἐπράττετο [64] χρήματα. 6. Τούτου δ' ἀπεχόμενος
ἐνόμιζεν ἐλευθερίας ἐπιμελεῖσθαι· τοὺς δὲ λαμβάνοντας
τῆς ὁμιλίας μισθὸν ἀνδραποδιστὰς ἑαυτῶν ἐπεκάλει [65]
διὰ τὸ ἀναγκαῖον αὐτοῖς εἶναι διαλέγεσθαι παρ' ὧν [66]
ἂν λάβοιεν τὸν μισθόν. 7. Ἐθαύμαζε δ', εἴ τις ἀρετὴν
ἐπαγγελλόμενος ἀργύριον πράττοιτο, καὶ μὴ νομίζοι
τὸ μέγιστον κέρδος ἕξειν φίλον ἀγαθὸν κτησάμενος [67],
ἀλλὰ φοβοῖτο, μὴ ὁ γενόμενος καλὸς κἀγαθὸς τῷ τὰ
μέγιστα εὐεργετήσαντι μὴ τὴν μεγίστην χάριν [68] ἕξοι.
8. Σωκράτης δὲ ἐπηγγείλατο μὲν οὐδενὶ πώποτε τοιοῦτον

[64] οὐκ ἐπράττετο. For the double accusative with πράττεσθαι in the sense of " exacting payment " cf. Demosth. contra Aph. p.845, εἰ μὲν ἐπεπράγμην τοῦτον τὴν δίκην. This fee-accepting on the part of the sophists was made a constant source of reproach against them by Socrates and Plato— unreasonably as a broad principle —whose argument was, that one was bound to make one's neighbours virtuous, without receiving money for it (see the next section). They sneer at the sophists, because they made a living by this. Protagoras is spoken of as requiring a fee of more than 400l.

[65] ἐπεκάλει. A more usual compound in this contemptuous sense is ἀποκαλεῖν. Cf. I. ii. 57, τοὺς δὲ κυβεύοντας ἀργοὺς ἀπεκάλει.

[66] παρ' ὧν. That is, διαλέγεσθαι τούτοις παρ' ὧν ἂν λάβοιεν. Here ἄν does not go with ὧν in the sense of " whomsoever," for

the oratio obliqua of ὧν ἂν λάβωσι would be ὧν λάβοιεν, without ἄν. The particle is to be joined with λάβοιεν, " should happen to take." See however a note on IV. i. 2.

[67] κτησάμενος. This is not the same as κεκτημένος; that would be " possessing;" the aorist is " having acquired;" the act being regarded, not the consequent state.

[68] μὴ τὴν μεγίστην χάριν. The usual construction after verbs of fearing is μὴ οὐ in this sense. Cf. Thucyd. iii. 57, δείδιμεν μὴ οὐ βέβαιοι ἦτε. I think Kühner's view is right, that the whole sentence represents Socrates' thoughts, and so the colouring of the oratio obliqua pervades the whole, suggesting the use of μή instead of οὐ. He quotes a similar passage from Thucyd. ii. 13, Περικλῆς ὑποτοπήσας μὴ τοὺς ἀγροὺς αὐτοῦ παραλίπῃ καὶ μὴ (for οὐ) δῃώσῃ.

οὐδέν· ἐπίστευε δὲ τῶν ξυνόντων ἑαυτῷ τοὺς ἀποδεξα-
μένους ἅπερ αὐτὸς ἐδοκίμαζεν εἰς τὸν πάντα βίον ἑαυτῷ
τε καὶ ἀλλήλοις φίλους ἀγαθοὺς ἔσεσθαι. Πῶς ἂν οὖν
ὁ τοιοῦτος ἀνὴρ διαφθείροι τοὺς νέους; εἰ μὴ ἄρα⁶⁹ ἡ
τῆς ἀρετῆς ἐπιμέλεια διαφθορά ἐστιν.

9. Ἀλλά, νὴ Δία⁷⁰, ὁ κατήγορος ἔφη, ὑπερορᾶν ἐποίει
τῶν καθεστώτων νόμων τοὺς συνόντας λέγων, ὡς μωρὸν
εἴη τοὺς μὲν τῆς πόλεως ἄρχοντας ἀπὸ κυάμου⁷¹ καθ-
ίστασθαι, κυβερνήτῃ δὲ μηδένα θέλειν κεχρῆσθαι
κυαμευτῷ, μηδὲ τέκτονι, μηδ' αὐλητῇ, μηδ' ἐπ' ἄλλα⁷²
τοιαῦτα, ἃ πολλῷ ἐλάττονας βλάβας ἁμαρτανόμενα
ποιεῖ τῶν περὶ τὴν πόλιν ἁμαρτανομένων· τοὺς δὲ
τοιούτους λόγους ἐπαίρειν ἔφη τοὺς νέους καταφρονεῖν
τῆς καθεστώσης πολιτείας, καὶ ποιεῖν βιαίους. 10. Ἐγὼ
δ' οἶμαι τοὺς φρόνησιν ἀσκοῦντας καὶ νομίζοντας ἱκα-
νοὺς ἔσεσθαι⁷³ τὰ συμφέροντα διδάσκειν τοὺς πολίτας
ἥκιστα γίγνεσθαι βιαίους, εἰδότας, ὅτι τῇ μὲν βίᾳ
πρόσεισιν ἔχθραι καὶ κίνδυνοι, διὰ δὲ τοῦ πείθειν
ἀκινδύνως τε καὶ μετὰ φιλίας ταὐτὰ γίγνεται· οἱ μὲν

⁶⁹ εἰ μὴ ἄρα. "Unless per-
chance." The particle ἄρα draws
an inference. This inference is
not quite obvious at first sight
here; but the idea is, unless—
which is a legitimate consequence
of this account—we are ready to
admit that a pursuit of virtue is
a corrupting occupation.

⁷⁰ Ἀλλά, νὴ Δία. These words
are used to introduce a supposed
argument of an adversary, as "at
enim" in Latin. They are very
common in the Orators. Cf.
Demosth. contra Philip. II. p. 69,
ἀλλὰ νὴ Δία εἴποι τις ἂν ὡς πάντα
ταῦτα εἰδὼς ἔπραξεν. Below, the
optative εἴη is that of the oratio
obliqua.

⁷¹ ἀπὸ κυάμου. "By ballot;"

for which purpose beans were
used (κύαμος). The senate of the
five hundred is spoken of by Thu-
cydides as ἡ βουλὴ ἡ ἀπὸ κυάμου.
The middle καθίστασθαι is used
in the sense of "appointing to
rule one," "sibi creare." Others
construe it passively.

⁷² μηδ' ἐπ' ἄλλα. That is,
μηδὲ κεχρῆσθαι τοιούτῳ τινὶ (i. e.
κυαμευτῷ) ἐπὶ ἄλλα.

⁷³ ἱκανοὺς ἔσεσθαι. The accu-
sative is the right case here be-
fore the infinitive, because the
subject of the sentence, τοὺς
ἀσκοῦντας, is in the accusative
case: otherwise the words would
run οἱ νομίζοντες ἱκανοὶ ἔσεσθαι
("will prove, when tested, able
to" &c.).

γὰρ βιασθέντες ὡς ἀφαιρεθέντες μισοῦσιν, οἱ δὲ πεισ
θέντες ὡς κεχαρισμένοι ¹⁴ φιλοῦσιν. Οὔκουν τῶν φρό
νησιν ἀσκούντων τὸ βιάζεσθαι ¹⁵, ἀλλὰ τῶν ἰσχὺν ἄνευ
γνώμης ἐχόντων τὰ τοιαῦτα πράττειν ἐστίν. 11. Ἀλλὰ
μὴν καὶ συμμάχων ¹⁶ ὁ μὲν βιάζεσθαι τολμῶν δέοιτ᾽
ἂν οὐκ ὀλίγων, ὁ δὲ πείθειν δυνάμενος οὐδενός· καὶ γὰρ
μόνος ἡγοῖτ᾽ ἂν δύνασθαι πείθειν· καὶ φονεύειν δὲ τοῖς
τοιούτοις ἥκιστα συμβαίνει· τίς γὰρ ἀποκτεῖναί τινα
βούλοιτ᾽ ἂν μᾶλλον ἢ ζῶντι πειθομένῳ χρῆσθαι ;

12. Ἀλλ᾽ ἔφη γε ὁ κατήγορος ¹⁷, Σωκράτει ὁμιλητὰ
γενομένω Κριτίας τε καὶ Ἀλκιβιάδης ¹⁸ πλεῖστα κακὰ
τὴν πόλιν ἐποιησάτην. Κριτίας μὲν γὰρ τῶν ἐν τῇ
ὀλιγαρχίᾳ πάντων πλεονεκτίστατός τε καὶ βιαιότατος
ἐγένετο, Ἀλκιβιάδης δὲ αὖ τῶν ἐν τῇ δημοκρατίᾳ πάν
των ἀκρατέστατος καὶ ὑβριστότατος καὶ βιαιότατος.

13. Ἐγὼ δ᾽, εἰ μέν τι κακὸν ἐκείνω τὴν πόλιν ἐποιησά
την, οὐκ ἀπολογήσομαι· τὴν δὲ πρὸς Σωκράτην συνουσίαν

¹⁴ ὡς κεχαρισμένοι. "As having had a favour put on them." The favour is, that people have given them the option of refusing or granting the request. The word can also mean "as having conferred a favour," being used as a perfect middle. The former seems to me the more natural way.

¹⁵ τὸ βιάζεσθαι. This is the subject of ἐστίν, and is paraphrased by τὰ τοιαῦτα πράττειν in the next line. The real order is, τὸ βιάζεσθαί ἐστιν τῶν ἀσκούντων, ἀλλ᾽ ἔστι τῶν ἐχόντων πράττειν τὰ τοιαῦτα, for βιάζεσθαι has the article and πράττειν has not.

⁷⁶ καὶ συμμάχων. "Allies in addition to" his own violence.

⁷⁷ Ἀλλ᾽ ἔφη γε ὁ κατήγορος. The force of γέ is, that, whatever truth there might be in the

previous remarks, at all events the fact next to be stated could not be explained away.

⁷⁸ Κριτίας τε καὶ Ἀλκιβιάδης. Critias was one of the most prominent and unscrupulous members of the thirty tyrants, established at Athens after its overthrow by Lysander. Alcibiades did fatal injury to his country by passing over to Sparta at the beginning of the Sicilian expedition, and suggesting the fortification of Decelea, and in other respects pointing out to their enemies the weak points of the Athenians. In his subsequent conduct he showed self-interest to be his only guide. The connexion of Socrates with these men was not likely to increase his popularity, however temporary and unavoidable that connexion was.

C

αὐτοῖν ὡς ἐγένετο διηγήσομαι. 14. Ἐγενέσθην μὲν
γὰρ δὴ[79] τὼ ἄνδρε τούτω φύσει φιλοτιμοτάτω πάντων
Ἀθηναίων, βουλομένω τε πάντα δι' ἑαυτῶν πράττεσθαι,
καὶ πάντων ὀνομαστοτάτω γενέσθαι· ᾔδεσαν δὲ Σω-
κράτην ἀπ' ἐλαχίστων μὲν χρημάτων αὐταρκέστατα
ζῶντα[80], τῶν ἡδονῶν δὲ πασῶν ἐγκρατέστατον ὄντα,
τοῖς δὲ διαλεγομένοις αὐτῷ πᾶσι χρώμενον[81] ἐν τοῖς
λόγοις, ὅπως βούλοιτο. 15. Ταῦτα δὲ ὁρῶντε καὶ ὄντε
οἵω προείρησθον, πότερόν τις αὐτὼ φῇ[82] τοῦ βίου τοῦ
Σωκράτους ἐπιθυμήσαντε καὶ τῆς σωφροσύνης, ἣν
ἐκεῖνος εἶχεν, ὀρέξασθαι τῆς ὁμιλίας αὐτοῦ, ἢ νομί-
σαντε, εἰ ὁμιλησαίτην ἐκείνῳ, γενέσθαι ἂν ἱκανωτάτω
λέγειν τε καὶ πράττειν; 16. Ἐγὼ μὲν γὰρ ἡγοῦμαι,
θεοῦ διδόντος αὐτοῖς ἢ ζῆν ὅλον τὸν βίον, ὥσπερ ζῶντα
Σωκράτην ἑώρων, ἢ τεθνάναι, ἑλέσθαι ἂν μᾶλλον αὐτὼ
τεθνάναι. Δῆλω δ' ἐγενέσθην ἐξ ὧν ἐπραξάτην[83]· ὡς

[79] γὰρ δή. The particle δή is
here used because the fact intro-
duced by γάρ is a notorious one.
Cf. οὐ γὰρ δὴ ἴσους γε πάντας
οἶμαί σε ποιεῖν, "for of course I
do not think," &c. Sometimes
δή, although following γάρ, quali-
fies another word, as in II. iv. 1,
τοῦτο μὲν γὰρ δὴ πολλῶν ἔφη
ἀκούειν, where τοῦτο δή are to be
connected in the sense of "this
very thing." Below, βουλομένω
seems to be added to ἐγενέσθην
repeated, "and they turned out
to be (the aorist) anxious."

[80] ἀπ' ἐλαχίστων ... ζῶντα. For
this use of ἀπό in connexion with
ζῶντα, cf. Thucyd. i. 2, ὅσον
ἀποζῆν, "enough to live off."

[81] πᾶσι χρώμενον. This was,
no doubt, the great excellence of
Socrates as a dialectician. His
powerful elenchus drove his an-
tagonists out of untenable posi-

tions, until they were forced to
admit they had no position left
which they could hold. Thus all
ungrounded opinions were got
rid of, and the ground cleared.
In such dialogues as the Laches
(on bravery) and the Euthyphron
(on holiness), definition after de-
finition is proved to be worthless.
This is the kind of feature Xeno-
phon probably has in view.

[82] πότερόν τις αὐτὼ φῇ; "Is
one to say?" Cf. the common
phrase τί πάθω, "what is to be-
come of me?" Cf. Demosth.
Philip. III. p. 115, εἶτα τοῦτον
εἰρήνην ἄγειν ἐγὼ φῶ πρὸς ὑμᾶς.

[83] ἐγενέσθην ἐξ ὧν ἐπραξάτην.
This does not mean that their
general conduct showed this, for
the aorists are used in their
proper sense; they proved the
truth of the remark by the par-
ticular act described in the next

γὰρ τάχιστα κρείττονε τῶν συγγιγνομένων ἡγησάσθηι
εἶναι, εὐθὺς ἀποπηδήσαντε Σωκράτους ἐπραττέτην τὰ
πολιτικά, ὧνπερ ἕνεκα Σωκράτους ὠρεχθήτην.

17. Ἴσως οὖν εἴποι τις ἂν πρὸς ταῦτα, ὅτι χρῆν τὸν
Σωκράτην μὴ πρότερον τὰ πολιτικὰ διδάσκειν τοὺς
συνόντας, ἢ σωφρονεῖν. Ἐγὼ δὲ πρὸς τοῦτο μὲν οὐκ
ἀντιλέγω· πάντας δὲ τοὺς διδάσκοντας ὁρῶ αὐτοὺς
δεικνύντας τε τοῖς μανθάνουσιν, ᾗπερ αὐτοὶ ποιοῦσιν
ἃ διδάσκουσι, καὶ τῷ λόγῳ προσβιβάζοντας [84]. 18. Οἶδα
δὲ καὶ Σωκράτην δεικνύντα τοῖς ξυνοῦσιν ἑαυτὸν καλὸν
κἀγαθὸν ὄντα, καὶ διαλεγόμενον κάλλιστα περὶ ἀρετῆς
καὶ τῶν ἄλλων ἀνθρωπίνων. Οἶδα δὲ κἀκείνω [85] σω-
φρονοῦντε, ἔστε Σωκράτει συνήστην, οὐ φοβουμένω, μὴ
ζημιοῖντο ἢ παίοιντο ὑπὸ Σωκράτους, ἀλλ᾽ οἰομένω
τότε κράτιστον εἶναι τοῦτο πράττειν.

19. Ἴσως οὖν εἴποιεν ἂν πολλοὶ τῶν φασκόντων
φιλοσοφεῖν, ὅτι οὐκ ἄν ποτε ὁ δίκαιος ἄδικος [86] γένοιτο,
οὐδὲ ὁ σώφρων ὑβριστής, οὐδὲ ἄλλο οὐδέν [87], ὧν μά-
θησίς ἐστιν, ὁ μαθὼν ἀνεπιστήμων ἄν ποτε γένοιτο.
Ἐγὼ δὲ περὶ τούτων οὐχ οὕτω γιγνώσκω· ὁρῶ γάρ,

---

sentence, the act of leaving So-
crates as soon as their end was
gained. This is further shown
by the use of the imperfect just
after (ἐπραττέτην).

[84] προσβιβάζοντας. "Bringing
them over to their view." Cf.
Plato, Meno 74 B, ἀλλ᾽ ἐγὼ προ-
θυμήσομαι ἡμᾶς προσβιβάσαι.

[85] κἀκείνω. "These two also"
(as well as Socrates himself).

[86] ὁ δίκαιος ἄδικος. In one
sense this is true, so that the as-
sertion might easily be main-
tained, unless the just man be
first defined. If "a just man"
be one who acts justly in some
particular act, when that act is
done, of course a just man cannot

be unjust, for if he does an unjust
act, he thereby forfeits the right
to be called just in that respect.
It is merely asserting that a man
cannot have two opposite quali-
ties at once with reference to the
same act. But if "a just man"
be one who by a course of just
acts acquires a habit more or less
confirmed of justice, then a man
just in the main and in general
tendency, may be unjust in a par-
ticular case without destroying
his claim to the virtue of habitual
justice.

[87] οὐδὲ ἄλλο οὐδέν. The con-
struction is οὐδὲ ὁ μαθὼν ἄλλο
οὐδὲν τούτων ὧν μάθησίς ἐστιν ἄν
ποτε ἀνεπιστήμων τούτου γένοιτο.

ὥσπερ τὰ τοῦ σώματος ἔργα τοὺς μὴ τὰ σώματα
ἀσκοῦντας⁸⁸ οὐ δυναμένους ποιεῖν, οὕτω καὶ τὰ τῆς
ψυχῆς ἔργα τοὺς μὴ τὴν ψυχὴν ἀσκοῦντας οὐ δυνα-
μένους· οὔτε γὰρ ἃ δεῖ πράττειν, οὔτε ὧν δεῖ ἀπέχεσθαι
δύνανται. 20. Διὸ καὶ τοὺς υἱεῖς⁸⁹ οἱ πατέρες, κἂν ὦσι
σώφρονες, ὅμως ἀπὸ τῶν πονηρῶν ἀνθρώπων εἴργουσιν·
ὡς τὴν μὲν⁹⁰ τῶν χρηστῶν ὁμιλίαν ἄσκησιν οὖσαν τῆς
ἀρετῆς, τὴν δὲ τῶν πονηρῶν κατάλυσιν. Μαρτυρεῖ δὲ
καὶ τῶν ποιητῶν ὅ τε λέγων⁹¹·

Ἐσθλῶν μὲν γὰρ ἀπ᾽ ἐσθλὰ διδάξεαι· ἢν δὲ κακοῖσιν
Συμμίσγῃς, ἀπολεῖς καὶ τὸν ἐόντα νόον,

καὶ ὁ λέγων·

Αὐτὰρ ἀνὴρ ἀγαθὸς τοτὲ μὲν κακός, ἄλλοτε δ᾽ ἐσθλός.

21. Κἀγὼ δὲ μαρτυρῶ τούτοις· ὁρῶ γάρ, ὥσπερ τῶν ἐν
μέτρῳ πεποιημένων ἐπῶν τοὺς μὴ μελετῶντας ἐπι-
λανθανομένους, οὕτω καὶ τῶν διδασκαλικῶν λόγων
τοῖς ἀμελοῦσι λήθην ἐγγιγνομένην. Ὅταν δὲ τῶν

⁸⁸ ὥσπερ ... τοὺς ἀσκοῦντας
κ.τ.λ. It seems the simplest ex-
planation of this accusative to sup-
pose it governed by ὁρῶ, the verb
extending over both clauses. Küh-
ner and others explain it by a very
usual attraction, after the fashion
of πολλῷ ἥδιόν ἐστι χαρίζεσθαι
οἵῳ σοι ἀνδρί, II. ix. 3, for οἷος σὺ
εἶ. Kühner quotes Cyrop. I. iv.
115, Κύρῳ ἥδετο οὐ δυναμένῳ
σιγᾶν ἀλλ᾽ ὥσπερ σκύλακι γεν-
ναίῳ ἀνακλάζοντι. Below ἀπέ-
χεσθαι is taken twice, with δύ-
ωνται and δεῖ.

⁸⁹ Διὸ καὶ τοὺς υἱεῖς. "For
which reason also" (καί). In the
next words, κἂν ὦσι σώφρονες,
the καί qualifies the hypothesis
conveyed by ἐάν; representing it as
improbable, "even supposing them
to be." Ἐὰν καί is nearly equi-

valent to "although."

⁹⁰ ὡς τὴν μὲν κ.τ.λ. This ac-
cusative absolute with ὡς (in the
sense of "under the idea that")
is common. Cf. II. iii. 3, ὥσπερ
ἐκ πολιτῶν μὲν γιγνομένους φί-
λους, ἐξ ἀδελφῶν δὲ οὐ γιγνομέ-
νους. Also μισθὸν αἰτοῦσιν ὡς
οὐχὶ αὐτοῖσιν ὠφέλειαν ἐσομένην.
Plato, Rep. 345 E. Of course
the presence of the article
shows τὴν μὲν ὁμιλίαν to be
the subject, and ἄσκησιν the
predicate.

⁹¹ ὅ τε λέγων. This is Theog-
nis, a sententious poet, who lived
about B.C. 540. In the pentameter
καὶ τὸν ἐόντα νόον is "even the
sense you have." Who is the
author of the next verse, does not
seem to be known.

νουθετικῶν λόγων ἐπιλάθηταί τις, ἐπιλέλησται⁹² καὶ
ὧν ἡ ψυχὴ πάσχουσα τῆς σωφροσύνης ἐπεθύμει· τού-
των δ᾽ ἐπιλαθόμενον οὐδὲν θαυμαστὸν καὶ τῆς σω-
φροσύνης ἐπιλαθέσθαι. 22. Ὁρῶ δὲ καὶ τοὺς εἰς
φιλοποσίαν προαχθέντας καὶ τοὺς εἰς ἔρωτας⁹³ ἐγ-
κυλισθέντας ἧττον δυναμένους τῶν τε δεόντων ἐπι-
μελεῖσθαι, καὶ τῶν μὴ δεόντων ἀπέχεσθαι· πολλοὶ
γὰρ καὶ χρημάτων⁹⁴ δυνάμενοι φείδεσθαι, πρὶν ἐρᾶν,
ἐρασθέντες οὐκέτι δύνανται· καὶ τὰ χρήματα κατ-
αναλώσαντες, ὧν πρόσθεν ἀπείχοντο κερδῶν, αἰσχρὰ
νομίζοντες εἶναι, τούτων οὐκ ἀπέχονται. 23. Πῶς οὖν
οὐκ ἐνδέχεται σωφρονήσαντα πρόσθεν αὖθις μὴ σωφρο-
νεῖν, καὶ δίκαια δυνηθέντα πράττειν αὖθις ἀδυνατεῖν;
Πάντα μὲν οὖν ἔμοιγε δοκεῖ τὰ καλὰ καὶ τὰ ἀγαθὰ
ἀσκητὰ⁹⁵ εἶναι, οὐχ ἥκιστα δὲ σωφροσύνη· ἐν τῷ γὰρ
αὐτῷ σώματι συμπεφυτευμέναι τῇ ψυχῇ αἱ ἡδοναὶ
πείθουσιν αὐτὴν μὴ σωφρονεῖν, ἀλλὰ τὴν ταχίστην⁹⁶
ἑαυταῖς τε καὶ τῷ σώματι χαρίζεσθαι.
24. Καὶ Κριτίας δὴ⁹⁷ καὶ Ἀλκιβιάδης ἕως μὲν

---

⁹² ἐπιλέλησται καὶ ὧν κ.τ.λ.
That is, ἐπιλέλησται καὶ (τούτων)
ὧν (for ἅ) πάσχουσα ἡ ψυχή, κ.τ.λ.
The meaning is that he forgets
also (καὶ) the feelings under the
influence of which (ἅ πάσχουσα)
his soul was eager for temper-
ance.
⁹³ εἰς ἔρωτας. This plural use
of abstract terms is very common
in the Greek writers. They seem
to express the plural sum of many
single instances. Thucydides (vii.
55) speaks of cities as μεγέθη
ἐχούσαις. Cf. also Plato, Repub.
618 A, τὰς δὲ καὶ ἐκ πενίας τε
καὶ φυγὰς καὶ εἰς πτωχείας τε-
λευτώσας, i. e. in various instances
of poverty, &c.
⁹⁴ καὶ χρημάτων κ.τ.λ. "Their

money as well as their love."
Their money-spending and their
love go hand in hand; when one
begins, so does the other. Below,
καταναλώσαντες is "after spend-
ing every farthing," as it were,
down to the very last (κατά).
⁹⁵ ἀσκητά. Some editions have
ἀσκητέα; the difference being
that ἀσκητά means "are capable
of being taught," the other that
"they ought to be taught." The
first meaning is clearly the one
required here.
⁹⁶ τὴν ταχίστην. "The quick-
est way" (ὁδόν understood).
Cf. Herod. i. 126, ἀπίστασθε τοῦ
Ἀστύγεος τὴν ταχίστην.
⁹⁷ Καὶ Κριτίας δή. The particle
seems resumptive, bringing back

Σωκράτει συνήστην, ἐδυνάσθην, ἐκείνῳ χρωμένω συμ-
μάχῳ, τῶν μὴ καλῶν ἐπιθυμιῶν κρατεῖν· ἐκείνου δ᾽
ἀπαλλαγέντες, Κριτίας μὲν φυγὼν εἰς Θετταλίαν ⁹⁸,
ἐκεῖ συνῆν ἀνθρώποις ἀνομίᾳ μᾶλλον ἢ δικαιοσύνῃ
χρωμένοις· Ἀλκιβιάδης δ᾽ αὖ διὰ μὲν κάλλος ὑπὸ πολ-
λῶν καὶ σεμνῶν γυναικῶν θηρώμενος, διὰ δύναμιν δὲ
τὴν ἐν τῇ πόλει καὶ τοῖς συμμάχοις ⁹⁹ ὑπὸ πολλῶν
καὶ δυνατῶν κολακεύειν ἀνθρώπων διαθρυπτόμενος,
ὑπὸ δὲ τοῦ δήμου τιμώμενος, καὶ ῥᾳδίως πρωτεύων,
ὥσπερ οἱ τῶν γυμνικῶν ἀγώνων ἀθληταὶ ῥᾳδίως πρω-
τεύοντες ἀμελοῦσι τῆς ἀσκήσεως, οὕτω κἀκεῖνος ¹⁰⁰
ἠμέλησεν αὑτοῦ. 25. Τοιούτων δὲ συμβάντων αὐτοῖν,
καὶ ὠγκωμένω ¹ μὲν ἐπὶ γένει, ἐπηρμένω δ᾽ ἐπὶ πλούτῳ,
πεφυσημένω δ᾽ ἐπὶ δυνάμει, διατεθρυμμένω δὲ ὑπὸ
πολλῶν ἀνθρώπων, ἐπὶ δὲ πᾶσι τούτοις διεφθαρμένω,
καὶ πολὺν χρόνον ἀπὸ Σωκράτους γεγονότε, τί θαυ-

the general discussion to the point whence it diverged, "Now both Critias," &c. Leaving the general argument, Xenophon comes to *this* particular case. This quite suits the general force of δή.

⁹⁸ φυγὼν εἰς Θετταλίαν. Critias seems to have been banished from Athens just before the trial of the generals at Arginusæ. In Thessaly, whither he retired, he is said to have joined a party who armed the serfs (Penestæ) against their masters.

⁹⁹ καὶ τοῖς συμμάχοις. An instance of this influence over the allies of Athens is given by Thucydides, who mentions that on the accusation against Alcibiades of being concerned in the mutilation of the Hermae just before the sailing of the Sicilian expedition, the Demus was inclined to hush up the matter for a time, for fear of offending bodies of Mantineans and Argives who had been induced by his influence to join the armament.

¹⁰⁰ οὕτω κἀκεῖνος. The subject of ἠμέλησεν has already been mentioned at the beginning of the sentence, Ἀλκιβιάδης δέ, but the words ὥσπερ οἱ ἀθληταί, κ.τ.λ., naturally suggest ἐκεῖνος.

¹ ὠγκωμένω μέν. The construction is τί δὲ θαυμαστὸν εἰ, τοιούτων συμβάντων αὐτοῖν, καὶ ὠγκωμένω μέν, κ.τ.λ. ἐγενέσθην ὑπερηφάνω (for the aorist see a previous note). The difference of case in συμβάντων and ὠγκωμένω arises from the fact that the subject of the latter is the same as that of the main verb, and of the former not, and consequently the rule for the genitive absolute applies.

μαστόν, εἰ ὑπερηφάνω ἐγενέσθην ; 26. Εἶτα, εἰ μέν
τι² ἐπλημμελησάτην, τούτου Σωκράτην ὁ κατήγορος
αἰτιᾶται ; ὅτι δὲ νέω ὄντε αὐτώ, ἡνίκα καὶ ἀγνω-
μονεστάτω καὶ ἀκρατεστάτω εἰκὸς εἶναι, Σωκράτης
παρέσχε σώφρονε, οὐδενὸς ἐπαίνου δοκεῖ τῷ κατηγόρῳ
ἄξιος εἶναι ; 27. Οὐ μὴν τά γε ἄλλα οὕτω κρίνεται·
τίς μὲν γὰρ αὐλητής, τίς δὲ καὶ κιθαριστής, τίς δὲ
ἄλλος διδάσκαλος ἱκανοὺς ποιήσας³ τοὺς μαθητάς, ἐὰν
πρὸς ἄλλους ἐλθόντες χείρους φανῶσιν, αἰτίαν ἔχει
τούτου ; τίς δὲ πατήρ, ἐὰν ὁ παῖς αὐτοῦ συνδιατρίβων
τῳ σώφρων ᾖ, ὕστερον δὲ ἄλλῳ τῳ συγγενόμενος
πονηρὸς γένηται, τὸν πρόσθεν αἰτιᾶται ; ἀλλ' οὐχ
ὅσῳ⁴ ἂν παρὰ τῷ ὑστέρῳ χείρων φαίνηται, τοσούτῳ
μᾶλλον ἐπαινεῖ τὸν πρότερον ; ἀλλ' οἵ γε πατέρες⁵
αὐτοὶ συνόντες τοῖς υἱέσι, τῶν παίδων πλημμελούντων,
οὐκ αἰτίαν ἔχουσιν, ἐὰν αὐτοὶ σωφρονῶσιν. 28. Οὕτω
δὲ καὶ Σωκράτην δίκαιον ἦν κρίνειν· εἰ μὲν αὐτὸς⁶
ἐποίει τι φαῦλον, εἰκότως ἂν ἐδόκει πονηρὸς εἶναι· εἰ δ'

---

² εἰ μέν τι κ.τ.λ. The point
conveyed here by μέν and δέ is,
the inconsistency of the two
things occurring together. If
Socrates bore the blame of the ill
conduct of his associates, he ought
to have shared the credit of their
good conduct during their inter-
course with him.

³ ἱκανοὺς ποιήσας. Of course
ἱκανούς from its position is the
predicate, and is not to be taken
as merely qualifying μαθητάς.

⁴ ἀλλ' οὐχ ὅσῳ. Ἀλλά ex-
presses strong opposition, exclud-
ing any former supposition. It
is therefore naturally found with
a negative in the previous clause.
For instance I. vi. 2, οὐ μόνον
φαῦλον ἀλλὰ τὸ αὐτὸ ἱμάτιον
ἠμφίεσαι. Here the previous sen-

tence, although interrogative in
form, contains virtually a nega-
tive.

⁵ ἀλλ' οἵ γε πατέρες αὐτοί.
"Why even the very fathers
amongst us." The force of γέ is
not very clear at first sight.
Kühner says it is "auctiva,"
which I do not quite understand.
It seems to qualify πατέρες ; "our
fathers at all events" (and a
fortiori others). It is at least
true of them, and as they are the
least favourable case, it is pro-
bably true of all others.

⁶ εἰ μὲν αὐτός. The pronoun,
as usually in the nominative case,
is emphatic, "if he personally."
For the imperfect here, see note
on I. i. 5.

αὐτὸς[7] σωφρονῶν διετέλει, πῶς ἂν δικαίως τῆς οὐκ ἐνούσης αὐτῷ κακίας αἰτίαν ἔχοι ; 29. Ἀλλ' εἰ καὶ μηδὲν αὐτὸς πονηρὸν ποιῶν ἐκείνους φαῦλα πράττοντας ὁρῶν ἐπήνει, δικαίως ἂν ἐπετιμᾶτο. Κριτίαν μὲν τοίνυν[8] αἰσθανόμενος ἐρῶντα Εὐθυδήμου καὶ πειρῶντα χρῆσθαι, καθάπερ οἱ πρὸς τἀφροδίσια τῶν σωμάτων ἀπολαύοντες, ἀπέτρεπε φάσκων ἀνελεύθερόν τε εἶναι καὶ οὐ πρέπον ἀνδρὶ καλῷ κἀγαθῷ, τὸν ἐρώμενον, ᾧ βούλεται πολλοῦ ἄξιος φαίνεσθαι, προσαιτεῖν[9] ὥσπερ τοὺς πτωχοὺς ἱκετεύοντα καὶ δεόμενον προσδοῦναι, καὶ ταῦτα μηδενὸς ἀγαθοῦ[10]. 30. Τοῦ δὲ Κριτίου τοῖς τοιούτοις οὐχ ὑπακούοντος οὐδὲ ἀποτρεπομένου, λέγεται τὸν Σωκράτην, ἄλλων τε πολλῶν παρόντων καὶ τοῦ Εὐθυδήμου, εἰπεῖν, ὅτι ὑϊκὸν αὐτῷ

---

[7] εἰ δ' αὐτός. This combination of a past indicative with εἰ in the first clause, and an optative in the following one is not common. It seems to arise from a wish on Xenophon's part to add to the usual hypothetical statement, ("supposing a man were to continue in a course of sobriety himself, how could he be found fault with?") a clear indication that Socrates did as a matter of fact practise sobriety. This is conveyed by εἰ διετέλει, "if, as he did, he continued in a course of sobriety," &c.

[8] Κριτίαν μὲν τοίνυν. Nothing answers to μέν here. Probably Xenophon intended to proceed eventually Ἀλκιβιάδην δέ. The force of τοίνυν here is rather difficult to catch. It is not used so much to draw an inference, as to carry on the thread of the narrative or argument with some further detail or application. It is equivalent to our "now" in this sense, "now as for Critias." Cf. I. iii. 1, ὡς δὲ δὴ καὶ ὠφελεῖν ἐδόκει μοι τοὺς συνόντας, τούτων γράψω, κ.τ.λ. Τὰ μὲν τοίνυν πρὸς τοὺς θεούς, "now as for the Gods." So Thucyd. v. 88, ὁ λόγος δ προκαλεῖσθε τρόπῳ, εἰ δοκεῖ, γιγνέσθω. Ἡμεῖς τοίνυν, "now we for our part."

[9] προσαιτεῖν. This word, as Kühner says, is a common one for begging. He quotes Plato Phaedr. 233 D, τοὺς προσαιτοῦντας καὶ τοὺς δεομένους πλησμονῆς. The idea seems to be that of continually asking for more, importunately begging. For the attraction in ὥσπερ τοὺς πτωχούς, see note on I. ii. 19.

[10] καὶ ταῦτα μηδενὸς ἀγαθοῦ. "And that too, (a portion of) what is no good." The genitive depends on προσδοῦναι, and is a partitive one. Προσδοῦναι, "to give to another besides (πρός) oneself," has the same construction as μεταδοῦναι.

δοκοίη [11] πάσχειν ὁ Κριτίας, ἐπιθυμῶν Εὐθυδήμῳ προσκνῆσθαι, ὥσπερ τὰ ὕἴδια τοῖς λίθοις. 31. Ἐξ ὧν δὴ καὶ ἐμίσει [12] τὸν Σωκράτην ὁ Κριτίας, ὥστε καί, ὅτε τῶν τριάκοντα ὢν νομοθέτης [13] μετὰ Χαρικλέους ἐγένετο, ἀπεμνημόνευσεν αὐτῷ καὶ ἐν τοῖς νόμοις ἔγραψε λόγων τέχνην [14] μὴ διδάσκειν, ἐπηρεάζων ἐκείνῳ καὶ οὐκ ἔχων ὅπῃ ἐπιλάβοιτο, ἀλλὰ τὸ κοινῇ τοῖς φιλοσόφοις [15] ὑπὸ τῶν πολλῶν ἐπιτιμώμενον ἐπιφέρων αὐτῷ καὶ διαβάλλων πρὸς τοὺς πολλούς· οὔτε γὰρ ἔγωγε [16] οὔτε αὐτὸς τοῦτο πώποτε Σωκράτους ἤκουσα, οὔτ᾽

[11] ὅτι δοκοίη. The optative is that of the *oratio obliqua*. Learners seldom know how to construe optatives in Greek or subjunctives in Latin, their first impulse being to translate all such forms by "would," without considering that such forms are as often to be translated by simple indicatives as not. Here δοκοίη is not "would seem," but "seemed;" the optative arising not from any sense of probability, but because it conveys the thought of Socrates declared by himself.

[12] Ἐξ ὧν δὴ καὶ ἐμίσει. "From which of course (δή) also." This use of καί after relatives is so exceedingly common, that it looks sometimes as though the relative suggested the καί mechanically. The καί after ὥστε qualifies ἀπεμνημόνευσεν, "he went so far as to score it against him."

[13] ὢν νομοθέτης. The Thirty Tyrants were appointed by Lysander, with the ostensible object of drawing up a code of laws and a constitution for Athens. I suppose the words here, νομοθέτης ἐγένετο, are used with reference to this.

[14] λόγων τέχνην. There is no article, because the sense is apparently "any art of discussion," of any kind, literary or political. The government of that day were no more favourable to open discussion than some governments now.

[15] τὸ κοινῇ τοῖς φιλοσόφοις. This seems to refer to the charge brought against philosophers of venturing on unlawful subjects of speculation, τά τε μετέωρα, καὶ τὰ ὑπὸ γῆς (Plato, Apol. 18 B), and making the worse cause the better by their sophistical teachings.

[16] οὔτε γὰρ ἔγωγε. This explains why the object of Critias must have been to malign Socrates without having any real ground of complaint. Xenophon never himself heard Socrates making any profession of the kind (see the last note) charged against philosophers, and never heard from any one who did hear him. The double οὔτε is curious. But in Xenophon's Apologia, § 24, there is a very similar use, οὔτε ἔγωγε οὔτε θύων οὔτε ὀμνὺς οὔτε ὀνομάζων ἄλλους θεοὺς ἀναπέφηνα. Kühner alters the first οὔτε into οὐδέ, but it does not seem necessary.

ἄλλου φάσκοντος ἀκηκοέναι ἠσθόμην. 32. Ἐδήλωσε
δέ [17]· ἐπεὶ γὰρ οἱ τριάκοντα πολλοὺς μὲν τῶν πολι-
τῶν καὶ οὐ τοὺς χειρίστους ἀπέκτεινον, πολλοὺς
δὲ προετρέποντο ἀδικεῖν, εἶπέ που ὁ Σωκράτης, ὅτι
θαυμαστόν οἱ δοκοίη εἶναι, εἴ τις γενόμενος [18] βοῶν
ἀγέλης νομεὺς καὶ τὰς βοῦς ἐλάττους τε καὶ χείρους
ποιῶν μὴ ὁμολογοίη κακὸς βουκόλος εἶναι· ἔτι δὲ
θαυμαστότερον, εἴ τις προστάτης γενόμενος πόλεως
καὶ ποιῶν τοὺς πολίτας ἐλάττους καὶ χείρους μὴ
αἰσχύνεται [19], μηδ' οἴεται κακὸς εἶναι προστάτης τῆς
πόλεως. 33. Ἀπαγγελθέντος δὲ αὐτοῖς τούτου, κα-
λέσαντες ὅ τε Κριτίας καὶ ὁ Χαρικλῆς τὸν Σωκράτην
τόν τε νόμον ἐδεικνύτην αὐτῷ καὶ τοῖς νέοις ἀπειπέτην
μὴ διαλέγεσθαι [20]. Ὁ δὲ Σωκράτης ἐπήρετο αὐτώ, εἰ
ἐξείη πυνθάνεσθαι, εἴ τι ἀγνοοῖτο τῶν προαγορευομένων.
34. Τὼ δ' ἐφάτην [21]. Ἐγὼ τοίνυν, ἔφη, παρεσκεύασμαι
μὲν πείθεσθαι τοῖς νόμοις· ὅπως δὲ μὴ δι' ἄγνοιαν

[17] Ἐδήλωσε δέ. The verb is
here used perhaps impersonally.
Cf. Plato, Cratyl. 415 B, δοκεῖ δέ
μοι δηλοῦν καὶ ἐν τῇ δειλίᾳ, and
Herod. ii. 117, κατὰ ταῦτα δὲ τὰ
ἔπεα δηλοῖ ὅτι κ.τ.λ. ("it is clear
that"). The use of γάρ after such
phrases as τεκμήριον δέ, σημεῖον
δέ, κ.τ.λ. is common. Cf. Thucyd.
iii. 66, τεκμήριον δὲ ὡς οὐ πολε-
μίως ἐπράσσομεν οὔτε γὰρ ἠδι-
κήσαμεν οὐδένα.

[18] γενόμενος. The aorist here,
and the present in the next line
(ποιῶν), are used in their proper
sense, "after becoming . . . and
on making;" the former being a
single act completed soon, and
the latter a continuous act still
in process.

[19] μὴ αἰσχύνεται. Before there
was μὴ ὁμολογοίη, the optative, a
purely hypothetical case being
put. Here the indicative is used,

because Critias is in the writer's
mind, and the case is put as a
fact, "if a man is not ashamed,
as Critias is not." Compare II.
vi. 4, εἰ δέ τις τούτων μὲν τῶν
κακῶν μηδὲν ἔχοι εὖ δὲ πάσχων
ἀνέχεται.

[20] μὴ διαλέγεσθαι. Verbs of
forbidding take what seems a
superfluous negative after them.
The reason is, that we look only
at the prohibition, the Greeks to
the negative result contemplated,
"they forbade him, to the effect
that he was not to converse."
The union, as here, of dual and
plural forms is common. See L.
ii. 18. 24.

[21] Τὼ δ' ἐφάτην. "And they
said, Yes." So Plato's usual
phrase, φάθι ἢ μή, "say yes, or
no." For τοίνυν see note above
on Κριτίας μὲν τοίνυν, I. ii. 29.

λάθω τι παρανομήσας, τοῦτο βούλομαι σαφῶς μαθεῖν
παρ' ὑμῶν· πότερο: τὴν τῶν λόγων²² τέχνην σὺν τοῖς
ὀρθῶς λεγομένοις εἶναι νομίζοντες ἢ σὺν τοῖς μὴ
ὀρθῶς ἀπέχεσθαι κελεύετε αὐτῆς ; Ἐι μὲν γὰρ σὺν
τοῖς ὀρθῶς, δῆλον ὅτι ἀφεκτέον εἴη²³ τοῦ ὀρθῶς λέγειν·
εἰ δὲ σὺν τοῖς μὴ ὀρθῶς, δῆλον ὅτι πειρατέον ὀρθῶς
λέγειν. 35. Καὶ ὁ Χαρικλῆς ὀργισθεὶς αὐτῷ· Ἐπειδή,
ἔφη, ὦ Σώκρατες, ἀγνοεῖς, τάδε σοι εὐμαθέστερα ὄντα
προαγορεύομεν, τοῖς νέοις ὅλως μὴ διαλέγεσθαι. Καὶ
ὁ Σωκράτης· Ἵνα τοίνυν, ἔφη, μὴ ἀμφίβολον ᾖ, ὡς
ἄλλο τι ποιῶ ἢ τὰ προηγορευμένα, ὁρίσατέ μοι, μέχρι
πόσων ἐτῶν δεῖ νομίζειν νέους εἶναι τοὺς ἀνθρώπους.
Καὶ ὁ Χαρικλῆς· Ὅσου περ, εἶπε²⁴, χρόνου βουλεύ-
ειν οὐκ ἔξεστιν, ὡς οὔπω φρονίμοις οὖσι· μηδὲ σὺ
διαλέγου νεωτέροις τριάκοντα ἐτῶν. 36. Μηδέ, ἄν τι
ὠνῶμαι, ἔφη, ἢν πωλῇ νεώτερος τριάκοντα ἐτῶν,
ἔρωμαι, ὁπόσου πωλεῖ²⁵ ; Ναὶ τά γε τοιαῦτα, ἔφη ὁ

²² πότερον τὴν τῶν λόγων κ.τ.λ.
This argument is not very clearly
put; but it amounts to this :—
The Thirty prohibited all teach-
ing of the art of discussion. Did
they mean the art of *correct*
discussion ? Why, then, they
would stop all truthful discussion,
which Socrates affects to think
could never be their object. Did
they mean false and incorrect
discussion ? Why, then, his aim
was only to arrive at truth, and
therefore the prohibition did not
apply, and so the field was still
open to him, and the duty of
attaining to what was true still
incumbent. The phrase σύν τινι
εἶναι is, "to have to do with,"
"to be connected with."

²³ ὅτι ἀφεκτέον εἴη. One would
expect ἂν εἴη, which some of the
editors adopt. Kühner defends
εἴη alone, on the ground that,

although the form δῆλόν ἐστιν is
present, there is a reference to a
past remark, actually or virtually
made. "It is clear that, as we
said, we had to give up correct
discussion;" where the "*had* to
give up" suits "as we said,"
rather than "it is clear." This
seems to be what Kühner means,
although his note is not very
clear: "Scilicet hæc structura non
usurpatur nisi scriptor alterius
verba e tempore præterito com-
memorat uti h. l. δῆλον ὅτι, ὃ
ἐλέγομεν κ.τ.λ."

²⁴ Ὅσου περ, εἶπε. The con-
struction is, μέχρι ὅσου περ χ,ἰόνου
οὐκ ἔξεστιν (αὐτοῖς) βουλεύειν
(βουλευτὰς εἶναι) ὡς οὖσι κ.τ.λ.
Below, μηδὲ ἔρωμαι is, "am I not
even to ask?" This sense has
been noticed before.

²⁵ ὁπόσου πωλεῖ. See a note
on I. i. 1, under τίσι ποτέ.

Χαρικλῆς· ἀλλά τοι²⁶ σὺ γε, ὦ Σώκρατες, εἴωθας
εἰδὼς, πῶς ἔχει, τὰ πλεῖστα ἐρωτᾶν· ταῦτα οὖν μὴ
ἐρώτα. Μηδ᾽ ἀποκρίνωμαι οὖν, ἔφη, ἄν τίς με ἐρωτᾷ
νέος, ἐὰν εἰδῶ, οἷον ποῦ οἰκεῖ Χαρικλῆς ; ἢ ποῦ ἔστι
Κριτίας ; Ναὶ τά γε τοιαῦτα, ἔφη ὁ Χαρικλῆς. 37. Ὁ
δὲ Κριτίας· Ἀλλὰ τῶνδέ τοί σε ἀπέχεσθαι, ἔφη, δεήσει,
ὦ Σώκρατες, τῶν σκυτέων²⁷ καὶ τῶν τεκτόνων καὶ τῶν
χαλκέων· καὶ γὰρ οἶμαι αὐτοὺς ἤδη κατατετρῖφθαι²⁸
διαθρυλουμένους ὑπὸ σοῦ. Οὐκοῦν, ἔφη ὁ Σωκράτης,
καὶ τῶν. ἑπομένων²⁹ τούτοις, τοῦ τε δικαίου καὶ τοῦ
ὁσίου καὶ. τῶν ἄλλων τῶν τοιούτων ; Ναὶ μὰ Δί᾽, ἔφη
ὁ Χαρικλῆς, καὶ τῶν βουκόλων γε· εἰ δὲ μή, φυλάττου,
ὅπως μὴ καὶ σὺ ἐλάττους τὰς βοῦς ποιήσῃς. 38. Ἔνθα
καὶ δῆλον ἐγένετο, ὅτι, ἀπαγγελθέντος αὐτοῖς τοῦ περὶ
τῶν βοῶν λόγου, ὠργίζοντο τῷ Σωκράτει.

Οἷα μὲν οὖν ἡ συνουσία ἐγεγόνει Κριτίᾳ πρὸς Σω-
κράτην, καὶ ὡς εἶχον³⁰ πρὸς ἀλλήλους, εἴρηται. 39.
Φαίην δ᾽ ἂν ἔγωγε μηδενὶ μηδεμίαν εἶναι παίδευσιν
παρὰ τοῦ μὴ ἀρέσκοντος³¹. Κριτίας δὲ καὶ Ἀλκι-

---

²⁶ ἀλλά τοι. "But in truth,"
"but the fact is." Cf. III. vi.
10, and II. ii. 7, where τοί, in
accordance with its derivation
(τῷ), has an intensive force.

²⁷ τῶν σκυτέων. Socrates was
continually lectured by his oppo-
nents (when hard pressed) and
hearers for introducing such
vulgar illustrations as these,
drawn from cobblers, &c. For
instance, in Plato, Gorg. 491 A,
ἀτεχνῶς γε ἀεὶ σκυτέας τε καὶ
κναφέας καὶ μαγείρους λέγων καὶ
ἰατροὺς οὐδὲν παύει.

²⁸ κατατετρῖφθαι. "Worn
quite away," "worn thread-
bare " (although that introduces
a new feature into the expression),
the metaphor being that of bodies

—metals, for instance—rubbed
together until they are worn
thin, or quite away. Cf. Thucyd.
viii. 46, περὶ ἑαυτοὺς τοὺς Ἕλληνας
κατατρῖψαι.

²⁹ καὶ τῶν ἑπομένων. "Also
the topics connected with these,"
the topics in the discussion of
which such illustrations occur.
Below, μὴ καὶ σύ is, "lest you
too," like the herdsmen you
talked of. Socrates would make
the herds smaller, by being killed
out of them.

³⁰ εἶχον. The tense must be
translated properly, as compared
with ἐγεγόνει, "had arisen in the
first instance . . . and in what
relation they stood."

³¹ παρὰ τοῦ μὴ ἀρέσκοντος.

βιάδης οὐκ ἀρέσκοντος³² αὐτοῖς Σωκράτους ὡμιλησά-
την, ὃν χρόνον ὡμιλείτην αὐτῷ, ἀλλ᾽ εὐθὺς ἐξ ἀρχῆς
ὡρμηκότε προεστάναι τῆς πόλεως· ἔτι γὰρ Σωκράτει
συνόντες οὐκ ἄλλοις τισὶ μᾶλλον ἐπεχείρουν δια-
λέγεσθαι ἢ τοῖς μάλιστα πράττουσι τὰ πολιτικά.
40. Λέγεται γὰρ Ἀλκιβιάδην, πρὶν εἴκοσιν ἐτῶν εἶναι,
Περικλεῖ ἐπιτρόπῳ μὲν ὄντι ἑαυτοῦ, προστάτῃ δὲ τῆς
πόλεως, τοιάδε διαλεχθῆναι περὶ νόμων. 41. Εἰπέ
μοι, φάναι³³, ὦ Περίκλεις, ἔχοις ἄν με διδάξαι, τί ἐστι
νόμος ; Πάντως δήπου, φάναι τὸν Περικλέα. Δίδαξον
δὴ³⁴ πρὸς τῶν θεῶν, φάναι τὸν Ἀλκιβιάδην· ὡς
ἔγωγ᾽ ἀκούων τινῶν ἐπαινουμένων, ὅτι νόμιμοι ἄνδρες
εἰσίν, οἶμαι μὴ ἂν δικαίως τούτου τυχεῖν τοῦ ἐπαίνου
τὸν μὴ εἰδότα, τί ἐστι νόμος. 42. Ἀλλ᾽ οὐδέν τι
χαλεποῦ πράγματος ἐπιθυμεῖς, ὦ Ἀλκιβιάδη, φάναι
τὸν Περικλέα, βουλόμενος γνῶναι, τί ἐστι νόμος· πάντες

" From the instructor who is not satisfactory to his pupils." Xenophon means that no disciple is really benefited by a master in any point with regard to which the disciple has no thorough admiration for him. Critias and Alcibiades did not admire the moral character of Socrates, and so they did not improve themselves, in order to bring themselves up to its level. The participle and article is negatived by μή, because it is virtually a hypothetical negative, "all who may be found on examination." Here for instance the words are equivalent to ἐάν τις μὴ ἀρέσκῃ.

³² οὐκ ἀρέσκοντος. The οὐκ negatives ὡμιλησάτην; "entered into his society, not because he pleased them, but," &c., where ἀρέσκοντος and ὡρμηκότε correspond in different cases, on a principle explained before. The

imperfect ὡμιλείτην is used no doubt to suit the notion of time conveyed by ὃν χρόνον.

³³ φάναι. This and the subsequent infinitives of course depend on λέγεται.

³⁴ Δίδαξον δή. Comparing II. iii. 11, and III. vi. 5 (for I see no difference in the three passages, although I think Kühner does), δή with the imperative is used when some admission or assertion being made, an immediate application is requested. "Certainly I can tell you, said Pericles. Well then, at once—to carry this out—tell me." It seems to concentrate a somewhat general remark to an immediate focus, as it were. As δή is connected with ἤδη and δέ, this is in accordance with the natural sense of the word. Cf. Soph. Philoct. 1469, Χωρῶμεν δὴ πάντες ἀολλεῖς.

γὰρ οὗτοι³⁵ νόμοι εἰσίν, οὓς τὸ πλῆθος συνελθὸν³⁶ καὶ δοκιμάσαν ἔγραψε, φράζον, ἅ τε δεῖ ποιεῖν, καὶ ἃ μή. Πότερον δὲ τἀγαθὰ νομίσαν³⁷ δεῖν ποιεῖν, ἢ τὰ κακά; Τἀγαθά, νὴ Δία, φάναι, ὦ μειράκιον, τὰ δὲ κακὰ οὔ. 43. Ἐὰν δὲ μὴ τὸ πλῆθος, ἀλλ᾽, ὥσπερ ὅπου ὀλιγαρχία ἐστίν, ὀλίγοι συνελθόντες γράψωσιν, ὅ,τι χρὴ ποιεῖν, ταῦτα τί ἐστι; Πάντα, φάναι, ὅσα ἂν τὸ κρατοῦν τῆς πόλεως βουλευσάμενον, ἃ χρὴ ποιεῖν, γράψῃ, νόμος καλεῖται. Καὶ ἂν τύραννος οὖν κρατῶν τῆς πόλεως γράψῃ τοῖς πολίταις ἃ χρὴ ποιεῖν, καὶ ταῦτα νόμος ἐστί; Καὶ ὅσα τύραννος ἄρχων, φάναι, γράφει, καὶ ταῦτα νόμος καλεῖται. 44. Βία δέ, φάναι, καὶ ἀνομία τί ἐστιν, ὦ Περίκλεις; ἆρ᾽ οὐχ ὅταν ὁ κρείττων τὸν ἥττω μὴ πείσας³⁸, ἀλλὰ βιασάμενος ἀναγκάσῃ ποιεῖν ὅ,τι ἂν αὐτῷ δοκῇ; Ἔμοιγε δοκεῖ, φάναι τὸν Περικλέα. Καὶ ὅσα ἄρα τύραννος μὴ πείσας τοὺς πολίτας ἀναγκάζει ποιεῖν γράφων, ἀνομία ἐστί; Δοκεῖ μοι, φάναι τον Περικλέα· ἀνατίθεμαι γὰρ³⁹ τὸ ὅσα τύραννος

---

³⁵ πάντες γὰρ οὗτοι. As there is no article, νόμοι is to be separated from οὗτοι, and is the predicate, "All these are laws." The gender of πάντες οὗτοι is fixed by that of νόμοι. Sometimes however this attraction does not take place, and the subject is in the neuter. Kühner quotes Anab. I. iii. 18, ἔγωγε φημὶ ταῦτα μὲν φλυαρίας εἶναι. See also just above, τί ἐστι νόμος.

³⁶ συνελθόν. For the difference of tense here and in φράζον, see a previous note (I. ii. 32).

³⁷ νομίσαν. With the participle is to be repeated ἔγραψε, from the previous sentence. Cf. Plato, Gorg. 451 D, εἴποιμ᾽ ἂν ὅτι περὶ τὴν᾽ τῶν ἄστρων φορὰν— ὀρθῶς γε λέγων σύ (i. e. εἴποις ἄν).

³⁸ μὴ πείσας. The negative is μή because it is a hypothetical one, and indefinite, "whatever a tyrant compels the citizens to do, without first persuading them." If some definite act were alluded to, some matter of fact, οὐ πείσας would be used, ὅσα being of course then replaced by some other word.

³⁹ ἀνατίθεμαι γάρ. The metaphor is taken probably from some game like draughts, where a player withdraws his move and makes a different one. Cf. Plato, Hipparch. 229 E, ἀλλὰ μὴν καὶ ὥσπερ πεττεύων ἐθέλω σοι ἐν τοῖς λόγοις ἀναθέσθαι ὅτι βούλει τῶν εἰρημένων. The construction is either ἀνατίθεμαι τὸ εἶναι ταῦτα νόμον ὅσα κ.τ.λ., the usual case of the article with the infinitive.

μὴ πείσας γράφει νόμον εἶναι. 45. "Οσα δὲ οἱ ὀλίγοι
τοὺς πολλοὺς μὴ πείσαντες, ἀλλὰ κρατοῦντες γράφουσι,
πότερον βίαν φῶμεν [40], ἢ μὴ φῶμεν εἶναι ; Πάντα
μοι δοκεῖ, φάναι τὸν Περικλέα, ὅσα τις μὴ πείσας
ἀναγκάζει τινὰ ποιεῖν, εἴτε γράφων εἴτε μή, βία μᾶλλον
ἢ νόμος εἶναι. Καὶ ὅσα ἄρα τὸ πᾶν πλῆθος κρατοῦν
τῶν τὰ χρήματα ἐχόντων γράφει μὴ πεῖσαν, βία μᾶλ-
λον ἢ νόμος ἂν εἴη ; 46. Μάλα τοι, φάναι τὸν Περι-
κλέα, ὦ Ἀλκιβιάδη· καὶ ἡμεῖς, τηλικοῦτοι ὄντες [41],
δεινοὶ τὰ τοιαῦτα ἦμεν· τοιαῦτα γὰρ καὶ ἐμελετῶμεν
καὶ ἐσοφιζόμεθα, οἷά περ καὶ σὺ νῦν ἐμοὶ δοκεῖς με-
λετᾶν. Τὸν δὲ Ἀλκιβιάδην φάναι· Εἴθε σοι, ὦ Περ-
ίκλεις, τότε συνεγενόμην, ὅτε δεινότατος σαυτοῦ [42] ταῦτα
ἦσθα. 47. Ἐπεὶ τοίνυν [43] τάχιστα τῶν πολιτευομένων

or τό is explained by ὅσα τύ-
ραννος κ.τ.λ. Cf. such expres-
sions as τὸ ἄνθρωπος, the word
"man."

[40] πότερον βίαν φῶμεν. See
note on I. ii. 15. The negative
is conveyed by μή, because it is
not a direct one, only a supposed
one, "are we to say No?" This
is the reason why the imperative
and infinitive require μή and not
οὐ. They convey only a possible
negative ; for it is clear that the
negative in "do not strike," is of
a very different character from
that in "he does not strike."

[41] τηλικοῦτοι ὄντες. Τηλι-
κοῦτος and τηλικόσδε, like "tan-
tus" in Latin, is a neutral word,
meaning simply, "of such an
age." The context decides whe-
ther it means old or young. Cf.
Soph. Antig. 722, οἱ τηλικοίδε
καὶ διδαξόμεσθα δή, φρονεῖν πρὸς
ἀνδρὸς τηλικοῦδε τὴν φύσιν, where
the word first really means "at
our advanced life," and next, "at

your early age." Below, καὶ σύ
is, "you as well as we."

[42] δεινότατος σαυτοῦ. "At
the cleverest point of your own
powers," "at your best." Cf.
Herod. v. 28, ἡ Μίλητος αὐτὴ
ἑαυτῆς μάλιστα τότε ἀκμάσασα.
The accusative ταῦτα after δεινό-
τατος is to be explained from
what is apparently the original
notion inherent in the accusative
case, viz. that of "extension
over." It therefore naturally is
the case for the locality of any
quality in such phrases as ἔμ-
πειρος τὰ πολεμικά. This is also
the reason why a transitive verb
takes this case, to express the
locality over which the action of
the verb extends.

[43] Ἐπεὶ τοίνυν. Τοίνυν seems to
have its usual inferential mean-
ing here. The remarks of Alci-
biades were equivalent to an
assertion that he aimed at poli-
tical life, from his avowed wish
that he could have attended Peri-

ὑπέλαβον κρείττονες εἶναι, Σωκράτει μὲν οὐκέτι προσ-
ῄεσαν· οὔτε γὰρ[44] αὐτοῖς ἄλλως ἤρεσκεν, εἴ τε προσ-
έλθοιεν, ὑπὲρ ὧν ἡμάρτανον ἐλεγχόμενοι ἤχθοντο· τὰ
δὲ τῆς πόλεως ἔπραττον, ὧνπερ ἕνεκεν καὶ Σωκράτει[45]
προσῆλθον. 48. Ἀλλὰ Κρίτων τε Σωκράτους ἦν ὁμι-
λητὴς καὶ Χαιρεφῶν, καὶ Χαιρεκράτης, καὶ Ἑρμο-
κράτης, καὶ Σιμμίας, καὶ Κέβης, καὶ Φαιδώνδης, καὶ
ἄλλοι, οἳ ἐκείνῳ συνῆσαν, οὐχ ἵνα δημηγορικοὶ ἢ δικα-
νικοὶ γένοιτο, ἀλλ' ἵνα, καλοί τε κἀγαθοὶ γενόμενοι,
καὶ οἴκῳ καὶ οἰκέταις καὶ οἰκείοις[46] καὶ φίλοις καὶ πόλει
καὶ πολίταις δύναιντο καλῶς χρῆσθαι· καὶ τούτων
οὐδείς, οὔτε νεώτερος οὔτε πρεσβύτερος ὤν, οὔτ' ἐποίησε
κακὸν οὐδέν, οὔτ' αἰτίαν ἔσχεν.
     49. Ἀλλὰ Σωκράτης γ', ἔφη ὁ κατήγορος, τοὺς
πατέρας προπηλακίζειν ἐδίδασκε, πείθων μὲν τοὺς
συνόντας αὐτῷ[47] σοφωτέρους ποιεῖν τῶν πατέρων,
φάσκων δὲ κατὰ νόμον ἐξεῖναι παρανοίας ἑλόντι καὶ
τὸν πατέρα[48] δῆσαι, τεκμηρίῳ τούτῳ[49] χρώμενος, ὡς

cles; "as soon consequently as he could," he turned his steps in that direction, leaving Socrates.

[44] οὔτε γάρ. The combination of a negative and positive clause (οὔτε ἤρεσκεν, εἴ τε προσέλθοιεν) is common. Cf. III. iv. 1, οὔτε ὁπλίτην στρατευσάμενον, ἕν τε τοῖς ἱππεῦσιν οὐδὲν περίβλεπτον ποιήσαντα. Below, the construction is ἤχθοντο ἐλεγχόμενοι ὑπὲρ τούτων ἃ ἡμάρτανον. For ὑπέρ in the sense of περί see a former note I. i. 17.

[45] καὶ Σωκράτει. For the meaning of καί the reader can refer to a note on I. ii. 31. If, instead of the relative (ὧνπερ), there were, as there might be, two co-ordinate clauses, οὐ μόνον δὲ τὰ τῆς πόλεως ἔπραττον ἀλλὰ καὶ Σω-

κράτει προσῆλθον, the force of καί would be manifest. It almost seems as though the idea when conveyed by a relative sentence, still retained the καί, although it was no longer strictly right. In fact it is, as stated in the note referred to, a mechanical use of καί. Kühner remarks, I find, that after relatives "καὶ gradationem quandam significat," words from which I cannot draw any definite idea.

[46] οἰκέταις καὶ οἰκείοις. "Domestics and kinsmen."

[47] τοὺς συνόντας αὐτῷ. In what respect this differs from παρὰ τοῖς ἑαυτῷ συνοῦσι (I. ii. 51), I mean as regards the pronouns αὐτῷ and ἑαυτῷ, has been virtually already explained. Cf. I. ii. 3.

[48] ἑλόντι καὶ τὸν πατέρα.

τὸν ἀμαθέστερον ὑπὸ τοῦ σοφωτέρου νόμιμον εἴη δε-
δέσθαι. 50. Σωκράτης δὲ τὸν μὲν ἀμαθίας ἕνεκα
δεσμεύοντα δικαίως ἂν καὶ αὐτὸν ᾤετο δεδέσθαι[50] ὑπὸ
τῶν ἐπισταμένων, ἃ μὴ αὐτὸς ἐπίσταται· καὶ τῶν τοι-
ούτων ἕνεκα πολλάκις ἐσκόπει, τί διαφέρει μανίας
ἀμαθία· καὶ τοὺς μὲν μαινομένους ᾤετο συμφερόντως
ἂν δεδέσθαι καὶ αὐτοῖς καὶ τοῖς φίλοις, τοὺς δὲ μὴ
ἐπισταμένους τὰ δέοντα δικαίως ἂν μανθάνειν παρὰ
τῶν ἐπισταμένων. 51. Ἀλλὰ Σωκράτης γε, ἔφη ὁ
κατήγορος, οὐ μόνον τοὺς πατέρας, ἀλλὰ καὶ τοὺς
ἄλλους συγγενεῖς ἐποίει ἐν ἀτιμίᾳ εἶναι παρὰ τοῖς
ἑαυτῷ συνοῦσι, λέγων, ὡς οὔτε τοὺς κάμνοντας οὔτε
τοὺς δικαζομένους οἱ συγγενεῖς ὠφελοῦσιν, ἀλλὰ τοὺς
μὲν οἱ ἰατροί, τοὺς δὲ οἱ συνδικεῖν ἐπιστάμενοι.
52. Ἔφη δὲ καὶ περὶ τῶν φίλων αὐτὸν λέγειν, ὡς
οὐδὲν ὄφελος[51] εὔνους εἶναι, εἰ μὴ καὶ ὠφελεῖν δυνή-
σονται· μόνους δὲ φάσκειν αὐτὸν ἀξίους εἶναι τιμῆς
τοὺς εἰδότας τὰ δέοντα καὶ ἑρμηνεῦσαι δυναμένους·
ἀναπείθοντα οὖν τοὺς νέους αὐτόν, ὡς αὐτὸς εἴη σο-
φώτατός τε καὶ ἄλλους ἱκανώτατος ποιῆσαι σοφούς,
οὕτω διατιθέναι τοὺς ἑαυτῷ συνόντας, ὥστε μηδαμοῦ
παρ' αὐτοῖς[52] τοὺς ἄλλους εἶναι πρὸς ἑαυτόν. 53. Ἐγὼ

"After convicting him of lunacy to put even one's father under confinement." The person in whose favour judgment was given was said αἱρεῖν δίκην, the person against whom, ὀφλεῖν δίκην. If the suit in lunacy were success-ful, the next heir was directed to take charge of the property, and the lunatic no doubt put under proper restraint (δῆσαι).

[49] τεκμηρίῳ τούτῳ. "This (fact) as a proof." See note on πάντες γὰρ οὗτοι, I. ii. 42. In the next clause εἴη is the optative of the oratio obliqua.

[50] καὶ αὐτὸν ᾤετο δεδέσθαι. "Himself as well to have been consigned to safe keeping" when his victim was, for this is the sense of the perfect tense here. Below also δεδέσθαι is used in the same way, ᶠ have been sent to prison when their madness began, and kept there."

[51] ὡς οὐδὲν ὄφελος. Sc. ἐστιν αὐτοὺς εὔνους εἶναι.

[52] μηδαμοῦ παρ' αὐτοῖς. "Were of no account with them in com-parison with himself." For this sense of μηδαμοῦ or οὐδαμοῦ cf. Æschyl. Persæ 490, θεοὺς νομίζων

D

δ' αὐτὸν οἶδα μὲν[53] καὶ περὶ πατέρων ιε καὶ τῶν ἄλλων
συγγενῶν τε[54] καὶ περὶ φίλων ταῦτα λέγοντα· καὶ
πρὸς τούτοις γε δή[55], ὅτι τῆς ψυχῆς ἐξελθούσης, ἐν ᾗ
μόνῃ γίγνεται φρόνησις, τὸ σῶμα τοῦ οἰκειοτάτου
ἀνθρώπου τὴν ταχίστην ἐξενέγκαντες ἀφανίζουσιν.
54. Ἔλεγε δέ, ὅτι καὶ ζῶν ἕκαστος ἑαυτοῦ ὁ πάντων[56]
μάλιστα φιλεῖ, τοῦ σώματος ὅ,τι ἂν ἀχρεῖον ᾖ καὶ

οὐδαμοῦ, and Plato, Gorg. 456 C,
οὐδαμοῦ ἂν φανῆναι τὸν ἰατρόν.
For πρός, "in comparison with,"
cf. Thucyd. vi. 86, δυνάμει μείζονι
πρὸς τὴν τῶνδε ἰσχύν, and viii.
40, πάντα ὕστερα εἶναι πρὸς τὸ
ναῦς τε ξυμπαρακομίσαι.

[53] οἶδα μέν. This has nothing
to correspond to it; but in § 55
the narrative, in a different form,
refers back to this, for ταῦτ' οὖν
ἔλεγεν οὐ διδάσκων replaces what
would have been an exact apo-
dosis, ταῦτα δὲ λέγων οὐκ ἐδί-
δασκεν.

[54] συγγενῶν τε. The second
τέ is apparently useless, for there
are three divisions of people men-
tioned, fathers, kinsmen, friends.
But possibly the sense is rather,
"fathers, and all others, includ-
ing both kinsmen and the case of
friends" (περί), so that there are
at first two classes, fathers, and
all the rest of the world, the last
being subdivided into kinsmen
and friends. Before the last, περί
is repeated, perhaps by reason of
the proximity of λέγοντα, although
quite unnecessarily, as the sen-
tence runs really, καὶ (περὶ) τῶν
ἄλλων, συγγενῶν τε ὄντων καὶ
φίλων. I see, since writing this
note, that Kühner's idea is essen-
tially the same; and he adds,
which may be true, that φίλων
being altogether different from

the other classes, Xenophon may
have repeated the περί. As some
corroboration of this, he refers to
I. iii. 3, πρὸς φίλους δὲ καὶ ξένους
καὶ πρὸς τὴν ἄλλην δίαιταν.

[55] καὶ πρὸς τούτοις γε δή. In
Thucyd. iv. 92 there is πρός τε
γὰρ τοὺς ἀστυγείτονας πᾶσι τὸ
ἀντίπαλον καθίσταται, καὶ πρὸς
τούτους γε δή, οἳ καί κ.τ.λ., and
the same particles occur in iv.
78. The sense is plain in these
passages, "and against these, at
all events, it is assuredly true."
In fact, the particles introduce a
kind of climax. They seem then
used in enumerations where the
last member is put emphatically
with something of surprise.
Weiske quotes an apt passage
from Œcon. v. 20, ὑπὲρ ἀγρῶν
καὶ ξηρῶν καρπῶν καὶ βοῶν, καὶ
ὑπὲρ πάντων γε δὴ τῶν κτημάτων.
Translate, "aye, and more than
this."

[56] ἑαυτοῦ ὁ πάντων. The con-
struction is, ἕκαστος ἀφαιρεῖ τε
αὐτὸς καὶ ἄλλῳ παρέχει (ἀφαιρεῖν)
ὅτι ἂν τοῦ σώματος, ὃ ἑαυτοῦ
μάλιστα φιλεῖ, ἀχρεῖον ᾖ. The
genitive ἑαυτοῦ depends on ὅ,
"which of all himself he loves
most." Cf. Thucyd. i. 84, ὃ μέμ-
φονται μάλιστα ἡμῶν, where the
order is ὃ ἡμῶν ("which portion
of us, which point about us")
κ.τ.λ.

ἀνωφελές, αὐτός τε ἀφαιρεῖ καὶ ἄλλῳ παρέχει· αὐτοι
τέ γε αὐτῶν ὄνυχάς τε καὶ τρίχας καὶ τύλους ἀφαιρ-
οῦσι, καὶ τοῖς ἰατροῖς παρέχουσι μετὰ πόνων τε καὶ
ἀλγηδόνων καὶ ἀποτέμνειν καὶ ἀποκάειν, καὶ τούτων
χάριν οἴονται δεῖν αὐτοῖς καὶ μισθὸν τίνειν· καὶ τὸ
σίαλον ἐκ τοῦ στόματος ἀποπτύουσιν ὡς δύνανται πορ-
ρωτάτω, διότι ὠφελεῖ μὲν οὐδὲν αὐτοὺς ἐνόν, βλάπτει
δὲ πολὺ μᾶλλον. 55. Ταῦτ' οὖν ἔλεγεν οὐ τὸν μὲν
πατέρα ζῶντα κατορύττειν διδάσκων, ἑαυτὸν δὲ κατα-
τέμνειν, ἀλλ' ἐπιδεικνύων ὅτι τὸ ἄφρον ἄτιμόν ἐστι,
παρεκάλει ἐπιμελεῖσθαι τοῦ ὡς φρονιμώτατον εἶναι καὶ
ὠφελιμώτατον, ὅπως, ἐάν τε ὑπὸ πατρός, ἐάν τε ὑπὸ
ἀδελφοῦ, ἐάν τε ὑπὸ ἄλλου τινὸς βούληται[57] τιμᾶσθαι,
μὴ τῷ οἰκεῖος εἶναι πιστεύων ἀμελῇ, ἀλλὰ πειρᾶται,
ὑφ' ὧν ἂν βούληται τιμᾶσθαι, τούτοις ὠφέλιμος εἶναι.

56. Ἔφη δ' αὐτὸν ὁ κατήγορος καὶ τῶν ἐνδοξοτάτωι
ποιητῶν ἐκλεγόμενον τὰ πονηρότατα καὶ τούτοις μαρ-
τυρίοις χρώμενον διδάσκειν τοὺς συνόντας κακούργους
τε εἶναι καὶ τυραννικούς· Ἡσιόδου μὲν τό[58].

Ἔργον δ' οὐδὲν ὄνειδος, ἀεργίη δέ τ' ὄνειδος,

τοῦτο δὴ λέγειν αὐτόν, ὡς ὁ ποιητὴς κελεύει μηδενὸς
ἔργου μήτε ἀδίκου μήτε αἰσχροῦ ἀπέχεσθαι, ἀλλὰ καὶ

---

[57] βούληται. The subject here is τίς or ἕκαστος, taken from the virtual object of παρεκάλει. Below, in τῷ οἰκεῖος εἶναι, the nominative is right, because the subject of ἀμελῇ is in the nominative case; whereas above, in τοῦ ὡς φρονιμώτατον εἶναι, the subject of ἐπιμελεῖσθαι is itself in the accusative.

[58] Ἡσιόδου μὲν τό. The article is prefixed to a quotation, in the sense of "the passage," "the phrase," &c. The corresponding words to this clause are

τὸ δὲ Ὁμήρου, further down. The remark of Hesiod was only this, that agricultural work was no disgrace (οὐδὲν ὄνειδος). The cavillers at Socrates accused him of saying that no kind of work (good or bad, as long as it is work) is a disgrace to a man. Ἔργον is especially used for agricultural works, or even tilled fields, cf. Callim. Lavacr. Pall. 62, Βοιωτῶν ἔργα διερχομένα, as such work in the primitive ages was the chief occupation.

ταῦτα⁵⁹ ποιεῖν ἐπὶ τῷ κέρδει. 57. Σωκράτης δ᾽ ἐπειδὴ
ὁμολογήσαιτο⁶⁰ τὸ μὲν ἐργάτην εἶναι ὠφέλιμόν τε
ἀνθρώπῳ καὶ ἀγαθὸν εἶναι, τὸ δὲ ἀργὸν βλαβερόν τε
καὶ κακόν, καὶ τὸ μὲν ἐργάζεσθαι ἀγαθόν, τὸ δὲ ἀργεῖν
κακόν, τοὺς μὲν ἀγαθόν τι ποιοῦντας ἐργάζεσθαί τε ἔφη
καὶ ἐργάτας ἀγαθοὺς εἶναι· τοὺς δὲ κυβεύοντας ἤ τι
ἄλλο πονηρὸν καὶ ἐπιζήμιον ποιοῦντας ἀργοὺς ἀπε-
κάλει. Ἐκ δὲ τούτων ὀρθῶς ἂν ἔχοι τό·

   Ἔργον δ᾽ οὐδὲν ὄνειδος, ἀεργίη δέ τ᾽ ὄνειδος.

58. Τὸ δὲ Ὁμήρου ἔφη ὁ κατήγορος πολλάκις αὐτὸν
λέγειν, ὅτι Ὀδυσσεὺς⁶¹

   Ὅντινα μὲν βασιλῆα καὶ ἔξοχον ἄνδρα κιχείη,
   τὸν δ᾽ ἀγανοῖς ἐπέεσσιν ἐρητύσασκε παραστάς·
   ‘ δαιμόνι᾽, οὔ σε ἔοικε κακὸν ὣς δειδίσσεσθαι,
   ἀλλ᾽ αὐτός τε κάθησο καὶ ἄλλους ἵδρυε λαούς.’
   ὃν δ᾽ αὖ δήμου τ᾽ ἄνδρα ἴδοι, βοόωντά τ᾽ ἐφεύροι,
   τὸν σκήπτρῳ ἐλάσασκεν, ὁμοκλήσασκέ τε μύθῳ·
   ‘ δαιμόνι᾽, ἀτρέμας ἧσο καὶ ἄλλων μῦθον ἄκουε,
   οἳ σέο φέρτεροί εἰσι· σὺ δ᾽ ἀπτόλεμος καὶ ἄναλκις,
   οὔτε ποτ᾽ ἐν πολέμῳ ἐναρίθμιος, οὔτ᾽ ἐνὶ βουλῇ.’

ταῦτα δὴ αὐτὸν ἐξηγεῖσθαι, ὡς ὁ ποιητὴς ἐπαινοίη
παίεσθαι τοὺς δημότας καὶ πένητας⁶². 59. Σωκράτης

---

⁵⁹ καὶ ταῦτα. Sc. τὰ ἄδικά τε
καὶ αἰσχρὰ ἔργα. For the sense
of ἐπί (with a view to), cf. Thu-
cyd. vi. 28, ἐπὶ δήμου καταλύσει
ἡ περικοπὴ γένοιτο.
⁶⁰ ἐπείδη ὁμολογήσαιτο. This
is the optative of indefinite fre-
quency. Cf. Xen. Anab. I. v. 2,
οἱ ὄνοι ἐπεί τις διώκοι, εἱστήκεσαν.
If the indicative were used here,
it would limit the remark to
some one particular occasion.
Cf. Thucyd. vi. 18, ἐπειδή γε καὶ
ξυνωμόσαμεν. Xenophon's de-

fence supposes the passage of
Hesiod to be explained as follows.
no real, genuine work (by which
is understood work that does
good) is a disgrace. But this is
not what Hesiod meant.
⁶¹ Ὀδυσσεύς. See Il. ii. 188.
Ulysses was polite to the great
men, and rude to the little; and
the connexion of Socrates with
Critias and Alcibiades strength-
ened the suspicion of his anti-
democratical bias.
⁶² τοὺς δημότας καὶ πένητας.

δ' οὐ ταῦτ' ἔλεγε· καὶ γὰρ ἑαυτὸν οὕτω γ' ᾤετο δεῖν
παίεσθαι· ἀλλ' ἔφη δεῖν τοὺς μήτε λόγῳ μήτ' ἔργῳ
ὠφελίμους ὄντας, μήτε στρατεύματι μήτε πόλει μήτε
αὑτῷ τῷ δήμῳ, εἴ τι δέοι, βοηθεῖν ἱκανούς, ἄλλως τ'
ἐὰν [63] πρὸς τούτῳ καὶ θρασεῖς ὦσι, πάντα τρόπον
κωλύεσθαι, κἂν πάνυ πλούσιοι τυγχάνωσιν ὄντες.
60. Ἀλλὰ Σωκράτης γε τἀναντία τούτων φανερὸς ἦν
καὶ δημοτικὸς καὶ φιλάνθρωπος ὤν· ἐκεῖνος γὰρ πολ-
λοὺς ἐπιθυμητὰς [64] καὶ ἀστοὺς καὶ ξένους λαβὼνοὐδένα
πώποτε μισθὸν τῆς συνουσίας ἐπράξατο, ἀλλὰ πᾶσιν
ἀφθόνως ἐπήρκει τῶν ἑαυτοῦ· ὧν τινες μικρὰ μέρη παρ
ἐκείνου προῖκα λαβόντες πολλοῦ τοῖς ἄλλοις ἐπώλουν,
καὶ οὐκ ἦσαν, ὥσπερ ἐκεῖνος. δημοτικοί· τοῖς γὰρ μὴ
ἔχουσι χρήματα διδόναι οὐκ ἤθελον διαλέγεσθαι. 61.
Ἀλλὰ Σωκράτης γε καὶ πρὸς τοὺς ἄλλους ἀνθρώ-
πους [65] κόσμον τῇ πόλει παρεῖχε πολλῷ μᾶλλον ἢ
Λίχας τῇ Λακεδαιμονίων, ὃς ὀνομαστὸς ἐπὶ τούτῳ γέ-
γονε. Λίχας μὲν γὰρ ταῖς γυμνοπαιδίαις [66] τοὺς ἐπι-
δημοῦντας ἐν Λακεδαίμονι ξένους ἐδείπνιζε· Σωκράτης

For the single article, see note on
I. i. 19. Also for the imperfect,
ἂν ᾤετο, see note on I. i. 5.

[63] ἄλλως τ' ἐὰν ὦσι. A com-
moner form is ἄλλως τε καὶ ἐάν,
"and especially if." Here the
sense is, "and otherwise than this,
if they are besides rash as well."
Cf. Thucyd. vi. 72, οὐ μέντοι
τοσοῦτόν γε λειφθῆναι ὅσον εἰκὸς
εἶναι, ἄλλως τε τοῖς πρώτοις ἀντ-
αγωνισαμένους. Of course here
the hypothetical clause ἐὰν θρα-
σεῖς ὦσι replaces an adjectival
one, τοὺς μὴ ἱκανούς.

[64] ἐπιθυμητάς. "Desirous (of
his company)." Cf. I. ii. 5, τοὺς
ἑαυτοῦ ἐπιθυμοῦντας. Below, τῶν
ἑαυτοῦ is a partitive genitive,
"he aided all liberally with por-

tions of what belonged to him-
self." The construction is like
that of μεταδίδωμι. Cf. Herod. i.
143, μεταδοῦναι αὐτοῦ μηδαμοῖσι
ἄλλοισι.

[65] πρὸς τοὺς ἄλλους ἀνθρώπους.
"Extending even to the rest of
the world." Εἰς is also used in
this way. Cf. Plato, Symp. 179 B,
Ἄλκηστις ἱκανὴν παρέχεται μαρ-
τυρίαν εἰς τοὺς Ἕλληνας.

[66] ταῖς γυμνοπαιδίαις. A fes-
tival at Sparta when boys danced
round the statues of Latona,
Artemis, and Apollo, in memory
of the heroes who fell in the
combat at Thyrea, when Othry-
ades gained the victory for his
countrymen.

δὲ διὰ παντὸς τοῦ βίου τὰ ἑαυτοῦ δαπανῶν τὰ μέγιστα [67]
πάντας τοὺς βουλομένους ὠφέλει· βελτίους γὰρ ποιῶν
τοὺς συγγιγνομένους ἀπέπεμπεν.

62. Ἐμοὶ μὲν δὴ [68] Σωκράτης τοιοῦτος ὢν ἐδόκει
τιμῆς ἄξιος εἶναι τῇ πόλει μᾶλλον ἢ θανάτου. Καὶ
κατὰ τοὺς νόμους δὲ σκοπῶν ἄν τις τοῦθ᾽ εὕροι. Κατὰ
γὰρ τοὺς νόμους, ἐάν τις φανερὸς γένηται κλέπτων
ἢ λωποδυτῶν ἢ βαλαντιοτομῶν ἢ τοιχωρυχῶν ἢ ἀν-
δραποδιζόμενος ἢ ἱεροσυλῶν, τούτοις θάνατός ἐστιν ἡ
ζημία· ὧν ἐκεῖνος πάντων ἀνθρώπων πλεῖστον ἀπεῖχεν.
63. Ἀλλὰ μὴν τῇ πόλει γε [69] οὔτε πολέμου κακῶς συμ-
βάντος, οὔτε στάσεως οὔτε προδοσίας, οὔτε ἄλλου κακοῦ
οὐδενὸς πώποτε αἴτιος ἐγένετο. Οὐδὲ μὴν [70] ἰδίᾳ γε
οὐδένα πώποτε ἀνθρώπων οὔτε ἀγαθῶν ἀπεστέρησεν,
οὔτε κακοῖς περιέβαλεν· ἀλλ᾽ οὐδ᾽ αἰτίαν τῶν εἰρημένων
οὐδενὸς πώποτ᾽ ἔσχε. 64. Πῶς οὖν ἔνοχος ἂν εἴη τῇ
γραφῇ; ὃς ἀντὶ μὲν τοῦ [71] μὴ νομίζειν θεούς, ὡς ἐν τῇ
γραφῇ γέγραπτο, φανερὸς ἦν θεραπεύων τοὺς θεοὺς

[67] τὰ μέγιστα. This is really
a cognate accusative after ὠφέλει,
being equivalent to ὠφέλει πάντας
τοὺς βουλομένους τὰ μέγιστα ὠφε-
λήματα. Below ποιῶν seems less
natural than ποιήσας. The sense
however must be, that Socrates
dismissed his associates in the
midst of attempts to improve
them.

[68] Ἐμοὶ μὲν δή. These words
seem to have no clause with δέ
or an equivalent answering to
them. The antithesis suggested
by the sentence is τοῖς δὲ ἄλλοις
ἄλλως ἂν δοκοίη.

[69] Ἀλλὰ μὴν τῇ πόλει γε. "But
most assuredly (as an undoubted
fact) to the city at all events," as
contrasted with ἰδίᾳ below; where
ἰδίᾳ itself is again contrasted with
πόλει, very much on the same

principle as the double καί in
such cases as εἴ τις καὶ ἄλλος, καὶ
οὗτος.

[70] Οὐδὲ μήν. The distinction
between οὐδέ and οὔτε is clearly
seen here. Οὐδέ connects one
sentence with a preceding one;
οὔτε . . . οὔτε are used when
"neither . . . nor" is required.
When οὐδέ qualifies a single word,
it means "not even."

[71] ὃς ἀντὶ μὲν τοῦ κ.τ.λ. For
the use of ὅς or ὅστις, emphati-
cally "a man who," cf. Soph.
Ajax 457, καὶ νῦν τί χρὴ δρᾶν,
ὅστις ἐμφανῶς θεοῖς ἐχθαίρομαι.
With respect to γέγραπτο and
the omitted augment, Kühner
observes that this occurs some-
times when a long vowel pre-
cedes (as here, γραφῇ).

μάλιστα τῶν ἄλλων ἀνθρώπων· ἀντὶ δὲ τοῦ διαφθείρειν
τοὺς νέους, ὃ δὴ ὁ γραψάμενος αὐτὸν ᾐτιᾶτο, φανερὸς
ἦν τῶν συνόντων[72] τοὺς πονηρὰς ἐπιθυμίας ἔχοντας
τούτων μὲν παύων, τῆς δὲ καλλίστης καὶ μεγαλο-
πρεπεστάτης ἀρετῆς, ᾗ πόλεις τε καὶ οἶκοι εὖ οἰκοῦσι,
προτρέπων ἐπιθυμεῖν· ταῦτα δὲ πράττων πῶς οὐ με-
γάλης ἄξιος ἦν τιμῆς τῇ πόλει ;

CHAPTER III.

1. Ὡς δὲ δὴ καὶ ὠφελεῖν[73] ἐδόκει μοι τοὺς ξυνόντας
τὰ μὲν ἔργῳ δεικνύων ἑαυτὸν οἷος ἦν, τὰ δὲ καὶ δια-
λεγόμενος, τούτων δὴ γράψω ὁπόσα ἂν διαμνημονεύσω.
Τὰ μὲν τοίνυν[74] πρὸς τοὺς θεοὺς φανερὸς ἦν καὶ ποιῶν
καὶ λέγων ᾗπερ ἡ Πυθία ὑποκρίνεται τοῖς ἐρωτῶσι,
πῶς δεῖ ποιεῖν ἢ περὶ θυσίας ἢ περὶ προγόνων θερα-
πείας ἢ περὶ ἄλλου τινὸς τῶν τοιούτων· ἥ τε γὰρ
Πυθία νόμῳ πόλεως ἀναιρεῖ ποιοῦντας[75] εὐσεβῶς ἂν
ποιεῖν, Σωκράτης τε οὕτως καὶ αὐτὸς ἐποίει καὶ τοῖς
ἄλλοις παρήνει, τοὺς δὲ ἄλλως πως ποιοῦντας περιέρ-
γους καὶ ματαίους ἐνόμιζεν εἶναι. 2. Καὶ εὔχετο δὲ
πρὸς τοὺς θεοὺς ἁπλῶς τἀγαθὰ διδόναι, ὡς τοὺς θεοὺς

---

[72] τῶν συνόντων. This depends
on the τοὺς πονηρὰς ἐπιθυμίας
ἔχοντας, " those of his associates
who," &c. In this and similar
cases with relatives, the genitive
stands first generally. Cf. Thu-
cyd. iii. 39, τῶν δὲ πόλεων αἷς ἂν
μάλιστα εὐπραξία ἔλθῃ, and iv.
80, αὐτῶν ὅσοι ἀξιοῦσιν κ.τ.λ.

[73] καὶ ὠφελεῖν. Socrates not
only did not corrupt his asso-
ciates (τοὺς νέους διαφθείρων, I.
1. 1), he actually did the reverse,
for he improved them.

[74] Τὰ μὲν τοίνυν. To this is

opposed διαίτῃ δέ in § 5. Below,
for ὑποκρίνεσθαι cf. Herod. i. 78,
ἡ Πυθία ὑπεκρίνατο τοῖσι Λυδοῖσι.
The same word is found in Thu-
cyd. vii. 44, but there ἀποκρί-
νεσθαι is a various reading, and is
a far commoner word.

[75] ποιοῦντας. Not " those who
act," for the article would be
used, but the people already
mentioned are referred to ; " if
they act, they would do," &c.
Below, after παρήνει, add οὕτως
ποιεῖν.

κάλλιστα εἰδότας[76], ὁποῖα ἀγαθά ἐστι· τοὺς δ' εὐχο-
μένους χρυσίον ἢ ἀργύριον ἢ τυραννίδα ἢ ἄλλο τι τῶν
τοιούτων οὐδὲν διάφορον ἐνόμιζεν εὔχεσθαι, ἢ εἰ κυ-
βείαν ἢ μάχην ἢ ἄλλο τι εὔχοιντο τῶν φανερῶς ἀδήλων
ὅπως ἀποβήσοιτο. 3. Θυσίας δὲ θύων μικρὰς ἀπὸ
μικρῶν οὐδὲν ἡγεῖτο μειοῦσθαι τῶν ἀπὸ πολλῶν καὶ
μεγάλων πολλὰ καὶ μεγάλα θυόντων· οὔτε γὰρ τοῖς
θεοῖς ἔφη καλῶς ἔχειν[77], εἰ ταῖς μεγάλαις θυσίαις
μᾶλλον ἢ ταῖς μικραῖς ἔχαιρον· πολλάκις γὰρ ἂν
αὐτοῖς τὰ παρὰ τῶν πονηρῶν μᾶλλον ἢ τὰ παρὰ τῶν
χρηστῶν εἶναι κεχαρισμένα· οὔτ' ἂν τοῖς ἀνθρώποις
ἄξιον εἶναι ζῆν, εἰ τὰ παρὰ τῶν πονηρῶν μᾶλλον ἦν
κεχαρισμένα τοῖς θεοῖς ἢ τὰ παρὰ τῶν χρηστῶν· ἀλλ'
ἐνόμιζε τοὺς θεοὺς ταῖς παρὰ τῶν εὐσεβεστάτων τιμαῖς
μάλιστα χαίρειν. Ἐπαινέτης δ' ἦν καὶ τοῦ ἔπους
τούτου·

Κὰδ δύναμιν[78] δ' ἔρδειν ἱέρ' ἀθανάτοισι θεοῖσι·

καὶ πρὸς φίλους δὲ καὶ ξένους καὶ πρὸς τὴν ἄλλην
δίαιταν καλὴν ἔφη παραίνεσιν εἶναι τὴν Κὰδ δύναμιν[79]

---

[76] ὡς εἰδότας. Cf. I. ii. 20, ὡς
τὴν μὲν τῶν χρηστῶν κ.τ.λ. For
the general sentiment compare
Juv. x. 347, " Permittes ipsis ex-
pendere numinibus, quid Conve-
niat nobis, rebusque sit utile
nostris. Nam pro jucundis aptis-
sima quæque dabunt Di, Carior
est illis homo quam sibi." Also
Plato, Alcib. ii. 148 C, οἱ Λακε-
δαιμόνιοι ἑκάστοτε εὐχὴν εὔχον-
ται, τὰ καλὰ ἐπὶ τοῖς ἀγαθοῖς τοὺς
θεοὺς διδόναι κελεύοντες, and that
dialogue generally.

[77] ἔφη καλῶς ἔχειν. There is no
ἂν required with ἔχειν, because
καλὸν ἦν and the like phrases are
used without ἂν, just as the
Latins said " longum erat." This

sentence can be put into English
with a similar idiom, "if they
really rejoiced ... it was a bad
thing for them." In fact, as
Kühner remarks, the ἂν might
have been omitted below in ἄξιον
ἂν εἶναι for the same reason.

[78] Κὰδ δύναμιν. Hesiod, Oper.
et Dies 336. For the repetition
of πρός with τὴν ἄλλην, see note
on περὶ φίλων, I. ii. 53. Here
φίλους and ξένους are put toge-
ther as forming one idea opposed
to τὴν ἄλλην δίαιταν.

[79] τὴν Κὰδ δύναμιν. That is,
τὴν παραίνεσιν Κὰδ δύναμιν ἔρδειν
εἶναι καλὴν παραίνεσιν. It might
have been also expressed by τό.

ἔρδειν. 4. Εἰ δέ τι δόξειεν[80] αὐτῷ σημαίνεσθαι παρὰ τῶν θεῶν, ἧττον ἂν ἐπείσθη παρὰ τὰ σημαινόμενα ποιῆσαι, ἢ εἴ τις αὐτὸν ἔπειθεν ὁδοῦ λαβεῖν ἡγεμόνα τυφλὸν καὶ μὴ εἰδότα τὴν ὁδὸν ἀντὶ βλέποντος καὶ εἰδότος· καὶ τῶν ἄλλων δὲ μωρίαν κατηγόρει, οἵτινες παρὰ τὰ παρὰ τῶν θεῶν σημαινόμενα ποιοῦσί τι φυλαττόμενοι τὴν παρὰ τοῖς ἀνθρώποις[81] ἀδοξίαν. Αὐτὸς δὲ πάντα τἀνθρώπινα ὑπερεώρα πρὸς τὴν παρὰ τῶν θεῶν ξυμβουλίαν.

5. Διαίτῃ δὲ τήν τε ψυχὴν ἐπαίδευσε καὶ τὸ σῶμα, ᾗ χρώμενος ἄν τις, εἰ μή τι δαιμόνιον εἴη, θαρραλέως καὶ ἀσφαλῶς διάγοι καὶ οὐκ ἂν ἀπορήσειε τοσαύτης δαπάνης. Οὕτω γὰρ εὐτελὴς ἦν, ὥστ᾽ οὐκ οἶδ᾽, εἴ τις οὕτως ἂν ὀλίγα ἐργάζοιτο, ὥστε μὴ λαμβάνειν[82] τὰ Σωκράτει ἀρκοῦντα· σίτῳ μὲν γὰρ τοσούτῳ ἐχρῆτό, ὅσον ἡδέως ἤσθιε· καὶ ἐπὶ τοῦτο οὕτω παρεσκευασμένος ᾔει, ὥστε τὴν ἐπιθυμίαν τοῦ σίτου ὄψον αὐτῷ εἶναι·

[80] Εἰ δέ τι δόξειεν. This optative is not to be confounded with the pure hypothetical optative in such cases as εἰ ἔχοι διδοίη ἄν, for ἐπείσθη ἄν would not be a natural sequence. But it is really equivalent to an optative of indefinite frequency, like ἐπειδὴ ὁμολογήσαιτο in I. ii. 57. Below, ἔπειθεν is "tried to persuade him."

[81] παρὰ τοῖς ἀνθρώποις. The meaning of παρά is distinct from that of the same preposition in the line before. It is here, "the disrepute existing amongst men;" the other, "the indications sent from the gods." Below, for the comparative force of πρός, see I. ii. 52 (εἶναι πρὸς ἑαυτόν).

[82] ὥστε μὴ λαμβάνειν. The difference between ὥστε οὐκ and ὥστε μή is here clearly marked. The former is naturally found when an indicative follows, for the negative result is then asserted to have followed as a matter of fact. With ὥστε μή and an infinitive the result is not asserted to have followed; there is only stated a capability of its following from the premises. Socrates was frugal; there was a positive consequence of this, viz. ignorance on Xenophon's part of the possibility of any man not having at least thus much; this is ὥστε οὐκ οἶδα. A man could hardly be conceived working little enough not to receive, if he did work, thus much: this is ὥστε μὴ λαμβάνειν. It is to be observed that ὥστε with an infinitive does not preclude the actual occurrence of the event; but it does not distinctly assert its occurrence, only its possible occurrence.

ποτὸν δὲ πᾶν ἡδὺ ἦν αὐτῷ διὰ τὸ μὴ πίνειν, εἰ
μὴ διψῴη. 6. Εἰ δέ ποτε κληθεὶς ἐθελήσειεν
ἐπὶ δεῖπνον ἐλθεῖν, ὃ τοῖς πλείστοις ἐργωδέστατόν
ἐστιν, ὥστε φυλάξασθαι τὸ ὑπὲρ τὸν καιρὸν ἐμπίπλασ-
θαι, τοῦτο ῥᾳδίως πάνυ ἐφυλάττετο· τοῖς δὲ μὴ δυνα-
μένοις τοῦτο ποιεῖν συνεβούλευε φυλάττεσθαι τὰ πεί-
θοντα μὴ πεινῶντας ἐσθίειν μηδὲ διψῶντας πίνειν· καὶ
γὰρ τὰ λυμαινόμενα γαστέρας καὶ κεφαλὰς καὶ ψυχὰς
ταῦτ᾽ ἔφη εἶναι. 7. Οἴεσθαι δ᾽ ἔφη ἐπισκώπτων καὶ
τὴν Κίρκην ὗς ποιεῖν τοιούτοις πολλοῖς δειπνίζουσαν·
τὸν δὲ Ὀδυσσέα Ἑρμοῦ τε ὑποθημοσύνῃ καὶ αὐτὸν
ἐγκρατῆ ὄντα[83], καὶ ἀποσχόμενον τὸ ὑπὲρ τὸν καιρὸν
τῶν τοιούτων ἅπτεσθαι, διὰ ταῦτα οὐδὲ γενέσθαι ὗν[84].

8. Τοιαῦτα μὲν περὶ τούτων ἔπαιζεν ἅμα σπουδάζων·
ἀφροδισίων δὲ παρῄνει τῶν καλῶν ἰσχυρῶς ἀπέχεσθαι·
οὐ γὰρ ἔφη ῥᾴδιον εἶναι τῶν τοιούτων ἁπτόμενον σω-
φρονεῖν. Ἀλλὰ καὶ Κριτόβουλόν[85] ποτε τὸν Κρίτωνος
πυθόμενος ὅτι ἐφίλησε τὸν Ἀλκιβιάδου υἱὸν καλὸν
ὄντα, παρόντος τοῦ Κριτοβούλου, ἤρετο Ξενοφῶντα·
9. Εἰπέ μοι, ἔφη, ὦ Ξενοφῶν, οὐ σὺ Κριτόβουλον
ἐνόμιζες εἶναι τῶν σωφρονικῶν[86] ἀνθρώπων μᾶλλον ἢ
τῶν θρασέων, καὶ τῶν προνοητικῶν μᾶλλον ἢ τῶν
ἀνοήτων τε καὶ ῥιψοκινδύνων; Πάνυ μὲν οὖν, ἔφη ὁ

[83] αὐτὸν ἐγκρατῆ ὄντα. This
participial clause corresponds to
the dative ὑποθημοσύνῃ, by a
variation of expression very com-
mon. For the construction below,
ἀποσχόμενον τὸ ὑπέρ κ.τ.λ., in-
stead of the genitive, cf. Plato,
Repub. 354 B, οὐκ ἀπεσχόμην τὸ
μὴ οὐκ ἐπὶ τοῦτο ἐλθεῖν. Thucyd.
v. 25 has ἀπέσχοντο μὴ στρα-
τεῦσαι.

[84] οὐδὲ γενέσθαι ὗν. "Did not
so much as ever become a pig."
The companions of Ulysses did
become swine, although after-

wards restored to their human
shape: Ulysses escaped alto-
gether. Below, τῶν καλῶν ἀφρο-
δισίων is "beautiful objects of
affection."

[85] Κριτόβουλον. The idiom of
our language would naturally
lead us to make this the subject
of the secondary clause. The
Greek idiom makes it the object
of πυθόμενος in the primary one.

[86] τῶν σωφρονικῶν. "One of
the," &c. Cf. Plato, Gorg. 458 A,
ἐγὼ δὲ τίνων εἰμί; τῶν ἡδέως μὲν
ἂν ἐλεγχθέντων.

Ξενοφῶν. Νῦν τοίνυν νόμιζε αὐτὸν θερμουργότατον
εἶναι καὶ λεωργότατον· οὗτος κἂν [87] εἰς μαχαίρας κυ-
βιστήσειε, κἂν εἰς πῦρ ἄλοιτο. 10. Καὶ τί δή [88], ἔφη
ὁ Ξενοφῶν, ἰδὼν ποιοῦντα, τοιαῦτα κατέγνωκας αὐτοῦ;
Οὐ γὰρ οὗτος, ἔφη, ἐτόλμησε τὸν Ἀλκιβιάδου υἱὸν
φιλῆσαι, ὄντα εὐπροσωπότατον καὶ ὡραιότατον; Ἀλλ᾽
εἰ μέντοι [89], ἔφη ὁ Ξενοφῶν, τοιοῦτόν ἐστι τὸ ῥιψοκίν-
δυνον ἔργον, κἂν ἐγὼ δοκῶ μοι τὸν κίνδυνον τοῦτον
ὑπομεῖναι. 11. Ὦ τλῆμον, ἔφη ὁ Σωκράτης, καὶ τι
ἂν οἴει παθεῖν καλὸν φιλήσας; ἆρ᾽ οὐκ ἂν [90] αὐτίκα
μάλα δοῦλος μὲν εἶναι ἀντ᾽ ἐλευθέρου; πολλὰ δὲ δα-
πανᾶν εἰς βλαβερὰς ἡδονάς; πολλὴν δὲ ἀσχολίαν
ἔχειν τοῦ ἐπιμεληθῆναί τινος καλοῦ κἀγαθοῦ; σπουδά-
ζειν δ᾽ ἀναγκασθῆναι ἐφ᾽ οἷς οὐδ᾽ ἂν μαινόμενος σπου-

[87] οὗτος κἄν. There seems to be no connecting particle here, because οὗτος is emphatic. Cf. Plato, Repub. 340 B, τὸ τοῦ κρείττονος ξυμφέρον ἔλεγεν ὃ ἡγεῖτο ὁ κρείττων αὑτῷ ξυμφέρειν· τοῦτο ποιητέον εἶναι, where Stallbaum says, "cum majore vocis intentione pronuntiandum est."

[88] Καὶ τί δή. The force of καί is to be noticed. It is used in this position with interrogatives when something of surprise or indignation is conveyed. Cf. III. ix. 12, καὶ πῶς ἄν, ἔφη, ἐξείη μὴ πείθεσθαι ἐπικειμένης γε ζημίας. It is very common in the tragic writers. On the other hand, πῶς καί only asks for further information, without any of the sentiment expressed in καὶ πῶς. Here the order is, καὶ ἰδὼν (αὐτὸν) ποιοῦντα τί κατέγνωκας αὐτοῦ. For this use of τίς, whereby the question is reserved to some distance in the sentence, cf. II. ii. 1, κατα-μεμάθηκας οὖν τοὺς τί ποιοῦν-

τας τὸ ὄνομα τοῦτο ἀποκαλοῦσιν; Translate, "What have you known him do, that you think so poorly of him?"

[89] Ἀλλ᾽ εἰ μέντοι. Cf. II. i. 12, where . the particles seem clearly to mean, "but if in good truth." Cf. Plato, Phædo 68 B, οὐ πολλὴ ἂν ἀλογία εἴη; πολλὴ μέντοι νὴ Δία. This is in accordance with its derivation, "for one thing (μέν), this " (τῷ).

[90] ἆρ᾽ οὐκ ἂν. That is, οὐκ οἴει εἶναι ἄν κ.τ.λ. Below, ἀσχο-λίαν πολλὴν ἔχειν means, "to have no time for." The genitive seems to be one of general relationship, so that the real force of the sentence is, "to have entire want of leisure in the matter of paying attention to." It seems like a construction in Thucyd. vii. 21, ξυνέπειθεν τοῦ μὴ ἀθυμεῖν, "persuaded them in the matter of not being despondent." Ἀσχο-λία ποιεῖν, τοῦ ποιεῖν, τῷ ποιεῖν, εἰς τὸ μὴ ποιεῖν, are all found.

δάσειεν; 12. ʾΩ ʿΗράκλεις, ἔφη ὁ Ξενοφῶν, ὡς δεινήν
τινα λέγεις δύναμιν τοῦ φιλήματος εἶναι. Καὶ τοῦτο,
ἔφη ὁ Σωκράτης, θαυμάζεις; οὐκ οἶσθα, ἔφη, τὰ φα-
λάγγια, οὐδʼ ἡμιωβολιαῖα τὸ μέγεθος ὄντα, προσαψά-
μενα μόνον τῷ στόματι ταῖς τε ὀδύναις ἐπιτρίβει
τοὺς ἀνθρώπους, καὶ τοῦ φρονεῖν[91] ἐξίστησιν; Ναὶ
μὰ Δίʼ, ἔφη ὁ Ξενοφῶν· ἐνίησι γάρ τι τὰ φαλάγγια
κατὰ τὸ δῆγμα. 13. ʾΩ μωρέ, ἔφη ὁ Σωκράτης, τοὺς
δὲ καλοὺς[92] οὐκ οἴει φιλοῦντας ἐνιέναι τι, ὅτι σὺ οὐχ
ὁρᾷς; οὐκ οἶσθʼ, ὅτι τοῦτο τὸ θηρίον, ὃ καλοῦσι καλὸν
καὶ ὡραῖον, τοσούτῳ δεινότερόν ἐστι τῶν φαλαγγίων,
ὅσῳ[93] ἐκεῖνα μὲν[94] ἀψάμενα, τοῦτο δὲ οὐδʼ ἁπτόμενον,
ἐὰν δέ τις αὐτὸ θεᾶται, ἐνίησί τι καὶ πάνυ πρόσωθεν
τοιοῦτον, ὥστε μαίνεσθαι ποιεῖν; ἴσως δὲ καὶ οἱ Ἔρωτες
τοξόται διὰ τοῦτο καλοῦνται, ὅτι καὶ πρόσωθεν οἱ καλοὶ
τιτρώσκουσιν. Ἀλλὰ συμβουλεύω σοι, ὦ Ξενοφῶν,
ὁπόταν ἴδῃς τινὰ καλόν, φεύγειν προτροπάδην· σοὶ δέ,
ὦ Κριτόβουλε, συμβουλεύω ἀπενιαυτίσαι· μόλις γὰρ

[91] καὶ τοῦ φρονεῖν. Cf. II. i.
4, ἐξιστάμενοι τοῦ τὰ δεινὰ ἀνα-
λογίζεσθαι.
[92] τοὺς δὲ καλούς. A clause
must be supplied to account for
the δέ, such as τὰ μὲν φαλάγγια
οἴει ἐνιέναι τι, τοὺς δὲ καλούς
κ.τ.λ.
[93] τοσούτῳ ... ὅσῳ. The real
proportion to be expressed would
properly be conveyed by a com-
parative in both clauses. "This
creature is cleverer than spiders,
in whatever proportion it is harder
to produce their effect without
touching, than whilst touching."
But here the second part of the
enunciation contains only a state-
ment of the different conditions
under which the same result
follows. Kühner quotes a similar

passage from Plato, Euthyph.
11 D, κινδυνεύω δεινότερος γεγον-
έναι ὅσῳ ὁ μὲν τὰ αὑτοῦ μόνα
ἐποίει οὐ μένοντα, ἐγὼ δὲ καὶ τὰ
ἀλλότρια.
[94] ἐκεῖνα μέν. It will be no-
ticed that ἐκεῖνος refers to the
last mentioned (φαλάγγια) instead
of the more remote. But οὗτος
is required for the immediate
subject of the sentence (τοῦτο τὸ
θηρίον) for the sake of emphasis.
See IV. iii. 10. The difference
of tense in ἀψάμενα and ἁπτό-
μενον is natural enough: they
produce their effect after touch-
ing; this, without even attempt-
ing to touch at all, but if a
person only so much as looks at
it. Throughout the remainder of
the sentence καί means "even."

ἂν ἴσως ἐν τοσούτῳ χρόνῳ τὸ δῆγμα ὑγιὴς γένοιο.
14. Οὕτω δὴ καὶ ἀφροδισιάζειν τοὺς μὴ ἀσφαλῶς ἔχον-
τας πρὸς ἀφροδίσια ᾤετο χρῆναι πρὸς τοιαῦτα, οἷα, μὴ
πάνυ μὲν δεομένου ⁹⁵ τοῦ σώματος, οὐκ ἂν προσδέξαιτο
ἡ ψυχή, δεομένου δέ, οὐκ ἂν πράγματα παρέχοι.
Αὐτὸς δὲ πρὸς ταῦτα φανερὸς ἦν οὕτω παρεσκευασ-
μένος, ὥστε ῥᾷον ἀπέχεσθαι τῶν καλλίστων καὶ ὡραιο-
τάτων ἢ οἱ ἄλλοι τῶν αἰσχίστων καὶ ἀωροτάτων.
15. Περὶ μὲν δὴ βρώσεως καὶ πόσεως καὶ ἀφροδισίων
οὕτω κατεσκευασμένος ἦν· καὶ ᾤετο οὐδὲν ἂν ἧττον
ἀρκούντως ἤδεσθαι τῶν πολλὰ ἐπὶ τούτοις πραγμα-
τευομένων, λυπεῖσθαι δὲ πολὺ ἔλαττον.

CHAPTER IV.

1. Εἰ δέ τινες Σωκράτην νομίζουσιν, ὡς ἔνιοι γράφ-
ουσί τε καὶ λέγουσι περὶ αὐτοῦ τεκμαιρόμενοι ⁹⁶,
προτρέψασθαι μὲν ἀνθρώπους ἐπ’ ἀρετὴν κράτιστον
γεγονέναι, προαγαγεῖν δ’ ἐπ’ αὐτὴν οὐχ ἱκανόν· σκεψά-
μενοι μὴ μόνον ⁹⁷ ἃ ἐκεῖνος κολαστηρίου ἕνεκα τοὺς
πάντ’ οἰομένους εἰδέναι ἐρωτῶν ἤλεγχεν, ἀλλὰ καὶ ἃ
λέγων συνημέρευε τοῖς συνδιατρίβουσι, δοκιμαζόντων,
εἰ ἱκανὸς ἦν βελτίους ποιεῖν τοὺς συνόντας. 2. Λέξω
δὲ πρῶτον ἅ ποτε αὐτοῦ ἤκουσα περὶ τοῦ δαιμονίου

---

⁹⁵ μὴ πάνυ μὲν δεομένου. "Sup-
posing the body not to be ur-
gently in need of them." Below,
in περὶ μὲν δὴ βρώσεως, the μέν
is answered by δέ in the next
section, εἰ δέ τινες.
⁹⁶ τεκμαιρόμενοι. "Merely
guessing," not forming any care-
ful opinion on well-grounded
evidence.
⁹⁷ μὴ μόνον κ.τ.λ. As the

sentence is an imperative one
(δοκιμαζόντων) μή is required,
not οὐ. Socrates cross-ques-
tioned all who put forward great
pretensions of superior know-
ledge, with the view of exposing
these pretensions and bringing all
such pretenders to shame. This
is the meaning of κολαστηρίου
ἕνεκα.

διαλεγομένου πρὸς 'Αριστόδημον[98] τὸν Μικρὸν ἐπικαλούμενον. Καταμαθὼν γὰρ αὐτὸν οὔτε θύοντα τοῖς θεοῖς οὔτε μαντικῇ χρώμενον, ἀλλὰ καὶ τῶν ποιούντων ταῦτα καταγελῶντα· Εἰπέ μοι, ἔφη, ὦ 'Αριστόδημε, ἔστιν οὕστινας[99] ἀνθρώπους τεθαύμακας ἐπὶ σοφίᾳ; "Εγωγε, ἔφη. 3. Καὶ ὅς[100]· Λέξον ἡμῖν, ἔφη, τὰ ὀνόματα αὐτῶν. 'Επὶ μὲν τοίνυν ἐπῶν ποιήσει "Ομηρον ἔγωγε μάλιστα τεθαύμακα, ἐπὶ δὲ διθυράμβῳ Μελανιππίδην, ἐπὶ δὲ τραγῳδίᾳ Σοφοκλέα, ἐπὶ δὲ ἀνδριαντοποιίᾳ Πολύκλειτον, ἐπὶ δὲ ζωγραφίᾳ Ζεῦξιν. 4. Πότερά σοι δοκοῦσιν οἱ ἀπεργαζόμενοι εἴδωλα ἄφρονά τε καὶ ἀκίνητα ἀξιοθαυμαστότεροι εἶναι ἢ οἱ ζῷα ἔμφρονά τε καὶ ἐνεργά; Πολύ, νὴ Δία, οἱ ζῷα, εἴπερ γε[1] μὴ τύχῃ τινί, ἀλλὰ ὑπὸ γνώμης ταῦτα γίγνεται. Τῶν δὲ ἀτεκμάρτως ἐχόντων, ὅτου ἔνεκα ἔστι, καὶ τῶν φανερῶς ἐπ' ὠφελείᾳ ὄντων, πότερα τύχης καὶ πότερα γνώμης ἔργα κρίνεις; Πρέπει μὲν τὰ ἐπ' ὠφελείᾳ γιγνόμενα γνώμης ἔργα εἶναι. 5. Οὔκουν δοκεῖ σοι ὁ ἐξ ἀρχῆς ποιῶν ἀνθρώπους· ἐπ' ὠφελείᾳ προσθεῖναι αὐτοῖς δι' ὧν αἰσθάνονται ἕκαστα, ὀφθαλμοὺς μέν,

[98] 'Αριστόδημον. Aristodemus is mentioned by Plato (Symp. 173 B); he was little, shoeless, and a special admirer of Socrates, and one of his most constant associates.

[99] ἔστιν οὕστινας. Sometimes the verb in this form is plural (but not so generally). Cf. Thucyd. vi. 88, σῖτόν τε κατεκόμιζον τῷ στρατεύματι καὶ εἴσιν οἳ καὶ χρήματα, whence it is seen that the verb is always present. Propertius imitates this, III. ix. 17,—

Est quibus Eleæ concurrit palma quadrigæ,
Est quibus in celeres gloria nata pedes.

[100] Καὶ ὅς. "And he." The relative is sometimes used for the demonstrative. Cf. Plato, Theages 129 B, καὶ ὃς ἔπεσχε. It is very common in the phrase ἢ δὲ ὅς, "he said," in Plato.

[1] εἴπερ γε. "If at least." There is no doubt implied any more than by "siquidem" in Latin, and therefore the indicative mood follows. Below, πρέπει μέν implies a suppressed clause with δέ, to the effect that another explanation might be conceived as possible, although the given one was almost sure to be right.

ὥστε ὁρᾶν τὰ ὁρατά², ὦτα δέ, ὥστε ἀκούειν τὰ ἀκουστά;
ὀσμῶν γε μήν³, εἰ μὴ ῥῖνες προσετέθησαν, τί ἂν ἡμῖν
ὄφελος ἦν; τίς δ᾽ ἂν αἴσθησις ἦν γλυκέων καὶ δριμέων
καὶ πάντων τῶν διὰ στόματος ἡδέων, εἰ μὴ γλῶττα
τούτων γνώμων ἐνειργάσθη; 6. Πρὸς δὲ τούτοις οὐ
δοκεῖ σοι καὶ τόδε προνοίας ἔργον ἐοικέναι, τό, ἐπεὶ
ἀσθενὴς μέν⁴ ἐστιν ὄψις, βλεφάροις αὐτὴν θυρῶσαι,
ἅ, ὅταν μὲν αὐτῇ χρῆσθαί τι δέῃ, ἀναπετάννυται, ἐν δὲ
τῷ ὕπνῳ συγκλείεται; ὡς δ᾽ ἂν⁵ μηδὲ ἄνεμοι βλάπ-
τωσιν, ἠθμὸν βλεφαρίδας ἐμφῦσαι· ὀφρύσι τε ἀπο-
γεισῶσαι τὰ ὑπὲρ τῶν ὀμμάτων, ὡς μηδ᾽ ὁ ἐκ τῆς
κεφαλῆς ἱδρὼς κακουργῇ· τὸ δὲ τὴν ἀκοὴν δέχεσθαι
μὲν πάσας φωνάς, ἐμπίπλασθαι δὲ μήποτε· καὶ τοὺς
μὲν πρόσθεν ὀδόντας πᾶσι ζώοις οἵους τέμνειν εἶναι,

² ὥστε ὁρᾶν τὰ ὁρατά. This of
course is the famous argument
from final causes. Put forward
by Socrates, it has never lost its
influence, although warmly as-
sailed in the present day, on
what seem to me very insufficient
grounds. (See a paper by Dr.
Whewell, in Macmillan's Maga-
zine for March, 1866, on Compte.)
³ ὀσμῶν γε μήν. "Assuredly
of smells, at all events." The par-
ticles γε μήν imply that *here* at all
events, beyond any doubt, the
principle enunciated holds. So
I. vi. 6, τά γε μὴν ἱμάτια κ.τ.λ.
Below, as προσετέθησαν is the
aorist, there would have been an
aorist in the second clause, but
the verb εἶναι not having one,
the imperfect does double work.
⁴ ἐπεὶ ἀσθενὴς μέν. The con-
struction is apparently not finished
in the way at first intended, and
therefore no clause answers to
this.
⁵ ὡς δ᾽ ἄν. What ἄν means

with relatives (ὅς, ὅστις, ὅσος
κ.τ.λ.) is clear enough; it adds
an indefinite comprehensiveness,
like "cunque" in Latin. But it
is not clear what ὡς ἄν, ὅπως ἄν
mean. One would expect the
same indefinite notion to be con-
veyed by these phrases. If so,
the sense here may be, "in order
that the very winds may do no
harm, in whatever way it may
be conceived as able to be done,"
i. e. "may not by any possibility
do harm." In Soph. Philoct.
129 there is ναυκλήρου τρόποις
μορφὴν δολώσας ὡς ἂν ἄγνοια
προσῇ, "that want of recognition,
in whatever way it is possible,
may be gained." If so, ὡς ἄν
conveys a stronger meaning than
ὡς, and the event is regarded as
more certain to follow. If ὡς ἄν
were translated by its original
meaning, "in whatever possible
way," the result would amount to
what I have said.

τοὺς δὲ γομφίους οἵους παρὰ τούτων δεξαμένους λεαίνειν· καὶ στόμα μέν, δι' οὗ⁶ ὧν ἐπιθυμεῖ τὰ ζῷα εἰσπέμπεται, πλησίον ὀφθαλμῶν καὶ ῥινῶν καταθεῖναι· ἐπεὶ δὲ τὰ ἀποχωροῦντα δυσχερῆ, ἀποστρέψαι τοὺς τούτων ὀχετοὺς καὶ ἀπενεγκεῖν ᾗ δυνατὸν προσωτάτω ἀπὸ τῶν αἰσθήσεων· ταῦτα οὕτω προνοητικῶς πεπραγμένα ἀπορεῖς πότερα τύχης ἢ γνώμης ἔργα ἐστίν; 7. Οὐ μὰ τὸν Δί', ἔφη, ἀλλ' οὕτω γε σκοπουμένῳ πάνυ ἔοικε ταῦτα σοφοῦ τινος δημιουργοῦ καὶ φιλοζῴου τεχνήματι⁷. Τὸ δὲ ἐμφῦσαι μὲν ἔρωτα τῆς τεκνοποιίας, ἐμφῦσαι δὲ ταῖς γειναμέναις ἔρωτα τοῦ ἐκτρέφειν, τοῖς δὲ τραφεῖσι μέγιστον μὲν πόθον τοῦ ζῆν, μέγιστον δὲ φόβον τοῦ θανάτου; Ἀμέλει καὶ ταῦτα ἔοικε μηχανήμασί τινος ζῷα εἶναι βουλευσαμένου.

8. Σὺ δὲ σαυτὸν δοκεῖς τι φρόνιμον ἔχειν; Ἐρώτα γοῦν καὶ ἀποκρινοῦμαι. Ἄλλοθι δὲ οὐδαμοῦ οὐδὲν οἴει φρόνιμον εἶναι καὶ ταῦτα εἰδώς, ὅτι γῆς τε μικρὸν μέρος ἐν τῷ σώματι πολλῆς οὔσης ἔχεις καὶ ὑγροῦ βραχὺ πολλοῦ ὄντος, καὶ τῶν ἄλλων δήπου μεγάλων ὄντων ἑκάστου μικρὸν μέρος λαβόντι τὸ σῶμα συνήρμοσταί σοι; νοῦν δὲ μόνον ἄρα οὐδαμοῦ ὄντα⁸ σὲ εὐτυχῶς πως δοκεῖς συναρπάσαι, καὶ τάδε τὰ ὑπερμεγέθη καὶ πλῆθος ἄπειρα δι' ἀφροσύνην τινά, ὡς οἴει, εὐτάκτως ἔχειν; 9. Μὰ Δί'⁹· οὐ γὰρ ὁρῶ τοὺς κυρίους

---

⁶ δι' οὗ. The construction is δι' οὗ (ταῦτα) ὧν τὰ ζῷα ἐπιθυμεῖ, εἰσπέμπεται, a sentence apparently easy, but, as a matter of fact, continually mistranslated. Below, with δυσχερῆ supply ἐστίν.

⁷ ἔοικε τεχνήματι. Cf. Plato, Repub. 508 D, ἔοικεν αὖ νοῦν οὐκ ἔχοντι. Of course σκοπουμένῳ has nothing to do with τεχνήματι. It is but a dative of the indirect object. Cf. Tacitus, Germ. 6, "in

universum æstimanti plus penes peditem roboris."

⁸ οὐδαμοῦ ὄντα. "But do you think you have carried off bodily as it were (συναρπάσαι) intellect alone, existing nowhere else than in you?" "that intellect is the only thing you have carried off?"

⁹ Μὰ Δί'. This clearly means, "Well, I do think so. I think that intellect is nowhere else but in man." The words refer back to νοῦν δὲ μόνον οὐδαμοῦ

ὥσπερ τῶν ἐνθάδε γιγνομένων τοὺς δημιουργούς. Οὐδὲ γὰρ ¹⁰ τὴν ἑαυτοῦ ¹¹ σύ γε ψυχὴν ὁρᾷς, ἢ τοῦ σώματος κυρία ἐστίν· ὥστε κατά γε τοῦτο ἔξεστί σοι λέγειν, ὅτι οὐδὲν γνώμῃ, ἀλλὰ τύχῃ πάντα πράττεις. Καὶ ὁ Ἀριστόδημος· 10. Οὗτοι ἔφη, ἐγώ, ὦ Σώκρατες, ὑπερορῶ τὸ δαιμόνιον, ἀλλ᾽ ἐκεῖνο μεγαλοπρεπέστερον ἡγοῦμαι ἢ ὡς τῆς ἐμῆς θεραπείας προσδεῖσθαι. Οὔκουν, ἔφη, ὅσῳ ¹² μεγαλοπρεπέστερον ἀξιοῖ σε θεραπεύειν, τοσούτῳ μᾶλλον τιμητέον αὐτό; 11. Εὖ ἴσθι, ἔφη, ὅτι εἰ νομίζοιμι θεοὺς ἀνθρώπων τι φροντίζειν, οὐκ ἂν ἀμελοίην αὐτῶν. Ἔπειτ᾽ οὐκ οἴει φροντίζειν; οἳ πρῶ-τον μὲν ¹³ μόνον τῶν ζώων ἄνθρωπον ὀρθὸν ἀνέστησαν· ἡ δὲ ὀρθότης καὶ προορᾶν πλεῖον ποιεῖ δύνασθαι καὶ τὰ ὕπερθεν μᾶλλον θεᾶσθαι καὶ ἧττον κακοπαθεῖν· καὶ ὄψιν καὶ ἀκοὴν καὶ στόμα ἐνεποίησαν· ἔπειτα ¹⁴

ὄντα δοκεῖς συναρπάσαι. Kühner quotes IV. vi. 10, Χρήσιμον ἄρα οὐ πρὸς τὰ ἐλάχιστα νομίζεις τὴν ἀνδρίαν; Μὰ Δία (οὐ πρὸς τὰ ἐλά-χιστα), πρὸς τὰ μέγιστα μὲν οὖν. The man does not see the masters of the great heavenly bodies, and so he believes them to be desti-tute of order.

¹⁰ Οὐδὲ γάρ. The γάρ refers to a clause implied, "your argu-ment is nothing," or the like. Cf. II. i. 2, οὐκοῦν τὸ μὲν βούλεσ-θαι, εἰκὸς παραγίγνεσθαι; εἰκὸς γάρ. That is, καλῶς ἔλεξας, or something of the kind.

¹¹ τὴν ἑαυτοῦ. Cf. II. i. 30, παιδεύεις τοὺς ἑαυτῆς φίλους. The pronoun of the third person is here used with the second person of the verb. Kühner remarks that this is only possible when the notion of "self" is so pro-minent, that the mere distinction of persons is lost sight of. In II. i. 31, ἐπαίνου ἑαυτῆς ἀνήκοος εἶ,

this looks a good explanation, but in II. i. 30 (quoted above) he proposes to alter the reading, to make it square with his view.

¹² ὅσῳ κ.τ.λ. "In proportion as—while the more magnificent —(supply ὄν) he deigns to care for you." On the whole, this seems better than the other way of translating, "he calls on you to reverence him," although the words τῆς ἐμῆς θεραπείας προσδεῖσθαι (to want *my* reve-rence besides what he possesses already) are in favour of this last rendering.

¹³ οἱ πρῶτον μέν. Cf. Ovid, Metam. i. 84, "Pronaque dum spectant animalia cetera terram, Os homini sublime dedit, cœlum-que tueri." Below, ἀνέστησαν is the first aorist, for the second could not have an accusative case after it.

¹⁴ ἔπειτα. For the absence of δέ see note on I. ii. 1, under εἶτα.

E

τοῖς μὲν ἄλλοις ἑρπετοῖς πόδας ἔδωκαν, οἷ τὸ πορεύεσ-
θαι μόνον παρέχουσιν· ἀνθρώπῳ δὲ καὶ χεῖρας προσ-
έθεσαν, αἳ τὰ πλεῖστα, οἷς εὐδαιμονέστεροι ἐκείνων
ἐσμέν, ἐξεργάζονται. 12. Καὶ μὴν γλῶττάν γε[15] πάν-
των τῶν ζώων ἐχόντων, μόνην τὴν τῶν ἀνθρώπων
ἐποίησαν οἵαν ἄλλοτε ἀλλαχῇ ψαύουσαν τοῦ στόματος
ἀρθροῦν τε τὴν φωνήν, καὶ σημαίνειν πάντα ἀλλήλοις,
ἃ βουλόμεθα; τὸ δὲ καὶ[16] τὰς τῶν ἀφροδισίων ἡδονὰς
τοῖς μὲν ἄλλοις ζώοις δοῦναι περιγράψαντας τοῦ ἔτους
χρόνον, ἡμῖν δὲ συνεχῶς μέχρι γήρως ταύτας παρέχειν;
13. Οὐ τοίνυν μόνον ἤρκεσε τῷ θεῷ τοῦ σώματος ἐπι-
μεληθῆναι, ἀλλ', ὅπερ μέγιστόν ἐστι, καὶ τὴν ψυχὴν
κρατίστην τῷ ἀνθρώπῳ ἐνέφυσε· τίνος γὰρ ἄλλου
ζώου ψυχὴ πρῶτα μὲν θεῶν τῶν τὰ μέγιστα[17] καὶ
κάλλιστα συνταξάντων ᾔσθηται ὅτι εἰσί; τί δὲ φῦλον
ἄλλο ἢ ἄνθρωποι θεοὺς θεραπεύουσι; ποία δὲ ψυχὴ
τῆς ἀνθρωπίνης ἱκανωτέρα προφυλάττεσθαι ἢ λιμὸν ἢ
δίψος ἢ ψύχη ἢ θάλπη, ἢ νόσοις ἐπικουρῆσαι, ἢ ῥώμην
ἀσκῆσαι, ἢ πρὸς μάθησιν ἐκπονῆσαι, ἤ, ὅσα ἂν ἀκούσῃ
ἢ ἴδῃ ἢ μάθῃ, ἱκανωτέρα ἐστὶ διαμεμνῆσθαι[18]; 14. Οὐ
γὰρ πάνυ σοι κατάδηλον, ὅτι παρὰ τὰ ἄλλα ζῶα ὥσπερ
θεοὶ ἄνθρωποι βιοτεύουσι, φύσει καὶ τῷ σώματι[19] καὶ

[15] Καὶ μὴν γλῶττάν γε. Καὶ μὴν introduces a new subject with emphasis, "And assuredly." Cf. I. vi. 3, καὶ μὴν χρήματά γε. In II. iii. 14, καὶ μὴν πλείστου γε δοκεῖ, the sense is rather "and yet certainly." Below, for οἵαν ἀρθροῦν cf. I. iv. 6, οἵους τέμνειν.

[16] τὸ δὲ καί. "And what of his having given?" Something must be understood, τί σοι δοκεῖ, or οὐ θαυμαστόν ἐστι.

[17] θεῶν τῶν τὰ μέγιστα. The same construction is found IV. vii. 13. οὐ γὰρ αἰσθάνομαί σου

ὁποῖον νόμιμον λέγεις. The geni-tive depends perhaps on the phrase ὅτι εἰσί; the fact of their existing is the property con-nected with them first perceived. Cf. I. i. 12, καὶ πρῶτον μὲν αὐτῶν ἐσκόπει πότερα, where see the note.

[18] διαμεμνῆσθαι. "To retain (διά) in the memory." Below, παρὰ τὰ ἄλλα ζῶα is "in com-parison with." Cf. IV. iv. 1, παρὰ τοὺς ἄλλους εὐτακτεῖν. This is a very natural branch of the usual meaning, "alongside of."

[19] καὶ τῷ σώματι. "Both..."

τῇ ψυχῇ κρατιστεύοντες; οὔτε γὰρ βοὸς ἂν ἔχων²⁰
σῶμα, ἀνθρώπου δὲ γνώμην, ἐδύνατ' ἂν πράττειν ἃ
ἐβούλετο, οὔθ' ὅσα χεῖρας ἔχει, ἄφρονα δ' ἐστι, πλέον
οὐδὲν ἔχει· σὺ δὲ ἀμφοτέρων τῶν πλείστου ἀξίων
τετυχηκὼς οὐκ οἴει σοῦ θεοὺς ἐπιμελεῖσθαι· ἀλλ',
ὅταν τί ποιήσωσι²¹, νομιεῖς αὐτοὺς σοῦ φροντίζειν;
15. Ὅταν πέμπωσιν, ὥσπερ σὺ σοὶ φῇς πέμπειν
αὐτούς, συμβούλους, ὅ,τι χρὴ ποιεῖν καὶ μὴ ποιεῖν.
Ὅταν δὲ Ἀθηναίοις, ἔφη, πυνθανομένοις τι διὰ μαν-
τικῆς φράζωσιν, οὐ καὶ σοὶ δοκεῖς φράζειν αὐτούς, οὐδ'
ὅταν τοῖς Ἕλλησι τέρατα πέμποντες προσημαίνωσιν,
οὐδ' ὅταν πᾶσιν ἀνθρώποις; ἀλλὰ μόνον σὲ ἐξαιροῦντες
ἐν ἀμελείᾳ κατατίθενται; 16. Οἴει δ' ἂν τοὺς θεοὺς
τοῖς ἀνθρώποις δόξαν ἐμφῦσαι, ὡς ἱκανοί εἰσιν εὖ καὶ
κακῶς ποιεῖν, εἰ μὴ δυνατοὶ ἦσαν, καὶ τοὺς ἀνθρώπους
ἐξαπατωμένους τὸν πάντα χρόνον οὐδέποτ' ἂν αἰσθέσ-
θαι; οὐχ ὁρᾷς²², ὅτι τὰ πολυχρονιώτατα καὶ σοφώτατα
τῶν ἀνθρωπίνων, πόλεις καὶ ἔθνη, θεοσεβέστατά ἐστι,
καὶ αἱ φρονιμώταται ἡλικίαι θεῶν ἐπιμελέσταται;
17. Ὠγαθέ, ἔφη, κατάμαθε, ὅτι καὶ ὁ σὸς νοῦς ἐνὼν τὸ
σὸν σῶμα, ὅπως βούλεται, μεταχειρίζεται. Οἴεσθαι
οὖν χρὴ καὶ τὴν ἐν παντὶ φρόνησιν τὰ πάντα, ὅπως ἂν

and," for φύσει does not depend
on κρατιστεύοντες, but is used
absolutely, "by nature," "natu-
rally."

²⁰ ἂν ἔχων. The subject of
ἔχων is τίς or ἄνθρωπος, from
ἄνθρωποι. The second ἂν is only
a repetition of the first, which is
put as forward as possible in the
sentence. Cf. III. ix. 2, οὔτ' ἂν
Θρᾳξίν . . . . ἐθέλοιεν ἄν. Also
Soph. Ajax 537, τί δῆτ' ἂν ὡς ἐκ
τῶν δ' ἂν ὠφελοῖμί σε; Below,
πλέον ἔχειν means "to be better
off."

²¹ ὅταν τί ποιήσωσι. See note

on I. iii. 10. Below, καὶ σοί is
"to you as well as to the Athe-
nians," and ἐξαπατωμένους is
"thoroughly cheated."

²² οὐχ ὁρᾷς. Some editors
omit ὅτι. Cf. I. iii. 12, οὐκ οἶσθα,
ἔφη, τὰ φαλάγγια ἐπιτρίβει τοὺς
ἀνθρώπους, so that it does not
seem necessary to have ὅτι, the
expression being colloquial, like
our "don't you see?" But I
retain ὅτι out of regard to the
MSS. Below, καὶ ὁ σὸς νοῦς is,
"your intellect as well as that
of the universe," which last again
takes καί.

αὐτῇ ἡδὺ ᾖ, οὕτω τίθεσθαι, καὶ μὴ²³ τὸ σὸν μὲν ὄμμα
δύνασθαι ἐπὶ πολλὰ στάδια ἐξικνεῖσθαι, τὸν δὲ τοῦ
θεοῦ ὀφθαλμὸν ἀδύνατον εἶναι ἅμα πάντα ὁρᾶν, μηδὲ
τὴν σὴν μὲν ψυχὴν καὶ περὶ τῶν ἐνθάδε καὶ περὶ τῶν
ἐν Αἰγύπτῳ²⁴ καὶ ἐν Σικελίᾳ δύνασθαι φροντίζειν,
τὴν δὲ τοῦ θεοῦ φρόνησιν μὴ ἱκανὴν εἶναι ἅμα πάντων
ἐπιμελεῖσθαι.   18. Ἦν μέντοι, ὥσπερ ἀνθρώπους
θεραπεύων γιγνώσκεις τοὺς ἀντιθεραπεύειν ἐθέλοντας,
καὶ χαριζόμενος τοὺς ἀντιχαριζομένους, καὶ συμβου-
λευόμενος καταμανθάνεις τοὺς φρονίμους, οὕτω καὶ τῶν
θεῶν πεῖραν λαμβάνῃς θεραπεύων, εἴ τι σοὶ θελήσουσι
περὶ τῶν ἀδήλων ἀνθρώποις συμβουλεύειν, γνώσῃ τὸ
θεῖον ὅτι τοσοῦτον καὶ τοιοῦτόν ἐστιν, ὥσθ᾽ ἅμα πάντα
ὁρᾶν καὶ πάντα ἀκούειν καὶ πανταχοῦ παρεῖναι καὶ
ἅμα πάντων ἐπιμελεῖσθαι αὐτούς²⁵.   19. Ἐμοὶ μὲν
ταῦτα λέγων οὐ μόνον τοὺς συνόντας ἐδόκει ποιεῖν,
ὁπότε ὑπὸ τῶν ἀνθρώπων ὁρῶντο²⁶, ἀπέχεσθαι τῶν
ἀνοσίων τε καὶ ἀδίκων καὶ αἰσχρῶν, ἀλλὰ καὶ ὁπότε ἐν
ἐρημίᾳ εἶεν, ἐπείπερ ἡγήσαιντο μηδὲν ἄν ποτε ὧν πράτ-
τοιεν θεοὺς διαλαθεῖν.

²³ καὶ μή. That is, μὴ οἴεσθαι
χρή. Of course here the meaning
is, that we are not to suppose that
whereas the eye of man can reach
far, yet the eye of God cannot. The
incompatibility of the two things
together is the point insisted on.
Cf. II. i. 6, τὸ δὲ εἶναι μέν ....
τοὺς δὲ πολλοὺς ἀγυμνάστως
ἔχειν.

²⁴ καὶ περὶ τῶν ἐν Αἰγύπτῳ.
The first division here contains
the Athenians (τῶν ἐνθάδε), the
second all foreigners, such as
those in Egypt, Sicily, &c. The
article is repeated before each
class, but not before every parti-
cular in each. Cf. I. ii. 53, and
the note there.

²⁵ αὐτούς. Sc. τοὺς θεούς,
suggested by τὸ θεῖον.

²⁶ ὁπότε ... ὁρῶντο. The op-
tative here and below, in εἶεν, is
that of indefinite frequency. This
may be also true of ἡγήσαιντο,
for very similar instances have
been noticed. Or perhaps it may
be due to attraction to the other
optatives, an attraction some-
times found. Cf. Plato, Phædo
72 B, εἰ ἀποθνήσκοι μὲν πάντα ὅσα
τοῦ ζῆν μεταλάβοι, ἐπειδὴ δὲ ἀπο-
θάνοι, μένοι ἐν τούτῳ τῷ σχήματι.
Πράττοιεν is the optative of the
oratio obliqua, depending on
ἡγήσαιντο, as expressing the
opinion of those whose senti-
ments are described.

CHAPTER V.

1. Εἰ δὲ δὴ καὶ ἐγκράτεια καλόν τε κἀγαθὸν ἀνδρὶ κτῆμά ἐστιν, ἐπισκεψώμεθα, εἴ τι προὐβίβαζε λέγων εἰς αὐτὴν τοιάδε· Ὦ ἄνδρες, εἰ, πολέμου ἡμῖν γενομένου, βουλοίμεθα ἑλέσθαι ἄνδρα, ὑφ' οὗ μάλιστ' ἂν αὐτοὶ μὲν σωζοίμεθα, τοὺς δὲ πολεμίους χειροίμεθα, ἆρ' ὅντιν' ἂν αἰσθανοίμεθα[27] ἥττω γαστρὸς ἢ οἴνου ἢ ἀφροδισίων ἢ πόνου ἢ ὕπνου, τοῦτον ἂν αἱροίμεθα; καὶ πῶς ἂν[28] οἰηθείημεν τὸν τοιοῦτον ἢ ἡμᾶς σῶσαι, ἢ τοὺς πολεμίους κρατῆσαι; 2. Εἰ δ' ἐπὶ τελευτῇ τοῦ βίου γενόμενοι βουλοίμεθά τῳ ἐπιτρέψαι ἢ παῖδας ἄρρενας παιδεῦσαι, ἢ θυγατέρας παρθένους διαφυλάξαι[29], ἢ χρήματα διασῶσαι, ἆρ' ἀξιόπιστον εἰς ταῦτα ἡγησόμεθα τὸν ἀκρατῆ; δούλῳ δ' ἀκρατεῖ ἐπιτρέψαιμεν ἂν ἢ βοσκήματα ἢ ταμιεῖα ἢ ἔργων ἐπίστασιν[30]; διάκονον δὲ καὶ ἀγοραστὴν τοιοῦτον[31] ἐθελήσαιμεν ἂν προῖκα λαβεῖν; 3. Ἀλλὰ μὴν εἴ γε μηδὲ δοῦλον ἀκρατῆ δεξαίμεθ' ἄν, πῶς οὐκ ἄξιον αὐτόν γε[32] φυλάξασθαι τοιοῦτον γενέσθαι; Καὶ γὰρ οὐχ[33], ὥσπερ οἱ πλε-

---

[27] ὅντιν' ἂν αἰσθανοίμεθα. Ἄν is not to be connected with the relative, for then the subjunctive would be required. It is to be taken with αἰσθανοίμεθα, "whom we might happen to find." In the next words, there does not seem any difficulty in ἥττω πόνου, on the ground that it means "unable to bear toil," while ἥττω γαστρός means "unable to refrain from gluttony." For these last words only imply "no match for the stomach;" and "no match for hard work" is just as reasonable an expression as the other.

[28] καὶ πῶς ἂν. See note on I. iii. 10.

[29] διαφυλάξαι. "To keep watch over until the end (διά)" of the appointed time.

[30] ἔργων ἐπίστασιν. It has been noticed before that ἔργον is especially used of agricultural operations. It is so used here.

[31] τοιοῦτον. "Accept for nothing such a waiting-man." Some editors have τὸν τοιοῦτον; then it would be, "such an one as I have described in the capacity of waiting-man."

[32] αὐτόν γε. This is opposed to δοῦλον, and therefore signifies the master, the man himself, as separate from his belongings.

[33] Καὶ γὰρ οὐχ. This nega-

ονέκται τῶν ἄλλων ἀφαιρούμενοι χρήματα ἑαυτοὺς
δοκοῦσι πλουτίζειν, οὕτως ὁ ἀκρατὴς τοῖς μὲν ἄλλοις
βλαβερός, ἑαυτῷ δ᾽ ὠφέλιμος, ἀλλὰ κακοῦργος μὲν
τῶν ἄλλων, ἑαυτοῦ δὲ πολὺ κακουργότερος, εἴ γε κα-
κουργότατόν ἐστι μὴ μόνον τὸν οἶκον τὸν ἑαυτοῦ
φθείρειν, ἀλλὰ καὶ τὸ σῶμα καὶ τὴν ψυχήν. 4. Ἐν
συνουσίᾳ δὲ τίς ἂν ἡσθείη τῷ τοιούτῳ, ὃν εἰδείη τῷ
ὄψῳ τε καὶ τῷ οἴνῳ χαίροντα μᾶλλον ἢ τοῖς φίλοις,
καὶ τὰς πόρνας ἀγαπῶντα μᾶλλον ἢ τοὺς ἑταίρους;
ἆρά γε οὐ χρὴ πάντα ἄνδρα, ἡγησάμενον τὴν ἐγκράτειαν
ἀρετῆς εἶναι κρηπῖδα, ταύτην πρῶτον ἐν τῇ ψυχῇ
κατασκευάσασθαι; 5. Τίς γὰρ ἄνευ ταύτης ἢ μάθοι
τι ἂν ἀγαθὸν ἢ μελετήσειεν ἀξιολόγως; ἢ τίς οὐκ ἂν
ταῖς ἡδοναῖς δουλεύων αἰσχρῶς διατεθείη καὶ τὸ σῶμα
καὶ τὴν ψυχήν; ἐμοὶ μὲν δοκεῖ, νὴ τὴν Ἥραν, ἐλευ-
θέρῳ μὲν ἀνδρὶ εὐκτὸν εἶναι μὴ τυχεῖν δούλου τοιούτου,
δουλεύοντα δὲ ταῖς τοιαύταις ἡδοναῖς ἱκετεύειν τοὺς
θεοὺς ³⁴ δεσποτῶν ἀγαθῶν τυχεῖν· οὕτως γὰρ ἂν μόνως
ὁ τοιοῦτος σωθείη. 6. Τοιαῦτα δὲ λέγων ἔτι ἐγκρα-
τέστερον τοῖς ἔργοις ἢ τοῖς λόγοις ἑαυτὸν ἐπεδείκνυεν·
οὐ γὰρ μόνον τῶν διὰ τοῦ σώματος ἡδονῶν ἐκράτει,
ἀλλὰ καὶ τῆς διὰ τῶν χρημάτων, νομίζων τὸν παρὰ
τοῦ τυχόντος χρῆμα λαμβάνοντα δεσπότην ἑαυτοῦ

tives the whole clause ὁ ἀκρατής
κ.τ.λ. Translate, "it is not the
case that, as . . . so the incon-
tinent man, although injurious
. . . yet is beneficial," &c. For
this force of μέν and δέ see note
above on καὶ μὴ τὸ σὸν μὲν ὄμμα
(I. iv. 17). For καὶ γάρ see note
on II. i. 3.

³⁴ ἱκετεύειν τοὺς θεούς. The
infinitive depends on δεῖν or
χρῆναι, supplied from εὐκτὸν
εἶναι. A similar construction is
found, Plato, Phædo 51 B, ποι-
ητέον ἃ ἂν κελεύῃ ἡ πόλις ἢ πεί-
θειν αὐτὴν ᾗ τὸ δίκαιον πέφυκε.
"To obtain good masters" can
only, I think, mean, that it is
good for such a man to fall under
the control of masters of good
character, who by example and
wholesome discipline will school
him to a virtuous life. That it
should mean "virtues," because
"vices" are spoken of a man's
rulers, seems to me absurd.   .

καθιστάναι καὶ δουλεύειν δουλείαν οὐδεμιᾶς³⁵ ἧττον
αἰσχράν.

CHAPTER VI.

1. Ἄξιον δ᾽ αὐτοῦ³⁶ καὶ ἃ πρὸς Ἀντιφῶντα³⁷ τὸν
σοφιστὴν διελέχθη μὴ παραλιπεῖν· ὁ γὰρ Ἀντιφῶν
ποτε βουλόμενος τοὺς συνουσιαστὰς αὐτοῦ παρελέσθαι
προσελθὼν τῷ Σωκράτει, παρόντων αὐτῶν, ἔλεξε τάδε·
2. Ὦ Σώκρατες, ἐγὼ μὲν ᾤμην τοὺς φιλοσοφοῦντας
εὐδαιμονεστέρους χρῆναι γίγνεσθαι, σὺ δέ μοι δοκεῖς
τἀναντία τῆς φιλοσοφίας ἀπολελαυκέναι· ζῇς γοῦν
οὕτως, ὡς οὐδ᾽ ἂν εἰς³⁸ δοῦλος ὑπὸ δεσπότῃ διαιτώμενος
μείνειε, σιτία τε σιτῇ καὶ ποτὰ πίνεις τὰ φαυλότατα,
καὶ ἱμάτιον³⁹ ἠμφίεσαι οὐ μόνον φαῦλον, ἀλλὰ τὸ
αὐτὸ θέρους τε καὶ χειμῶνος, ἀνυπόδητός τε καὶ ἀχί-
των διατελεῖς. 3. Καὶ μὴν⁴⁰ χρήματά γε οὐ λαμ-

³⁵ δουλείαν οὐδεμιᾶς. A cognate accusative. For the form οὐδεμιᾶς ἧττον αἰσχράν, cf. III. v. 18 and Thucyd. vii. 30, πάθει χρησαμένων οὐδενὸς ἧσσον ὀλοφύρασθαι ἀξίῳ.
³⁶ Ἄξιον δ᾽ αὐτοῦ. The genitive depends on the phrase ἃ διελέχθη, as though it were τοὺς λόγους. Cf. I. iv. 13, πρῶτα μὲν θεῶν κ.τ.λ.
³⁷ πρὸς Ἀντιφῶντα. The Antipho mentioned here was an Athenian, an epic writer, and portent and dream interpreter. He was not the famous orator of the same name.
³⁸ οὐδ᾽ ἂν εἰς. "No single slave;" a more emphatic form than οὐδεὶς ἄν. The next words, ὑπὸ δεσπότῃ, are not "by a master," which would require a

genitive, but "under a master."
³⁹ ἱμάτιον. This was the outer garment, nearly answering to the Roman toga; the χιτών was an inner dress of wool or linen. Underneath this an inner χιτών seems to have been worn next the skin. Socrates being ἀχίτων, probably, as Kühner says, had only the first and last of these garments.
⁴⁰ Καὶ μήν. Here the particles are used as in I. iv. 12 (not as in II. iii. 10, where the sense is "and yet"). Socrates went ill-clad; and it was quite certain that money, at all events, he never took. Below, the participles κτωμένους and κεκτημένους are used in distinctive senses, "while acquiring," and "while possessing."

βάνεις, ἃ καὶ κτωμένους εὐφραίνει καὶ κεκτημένους
ἐλευθεριώτερόν τε καὶ ἥδιον ποιεῖ ζῆν. Εἰ οὖν, ὥσπερ
καὶ⁴¹ τῶν ἄλλων ἔργων οἱ διδάσκαλοι τοὺς μαθητὰς
μιμητὰς ἑαυτῶν ἀποδεικνύουσιν, οὕτω καὶ σὺ τοὺς
συνόντας διαθήσεις, νόμιζε κακοδαιμονίας διδάσκαλος
εἶναι. 4. Καὶ ὁ Σωκράτης πρὸς ταῦτα εἶπε· Δοκεῖς
μοι, ἔφη, ὦ Ἀντιφῶν, ὑπειληφέναι με οὕτως ἀνιαρῶς
ζῆν, ὥστε πέπεισμαί σε μᾶλλον ἀποθανεῖν ἂν ἑλέσθαι
ἢ ζῆν ὥσπερ ἐγώ. Ἴθι οὖν ἐπισκεψώμεθα, τί χαλε-
πὸν⁴² ᾔσθησαι τοὐμοῦ βίου. 5. Πότερον, ὅτι τοῖς
μὲν λαμβάνουσιν ἀργύριον ἀναγκαῖόν ἐστιν ἀπερ-
γάζεσθαι τοῦτο, ἐφ' ᾧ ἂν μισθὸν λαμβάνωσιν, ἐμοὶ δὲ
μὴ λαμβάνοντι οὐκ ἀνάγκη διαλέγεσθαι ᾧ ἂν μὴ βού-
λωμαι; ἢ τὴν δίαιτάν μου φαυλίζεις, ὡς ἧττον μὲν
ὑγιεινὰ ἐσθίοντος ἐμοῦ⁴³ ἢ σοῦ, ἧττον δὲ ἰσχὺν παρέ-
χοντα; ἢ ὡς χαλεπώτερα⁴⁴ πορίσασθαι τὰ ἐμὰ διαι-
τήματα τῶν σῶν διὰ τὸ σπανιώτερά τε καὶ πολυ-
τελέστερα εἶναι; ἢ ὡς ἡδίω σοὶ ἃ σὺ παρασκευάζῃ
ὄντα ἢ ἐμοὶ ἃ ἐγώ; οὐκ οἶσθ', ὅτι ὁ μὲν ἥδιστα ἐσθίων
ἥκιστα ὄψου δεῖται, ὁ δὲ ἥδιστα πίνων ἥκιστα τοῦ μὴ
παρόντος⁴⁵ ἐπιθυμεῖ ποτοῦ; 6. Τά γε μὴν ἱμάτια
οἶσθ' ὅτι οἱ μεταβαλλόμενοι ψύχους καὶ θάλπους ἕνεκα
μεταβάλλονται, καὶ ὑποδήματα ὑποδοῦνται, ὅπως μὴ
διὰ τὰ λυποῦντα τοὺς πόδας κωλύωνται πορεύεσθαι·

⁴¹ ὥσπερ καί. The introduc-
tion of καί into both clauses, καὶ
τῶν ἄλλων and καὶ σύ, is com-
mon.
⁴² τί χαλεπόν. The genitive
depends on τί χαλεπόν, "what
hardship connected with my
life." In the next sentence,
before ὅτι supply τοῦτο τὸ χαλ-
επὸν τοὐμοῦ βίου ᾔσθησαι.
⁴³ ἐμοῦ. This form is used
because it is emphatic, being
opposed to σοῦ. Before, in τὴν

δίαιτάν μου, the pronoun is not
emphatic; the sense being sim-
ply "my living," not "my liv-
ing," as distinguished from that
of others. Cf. Plato, Apolog.
32 A, ἀκούσατε δή μοι τὰ ἐμοὶ
ξυμβεβηκότα.
⁴⁴ ὡς χαλεπώτερα. Sc. ὄντα,
an accusative absolute. Cf. I. ii.
20, ὡς τὴν μέν κ.τ.λ.
⁴⁵ τοῦ μὴ παρόντος. "Hankers
after some drink he cannot get."

ἤδη οὖν ποτε ᾔσθου ἐμὲ ἢ διὰ ψῦχος μᾶλλόν του ἔνδον
μένοντα, ἢ διὰ θάλπος μαχόμενόν τῳ περὶ σκιᾶς, ἢ διὰ
τὸ ἀλγεῖν τοὺς πόδας οὐ βαδίζοντα, ὅπου ἂν βούλωμαι;
7. Οὐκ οἶσθ', ὅτι οἱ φύσει ἀσθενέστατοι τῷ σώματι
μελετήσαντες τῶν ἰσχυροτάτων ἀμελησάντων κρείττους
τε γίγνονται πρὸς ἂν μελετῶσι[46] καὶ ῥᾷον αὐτὰ φέ-
ρουσιν; Ἐμὲ δὲ ἄρα οὐκ οἴει τῷ σώματι ἀεὶ[47] τὰ
συντυγχάνοντα μελετῶντα καρτερεῖν πάντα ῥᾷον φέρειν
σοῦ μὴ μελετῶντος; 8. Τοῦ δὲ μὴ δουλεύειν γαστρὶ
μηδὲ ὕπνῳ καὶ λαγνείᾳ οἴει τι ἄλλο αἰτιώτερον εἶναι ἢ
τὸ ἕτερα ἔχειν τούτων ἡδίω, ἃ οὐ μόνον ἐν χρείᾳ ὄντα
εὐφραίνει[48], ἀλλὰ καὶ ἐλπίδας παρέχοντα ὠφελήσειν
ἀεί; Καὶ μὴν τοῦτό γε οἶσθα, ὅτι οἱ μὲν οἰόμενοι
μηδὲν εὖ πράττειν οὐκ εὐφραίνονται, οἱ δὲ ἡγούμενοι
καλῶς προχωρεῖν ἑαυτοῖς ἢ γεωργίαν ἢ ναυκληρίαν ἢ
ἄλλ᾽ ὅ.τι ἂν τυγχάνωσιν ἐργαζόμενοι, ὡς εὖ πράττοντες
εὐφραίνονται. 9. Οἴει οὖν ἀπὸ πάντων τούτων το-
σαύτην ἡδονὴν εἶναι, ὅσην ἀπὸ τοῦ ἑαυτόν τε ἡγεῖσθαι
βελτίω γίγνεσθαι καὶ φίλους ἀμείνους κτᾶσθαι[49]; ἐγὼ
τοίνυν διατελῶ ταῦτα νομίζων. Ἐὰν δὲ δὴ φίλους ἢ

---

[46] πρὸς ἃν μελετῶσι. *Sc. πρὸς
ἃ ἂν μελετῶσι. Just before, the
construction is ἀσθενέστατοι τῷ
σώματι, μελετήσαντες (αὐτό) κ.τ.λ.
[47] τῷ σώματι ἀεί κ.τ.λ. This
is not put for τὰ τῷ σώματι ἀεὶ
συντυγχάνοντα, but the construc-
tion is, καρτερεῖν τῷ σώματι μελ-
ετῶντα τὰ συντυγχάνοντα αὐτῷ.
[48] εὐφραίνει κ.τ.λ. The verb
belongs to both clauses, so that
ὄντα and παρέχοντα correspond.
The order is, οὐ μόνον εὐφραίνει
ἐν χρείᾳ ὄντα (while actually in
use) ἀλλὰ καὶ (εὐφραίνει) παρ-
έχοντα κ.τ.λ. Below, εὖ πράττειν
is "to be prosperous," and is
differeat altogether from εὖ

ποιεῖν, which is "to do any one
good."
[49] φίλους ἀμείνους κτᾶσθαι.
This does not mean "to get new
friends, better than the old ones,"
but "to get friends better than
they were before;" that is,
to have friends who are con-
tinually improving in character.
Below, ἐκπολιορκηθείη is pro-
perly used of towns, but it is
applied to persons. Cf. Thucyd.
i. 134, προσκαθεζόμενοί τε ἐξεπο-
λιόρκησαν λιμῷ. "Expugnare"
is used similarly in Latin. Cf.
Tacit. Agric. 41, "tot viri expug-
nati et capti."

πόλιν ὠφελεῖν δέῃ, ποτέρῳ ἢ πλείων σχολὴ τούτων
ἐπιμελεῖσθαι, τῷ, ὡς ἐγὼ·νῦν, ἢ τῷ, ὡς σὺ μακαρίζεις,
διαιτωμένῳ; στρατεύοιτο δὲ πότερος ἂν ῥᾷον, ὁ μὴ
δυνάμενος ἄνευ πολυτελοῦς διαίτης ζῆν, ἢ ᾧ τὸ παρὸν
ἀρκοίη; ἐκπολιορκηθείη δὲ πότερος ἂν θᾶττον, ὁ τῶν
χαλεπωτάτων εὑρεῖν δεόμενος, ἢ ὁ τοῖς ῥᾴστοις ἐν-
τυγχάνειν ἀρκούντως χρώμενος; 10. Ἔοικας, ὦ Ἀντι-
φῶν, τὴν εὐδαιμονίαν οἰομένῳ⁵⁰ τρυφὴν καὶ πολυτέ-
λειαν εἶναι· ἐγὼ δὲ νομίζω τὸ μὲν μηδενὸς δέεσθαι⁵¹
θεῖον εἶναι· τὸ δ' ὡς ἐλαχίστων ἐγγυτάτω τοῦ θείου·
καὶ τὸ μὲν θεῖον κράτιστον, τὸ δὲ ἐγγυτάτω⁵² τοῦ θείου
ἐγγυτάτω τοῦ κρατίστου.

11. Πάλιν δέ ποτε ὁ Ἀντιφῶν διαλεγόμενος τῷ
Σωκράτει εἶπεν· Ὦ Σώκρατες, ἐγώ τοι σὲ μὲν δίκαιον
νομίζω, σοφὸν δὲ οὐδ' ὁπωστιοῦν. Δοκεῖς δέ μοι καὶ
αὐτὸς τοῦτο γιγνώσκειν· οὐδένα γοῦν τῆς συνουσίας
ἀργύριον πράττῃ· καίτοι τό γε ἱμάτιον ἢ τὴν οἰκίαν ἢ
ἄλλο τι ὧν κέκτησαι νομίζων ἀργυρίου ἄξιον εἶναι,
οὐδενὶ ἂν μὴ ὅτι⁵³ προῖκα δοίης, ἀλλ' οὐδ' ἔλαττον τῆς

---

⁵⁰ οἰομένῳ. Cf. Plato, Rep.
508 D, ἔοικεν αὖ νοῦν οὐκ ἔχοντι,
and above, I. iv. 7, ἔοικε σοφοῦ
τινος δημιουργοῦ τεχνήματι. Be-
low, of course τὴν εὐδαιμονίαν,
having the article, is the subject,
and τρυφήν, having none, the
predicate.

⁵¹ τὸ μὲν μηδενὸς δέεσθαι. This
was afterwards the theory of the
Cynics. To be above all the
accidents of fortune by having
no wants to be affected· by them
was their highest ambition. In
this respect they were rivalled or
surpassed by the Indian Gymno-
sophists, who prided themselves
on their insensibility and dis-
regard to all but the most com-
pulsory wants of nature.

⁵² ἐγγυτάτω. Sc. εἶναι. "Was
to be in the nearest position to
the Gods they could be." For a
similar use of an adverb where
an adjective would seem more
natural, cf. Thucyd. vii. 4, ῥᾷον
αὐτῷ ἐφαίνετο ἡ ἐσκομιδὴ ἔσεσθαι.
Compare Sall. Jug. 94 (quoted by
Poppo), "uti prospectus nisusque
per saxa facilius foret."

⁵³ μὴ ὅτι. Μὴ ὅτι is used when
the elliptical portion of the ex-
pression is conceived as in the
imperative mood, οὐχ ὅτι when
in some other mood. Here it is
οὐδενὶ ἄν, μὴ εἴπῃς ὅτι προῖκα
δοίης. In Thucyd. ii. 97, ταῦτα
δὲ ἀδύνατα ἐξισοῦσθαι οὐχ ὅτι τὰ
ἐν τῇ Εὐρώπῃ, it is οὐ λέγω ὅτι
κ.τ.λ. In the next words, προῖκα

ἀξίας λαβών. 12. Δῆλον δὴ ὅτι, εἰ καὶ τὴν συν
ουσίαν⁵⁴ ᾦου τινὸς ἀξίαν εἶναι, καὶ ταύτης ἂν οὐκ
ἐλάττω τῆς ἀξίας ἀργύριον ἐπράττου. Δίκαιος μὲν
οὖν ἂν εἴης, ὅτι οὐκ ἐξαπατᾷς ἐπὶ πλεονεξίᾳ, σοφὸς δὲ
οὐκ ἄν, μηδενός γε ἄξια⁵⁵ ἐπιστάμενος. 13. Ὁ δὲ
Σωκράτης πρὸς ταῦτα εἶπεν· Ὦ Ἀντιφῶν, παρ' ἡμῖν
νομίζεται τὴν ὥραν καὶ τὴν σοφίαν ὁμοίως μὲν καλόν⁵⁶,
ὁμοίως δὲ αἰσχρὸν διατίθεσθαι εἶναι· τήν τε γὰρ ὥραν
ἐὰν μέν τις ἀργυρίου πωλῇ τῷ βουλομένῳ, πόρνον αὐτὸν
ἀποκαλοῦσιν, ἐὰν δέ τις, ὃν ἂν γνῷ καλόν τε κἀγαθὸν
ἐραστὴν ὄντα, τοῦτον φίλον ἑαυτῷ ποιῆται⁵⁷, σώφρονα
νομίζομεν· καὶ τὴν σοφίαν ὡσαύτως τοὺς μὲν ἀργυρίου
τῷ βουλομένῳ πωλοῦντας σοφιστὰς ὥσπερ πόρνους
ἀποκαλοῦσιν, ὅστις δέ, ὃν ἂν γνῷ εὐφυᾶ ὄντα, διδά
σκων ὅ,τι ἂν ἔχῃ ἀγαθόν, φίλον ποιῆται, τοῦτον νομί
ζομεν, ἃ τῷ καλῷ κἀγαθῷ πολίτῃ προσήκει, ταῦτα

and λαβών correspond; μὴ ὅτι προῖκα δοίης ἀλλ' οὐδὲ (δοίης) λαβών.

⁵⁴ καὶ τὴν συνουσίαν. "Your company as well as your coat," &c., so that καί is to be connected with τὴν συνουσίαν. Below, ἐλάττω is used adverbially, "to extents less than the real value," for ἐλάττω is for ἐλάττονα. Cf. Plato, Menexen. 235 B, παραμένει ἡμέρας πλείω ἢ τρεῖς, and Crito 53 A, ἐλάττω ἐπεδήμησας.

⁵⁵ μηδενός γε ἄξια. "If at least you know nothing worth any thing;" a more courteous way of putting it than οὐδενός, which would assume the reality of the ignorance.

⁵⁶ ὁμοίως μὲν καλόν. This is a difficult passage. The order seems to be, παρ' ἡμῖν νομίζεται ὁμοίως μὲν καλὸν ὁμοίως δὲ αἰσχρὸν (εἶναι) διατίθεσθαι τὴν ὥραν καὶ τὴν σοφίαν. To expose for

sale beauty and philosophy was alike disgraceful, if mere money gain were aimed at; but alike honourable if a moral profit were obtained. I think the construction might also be τὴν ὥραν καὶ τὴν σοφίαν ὁμοίως καλὸν εἶναι διατίθεσθαι, "beauty and philosophy are alike honourable to dispose of," where καλὸν would be a neuter, like κάρτα τοι φιλοίκτιστον γυνή (Ajax 580), "a thing prone to pity." Διατίθεσθαι is to arrange or put out wares for sale. Cf. Herod. i. 1, διατίθεσθαι τὸν φόρτον.

⁵⁷ φίλον . . . ποιῆται. Some of the editors have ποιεῖται. If the subjunctive be retained, it is due to a kind of attraction, ὅστις being equivalent to ἐὰν δέ τις. Thucydides uses ὅστις without ἄν, iii. 43, πρὸς ὀργὴν ἥντινα τύχητε. But all editors do not allow this in Xenophon.

ποιεῖν. 14. Ἐγὼ δ᾽ οὖν καὶ αὐτός, ὦ Ἀντιφῶν, ὥσπερ ἄλλος τις ἢ ἵππῳ ἀγαθῷ ἢ κυνὶ ἢ ὄρνιθι ἥδεται, οὕτω καὶ ἔτι μᾶλλον ἥδομαι φίλοις ἀγαθοῖς· καὶ ἐάν τι σχῶ⁵⁸ ἀγαθόν, διδάσκω, καὶ ἄλλοις συνίστημι, παρ᾽ ὧν ἂν ἡγῶμαι ὠφελήσεσθαί τι αὐτοὺς εἰς ἀρετήν. Καὶ τοὺς θησαυροὺς τῶν πάλαι σοφῶν ἀνδρῶν, οὓς ἐκεῖνοι κατέλιπον ἐν βιβλίοις γράψαντες, ἀνελίττων κοινῇ σὺν τοῖς φίλοις διέρχομαι, καί, ἄν τι ὁρῶμεν ἀγαθόν, ἐκλεγόμεθα καὶ μέγα νομίζομεν κέρδος, ἐὰν ἀλλήλοις φίλοι γιγνώμεθα⁵⁹. Ἐμοὶ μὲν δὴ ταῦτα ἀκούοντι ἐδόκει αὐτός τε μακάριος εἶναι καὶ τοὺς ἀκούοντας ἐπὶ καλοκἀγαθίαν ἄγειν.

15. Καὶ πάλιν ποτὲ τοῦ Ἀντιφῶντος ἐρομένου αὐτόν, πῶς ἄλλους μὲν ἡγεῖται πολιτικοὺς ποιεῖν, αὐτὸς δὲ οὐ πράττει τὰ πολιτικά, εἴπερ ἐπίσταται⁶⁰; Ποτέρως δ᾽ ἄν, ἔφη, ὦ Ἀντιφῶν, μᾶλλον τὰ πολιτικὰ πράττοιμι, εἰ μόνος αὐτὰ πράττοιμι, ἢ εἰ ἐπιμελοίμην τοῦ ὡς πλείστους ἱκανοὺς εἶναι πράττειν αὐτά;

CHAPTER VII.

1. Ἐπισκεψώμεθα δέ, εἰ καὶ ἀλαζονείας ἀποτρέπων τοὺς συνόντας ἀρετῆς ἐπιμελεῖσθαι προέτρεπεν· ἀεὶ γὰρ ἔλεγεν, ὡς οὐκ εἴη καλλίων ὁδὸς ἐπ᾽ εὐδοξίᾳ, ἢ δι᾽ ἧς ἄν τις ἀγαθὸς τοῦτο⁶¹ γένοιτο, ὃ καὶ δοκεῖν βού-

---

⁵⁸ ἐάν τι σχῶ. "If I get any thing," not "if I have," which would be ἔχω. Below, συνίστημι is "I introduce them to."

⁵⁹ ἀλλήλοις φίλοι γιγνώμεθα. "Become attached to each other," by this reading together.

⁶⁰ εἴπερ ἐπίσταται. Sc. πράττειν τὰ πολιτικά. Ἐπίστασθαι with an infinitive means "to know how to do a thing." Cf.

Plato, Sympos. 223 D, κωμῳδίαν καὶ τραγῳδίαν ἐπίστασθαι ποιεῖν. Below, for ποτέρως δέ see I. iii. 13, under τοὺς δὲ καλούς.

⁶¹ ἀγαθὸς τοῦτο. For the accusative after ἀγαθός see note on I. ii. 46. Below, καὶ δοκεῖν means "to appear as well as to be," although we should rather have put καί in the other clause, "to be as well as to seem."

λοιτο. 2. "Ότι δ' ἀληθῆ ἔλεγεν, ὧδε ἐδίδασκεν· 'Ενθυ-
μώμεθα γάρ⁶², ἔφη, εἴ τις μὴ ὢν ἀγαθὸς αὐλητὴς δοκεῖν
βούλοιτο, τί ἂν αὑτῷ ποιητέον εἴη ; ἆρ' οὐ τὰ ἔξω τῆς
τέχνης μιμητέον τοὺς ἀγαθοὺς αὐλητάς ; καὶ πρῶτον
μέν, ὅτι ἐκεῖνοι σκεύη τε καλὰ κέκτηνται καὶ ἀκο-
λούθους πολλοὺς περιάγονται, καὶ τούτῳ⁶³ ταῦτα ποι-
ητέον· ἔπειτα, ὅτι ἐκείνους πολλοὶ ἐπαινοῦσι, καὶ
τούτῳ πολλοὺς ἐπαινέτας παρασκευαστέον. 'Αλλὰ
μὴν ἔργον γε οὐδαμοῦ⁶⁴ ληπτέον, ἢ εὐθὺς ἐλεγχθήσεται
γελοῖος ὤν, καὶ οὐ μόνον αὐλητὴς κακός, ἀλλὰ καὶ
ἄνθρωπος ἀλαζών. Καίτοι πολλὰ⁶⁵ μὲν δαπανῶν,
μηδὲν δὲ ὠφελούμενος, πρὸς δὲ τούτοις κακοδοξῶν πῶς
οὐκ ἐπιπόνως τε καὶ ἀλυσιτελῶς καὶ καταγελάστως
βιώσεται ; 3. ὡς δ' αὔτως, εἴ τις βούλοιτο στρατηγὸς
ἀγαθὸς μὴ ὢν φαίνεσθαι, ἢ κυβερνήτης, ἐννοῶμεν, τί
ἂν αὑτῷ συμβαίνοι. 'Αρ' οὐκ ἄν, εἰ μέν, ἐπιθυμῶν
τοῦ δοκεῖν ἱκανὸς εἶναι ταῦτα πράττειν, μὴ δύναιτο
πείθειν, ταύτῃ λυπηρόν⁶⁶ ; εἰ δὲ πείσειεν, ἔτι ἀθλιώ-
τερον ; Δῆλον γάρ, ὅτι κυβερνᾶν τε⁶⁷ κατασταθεὶς ὁ

⁶² 'Ενθυμώμεθα γάρ. The par-
ticle is due to some clause under-
stood, such as περὶ ἀλαζονείας
οὕτως ἔχει ὡς λέγω. Below, τὰ
ἔξω τῆς τέχνης is not "the points
outside the art," but "the ex-
ternal points of the art," and the
accusative is one of locality, like
τοῦτο above in ἀγαθὸς τοῦτο.

⁶³ καὶ τούτῳ. This is the apo-
dosis, "by him as well as by
them." For ἔπειτα without δέ
after μέν in the first clause, see
I. ii. 1.

⁶⁴ ἔργον γε οὐδαμοῦ. That is,
the pretender must nowhere ven-
ture upon any actual perform-
ance, or his imposture will be at
once detected.

⁶⁵ Καίτοι πολλά. Καίτοι is

"and yet;" but its force here is
not quite obvious. It refers back,
I think, to the last sentence but
one, where it is said that the
pretender must have gorgeous
dresses, attendants, &c. And yet,
in spite of this outward show, the
man must lead a ridiculous life.

⁶⁶ ταύτῃ λυπηρόν. Sc. εἴη.
"In this respect it would be
annoying."

⁶⁷ κυβερνᾶν τε. This may be
a case of τέ followed by ἤ. Cf.
Plato, Ion 535 D, κλαίῃ τε ἐν
θυσίας ἢ φοβῆται πλέον. Also
Theæt. 143 C, περὶ αὐτοῦ τε ἢ αὖ
περὶ τοῦ ἀποκρινομένου. Accord-
ing to Kühner, τέ here answers
to καί, in καὶ αὐτός, and is put at
the beginning of the clause for

μὴ ἐπιστάμενος ἢ στρατηγεῖν ἀπολέσειεν ἂν οὓς ἥκιστα
βούλοιτο, καὶ αὐτὸς αἰσχρῶς τε καὶ κακῶς ἀπαλ-
λάξειεν. 4. Ὡσαύτως δὲ καὶ τὸ πλούσιον καὶ τὸ
ἀνδρεῖον καὶ τὸ ἰσχυρὸν μὴ ὄντα δοκεῖν ἀλυσιτελὲς
ἀπέφαινε· προστάττεσθαι γὰρ αὐτοῖς ἔφη μείζω ἢ
κατὰ δύναμιν⁶⁸, καὶ μὴ δυναμένους ταῦτα ποιεῖν, δο-
κοῦντας ἱκανοὺς εἶναι, συγγνώμης οὐκ ἂν τυγχάνειν.
5. Ἀπατεῶνα δ' ἐκάλει οὐ μικρὸν μέν, εἴ τις ἀργύριον ἢ
σκεῦος παρά του πειθοῖ λαβὼν ἀποστεροίη, πολὺ δὲ
μέγιστον, ὅστις μηδενὸς ἄξιος ὢν ἐξηπατήκει πείθων,
ὡς ἱκανὸς εἴη τῆς πόλεως ἡγεῖσθαι. Ἐμοὶ μὲν οὖν
ἐδόκει καὶ τοῦ ἀλαζονεύεσθαι ἀποτρέπειν τοὺς συνόντας
τοιάδε⁶⁶ διαλεγόμενος.

want of any better place. If
τούτους had been used, it would
naturally have followed the pro-
noun. He compares II. i. 28,
τὰς πολεμικὰς τέχνας αὐτάς τε
παρὰ τῶν ἐπισταμένων μαθητέον
καὶ ὅπως αὐταῖς δεῖ χρῆσθαι
ἀσκητέον. Below, ἀπαλλάξειεν is
"would come off badly." Cf.

Herod. i. 16, οὐχ ὡς ἤθελε ἀπ-
ήλλαξεν.
⁶⁸ μείζω ἢ κατὰ δύναμιν. "Ma-
jora quàm pro viribus." Cf. Plato,
Rep. 506 E, πλέον ἢ κατὰ τὴν
παροῦσαν ὁρμήν.
⁶⁹ τοιάδε. For this, see note
on I. ii. 3.

ΞΕΝΟΦΩΝΤΟΣ

ΑΠΟΜΝΗΜΟΝΕΥΜΑΤΑ

.

BOOK II.

CHAPTER I.

1. Ἐδόκει δέ μοι καὶ τοιαῦτα λέγων προτρέπειν τοὺς συνόντας ἀσκεῖν ἐγκράτειαν πρὸς ἐπιθυμίαν βρωτοῦ καὶ ποτοῦ καὶ λαγνείας καὶ ὕπνου, καὶ ῥίγους [70] καὶ θάλπους καὶ πόνου. Γνοὺς δέ τινα τῶν συνόντων ἀκολαστοτέρως ἔχοντα πρὸς τὰ τοιαῦτα· Εἰπέ μοι, ἔφη, ὦ Ἀρίστιππε [71], εἰ δέοι σε παιδεύειν παραλαβόντα δύο τῶν νέων, τὸν μέν, ὅπως ἱκανὸς ἔσται [72]

[70] καὶ ῥίγους. There is some clumsiness in the construction, for the last three genitives can only be made to depend on πρὸς ἐπιθυμίαν by translating the passage, "with reference to one's desire for food . . . and in the matter of cold," &c. Others make ῥίγους and the following substantives depend, not on πρὸς ἐπιθυμίαν, but ἐγκράτειαν. I think the other way better, the last genitives being added on rather vaguely.

[71] ὦ Ἀρίστιππε. Aristippus was the founder of the Cyrenaic school of philosophy. Pleasure was the chief good, not mere coarse pleasures, but the pleasure arising from a well-ordered life, so arranged that, in the long run, the greatest possible amount of happiness was obtained from it. Mere animal pleasures would not fulfil the conditions, because the after results are often painful. Aristippus' aim was to pass through life, in all his relations, in a pleasurable way. "Omnis Aristippum decuit color," says Horace. He was at home in all society and under all circumstances.

[72] ὅπως . . . ἔσται. It may seem odd that a final particle should be joined to an indi-

ἄρχειν, τὸν δέ, ὅπως μηδ᾽ ἀντιποιήσεται ἀρχῆς, πῶς ἂν
ἑκάτερον παιδεύοις; βούλει σκοπῶμεν ἀρξάμενοι ἀπὸ
τῆς τροφῆς, ὥσπερ ἀπὸ τῶν στοιχείων; καὶ ὁ Ἀρί-
στιππος ἔφη· Δοκεῖ γοῦν μοι ἡ τροφὴ ἀρχὴ εἶναι·
οὐδὲ γὰρ ζῴη γ᾽ ἄν τις, εἰ μὴ τρέφοιτο. 2. Οὐκοῦν τὸ
μὲν βούλεσθαι σίτου ἅπτεσθαι, ὅταν ὥρα ἥκῃ, ἀμ-
φοτέροις εἰκὸς παραγίγνεσθαι; Εἰκὸς γάρ[73], ἔφη. Τὸ
οὖν προαιρεῖσθαι[74] τὸ κατεπεῖγον μᾶλλον πράττειν ἢ
τῇ γαστρὶ χαρίζεσθαι πότερον ἂν αὐτῶν ἐθίζοιμεν;
Τὸν εἰς τὸ ἄρχειν, ἔφη, νὴ Δία, παιδευόμενον, ὅπως μὴ
τὰ τῆς πόλεως ἄπρακτα γίγνηται παρὰ τὴν ἐκείνου
ἀρχήν[75]. Οὐκοῦν, ἔφη, καὶ ὅταν πιεῖν βούλωνται, τὸ
δύνασθαι διψῶντα ἀνέχεσθαι τῷ αὐτῷ προσθετέον;
Πάνυ μὲν οὖν, ἔφη. 3. Τὸ δὲ ὕπνου ἐγκρατῆ εἶναι,
ὥστε δύνασθαι καὶ ὀψὲ κοιμηθῆναι καὶ πρωὶ ἀναστῆναι
καὶ ἀγρυπνῆσαι, εἴ τι δέοι, ποτέρῳ ἂν προσθείημεν;
Καὶ τοῦτο, ἔφη, τῷ αὐτῷ. Τί δέ; ἔφη, τὸ ἀφροδισίων
ἐγκρατῆ εἶναι, ὥστε μὴ διὰ ταῦτα κωλύεσθαι πράττειν,
εἴ τι δέοι; Καὶ τοῦτο, ἔφη, τῷ αὐτῷ. Τί δέ; τὸ μὴ
φεύγειν τοὺς πόνους, ἀλλὰ ἐθελοντὴν ὑπομένειν, ποτέρῳ
ἂν προσθείημεν; Καὶ τοῦτο, ἔφη, τῷ ἄρχειν παιδευ-
ομένῳ. Τί δέ; τὸ μαθεῖν, εἴ τι ἐπιτήδειόν ἐστι μάθ-
ημα πρὸς τὸ κρατεῖν τῶν ἀντιπάλων, ποτέρῳ ἂν προσ-
εῖναι μᾶλλον πρέποι; Πολύ[76], νὴ Δί᾽, ἔφη, τῷ ἄρχειν

cative. But ὅπως is originally
a relative adverb, "in whatever
manner," and in that sense an
indicative is natural. The indi-
cative is used, it may be added,
when the result is regarded as
pretty certain to follow.

[73] Εἰκὸς γάρ. Sc. ὀρθῶς λέγεις,
εἰκὸς γάρ.

[74] Τὸ οὖν προαιρεῖσθαι. This,
as well as πότερον, is the accu-
sative after ἐθίζομεν. It is not
simply "accustomed to prefer,"

but "accustomed to the prefer-
ring." The simple infinitive is
found as well, and more com-
monly.

[75] παρὰ τὴν ἐκείνου ἀρχήν.
"By reason of his rule." Cf.
Demosth. Philip. I. p. 43, αὐτὸς
παρὰ τὴν αὐτοῦ ῥώμην τοσοῦτον
ηὔξηται. It might also be "during
his term of office," like παρὰ τὸν
ὅλον βίον.

[76] Πολύ. Sc. μᾶλλον ἂν πρέποι.
The participle παιδευομένῳ is

παιδευομένῳ· καὶ γὰρ [77] τῶν ἄλλων οὐδὲν ὄφελος ἄνευ
τῶν τοιούτων μαθημάτων. 4. Οὐκοῦν ὁ οὕτω πεπαι-
δευμένος ἧττον ἂν δοκεῖ σοι ὑπὸ τῶν ἀντιπάλων ἢ τὰ
λοιπὰ ζῶα ἁλ ·κεσθαι; τούτων γὰρ δήπου τὰ μὲν
γαστρὶ δελεαζομενα, καὶ μάλα ἔνια [18] δυσωπούμενα,
ὅμως τῇ ἐπιθυμίᾳ τοῦ φαγεῖν ἀγόμενα πρὸς τὸ δέλεαρ
ἀλίσκεται, τὰ δὲ ποτῷ ἐνεδρεύεται. Πάνυ μὲν οὖν,
ἔφη. Οὐκοῦν καὶ ἄλλα ὑπὸ λαγνείας, οἷον οἵ τε ὄρ-
τυγες καὶ οἱ πέρδικες, πρὸς τὴν τῆς θηλείας φωνὴν τῇ
ἐπιθυμίᾳ καὶ τῇ ἐλπίδι τῶν ἀφροδισίων φερόμενοι καὶ
ἐξιστάμενοι τοῦ τὰ δεινὰ ἀναλογίζεσθαι τοῖς θηράτροις
ἐμπίπτουσι; Συνέφη καὶ ταῦτα. 5. Οὐκουν δοκεῖ σοι
αἰσχρὸν εἶναι ἀνθρώπῳ ταὐτὰ πάσχειν τοῖς ἀφρο-
νεστάτοις τῶν θηρίων; ὥσπερ οἱ μοιχοὶ εἰσέρχονται
εἰς τὰς εἰρκτὰς εἰδότες, ὅτι κίνδυνος τῷ μοιχεύοντι ἅ τε
ὁ νόμος ἀπειλεῖ παθεῖν καὶ ἐνεδρευθῆναι καὶ ληφθέντα
ὑβρισθῆναι· καὶ τηλικούτων μὲν ἐπικειμένων τῷ μοι-
χεύοντι κακῶν τε καὶ αἰσχρῶν, ὄντων δὲ πολλῶν τῶν
ἀπολυσόντων τῆς τῶν ἀφροδισίων ἐπιθυμίας, ὅμως εἰς
τὰ ἐπικίνδυνα φέρεσθαι, ἆρ' οὐκ ἤδη τοῦτο [79] παντά-
πασι κακοδαιμονῶντός ἐστιν; Ἔμοιγε δοκεῖ, ἔφη. 6. Τὸ
δὲ εἶναι μὲν [80] τὰς ἀναγκαιοτάτας πλείστας πράξεις

throughout used in its strict
sense, "one who is being trained."
[77] καὶ γάρ. Καί qualifies τῶν
ἄλλων, "for even of the other
things." Cf. Plato, Symp. 176 B,
καὶ γὰρ αὐτός εἰμι τῶν χθὲς βε-
βαπτισμένων. Sometimes καὶ γάρ
is "for in fact" (etenim), and
then a second καί is sometimes
added. Cf. Thucyd. vi. 61, καὶ
γάρ τις καὶ στρατιὰ ἔτυχε παρελ-
θοῦσα. Cf. above, I. ii. 11, καὶ
γὰρ μόνος, for the first meaning,
and I. v. 3, καὶ γὰρ οὐχ ὥσπερ οἱ
πλεονέκται, for the second. Below,
the order is δοκεῖ ἁλίσκεσθαι ἄν.

[78] καὶ μάλα ἔνια. "Even though
—some of them—very shy, still
are caught." Ἔνια is added as
a kind of afterthought, because
what is said of their shyness is
only true of some. Breitenbach
quotes an apposite passage from
Anab. V. v. 11, ἀκούομεν ὑμᾶς εἰς
τὴν πόλιν βίᾳ παρεληλυθότας,
ἐνίους σκηνοῦν ἐν ταῖς οἰκίαις.
[79] οὐκ ἤδη τοῦτο. "Is not
this (φέρεσθαί τινα εἰς τὰ ἐπι-
κίνδυνα) at once (from this point
forward) the act of a madman?"
[80] Τὸ δὲ εἶναι μέν. See note on
I. iv. 17, on τὸ σὸν μὲν ὄμμα.

F

τοῖς ἀνθρώποις ἐν ὑπαίθρῳ, οἷον τάς τε πολεμικὰς καὶ
τὰς γεωργικὰς καὶ τῶν ἄλλων οὐ τὰς ἐλαχίστας, τοὺς
δὲ πολλοὺς ἀγυμνάστως ἔχειν πρός τε ψύχη καὶ
θάλπη, οὐ δοκεῖ σοι πολλὴ ἀμέλεια εἶναι; Συνέφη καὶ
τοῦτο. Οὐκοῦν δοκεῖ σοι τὸν μέλλοντα ἄρχειν ἀσκεῖν
δεῖν καὶ ταῦτα εὐπετῶς φέρειν; Πάνυ μὲν οὖν, ἔφη.
7. Οὐκοῦν, εἰ τοὺς ἐγκρατεῖς τούτων ἀπάντων εἰς τοὺς
ἀρχικοὺς τάττομεν, τοὺς ἀδυνάτους ταῦτα ποιεῖν εἰς
τοὺς μηδ᾽ ἀντιποιησομένους τοῦ ἄρχειν τάξομεν; Συν-
έφη καὶ τοῦτο. Τί οὖν; ἐπειδὴ καὶ τούτων ἑκατέρου[31]
τοῦ φύλου τὴν τάξιν οἶσθα, ἤδη ποτ᾽ ἐπεσκέψω, εἰς
ποτέραν τῶν τάξεων τούτων σαυτὸν δικαίως ἂν τάτ-
τοις; 8. Ἔγωγ᾽, ἔφη ὁ Ἀρίστιππος· καὶ οὐδαμῶς γε
τάττω ἐμαυτὸν εἰς τὴν τῶν ἄρχειν βουλομένων τάξιν.
Καὶ γὰρ πάνυ[32] μοι δοκεῖ ἄφρονος ἀνθρώπου εἶναι τό,
μεγάλου ὄντος τοῦ ἑαυτῷ τὰ δέοντα παρασκευάζειν, μὴ
ἀρκεῖν τοῦτο, ἀλλὰ προσαναθέσθαι τὸ καὶ τοῖς ἄλλοις
πολίταις ὧν δέονται πορίζειν· καὶ ἑαυτῷ μὲν πολλὰ[83]

Translate, "that whereas (μέν) ... yet" (δέ).

[81] καὶ τούτων ἑκατέρου. "Since you know the right post for each class of these." That is, you know the post each of the classes ought to occupy: the temperate, the post of rule; the intemperate, the post of non-aspirants after rule. The καί seems to me to be, as before explained, in the wrong clause according to our usage, and we should put it in the next, "did you ever thereupon, as a next step (ἤδη), consider?"

[82] Καὶ γὰρ πάνυ. Καὶ πάνυ ἄφρονος seem to be connected, "even a very senseless man." The order of the words is, τοῦ ἑαυτῷ παρασκευάζειν τὰ δέοντα μεγάλου ὄντος, τὸ μὴ ἀρκεῖν αὐτῷ

τοῦτο (τὸ ἑαυτῷ) κ.τ.λ. Ἀρκεῖν is here evidently "to be sufficient for." The man is not content with providing himself with what he needs; he imposes on himself beyond this (προσαναθέσθαι) the doing it for others as well (καί). In προσαναθέσθαι there is a change of subject, so that the sentence runs τοῦτο μὴ ἀρκεῖν αὐτῷ ἀλλ᾽ αὐτὸν προσαναθέσθαι. Cf. Plato, Gorg. 510 B, φοβοῖτο δήπου ἂν αὐτὸν ὁ τύραννος καὶ τούτῳ οὐκ ἄν ποτε δύναιτο φίλος γενέσθαι, where the subject of δύναιτο is not τύραννος.

[83] ἑαυτῷ μὲν πολλά. I think ἐλλείπειν is active here: "to leave much of what he wants unsecured for himself." Below, καὶ γὰρ αἱ πόλεις is "for cities too."

ὧν βούλεται ἐλλείπειν, τῆς δὲ πόλεως προεστῶτα, ἐὰν
μὴ πάντα, ὅσα ἡ πόλις βούλεται, καταπράττῃ, τούτου
δίκην ὑπέχειν, τοῦτο πῶς οὐ πολλὴ ἀφροσύνη ἐστί;
9. Καὶ γὰρ ἀξιοῦσιν αἱ πόλεις τοῖς ἄρχουσιν ὥσπερ
ἐγὼ τοῖς οἰκέταις χρῆσθαι· ἐγώ τε γὰρ ἀξιῶ τοὺς
θεράποντας ἐμοὶ μὲν ἄφθονα τὰ ἐπιτήδεια[84] παρα-
σκευάζειν, αὐτοὺς δὲ μηδενὸς τούτων ἅπτεσθαι· αἵ τε
πόλεις οἴονται χρῆναι τοὺς ἄρχοντας ἑαυταῖς μὲν ὡς
πλεῖστα ἀγαθὰ πορίζειν, αὐτοὺς δὲ πάντων τούτων
ἀπέχεσθαι. Ἐγὼ οὖν τοὺς μὲν βουλομένους πολλὰ
πράγματα ἔχειν αὐτοῖς τε[85] καὶ ἄλλοις παρέχειν οὕτως
ἂν παιδεύσας εἰς τοὺς ἀρχικοὺς καταστήσαιμι· ἐμαυτὸν
τοίνυν[86] τάττω εἰς τοὺς βουλομένους ᾗ ῥᾷστά τε καὶ
ἥδιστα βιοτεύειν. 10. Καὶ ὁ Σωκράτης ἔφη· Βούλει
οὖν καὶ τοῦτο σκεψώμεθα, πότεροι ἥδιον ζῶσιν, οἱ
ἄρχοντες ἢ οἱ ἀρχόμενοι; Πάνυ μὲν οὖν, ἔφη. Πρῶτον.
μὲν τοίνυν τῶν ἐθνῶν, ὧν ἡμεῖς ἴσμεν, ἐν μὲν τῇ Ἀσίᾳ
Πέρσαι μέν ἄρχουσιν, ἄρχονται δὲ Σύροι καὶ Φρύγες καὶ
Λυδοί· ἐν δὲ τῇ Εὐρώπῃ Σκύθαι μὲν ἄρχουσι, Μαιῶται
δὲ ἄρχονται· ἐν δὲ τῇ Λιβύῃ Χαρχηδόνιοι μὲν ἄρχουσι,
Λίβυες δὲ ἄρχονται. Τούτων οὖν ποτέρους ἥδιον οἴει
ζῆν; ἢ τῶν Ἑλλήνων, ἐν οἷς καὶ αὐτὸς εἶ, πότεροί σοι
δοκοῦσιν ἥδιον, οἱ κρατοῦντες ἢ οἱ κρατούμενοι, ζῆν;
11. Ἀλλ᾽ ἐγώ τοι, ἔφη ὁ Ἀρίστιππος, οὐδὲ εἰς τὴν
δουλείαν[87] αὖ ἐμαυτὸν τάττω· ἀλλ᾽ εἶναί τίς μοι δοκεῖ

---

[84] ἄφθονα τὰ ἐπιτήδεια. "The
usual provisions in abundance."
It is *assumed* that the servants
would provide victuals: it is *stated*
that these were to be plentifully
supplied. The words are equiva-
lent to παρασκευάζειν τὰ ἐπιτήδεια
ὥστε ἄφθονα εἶναι. Cf. Thucyd.
i. 90, ἕως ἂν τὸ τεῖχος ἱκανὸν
αἴρωσιν.
[85] πράγματα ἔχειν αὐτοῖς τε.
"To have trouble for their own

share, and cause it to others."
One would rather have expected
αὐτούς, I think.
[86] ἐμαυτὸν τοίνυν. This cor-
responds to τοὺς μὲν βουλομένους,
or rather the sentence is ended
differently from what Xenophon
intended to write. Instead of
going on τοὺς δὲ βουλομένους, or
ἐμαυτὸν δέ, he draws a conclusion
with τοίνυν.
[87] οὐδὲ εἰς τὴν δουλείαν. "But in

μέση τούτων ὁδός, ἣν πειρῶμαι βαδίζειν, οὔτε δι' ἀρχῆς
οὔτε διὰ δουλείας, ἀλλὰ δι' ἐλευθερίας, ἥπερ μάλιστα
πρὸς εὐδαιμονίαν ἄγει. 12. 'Αλλ' εἰ μέντοι⁸⁸, ἔφη ὁ
Σωκράτης, ὥσπερ οὔτε δι' ἀρχῆς οὔτε διὰ δουλείας ἡ
ὁδὸς αὕτη φέρει, οὕτως μηδὲ δι' ἀνθρώπων, ἴσως ἄν τι
λέγοις· εἰ μέντοι ἐν ἀνθρώποις ὢν μήτε ἄρχειν ἀξιώσεις
μήτε ἄρχεσθαι, μήτε τοὺς ἄρχοντας ἑκὼν θεραπεύσεις,
οἶμαί σε ὁρᾶν, ὡς ἐπίστανται οἱ κρείττονες τοὺς ἥττονας
καὶ κοινῇ καὶ ἰδίᾳ κλαίοντας καθιστάντες⁸⁹ δούλοις
χρῆσθαι· 13. ἢ λανθάνουσί σε οἱ ἄλλων σπειράντων
καὶ φυτευσάντων τόν τε σῖτον τέμνοντες καὶ δενδροκο-
ποῦντες καὶ πάντα τρόπον πολιορκοῦντες τοὺς ἥττονας
καὶ μὴ θέλοντας θεραπεύειν, ἕως ἂν πείσωσιν ἑλέσθαι
δουλεύειν ἀντὶ τοῦ πολεμεῖν τοῖς κρείττοσι; καὶ ἰδίᾳ
αὖ⁹⁰ οἱ ἀνδρεῖοι καὶ δυνατοὶ τοὺς ἀνάνδρους καὶ ἀδυνά-
τους οὐκ οἶσθα ὅτι καταδουλωσάμενοι καρποῦνται;
'Αλλ' ἐγώ τοι, ἔφη, ἵνα μὴ πάσχω ταῦτα, οὐδ' εἰς
πολιτείαν ἐμαυτὸν κατακλείω ἀλλὰ ξένος, πανταχοῦ
εἰμι. 14. Καὶ ὁ Σωκράτης ἔφη· Τοῦτο μέντοι ἤδη⁹¹

truth (τοί) I do not even rank my-
self, on the other hand, amongst,"
&c. There is a reference in αὖ
to what was said before (§ 8),
οὐδαμῶς γε τάττω ἐμαυτὸν εἰς τῶν
ἄρχειν βουλομένων τάξιν. Aris-
tippus did not want to rule: nor
on the other hand did he want to
be a slave.
⁸⁸ 'Αλλ' εἰ μέντοι. The parti-
cle here seems to be used as in
I. iii. 10, viz. in the sense of "in
truth;" in the next sentence,
in its more usual force of "how-
ever." Below with δι' ἀνθρώπων
supply φέροι.
⁸⁹ κλαίοντας καθιστάντες.
"Bringing them to tears," i. e.
making them suffer bitterly.
Kühner quotes Eurip. Androm.

635, ὃς κλαίοντά σε καὶ τὴν ἐν
οἴκοις σὴν καταστήσει κόρην.
⁹⁰ καὶ ἰδίᾳ αὖ. What has been
said before referred to states
(κοινῇ); this clause to private acts.
⁹¹ Τοῦτο μέντοι ἤδη. Μέντοι
here is, I think, "in truth," and
πάλαισμα seems to be "a crafty
wrestling trick." If this be so,
then of course Socrates is speak-
ing ironically throughout this
clause. "This is indeed," he says,
"a fine trick of yours you are
alluding to: of course no one ever
injures a stranger: oh dear! no."
This is not, I may add, an instance
of what is usually meant by the
Socratic irony. Of this, some-
thing may be said hereafter.

λέγεις δεινὸν πάλαισμα· τοὺς γὰρ ξένους, ἐξ οὗ ὅ τε
Σίννις καὶ ὁ Σκείρων καὶ ὁ Προκρούστης ἀπέθανον,
οὐδεὶς ἔτι ἀδικεῖ· ἀλλὰ νῦν οἱ μὲν πολιτευόμενοι ἐν
ταῖς πατρίσι καὶ νόμους τίθενται, ἵνα μὴ ἀδικῶνται,
καὶ φίλους πρὸς τοῖς ἀναγκαίοις⁹² καλουμένοις ἄλλους
κτῶνται βοηθοὺς καὶ ταῖς πόλεσιν ἐρύματα περιβάλ-
λονται καὶ ὅπλα κτῶνται, οἷς ἀμύνονται τοὺς ἀδι-
κοῦντας, καὶ πρὸς τούτοις ἄλλους ἔξωθεν συμμάχους
κατασκευάζονται⁹³· καὶ οἱ μὲν πάντα ταῦτα κεκτημένοι
ὅμως ἀδικοῦνται· 15. σὺ δὲ οὐδὲν μὲν τούτων ἔχων,
ἐν δὲ ταῖς ὁδοῖς, ἔνθα πλεῖστοι ἀδικοῦνται, πολὺν
χρόνον διατρίβων, εἰς ὁποίαν δ' ἂν πόλιν ἀφίκῃ, τῶν
πολιτῶν πάντων ἥττων ὤν, καὶ τοιοῦτος, οἷος μάλιστα
ἐπιτίθενται οἱ βουλόμενοι ἀδικεῖν, ὅμως διὰ τὸ ξένος
εἶναι οὐκ ἂν οἴει ἀδικηθῆναι; ἤ, διότι αἱ πόλεις σοι
κηρύττουσιν ἀσφάλειαν καὶ προσιόντι καὶ ἀπιόντι,
θαρρεῖς; ἢ διότι καὶ δοῦλος ἂν⁹⁴ οἴει τοιοῦτος εἶναι,
οἷος μηδενὶ δεσπότῃ λυσιτελεῖν; τίς γὰρ ἂν ἐθέλοι
ἄνθρωπον ἐν οἰκίᾳ ἔχειν πονεῖν μὲν μηδὲν ἐθέλοντα, τῇ
δὲ πολυτελεστάτῃ διαίτῃ χαίροντα; 16. σκεψώμεθα
δὲ καὶ τοῦτο, πῶς οἱ δεσπόται τοῖς τοιούτοις οἰκέταις
χρῶνται· ἆρα οὐ τὴν μὲν λαγνείαν αὐτῶν τῷ λιμῷ
σωφρονίζουσι; κλέπτειν δὲ κωλύουσιν ἀποκλείοντες
ὅθεν ἄν τι λαβεῖν ᾖ; τοῦ δὲ δραπετεύειν δεσμοῖς

⁹² πρὸς τοῖς ἀναγκαίοις. "Be-
sides those called kinsmen," peo-
ple connected with them by the
ties of blood or affinity.
⁹³ κατασκευάζονται. This verb
is not quite the same as παρα-
σκευάζονται. This last is simply
"to provide for oneself:" the other
is rather to furnish, equip, get
together. It is sometimes used
of "getting up a false case." Cf.
Demosth. 547, λιποστρατίου γρα-
φὴν κατεσκεύασεν. Below, in οὐκ

ἂν οἴει, the ἄν is to be taken
with ἀδικηθῆναι.
⁹⁴ καὶ δοῦλος ἄν. "Do you," says
Socrates, "derive your confidence
from the knowledge that even if
the worst came to the worst, and
you were enslaved, you would
soon be let go, being worthless
even as (καί) a slave?" But a
worthless slave his master tries
by hard means to improve, so that
there was not much hope for
Aristippus in that point of view.

ἀπείργουσι; τὴν ἀργίαν δὲ πληγαῖς ἐξαναγκάζουσιν;
ἢ σὺ πῶς ποιεῖς, ὅταν τῶν οἰκετῶν τινα τοιοῦτον ὄντα
καταμανθάνῃς; 17. Κολάζω, ἔφη, πᾶσι κακοῖς, ἕως
ἂν δουλεύειν ἀναγκάσω. Ἀλλὰ γάρ⁹⁵, ὦ Σώκρατες,
οἱ εἰς τὴν βασιλικὴν τέχνην παιδευόμενοι, ἣν δοκεῖς
μοι σὺ νομίζειν εὐδαιμονίαν εἶναι, τί διαφέρουσι τῶν ἐξ
ἀνάγκης κακοπαθούντων, εἴ γε πεινήσουσι καὶ διψή-
σουσι καὶ ῥιγώσουσι καὶ ἀγρυπνήσουσι καὶ τἆλλα
πάντα μοχθήσουσιν ἑκόντες; ἐγὼ μὲν γὰρ οὐκ οἶδ',
ὅ,τι⁹⁶ διαφέρει τὸ αὐτὸ δέρμα ἑκόντα ἢ ἄκοντα μαστι-
γοῦσθαι, ἢ ὅλως τὸ αὐτὸ σῶμα πᾶσι τοῖς τοιούτοις
ἑκόντα ἢ ἄκοντα πολιορκεῖσθαι ἄλλο γε ἢ ἀφροσύνη
πρόσεστι τῷ θέλοντι τὰ λυπηρὰ ὑπομένειν. 18. Τί
δέ; ὦ Ἀρίστιππε, ὁ Σωκράτης ἔφη, οὐ δοκεῖ σοι τῶν
τοιούτων⁹⁷ διαφέρειν τὰ ἑκούσια τῶν ἀκουσίων, ᾗ ὁ
μὲν ἑκὼν πεινῶν φάγοι ἄν, ὁπότε βούλοιτο⁹⁸, καὶ ὁ
ἑκὼν διψῶν πίοι, καὶ τἆλλα ὡσαύτως; τῷ δ' ἐξ
ἀνάγκης ταῦτα πάσχοντι οὐκ ἔξεστιν, ὁπόταν βού-
ληται, παύεσθαι; ἔπειτα ὁ μὲν ἑκουσίως ταλαιπωρῶν
ἐπ' ἀγαθῇ ἐλπίδι πονῶν εὐφραίνεται, οἷον οἱ τὰ θηρία
θηρῶντες ἐλπίδι τοῦ λήψεσθαι ἡδέως μοχθοῦσι. 19.

Καὶ τὰ μὲν τοιαῦτα ἆθλα τῶν πόνων μικροῦ τινος ἄξιά
ἐστι· τοὺς δὲ πονοῦντας, ἵνα φίλους ἀγαθοὺς κτήσων-
ται, ἢ ὅπως ἐχθροὺς χειρώσωνται, ἢ ἵνα δυνατοὶ γενό-
μενοι καὶ τοῖς σώμασι καὶ ταῖς ψυχαῖς καὶ τὸν ἑαυτῶν
οἶκον καλῶς οἰκῶσι καὶ τοὺς φίλους εὖ ποιῶσι καὶ τὴν
πατρίδα εὐεργετῶσι, πῶς οὐκ οἴεσθαι χρὴ τούτους καὶ
πονεῖν ἡδέως εἰς τὰ τοιαῦτα καὶ ζῆν εὐφραινομένους,
ἀγαμένους μέν ἑαυτούς, ἐπαινουμένους δὲ καὶ ζηλου-
μένους ὑπὸ τῶν ἄλλων; 20. ἔτι δὲ αἱ μὲν ῥᾳδιουργίαι καὶ
ἐκ τοῦ παραχρῆμα ἡδοναὶ[99] οὔτε σώματι εὐεξίαν ἱκαναί
εἰσιν ἐνεργάζεσθαι, ὥς φασιν οἱ γυμνασταί, οὔτε ψυχῇ
ἐπιστήμην ἀξιόλογόν οὐδεμίαν ἐμποιοῦσιν· αἱ δὲ διὰ
καρτερίας ἐπιμέλειαι τῶν καλῶν τε κἀγαθῶν ἔργων
ἐξικνεῖσθαι ποιοῦσιν, ὥς φασιν οἱ ἀγαθοὶ ἄνδρες· λέγει
δέ που καὶ Ἡσίοδος·

Τὴν μὲν γὰρ κακότητα καὶ ἰλαδὸν ἔστιν ἑλέσθαι
ῥηϊδίως· λείη μὲν ὁδός, μάλα δ᾽ ἐγγύθι ναίει.
τῆς δ᾽ ἀρετῆς ἱδρῶτα θεοὶ προπάροιθεν ἔθηκαν
ἀθάνατοι· μακρὸς δὲ καὶ ὄρθιος οἶμος ἐς αὐτὴν
καὶ τρηχὺς τὸ πρῶτον· ἐπὴν δ᾽ εἰς ἄκρον ἵκηται[100],
ῥηϊδίη δὴ ἔπειτα πέλει, χαλεπή περ ἐοῦσα.

Μαρτυρεῖ δὲ καὶ Ἐπίχαρμος ἐν τῷδε·

Τῶν πόνων[1] πωλοῦσιν ἡμῖν πάντα τἀγάθ᾽ οἱ θεοί.

Καὶ ἐν ἄλλῳ δὲ τόπῳ φησίν·

[99] ἐκ τοῦ παραχρῆμα ἡδοναί.
"Pleasures acquired in a mo-
ment." Apparently all such plea-
sures are meant as require no
healthful exertion to procure, and
so involve no beneficial training
for mind or body. The opposite
of these are αἱ διὰ καρτερίας
ἐπιμέλειαι.
[100] ἵκηται. The subject, I think,
is τίς rather than οἶμος. The

passage is from Hesiod's Opera et
Dies, 287, &c.
[1] Τῶν πόνων. This is a genitive
of price. Cf. I. ii. 36, ἔρωμαι ὁπό-
σου πωλεῖ, and Thucyd. ii. 60, τὰ
ξύμπαντα τούτου ἑνὸς ἂν πωλοῖτο.
Of the next verse the meaning is
that a man who pursues pleasure,
will in the end lie on a bed of
thorns.

Ὦ πονηρέ, μὴ τὰ μαλακὰ μώεο, μὴ τὰ σκλήρ᾽ ἔχῃς.

21. Καὶ Πρόδικος δὲ ὁ σοφὸς ἐν τῷ συγγράμματι τῷ περὶ τοῦ Ἡρακλέους, ὅπερ δὴ² καὶ πλείστοις ἐπιδείκνυται, ὡσαύτως περὶ τῆς ἀρετῆς ἀποφαίνεται ὧδέ πως λέγων, ὅσα ἐγὼ μέμνημαι· φησὶ γὰρ Ἡρακλέα, ἐπεὶ ἐκ παίδων εἰς ἥβην ὡρμᾶτο, ἐν ᾗ οἱ νέοι ἤδη αὐτοκράτορες γιγνόμενοι δηλοῦσιν, εἴτε τὴν δι᾽ ἀρετῆς ὁδὸν³ τρέψονται ἐπὶ τὸν βίον, εἴτε τὴν διὰ κακίας, ἐξελθόντα εἰς ἡσυχίαν καθῆσθαι, ἀποροῦντα, ὁποτέραν τῶν ὁδῶν τράπηται· 22. καὶ φανῆναι αὐτῷ δύο γυναῖκας προσιέναι μεγάλας, τὴν μὲν ἑτέραν εὐπρεπῆ τε ἰδεῖν καὶ ἐλευθέριον φύσει, κεκοσμημένην τὸ μὲν σῶμα καθαρότητι, τὰ δὲ ὄμματα αἰδοῖ, τὸ δὲ σχῆμα σωφροσύνῃ, ἐσθῆτι δὲ λευκῇ⁴· τὴν δ᾽ ἑτέραν τεθραμμένην μὲν εἰς πολυσαρκίαν τε καὶ ἁπαλότητα, κεκαλλωπισμένην δὲ τὸ μὲν χρῶμα, ὥστε λευκοτέραν τε καὶ ἐρυθροτέραν τοῦ ὄντος δοκεῖν φαίνεσθαι, τὸ δὲ σχῆμα, ὥστε δοκεῖν ὀρθοτέραν τῆς φύσεως εἶναι, τὰ δὲ ὄμματα ἔχειν ἀναπεπταμένα, ἐσθῆτα δέ, ἐξ ἧς ἂν μάλιστα ὥρα διαλάμποι, κατασκοπεῖσθαι⁵ δὲ θαμὰ ἑαυτήν, ἐπισκοπεῖν δὲ καί, εἴ τις ἄλλος αὐτὴν θεᾶται, πολλάκις δὲ καὶ εἰς τὴν ἑαυτῆς σκιὰν ἀποβλέπειν. 23. Ὡς δ᾽ ἐγένοντο

---

² ὅπερ δή. "Which as you know (δή) he shows off to a very large number." Ἐπιδεικνύναι (act. and mid.) is specially used for "making a display" of one's rhetorical powers. Cf. Plato, Hipp. Maj. 286 B, τοῦτον (τὸν λόγον), καὶ ἐκεῖ ἐπεδειξάμην, καὶ ἐνθάδε μέλλω ἐπιδεικνύναι ἐν τῷ διδασκαλείῳ.

³ τὴν δι᾽ ἀρετῆς ὁδόν. This is a cognate accusative after τρέψονται, equivalent to βήσονται in sense. Below, εἰς ἡσυχίαν seems to be connected with ἐξελθόντα,

"after going out for quiet." The deliberative subjunctive τράπηται has been noticed before. Cf. I. ii. 15.

⁴ ἐσθῆτι δὲ λευκῇ. This does not refer to τὸ σχῆμα apparently, but depends on κεκοσμημένην, "and herself decked in white apparel." Below, in δοκεῖν φαίνεσθαι, this is the real order of the words, "she appeared to have a look."

⁵ κατασκοπεῖσθαι. Perhaps this means "to look *down* upon," and ἐπισκοπεῖν "to cast glances on" (others).

πλησιαίτερον τοῦ Ἡρακλέους, τὴν μὲν πρόσθεν ῥηθεῖ-
σαν ἰέναι τὸν αὐτὸν τρόπον, τὴν δ᾽ ἑτέραν φθάσαι βου-
λομένην προσδραμεῖν τῷ Ἡρακλεῖ καὶ εἰπεῖν· Ὁρῶ
σε, ὦ Ἡράκλεις, ἀποροῦντα, ποίαν ὁδὸν ἐπὶ τὸν βίον
τράπῃ· ἐὰν οὖν ἐμὲ φίλην ποιησάμενος⁶, ἐπὶ τὴν
ἡδίστην τε καὶ ῥᾴστην ὁδὸν ἄξω σε, καὶ τῶν μὲν τερπνῶν
οὐδενὸς ἄγευστος ἔσῃ, τῶν δὲ χαλεπῶν ἄπειρος δια-
βιώσῃ. 24. Πρῶτον μὲν γὰρ οὐ πολέμων οὐδὲ πραγ-
μάτων φροντιεῖς, ἀλλὰ σκοπούμενος διέσῃ⁷, τί ἂν
κεχαρισμένον ἢ σιτίον ἢ ποτὸν εὕροις, ἢ τί ἂν ἰδὼν ἢ
τί ἀκούσας τερφθείης, ἢ τίνων ὀσφραινόμενος ἢ ἁπτό-
μενος ἡσθείης, τίσι δὲ παιδικοῖς ὁμιλῶν μάλιστ᾽ ἂν
εὐφρανθείης, καὶ πῶς ἂν μαλακώτατα καθεύδοις, καὶ
πῶς ἂν ἀπονώτατα τούτων πάντων τυγχάνοις. 25.
Ἐὰν δέ ποτε γένηταί τίς ὑποψία σπάνεως ἀφ᾽ ὧν⁸
ἔσται ταῦτα, οὐ φόβος, μή σε ἀγάγω ἐπὶ τὸ πονοῦντα
καὶ ταλαιπωροῦντα τῷ σώματι καὶ τῇ ψυχῇ ταῦτα
πορίζεσθαι· ἀλλ᾽ οἷς ἂν οἱ ἄλλοι ἐργάζωνται, τούτοις
σὺ χρήσῃ, οὐδενὸς ἀπεχόμενος, ὅθεν ἂν δυνατὸν ᾖ τι
κερδᾶναι· πανταχόθεν γὰρ ὠφελεῖσθαι τοῖς ἐμοὶ ξυν-
οῦσιν ἐξουσίαν ἔγωγε παρέχω. 26. Καὶ ὁ Ἡρακλῆς
ἀκούσας ταῦτα· Ὦ γύναι, ἔφη, ὄνομα δέ σοι⁹ τί ἐστιν;
ἡ δέ· Οἱ μὲν ἐμοὶ φίλοι, ἔφη, καλοῦσί με Εὐδαιμονίαν,
οἱ δὲ μισοῦντές με ὑποκοριζόμενοι¹⁰ ὀνομάζουσί με

⁶ ποιησάμενος. If the reading be correct, there must be supplied τὴν ἐπὶ τὸν βίον ὁδὸν τράπῃ, "if you adopt your course of life, by making a friend of me."
⁷ διέσῃ. This is probably corrupt, but if correct it supposes a word, διεῖναι, in the sense of living all through one's days, like διαγίγνεσθαι.
⁸ σπάνεως ἀφ᾽ ὧν. That is, σπάνεως τούτων ἀφ᾽ ὧν ταῦτα (all these delights) ἔσται. So below,

in οἷς ἄν κ.τ.λ. there is the same attraction of the relative to τού-τοις.
⁹ ὄνομα δέ σοι. For δέ see I. iii. 13, under τοὺς δὲ καλούς.
¹⁰ ὑποκοριζόμενοι. The usual meaning of this verb is, to give diminutive names to any thing; these are easily subdivided into fondling or endearing names, and depreciatory; in the former case, what is bad might be cloaked over by a specious name; in the

Κακιαν. 27. Καὶ ἐν τούτῳ ἡ ἑτέρα γυνὴ προσελθοῦσα
εἶπε· Καὶ ἐγὼ[11] ἥκω πρὸς σέ, ὦ Ἡράκλεις, εἰδυῖα τοὺς
γεννήσαντάς σε καὶ τὴν φύσιν τὴν σὴν ἐν τῇ παιδείᾳ
καταμαθοῦσα· ἐξ ὧν ἐλπίζω, εἰ τὴν πρὸς ἐμὲ ὁδὸν
τράποιο, σφόδρ᾽ ἄν σε τῶν καλῶν καὶ σεμνῶν ἐργάτην
ἀγαθὸν γενέσθαι, καὶ ἐμὲ ἔτι πολὺ ἐντιμοτέραν καὶ
ἐπ᾽ ἀγαθοῖς[12] διαπρεπεστέραν φανῆναι· οὐκ ἐξαπατήσω
δέ σε προοιμίοις ἡδονῆς, ἀλλ᾽, ἧπερ οἱ θεοὶ διέθεσαν,
τὰ ὄντα διηγήσομαι μετ᾽ ἀληθείας. 28. Τῶν γὰρ
ὄντων ἀγαθῶν καὶ καλῶν οὐδὲν ἄνευ· πόνου καὶ ἐπιμε-
λείας θεοὶ διδόασιν ἀνθρώποις· ἀλλ᾽ εἴτε τοὺς θεοὺς
ἵλεως εἶναί σοι βούλει, θεραπευτέον τοὺς θεούς· εἴτε
ὑπὸ φίλων ἐθέλεις ἀγαπᾶσθαι, τοὺς φίλους εὐεργετ-
ητέον· εἴτε ὑπό τινος πόλεως ἐπιθυμεῖς τιμᾶσθαι, τὴν
πόλιν ὠφελητέον· εἴτε ὑπὸ τῆς Ἑλλάδος πάσης ἀξιοῖς
ἐπ᾽ ἀρετῇ θαυμάζεσθαι, τὴν Ἑλλάδα πειρατέον εὖ
ποιεῖν· εἴτε γῆν βούλει σοι καρποὺς ἀφθόνους φέρειν,
τὴν γῆν θεραπευτέον· εἴτε ἀπὸ βοσκημάτων οἴει δεῖν
πλουτίζεσθαι, τῶν βοσκημάτων ἐπιμελητέον· εἴτε διὰ
πολέμου ὁρμᾶς αὔξεσθαι καὶ βούλει δύνασθαι τούς τε
φίλους ἐλευθεροῦν καὶ τοὺς ἐχθροὺς χειροῦσθαι, τὰς
πολεμικὰς τέχνας αὐτάς τε[13] παρὰ τῶν ἐπισταμένων

---

latter, what is good might be
depreciated by a lowering term.
For the former sense cf. Plato,
de Repub. 400 E, ἄνοιαν οὖσαν
ὑποκοριζόμενοι καλοῦμεν ὡς εὐή-
θειαν. The latter meaning is
very rare. The primary notion
of the word is of course that of
talking like a baby (κόρη).

[11] Καὶ ἐγώ. "I also," as well
as she. Below, in εἰ τὴν πρὸς ἐμέ,
the optative with ἄν strikes one
as a less usual form than ἐάν
with a subjunctive. The differ-
ence is, that the former puts the

matter as a pure hypothesis,
without any intimation of more
or less probability. The latter
conveys an idea of the matter
being speedily tested one way or
the other. And this last, under
the circumstances, seems the more
natural way here.

[12] ἐπ᾽ ἀγαθοῖς. "For the benefits
I bring you." There is a similar
use of ἐπί in the next paragraph,
ἐπ᾽ ἀρετῇ θαυμάζεσθαι.

[13] τέχνας αὐτάς τε. The par-
ticle τέ is somewhat out of place.
In fact, ἀσκητέον is superfluous.

μαθητέον καὶ ὅπως αὐταῖς δεῖ χρῆσθαι ἀσκητέον· εἰ δὲ
καὶ τῷ σώματι βούλει δυνατὸς εἶναι, τῇ γνώμῃ ὑπ-
ηρετεῖν ἐθιστέον τὸ σῶμα καὶ γυμναστέον σὺν πόνοις[14]
καὶ ἱδρῶτι. 29. Καὶ ἡ Κακία ὑπολαβοῦσα εἶπεν, ὥς
φησι Πρόδικος· 'Εννοεῖς, ὦ 'Ηράκλεις, ὡς χαλεπὴν
καὶ μακρὰν ὁδὸν ἐπὶ τὰς εὐφροσύνας ἡ γυνή σοι αὕτη
διηγεῖται ; ἐγὼ δὲ ῥᾳδίαν καὶ βραχεῖαν ὁδὸν ἐπὶ τὴν
εὐδαιμονίαν ἄξω σε. 30. Καὶ ἡ 'Αρετὴ εἶπεν· 'Ω
τλῆμον, τί δὲ σὺ ἀγαθὸν ἔχεις ; ἢ τί ἡδὺ οἶσθα, μηδὲν
τούτων ἕνεκα πράττειν ἐθέλουσα ; ἥτις οὐδὲ τὴν τῶν
ἡδέων ἐπιθυμίαν ἀναμένεις, ἀλλά, πρὶν ἐπιθυμῆσαι,
πάντων ἐμπίπλασαι, πρὶν μὲν πεινῆν ἐσθίουσα, πρὶν
δὲ διψῆν πίνουσα, καὶ ἵνα μὲν ἡδέως φάγῃς, ὀψοποιοὺς
μηχανωμένη, ἵνα δὲ ἡδέως πίνῃς, οἴνους τε πολυτελεῖς
παρασκευάζῃ[15] καὶ τοῦ θέρους χιόνα[16] περιθέουσα
ζητεῖς· ἵνα δὲ καθυπνώσῃς ἡδέως, οὐ μόνον τὰς στρω-
μνὰς μαλακάς, ἀλλὰ καὶ τὰς κλίνας καὶ τὰ ὑπόβαθρα[17]

Either αὐτάς τε μαθητέον καὶ
ὅπως δεῖ χρῆσθαι αὐταῖς, or if
ἀσκητέον be in the sentence, the
words ought to run τέχνας αὐτὰς
μαθητέον τε καὶ ἀσκητέον ὅπως
κ.τ.λ.

[14] σὺν πόνοις. Kühner re-
marks that σύν in the sense of
the instrument is rare. But this
passage does not supply an in-
stance of it; the words only
imply that the training was not
without toil and sweat, not un-
accompanied by them. Below,
in τούτων. ἕνεκα, the pronoun
refers to τῶν ἀγαθῶν and τῶν
ἡδέων. Vice does nothing to
earn what is good or pleasant.

[15] παρασκευάζῃ. This is a
change from a participle to a
finite verb; either μηχανᾷ and
παρασκευάζῃ, or μηχανωμένη and
παρασκευαζομένη would have been

regular. Cf. Thucyd. viii. 48,
οἱ μὲν Χῖοι ἀναίσχυντοι εἶεν,
πλουσιώτατοι ὄντες, ἐπικουρίᾳ δὲ
ὅμως σωζόμενοι ἀξιοῦσι κινδυ-
νεύειν.

[16] χιόνα. The snow was to
cool their wine, or water. The
Romans used snow for the same
purpose. "Nec nisi per niveam
Cæcuba potat aquam" (Mart. xii.
17). Below, for τὰς στρωμνὰς
μαλακάς (i. e. ὥστε μαλακὰς εἶναι),
see a previous note (II. i. 9).

[17] ὑπόβαθρα. Schneider makes
these out to be a sort of rockers
attached to the legs of the couches
to give a swinging motion to
them, so as to lull the person to
sleep. Others take it to be simply
carpets spread beneath to prevent
any noise. I do not know which
is the real meaning.

ταῖς κλίναις παρασκευάζῃ· οὐ γὰρ διὰ τὸ πονεῖν, ἀλλὰ
διὰ τὸ μηδὲν ἔχειν, ὅ,τι ποιῇς, ὕπνου ἐπιθυμεῖς· τὰ δὲ
ἀφροδίσια πρὸ τοῦ δέεσθαι ἀναγκάζεις, πάντα μηχανω-
μένη καὶ γυναιξὶ καὶ ἀνδράσι χρωμένη· οὕτω γὰρ παι-
δεύεις τοὺς ἑαυτῆς φίλους [18], τῆς μὲν νυκτὸς ὑβρίζουσα,
τῆς δ᾽ ἡμέρας τὸ χρησιμώτατον κατακοιμίζουσα [19]. 31.
Ἀθάνατος δὲ οὖσα ἐκ θεῶν μὲν ἀπέρριψαι, ὑπὸ δὲ ἀνθρώ-
πων ἀγαθῶν ἀτιμάζῃ· τοῦ δὲ πάντων ἡδίστου ἀκούσμα-
τος, ἐπαίνου ἑαυτῆς, ἀνήκοος εἶ καὶ τοῦ πάντων ἡδίστου
θεάματος ἀθέατος· οὐδὲν γὰρ πώποτε σεαυτῆς ἔργον
καλὸν τεθέασαι. Τίς δ᾽ ἄν σοι λεγούσῃ τι πιστεύσειε ;
τίς δ᾽ ἂν δεομένη τινὸς ἐπαρκέσειεν ; ἢ τίς ἂν εὖ φρονῶν
τοῦ σοῦ θιάσου τολμήσειεν εἶναι ; οἱ νέοι μὲν ὄντες
τοῖς σώμασιν ἀδύνατοί εἰσι, πρεσβύτεροι δὲ γενόμενοι
ταῖς ψυχαῖς ἀνόητοι, ἀπόνως μὲν λιπαροὶ διὰ νεότητος
τρεφόμενοι, ἐπιπόνως δὲ αὐχμηροὶ διὰ γήρως περῶντες,
τοῖς μὲν πεπραγμένοις αἰσχυνόμενοι, τοῖς δὲ πραττο-
μένοις [20] βαρυνόμενοι, τὰ μὲν ἡδέα ἐν τῇ νεότητι δια-
δραμόντες, τὰ δὲ χαλεπὰ εἰς τὸ γῆρας ἀποθέμενοι. 32.
Ἐγὼ δὲ σύνειμι μὲν θεοῖς, σύνειμι δὲ ἀνθρώποις τοῖς
ἀγαθοῖς· ἔργον δὲ καλὸν οὔτε θεῖον οὔτε ἀνθρώπινον
χωρὶς ἐμοῦ γίγνεται· τιμῶμαι δὲ μάλιστα πάντων καὶ
παρὰ θεοῖς καὶ παρὰ ἀνθρώποις οἷς προσήκει [21], ἀγα-
πητὴ μὲν συνεργὸς τεχνίταις, πιστὴ δὲ φύλαξ οἴκων

[18] τοὺς ἑαυτῆς φίλους. See I.
iv. 9. If the reading be correct,
it is unfavourable to Kühner's
theory there alluded to.
[19] κατακοιμίζουσα. "Slumber-
ing away the best part of the
day." Below, in λεγούσῃ τι
πιστεύσειε, it is immaterial whe-
tner τι be joined with the parti-
ciple or the verb. In I. ii. 60,
ἐπαρκεῖν is used with a genitive,
ἐπήρκει τῶν ἑαυτοῦ.
[20] πραττομένοις. The men are

ashamed of their past conduct,
and their present life is a burden
to them. They have run through
(διαδραμόντες) their pleasures, and
their hardships fall on them in
their old age.
[21] οἷς προσήκει. That is, παρ᾽οἷς
προσήκει με τιμᾶσθαι. The omis-
sion of the preposition before the
relative in such cases is very
common. Cf. III. vii. 8, ἐν ταῖς
συνουσίαις αἷς σύνει. Cf. also
Plato, de Leg. 659 A, ἐκ τούτου

δεσπόταις, εὐμενὴς δὲ παραστάτις οἰκέταις, ἀγαθὴ δὲ
συλλήπτρια τῶν ἐν εἰρήνῃ πόνων, βεβαία δὲ τῶν ἐν
πολέμῳ σύμμαχος ἔργων, ἀρίστη δὲ φιλίας κοινωνός.
33. Ἔστι δὲ τοῖς μὲν ἐμοῖς φίλοις²² ἡδεῖα μὲν καὶ
ἀπράγμων σίτων καὶ ποτῶν ἀπόλαυσις· ἀνέχονται γάρ,
ἕως ἂν ἐπιθυμήσωσιν αὐτῶν. Ὕπνος δ' αὐτοῖς πάρ-
εστιν ἡδίων ἢ τοῖς ἀμόχθοις, καὶ οὔτε ἀπολείποντες
αὐτὸν ἄχθονται, οὔτε διὰ τοῦτον μεθιᾶσι τὰ δέοντα
πράττειν. Καὶ οἱ μὲν νέοι τοῖς τῶν πρεσβυτέρων
ἐπαίνοις χαίρουσιν, οἱ δὲ γεραίτεροι ταῖς τῶν νεῶν
τιμαῖς ἀγάλλονται· καὶ ἡδέως μὲν τῶν παλαιῶν
πράξεων μέμνηνται, εὖ δὲ τὰς παρούσας ἥδονται πράτ-
τοντες, δι' ἐμὲ φίλοι μὲν θεοῖς ὄντες, ἀγαπητοὶ δὲ
φίλοις, τίμιοι δὲ πατρίσιν· ὅταν δ' ἔλθῃ τὸ πεπρω-
μένον τέλος, οὐ μετὰ λήθης ἄτιμοι κεῖνται, ἀλλὰ μετὰ
μνήμης τὸν ἀεὶ χρόνον ὑμνούμενοι θάλλουσι. Τοιαῦτά
σοι, ὦ παῖ τοκέων ἀγαθῶν Ἡράκλεις, ἔξεστι διαπονη-
σαμένῳ τὴν μακαριστοτάτην εὐδαιμονίαν κεκτῆσθαι.
34. Οὕτω πως διώκει Πρόδικος τὴν ὑπ' Ἀρετῆς Ἡρα-
κλέους παίδευσιν, ἐκόσμησε μέντοι τὰς γνώμας ἔτι
μεγαλειοτέροις ῥήμασιν ἢ ἐγὼ νῦν. Σοὶ δ' οὖν²³ ἄξιον,

στόματος οὗπερ τοὺς θεοὺς ἐπε-
καλέσατο.
²² τοῖς μὲν ἐμοῖς φίλοις. This
μέν has nothing to correspond to
it, for ὕπνος δέ answers to ἡδεῖα
μὲν ἀπόλαυσις. But there can be
easily supplied some clause like
τοῖς δὲ τῆσδε οὔ.
²³ Σοὶ δ' οὖν κ.τ.λ. "At all
events it is worth your while."
Δ' οὖν is used when the writer
implies that whatever may be the
exact truth of some remark just
made, at all events the conclusion
holds. Whether the language of
Prodicus was, or was not better
than that of Socrates, at all events
it was well for Aristippus to give

some attention to his future life
as well as (καί) to the present. Cf.
Plato, de Leg. 800 A, τὸ δ' οὖν
δόγμα περὶ αὐτοῦ τοῦτο ἔστω·
"utcunque hoc habet." Here So-
crates goes on the practical idea
of so acting as to give ultimate
satisfaction. In fact, he advocates
a utilitarian policy, on the ground
of its utility. This is important,
because others might advocate
the same line of conduct, but not
make its ultimate utility the
final cause. In fact, Plato would
advocate a virtuous course for its
own sake purely, and would re-
gard such arguments as those of
Socrates as unworthy a philo-

ὦ Ἀρίστιππε, τούτων ἐνθυμουμένῳ πειρᾶσθαί τι καὶ
τῶν εἰς τὸν μέλλοντα χρόνον τοῦ βίου φροντίζειν.

CHAPTER II.

1. Αἰσθόμενος δέ ποτε Λαμπροκλέα, τὸν πρεσβύτα-
τον υἱὸν ἑαυτοῦ, πρὸς τὴν μητέρα χαλεπαίνοντα· Εἰπέ
μοι, ἔφη, ὦ παῖ, οἶσθά τινας ἀνθρώπους ἀχαρίστους
καλουμένους; Καὶ μάλα, ἔφη ὁ νεανίσκος. Κατα-
μεμάθηκας οὖν τοὺς τί ποιοῦντας²⁴ τὸ ὄνομα τοῦτο
ἀποκαλοῦσιν; Ἔγωγε, ἔφη· τοὺς γὰρ εὖ παθόντας,
ὅταν δυνάμενοι χάριν ἀποδοῦναι μὴ ἀποδῶσιν, ἀχα-
ρίστους καλοῦσιν. Οὐκοῦν δοκοῦσί σοι ἐν τοῖς ἀδίκοις
καταλογίζεσθαι τοὺς ἀχαρίστους; 2. Ἔμοιγε. ἔφη.
Ἤδη δέ ποτ'²⁵ ἐσκέψω, εἰ ἄρα, ὥσπερ τὸ ἀνδραποδί-
ζεσθαι τοὺς μὲν φίλους ἄδικον εἶναι δοκεῖ, τοὺς δὲ
πολεμίους δίκαιον, καὶ τὸ ἀχαριστεῖν πρὸς μὲν τοὺς
φίλους ἄδικόν ἐστι, πρὸς δὲ τοὺς πολεμίους δίκαιον;
Καὶ μάλα, ἔφη· καὶ δοκεῖ μοι, ὑφ' οὗ ἄν τις²⁶ εὖ
παθὼν εἴτε φίλου εἴτε πολεμίου μὴ πειρᾶται χάριν
ἀποδιδόναι, ἄδικος εἶναι. 3. Οὐκουν, εἴ γε οὕτως ἔχει
τοῦτο, εἰλικρινής τις ἂν εἴη ἀδικία ἡ ἀχαριστία; συνω-

sopher, as putting indeed virtue on a very low level.

²⁴ τοὺς τί ποιοῦντας. See note on I. iv. 14 for the position of τί. For the double accusative cf. Plato, de Leg. 704 A, ὅτι δεήσει καλεῖν αὐτήν.

²⁵ Ἤδη δέ ποτε. "Did you ever, taking up the matter from this point (ἤδη), examine," &c. Below, in καὶ τὸ ἀχαριστεῖν, καί is "also," otherwise no assertion would be made.

²⁶ ὑφ' οὗ ἄν τις. Literally this is "benefited by whatever person,

a man does not try to make a return, he seems to me to be unjust." This is a compressed form of ἐάν τις, ὑφ' ἑτέρου τινός, ὅστις ἂν ᾖ, εὖ παθών, μὴ πειρᾶται χάριν ἀποδιδόναι, οὗτος ἄδικος εἶναι δοκεῖ. The relative belongs to the participle only. Cf. Tacitus, Agric. 38, "Unde proximo latere Britanniæ lecto omni redierat," and Ann. xi. 38, "quod frustra jugulo admovens ictu tribuni transfigitur," for the same use in Latin.

μολόγει. Οὔκουν, ὅσῳ ἄν τις μείζω ἀγαθὰ παθὼν μὴ ἀποδιδῷ χάριν, τοσούτῳ ἀδικώτερος ἂν εἴη; συνέφη καὶ τοῦτο. Τίνας οὖν, ἔφη, ὑπὸ τίνων²⁷ εὕροιμεν ἂν μείζονα εὐεργετημένους ἢ παῖδας ὑπὸ γονέων; οὓς οἱ γονεῖς ἐκ μὲν οὐκ ὄντων²⁸ ἐποίησαν εἶναι, τοσαῦτα δὲ καλὰ ἰδεῖν καὶ τοσούτων ἀγαθῶν μετασχεῖν, ὅσα οἱ θεοὶ παρέχουσι τοῖς ἀνθρώποις· ἃ δὴ καὶ οὕτως ἡμῖν δοκεῖ παντὸς ἄξια εἶναι, ὥστε πάντες τὸ καταλιπεῖν αὐτὰ πάντων μάλιστα φεύγομεν· καὶ αἱ πόλεις ἐπὶ τοῖς μεγίστοις ἀδικήμασι ζημίαν θάνατον πεποιήκασιν, ὡς οὐκ ἂν μείζονος κακοῦ φόβῳ τὴν ἀδικίαν παύσοντες²⁹. 4. Καὶ μὴν οὐ τῶν γε ἀφροδισίων ἕνεκα παιδοποιεῖσθαι τοὺς ἀνθρώπους ὑπολαμβάνεις, ἐπεὶ τούτου γε³⁰ τῶν ἀπολυσόντων μεσταὶ μὲν αἱ ὁδοί, μεστὰ δὲ τὰ οἰκήματα· φανεροὶ δ' ἐσμὲν καὶ σκοπούμενοι, ἐξ ὁποίων ἂν γυναικῶν βέλτιστα ἡμῖν τέκνα γένοιτο, αἷς συνελθόντες τεκνοποιούμεθα. 5. Καὶ ὁ μέν γε ἀνὴρ τήν τε συντεκνοποιήσουσαν ἑαυτῷ τρέφει καὶ τοῖς μέλλουσιν ἔσεσθαι παισὶ προπαρασκευάζει πάντα, ὅσα ἂν οἴηται συνοίσειν αὐτοῖς πρὸς τὸν βίον, καὶ ταῦτα ὡς ἂν δύνηται πλεῖστα· ἡ δὲ γυνὴ ὑποδεξαμένη τε φέρει τὸ φορτίον τοῦτο, βαρυνομένη τε καὶ κινδυνεύουσα περὶ τοῦ βίου καὶ μεταδιδοῦσα τῆς τροφῆς ἧς καὶ αὐτὴ³¹

---

²⁷ Τίνας . . . ὑπὸ τίνων. A double question is here conveyed, as in such phrases as τίς πόθεν εἶ, and the like.

²⁸ ἐκ μὲν οὐκ ὄντων. With this compare such phrases as ἐκ πτωχῶν πλουσίους γίγνεσθαι. Translate, "from a state of non-existence, made them live."

²⁹ παύσοντες. This is construed as though οἱ πολῖται had preceded instead of αἱ πόλεις. Cf. Plato, de Leg. 657 D, τὸ δὲ τῶν πρεσβυτέρων (οἱ πρεσβύτεροι) ἐκείνους αὖ θεωροῦντες.

³⁰ τούτου γε. Sc. τὸ τῶν ἀφροδισίων, used like τὸ τῶν πρεσβυτέρων in the last note. It is to be noticed that οἴκημα is especially used in the sense it bears here, "a house of ill repute."

³¹ ἧς καὶ αὐτή. This is a very unusual case of Attic attraction. This attraction usually takes place only when the relative would naturally be in the accusative case. Here it would be in the dative. Madvig quotes παρ' ὧν μὲν βοηθεῖς οὐδεμίαν λήψῃ χάριν, from Æschin. de Falsâ Leg., for παρὰ τούτων οἷς.

τρέφεται, καὶ σὺν πολλῷ πόνῳ διενέγκασα καὶ τεκοῦσα
τρέφει τε καὶ ἐπιμελεῖται, οὔτε προπεπονθυῖα οὐδὲν
ἀγαθόν, οὔτε γιγνῶσκον τὸ βρέφος[32], ὑφ' ὅτου εὖ πάσχει,
οὐδὲ σημαίνειν δυνάμενον, ὅτου δεῖται, ἀλλ' αὐτὴ
στοχαζομένη τά τε συμφέροντα καὶ κεχαρισμένα
πειρᾶται ἐκπληροῦν καὶ τρέφει πολὺν χρόνον καὶ ἡμέρας
καὶ νυκτὸς ὑπομένουσα πονεῖν, οὐκ εἰδυῖα, τίνα τούτων
χάριν ἀπολήψεται. 6. Καὶ οὐκ ἀρκεῖ θρέψαι μόνον,
ἀλλὰ καί, ἐπειδὰν δόξωσιν ἱκανοὶ εἶναι οἱ παῖδες μαν-
θάνειν τι, ἃ μὲν ἂν αὐτοὶ ἔχωσιν οἱ γονεῖς ἀγαθὰ πρὸς
τὸν βίον, διδάσκουσιν· ἃ δ' ἂν οἴωνται ἄλλον ἱκανώ-
τερον εἶναι διδάξαι, πέμπουσι πρὸς τοῦτον δαπανῶντες
καὶ ἐπιμελοῦνται πάντα ποιοῦντες, ὅπως οἱ παῖδες
αὐτοῖς γένωνται ὡς δυνατὸν βέλτιστοι. 7. Πρὸς ταῦτα
ὁ νεανίσκος ἔφη· Ἀλλά τοι, εἰ καὶ πάντα ταῦτα πε-
ποίηκε[33] καὶ ἄλλα τούτων πολλαπλάσια, οὐδεὶς ἂν
δύναιτο αὐτῆς ἀνασχέσθαι τὴν χαλεπότητα. Καὶ ὁ
Σωκράτης· Πότερα δὲ οἴει, ἔφη, θηρίου ἀγριότητα
δυσφορωτέραν εἶναι, ἢ μητρός; ἐγὼ μὲν οἶμαι, ἔφη,
τῆς μητρός[34], τῆς γε τοιαύτης. Ἤδη πώποτε οὖν ἢ
δακοῦσα κακόν τί σοι ἔδωκεν ἢ λακτίσασα, οἷα ὑπὸ

[32] οὔτε γιγνῶσκον τὸ βρέφος.
This seems to me an accusative
absolute, although in such con-
structions ὡς is usually found;
for instance above, I. vi. 5, ὡς
ἡδίω σοὶ ἃ σὺ παρασκευάζῃ, ὄντα.
Some commentators make the
words governed by τρέφει, which
is very awkward.

[33] πεποίηκε. The subject of
this is ἡ ἐμὴ μήτηρ, the whole
conversation having arisen from
the conduct of Lamprocles to-
wards his mother.

[34] τῆς μητρός. It is not clear
why the article is omitted on the
first mention (εἶναι ἢ μητρός) and
inserted in the second. Kühner

suggests that Socrates speaks
generally "of any mother, be she
who she may;" and that Lam-
procles applies the remark to his
own mother, of whom he mainly
thinks. Perhaps μήτηρ, like γῆ,
ἥλιος, and similar nouns, may be
used with or without the article,
as in any case there could hardly
be any ambiguity; and as θηρίου
has naturally no article, μητρός
also has none. In the next clause
the article is used, as there is no
reason for its being omitted, and
on the second mention, there is
always a probability in favour of
the article being found, from the
very nature of its meaning.

θηρίων ἤδη πολλοὶ ἔπαθον; 8. Ἀλλὰ νὴ Δία, ἔφη, λέγει, ἃ οὐκ ἄν τις ἐπὶ τῷ βίῳ παντὶ³⁵ βούλοιτο ἀκοῦσαι. Σὺ δὲ πόσα, ἔφη ὁ Σωκράτης, οἴει ταύτῃ δυσάνεκτα καὶ τῇ φωνῇ καὶ τοῖς ἔργοις ἐκ παιδίου δυσκολαίνων καὶ ἡμέρας καὶ νυκτὸς πράγματα παρασχεῖν, πόσα δὲ λυπῆσαι κάμνων; Ἀλλ᾽ οὐδεπώποτε αὐτήν, ἔφη, οὔτ᾽ εἶπα οὔτ᾽ ἐποίησα οὐδέν, ἐφ᾽ ᾧ ᾐσχύνθη. 9. Τί δ᾽; οἴει, ἔφη, χαλεπώτερον εἶναί σοι ἀκούειν ὧν αὐτὴ λέγει, ἢ τοῖς ὑποκριταῖς, ὅταν ἐν ταῖς τραγῳδίαις ἀλλήλους τὰ ἔσχατα λέγωσιν; Ἀλλ᾽, οἶμαι, ἐπειδὴ οὐκ οἴονται τῶν λεγόντων οὔτε τὸν ἐλέγχοντα ἐλέγχειν ἵνα ζημιώσῃ, οὔτε τὸν ἀπειλοῦντα ἀπειλεῖν, ἵνα κακόν τι ποιήσῃ, ῥᾳδίως φέρουσι. Σὺ δ᾽ εὖ εἰδώς, ὡς, ὅ,τι λέγει ο οι ἡ μήτηρ, οὐ μόνον οὐδὲν κακὸν νοοῦσα λέγει, ἀλλὰ καὶ βουλομένη σοι ἀγαθὰ εἶναι, ὅσα οὐδενὶ ἄλλῳ, χαλεπαίνεις; ἢ νομίζεις κακόνουν τὴν μητέρα σοι εἶναι; Οὐ δῆτα, ἔφη, τοῦτό γε οὐκ οἴομαι. 10. Καὶ ὁ Σωκράτης· Οὐκοῦν, ἔφη, σὺ ταύτην, εὔνουν τέ σοι οὖσαν καὶ ἐπιμελομένην, ὡς μάλιστα δύναται, κάμνοντος, ὅπως ὑγιαίνῃς³⁶ τε καὶ ὅπως τῶν ἐπιτηδείων μηδενὸς ἐνδεὴς ἔσῃ, καὶ πρὸς τούτοις πολλὰ τοῖς θεοῖς εὐχομένην ἀγαθὰ ὑπὲρ σοῦ καὶ εὐχὰς ἀποδιδοῦσαν, χαλεπὴν εἶναι φῂς; ἐγὼ μὲν οἶμαι, εἰ τοιαύτην μὴ δύνασαι φέρειν μητέρα, τἀγαθά σε οὐ δύνασθαι φέρειν. 11. Εἰπὲ δέ μοι, ἔφη, πότερον ἄλλον τινὰ οἴει δεῖν θεραπεύειν, ἢ παρεσκευάσαι μηδενὶ ἀνθρώπων πειρᾶσθαι ἀρέσκειν, μηδ᾽ ἔπεσθαι, μηδὲ πείθεσθαι, μήτε

³⁵ ἐπὶ τῷ βίῳ παντί. "At the price of a whole lifetime." One would not choose to hear such abuse, if one was to be rewarded for it by an extra life. Cf. II. i. 18, ἐπ᾽ ἀγαθῇ ἐλπίδι.

³⁶ ὅπως ὑγιαίνῃς. This verb is in the subjunctive, and ἔσῃ in the next clause in the indicative.

Perhaps the reason is, that the first result, the health of Lamprocles, is a matter somewhat uncertain, not in fact depending entirely on his mother; the second result was entirely in her own hands, and therefore the indicative is used. Cf. note on II. i. 2, under ὅπως ἔσται.

G

στρατηγῷ μήτε ἄλλῳ ἄρχοντι; Ναὶ μὰ Δί' ἔγωγε,
ἔφη. 12. Οὐκοῦν, ἔφη ὁ Σωκράτης, καὶ τῷ γείτονι
βούλει σὺ ἀρέσκειν, ἵνα σοι καὶ πῦρ ἐναύῃ, ὅταν τούτου
δέῃ, καὶ ἀγαθοῦ τέ σοι γίγνηται συλλήπτωρ, καί, ἄν τι
σφαλλόμενος τύχῃς, εὐνοϊκῶς ἐγγύθεν βοηθῇ σοι;
Ἔγωγε, ἔφη. Τί δέ; συνοδοιπόρον ἢ σύμπλουν, ἢ εἴ
τῳ ἄλλῳ ἐντυγχάνοις, οὐδὲν ἄν σοι διαφέροι φίλον ἢ
ἐχθρὸν γενέσθαι, ἢ καὶ τῆς παρὰ τούτων [37] εὐνοίας οἴει
δεῖν ἐπιμελεῖσθαι; 13. Ἔγωγε, ἔφη. Εἶτα τούτων
μὲν ἐπιμελεῖσθαι παρεσκεύασαι, τὴν δὲ μητέρα τὴν
πάντων μάλιστά σε φιλοῦσαν οὐκ οἴει δεῖν θεραπεύειν;
οὐκ οἶσθ', ὅτι καὶ ἡ πόλις ἄλλης μὲν ἀχαριστίας οὐδε-
μιᾶς ἐπιμελεῖται οὐδὲ δικάζει, ἀλλὰ περιορᾷ τοὺς εὖ
πεπονθότας χάριν οὐκ ἀποδιδόντας, ἐὰν δέ τις γονέας
μὴ θεραπεύῃ, τούτῳ δίκην [38] τε ἐπιτίθησι καὶ ἀπο-
δοκιμάζουσα οὐκ ἐᾷ ἄρχειν τοῦτον, ὡς οὔτε ἂν τὰ ἱερὰ
εὐσεβῶς θυόμενα ὑπὲρ τῆς πόλεως, τούτου θύοντος,
οὔτε ἄλλο καλῶς [39] καὶ δικαίως οὐδὲν ἂν τούτου πράξ-
αντος; καὶ νὴ Δία ἐάν τις τῶν γονέων τελευτησάντων
τοὺς τάφους μὴ κοσμῇ, καὶ τοῦτο ἐξετάζει ἡ πόλις ἐν
ταῖς τῶν ἀρχόντων δοκιμασίαις. 14. Σὺ οὖν, ὦ παῖ,
ἂν σωφρονῇς, τοὺς μὲν θεοὺς παραιτήσῃ συγγνώμονάς
σοι εἶναι, εἴ τι παρημέληκας τῆς μητρός, μή σε καὶ
οὗτοι νομίσαντες ἀχάριστον εἶναι οὐκ ἐθέλωσιν εὖ

[37] καὶ τῆς παρὰ τούτων. "The
good will also which proceeds
from them." The καί implies
that not only a neighbour, but
a fellow-traveller by land or sea,
is worth conciliating.
[38] τούτῳ δίκην. By the Athe-
nian law, an action lay against
children if they struck their
parents or abused them, or failed
to support them. The cause was
a public one, γραφή, so that δίκη
is not used here in its distinctive

sense as a private suit. Any
person convicted of this offence
would be rejected in the scrutiny
(δοκιμασία) held into the previous
conduct of any one nominated to
any public office.
[39] οὔτε ἄλλο καλῶς. Sc. οὔτε
ἄλλο οὐδὲν ἂν (πραττόμενον) τού-
του πράξαντος. For the accusa-
tive absolute see I. ii. 20. Below,
καὶ τοῦτο is "this also," or there
would be no apodosis.

ποιεῖν· τοὺς δὲ ἀνθρώπους αὖ φυλάξῃ, μή σε αἰσθό-
μενοι τῶν γονέων ἀμελοῦντα πάντες ἀτιμάσωσιν, εἶτα
ἐν ἐρημίᾳ⁴⁰ φίλων ἀναφανῇς· εἰ γάρ σε ὑπολάβοιεν
πρὸς τοὺς γονεῖς ἀχάριστον εἶναι, οὐδεὶς ἂν νομίσειεν
εὖ σε ποιήσας χάριν ἀπολήψεσθαι.

CHAPTER III.

1. Χαιρεφῶντα δέ ποτε καὶ Χαιρεκράτην, ἀδελφὼ
μὲν ὄντε ἀλλήλοιν, ἑαυτῷ δὲ γνωρίμω, αἰσθόμενος δια-
φερομένω, ἰδὼν τὸν Χαιρεκράτην· Εἰπέ μοι, ἔφη, ὦ
Χαιρέκρατες, οὐ δήπου καὶ σὺ⁴¹ εἶ τῶν τοιούτων ἀν-
θρώπων, οἳ χρησιμώτερον νομίζουσι χρήματα ἢ ἀδελ-
φούς; καὶ ταῦτα τῶν μὲν ἀφρόνων ὄντων, τοῦ δὲ φρο-
νίμου⁴², καὶ τῶν μὲν βοηθείας δεομένων⁴³, τοῦ δὲ
βοηθεῖν δυναμένου, καὶ πρὸς τούτοις τῶν μὲν πλειόνων
ὑπαρχόντων, τοῦ δὲ ἑνός. 2. Θαυμαστὸν δὲ καὶ τοῦτο,
εἴ τις τοὺς μὲν ἀδελφοὺς ζημίαν ἡγεῖται, ὅτι οὐ καὶ τὰ
τῶν ἀδελφῶν κέκτηται, τοὺς δὲ πολίτας οὐχ ἡγεῖται
ζημίαν, ὅτι οὐ καὶ τὰ τῶν πολιτῶν ἔχει, ἀλλ' ἐνταῦθα
μὲν δύναται λογίζεσθαι, ὅτι κρεῖττον σὺν πολλοῖς

⁴⁰ εἶτα ἐν ἐρημίᾳ. Εἶτα (or ἔπειτα) is here put for καὶ εἶτα, in the sense of "and then." Cf. Plato, Apol. 23 C, καὶ αὐτοὶ πολλάκις ἐμὲ μιμοῦνται, εἶτα ἐπιχειροῦσιν ἄλλους ἐξετάζειν.

⁴¹ οὐ δήπου καὶ σύ. "Surely you too are not," &c. Below, as ἀρετή ἐστιν ἀγαθόν is the usual construction, and not ἀγαθή, there is no difficulty in χρησιμώτερον here.

⁴² τοῦ δὲ φρονίμου. This singular is rather awkward after ἀδελφούς; but Socrates at first, I suppose, speaks of brothers generally, and then rather dwells on

⁴³ τῶν μὲν βοηθείας δεομένων. This is an odd expression applied to money. It is of course something opposite to the power of a brother to help one. Perhaps it alludes to the helplessness of money to do any thing of itself without some human power to set it in motion. Or it may only mean that it wants looking after, that no one may steal it. Below, καὶ τὰ τῶν ἀδελφῶν is "the property of his brothers as well as his own."

G 2

οἰκοῦντα ἀσφαλῶς ἀρκοῦντα⁴⁴ ἔχειν, ἢ μόνον διαιτώ-
μενον τὰ τῶν πολιτῶν ἐπικινδύνως πάντα κεκτῆσθαι,
ἐπὶ δὲ τῶν ἀδελφῶν τὸ αὐτὸ τοῦτο ἀγνοοῦσι. 3. Καὶ
οἰκέτας μὲν οἱ δυνάμενοι ὠνοῦνται, ἵνα συνεργοὺς
ἔχωσι, καὶ φίλους κτῶνται, ὡς βοηθῶν δεόμενοι, τῶν
δ᾽ ἀδελφῶν ἀμελοῦσιν, ὥσπερ ἐκ πολιτῶν μὲν γιγνο-
μένους φίλους, ἐξ ἀδελφῶν δὲ οὐ γιγνομένους. 4. Καὶ
μὴν⁴⁵ πρὸς φιλίαν μέγα μὲν ὑπάρχει⁴⁶ τὸ ἐκ τῶν
αὐτῶν φῦναι, μέγα δὲ τὸ ὁμοῦ τραφῆναι, ἐπεὶ καὶ
τοῖς θηρίοις πόθος τις ἐγγίγνεται τῶν συντρόφων·
πρὸς δὲ τούτοις καὶ οἱ ἄλλοι ἄνθρωποι τιμῶσί τε
μᾶλλον τοὺς συναδέλφους ὄντας τῶν ἀναδέλφων καὶ
ἧττον τούτοις ἐπιτίθενται. Καὶ ὁ Χαιρεκράτης εἶπεν·
5. Ἀλλ᾽ εἰ μέν, ὦ Σώκρατες, μὴ μέγα εἴη τὸ διάφορον,
ἴσως ἂν δέοι φέρειν τὸν ἀδελφὸν καὶ μὴ μικρῶν ἕνεκα
φεύγειν· ἀγαθὸν γάρ, ὥσπερ καὶ σὺ λέγεις, ἀδελφός,
ὢν οἷον δεῖ· ὁπότε μέντοι⁴⁷ παντὸς ἐνδέοι καὶ πᾶν τὸ
ἐναντιώτατον εἴη, τί ἄν τις ἐπιχειροίη τοῖς ἀδυνάτοις;
καὶ ὁ Σωκράτης ἔφη· 6. Πότερα δέ, ὦ Χαιρέκρατες,
οὐδενὶ ἀρέσαι δύναται Χαιρεφῶν, ὥσπερ οὐδὲ σοί, ἢ

---

⁴⁴ ἀρκοῦντα. This is the neuter
plural. Cf. I. ii. 1, πάνυ μικρὰ
κεκτημένος πάνυ ῥᾳδίως ἔχειν ἀρ-
κοῦντα. Below, there is a change
from εἴ τις ἡγεῖται κ.τ.λ., to the
plural, ἀγνοοῦσι. Cf. Plato, Repub.
344 B, ἐπειδὰν δέ τις δουλώσηται
εὐδαίμονες κέκληνται. For the
accusative, ὥσπερ γιγνομένους, see
I. ii. 20.
⁴⁵ Καὶ μήν. "And yet." Cf.
II. x. 3, καὶ μὴν οἶσθά γε. Madvig
quotes a good instance, ἀλλ᾽ ἐκ-
διδάσκει πάνθ᾽ ὁ γηράσκων χρόνος,
καὶ μὴν σύ γ᾽ οὔπω σωφρονεῖν
ἐπίστασαι.
⁴⁶ ὑπάρχει. "Is a starting-
point." Cf. Plato, Hip. Maj.
367 B. οὐχὶ δεῖ ὑπάρχειν αὐτῷ

δυνατὸν εἶναι ψεύδεσθαι. Here
however τὸ ἐκ τῶν αὐτῶν φῦναι is
the subject. Below, with οἷον
δεῖ supply εἶναι.
⁴⁷ ὁπότε μέντοι. For the use
of ὁπότε with the optative, see I.
ii. 57, ἐπειδὴ ὁμολογήσαιτο. The
verb ἐνδέοι seems to be used
impersonally. Cf. Xenoph. Anab.
VII. i. 41, πολλῶν ἐνέδει αὐτῷ,
and Dem. Olynth. I. p. 14, ἅπαντος
ἐνδεῖ τοῦ πόρου, "there is a want
of all revenue." The word how-
ever is used personally. Cf.
Cratyl. 432 D, ὅσου ἐνδέουσιν αἱ
εἰκόνες τὰ αὐτὰ ἔχειν. Here the
construction is probably παντὸς
ἐνδέοι τῷ ἀδελφῷ εἶναι τοιούτῳ
κ.τ.λ.

ἔστιν οἷς καὶ πάνυ ἀρέσκει· Διὰ τοῦτο γάρ [48] τοι, ἔφη,
ὦ Σώκρατες, ἄξιόν ἐστιν ἐμοὶ [49] μισεῖν αὐτόν, ὅτι
ἄλλοις μὲν ἀρέσκειν δύναται, ἐμοὶ δέ, ὅπου ἂν παρῇ,
πανταχοῦ καὶ ἔργῳ καὶ λόγῳ ζημία μᾶλλον ἢ ὠφέλειά
ἐστιν. 7. Ἀρ' οὖν, ἔφη ὁ Σωκράτης, ὥσπερ ἵππος τῷ
ἀνεπιστήμονι μέν, ἐγχειροῦντι δὲ χρῆσθαι ζημία ἐστίν,
οὕτω καὶ ἀδελφός, ὅταν τις αὐτῷ μὴ ἐπιστάμενος [50]
ἐγχειρῇ χρῆσθαι, ζημία ἐστίν; 8. Πῶς δ' ἂν ἐγώ,
ἔφη ὁ Χαιρεκράτης, ἀνεπιστήμων εἴην ἀδελφῷ χρῆσ-
θαι, ἐπιστάμενός γε καὶ εὖ λέγειν τὸν εὖ λέγοντα καὶ
εὖ ποιεῖν τὸν εὖ ποιοῦντα; τὸν μέντοι καὶ λόγῳ καὶ
ἔργῳ πειρώμενον ἐμὲ ἀνιᾶν οὐκ ἂν δυναίμην οὔτ' εὖ
λέγειν οὔτ' εὖ ποιεῖν, ἀλλ' οὐδὲ πειράσομαι. 9. Καὶ
ὁ Σωκράτης ἔφη· Θαυμαστά γε λέγεις, ὦ Χαιρέκρατες,
εἰ κύνα μέν [51], εἴ σοι ἦν ἐπὶ προβάτοις ἐπιτήδειος ὢν
καὶ τοὺς μὲν ποιμένας ἠσπάζετο, σοὶ δὲ προσιόντι
ἐχαλέπαινεν, ἀμελήσας ἂν τοῦ ὀργίζεσθαι ἐπειρῶ εὖ
ποιήσας πραΰνειν αὐτόν, τὸν δὲ ἀδελφὸν φῂς μὲν μέγα
ἂν ἀγαθὸν εἶναι, ὄντα πρὸς σὲ οἷον δεῖ, ἐπίστασθαι δὲ
ὁμολογῶν καὶ εὖ ποιεῖν καὶ εὖ λέγειν οὐκ ἐπιχειρεῖς
μηχανᾶσθαι, ὅπως σοι ὡς βέλτιστος ἔσται; 10. καὶ ὁ
Χαιρεκράτης· Δέδοικα, ἔφη, ὦ Σώκρατες, μὴ οὐκ ἔχω
ἐγὼ τοσαύτην σοφίαν, ὥστε Χαιρεφῶντα ποιῆσαι πρὸς
ἐμὲ οἷον δεῖ. Καὶ μὴν [52] οὐδέν γε ποικίλον, ἔφη ὁ
Σωκράτης, οὐδὲ καινὸν δεῖ ἐπ' αὐτόν, ὡς ἐμοὶ δοκεῖ,

---

[48] Διὰ τοῦτο γάρ. Cf. I. iv. 9,
οὐδὲ γὰρ τὴν ἑαυτοῦ σύ γε ψυχὴν
ὁρᾷς, and the note there.
[49] ἄξιόν ἐστιν ἐμοί. "It is
proper for me." Cf. Xenoph.
Anab. II. iii. 25, ἄξιον εἴη βασιλεῖ
ἀφεῖναι τοὺς ἐφ' ἑαυτὸν στρατευ-
σαμένους.
[50] μὴ ἐπιστάμενος. Sc. χρῆσθαι,
to be supplied from ἐγχειρῇ χρῆ-
σθαι.

[51] εἰ κύνα μέν. This is a com-
plex sentence. Κύνα μέν is an-
swered by τὸν δὲ ἀδελφόν : and
between the μέν and δέ another
μέν and δέ is inserted, τοὺς μὲν
ποιμένας, σοὶ δὲ προσιόντι. Αὐτόν
is superfluous, as κύνα is governed
by πραΰνειν.
[52] Καὶ μήν. See the note above
on these words in § 4.

μηχανᾶσθαι, οἷς δὲ καὶ σὺ⁵³ ἐπίστασαι αὐτὸς οἴομαι
ἂν αὐτὸν ἀλόντα περὶ πολλοῦ ποιεῖσθαί σε. 11. Οὐκ
ἂν φθάνοις⁵⁴, ἔφη, λέγων, εἴ τι ἤσθησαί με φίλτρον
ἐπιστάμενον, ὃ ἐγὼ εἰδὼς λέληθα ἐμαυτόν. Λέγε δή
μοι, ἔφη, εἴ τινα τῶν γνωρίμων βούλοιο κατεργάσασθαι,
ὁπότε θύοι, καλεῖν σε ἐπὶ δεῖπνον, τί ἂν ποιοίης ;
Δῆλον, ὅτι κατάρχοιμι ἂν τοῦ αὐτός, ὅτε θύοιμι, καλεῖν
ἐκεῖνον. 12. Εἰ δὲ βούλοιο τῶν φίλων τινὰ προτρέψ-
ασθαι, ὁπότε ἀποδημοίης, ἐπιμελεῖσθαι τῶν σῶν, τί ἂν
ποιοίης ; Δῆλον, ὅτι πρότερος ἂν ἐγχειροίην ἐπιμελεῖ-
σθαι τῶν ἐκείνου, ὁπότε ἀποδημοίη. 13. Εἰ δὲ βού-
λοιο ξένον ποιῆσαι ὑποδέχεσθαι σεαυτόν, ὁπότε ἔλθοις
εἰς τὴν ἐκείνου⁵⁵, τί ἂν ποιοίης ; Δῆλον, ὅτι καὶ τοῦτον
πρότερος ὑποδεχοίμην ἄν, ὁπότε ἔλθοι Ἀθήναζε· καὶ
εἴ γε βουλοίμην αὐτὸν προθυμεῖσθαι διαπράττειν μοι
ἐφ' ἃ ἥκοιμι⁵⁶, δῆλον, ὅτι καὶ τοῦτο δέοι ἂν πρότερον
αὐτὸν ἐκείνῳ ποιεῖν. 14. Πάντ' ἄρα σύ γε τὰ ἐν
ἀνθρώποις φίλτρα ἐπιστάμενος πάλαι ἀπεκρύπτου⁵⁷·
ἢ ὀκνεῖς, ἔφη, ἄρξαι, μὴ αἰσχρὸς φανῇς, ἐὰν πρότερος
τὸν ἀδελφὸν εὖ ποιῇς ; καὶ μὴν πλείστου γε δοκεῖ ἀνὴρ
ἐπαίνου ἄξιος εἶναι, ὃς ἂν φθάνῃ τοὺς μὲν πολεμίους
κακῶς ποιῶν, τοὺς δὲ φίλους εὐεργετῶν· εἰ μὲν οὖν

---

⁵³ οἷς δὲ καὶ σύ. "I think
that your brother, caught by
what you know even yourself,
would set a high value on you."
⁵⁴ Οὐκ ἂν φθάνοις. "The sooner
you tell me, the better;" "you
could not be too soon in telling
me." So III. xi. 1, οὐκ ἂν φθά-
νοιτε, ἔφη, ἀκολουθοῦντες. Below,
κατεργάζεσθαι is "to work upon
any one," to prevail on them to
do something for one.
⁵⁵ εἰς τὴν ἐκείνου. Sc. γῆν.
Cf. Thucyd. vi. 78, οὐ περὶ τῆς
ἐμῆς μᾶλλον, ἐν ἴσῳ δὲ καὶ τῆς
ἑαυτοῦ ἅμα ἐν τῇ ἐμῇ μαχούμενος.

⁵⁶ ἐφ' ἃ ἥκοιμι. Sc. ταῦτα ἐφ' ἃ
ἥκοιμι. For this sense of ἐπί, not
"against," but "for," cf. Thucyd.
vi. 47, ἐφ' ὅπερ μάλιστα ἐπέμφθη-
σαν, "for which purpose they
were sent." Below, αὐτὸν ἐκείνῳ
ποιεῖν is "to do this for him
myself," where τοῦτο ποιεῖν is
διαπράττειν ταῦτα ἐφ' ἃ ἥκει.
⁵⁷ ἀπεκρύπτου. "You kept it
a secret." Chærecrates knew, by
his own admission, how to gain
over friends and strangers; he
knew the requisite spells, but he
kept his knowledge to himself,
and made no use of it.

ἐδόκει μοι Χαιρεφῶν ἡγεμονικώτερος εἶναι σοῦ πρὸς
τὴν φύσιν ταύτην⁵⁸, ἐκεῖνον ἂν ἐπειρώμην πείθειν
πρότερον ἐγχειρεῖν τῷ σε φίλον ποιεῖσθαι· νῦν δέ μοι
σὺ δοκεῖς ἡγούμενος μᾶλλον ἂν ἐξεργάζεσθαι τοῦτο.
15. Καὶ ὁ Χαιρεκράτης εἶπεν· Ἄτοπα λέγεις, ὦ Σώ-
κρατες, καὶ οὐδαμῶς πρὸς σοῦ, ὅς γε κελεύεις ἐμὲ
νεώτερον ὄντα καθηγεῖσθαι· καίτοι τούτου γε παρὰ
πᾶσιν ἀνθρώποις τἀναντία νομίζεται, τὸν πρεσβύτερον
ἡγεῖσθαι παντὸς καὶ ἔργου καὶ λόγου. 16. Πῶς; ἔφη
ὁ Σωκράτης· οὐ γὰρ καὶ ὁδοῦ παραχωρῆσαι τὸν νεώ-
τερον πρεσβυτέρῳ συντυγχάνοντι πανταχοῦ νομίζεται
καὶ καθήμενον ὑπαναστῆναι καὶ κοίτῃ μαλακῇ τιμῆσαι
καὶ λόγων ὑπεῖξαι⁵⁹; ὠγαθέ, μὴ ὄκνει, ἔφη, ἀλλ' ἐγ-
χείρει τὸν ἄνδρα καταπραΰνειν, καὶ πάνυ ταχύ σοι
ὑπακούσεται· οὐχ ὁρᾷς, ὡς φιλότιμός ἐστι καὶ ἐλευθέ-
ριος; τὰ μὲν γὰρ πονηρὰ ἀνθρώπια οὐκ ἂν ἄλλως
μᾶλλον ἕλοις, ἢ εἰ διδοίης τι, τοὺς δὲ καλοὺς κἀγαθοὺς
ἀνθρώπους προσφιλῶς χρώμενος μάλιστ' ἂν κατεργά-
σαιο. 17. Καὶ ὁ Χαιρεκράτης εἶπεν· Ἐὰν οὖν, ἐμοῦ
ταῦτα ποιοῦντος, ἐκεῖνος μηδὲν βελτίων γίγνηται; Τί
γὰρ ἄλλο⁶⁰, ἔφη ὁ Σωκράτης, ἢ κινδυνεύσεις ἐπιδεῖξαι
σὺ μὲν χρηστός τε καὶ φιλάδελφος εἶναι, ἐκεῖνος δὲ⁶¹
φαῦλός τε καὶ οὐκ ἄξιος εὐεργεσίας; ἀλλ' οὐδὲν οἶμαι
τούτων ἔσεσθαι· νομίζω γὰρ αὐτόν, ἐπειδὰν αἴσθηταί

---

⁵⁸ πρὸς τὴν φύσιν ταύτην.
"More fit to take the first step
towards this character," the cha-
racter of one who is inclined to
make overtures of friendship.
Below, ἡγούμενος is equivalent to
ἡγεμονικὸς ὤν.
⁵⁹ λόγων ὑπεῖξαι. "To let him
have the first word." The geni-
tive is due to the general idea of
"retiring from." With a dative
the sense is very different, viz.
"to yield to any one's argu-

ments."
⁶⁰ Τί γὰρ ἄλλο. With these
words ποιήσεις is to be supplied.
Cf. Plato, Euthyd. 287 E, τί ἄλλο
γε ἐποίουν, ἢ ἐξήμαρτον.
⁶¹ ἐκεῖνος δέ. This cannot de-
pend on κινδυνεύσεις ἐπιδεῖξαι, as
σὺ μὲν χρηστός, for then it would
be ἐκεῖνον; but there must be
supplied after ἐκεῖνος, κινδυνεύσει
ἐπιδεῖξαι φαῦλος εἶναι. This in-
deed is implied by the very posi-
tion of σὺ μέν after ἐπιδεῖξαι.

σε προκαλούμενον ἑαυτὸν εἰς τὸν ἀγῶνα τοῦτον, πάνυ
φιλονεικήσειν, ὅπως περιγένηταί σου καὶ λόγῳ καὶ ἔργῳ
εὖ ποιῶν. 18. Νῦν μὲν γὰρ οὕτως, ἔφη, διάκεισθον,
ὥσπερ εἰ τὼ χεῖρε, ἃς ὁ θεὸς ἐπὶ τὸ συλλαμβάνειν
ἀλλήλαιν ἐποίησεν, ἀφεμένω [62] τούτου τράποιντο πρὸς
τὸ διακωλύειν ἀλλήλω, ἢ εἰ τὼ πόδε θείᾳ μοίρᾳ πεποιη-
μένω πρὸς τὸ συνεργεῖν ἀλλήλοιν ἀμελήσαντε τούτου
ἐμποδίζοιεν ἀλλήλω. 19. Οὐκ ἂν πολλὴ ἀμαθία εἴη
καὶ κακοδαιμονία τοῖς ἐπ' ὠφελείᾳ πεποιημένοις ἐπὶ
βλάβῃ χρῆσθαι ; καὶ μὴν [63] ἀδελφώ γε, ὡς ἐμοὶ δοκεῖ,
ὁ θεὸς ἐποίησεν ἐπὶ μείζονι ὠφελείᾳ ἀλλήλοιν ἢ χεῖρέ
τε καὶ πόδε καὶ ὀφθαλμὼ τἆλλά τε, ὅσα ἀδελφὰ
ἔφυσεν ἀνθρώποις. Χεῖρες μὲν γάρ, εἰ δέοι αὐτὰς τὰ
πλέον ὀργυιᾶς διέχοντα ἅμα ποιῆσαι, οὐκ ἂν δύναιντο,
πόδες δὲ οὐδ' ἂν ἐπὶ τὰ ὀργυιὰν διέχοντα ἔλθοιεν ἅμα,
ὀφθαλμοὶ δέ, οἱ καὶ δοκοῦντες [64] ἐπὶ πλεῖστον ἐξι-
κνεῖσθαι, οὐδ' ἂν τῶν ἔτι ἐγγυτέρω ὄντων τὰ ἔμπροσθεν
ἅμα καὶ τὰ ὄπισθεν ἰδεῖν δύναιντο, ἀδελφὼ δέ, φίλω
ὄντε, καὶ πολὺ διεστῶτε πράττετον ἅμα καὶ [65] ἐπ'
ὠφελείᾳ ἀλλήλοιν.

[62] ἀφεμένω. The gender is
curious, or rather the fact that
the gender is not distinguished
by any variety of inflection. Cf.
Plato, Phædr. 237 D, δύο τινέ
ἐστον ἰδέα ἄρχοντε καὶ ἄγοντε,
οἷν ἑπόμεθα. Also Xen. Cyrop. I.
ii. 11, μίαν ἄμφω τούτω τὼ ἡμέρα
λογίζονται.
[63] καὶ μήν. "And assuredly,"
not here used adversatively, I
think.
[64] οἱ καὶ δοκοῦντες. "Which have
quite the reputation of reaching."
This seems the force of καί here.

Kühner says there is inherent in
the particle vis concessiva, by
which, I suppose, he means that
it is used like καίπερ. And so it
is below, in καὶ πολὺ διεστῶτε.
But I do not see how such a force
can exist when the participle has
the article.
[65] ἅμα καί. Some of the editors
cancel καί, but ἅμα and ἐπ' ὠφε-
λείᾳ correspond. The brothers
act in unison, that is one thing,
and for each other's good, that is
another.

CHAPTER IV.

1. Ἤκουσα δέ ποτε αὐτοῦ καὶ περὶ φίλων διαλεγο-
μένου, ἐξ ὧν ἔμοιγε ἐδόκει μάλιστ᾽ ἄν τις ὠφελεῖσθαι
πρὸς φίλων κτῆσίν τε καὶ χρείαν· τοῦτο μὲν γὰρ δὴ [66]
πολλῶν ἔφη ἀκούειν, ὡς πάντων κτημάτων κράτιστον
ἂν εἴη φίλος σαφὴς καὶ ἀγαθός, ἐπιμελουμένους δὲ
παντὸς μᾶλλον ὁρᾶν ἔφη τοὺς πολλοὺς ἢ φίλων κτή-
σεως. 2. Καὶ γὰρ οἰκίας καὶ ἀγροὺς καὶ ἀνδράποδα
καὶ βοσκήματα καὶ σκεύη κτωμένους τε ἐπιμελῶς ὁρᾶν
ἔφη καὶ τὰ ὄντα σώζειν πειρωμένους, φίλον δέ, ὃ μέ-
γιστον [67] ἀγαθὸν εἶναί φασιν, ὁρᾶν ἔφη τοὺς πολλοὺς
οὔτε ὅπως κτήσονται φροντίζοντας, οὔτε ὅπως οἱ ὄντες
ἑαυτοῖς σώζωνται [68]. 3. Ἀλλὰ καὶ καμνόντων φίλων
τε καὶ οἰκετῶν ὁρᾶν τινας ἔφη τοῖς μὲν οἰκέταις καὶ
ἰατροὺς εἰσάγοντας καὶ τἆλλα πρὸς ὑγιείαν ἐπιμελῶς
παρασκευάζοντας, τῶν δὲ φίλων ὀλιγωροῦντας, ἀπο-
θανόντων τε ἀμφοτέρων ἐπὶ μὲν τοῖς οἰκέταις ἀχθο-
μένους καὶ ζημίαν ἡγουμένους, ἐπὶ δὲ τοῖς φίλοις οὐδὲν
οἰομένους ἐλαττοῦσθαι, καὶ τῶν μὲν ἄλλων κτημάτων
οὐδὲν ἐῶντας ἀθεράπευτον οὐδ᾽ ἀνεπίσκεπτον, τῶν δὲ
φίλων ἐπιμελείας δεομένων ἀμελοῦντας. 4. Ἔτι δὲ
πρὸς τούτοις ὁρᾶν ἔφη τοὺς πολλοὺς τῶν μὲν ἄλλων

---

[66] τοῦτο μὲν γὰρ δή. Here δή seems to be joined with τοῦτο, to give emphasis to it; "for *this* he said he had often heard." Sometimes δή qualifies γάρ, and then the sense is "for undoubtedly." This can hardly be the force in the text here. For δή with γάρ cf. Plato, Apol. 21 A, ἤρετο γὰρ δή, "for you know he asked me." For δή with γάρ, but emphasizing another word, I borrow from

Kühner, Cyrop. V. iii. 8, εὖ μὲν οὖν, ἔφη, δοκῶ εἰδέναι· πολλὰ γὰρ δὴ ἔγωγε κἀκεῖνος ἐπαρρησια-σάμεθα πρὸς ἀλλήλους.

[67] ὃ μέγιστον. "A thing which they say is," &c.

[68] σώζωνται. This change from the indicative (κτήσονται) to the subjunctive has occurred before. Cf. II. ii. 10, and the note there. The same explanation may be applied here.

κτημάτων, καὶ πάνυ πολλῶν⁶⁹ αὐτοῖς ὄντων, τὸ πλῆ-
θος εἰδότας, τῶν δὲ φίλων, ὀλίγων ὄντων, οὐ μόνον
τὸ πλῆθος⁷⁰ ἀγνοοῦντας, ἀλλὰ καὶ τοῖς πυνθανομένοις
τοῦτο καταλέγειν ἐγχειρήσαντας, οὓς ἐν τοῖς φίλοις
ἔθεσαν, πάλιν τούτους ἀνατίθεσθαι· τοσοῦτον⁷¹ αὐτοὺς
τῶν φίλων φροντίζειν. 5. Καίτοι πρὸς ποῖον κτῆμα
τῶν ἄλλων παραβαλλόμενος φίλος ἀγαθὸς οὐκ ἂν
πολλῷ κρείττων φανείη; ποῖος γὰρ ἵππος ἢ ποῖον
ζεῦγος οὕτω χρήσιμον, ὥσπερ ὁ χρηστὸς φίλος, ποῖον
δὲ ἀνδράποδον οὕτως εὔνουν καὶ παραμόνιμον, ἢ ποῖον
ἄλλο κτῆμα οὕτω πάγχρηστον; 6. Ὁ γὰρ ἀγαθὸς φίλος
ἑαυτὸν τάττει πρὸς πᾶν τὸ ἐλλεῖπον τῷ φίλῳ καὶ τῆς
τῶν ἰδίων⁷² κατασκευῆς καὶ τῶν κοινῶν πράξεων, καί,
ἄν τέ τινα εὖ ποιῆσαι δέῃ, συνεπισχύει, ἄν τέ τις φόβος
ταράττῃ, συμβοηθεῖ τὰ μὲν συναναλίσκων, τὰ δὲ συμ-
πράττων, καὶ τὰ μὲν συμπείθων, τὰ δὲ βιαζόμενος, καὶ
εὖ μὲν πράττοντας πλεῖστα εὐφραίνων, σφαλλομένους
δὲ πλεῖστα ἐπανορθῶν. 7. Ἃ δὲ αἵ τε χεῖρες ἑκάστῳ
ὑπηρετοῦσι καὶ ὀφθαλμοὶ προορῶσι καὶ τὰ ὦτα προ-
ακούουσι καὶ οἱ πόδες διανύτουσι, τούτων φίλος εὐερ-
γετῶν οὐδενὸς λείπεται⁷³· πολλάκις δὲ ἃ πρὸ αὐτοῦ

---

⁶⁹ καὶ πάνυ πολλῶν. Cf. II.
iii. 19, καὶ πολὺ διεστῶτε.

⁷⁰ τὸ πλῆθος. "Ignorant of
the number of their friends,"
ignorant how many friends they
had. This is what Cicero says,
"that a man knows how many
sheep he has, but not how many
friends." For ἀνατίθεσθαι, see I.
ii. 44.

⁷¹ τοσοῦτον. "So little," the
meaning of the word being de-
termined by the context. See
note on τηλικοῦτος above.

⁷² τῆς τῶν ἰδίων. The genitive
depends on τὸ ἐλλεῖπον, "all that
is lacking in the arrangement of
his private and public interests."

The private and public interests
are regarded as forming one
notion, I think, and so τῆς παρα-
σκευῆς is used only once. Below,
εὖ ποιῆσαι is to be distinguished
carefully from εὖ πράττοντας.
The difference has been pointed
out before.

⁷³ οὐδενὸς λείπεται. This means,
that, whatever helps the bodily
members render, a friend is in no
whit inferior to any of them, but
can render as good service as any.
For λείπεσθαι in the sense of "to
be inferior to," cf. Thucyd. vi.
72, ἐς τἆλλα ξύνεσιν οὐδενὸς λει-
πόμενος.

τις οὐκ ἐξειργάσατο ἢ οὐκ εἶδεν ἢ οὐκ ἤκουσεν ἢ οὐ διήνυσε, ταῦτα ὁ φίλος πρὸς τοὺς φίλους ἐξήρκεσεν. Ἀλλ' ὅμως ἔνιοι δένδρα μὲν πειρῶνται θεραπεύειν τοῦ καρποῦ ἕνεκεν, τοῦ δὲ παμφορωτάτου κτήματος, ὃ καλεῖται φίλος, ἀργῶς καὶ ἀνειμένως οἱ πλεῖστοι ἐπιμέλονται.

CHAPTER V.

1. Ἤκουσα δέ ποτε καὶ ἄλλον αὐτοῦ λόγον, ὃς ἐδόκει μοι προτρέπειν τὸν ἀκούοντα ἐξετάζειν ἑαυτόν, ὁπόσου⁷⁴ τοῖς φίλοις ἄξιος εἴη. Ἰδὼν γάρ τινα τῶν ξυνόντων ἀμελοῦντα φίλου πενίᾳ πιεζομένου, ἤρετο Ἀντισθένη⁷⁵ ἐναντίον τοῦ ἀμελοῦντος αὐτοῦ καὶ ἄλλων πολλῶν· 2. Ἆρ', ἔφη, ὦ Ἀντίσθενες, εἰσί τινες ἀξίαι φίλων, ὥσπερ οἰκετῶν ; τῶν γὰρ οἰκετῶν ὁ μέν που δύο μναῖν ἄξιός ἐστιν, ὁ δὲ οὐδ' ἡμιμναίου, ὁ δὲ πέντε μνῶν, ὁ δὲ καὶ δέκα⁷⁶· Νικίας δὲ ὁ Νικηράτου λέγεται ἐπιστάτην εἰς τἀργύρια πρίασθαι ταλάντου· σκοποῦμαι δὴ τοῦτο, ἔφη, εἰ ἄρα, ὥσπερ τῶν οἰκετῶν, οὕτω καὶ τῶν φίλων εἰσὶν ἀξίαι. 3. Ναὶ μὰ Δί', ἔφη ὁ Ἀντισθένης· ἐγὼ γοῦν βουλοίμην ἂν τὸν μέν τινα⁷⁷ φίλον μοι εἶναι

---

⁷⁴ ὁπόσου. The optative is used because the matter is described as a portion of the thoughts of the person, or as it appeared to him ; he was told to examine himself and see what he really thought himself worth.

⁷⁵ Ἀντισθένη. This was a famous man, as the originator of the Cynic school. He developed the hardy side of Socrates's character, which enabled him to be regardless of physical changes. Antisthenes made happiness consist in superiority to the wants of nature ; which, as he added, required a Socratic robustness.

⁷⁶ ὁ δὲ καὶ δέκα. "And another worth as much as (καί) ten." Below, in εἰ ἄρα, the particle ἄρα retains its usual force of drawing a conclusion ; "if consequently," as a result to be expected from the fact mentioned of there being prices for servants.

⁷⁷ τὸν μέν τινα. "Some one man." Cf. Plato de Leg. 890 C, τὸν μὲν δεῖν τεθνάναι, τὸν δέ τινα πληγαῖς κολάζεσθαι.

μᾶλλον ἢ δύο μνᾶς, τὸν δ᾽ οὐδ᾽ ἂν ἡμιμναίου προ-
τιμησαίμην, τὸν δὲ καὶ πρὸ δέκα μνῶν ἑλοίμην ἄν, τὸν
δὲ πρὸ πάντων χρημάτων[78] καὶ πόνων πριαίμην ἂν
φίλον μοι εἶναι. 4. Οὐκοῦν, ἔφη ὁ Σωκράτης, εἴ γε
ταῦτα τοιαῦτά ἐστι, καλῶς ἂν ἔχοι ἐξετάζειν τινὰ
ἑαυτόν, πόσου ἄρα τυγχάνει τοῖς φίλοις ἄξιος ὤν, καὶ
πειρᾶσθαι ὡς πλείστου ἄξιος εἶναι[79], ἵνα ἧττον αὐτὸν
οἱ φίλοι προδιδῶσιν· ἐγὼ γάρ τοι, ἔφη, πολλάκις
ἀκούω τοῦ μέν, ὅτι προὔδωκεν αὐτὸν φίλος ἀνήρ, τοῦ
δέ, ὅτι μνᾶν ἀνθ᾽ ἑαυτοῦ μᾶλλον εἵλετο ἀνήρ, ὃν ᾤετο
φίλον εἶναι. 5. Τὰ τοιαῦτα πάντα σκοπῶ, μή,
ὥσπερ[80] ὅταν τις οἰκέτην πονηρὸν πωλῇ καὶ ἀπο-
δίδωται τοῦ εὑρόντος[81], οὕτω καὶ τὸν πονηρὸν φίλον,
ὅταν ἐξῇ τὸ πλεῖον τῆς ἀξίας λαβεῖν, ἐπαγωγὸν ᾖ προ-
δίδοσθαι· τοὺς δὲ χρηστοὺς[82] οὔτε οἰκέτας πάνυ τι
πωλουμένους ὁρῶ οὔτε φίλους προδιδομένους.

[78] πρὸ πάντων χρημάτων. The
preposition suits χρημάτων well
enough, but it does not appear to
suit πόνων so well. But the
meaning of Antisthenes is, that if
there were a friend on the one
side, and any amount of toil to be
undergone on the other, he would
choose the friend rather than
take any account of the toil.
When he says, " in preference to
trouble," he means " trouble to
be got rid of." See above, I. v. 1.

[79] ὡς πλείστου ἄξιος εἶναι. The
nominative ἄξιος is used, as though
instead of καλῶς ἂν ἔχοι ἐξετάζειν
καὶ πειρᾶσθαι, which would re-
quire ἄξιον, the words had run
καλῶς τις ἂν ἑαυτὸν ἐξετάζοι καὶ
πειρῷτο. The reason why ἄξιον
would be the more regular con-
struction is, that the subjects of
the infinitive (εἶναι) and the main
verb (ἔχοι) are not the same.

[80] μή, ὥσπερ κ.τ.λ. This is

explanatory of τὰ τοιαῦτα πάντα,
" such questions, I mean whether
it be not tempting " (ἐπαγωγὸν
ᾖ).

[81] τοῦ εὑρόντος. Εὑρίσκειν is
common in the sense of " to
fetch or bring a certain price."
But here the active is used appa-
rently in a passive sense, the
genitive being that of price, and
the participle therefore referring
to the price of the thing sold, and
not the thing itself. I do not
know how to explain this seem-
ingly passive sense of τοῦ εὑρόντος
(it occurs also elsewhere), for
Kühner's explanation, " scilicet
τὸ εὑρόν est id (pretium) quod res
venalis reperit (der Kaufpreis),"
seems to me to leave the matter
just where it finds it. Below,
τὸ πλεῖον τῆς ἀξίας is " more than
his real value."

[82] τοὺς δὲ χρηστούς. These
words are put where they are, at

CHAPTER VI.

1. Ἐδόκει δέ μοι καὶ εἰς τὸ δοκιμάζειν φίλους ὁποίους ἄξιον κτᾶσθαι φρενοῦν τοιάδε λέγων· Εἰπέ μοι, ἔφη, ὦ Κριτόβουλε, εἰ δεοίμεθα φίλου ἀγαθοῦ, πῶς ἂν ἐπιχειροίημεν σκοπεῖν; ἆρα πρῶτον μὲν[83] ζητητέον, ὅστις ἄρχει γαστρός τε καὶ φιλοποσίας καὶ λαγνείας καὶ ὕπνου καὶ ἀργίας; ὁ γὰρ ὑπὸ τούτων κρατούμενος οὔτ' αὐτὸς ἑαυτῷ δύναιτ' ἂν οὔτε φίλῳ τὰ δέοντα πράττειν. Μὰ Δί', οὐ δῆτα, ἔφη. Οὐκοῦν τοῦ μὲν ὑπὸ τούτων ἀρχομένου ἀφεκτέον δοκεῖ σοι εἶναι; Πάνυ μὲν οὖν, ἔφη. 2. Τί γάρ; ἔφη, ὅστις δαπανηρὸς ὢν μὴ αὐτάρκης ἐστίν, ἀλλ' ἀεὶ τῶν πλησίον δεῖται, καὶ λαμβάνων μὲν μὴ δύναται ἀποδιδόναι, μὴ λαμβάνων δὲ τὸν μὴ διδόντα μισεῖ, οὐ δοκεῖ σοι καὶ οὗτος χαλεπὸς φίλος εἶναι; Πάνυ, ἔφη. Οὐκοῦν ἀφεκτέον καὶ τούτου; Ἀφεκτέον μέντοι[84], ἔφη. 3. Τί γάρ; ὅστις χρηματίζεσθαι μὲν δύναται, πολλῶν δὲ χρημάτων ἐπιθυμεῖ, καὶ διὰ τοῦτο δυσξύμβολός ἐστι, καὶ λαμβάνων μὲν ἥδεται, ἀποδιδόναι δὲ οὐ βούλεται[85]; Ἐμοὶ μὲν δοκεῖ, ἔφη, οὗτος ἔτι πονηρότερος ἐκείνου εἶναι. 4. Τί δέ; ὅστις διὰ τὸν ἔρωτα τοῦ χρηματίζεσθαι μηδὲ πρὸς ἓν

the head of the sentence, because they apply both to οἰκέτας and φίλους, and are emphatic.

[83] ἆρα πρῶτον μέν. "Is it (or is it not) first to be considered?" As the answer is clearly supposed to be "Yes," ἆρα may at once be translated "is it not." There is nothing distinctly to answer to πρῶτον μέν, but virtually the words below, τί γάρ, begin the apodosis. Before this, another μέν (τοῦ μὲν ὑπὸ τούτων) is introduced, again without any δέ, but the sentence opposed to it is

readily supplied by the reader, τοῦ μέν . . . ἀφεκτέον, τῶν δὲ ἄλλων σκοπῶμεν εἰ ἀφεκτέον ἐστίν.

[84] Ἀφεκτέον μέντοι. Cf. I. iii. 10, ἀλλ' εἰ μέντοι τοιοῦτόν ἐστι, "if it is really so."

[85] οὐ βούλεται. Above it was ὅστις μὴ αὐτάρκης ἐστίν, and it might have been μὴ βούλεται here, for ὅστις μή is the usual form. But οὐ βούλεται is a single idea, "is unwilling," so that it is the verb only which is negatived.

ἄλλο σχολὴν ποιεῖται, ἢ ὁπόθεν αὐτὸς [86] κερδανεῖ;
Ἀφεκτέον καὶ τούτου, ὡς ἐμοὶ δοκεῖ· ἀνωφελὴς γὰρ ἂν
εἴη τῷ χρωμένῳ. Τί δέ; ὅστις στασιώδης τέ ἐστι καὶ
θέλων πολλοὺς τοῖς φίλοις ἐχθροὺς παρέχειν; Φευκ-
τέον, νὴ Δία, καὶ τοῦτον. Εἰ δέ τις τούτων μὲν τῶν
κακῶν μηδὲν ἔχοι [87], εὖ δὲ πάσχων ἀνέχεται, μηδὲν
φροντίζων τοῦ ἀντευεργετεῖν; Ἀνωφελὴς ἂν εἴη καὶ
οὗτος· ἀλλὰ ποῖον, ὦ Σώκρατες, ἐπιχειρήσομεν φίλον
ποιεῖσθαι; 5. Οἶμαι μέν [88], ὃς τἀναντία τούτων ἐγ-
κρατὴς μέν ἐστι τῶν διὰ τοῦ σώματος ἡδονῶν, εὔορκος
δὲ καὶ εὐξύμβολος ὢν τυγχάνει καὶ φιλόνεικος πρὸς τὸ
μὴ ἐλλείπεσθαι εὖ ποιῶν τοὺς εὐεργετοῦντας αὐτόν [89],
ὥστε λυσιτελεῖν τοῖς χρωμένοις. 6. Πῶς οὖν ἂν ταῦτα
δοκιμάσαιμεν, ὦ Σώκρατες, πρὸ τοῦ χρῆσθαι; Τοὺς
μὲν ἀνδριαντοποιούς, ἔφη, δοκιμάζομεν, οὐ τοῖς λόγοις
αὐτῶν τεκμαιρόμενοι, ἀλλ᾽ ὃν ἂν ὁρῶμεν τοὺς πρόσθεν
ἀνδριάντας καλῶς εἰργασμένον, τούτῳ πιστεύομεν [90]

---

[86] αὐτός. The pronoun is em-
phatic, "make gain himself,"
thinking of no one else.

[87] ἔχοι. The optative and the
indicative are joined here; some
alter ἔχοι into ἔχει, others ἀν-
έχεται into ἀνέχοιτο. But cf. I.
ii. 32, εἴ τις μὴ ὁμολογοίη, followed
by εἴ τις μὴ αἰσχύνεται, where
the optative seems used because
the whole thing is imaginary,
a supposed case, but the indi-
cative when Socrates speaks of
a real fact occurring. So here
perhaps something of the same
sort may be regarded as influ-
encing the moods. In the first
clause, the non-possession of the
qualities is put purely as a hypo-
thesis, I suppose as a very un-
likely case to occur; but the
second contingency is regarded as
not at all an unlikely one.

[88] Οἶμαι μέν. The correspond-
ing clause is to be supplied, ἰσχυ-
ρίζομαι δὲ οὔ, or τὸ δὲ ἀληθὲς οὐκ
ἔχω εἰπεῖν.

[89] τοὺς εὐεργετοῦντας αὐτόν.
One would rather have expected
αὑτόν, as the pronoun refers to
the main subject, that of τυγ-
χάνει; but of course τοὺς εὐερ-
γετοῦντας intervening, αὐτόν can
be used, the person now being
viewed in his relation to τοὺς
εὐεργετοῦντας, and not to himself.
See I. ii. 49, πείθων μὲν τοὺς
συνόντας αὐτῷ.

[90] τούτῳ πιστεύομεν. This
might have been πιστεύομεν
τοῦτον ποιήσειν; but τούτῳ is
attracted to πιστεύομεν, and the
infinitive is added as an explana-
tion. Cf. Thucyd. iv. 92, πιστεύ-
σαντες τῷ θεῷ πρὸς ἡμῶν ἔσεσθαι.

καὶ τοὺς λοιποὺς εὖ ποιήσειν. 7. Καὶ ἄνδρα δὴ λέγεις,
ἔφη, ὃς ἂν τοὺς φίλους τοὺς πρόσθεν εὖ ποιῶν·φαί-
νηται, δῆλον εἶναι καὶ τοὺς ὑστέρους εὐεργετήσοντα⁹¹;
Καὶ γὰρ ἵπποις, ἔφη, ὃν ἂν τοῖς πρόσθεν ὁρῶ καλῶς
χρώμενον, τοῦτον καὶ ἄλλοις οἶμαι καλῶς χρῆσθαι.
8. Εἶεν, ἔφη· ὃς δ' ἂν ἡμῖν ἄξιος φιλίας δοκῇ εἶναι,
πῶς χρὴ φίλον τοῦτον ποιεῖσθαι; Πρῶτον μέν⁹², ἔφη,
τὰ παρὰ τῶν θεῶν ἐπισκεπτέον, εἰ συμβουλεύουσιν
αὐτὸν φίλον ποιεῖσθαι. Τί οὖν; ἔφη, ὃν ἂν ἡμῖν τε
δοκῇ καὶ οἱ θεοὶ μὴ ἐναντιῶνται, ἔχεις εἰπεῖν, ὅπως
οὗτος θηρατέος; 9. Μὰ Δί', ἔφη, οὐ κατὰ πόδας⁹³,
ὥσπερ ὁ λαγώς, οὐδ' ἀπάτῃ, ὥσπερ αἱ ὄρνιθες, οὐδὲ
βίᾳ, ὥσπερ οἱ ἐχθροί· ἄκοντα γὰρ φίλον ἑλεῖν ἐργῶδες·
χαλεπὸν δὲ καὶ δήσαντα κατέχειν, ὥσπερ δοῦλον·
ἐχθροὶ γὰρ μᾶλλον ἢ φίλοι γίγνονται ταῦτα πάσχοντες·
10. Φίλοι δὲ πῶς; ἔφη. Εἶναι μέν τινάς φασιν
ἐπῳδάς, ἃς οἱ ἐπιστάμενοι ἐπᾴδοντες οἷς ἂν βούλωνται
φίλους ἑαυτοῖς ποιοῦνται, εἶναι δὲ καὶ φίλτρα, οἷς οἱ
ἐπιστάμενοι πρὸς οὓς ἂν βούλωνται χρώμενοι φιλοῦν-
ται ὑπ' αὐτῶν. 11. Πόθεν οὖν, ἔφη, ταῦτα μάθοιμεν
ἄν; Ἃ μὲν αἱ Σειρῆνες⁹⁴ ἐπῇδον τῷ Ὀδυσσεῖ, ἤκουσας
Ὁμήρου, ὧν ἐστιν ἀρχὴ τοιάδε τις·

Δεῦρ' ἄγε δὴ πολύαιν' Ὀδυσεῦ, μέγα κῦδος Ἀχαιῶν.

Ταύτην οὖν, ἔφη, τὴν ἐπῳδήν, ὦ Σώκρατες, καὶ τοῖς

---

⁹¹ εὐεργετήσοντα. This depends
on δῆλον, so that the order is,
λέγεις ἄνδρα εἶναι δῆλον εὐερ-
γετήσοντα. Cf. Thucyd. i. 71,
δῆλοί εἰσιν οὐκ ἐπιτρέψοντες.
Below, in καὶ γὰρ ἵπποις, καί is to
be taken with ἵπποις, "yes, for
even horses." See note above on
II. i. 3.

⁹² Πρῶτον μέν.᾽ The corre-
sponding δέ never occurs, the
words taking a different turn in

τί οὖν, ἔφη. Below, of συμβου-
λεύουσιν, the subject is οἱ θεοί.
⁹³ οὐ κατὰ πόδας. "Not by
following hard after them." Cf.
Thucyd. v. 64, ἰέναι κατὰ πόδας,
so that the πόδες are those of the
hare, not of the hunter, as some
make it, translating, "by swift-
ness of foot."
⁹⁴ Ἃ μὲν αἱ Σειρῆνες. The an-
swering clause is, ἄλλας δέ τινας
οἶσθα ἐπῳδάς. Below, καὶ τοῖς

ἄλλοις ἀνθρώποις αἱ Σειρῆνες ἐπάδουσαι κατεῖχον, ὥστε
μὴ ἀπιέναι ἀπ᾽ αὐτῶν τοὺς ἐπασθέντας ; Οὐκ, ἀλλὰ
τοῖς ἐπ᾽ ἀρετῇ φιλοτιμουμένοις οὕτως ἐπῇδον. 12.
Σχεδόν τι λέγεις τοιαῦτα χρῆναι ἑκάστῳ ἐπᾴδειν, οἷα
μὴ νομιεῖ ἀκούων τὸν ἐπαινοῦντα καταγελῶντα λέγειν·
οὕτω μὲν γὰρ ἐχθίων τ᾽ ἂν εἴη καὶ ἀπελαύνοι τοὺς
ἀνθρώπους ἀφ᾽ ἑαυτοῦ, εἰ τὸν εἰδότα, ὅτι μικρός τε καὶ
αἰσχρὸς καὶ ἀσθενής ἐστιν, ἐπαινοίη λέγων, ὅτι καλός
τε καὶ μέγας καὶ ἰσχυρός ἐστιν. 13. Ἄλλας δέ τινας
οἶσθα ἐπῳδάς ; Οὐκ, ἀλλ᾽ ἤκουσα μέν[95], ὅτι Περικλῆς
πολλὰς ἐπίσταιτο, ἃς ἐπᾴδων τῇ πόλει ἐποίει αὐτὴν
φιλεῖν αὐτόν. Θεμιστοκλῆς δὲ πῶς ἐποίησε τὴν πόλιν
φιλεῖν αὐτόν ; Μὰ Δί᾽ οὐκ ἐπᾴδων, ἀλλὰ περιάψας τι
ἀγαθὸν[96] αὐτῇ. 14. Δοκεῖς μοι λέγειν, ὦ Σώκρατες,
ὡς, εἰ μέλλοιμεν ἀγαθόν τινα κτήσασθαι φίλον, αὐτοὺς
ἡμᾶς ἀγαθοὺς δεῖ γενέσθαι λέγειν τε καὶ πράττειν.
Σὺ δ᾽ ᾤου, ἔφη ὁ Σωκράτης, οἷόν τ᾽ εἶναι πονηρὸν ὄντα
χρηστοὺς φίλους κτήσασθαι ; 15. Ἑώρων γάρ, ἔφη ὁ
Κριτόβουλος, ῥήτοράς τε φαύλους ἀγαθοῖς δημηγόροις
φίλους ὄντας καὶ στρατηγεῖν οὐχ ἱκανοὺς πάνυ στρατη-

ἄλλοις ἀνθρώποις is "to the rest
of mankind as well as to Ulysses."

[95] ἤκουσα μέν. That is, ἤκουσα
μέν, οἶδα δὲ οὔ. The optative
ἐπίσταιτο is that of the oratio
obliqua, the general sense being
" I heard say that Pericles knew,"
&c. With regard to the indica-
tive ἐποίει, I give Madvig's remark
on such constructions. He says :
" In the oratio obliqua, clauses
dependent on an historical tense
pass into the optative ; but not if in
the oratio directa they would have
been in the imperfect or aorist of
the indicative, in which cases
those forms of the verb are re-
tained." Thus ἔδωκα ἃ εἶχον can
only be ἔλεξεν ὅτι δοίη ἃ εἶχον.

So here in the oratio directa the
words would have run πολλὰς
ἐπῳδὰς ἐπίσταται ἃς ἐποίει. Küh-
ner adds that the reason of this
must be that the optative ποιοίη
would leave it uncertain whether
ἐποίει or ποιεῖ, a past or a present,
had been the form in the oratio
directa.

[96] περιάψας τι ἀγαθόν. This
word is used of hanging an amulet
round a person's neck. The sub-
stantive is περίαπτον. Cf. Plato,
Rep. 426 B, οὔτε τομαὶ οὐδ᾽ αὖ
ἐπῳδαὶ οὐδὲ περίαπτα. The verb
is often used metaphorically in
such phrases as περιάπτειν ὄνειδος,
τιμήν, κ.τ.λ.

γικοῖς ἀνδράσιν ἑταίρους. 16. Ἆρ᾽ οὖν, ἔφη, καί, περὶ
οὗ⁹⁷ διαλεγόμεθα, οἶσθά τινας, οἳ ἀνωφελεῖς ὄντες
ὠφελίμους δύνανται φίλους ποιεῖσθαι ; Μὰ Δί᾽ οὐ δῆτ᾽,
ἔφη· ἀλλ᾽ εἰ ἀδύνατόν ἐστι πονηρὸν ὄντα καλοὺς κἀγα-
θοὺς φίλους κτήσασθαι, ἐκεῖνο ἤδη μέλει μοι, εἰ ἔστιν
αὐτὸν καλὸν κἀγαθὸν γενόμενον ἐξ ἑτοίμου τοῖς καλοῖς
κἀγαθοῖς φίλον εἶναι. 17. Ὁ ταράττει σε⁹⁸, ὦ Κριτό-
βουλε, ὅτι πολλάκις ἄνδρας καὶ καλὰ πράττοντας καὶ
τῶν αἰσχρῶν ἀπεχομένους ὁρᾷς ἀντὶ τοῦ φίλους εἶναι
στασιάζοντας ἀλλήλοις καὶ χαλεπώτερον χρωμένους
τῶν μηδενὸς ἀξίων ἀνθρώπων. 18. Καὶ οὐ μόνον γ᾽,
ἔφη ὁ Κριτόβουλος, οἱ ἰδιῶται τοῦτο ποιοῦσιν, ἀλλὰ καὶ
πόλεις αἱ τῶν τε καλῶν μάλιστα ἐπιμελόμεναι καὶ
τὰ αἰσχρὰ ἥκιστα προσιέμεναι, πολλάκις πολεμικῶς
ἔχουσι πρὸς ἀλλήλας. 19. Ἃ λογιζόμενος πάνυ
ἀθύμως ἔχω πρὸς τὴν τῶν φίλων κτῆσιν· οὔτε γὰρ
τοὺς πονηροὺς⁹⁹ ὁρῶ φίλους ἀλλήλοις δυναμένους εἶναι·
πῶς γὰρ ἂν ἢ ἀχάριστοι ἢ ἀμελεῖς ἢ πλεονέκται ἢ
ἄπιστοι ἢ ἀκρατεῖς ἄνθρωποι δύναιντο φίλοι γενέσθαι ;
οἱ μὲν οὖν πονηροὶ πάντως ἔμοιγε δοκοῦσιν ἀλλήλοις
ἐχθροὶ μᾶλλον ἢ φίλοι πεφυκέναι. 20. Ἀλλὰ μήν,
ὥσπερ σὺ λέγεις, οὐδ᾽ ἂν τοῖς χρηστοῖς οἱ πονηροί ποτε
συναρμόσειαν εἰς φιλίαν· πῶς γὰρ οἱ τὰ πονηρὰ ποι-
οῦντες τοῖς τὰ τοιαῦτα μισοῦσι φίλοι γένοιντ᾽ ἄν ; εἰ
δὲ δὴ καὶ οἱ ἀρετὴν ἀσκοῦντες στασιάζουσί τε περὶ τοῦ
πρωτεύειν ἐν ταῖς πόλεσι καὶ φθονοῦντες ἑαυτοῖς¹⁰⁰

⁹⁷ καί, περὶ οὗ. "Also in the
matter we are talking about." Is
it true that as worthless generals
are companions of good ones, so
people who are useless as friends,
secure friends in persons who are
likely to prove useful ?

⁹⁸ Ὁ ταράττει σε. "What trou-
bles you is, that" (ἐστὶ τοῦτο ὅτι).
I borrow from Stallbaum, Plato
Euthyd. p. 304 C, ὃ δὲ καὶ σοὶ

μάλιστα προσήκει ἀκοῦσαι ὅτι οὐδὲ
τὸ χρηματίζεσθαι φατὸν διακωλύειν
οὐδέν.

⁹⁹ οὔτε γὰρ τοὺς πονηρούς. The
sentence is never completed. In-
stead of οὔτε τοὺς πονηροὺς τοῖς
χρηστοῖς συναρμόζοντας, the form
is changed into ἀλλὰ μὴν ὥσπερ,
κ.τ.λ.

¹⁰⁰ ἑαυτοῖς. The reflexive and
reciprocal pronouns are here used

H

μισοῦσιν ἀλλήλους, τίνες ἔτι φίλοι ἔσονται, καὶ ἐν
τίσιν ἀνθρώποις εὔνοια καὶ πίστις ἔσται; 21. 'Αλλ'
ἔχει μέν, ἔφη ὁ Σωκράτης, ποικίλως πως ταῦτα, ὦ
Κριτόβουλε· φύσει γὰρ ἔχουσιν οἱ ἄνθρωποι τὰ μὲν
φιλικά· δέονταί τε γὰρ ἀλλήλων καὶ ἐλεοῦσι καὶ συνερ-
γοῦντες ὠφελοῦσι καὶ τοῦτο συνιέντες χάριν ἔχουσιν
ἀλλήλοις· τὰ δὲ πολεμικά· τά τε γὰρ αὐτὰ καλὰ καὶ
ἡδέα νομίζοντες ὑπὲρ τούτων μάχονται καὶ διχογνω-
μονοῦντες ἐναντιοῦνται· πολεμικὸν δὲ[1] καὶ ἔρις καὶ
ὀργή, καὶ δυσμενὲς μὲν ὁ τοῦ πλεονεκτεῖν ἔρως, μισητὸν
δὲ ὁ φθόνος. 22. 'Αλλ' ὅμως διὰ τούτων πάντων ἡ
φιλία διαδυομένη συνάπτει τοὺς καλούς τε κἀγαθούς·
διὰ γὰρ τὴν ἀρετὴν αἱροῦνται μὲν ἄνευ πόνου τὰ μέτρια
κεκτῆσθαι μᾶλλον ἢ διὰ πολέμου πάντων κυριεύειν,
καὶ δύνανται πεινῶντες καὶ διψῶντες ἀλύπως σίτου
καὶ ποτοῦ κοινωνεῖν καὶ τοῖς τῶν ὡραίων ἀφροδισίοις
ἡδόμενοι ἐγκαρτερεῖν, ὥστε μὴ λυπεῖν οὓς μὴ προσ-
ήκει· 23. δύνανται δὲ καὶ χρημάτων οὐ μόνον τοῦ
πλεονεκτεῖν ἀπεχόμενοι νομίμως κοινωνεῖν, ἀλλὰ καὶ
ἐπαρκεῖν ἀλλήλοις· δύνανται δὲ καὶ τὴν ἔριν οὐ μόνον
ἀλύπως, ἀλλὰ καὶ συμφερόντως ἀλλήλοις διατίθεσθαι
καὶ τὴν ὀργὴν κωλύειν εἰς τὸ μεταμελησόμενον[2] προϊ-
έναι· τὸν δὲ φθόνον παντάπασιν ἀφαιροῦσι τὰ μὲν
ἑαυτῶν ἀγαθὰ τοῖς φίλοις οἰκεῖα παρέχοντες, τὰ δὲ τῶν
φίλων ἑαυτῶν νομίζοντες. 24. Πῶς οὖν οὐκ εἰκὸς τοὺς

indiscriminately, without any dis-
tinction being implied. Cf. II. vii.
12. 'Εαυτῶν is very common in
the sense of ἀλλήλων. Cf. Plato
de Leg. 889 E, ὅπῃ ἕκαστοι ἑαυ-
τοῖσι συνωμολόγησαν. Below, to
ἔχει μέν corresponds ἀλλ' ὅμως
in § 22.

[1] πολεμικὸν δέ. For the gen-
der see II. iii. 1 under χρησιμώτε-
ρον νομίζουσι χρήματα. Below, αἱ-
ρο͂υνται μέν seems to have καὶ

δύνανται answering to it.
[2] εἰς τὸ μεταμελησόμενον.
"Prevent their anger from ad-
vancing to lengths they would be
sorry for." Below, τῶν πολιτικῶν
τιμῶν depends on κοινωνοὺς εἶναι.
The good are able to share the
honours of the state, not only
without injuring each other by
quarrelling about them, but with
mutual advantage.

καλούς τε κἀγαθοὺς καὶ τῶν πολιτικῶν τιμῶν μὴ μόνον
ἀβλαβεῖς, ἀλλὰ καὶ ὠφελίμους ἀλλήλοις κοινωνοὺς
εἶναι ; οἱ μὲν γὰρ ἐπιθυμοῦντες ἐν ταῖς πόλεσι τιμᾶσθαι
τε καὶ ἄρχειν, ἵνα ἐξουσίαν ἔχωσι χρήματά τε κλέπ-
τειν καὶ ἀνθρώπους βιάζεσθαι καὶ ἡδυπαθεῖν, ἄδικοί τε
καὶ πονηροὶ ἂν εἶεν καὶ ἀδύνατοι ἄλλῳ συναρμόσαι.
25. Εἰ δέ τις ἐν πόλει τιμᾶσθαι βουλόμενος, ὅπως
αὐτός τε μὴ ἀδικῆται καὶ τοῖς φίλοις τὰ δίκαια βοηθεῖν
δύνηται, καὶ ἄρξας³ ἀγαθόν τι ποιεῖν τὴν πατρίδα
πειρᾶται, διὰ τί ὁ τοιοῦτος ἄλλῳ τοιούτῳ οὐκ ἂν
δύναιτο συναρμόσαι; πότερον τοὺς φίλους ὠφελεῖν
μετὰ τῶν καλῶν κἀγαθῶν ἧττον δυνήσεται; ἢ τὴν
πόλιν εὐεργετεῖν ἀδυνατώτερος ἔσται καλούς τε κἀγα-
θοὺς ἔχων συνεργούς; 26. Ἀλλὰ καὶ ἐν τοῖς γυμνικοῖς
ἀγῶσι δῆλόν ἐστιν, ὅτι, εἰ ἐξῆν⁴ τοῖς κρατίστοις συνθε-
μένους ἐπὶ τοὺς χείρους ἰέναι, πάντας ἂν τοὺς ἀγῶνας
οὗτοι ἐνίκων, καὶ πάντα τὰ ἆθλα οὗτοι ἐλάμβανον.
Ἐπεὶ οὖν ἐκεῖ μὲν οὐκ ἐῶσι τοῦτο ποιεῖν, ἐν δὲ τοῖς
πολιτικοῖς, ἐν οἷς οἱ καλοὶ κἀγαθοὶ κρατιστεύουσιν,
οὐδεὶς κωλύει μεθ' οὗ ἄν τις βούληται τὴν πόλιν εὐερ-
γετεῖν, πῶς οὖν οὐ λυσιτελεῖ τοὺς βελτίστους φίλους
κτησάμενον πολιτεύεσθαι⁵, τούτοις κοινωνοῖς καὶ συν-
εργοῖς τῶν πράξεων μᾶλλον ἢ ἀνταγωνισταῖς χρώ-
μενον; 27. ἀλλὰ μὴν κἀκεῖνο δῆλον, ὅτι, κἂν πολεμῇ
τίς τινι, συμμάχων δεήσεται, καὶ τούτων πλειόνων, ἐὰν
καλοῖς κἀγαθοῖς ἀντιτάττηται. Καὶ μὴν οἱ συμμαχεῖν
ἐθέλοντες εὖ ποιητέοι, ἵνα θέλωσι προθυμεῖσθαι· πολὺ
δὲ κρεῖττον τοὺς βελτίστους ἐλάττονας εὖ ποιεῖν ἢ

---

³ ἄρξας. Cf. II. ii. 13, οὐκ
ἐᾷ ἄρχειν. τοῦτον, and I. i. 18,
βουλεύσας γάρ ποτε.
⁴ εἰ ἐξῆν κ.τ.λ. Cf. I. i. 9,
ἃ ἔξεστιν ἀριθμήσαντας εἰδέναι.
The accusative might have been
the dative, συνθεμένοις agreeing
with τοῖς κρατίστοις. Below. ἐκεῖ

μέν is ἐν τοῖς γυμνικοῖς ἀγῶσι.
⁵ κτησάμενον πολιτεύεσθαι.
With the infinitive τινά is na-
turally supplied. Cf. Plato de
Leg. 775 D, χρὴ ὁπόσον ἂν γεννᾷ
χρόνον, εὐλαβεῖσθαι, where the
subject of γεννᾷ is τις, supplied
from εὐλαβεῖσθαι.

τοὺς χείρονας πλείονας ὄντας· οἱ γὰρ πονηροὶ πολὺ
πλειόνων εὐεργεσιῶν ἢ οἱ χρηστοὶ δέονται. 28.
Ἀλλὰ θαρρῶν, ἔφη, ὦ Κριτόβουλε, πειρῶ ἀγαθὸς
γίγνεσθαι, καὶ τοιοῦτος γιγνόμενος θηρᾶν ἐπιχείρει
τοὺς καλούς τε κἀγαθούς. Ἴσως δ' ἄν τί σοι κἀγὼ
συλλαβεῖν εἰς τὴν τῶν καλῶν τε κἀγαθῶν θήραν ἔχοιμι
διὰ τὸ ἐρωτικὸς εἶναι· δεινῶς γάρ, ὧν ἂν ἐπιθυμήσω
ἀνθρώπων[6], ὅλος ὥρμημαι ἐπὶ τὸ φιλῶν τε αὐτοὺς
ἀντιφιλεῖσθαι ὑπ' αὐτῶν καὶ ποθῶν ἀντιποθεῖσθαι καὶ
ἐπιθυμῶν ξυνεῖναι καὶ ἀντεπιθυμεῖσθαι τῆς ξυνουσίας.
29. Ὁρῶ δὲ καὶ σοὶ τούτων δεῆσον[7], ὅταν ἐπιθυμήσῃς
φιλίαν πρός τινας ποιεῖσθαι. Μὴ σὺ οὖν ἀποκρύπτου
με, οἷς ἂν βούλοιο[8] φίλος γενέσθαι· διὰ γὰρ τὸ ἐπι-
μελεῖσθαι τοῦ ἀρέσαι τῷ ἀρέσκοντί μοι οὐκ ἀπείρως
οἶμαι ἔχειν πρὸς θήραν ἀνθρώπων. 30. Καὶ ὁ Κριτό-
βουλος ἔφη· Καὶ μήν, ὦ Σώκρατες, τούτων ἐγὼ τῶν
μαθημάτων πάλαι ἐπιθυμῶ, ἄλλως τε καὶ εἰ ἐξαρκέσει
μοι ἡ αὐτὴ ἐπιστήμη ἐπὶ τοὺς ἀγαθοὺς τὰς ψυχὰς καὶ
ἐπὶ τοὺς καλοὺς τὰ σώματα. 31. Καὶ ὁ Σωκράτης
ἔφη· Ἀλλ', ὦ Κριτόβουλε, οὐκ ἔνεστιν ἐν τῇ ἐμῇ ἐπι-
στήμῃ τὸ τὰς χεῖρας[9] προσφέροντα ὑπομένειν ποιεῖν
τοὺς καλούς· πέπεισμαι δὲ καὶ ἀπὸ τῆς Σκύλλης διὰ
τοῦτο φεύγειν τοὺς ἀνθρώπους, ὅτι τὰς χεῖρας αὐτοῖς

[6] ἀνθρώπων. This is attracted
into the relative clause, "whatever
men I have a fancy for." Cf.
above I. ii. 22, ὧν πρόσθεν ἀπεί-
χοντο κερδῶν, τούτων οὐκ ἀπέχ-
ονται. Below, τῆς ξυνουσίας
seems to be in the genitive be-
cause the active ἐπιθυμεῖν requires
that case, and the same construc-
tion is retained in the passive.
Compare ἐπιτρέπομαι τὴν ἀρχήν.
[7] σοὶ τούτων δεῆσον. The par-
ticiple is that of the impersonal
verb δεῖ; "you will have need of
these matters also." Cf. Thucyd.

i. 71, ἀναγκαζομένοις ἰέναι ἐπιτεχ-
νήσεως δεῖ.
[8] οἷς ἂν βούλοιο. Here of course
ἂν is to be joined with βούλοιο, not
with οἷς in the sense of "whom-
soever," for then βούλῃ would be
required. Below, the construction
of τὰς ψυχὰς after the adjective,
to fix the locality of the quality,
has been noticed before. See I.
ii. 46.
[9] τὸ τὰς χεῖρας. The order is
τὸ ποιεῖν τοὺς καλοὺς ὑπομένειν,
προσφέροντα τὰς χεῖρας (αὐτοῖς)
(where προσφέροντα agrees with

προσέφερε· τὰς δέ γε Σειρῆνας [10], ὅτι τὰς χεῖρας οὐδενὶ προσέφερον, ἀλλὰ πᾶσι πόρρωθεν ἐπῇδον, πάντας φασὶν ὑπομένειν καὶ ἀκούοντας αὐτῶν κηλεῖσθαι. 32. Καὶ ὁ Κριτόβουλος ἔφη· 'Ως οὐ προσοίσοντος [11] τὰς χεῖρας, εἴ τι ἔχεις ἀγαθὸν εἰς φίλων κτῆσιν, δίδασκε. Οὐδὲ τὸ στόμα οὖν, ἔφη ὁ Σωκράτης, πρὸς τὸ στόμα προσοίσεις; Θάρρει, ἔφη ὁ Κριτόβουλος· οὐδὲ γὰρ τὸ στόμα πρὸς τὸ στόμα προσοίσω οὐδενί, ἐὰν μὴ καλὸς ᾖ. Εὐθύς, ἔφη, σύ γε, ὦ Κριτόβουλε, τοὐναντίον τοῦ συμφέροντος εἴρηκας· οἱ μὲν γὰρ καλοὶ τὰ τοιαῦτα οὐχ ὑπομένουσιν, οἱ δὲ αἰσχροὶ καὶ ἡδέως προσίενται, νομίζοντες διὰ τὴν ψυχὴν καλοὶ καλεῖσθαι. 33. Καὶ ὁ Κριτόβουλος ἔφη· 'Ως τοὺς μὲν καλοὺς φιλήσοντός μου [12], τοὺς δ' ἀγαθοὺς καταφιλήσοντος, θαρρῶν δίδασκε τῶν φίλων τὰ θηρατικά. Καὶ ὁ Σωκράτης ἔφη· "Οταν οὖν, ὦ Κριτόβουλε, φίλος τινὶ βούλῃ γενέσθαι, ἐάσεις με κατειπεῖν σου πρὸς αὐτόν, ὅτι ἄγασαί τε αὐτοῦ καὶ ἐπιθυμεῖς φίλος αὐτοῦ εἶναι; Κατηγόρει [13], ἔφη ὁ Κριτόβουλος· οὐδένα γὰρ οἶδα

ἐμέ, the subject of ποιεῖν) οὐκ ἔνεστιν ἐν τῇ, κ.τ.λ.

[10] τὰς δέ γε Σειρῆνας; "But the Sirens at all events;" whatever might be the case with Scylla, there was no doubt about *them* at least. Their very name implies that they drew men (σεῖρα) by their songs, a fact the modern spelling (Syrens) disguises.

[11] προσοίσοντος. Sc. ἐμοῦ. "On the understanding that I will not lay hands on them," a sense evidently somewhat different from that of the participle alone without ὡς. This form of expression is common with such words as διανοέω and the like. Cf. Plato, Rep. 381 A, διανοεῖσθαι ὡς διαλλαγησομένων.

[12] φιλήσοντός μου. There is a little difficulty here, from the ambiguous sense of καλός. Critobulus says he will only kiss the beautiful (καλός): nay, replies Socrates, the (morally) beautiful will not permit it, the ugly only will do so. I will kiss the beautiful, then, says Critobulus, and hug the good (ἀγαθούς, the morally beautiful). According to one commentator this is a "locus venustissimus;" it is possibly not given to every one to have such a keen eye for beauty.

[13] Κατηγόρει. "Pray, lay this to my charge." He regards the matter as a kind of indictment laid against him. The same idea is carried out when Socrat**

μισοῦντα τοὺς ἐπαινοῦντας. 34. Ἐὰν δέ σου προσ-
κατηγορήσω, ἔφη, ὅτι διὰ τὸ ἄγασθαι αὐτοῦ καὶ εὐνοϊ-
κῶς ἔχεις πρὸς αὐτόν, ἆρα μὴ διαβάλλεσθαι[14] δόξεις
ὑπ' ἐμοῦ; Ἀλλὰ καὶ αὐτῷ μοι, ἔφη, ἐγγίγνεται εὔνοια
πρὸς οὓς ἂν ὑπολάβω εὐνοϊκῶς ἔχειν πρὸς ἐμέ. 35.
Ταῦτα μὲν δή, ἔφη ὁ Σωκράτης, ἐξέσται μοι λέγειν
περὶ σοῦ πρὸς οὓς ἂν βούλῃ φίλους ποιήσασθαι. Ἐὰν
δέ μοι ἔτι ἐξουσίαν δῷς λέγειν περὶ σοῦ, ὅτι ἐπιμελής
τε τῶν φίλων εἶ καὶ οὐδενὶ οὕτω χαίρεις ὡς φίλοις
ἀγαθοῖς καὶ ἐπί τε τοῖς καλοῖς ἔργοις τῶν φίλων
ἀγάλλῃ οὐχ ἧττον ἢ ἐπὶ τοῖς ἑαυτοῦ[15] καὶ ἐπὶ τοῖς
ἀγαθοῖς τῶν φίλων χαίρεις οὐδὲν ἧττον ἢ ἐπὶ τοῖς
ἑαυτοῦ, ὅπως τε ταῦτα γίγνηται τοῖς φίλοις, οὐκ ἀπο-
κάμνεις μηχανώμενος, καὶ ὅτι ἔγνωκας ἀνδρὸς ἀρετὴν
εἶναι νικᾶν τοὺς μὲν φίλους εὖ ποιοῦντα, τοὺς δ' ἐχθροὺς
κακῶς, πάνυ ἂν οἶμαί σοι ἐπιτήδειον εἶναί με σύνθηρον
τῶν ἀγαθῶν φίλων. 36. Τί οὖν, ἔφη ὁ Κριτόβουλος,
ἐμοὶ τοῦτο λέγεις, ὥσπερ οὐκ ἐπὶ σοὶ ὄν[16], ὅ,τι ἂν
βούλῃ περὶ ἐμοῦ λέγειν; Μὰ Δἴ οὐχ[17], ὥς ποτε ἐγὼ
Ἀσπασίας ἤκουσα· ἔφη γὰρ τὰς ἀγαθὰς προμνη-
στρίδας μετὰ μὲν ἀληθείας τἀγαθὰ διαγγελλούσας
δεινὰς εἶναι συνάγειν ἀνθρώπους εἰς κηδείαν, ψευδο-
μένας δ' οὐκ ὠφελεῖν ἐπαινούσας· τοὺς γὰρ ἐξαπατη-
θέντας ἅμα μισεῖν ἀλλήλους τε καὶ τὴν προμνησα-

talks of bringing a further (πρός)
charge against him.

[14] ἆρα μὴ διαβάλλεσθαι. "You
will not, I suppose, seem to be
unfavourably represented by me?"
Ἆρα οὐ would imply, that such
would be the case (cf. II. vi. 38),
ἆρα μή that it would not. Cf. IV.
ii. 10, ἆρα μὴ ἰατρός, ἔφη, "not a
physician, I suppose," to which
the reply is οὐκ ἔγωγε. Below,
ἀλλὰ καὶ αὐτῷ is elliptical : "not
only not so, but even good will is

produced in me" (and therefore
will be in him under similar cir-
cumstances).

[15] ἑαυτοῦ. For σεαυτοῦ, the
notion of self as opposed to friends
being prominent. See note on
I. iv. 9.

[16] ὥσπερ οὐκ ἐπὶ σοὶ ὄν. See I.
ii. 20. Here ἐπὶ σοί is "in your
power."

[17] Μὰ Δἴ οὐχ. Sc. οὐκ ἐπὶ μοί
ἐστιν ὅτι ἂν βούλωμαι περὶ σοῦ
λέγειν.

μένην· ἃ δὴ καὶ ἐγὼ[18] πεισθεὶς ὀρθῶς ἔχειν ἡγοῦμαι οὐκ ἐξεῖναί μοι περὶ σοῦ λέγειν ἐπαινοῦντι οὐδέν, ὅ,τι ἂν μὴ ἀληθεύω. 37. Σὺ μὲν[19] ἄρα, ἔφη ὁ Κριτό-βουλος, τοιοῦτός μοι φίλος εἶ, ὦ Σώκρατες, οἷος, ἂν μέν τι αὐτὸς ἔχω ἐπιτήδειον εἰς τὸ φίλους κτήσασθαι, συλλαμβάνειν μοι· εἰ δὲ μή, οὐκ ἂν ἐθέλοις πλάσας τι εἰπεῖν ἐπὶ τῇ ἐμῇ ὠφελείᾳ. Πότερα δ' ἄν, ἔφη ὁ Σωκράτης, ὦ Κριτόβουλε, δοκῶ σοι μᾶλλον ὠφελεῖν σε τὰ ψευδῆ ἐπαινῶν ἢ πείθων πειρᾶσθαί σε ἀγαθὸν ἄνδρα γενέσθαι; εἰ δὲ μὴ φανερὸν οὕτω σοι, ἐκ τῶνδε σκέψαι· 38. εἰ γάρ σε βουλόμενος φίλον ποιῆσαι ναυκλήρῳ ψευδόμενος ἐπαινοίην, φάσκων ἀγαθὸν εἶναι κυβερνήτην, ὁ δέ μοι πεισθεὶς ἐπιτρέψειέ σοι τὴν ναῦν μὴ ἐπισταμένῳ κυβερνᾶν, ἔχεις τινὰ ἐλπίδα μὴ ἂν σαυτόν τε καὶ τὴν ναῦν ἀπολέσαι; ἢ εἴ σοι πείσαιμι κοινῇ τὴν πόλιν ψευδόμενος, ὡς ἂν στρατηγικῷ[20] τε καὶ δικαστικῷ καὶ πολιτικῷ, ἑαυτὴν ἐπιτρέψαι, τί ἂν οἴει σεαυτὸν καὶ τὴν πόλιν ὑπὸ σοῦ[21] παθεῖν; ἢ εἴ τινας ἰδίᾳ τῶν πολιτῶν πείσαιμι ψευδόμενος, ὡς ὄντι οἰκονομικῷ τε καὶ ἐπιμελεῖ, τὰ ἑαυτῶν ἐπιτρέψαι, ἆρ' οὐκ ἂν πεῖραν διδοὺς ἅμα τε βλαβερὸς εἴης καὶ καταγέλαστος φαίνοιο; 39. ἀλλὰ συντομωτάτη τε καὶ ἀσφαλεστάτη καὶ καλλίστη ὁδός, ὦ Κριτό-βουλε, ὅ,τι ἂν βούλῃ δοκεῖν ἀγαθὸς εἶναι, τοῦτο καὶ γενέσθαι ἀγαθὸν πειρᾶσθαι. Ὅσαι δ' ἐν ἀνθρώποις ἀρεταὶ λέγονται, σκοπούμενος εὑρήσεις πάσας μαθήσει τε καὶ μελέτῃ αὐξανομένας. Ἐγὼ μὲν οὖν, ὦ Κριτό-

---

[18] ἃ δὴ καὶ ἐγώ. "Which of course (δή) I being persuaded of, as well as they." Below, in ὅτι ἂν μὴ ἀληθεύω, ὅτι is really a cognate accusative.

[19] Σὺ μέν. Nothing answers to this μέν. Below, ἂν μέν τι ἔχω and εἰ δὲ μή correspond. Cf. III. ix. 11, ἂν μὲν αὐτοὶ ἡγῶνται,

followed by εἰ δὲ μή instead of ἐὰν δὲ μή.

[20] ὡς ἂν στρατηγικῷ. For this see note on III. vi. 4 under ὡς ἂν τότε.

[21] ὑπὸ σοῦ. The construction is that of a passive verb, to which παθεῖν is virtually equivalent. So θνήσκειν ὑπό τινος is common.

βουλε, οὕτως οἶμαι δεῖν ἡμᾶς θηρᾶσθαι· εἰ δὲ σύ πως
ἄλλως γιγνώσκεις, δίδασκε. Καὶ ὁ Κριτόβουλος· Ἀλλ᾽
αἰσχυνοίμην ἄν, ἔφη, ὦ Σώκρατες, ἀντιλέγων τούτοις·
οὔτε γὰρ καλὰ οὔτε ἀληθῆ λέγοιμ᾽ ἄν.

CHAPTER VII.

1. Καὶ μὴν τὰς ἀπορίας γε τῶν φίλων τὰς μὲν[22] δι᾽
ἄγνοιαν ἐπειρᾶτο γνώμῃ ἀκεῖσθαι, τὰς δὲ δι᾽ ἔνδειαν δι-
δάσκων κατὰ δύναμιν ἀλλήλοις ἐπαρκεῖν. Ἐρῶ δὲ
καὶ ἐν τούτοις ἃ σύνοιδα αὐτῷ[23]. Ἀρίσταρχον γάρ
ποτε ὁρῶν σκυθρωπῶς ἔχοντα· Ἔοικας, ἔφη, ὦ Ἀρίσ-
ταρχε, βαρέως φέρειν τι· χρὴ δὲ τοῦ βάρους μεταδι-
δόναι τοῖς φίλοις· ἴσως γὰρ ἄν τί σε καὶ ἡμεῖς κουφί-
σαιμεν. Καὶ ὁ Ἀρίσταρχος· 2. Ἀλλὰ μήν, ἔφη, ὦ
Σώκρατες, ἐν πολλῇ γέ εἰμι ἀπορίᾳ· ἐπεὶ γὰρ ἐστα-
σίασεν[24] ἡ πόλις, πολλῶν φυγόντων εἰς τὸν Πειραιᾶ,
συνεληλύθασιν ὡς ἐμὲ καταλελειμμέναι ἀδελφαί τε καὶ
ἀδελφιδαῖ καὶ ἀνεψιαὶ τοσαῦται, ὥστ᾽ εἶναι[25] ἐν τῇ

[22] τὰς ἀπορίας..τὰς μέν. This
is a common form instead of τῶν
ἀποριῶν τὰς μέν. Cf. Soph. Antig.
21, οὐ γὰρ τάφου νῷν τὼ·κασιγνήτω
Κρέων, τὸν μὲν προτίσας, τὸν δ᾽
ἀτιμάσας ἔχει.
[23] ἃ σύνοιδα αὐτῷ. "What I
know him to have said," not
necessarily, I think, implying that
Xenophon was present at the
conversation, although some be-
lieve that it does. Below, καὶ
ἡμεῖς is "even we."
[24] ἐπεὶ γὰρ ἐστασίασεν. This
refers to the period of the Thirty
Tyrants, when Thrasybulus moved
from Phyle to Peiræus, and was
joined by many adherents from

the upper city.
[25] ὥστ᾽ εἶναι. In an earlier
note on the difference between
ὥστε with the infinitive and indi-
cative, I said that ὥστε with an
infinitive only expressed the capa-
bility of an event occurring as a
consequence of something pre-
viously stated. But it does not
exclude the actual occurrence of
the event, although it does not
state it. Here, for instance, Aris-
tarchus must mean that his house
was actually full, not, as an ab-
stract fact, that there were enough
to fill it. In the next words τοὺς
ἐλευθέρους is the subject, and
τεσσαρεσκαίδεκα (a somewhat un-

οἰκίᾳ τεσσαρεσκαίδεκα τοὺς ἐλευθέρους· λαμβάνομεν δὲ
οὔτε ἐκ τῆς γῆς οὐδέν· οἱ γὰρ ἐναντίοι κρατοῦσιν αὐτῆς·
οὔτε ἀπὸ τῶν οἰκιῶν· ὀλιγανθρωπία γὰρ ἐν τῷ ἄστει
γέγονε· τὰ ἔπιπλα δὲ οὐδεὶς ὠνεῖται, οὐδὲ δανείσασθαι
οὐδαμόθεν ἔστιν ἀργύριον, ἀλλὰ πρότερον ἄν τίς μοι
δοκεῖ ἐν τῇ ὁδῷ ζητῶν εὑρεῖν ἢ δανειζόμενος λαβεῖν.
Χαλεπὸν μὲν οὖν ἐστιν, ὦ Σώκρατες, τοὺς οἰκείους
περιορᾶν ἀπολλυμένους, ἀδύνατον δὲ τοσούτους τρέφειν
ἐν τοιούτοις πράγμασιν. 3. Ἀκούσας οὖν ταῦτα ὁ
Σωκράτης· Τί ποτέ ἐστιν, ἔφη, ὅτι ὁ Κεράμων μὲν
πολλοὺς τρέφων οὐ μόνον ἑαυτῷ τε καὶ τούτοις τὰ
ἐπιτήδεια δύναται παρέχειν, ἀλλὰ καὶ περιποιεῖται
τοσαῦτα, ὥστε καὶ πλουτεῖν[26], σὺ δὲ πολλοὺς τρέφων
δέδοικας, μὴ δι᾽ ἔνδειαν τῶν ἐπιτηδείων ἅπαντες ἀπό-
λησθε; Ὅτι νὴ Δί᾽[27], ἔφη, ὁ μὲν δούλους τρέφει, ἐγὼ δὲ
ἐλευθέρους. 4. Καὶ πότερον, ἔφη, τοὺς παρὰ σοὶ ἐλευ-
θέρους οἴει βελτίους εἶναι ἢ τοὺς παρὰ Κεράμωνι δού-
λους; Ἐγὼ μὲν οἶμαι, ἔφη, τοὺς παρὰ ἐμοὶ ἐλευθέρους.
Οὔκουν, ἔφη, αἰσχρὸν τὸν μὲν ἀπὸ τῶν πονηροτέρων
εὐπορεῖν, σὲ δὲ πολλῷ βελτίους ἔχοντα ἐν ἀπορίαις
εἶναι; Νὴ Δί᾽, ἔφη· ὁ μὲν γὰρ τεχνίτας τρέφει, ἐγὼ δὲ
ἐλευθερίως πεπαιδευμένους. 5. Ἀρ᾽ οὖν, ἔφη, τεχνῖ-
ταί εἰσιν οἱ χρήσιμόν τι ποιεῖν ἐπιστάμενοι; Μάλιστά
γε, ἔφη. Οὐκοῦν χρήσιμά γ᾽ ἄλφιτα; Σφόδρα γε. Τί
δὲ ἄρτοι; Οὐδὲν ἧττον. Τί γάρ; ἔφη, ἱμάτιά τε
ἀνδρεῖα καὶ γυναικεῖα καὶ χιτωνίσκοι καὶ χλαμύδες καὶ
ἐξωμίδες; Σφόδρα γε, ἔφη, καὶ πάντα ταῦτα χρήσιμα.

---

usual use for τεσσαρασκαίδεκα)
the predicate: "the free persons
were fourteen."

26 ὥστε καὶ πλουτεῖν. "As to
be quite rich."

27 νὴ Δί᾽, ἔφη. Some of the
commentators alter this to μὰ Δία,
the usual form in negative replies.

Cf. I. iv. 9, Μὰ Δί᾽ οὐ γὰρ ὁρῶ
τοὺς κυρίους. Here, at first sight,
the sense appears to be, "No, it
is no disgrace," &c., where μὰ
Δία would be usual. But per-
haps the meaning is, "well, of
course he is well off," inferred
from the previous words.

Ἔπειτα, ἔφη, οἱ παρὰ σοὶ τούτων οὐδὲν ἐπίστανται
ποιεῖν; Πάντα μὲν οὖν²⁸, ὡς ἐγῷμαι. 6. Εἶτ᾽ οὐκ
οἶσθα, ὅτι ἀφ᾽ ἑνὸς μὲν τούτων, ἀλφιτοποιίας, Ναυσι-
κύδης οὐ μόνον ἑαυτόν τε καὶ τοὺς οἰκέτας τρέφει ἀλλὰ
πρὸς τούτοις καὶ ὗς πολλὰς καὶ βοῦς, καὶ περιποιεῖται
τοσαῦτα, ὥστε καὶ τῇ πόλει πολλάκις λειτουργεῖν²⁹,
ἀπὸ δὲ ἀρτοποιίας Κύρηβος τήν τε οἰκίαν πᾶσαν δια-
τρέφει καὶ ζῇ δαψιλῶς, Δημέας δὲ ὁ Κολλυτεὺς³⁰ ἀπὸ
χλαμυδουργίας, Μένων δ᾽ ἀπὸ χλανιδοποιίας, Μεγα-
ρέων δ᾽ οἱ πλεῖστοι ἀπὸ ἐξωμιδοποιίας διατρέφονται;
Νὴ Δί᾽, ἔφη· οὗτοι μὲν γὰρ ὠνούμενοι βαρβάρους ἀνθρώ-
πους ἔχουσιν, ὥστ᾽ ἀναγκάζειν ἐργάζεσθαι ἃ καλῶς
ἔχει, ἐγὼ δ᾽ ἐλευθέρους τε καὶ συγγενεῖς. 7. Ἔπειτ᾽,
ἔφη, ὅτι ἐλεύθεροί τ᾽ εἰσὶ καὶ συγγενεῖς σοι, οἴει χρῆναι
μηδὲν αὐτοὺς ποιεῖν ἄλλο ἢ ἐσθίειν καὶ καθεύδειν; πό-
τερον καὶ τῶν ἄλλων ἐλευθέρων τοὺς οὕτω ζῶντας ἄμει-
νον διάγοντας ὁρᾷς καὶ μᾶλλον εὐδαιμονίζεις, ἢ τούς, ἃ
ἐπίστανται χρήσιμα πρὸς τὸν βίον, τούτων ἐπιμελομέ-
νους; ἢ τὴν μὲν ἀργίαν καὶ τὴν ἀμέλειαν αἰσθάνῃ τοῖς
ἀνθρώποις πρός τε τὸ μαθεῖν ἃ προσήκει ἐπίστασθαι
καὶ πρὸς τὸ μνημονεύειν ἃ ἂν μάθωσι καὶ πρὸς τὸ
ὑγιαίνειν τε καὶ ἰσχύειν τοῖς σώμασι καὶ πρὸς τὸ
κτήσασθαί τε καὶ σώζειν τὰ χρήσιμα πρὸς τὸν βίον
ὠφέλιμα ὄντα³¹, τὴν δὲ ἐργασίαν καὶ τὴν ἐπιμέλειαν

²⁸ Πάντα μὲν οὖν. "Nay, they
know all." Μὲν οὖν is often cor-
rective of a person's statement.
Cf. Plato, Crito 44 B, ὡς ἄτοπον
τὸ ἐνύπνιον. Ἐναργὲς μὲν οὖν,
"nay rather," &c.
²⁹ ὥστε καὶ .. λειτουργεῖν. Nau-
sicydes was not only able to main-
tain his family, but also (καί) to
undertake certain public burdens,
such as trierarchies, &c. See
Smith's Dict. of Antiq. under
λειτουργία.

³⁰ ὁ Κολλυτεύς. Collytus was
one of the δῆμοι of Attica. It was
in the centre of Athens, near the
Agora and Pnyx.
³¹ ὠφέλιμα ὄντα. This neuter,
after τὴν ἀργίαν and τὴν ἀμέλειαν,
is to be explained in very much
the same way as χρησιμώτερον
νομίζουσι χρήματα ἢ ἀδελφούς (II.
iii. 1), where see the note. The
sense is, "you notice idleness and
carelessness to be useful things."

οὐδὲν χρήσιμα; 8. ἔμαθον δὲ [32] ἃ φῇς αὐτὰς ἐπίστασ-
θαι πότερον ὡς οὔτε χρήσιμα ὄντα πρὸς τὸν βίον οὔτε
ποιήσουσαι αὐτῶν οὐδέν, ἢ τοὐναντίον, ὡς καὶ ἐπιμε-
λησόμεναι τούτων καὶ ὠφεληθησόμεναι ἀπ' αὐτῶν;
ποτέρως γὰρ ἂν μᾶλλον ἄνθρωποι σωφρονοῖεν, ἀργοῦν-
τες, ἢ τῶν χρησίμων ἐπιμελούμενοι; ποτέρως δ' ἂν
δικαιότεροι εἶεν, εἰ ἐργάζοιντο, ἢ εἰ ἀργοῦντες βουλεύ-
οιντο περὶ τῶν ἐπιτηδείων; 9. ἀλλὰ καὶ νῦν [33] μέν, ὡς
ἐγῷμαι, οὔτε σὺ ἐκείνας φιλεῖς οὔτε ἐκεῖναι σέ· σὺ μὲν
ἡγούμενος αὐτὰς ἐπιζημίους εἶναι σεαυτῷ, ἐκεῖναι δὲ σὲ
ὁρῶσαι ἀχθόμενον ἐφ' ἑαυταῖς. Ἐκ δὲ τούτων κίνδυνος
μείζω τε ἀπέχθειαν γίγνεσθαι [34] καὶ τὴν προγεγονυῖαν
χάριν μειοῦσθαι. Ἐὰν δὲ προστατήσῃς, ὅπως ἐνεργοὶ
ὦσι, σὺ μὲν ἐκείνας φιλήσεις, ὁρῶν [35] ὠφελίμους σεαυτῷ
οὔσας, ἐκεῖναι δὲ σὲ ἀγαπήσουσιν, αἰσθόμεναι χαίροντά
σε αὐταῖς, τῶν δὲ προγεγονυιῶν εὐεργεσιῶν ἥδιον με-
μνημένοι τὴν ἀπ' ἐκείνων [36] χάριν αὐξήσετε καὶ ἐκ τού-
των φιλικώτερόν τε καὶ οἰκειότερον ἀλλήλοις ἕξετε.
10. Εἰ μὲν τοίνυν αἰσχρόν τι ἔμελλον ἐργάσασθαι,
θάνατον ἀντ' αὐτοῦ προαιρετέον ἦν· νῦν δὲ ἃ μὲν δοκεῖ
κάλλιστα καὶ πρεπωδέστερα [37] γυναικὶ εἶναι ἐπίστανται

---

[32] ἔμαθον δέ. The construction
is πότερον δὲ ἔμαθον ταῦτα ἃ φῇς
..... ὡς οὔτε ὄντα χρήσιμα ...
οὔτε ὡς (αὐταὶ) ποιήσουσαι, κ.τ.λ.,
where of course ὄντα is the accu-
sative agreeing with the object,
and ποιήσουσαι the nominative
agreeing with the subject, of
ἔμαθον.

[33] ἀλλὰ καὶ νῦν "But over
and above this (καὶ) in your pre-
sent circumstances."

[34] γίγνεσθαι. The infinitive
depends on κίνδυνος. Cf. Xen.
Anab. V. i. 6, κίνδυνος οὖν πολ-
λοὺς ἀπόλλυσθαι. A more usual
construction is μή and the sub-

junctive or optative.

[35] ὁρῶν. The present partici-
ple, "while seeing;" αἰσθομένας
the aorist, "when they have no-
ticed that you are pleased with
them."

[36] τὴν ἀπ' ἐκείνων. Sc. εὐερ-
γεσιῶν. There is no opposition
here between ἐκείνων and τούτων:
for ἐκ τούτων only means "in con-
sequence of this." Below, for
προαιρετέον ἦν without ἄν, see
a note on I. iii. 3 under καλῶς
ἔχειν.

[37] πρεπωδέστερα. "More suited
for a woman (than anything else)."

ὡς ἔοικε· πάντες δὲ ἃ ἐπίστανται ῥᾷστά τε καὶ τάχιστα
καὶ κάλλιστα καὶ ἥδιστα ἐργάζονται. Μὴ οὖν ὄκνει,
ἔφη, ταῦτα εἰσηγεῖσθαι αὐταῖς, ἅ σοί τε λυσιτελεῖ κἀκεί-
ναις, καί, ὡς εἰκός, ἡδέως ὑπακούσονται. 11. Ἀλλά,
νὴ τοὺς θεούς, ἔφη ὁ Ἀρίσταρχος, οὕτως μοι δοκεῖς
καλῶς λέγειν, ὦ Σώκρατες, ὥστε πρόσθεν μὲν οὐ
προσιέμην δανείσασθαι, εἰδώς, ὅτι ἀναλώσας ὅ,τι ἂν
λάβω οὐχ ἕξω ἀποδοῦναι, νῦν δέ μοι δοκῶ ³⁸ εἰς ἔργων
ἀφορμὴν ὑπομένειν αὐτὸ ποιῆσαι.

12. Ἐκ τούτων δὲ ἐπορίσθη μὲν ἀφορμή, ἐωνήθη ³⁹
δὲ ἔρια· καὶ ἐργαζόμεναι ⁴⁰ μὲν ἠρίστων, ἐργασάμεναι
δὲ ἐδείπνουν, ἱλαραὶ δὲ ἀντὶ σκυθρωπῶν ἦσαν· καὶ ἀντὶ
ὑφορωμένων ἑαυτὰς ⁴¹ ἡδέως ἀλλήλας ἑώρων· καὶ αἱ
μὲν ὡς κηδεμόνα ἐφίλουν ⁴², ὁ δὲ ὡς ὠφελίμους ἠγάπα.
Τέλος δὲ ἐλθὼν πρὸς τὸν Σωκράτην χαίρων διηγεῖτο
ταῦτά τε καὶ ὅτι αἰτιῶνται αὐτὸν μόνον τῶν ἐν τῇ οἰκίᾳ
ἀργὸν ἐσθίειν. 13. Καὶ ὁ Σωκράτης ἔφη· Εἶτα οὐ
λέγεις αὐταῖς τὸν τοῦ κυνὸς λόγον; φασὶ γάρ, ὅτε
φωνήεντα ἦν τὰ ζῷα, τὴν οἶν πρὸς τὸν δεσπότην εἰπεῖν·
Θαυμαστὸν ποιεῖς, ὃς ἡμῖν μὲν ταῖς καὶ ἔριά σοι καὶ
ἄρνας καὶ τυρὸν παρεχούσαις οὐδὲν δίδως, ὅ,τι ἂν μὴ

³⁸ νῦν δέ μοι δοκῶ. The con-
struction is νῦν δέ μοι δοκεῖ ὑπομέ-
νειν ποιῆσαι αὐτὸ (sc. δανείσασθαι)
εἰς ἀφορμήν (as a groundwork,
starting-point for).

³⁹ ἐωνήθη. The word is used
passively, although ὠνέομαι is a
deponent verb. Cf. Plato de Leg.
850 A, τὸ δὲ ὠνηθὲν ἢ πραθέν.

⁴⁰ ἐργαζόμεναι. The difference
in the tenses is to be noticed :
Aristarchus' kinswomen worked
at breakfast, and dined after work
was over.

⁴¹ ἀντὶ ὑφορωμένων ἑαυτάς.
"Instead of (being) persons re-
garding each other with suspi-
cion." For ἑαυτάς and ἀλλήλας

see II. vi. 20.

⁴² ἐφίλουν. Φιλεῖν and ἀγαπᾶν
are no doubt used in their distinc-
tive senses. The former implies
a warm passionate love ; the latter
a kindly regard, the sentiment
Aristarchus would naturally feel
for his kinswomen. Hence the
common use of ἀγαπᾶν in the
sense of " to be content with any
thing." Below, αἰτιῶνται might
have been in the optative mood
after διηγεῖτο, but the words run
as though they were a direct re-
lation of facts not depending on a
verb of narration. Cf. Thucyd.
iv. 12, ἔγνω ὅτι οἱ Ἀθηναῖοι οὐδὲν
ἐνδώσουσιν.

ἐκ τῆς γῆς λάβωμεν, τῷ δὲ κυνί, ὃς οὐδὲν τοιοῦτόν σοι παρέχει, μεταδίδως οὗπερ αὐτὸς ἔχεις σίτου. 14. Τὸν κύνα οὖν ἀκούσαντα εἰπεῖν· Ναὶ μὰ Δία⁴³· ἐγὼ γάρ εἰμι ὁ καὶ ὑμᾶς⁴⁴ αὐτὰς σώζων, ὥστε μήτε ὑπ᾽ ἀνθρώπων κλέπτεσθαι μήτε ὑπὸ λύκων ἁρπάζεσθαι, ἐπεὶ ὑμεῖς γε, εἰ μὴ ἐγὼ προφυλάττοιμι ὑμᾶς, οὐδ᾽ ἂν νέμεσθαι δύναισθε, φοβούμεναι, μὴ ἀπόλησθε. Οὕτω δὴ λέγεται καὶ τὰ πρόβατα συγχωρῆσαι τὸν κύνα προτιμᾶσθαι. Καὶ σὺ οὖν ἐκείναις λέγε, ὅτι ἀντὶ κυνὸς εἶ φύλαξ καὶ ἐπιμελητής, καὶ διὰ σὲ οὐδ᾽ ὑφ᾽ ἑνὸς ἀδικούμεναι ἀσφαλῶς τε καὶ ἡδέως ἐργαζόμεναι ζῶσιν.

CHAPTER VIII.

1. Ἄλλον δέ ποτε ἀρχαῖον ἑταῖρον διὰ χρόνου ἰδών, Πόθεν, ἔφη, Εὔθηρε, φαίνῃ; Ὑπὸ μὲν τὴν κατάλυσιν⁴⁵ τοῦ πολέμου, ἔφη, ὦ Σώκρατες, ἐκ τῆς ἀποδημίας, νυνὶ μέντοι⁴⁶ αὐτόθεν⁴⁷· ἐπειδὴ γὰρ ἀφῃρέθημεν τὰ ἐν τῇ ὑπερορίᾳ κτήματα, ἐν δὲ τῇ Ἀττικῇ ὁ πατήρ μοι οὐδὲν

---

⁴³ Ναὶ μὰ Δία. "Yes by Jupiter (our master is right), for." This is not the reply to any question, or νὴ Δία would have been found, no doubt, as usual.
⁴⁴ καὶ ὑμᾶς. "Yourselves as well as your wool," &c. Below, in μὴ ἀπόλησθε, the subjunctive gives a less hypothetical view of the matter than ἀπόλοισθε would, and so puts the risk of perishing more vividly forward, as certain to occur if the sheep were left without the dog. Kühner quotes Anab. I. iii. 17, ὀκνοίην ἂν μὴ ἡμᾶς καταδύσῃ.
⁴⁵ τὴν κατάλυσιν. This refers to the end of the Peloponnesian war, when the Spartans granted peace to the Athenians on condition of evacuating all the foreign possessions of the state, and confining themselves within the limits of their own territory.
⁴⁶ μέντοι. This corresponds to ὑπὸ μὲν, κ.τ.λ. Αὐτόθεν is "from the city." Cf. Plato de Rep. 567 E, τοὺς δὲ αὐτόθεν, opposed to τοὺς ξενικούς. For the case of ἔχοντα see I. i. 9.
⁴⁷ αὐτόθεν. The meaning is not the same as above. Here it is "at once," "from this very moment." Cf. Plato, Symp. 213 A, ἀλλά μοι λέγετε αὐτόθεν.

κατέλιπεν, ἀναγκάζομαι νῦν ἐπιδημήσας τῷ σώματι
ἐργαζόμενος τὰ ἐπιτήδειά πορίζεσθαι· δοκεῖ δέ μοι
τοῦτο κρεῖττον εἶναι ἢ δέεσθαί τινος ἀνθρώπων, ἄλλως
τε καὶ μηδὲν ἔχοντα ἐφ' ὅτῳ ἂν δανειζοίμην. 2. Καὶ
πόσον χρόνον οἴει σοι, ἔφη, τὸ σῶμα ἱκανὸν εἶναι
μισθοῦ τὰ ἐπιτήδεια ἐργάζεσθαι; Μὰ τὸν Δί', ἔφη, οὐ
πολὺν χρόνον. Καὶ μήν, ἔφη, ὅταν γε πρεσβύτερος
γένῃ, δῆλον, ὅτι δαπάνης μὲν δεήσῃ, μισθὸν δὲ οὐδείς
σοι θελήσει τῶν τοῦ σώματος ἔργων διδόναι. 3. Ἀληθῆ
λέγεις, ἔφη. Οὐκοῦν, ἔφη, κρεῖττόν ἐστιν αὐτόθεν τοῖς
τοιούτοις τῶν ἔργων ἐπιτίθεσθαι, ἃ καὶ πρεσβυτέρῳ
γενομένῳ ἐπαρκέσει, καὶ προσελθόντα τῳ τῶν πλείονα
χρήματα κεκτημένων, τῷ δεομένῳ[48] τοῦ συνεπιμελη-
σομένου, ἔργων τε ἐπιστατοῦντα καὶ συγκομίζοντα
καρποὺς καὶ συμφυλάττοντα τὴν οὐσίαν ὠφελοῦντα
ἀντωφελεῖσθαι. 4. Χαλεπῶς ἄν, ἔφη, ἐγώ, ὦ Σώ-
κρατες, δουλείαν ὑπομείναιμι. Καὶ μὴν οἵ γε ἐν ταῖς
πόλεσι προστατεύοντες καὶ τῶν δημοσίων ἐπιμελό-
μενοι οὐ δουλοπρεπέστεροι ἕνεκα τούτου, ἀλλ' ἐλευ-
θεριώτεροι νομίζονται. 5. Ὅλως μήν, ἔφη, ὦ Σώ-
κρατες, τὸ ὑπαίτιον εἶναί τινι οὐ πάνυ προσίεμαι. Καὶ
μήν, ἔφη, Εὔθηρε, οὐ πάνυ γε ῥᾴδιόν ἐστιν εὑρεῖν
ἔργον, ἐφ' ᾧ οὐκ ἄν τις αἰτίαν ἔχοι· χαλεπὸν γὰρ οὕτω
τι ποιῆσαι, ὥστε μηδὲν ἁμαρτεῖν, χαλεπὸν δὲ καὶ ἀνα-
μαρτήτως τι ποιήσαντα μὴ ἀγνώμονι κριτῇ περιτυχεῖν,
ἐπεὶ καὶ οἷς νῦν ἐργάζεσθαι[49] φῄς, θαυμάζω εἰ ῥᾴδιόν
ἐστιν ἀνέγκλητον διαγίνεσθαι. 6. Χρὴ οὖν πειρᾶσθαι
τούς τε φιλαιτίους φεύγειν καὶ τοὺς εὐγνώμονας διώκειν
καὶ τῶν πραγμάτων ὅσα μὲν δύνασαι ποιεῖν ὑπομένειν,

---

[48] τῷ δεομένῳ. "Who wants
some one to help him in looking
after his property." Cf. II. ii. 4,
τούτου γε τῶν ἀπολυσόντων μεσταὶ
μὲν αἱ ὁδοί.

[49] οἷς νῦν ἐργάζεσθαι. "Blame-
less in those matters at which you
say you work." Below, τούτων,
the plural, follows the singular
ὅτι.

ὅσα δὲ μὴ δύνασαι φυλάττεσθαι, ὅ,τι δ' ἂν πράττῃς, τούτων ὡς κάλλιστα καὶ προθυμότατα ἐπιμελεῖσθαι· οὕτω γὰρ ἥκιστα μέν σε οἶμαι ἐν αἰτίᾳ εἶναι, μάλιστα δὲ τῇ ἀπορίᾳ βοήθειαν εὑρεῖν, ῥᾷστα δὲ καὶ ἀκινδυνότατα ζῆν καὶ εἰς τὸ γῆρας διαρκέστατα.

CHAPTER IX.

1. Οἶδα δέ ποτε αὐτὸν καὶ Κρίτωνος ἀκούσαντα, ὡς χαλεπὸν ὁ βίος [50] Ἀθήνῃσιν εἴη ἀνδρὶ βουλομένῳ τὰ ἑαυτοῦ πράττειν. Νῦν γάρ, ἔφη, ἐμέ τινες εἰς δίκας ἄγουσιν, οὐχ ὅτι ἀδικοῦνται ὑπ' ἐμοῦ, ἀλλ' ὅτι νομίζουσιν ἥδιον ἄν με ἀργύριον τελέσαι ἢ πράγματα ἔχειν. Καὶ ὁ Σωκράτης· 2. Εἰπέ μοι, ἔφη, ὦ Κρίτων, κύνας δὲ τρέφεις, ἵνα σοι τοὺς λύκους ἀπὸ τῶν προβάτων ἀπερύκωσι; Καὶ μάλα, ἔφη· μᾶλλον γάρ μοι λυσιτελεῖ τρέφειν ἢ μή. Οὐκ ἂν οὖν θρέψαις καὶ ἄνδρα, ὅστις ἐθέλοι τε καὶ δύναιτό σου ἀπερύκειν τοὺς ἐπιχειροῦντας ἀδικεῖν σε; Ἡδέως γ' ἄν, ἔφη, εἰ μὴ φοβοίμην, ὅπως μὴ [51] ἐπ' αὐτόν με τράποιτο. 3. Τί δ' ; ἔφη, οὐχ ὁρᾷς, ὅτι πολλῷ ἥδιόν ἐστι χαριζόμενον οἵῳ σοὶ ἀνδρὶ [52] ἢ ἀπεχθόμενον ὠφελεῖσθαι; εὖ ἴσθι, ὅτι εἰσὶν ἐνθάδε τῶν τοιούτων [53] ἀνδρῶν οἳ πάνυ ἂν φιλοτιμηθεῖεν φίλῳ σοι χρῆσθαι.

4. Καὶ ἐκ τούτων ἀνευρίσκουσιν Ἀρχέδημον, πάνυ

---

[50] χαλεπὸν ὁ βίος. Cf. II. iii. 1.

[51] φοβοίμην, ὅπως μή. This is a less common construction than μή alone. Cf. Demosth. Philip. iii. p. 130, δέδοικα ὅπως μὴ πάντα ἅμα ποιεῖν ἡμῖν ἀνάγκη γένηται.

[52] οἵῳ σοὶ ἀνδρί. This is a common attraction, for οἷος εἶ σύ. Cf. Plato, Symp. 220 B, καί ποτε ὄντος πάγου οἵου δεινοτάτου. This is very similar to the attraction usual with ὥσπερ. Cf. also IV. viii. 2, οἷον ὑγίειαν ἢ ῥώμην.

[53] τῶν τοιούτων. The genitive depends on οἵ.

μὲν ἱκανὸν εἰπεῖν τε καὶ πρᾶξαι, πένητα δέ· οὐ γὰρ ἦν
οἷος ἀπὸ παντὸς κερδαίνειν, ἀλλά, φιλόχρηστός τε καὶ
εὐφυέστερος ὢν⁵⁴ ἀπὸ τῶν συκοφαντῶν λαμβάνειν.
Τούτῳ οὖν ὁ Κρίτων, ὁπότε συγκομίζοι ἢ σῖτον ἢ
ἔλαιον ἢ οἶνον ἢ ἔρια ἢ ἄλλο τι τῶν ἐν ἀγρῷ γιγνο-
μένων χρησίμων πρὸς τὸν βίον, ἀφελὼν ἔδωκε⁵⁵, καὶ
ὁπότε θύοι, ἐκάλει, καὶ τὰ τοιαῦτα πάντα ἐπεμελεῖτο.
5. Νομίσας δὲ ὁ Ἀρχέδημος ἀποστροφήν οἱ τὸν Κρί-
τωνος οἶκον μάλα περιεῖπεν αὐτόν· καὶ εὐθὺς τῶν συκο-
φαντούντων τὸν Κρίτωνα ἀνευρήκει⁵⁶ πολλὰ μὲν ἀδι-
κήματα, πολλοὺς δὲ ἐχθρούς, καὶ προσεκαλέσατο εἰς
δίκην δημοσίαν⁵⁷, ἐν ᾗ αὐτὸν ἔδει κριθῆναι, ὅ,τι δεῖ
παθεῖν ἢ ἀποτῖσαι. 6. Ὁ δέ, συνειδὼς αὐτῷ πολλὰ
καὶ πονηρά, πάντ' ἐποίει, ὥστε ἀπαλλαγῆναι τοῦ
Ἀρχεδήμου. Ὁ δὲ Ἀρχέδημος οὐκ ἀπηλλάττετο, ἕως
τόν τε Κρίτωνα ἀφῆκε καὶ αὐτῷ⁵⁸ χρήματα ἔδωκεν.
7. Ἐπεὶ δὲ τοῦτό τε καὶ ἄλλα τοιαῦτα ὁ Ἀρχέδημος
διεπράξατο, ἤδη τότε, ὥσπερ, ὅταν νομεὺς ἀγαθὸν κύνα

⁵⁴ εὐφυέστερος ὤν. "Unusually well fitted to get money out of the informers." Archedêmus turned the tables on these people, and instead of letting Crito be attacked, he attacked them. The comparative is often used in this sense, of possessing a certain quality more than most persons. It also has the sense of "more than is right." Cf. Thucyd. viii. 84, ὁ δὲ αὐθαδέστερόν τέ τι ἀπεκρίνατο, "in too self-willed a manner."

⁵⁵ ἔδωκε. Kühner inserts ἄν in the text, because, he says, that after ὁπότε, ὅτε, κ.τ.λ., the imperfect is used with or without ἄν to express what generally happens, but the aorist requires ἄν. So Anab. II. iii. 11, εἴ τις αὐτῷ δοκοίη, ἔπαισεν ἄν. But I have not followed his reading, because I am not absolutely certain that the aorist is never used without ἄν.

⁵⁶ ἀνευρήκει. The pluperfect seems used to express the quickness of Archedêmus' discovery: "he in a moment discovered;" a moment had barely passed and he had found out what he did find. Sauppe compares Cyrop. I. iv. 5, ταχὺ δὲ καὶ τὰ ἐν τῷ παραδείσῳ θηρία ἀνηλώκει.

⁵⁷ δίκην δημοσίαν. That is, γραφήν, a criminal prosecution (not a private action), where the penalty would be bodily punishment (παθεῖν) or a fine paid (ἀποτῖσαι). Below, the reason of the difference in the tenses in ἀπαλλαγῆναι and ἀπηλλάττετο is obvious.

⁵⁸ αὐτῷ. Sc. to Archedêmus.

ἔχῃ. καὶ οἱ ἄλλοι νομεῖς βούλονται πλησίον αὐτοῦ τὰς
ἀγέλας ἱστάναι, ἵνα τοῦ κυνὸς ἀπολαύωσιν, οὕτω καὶ
Κρίτωνος πολλοὶ τῶν φίλων ἐδέοντο καὶ σφίσι παρ-
έχειν φύλακα τὸν Ἀρχέδημον. 8. Ὁ δὲ Ἀρχέδημος
τῷ Κρίτωνι ἡδέως ἐχαρίζετο, καὶ οὐχ ὅτι[59] μόνος ὁ
Κρίτων ἐν ἡσυχίᾳ ἦν, ἀλλὰ καὶ οἱ φίλοι αὐτοῦ· εἰ δέ
τις αὐτῷ τούτων, οἷς ἀπήχθετο, ὀνειδίζοι, ὡς ὑπὸ
Κρίτωνος ὠφελούμενος κολακεύοι αὐτόν· Πότερον οὖν,
ἔφη ὁ Ἀρχέδημος, αἰσχρόν ἐστιν εὐεργετούμενον ὑπὸ
χρηστῶν ἀνθρώπων καὶ ἀντευεργετοῦντα τοὺς μὲν
τοιούτους φίλους ποιεῖσθαι, τοῖς δὲ πονηροῖς διαφέρεσ-
θαι, ἢ τοὺς μὲν καλοὺς κἀγαθοὺς ἀδικεῖν πειρώμενον
ἐχθροὺς ποιεῖσθαι, τοῖς δὲ πονηροῖς συνεργοῦντα πει-
ρᾶσθαι φίλους ποιεῖσθαι καὶ χρῆσθαι τούτοις ἀντ᾽
ἐκείνων; ἐκ δὲ τούτου εἷς τε τῶν Κρίτωνος φίλων
Ἀρχέδημος ἦν καὶ ὑπὸ τῶν ἄλλων Κρίτωνος φίλων
ἐτιμᾶτο.

CHAPTER X.

1. Οἶδα δὲ καὶ Διοδώρῳ αὐτὸν ἑταίρῳ ὄντι τοιάδε
διαλεχθέντα· Εἰπέ μοι, ἔφη, ὦ Διοδώρε, ἄν τίς σοι[60]
τῶν οἰκετῶν ἀποδρᾷ, ἐπιμελῇ, ὅπως ἀνακομίσῃ; 2.
Καὶ ἄλλους γε νὴ Δί᾽, ἔφη, παρακαλῶ, σῶστρα τούτοι
ἀνακηρύσσων. Τί γάρ; ἔφη, ἐάν τίς σοι κάμνῃ τῶι
οἰκετῶν, τούτου ἐπιμελῇ καὶ παρακαλεῖς ἰατρούς, ὅμως
μὴ ἀποθάνῃ; Σφόδρα γ᾽, ἔφη. Εἰ δέ τίς σοι τῶν
γνωρίμων, ἔφη, πολὺ τῶν οἰκετῶν χρησιμώτερος ὤν,
κινδυνεύει δι᾽ ἔνδειαν ἀπολέσθαι, οὐκ οἴει σοι ἄξιον

---

[59] οὐχ ὅτι. Cf. I. vi. 11. The
full sentence here would be οὐ
λέγω ὅτι μόνος, κ.τ.λ. Cf. Plato,
Lys. 219 E, οὐχ ὅτι πολλάκις
λέγομεν, ἀλλά, κ.τ.λ.

[60] ἄν τίς σοι. "If you find
that any one runs away." The
dative is that of the indirect ob-
ject, or general relationship.

I

εἶναι ἐπιμεληθῆναι, ὅπως διασωθῇ; 3. καὶ μὴν⁶¹ οἶσθά γε, ὅτι οὐκ ἀγνώμων ἐστὶν Ἑρμογένης, αἰσχύνοιτο δ' ἄν, εἰ ὠφελούμενος ὑπὸ σοῦ μὴ ἀντωφελοίη σε· καίτοι τὸ ὑπηρέτην ἑκόντα τε καὶ εὔνουν καὶ παράμονον καὶ τὸ κελευόμενον ἱκανὸν ποιεῖν ἔχειν καὶ μὴ μόνον τὸ κελευόμενον ἱκανὸν ὄντα ποιεῖν, ἀλλὰ δυνάμενον καὶ ἀφ' ἑαυτοῦ χρήσιμον εἶναι καὶ προνοεῖν καὶ προβουλεύεσθαι πολλῶν οἰκετῶν οἶμαι ἀντάξιον εἶναι. 4. Οἱ μέντοι ἀγαθοὶ οἰκονόμοι, ὅταν τὸ πολλοῦ ἄξιον μικροῦ ἐξῇ πρίασθαι, τότε φασὶ δεῖν ὠνεῖσθαι· νῦν δὲ διὰ τὰ πράγματα⁶² εὐωνοτάτους ἔστι φίλους ἀγαθοὺς κτήσασθαι. 5. Καὶ ὁ Διόδωρος· Ἀλλὰ καλῶς γε, ἔφη, λέγεις, ὦ Σώκρατες, καὶ κέλευσον ἐλθεῖν ὡς ἐμὲ τὸν Ἑρμογένην. Μὰ Δί', ἔφη, οὐκ ἔγωγε· νομίζω γὰρ οὔτε σοὶ κάλλιον εἶναι τὸ καλέσαι ἐκεῖνον τοῦ αὐτὸν ἐλθεῖν⁶³ πρὸς ἐκεῖνον, οὔτε ἐκείνῳ μεῖζον ἀγαθὸν τὸ πραχθῆναι ταῦτα ἢ σοί. 6. Οὕτω δὴ ὁ Διόδωρος ᾤχετο πρὸς τὸν Ἑρμογένην καὶ οὐ πολὺ τελέσας ἐκτήσατο φίλον, ὃς ἔργον εἶχε σκοπεῖν, ὅ,τι ἂν ᾖ λέγων ἢ πράττων ὠφελοίη τε καὶ εὐφραίνοι Διόδωρον.

---

⁶¹ καὶ μήν. "And certainly;" not, I think, "and yet."

⁶² διὰ τὰ πράγματα. "Owing to the present state of affairs," under the Thirty Tyrants, I suppose, when there was great social distress, and it was easy therefore to secure friends at small outlay, by helping them.

⁶³ τοῦ αὐτὸν ἐλθεῖν. "Than your going yourself." Of course αὐτός could not be used, because the whole clause depends on νομίζω. Below, ἔργον εἶχεν is "made it his own business." Breitenbach quotes Agesil. xi. 12, ἔργον εἶχεν ἀμαυροῦν τὰ τῶν πολεμίων.

ΞΕΝΟΦΩΝΤΟΣ

ΑΠΟΜΝΗΜΟΝΕΥΜΑΤΑ.

BOOK III.

CHAPTER I.

1. "Ότι δὲ τοὺς ὀρεγομένους τῶν καλῶν ἐπιμελεῖς ὧν ὀρέγοιντο[64] ποιῶν ὠφέλει, νῦν τοῦτο διηγήσομαι· ἀκούσας γάρ ποτε Διονυσόδωρον εἰς τὴν πόλιν ἥκειν ἐπαγγελλόμενον στρατηγεῖν διδάξειν, ἔλεξε πρός τινα τῶν ξυνόντων, ὃν ᾐσθάνετο βουλόμενον τῆς τιμῆς ταύτης ἐν τῇ πόλει τυγχάνειν· 2. Αἰσχρὸν μέντοι, ὦ νεανία, τὸν βουλόμενον ἐν τῇ πόλει στρατηγεῖν, ἐξὸν τοῦτο μαθεῖν, ἀμελῆσαι αὐτοῦ, καὶ δικαίως ἂν οὗτος ὑπὸ τῆς πόλεως ζημιοῖτο πολὺ μᾶλλον, ἢ εἴ τις ἀνδριάντας ἐργολαβοίη μὴ μεμαθηκὼς ἀνδριαντοποιεῖν. 3. Ὅλης γὰρ τῆς πόλεως ἐν τοῖς πολεμικοῖς κινδύνοις ἐπιτρεπομένης τῷ στρατηγῷ, μεγάλα τά τε ἀγαθὰ κατορθοῦντος αὐτοῦ καὶ τὰ κακὰ διαμαρτάνοντος εἰκὸς γίγνεσθαι· πῶς οὖν οὐκ ἂν δικαίως ὁ τοῦ μὲν μανθάνειν τοῦτο ἀμελῶν, τοῦ δὲ αἱρεθῆναι ἐπιμελόμενος ζημιοῖτο; Τοιαῦτα μὲν δὴ λέγων ἔπεισεν αὐτὸν ἐλθόντα μανθάνειν. 4. Ἐπεὶ δὲ μεμαθηκὼς ἧκε, προσέπαιζεν[65] αὐτῷ

---

[64] ὧν ὀρέγοιντο. An optative of indefinite frequency. Below, αἰσχρὸν μέντοι is "assuredly it is disgraceful."

[65] προσέπαιζεν. If the imperfect be right here, it implies that Socrates repeated his joke, as a man is inclined to do when he thinks he has a good one.

I 2

λέγων· Οὐ δοκεῖ ὑμῖν, ὦ ἄνδρες, ὥσπερ "Ομηρος τὸν
Ἀγαμέμνονα γεραρὸν⁶⁶ ἔφη εἶναι, καὶ οὕτω ὅδε στρατη-
γεῖν μαθὼν γεραρώτερος φαίνεσθαι; καὶ γὰρ ὥσπερ ὁ
κιθαρίζειν μαθών, καὶ ἐὰν μὴ κιθαρίζῃ, κιθαριστής ἐστι,
καὶ ὁ μαθὼν ἰᾶσθαι, κἂν μὴ ἰατρεύῃ, ὅμως ἰατρός ἐστιν,
οὕτω καὶ ὅδε ἀπὸ τοῦδε τοῦ χρόνου διατελεῖ στρατηγὸς
ὤν, κἂν μηδεὶς αὐτὸν ἕληται· ὁ δὲ μὴ ἐπιστάμενος οὔτε
στρατηγὸς οὔτε ἰατρός ἐστιν, οὐδὲ ἐὰν ὑπὸ πάντων
ἀνθρώπων αἱρεθῇ. 5. Ἀτάρ, ἔφη, ἵνα καί, ἐὰν ἡμῶν⁶⁷
τις ταξιαρχῇ ἢ λοχαγῇ σοι, ἐπιστημονέστεροι τῶν
πολεμικῶν ὦμεν, λέξον ἡμῖν, πόθεν ἤρξατό σε διδάσ-
κειν τὴν στρατηγίαν. Καὶ ὅς· Ἐκ τοῦ αὐτοῦ, ἔφη, εἰς
ὅπερ καὶ ἐτελεύτα· τὰ γὰρ τακτικὰ ἐμέ γε καὶ ἄλλο
οὐδὲν ἐδίδαξεν. 6. Ἀλλὰ μήν, ἔφη ὁ Σωκράτης, τοῦτό
γε πολλοστὸν μέρος ἐστὶ στρατηγίας· καὶ γὰρ παρα-
σκευαστικὸν τῶν εἰς τὸν πόλεμον τὸν στρατηγὸν εἶναι
χρὴ καὶ ποριστικὸν τῶν ἐπιτηδείων τοῖς στρατιώταις
καὶ μηχανικὸν καὶ ἐργαστικὸν καὶ ἐπιμελῆ καὶ καρ-
τερικὸν καὶ ἀγχίνουν καὶ φιλόφρονά τε καὶ ὠμόν, καὶ
ἁπλοῦν τε καὶ ἐπίβουλον, καὶ φυλακτικόν τε καὶ
κλέπτην, καὶ προετικὸν καὶ ἅρπαγα, καὶ φιλόδωρον καὶ
πλεονέκτην, καὶ ἀσφαλῆ καὶ ἐπιθετικόν, καὶ ἄλλα
πολλὰ καὶ φύσει καὶ ἐπιστήμῃ δεῖ τὸν εὖ στρατη-
γήσοντα ἔχειν. 7. Καλὸν δὲ καὶ τὸ τακτικὸν εἶναι·
πολὺ γὰρ διαφέρει στράτευμα τεταγμένον ἀτάκτου·
ὥσπερ λίθοι τε καὶ πλίνθοι καὶ ξύλα καὶ κέραμος
ἀτάκτως μὲν ἐρριμμένα⁶⁸ οὐδὲν χρήσιμά ἐστιν, ἐπειδὰν

⁶⁶ γεραρόν. Cf. Iliad iii. 170.
Below, in καὶ γάρ, καὶ seems to
belong to ὁ κιθαρίζειν μαθών in the
sense of "both;" as also in § 6.
Kühner notices that the aorist
μαθών refers to the simple act of
having once learnt; whereas the
perfect μεμαθηκώς above implies
the having learnt, and retaining

the knowledge.
⁶⁷ ἵνα καί, ἐὰν ἡμῶν. "In order
that beyond your being the more
skilful (καί) we may be," &c., so
that the sense is the same as if
the words had been ἵνα καὶ ἡμεῖς
ἐάν, κ.τ.λ. Below, ἐμέ γε is "me at
least," whatever he taught others.
⁶⁸ ἐρριμμένα. Although the

δὲ ταχθῇ κάτω μὲν καὶ ἐπιπολῆς τὰ μήτε σηπόμενα μήτε τηκόμενα, οἵ τε λίθοι καὶ ὁ κέραμος, ἐν μέσῳ δὲ αἵ τε πλίνθοι καὶ τὰ ξύλα, ὥσπερ ἐν οἰκοδομίᾳ συντίθεται τότε γίγνεται πολλοῦ ἄξιον κτῆμα οἰκία. 8. Ἀλλὰ πάνυ, ἔφη ὁ νεανίσκος, ὅμοιον, ὦ Σώκρατες, εἴρηκας· καὶ γὰρ ἐν τῷ πολέμῳ τούς τε πρώτους ἀρίστους δεῖ τάττειν καὶ τοὺς τελευταίους, ἐν δὲ μέσῳ τοὺς χειρίστους, ἵνα ὑπὸ μὲν τῶν⁶⁹ ἄγωνται, ὑπὸ δὲ αὖ τῶν ὠθῶνται. 9. Εἰ μὲν τοίνυν⁷⁰, ἔφη, καὶ διαγιγνώσκειν σε τοὺς ἀγαθοὺς καὶ τοὺς κακοὺς ἐδίδαξεν· εἰ δὲ μή, τί σοι ὄφελος ὧν ἔμαθες ; οὐδὲ γὰρ εἴ σε ἀργύριον ἐκέλευσε πρῶτον μὲν καὶ τελευταῖον τὸ κάλλιστον τάττειν, ἐν μέσῳ δὲ τὸ χείριστον, μὴ διδάξας διαγιγνώσκειν τό τε καλὸν καὶ τὸ κίβδηλον, οὐδὲν ἄν σοι ὄφελος ἦν. Ἀλλὰ μὰ Δί', ἔφη, οὐκ ἐδίδαξεν· ὥστε αὐτοὺς ἂν ἡμᾶς δέοι τούς τε ἀγαθοὺς καὶ τοὺς κακοὺς κρίνειν. 10. Τί οὖν οὐ σκοποῦμεν, ἔφη, πῶς ἂν αὐτῶν μὴ διαμαρτάνοιμεν ; Βούλομαι, ἔφη ὁ νεανίσκος. Οὐκοῦν, ἔφη, εἰ μὲν ἀργύριον δέοι ἁρπάζειν, τοὺς φιλαργυρωτάτους πρώτους καθιστάντες ὀρθῶς ἂν τάττοιμεν ; Ἔμοιγε δοκεῖ. Τί δὲ τοὺς κινδυνεύειν μέλλοντας⁷¹ ; ἆρα τοὺς φιλοτιμοτάτους προτακτέον ; Οὗτοι γοῦν εἰσιν, ἔφη, οἱ

neuter, as the grammarians say, is the least worthy gender, yet it is often used, as here, for the adjective or participle, when the substantives are of different genders. Herodotus has αὐχένα καὶ τὴν κεφαλὴν κεχρυσωμένα φαίνει. For συντίθεται, which agrees with the last of the subjects (τὰ ξύλα), cf. Demosth. p. 218, ἡ ἐμὴ συνέχεια καὶ πλάνοι καὶ ταλαιπωρίαι καὶ τὰ πολλὰ ψηφίσματα τί ἀπειργάσατο ;
⁶⁹ ὑπὸ μὲν τῶν. For the position of the article cf. Plato, Phaedr. 263 B, ἐν μὲν ἄρα τοῖς συμφωνοῦ-

μεν, ἐν δὲ τοῖς οὔ.
⁷⁰ Εἰ μὲν τοίνυν. The sentence is not completed, and εὖ ἔχει or the like must be added. Cf. Anab. VII. i. 31, ἢν μὲν δυνώμεθα παρ' ὑμῶν ἀγαθόν τι εὑρίσκεσθαι, εἰ δὲ μή, κ.τ.λ. Also St. Luke's Gospel xiii. 9.
⁷¹ τοὺς κινδυνεύειν μέλλοντας. Sc. φήσομεν ποιῆσαι δεῖν or something of the kind. Or perhaps λέγεις in the sense of "say about," as in Plato, Apol. 9 A, φαίνεται τοῦτο οὐ λέγειν τὸν Σωκράτη, where see Stallbaum's note.

118   MEMORABILIA.   [11—II. 2.

ἕνεκα ἐπαίνου κινδυνεύειν ἐθέλοντες· οὐ τοίνυν οὗτοί γε
ἄδηλοι, ἀλλ' ἐπιφανεῖς πανταχοῦ ὄντες εὐαίρετοι ἂν
εἶεν. 11. Ἀτάρ, ἔφη, πότερά σε τάττειν μόνον ἐδί-
δαξεν ἢ καὶ ὅποι καὶ ὅπως⁷² χρηστέον ἑκάστῳ τῶν
ταγμάτων; Οὐ πάνυ, ἔφη. Καὶ μὴν πολλά γ' ἐστί,
πρὸς ἃ⁷³ οὔτε τάττειν οὔτε ἄγειν ὡσαύτως προσήκει.
Ἀλλὰ μὰ Δί', ἔφη, οὐ διεσαφήνιζε ταῦτα. Νὴ Δί',
ἔφη, πάλιν τοίνυν ἐλθὼν ἐπανερώτα· ἢν γὰρ ἐπίστηται
καὶ μὴ ἀναιδὴς ᾖ, αἰσχυνεῖται ἀργύριον εἰληφὼς ἐνδεᾶ
σε ἀποπέμψασθαι.

CHAPTER II.

1. Ἐντυχὼν δέ ποτε στρατηγεῖν ᾑρημένῳ τῳ   Τοῦ
ἕνεκεν, ἔφη, Ὅμηρον οἴει τὸν Ἀγαμέμνονα προσαγο-
ρεῦσαι ποιμένα λαῶν; ἆρά γε ὅτι⁷⁴, ὥσπερ τὸν ποιμένα
ἐπιμελεῖσθαι δεῖ, ὅπως σῶαί τε ἔσονται αἱ ὄϊες καὶ τὰ
ἐπιτήδεια ἕξουσι, καὶ οὗ ἕνεκα τρέφονται, τοῦτο ἔσται,
οὕτω καὶ τὸν στρατηγὸν ἐπιμελεῖσθαι δεῖ, ὅπως σῶοί τε
οἱ στρατιῶται ἔσονται καὶ τὰ ἐπιτήδεια ἕξουσι, καί, οὗ
ἕνεκα στρατεύονται, τοῦτο ἔσται; στρατεύονται δέ, ἵνα
κρατοῦντες τῶν πολεμίων εὐδαιμονέστεροι ὦσιν· 2. ἢ
τί δήποτε οὕτως ἐπήνεσε τὸν Ἀγαμέμνονα εἰπών,

Ἀμφότερον⁷⁵, βασιλεύς τ' ἀγαθὸς κρατερός τ' αἰχμητής;

ἆρά γε ὅτι αἰχμητής τε κρατερὸς ἂν εἴη, οὐκ εἰ

⁷² ὅποι καὶ ὅπως. "For what pur-
pose and in what manner." There
is a reading ὅπῃ, "in what way,"
which may be the true reading,
for ὅπῃ καὶ ὅπως are often joined.
Cf. Plato de Leg. 899 A, and
Phædo 100 D.
⁷³ πρὸς ἅ. "And yet there are
at least several cases with refer-
ence to which it is not fitting in

an unvarying manner," &c.
⁷⁴ ἆρά γε ὅτι. "Is it (not)
this at all events, that," &c.
There might possibly be other
reasons, but at all events (γέ) one
reason was that subjoined.
⁷⁵ Ἀμφότερον. Iliad iii. 179.
In the next words, after ἆρά γε
supply ἐπήνεσεν.

μόνος αὐτὸς εὖ ἀγωνίζοιτο πρὸς τοὺς πολεμίους, ἀλλ᾽ εἰ
καὶ[76] παντὶ τῷ στρατοπέδῳ τούτου αἴτιος εἴη; καὶ
βασιλεὺς ἀγαθός, οὐκ εἰ μόνον τοῦ ἑαυτοῦ βίου καλῶς
προεστήκοι, ἀλλ᾽ εἰ καί, ὧν βασιλεύοι, τούτοις εὐδαιμο-
νίας αἴτιος εἴη; 3. καὶ γὰρ βασιλεὺς αἱρεῖται, οὐχ ἵνα
ἑαυτοῦ καλῶς ἐπιμελῆται, ἀλλ᾽ ἵνα καὶ οἱ ἑλόμενοι δι᾽
αὐτὸν εὖ πράττωσι· καὶ στρατεύονται δὲ πάντες, ἵνα ὁ
βίος αὐτοῖς ὡς βέλτιστος ᾖ· καὶ στρατηγοὺς αἱροῦνται
τούτου ἕνεκα, ἵνα πρὸς τοῦτο αὐτοῖς ἡγεμόνες ὦσι.
4. Δεῖ οὖν τὸν στρατηγοῦντα τοῦτο παρασκευάζειν
τοῖς ἑλομένοις αὐτὸν στρατηγόν· καὶ γὰρ οὔτε κάλλιον
τούτου ἄλλο ῥᾴδιον εὑρεῖν οὔτε αἴσχιον τοῦ ἐναντίου.
Καὶ οὕτως ἐπισκοπῶν, τίς εἴη ἀγαθοῦ ἡγεμόνος ἀρετή,
τὰ μὲν ἄλλα περιῄρει, κατέλειπε δὲ τὸ εὐδαίμονας
ποιεῖν ὧν ἂν ἡγῆται.

CHAPTER III.

1. Καὶ ἱππαρχεῖν δέ τινι ἡρημένῳ οἶδά ποτε αὐτὸν
τοιάδε διαλεχθέντα· Ἔχοις ἄν, ἔφη, ὦ νεανία, εἰπεῖν
ἡμῖν, ὅτου ἕνεκα ἐπεθύμησας ἱππαρχεῖν; οὐ γὰρ δὴ τοῦ
πρῶτος τῶν ἱππέων ἐλαύνειν· καὶ γὰρ[77] οἱ ἱπποτοξόται
τούτου γε ἀξιοῦνται, προελαύνουσι γοῦν καὶ τῶν ἱππάρ-
χων. Ἀληθῆ λέγεις, ἔφη. Ἀλλὰ μὴν οὐδὲ τοῦ γνωσθῆναί
γε, ἐπεὶ καὶ οἱ μαινόμενοί γε ὑπὸ πάντων γιγνώσκονται.
2. Ἀληθές, ἔφη, καὶ τοῦτο λέγεις. Ἀλλ᾽ ἆρα ὅτι τὸ
ἱππικὸν οἴει τῇ πόλει βέλτιον ἂν[78] ποιήσας παραδοῦναι,

---

[76] εἰ καί. Here καί is "also,"
and is to be joined with παντί,
not with εἰ, in the usual sense of
"although."

[77] καὶ γάρ. The καί seems to
qualify οἱ ἱπποτοξόται, "for even
the mounted archers."

[78] βέλτιον ἄν. The ἄν is to be
joined with παραδοῦναι. Perhaps
βέλτιον is to be taken first with
the verb, and repeated with the
participle, παραδοῦναι ἂν τὸ ἱππι-
κὸν βέλτιον ποιήσας αὐτὸ βέλ-
τιον.

καί, εἴ τις χρεία γίγνοιτο ἱππέων, τούτων ἡγούμενος
ἀγαθοῦ τινος αἴτιος γενέσθαι τῇ πόλει; Καὶ μάλα,
ἔφη. Καὶ ἔστι γε, νὴ Δί', ἔφη ὁ Σωκράτης, καλόν,
ἐὰν δύνῃ ταῦτα ποιῆσαι. Ἡ δὲ ἀρχή που [79], ἐφ'
ἧς ἤρησαι, ἵππων τε καὶ ἀμβατῶν ἐστιν; Ἔστι γὰρ
οὖν, ἔφη. 3. Ἴθι δὴ λέξον ἡμῖν πρῶτον τοῦτο, ὅπως
διανοῇ τοὺς ἵππους βελτίους ποιῆσαι; καὶ ὅς· Ἀλλὰ
τοῦτο μέν [80], ἔφη, οὐκ ἐμὸν οἶμαι τὸ ἔργον εἶναι, ἀλλὰ
ἰδίᾳ ἕκαστον δεῖν τοῦ ἑαυτοῦ ἵππου ἐπιμελεῖσθαι.
4. Ἐὰν οὖν, ἔφη ὁ Σωκράτης, παρέχωνταί σοι [81] τοὺς
ἵππους οἱ μὲν οὕτως κακόποδας ἢ κακοσκελεῖς ἢ ἀσθε-
νεῖς, οἱ δὲ οὕτως ἀτρόφους, ὥστε μὴ δύνασθαι ἀκολου-
θεῖν, οἱ δὲ οὕτως ἀναγώγους, ὥστε μὴ μένειν ὅπου ἂν σὺ
τάξῃς, οἱ δὲ οὕτως λακτιστάς, ὥστε μηδὲ τάξαι δυνατὸν
εἶναι, τί σοι τοῦ ἱππικοῦ ὄφελος ἔσται; ἢ πῶς δυνήσῃ
τοιούτων ἡγούμενος ἀγαθόν τι ποιῆσαι τὴν πόλιν; καὶ
ὅς· Ἀλλὰ καλῶς τε λέγεις, ἔφη, καὶ πειράσομαι τῶν
ἵππων εἰς τὸ δυνατὸν ἐπιμελεῖσθαι. 5. Τί δέ; τοὺς
ἱππέας οὐκ ἐπιχειρήσεις, ἔφη, βελτίονας ποιῆσαι;
Ἔγωγ', ἔφη. Οὐκοῦν πρῶτον μὲν [82] ἀναβατικωτέρους
ἐπὶ τοὺς ἵππους ποιήσεις αὐτούς; Δεῖ γοῦν, ἔφη· καὶ
γάρ, εἴ τις αὐτῶν καταπέσοι, μᾶλλον ἂν οὕτω σώζοιτο.
6. Τί γάρ; ἐάν που κινδυνεύειν δέῃ, πότερον ἐπαγαγεῖν

---

[79] Ἡ δὲ ἀρχή που. "And the
office, no doubt" (or, "I may
assume"). Cf. Thucyd. vii. 68,
λεγόμενόν που ἥδιστον εἶναι, "what
is said if I mistake not," &c.

[80] τοῦτο μέν. The order is
τοῦτο μὲν τὸ ἔργον οὐκ οἶμαι
ἐμὸν εἶναι, for from the position
of ἐμόν it must be the predicate.
There is nothing to answer to
τοῦτο μέν, as the words take
another turn; but the sentence
to be mentally supplied is τὸ δὲ
τοὺς ἱππέας βελτίονας ποιῆσαι.

[81] παρέχωνταί σοι. The sub-
ject of the verb, I believe, is οἱ
ἱππεῖς, "if the troopers bring you
their horses." I do not think
there is any reference here to the
burden imposed on the wealthier
citizens of supplying horses for
the cavalry at their own expense.

[82] πρῶτον μέν. See note above
on τοῦτο μέν. Below, in καὶ γάρ,
the καί gives emphasis to γάρ,
"for assuredly." See note on
II. i. 3.

τοὺς πολεμίους ἐπὶ τὴν ἄμμον⁸³ κελεύσεις, ἔνθαπερ
εἰώθατε ἱππεύειν, ἢ πειράσῃ τὰς μελέτας⁸⁴ ἐν τοιούτοις
ποιεῖσθαι χωρίοις, ἐν οἷσπερ οἱ πολέμιοι γίγνονται;
Βέλτιον γοῦν, ἔφη. 7. Τί γάρ; τοῦ βάλλειν ὡς πλείσ-
τους⁸⁵ ἀπὸ τῶν ἵππων ἐπιμέλειάν τινα ποιήσῃ; Βέλ-
τιον γοῦν, ἔφη, καὶ τοῦτο. Θήγειν δὲ τὰς ψυχὰς τῶν
ἱππέων καὶ ἐξοργίζειν πρὸς τοὺς πολεμίους, εἴπερ
ἀλκιμωτέρους ποιεῖν⁸⁶ διανενόησαι; Εἰ δὲ μή, ἀλλὰ
νῦν γε πειράσομαι, ἔφη. 8. Ὅπως δέ σοι πείθωνται
οἱ ἱππεῖς, πεφρόντικάς τι; ἄνευ γὰρ δὴ τούτου οὔτε
ἵππων οὔτε ἱππέων ἀγαθῶν καὶ ἀλκίμων οὐδὲν ὄφελος.
Ἀληθῆ λέγεις, ἔφη· ἀλλὰ πῶς ἄν τις μάλιστα, ὦ Σώ-
κρατες, ἐπὶ τοῦτο αὐτοὺς προτρέψαιτο; 9. Ἐκεῖνο μὲν
δήπου οἶσθα, ὅτι ἐν παντὶ πράγματι οἱ ἄνθρωποι τού-
τοις μάλιστα ἐθέλουσι πείθεσθαι, οὓς ἂν ἡγῶνται
βελτίστους εἶναι· καὶ γὰρ ἐν νόσῳ, ὃν ἂν ἡγῶνται
ἰατρικώτατον εἶναι, τούτῳ μάλιστα πείθονται, καὶ ἐν
πλοίῳ οἱ πλέοντες, ὃν ἂν κυβερνητικώτατον, καὶ ἐν
γεωργίᾳ, ὃν ἂν γεωργικώτατον. Καὶ μάλα, ἔφη. Οὐκ-
οῦν εἰκός, ἔφη, καὶ ἐν ἱππικῇ, ὃς ἂν μάλιστα εἰδὼς
φαίνηται ἃ δεῖ ποιεῖν, τούτῳ μάλιστα ἐθέλειν τοὺς
ἄλλους πείθεσθαι. 10. Ἐὰν οὖν, ἔφη, ἐγώ, ὦ Σώκρατες,
βέλτιστος ὢν αὐτῶν δῆλος ὦ, ἀρκέσει μοι τοῦτο εἰς τὸ
πείθεσθαι αὐτούς ἐμοί; Ἐάν γε πρὸς τούτῳ, ἔφη,

---

⁸³ ἐπὶ τὴν ἄμμον. The sand of
the exercise-ground.
⁸⁴ τὰς μελέτας. "To go through
their practice ;" the practice usual
in the case of cavalry, and hence
the article. Cf. Anab. I. viii. 3,
ἀναβὰς ἐπὶ τὸν ἵππον τὰ παλτὰ
εἰς τὰς χεῖρας ἔλαβεν, "he took
the usual javelins into his
hand."
⁸⁵ βάλλειν ὡς πλείστους. "That
as many as possible may be able
to shoot from their horses." The

commentators quote a parallel re-
mark from one of Xenophon's
treatises, Hipparch. i. 6, δεῖ αὖ
σκοπεῖσθαι ὅπως ἀκοντιοῦσί τε ὡς
πλεῖστοι ἀπὸ τῶν ἵππων.
⁸⁶ ποιεῖν. With this infinitive
διανενόησαι must be repeated, so
that all the verbs, θήγειν, ἐξορ-
γίζειν, and ποιεῖν, are governed
by it. Below, in ἐκεῖνο μὲν, there
is another instance of μέν with
no δέ to correspond.

διδάξῃς αὐτούς, ὡς τὸ πείθεσθαί σοι κάλλιόν τε καὶ
σωτηριώτερον αὐτοῖς ἔσται. Πῶς οὖν, ἔφη, τοῦτο
διδάξω; Πολὺ νὴ Δι᾽, ἔφη, ῥᾷον, ἢ εἴ σοι δέοι[87] διδάσ-
κειν, ὡς τὰ κακὰ τῶν ἀγαθῶν ἀμείνω καὶ λυσιτελέστερά
ἐστι. 11. Λέγεις, ἔφη, σὺ τὸν ἵππαρχον πρὸς τοῖς
ἄλλοις ἐπιμελεῖσθαι δεῖν καὶ τοῦ λέγειν δύνασθαι; Σὺ
δ᾽ ᾤου, ἔφη, χρῆναι σιωπῇ ἱππαρχεῖν; ἢ οὐκ ἐντεθύ-
μησαι, ὅτι, ὅσα τε νόμῳ[88] μεμαθήκαμεν κάλλιστα
ὄντα, δι᾽ ὧν γε ζῆν ἐπιστάμεθα, ταῦτα πάντα διὰ
λόγου ἐμάθομεν, καὶ εἴ τι ἄλλο καλὸν μανθάνει τις
μάθημα, διὰ λόγου μανθάνει; καὶ οἱ ἄριστα διδάσκοντες
μάλιστα λόγῳ χρῶνται, καὶ οἱ τὰ σπουδαιότατα μά-
λιστα ἐπιστάμενοι κάλλιστα διαλέγονται; 12. ἢ τόδε
οὐκ ἐντεθύμησαι, ὡς, ὅταν γε χορὸς εἷς ἐκ τῆσδε τῆς
πόλεως γίγνηται, ὥσπερ ὁ εἰς Δῆλον[89] πεμπόμενος,
οὐδεὶς ἄλλοθεν οὐδαμόθεν τούτῳ ἐφάμιλλος γίγνεται,
οὐδὲ εὐανδρία[90] ἐν ἄλλῃ πόλει ὁμοία τῇ ἐνθάδε συνά-
γεται; Ἀληθῆ λέγεις, ἔφη. 13. Ἀλλὰ μὴν οὔτε εὐφωνίᾳ
τοσοῦτον διαφέρουσιν Ἀθηναῖοι τῶν ἄλλων οὔτε σωμά-
των μεγέθει καὶ ῥώμῃ, ὅσον φιλοτιμίᾳ, ἥπερ μάλιστα
παροξύνει πρὸς τὰ καλὰ καὶ ἔντιμα. 14. Ἀληθές, ἔφη,

[87] εἴ σοι δέοι. This dative in-
stead of the accusative is not
common. It occurs Eurip. Hippol.
941, θεοῖσι προσβαλεῖν χθονί, ἄλ-
λην δεήσει γαῖαν, and in some
places in Xenophon. It seems to
mean " there is need" (opus est)
in this construction.

[88] ὅσα τε νόμῳ. The construc-
tion is ὅσα τε νόμῳ, καὶ εἴ τι
ἄλλο καλόν, where νόμῳ means
"in accordance with custom,"
and those studies are referred to,
which every citizen was expected
to be taught.

[89] ὁ εἰς Δῆλον. A chorus was
sent to Delos from Athens with

the Sacred embassy (θεωρία) every
fifth year, to take part in the
festival held in honour of Apollo
and Artemis. Besides this cele-
bration every fifth year, the
Athenians sent a θεωρία every
year.

[90] εὐανδρία. I do not see that
there is any especial allusion here
to the θαλλοφόροι of the Pana-
thenaic festival. The sense only
seems to be that nowhere could
there be got together such a
number of good citizens as at
Athens. Below, ὡς πολὺ ἄν, κ.τ.λ.,
depends on οἴει.

καὶ τοῦτο. Οὐκοῦν οἴει, ἔφη, καὶ τοῦ ἱππικοῦ τοῦ ἐνθάδε εἴ τις ἐπιμεληθείη, ὡς πολὺ ἂν καὶ τούτῳ διενέγκοιεν τῶν ἄλλων, ὅπλων τε καὶ ἵππων παρασκευῇ καὶ εὐταξίᾳ καὶ τῷ ἑτοίμως κινδυνεύειν πρὸς τοὺς πολεμίους, εἰ νομίσειαν ταῦτα ποιοῦντες ἐπαίνου καὶ τιμῆς τεύξεσθαι; Εἰκός γε, ἔφη. 15. Μὴ τοίνυν ὄκνει, ἔφη, ἀλλὰ πειρῶ τοὺς ἄνδρας ἐπὶ ταῦτα προτρέπειν, ἀφ' ὧν αὐτός τε ὠφεληθήσῃ καὶ οἱ ἄλλοι πολῖται διὰ σέ. Ἀλλὰ νὴ Δία πειράσομαι, ἔφη.

CHAPTER IV.

1. Ἰδὼν δέ ποτε Νικομαχίδην ἐξ ἀρχαιρεσιῶν ἀπιόντα ἤρετο· Τίνες, ὦ Νικομαχίδη, στρατηγοὶ ἥρηνται; καὶ ὅς· Οὐ γάρ, ἔφη, ὦ Σώκρατες, τοιοῦτοί[91] εἰσιν Ἀθηναῖοι, ὥστε ἐμὲ μὲν οὐχ εἵλοντο, ὃς ἐκ καταλόγου[92] στρατευόμενος κατατέτριμμαι καὶ λοχαγῶν[93] καὶ ταξιαρχῶν καὶ τραύματα ὑπὸ τῶν πολεμίων τοσαῦτα ἔχων· ἅμα δὲ τὰς οὐλὰς τῶν τραυμάτων ἀπογυμνούμενος ἐπεδείκνυεν[94]· Ἀντισθένην δέ, ἔφη, εἵλοντο τὸν οὔτε ὁπλίτην πώποτε στρατευσάμενον, ἔν τε[95] τοῖς ἱππεῦσιν

[91] Οὐ γὰρ.. τοιοῦτοι. This sentence is a kind of compromise between οὐ γὰρ τοιοῦτοί εἰσιν ὥστε ἐμὲ μὲν μὴ ἑλέσθαι; and τοιοῦτοι ἦσαν ὥστε ἐμὲ μὲν οὐχ εἵλοντο. Nicomachides wanted to say that the conduct of the Athenians in rejecting him was of a piece with their usual proceedings, and he wanted also to express as a matter of fact that they had rejected him, not merely that they were capable of it.

[92] ἐκ καταλόγου. "From the muster-roll." A list was kept,

revised periodically, of all persons on whose military services the state had claim. Οἱ ἐκ καταλόγου στρατευόμενοι are those whose names were so entered.

[93] λοχαγῶν. The τάξις in the Athenian army consisted of one hundred men, and the λόχος of twenty-four men, rank and file.

[94] ἐπεδείκνυεν. See II. i. 21 for the meaning of this compound of δείκνυμι. The imperfect tense is used because the display occupied some time.

[95] οὔτε ... ἔν τε. Cf. I. ii. 47,

οὐδὲν περίβλεπτον ποιήσαντα, ἐπιστάμενόν τε ἄλλο οὐδὲν ἢ χρήματα συλλέγειν; 2. Οὔκουν, ἔφη ὁ Σωκράτης, τοῦτο μὲν ἀγαθόν, εἴγε τοῖς στρατιώταις ἱκανὸς ἔσται τὰ ἐπιτήδεια πορίζειν; Καὶ γὰρ οἱ ἔμποροι, ἔφη ὁ Νικομαχίδης, χρήματα συλλέγειν ἱκανοί εἰσιν· ἀλλ' οὐχ ἕνεκα τούτου καὶ στρατηγεῖν δύναιντ' ἄν. 3. Καὶ ὁ Σωκράτης ἔφη· Ἀλλὰ καὶ φιλόνεικος Ἀντισθένης ἐστίν, ὃ στρατηγῷ προσεῖναι ἐπιτήδειόν ἐστιν· οὐχ ὁρᾷς, ὅτι καί, ὁσάκις κεχορήγηκε, πᾶσι τοῖς χοροῖς νενίκηκε; Μὰ Δί'⁹⁶, ἔφη ὁ Νικομαχίδης, ἀλλ' οὐδὲν ὅμοιόν ἐστι χοροῦ τε καὶ στρατεύματος προεστάναι. 4. Καὶ μήν, ἔφη ὁ Σωκράτης, οὐδὲ ᾠδῆς γε ὁ Ἀντισθένης οὐδὲ χορῶν διδασκαλίας ἔμπειρος ὢν ὅμως ἐγένετο ἱκανὸς εὑρεῖν τοὺς κρατίστους ταῦτα. Καὶ ἐν τῇ στρατιᾷ οὖν, ἔφη ὁ Νικομαχίδης, ἄλλους μὲν εὑρήσει τοὺς τάξοντας ἀνθ' ἑαυτοῦ, ἄλλους δὲ τοὺς μαχουμένους. 5. Οὐκοῦν, ἔφη ὁ Σωκράτης, ἐάν γε καὶ ἐν τοῖς πολεμικοῖς τοὺς κρατίστους, ὥσπερ ἐν τοῖς χορικοῖς, ἐξευρίσκηται καὶ προαιρῆται, εἰκότως ἂν καὶ τούτου νικηφόρος⁹⁷ εἴη· καὶ δαπανᾶν δ' αὐτὸν εἰκὸς μᾶλλον ἂν ἐθέλειν εἰς τὴν ξὺν ὅλῃ τῇ πόλει τῶν πολεμικῶν νίκην ἢ εἰς τὴν ξὺν τῇ φυλῇ⁹⁸ τῶν χορικῶν. 6. Λέγεις σύ, ἔφη, ὦ Σώκρατες, ὡς τοῦ αὐτοῦ ἀνδρός ἐστι χορηγεῖν τε καλῶς καὶ στρατηγεῖν; Λέγω ἔγωγ', ἔφη, ὡς, ὅτου ἄν τις

οὔτε γὰρ αὐτοῖς ἄλλως ἤρεσκεν, εἴτε προσέλθοιεν, like *neque, et,* in Latin. Below, καὶ γὰρ οἱ ἔμποροι is "for merchants also."

⁹⁶ Μὰ Δί'. This form is used because the clause ἀλλ' οὐδέν is negative (cf. I. iv. 9, Μὰ Δί· οὐ γὰρ ὁρῶ), and so the general result of the sentence is negative.

⁹⁷ τούτου νικηφόρος. "Victorious in this point (τῶν πολε-

μικῶν) as well (as in the other)."

⁹⁸ ξὺν τῇ φυλῇ. When the duty of supplying a chorus came round on any of the ten tribes (φυλαί) of Attica, the superintendents of the tribe appointed a choragus to provide the chorus and all that was necessary for it. The honour of success naturally was shared by the whole tribe whose representative the choragus was.

προστατεύῃ, ἐὰν γιγνώσκῃ τε ὧν δεῖ καὶ ταῦτα πορί-
ζεσθαι δύνηται, ἀγαθὸς ἂν εἴη προστάτης, εἴτε χοροῦ
εἴτε οἴκου εἴτε πόλεως εἴτε στρατεύματος προστατεύοι.
7. Καὶ ὁ Νικομαχίδης· Μὰ Δί', ἔφη, ὦ Σώκρατες, οὐκ
ἄν ποτε ᾤμην ἐγὼ σοῦ ἀκοῦσαι, ὡς ἀγαθοὶ οἰκονόμοι
ἀγαθοὶ στρατηγοὶ ἂν εἶεν. Ἴθι δή, ἔφη, ἐξετάσωμεν
τὰ ἔργα ἑκατέρου αὐτῶν, ἵνα εἰδῶμεν, πότερον τὰ αὐτά
ἐστιν, ἢ διαφέρει τι. Πάνυ γε, ἔφη. 8. Οὐκοῦν, ἔφη,
τὸ μὲν τοὺς ἀρχομένους κατηκόους τε καὶ εὐπειθεῖς
ἑαυτοῖς παρασκευάζειν ἀμφοτέρων ἐστὶν ἔργον; Καὶ
μάλα, ἔφη. Τί δέ; τὸ προστάττειν ἕκαστα τοῖς ἐπιτη-
δείοις πράττειν; Καὶ τοῦτ', ἔφη. Καὶ μὴν καὶ τὸ τοὺς
κακοὺς κολάζειν καὶ τοὺς ἀγαθοὺς τιμᾶν ἀμφοτέροις
οἶμαι προσήκειν. 9. Πάνυ μὲν οὖν, ἔφη. Τὸ δὲ τοὺς
ὑπηκόους εὐμενεῖς ποιεῖσθαι πῶς οὐ καλὸν ἀμφοτέροις;
Καὶ τοῦτ', ἔφη. Συμμάχους δὲ καὶ βοηθοὺς προσ-
άγεσθαι δοκεῖ σοι συμφέρειν ἀμφοτέροις ἢ οὔ; Πάνυ
μὲν οὖν, ἔφη. Ἀλλὰ φυλακτικοὺς τῶν ὄντων οὐκ
ἀμφοτέρους εἶναι προσήκει; Σφόδρα γ', ἔφη. Οὐκοῦν
καὶ ἐπιμελεῖς καὶ φιλοπόνους ἀμφοτέρους εἶναι προσή-
κει περὶ τὰ αὑτῶν ἔργα; 10. Ταῦτα μέν, ἔφη, πάντα
ὁμοίως ἀμφοτέρων ἐστίν· ἀλλὰ τὸ μάχεσθαι οὐκέτι [99]
ἀμφοτέρων. Ἀλλ' ἐχθροί γέ τοι [100] ἀμφοτέροις γίγνον-
ται; Καὶ μάλα, ἔφη, τοῦτό γε. Οὐκοῦν τὸ περιγενέσ-
θαι τούτων ἀμφοτέροις συμφέρει; 11. Πάνυ γε, ἔφη·
ἀλλ' ἐκεῖνο παριείς [1], ἂν δέῃ μάχεσθαι, τί ὠφελήσει ἡ

---

[99] οὐκέτι. The use of οὐκέτι
is to be noticed. There was truth
in all the assertions up to this
point; from this point (in such
assertions, viz. as that fighting
was the work of both) there was
no longer any truth in what was
said. Cf. IV. iv. 20, οὐκέτι μοι
δοκεῖ, κ.τ.λ. Translate, "to fight
is not equally with those other

things the duty of both."
[100] Ἀλλ' ἐχθροί γέ τοι. "But
certainly (τοι) both have enemies
at all events," and so far one
might suppose fighting to be their
duty.
[1] παριείς. If the participle be
right, λέξον must be understood,
or the whole form of the sentence
must be supposed to be altered.

οἰκονομική; Ἐνταῦθα δήπου καὶ πλεῖστον, ἔφη· ὁ γὰρ
ἀγαθὸς οἰκονόμος, εἰδώς, ὅτι οὐδὲν οὕτω λυσιτελές τε
καὶ κερδαλέον ἐστίν, ὡς τὸ μαχόμενον ² τοὺς πολεμίους
νικᾶν, οὐδὲ οὕτως ἀλυσιτελές τε καὶ ζημιῶδες, ὡς τὸ
ἡττᾶσθαι, προθύμως μὲν τὰ πρὸς τὸ νικᾶν συμφέροντα
ζητήσει καὶ παρασκευάσεται, ἐπιμελῶς δὲ τὰ πρὸς τὸ
ἡττᾶσθαι φέροντα σκέψεται καὶ φυλάξεται, ἐνεργῶς δ',
ἂν τὴν παρασκευὴν ὁρᾷ νικητικὴν οὖσαν, μαχεῖται, οὐχ
ἥκιστα ³ δὲ τούτων, ἐὰν ἀπαράσκευος ᾖ, φυλάξεται
συνάπτειν μάχην.   12. Μὴ καταφρόνει, ἔφη, ὦ Νι-
κομαχίδη, τῶν οἰκονομικῶν ἀνδρῶν· ἡ γὰρ τῶν ἰδίων
ἐπιμέλεια πλήθει μόνον διαφέρει τῆς τῶν κοινῶν, τὰ δὲ
ἄλλα παραπλήσια ἔχει, τὸ δὲ μέγιστον ⁴, ὅτι οὔτε ἄνευ
ἀνθρώπων οὐδετέρα γίγνεται, οὔτε δι' ἄλλων μὲν ἀν-
θρώπων τὰ ἴδια πράττεται, δι' ἄλλων δὲ τὰ κοινά· οὐ
γὰρ ἄλλοις τισὶν ἀνθρώποις οἱ τῶν κοινῶν ἐπιμελόμενοι
χρῶνται ἢ οἷσπερ οἱ τὰ ἴδια οἰκονομοῦντες· οἷς οἱ ἐπι-
στάμενοι χρῆσθαι καὶ τὰ ἴδια καὶ τὰ κοινὰ καλῶς
πράττουσιν, οἱ δὲ μὴ ἐπιστάμενοι ἀμφοτέρωθι πλημ-
μελοῦσιν.

Perhaps the speaker is waxing impatient and gets careless of grammar, as impatient men are apt to do sometimes. In the next sentence the construction is ἡ οἰκονομικὴ ὠφελήσει καὶ πλεῖστον, "will give the very greatest help."

² ὡς τὸ μαχόμενον. The article is to be joined with νικᾶν; ὡς τὸ μαχόμενόν (τινα) νικᾶν τοὺς πολεμίους. Cf. III. xii. 8, αἰσχρὸν δὲ καὶ τὸ διὰ τὴν ἀμέλειαν γηρᾶσαι πρὶν ἰδεῖν ἑαυτόν.

³ οὐχ ἥκιστα. "Not least of all these things mentioned," "as

much as any thing else I have mentioned." The man will be careful about all the points described, and as careful about the last as about any other. The construction is only a form of the one so common with superlatives, as in Thucyd. i. 1, ἀξιολογώτατον τῶν προγεγενημένων.

⁴ τὸ δὲ μέγιστον. Sc. ἐστί. Or perhaps it may be governed by ἔχει, viz. τὸ δὲ μέγιστον παραπλήσιον ἔχει, ὅτι, κ.τ.λ., "it has the most important point of resemblance in this, viz. that," &c.

CHAPTER V.

1. Περικλεῖ δέ ποτε, τῷ τοῦ πάνυ Περικλέους[s] υἱῷ, διαλεγόμενος· Ἐγώ τοι, ἔφη, ὦ Περίκλεις, λπίδα ἔχω σοῦ στρατηγήσαντος ἀμείνω τε καὶ ἐνδοξοτέραν τὴν πόλιν εἰς τὰ πολεμικὰ ἔσεσθαι καὶ τῶν πολεμίων κρατήσειν. Καὶ ὁ Περικλῆς· Βουλοίμην ἄν, ἔφη, ὦ Σώκρατες, ἃ λέγεις· ὅπως δὲ ταῦτα γένοιτ' ἄν, οὐ δύναμαι γνῶναι. Βούλει οὖν, ἔφη ὁ Σωκράτης, διαλογιζόμενοι περὶ αὐτῶν ἐπισκοπῶμεν, ὅπου ἤδη[s] τὸ δυνατόν ἐστιν; βούλομαι, ἔφη. 2. Οὐκοῦν οἶσθα, ἔφη, ὅτι πλήθει μὲν οὐδὲν μείους εἰσὶν Ἀθηναῖοι Βοιωτῶν; Οἶδα γάρ, ἔφη. Σώματα δὲ ἀγαθὰ καὶ καλὰ πότερον ἐκ Βοιωτῶν οἴει πλείω ἂν ἐκλεχθῆναι ἢ ἐξ Ἀθηνῶν; Οὐδὲ ταύτῃ μοι δοκοῦσι λείπεσθαι. Εὐμενεστέρους δὲ ποτέρους ἑαυτοῖς εἶναι[7] νομίζεις; Ἀθηναίους ἔγωγε· Βοιωτῶν μὲν γὰρ πολλοί, πλεονεκτούμενοι ὑπὸ Θηβαίων, δυσμενῶς αὐτοῖς ἔχουσιν· Ἀθήνησι δὲ οὐδὲν ὁρῶ τοιοῦτον. 3. Ἀλλὰ μὴν φιλοτιμότατοί γε καὶ φιλοφρονέστατοι πάντων εἰσίν, ἅπερ οὐχ ἥκιστα παροξύνει κινδυνεύειν ὑπὲρ εὐδοξίας τε καὶ πατρίδος. Οὐδὲ ἐν τούτοις Ἀθηναῖοι μεμπτοί. Καὶ μὴν προγόνων γε

[s] τοῦ πάνυ Περικλέους. "Of the famous Pericles," who was the chief statesman at Athens at the beginning of the Peloponnesian war. For the sense of πάνυ cf. Thucyd. viii. 89, τῶν πάνυ στρατηγῶν τῶν ἐν τῇ ὀλιγαρχίᾳ. Below, the aorist στρατηγήσαντος is "when you have been made general;" the present, στρατηγοῦντος, would be "when you are general."

[s] ὅπου ἤδη. "Where first the possibility begins." Pericles had

remarked that he could not decide how the desired end was to be brought about: Shall we ascertain, replies Socrates, at what point your capacity to do something towards it comes in or begins?

[7] ἑαυτοῖς εἶναι. "Better disposed towards each other." Cf. II. vi. 20, for the sense of ἑαυτοῖς. He means that the Boeotians were not so united together amongst themselves as the Athenians.

καλὰ ἔργα οὐκ ἔστιν οἷς μείζω καὶ πλείω ὑπάρχει ἢ
'Αθηναίοις· ᾧ πολλοὶ ἐπαιρόμενοι προτρέπονταί τε[8]
ἀρετῆς ἐπιμελεῖσθαι καὶ ἄλκιμοι γίγνεσθαι. 4. Ταῦτα
μὲν ἀληθῆ λέγεις πάντα, ὦ Σώκρατες· ἀλλ' ὁρᾷς, ὅτι,
ἀφ' οὗ ἥ τε σὺν Τολμίδῃ τῶν χιλίων ἐν Λεβαδείᾳ[9]
συμφορὰ ἐγένετο καὶ ἡ μεθ' Ἱπποκράτους ἐπὶ Δηλίῳ,
ἐκ τούτων τεταπείνωται μὲν ἡ τῶν 'Αθηναίων δόξα
πρὸς τοὺς Βοιωτούς, ἐπῆρται δὲ τὸ τῶν Θηβαίων
φρόνημα πρὸς τοὺς 'Αθηναίους, ὥστε Βοιωτοὶ μέν, οἱ
πρόσθεν οὐδ' ἐν τῇ ἑαυτῶν τολμῶντες 'Αθηναίοις ἄνευ
Λακεδαιμονίων τε καὶ τῶν ἄλλων Πελοποννησίων ἀντι-
τάττεσθαι, νῦν ἀπειλοῦσιν αὐτοὶ καθ' ἑαυτοὺς ἐμβαλ-
εῖν[10] εἰς τὴν 'Αττικήν, 'Αθηναῖοι δέ, οἱ πρότερον, ὅτε
Βοιωτοὶ μόνοι ἐγένοντο, πορθοῦντες τὴν Βοιωτίαν,
φοβοῦνται, μὴ Βοιωτοὶ δῃώσωσι τὴν 'Αττικήν. 5.
Καὶ ὁ Σωκράτης· 'Αλλ' αἰσθάνομαι μέν, ἔφη, ταῦτα
οὕτως ἔχοντα· δοκεῖ δέ μοι ἀνδρὶ ἀγαθῷ ἄρχοντι νῦν
εὐαρεστοτέρως διακεῖσθαι ἡ πόλις· τὸ μὲν γὰρ θάρσος

---

[8] προτρέπονταί τε. The particle
τε is out of its place apparently;
at all events it might have come
after ἀρετῆς, because ἀρετῆς ἐπι-
μελεῖσθαι and ἄλκιμοι γίγνεσθαι
are the two ideas joined together.
One may suppose Xenophon to
have intended to write προτρέ-
πονταί τε ἀρετῆς ἐπιμελεῖσθαι καὶ
προτρέπονται ἄλκιμοι γίγνεσθαι.
Cf. IV. ii. 40, ἐξηγεῖτο ἅ τε ἐνό-
μιζεν εἰδέναι δεῖν καὶ ἐπιτηδεύειν
κράτιστα εἶναι, i. e. καὶ ἃ ἐνόμιζεν
ἐπιτηδεύειν, κ.τ.λ.

[9] ἐν Λεβαδείᾳ. This is the
battle of Coronea, B.C. 447, in
which Tolmides was defeated and
killed by the Bœotians. The
battle of Delium was fought B.C.
424, in which the Athenians were
again defeated. The battle is

generally spoken of as ἐπὶ Δηλίῳ
(Kühner quotes Thucyd. iv. 101
and other passages) naturally,
and not ἐν Δηλίῳ, because De-
lium is not a town or district,
but simply a temple of Apollo.

[10] ἐμβαλεῖν. The compound
mainly used when hostile inroads
into an enemy's country are
spoken of is εἰσβάλλειν (cf.
Thucyd. ii. 21, ἐσβαλὼν τῆς 'Ατ-
τικῆς ἐς 'Ελευσῖνα). But Thucy-
dides uses ἐμβάλλειν also in this
sense, and Herodotus (cf. ix. 13,
ἐς τὸν 'Ισθμὸν ἐμβαλεῖν). Gene-
rally ἐμβάλλειν is used of ships
running down their adversary's
vessels. Προσβάλλειν is used when
attacks on towns, forts, &c. are
spoken of.

ἀμέλειάν τε καὶ ῥᾳθυμίαν καὶ ἀπείθειαν ἐμβάλλει, ὁ
δὲ φόβος προσεκτικωτέρους τε καὶ εὐπειθεστέρους καὶ
εὐτακτοτέρους ποιεῖ. 6. Τεκμήραιο δ᾽ ἂν τοῦτο καὶ
ἀπὸ τῶν ἐν ταῖς ναυσίν· ὅταν μὲν γὰρ δήπου μηδὲν
φοβῶνται, μεστοί εἰσιν ἀταξίας, ἔστ᾽ ἂν δὲ ¹¹ ἢ χειμῶνα
ἢ πολεμίους δείσωσιν, οὐ μόνον τὰ κελευόμενα πάντα
ποιοῦσιν, ἀλλὰ καὶ σιγῶσι καραδοκοῦντες τὰ προσ-
ταχθησόμενα, ὥσπερ χορευταί. 7. Ἀλλὰ μήν, ἔφη ὁ
Περικλῆς, εἴγε νῦν μάλιστα πείθοιντο, ὥρα ἂν εἴη
λέγειν, πῶς ἂν αὐτοὺς προτρεψαίμεθα πάλιν ἀνερεθισ-
θῆναι τῆς ἀρχαίας ¹² ἀρετῆς τε καὶ εὐκλείας καὶ εὐδαι-
μονίας. 8. Οὐκοῦν, ἔφη ὁ Σωκράτης, εἰ μὲν ἐβουλό-
μεθα χρημάτων αὐτούς, ὧν οἱ ἄλλοι εἶχον ¹³, ἀντιποι-
εῖσθαι, ἀποδεικνύντες αὐτοῖς ταῦτα πατρῷά τε ὄντα
καὶ προσήκοντα, μάλιστ᾽ ἂν οὕτως αὐτοὺς ἐξορμῶμεν
ἀντέχεσθαι τούτων· ἐπεὶ δὲ τοῦ μετ᾽ ἀρετῆς πρωτεύειν
αὐτοὺς ἐπιμελεῖσθαι βουλόμεθα, τοῦτ᾽ αὖ δεικτέον ἐκ
παλαιοῦ μάλιστα προσῆκον αὐτοῖς, καὶ ὡς τούτου ¹⁴
ἐπιμελούμενοι πάντων ἂν εἶεν κράτιστοι. 9. Πῶς οὖν
ἂν τοῦτο διδάσκοιμεν; Οἶμαι μέν, εἰ τούς γε παλαιο-
τάτους, ὧν ἀκούομεν, προγόνους αὐτῶν ἀναμιμνήσκοιμεν

---

¹¹ ἔστ᾽ ἂν δέ. "But so long
as." Ἔστε has the sense of "so
long as," with a past tense, of an
actual fact (cf. I. ii. 18, ἔστε
συνήστην), and therefore with ἂν
it is naturally used, as here, for
"during whatsoever time."
¹² τῆς ἀρχαίας. The genitive
is a little difficult to explain. It
seems like the genitive in such
constructions as προιέναι τῆς
ἡλικίας, and so the words would
mean, "to be roused up to a point
of their former excellence."
¹³ ὧν οἱ ἄλλοι εἶχον. "Which
the rest of the world were in

possession of" (at the moment).
I suppose ὧν ἔχοιεν might have
been used in the sense of "what-
ever at various times they pos-
sessed." Cf. I. iv. 14, ἐδύνατ᾽
ἂν πράττειν ἃ ἐβούλετο, where
ἃ ἐβούλετο may be regarded as
simply an equivalent for τὰ βου-
λήματα.
¹⁴ καὶ ὡς τούτου. There is a
change in the construction from
the participle προσῆκον after
δεικτέον to ὡς ἂν εἶεν. There is
the opposite change in Thucyd.
i. 1, τεκμαιρόμενος ὅτι ἀκμάζοντές
τε ἦσαν καὶ ὁρῶν

K

αὐτοὺς ἀκηκοότας[15] ἀρίστους γεγονέναι. 10. Ἆρα
λέγεις τὴν τῶν θεῶν κρίσιν, ἣν οἱ περὶ Κέκροπα[16] δι'
ἀρετὴν ἔκριναν; Λέγω γάρ, καὶ τὴν Ἐρεχθέως γε
τροφὴν καὶ γένεσιν, καὶ τὸν πόλεμον τὸν ἐπ' ἐκείνου
γενόμενον πρὸς τοὺς ἐκ τῆς ἐχομένης ἠπείρου[17] πάσης,
καὶ τὸν ἐφ' Ἡρακλειδῶν πρὸς τοὺς ἐν Πελοποννήσῳ,
καὶ πάντας τοὺς ἐπὶ Θησέως πολεμηθέντας, ἐν οἷς
πᾶσιν ἐκεῖνοι δῆλοι γεγόνασι τῶν καθ' ἑαυτοὺς ἀνθρώ-
πων ἀριστεύσαντες. 11. Εἰ δὲ βούλει, ἃ ὕστερον οἱ
ἐκείνων μὲν ἀπόγονοι, οὐ πολὺ δὲ πρὸ ἡμῶν γεγονότες,
ἔπραξαν, τὰ μὲν αὐτοὶ καθ' ἑαυτοὺς[18] ἀγωνιζόμενοι
πρὸς τοὺς κυριεύοντας τῆς τε Ἀσίας πάσης καὶ τῆς
Εὐρώπης μέχρι Μακεδονίας καὶ πλείστην τῶν προγε-
γονότων δύναμιν καὶ ἀφορμὴν κεκτημένους καὶ μέγιστα
ἔργα κατειργασμένους, τὰ δὲ καὶ μετὰ Πελοποννησίων
ἀριστεύοντες καὶ κατὰ γῆν καὶ κατὰ θάλατταν· οἳ
δὴ καὶ λέγονται[19] πολὺ διενεγκεῖν τῶν καθ' ἑαυτοὺς

[15] αὐτοὺς ἀκηκοότας. The con-
struction is involved. It seems
to be ἀναμιμνήσκοιμεν, αὐτοὺς
ἀκηκοότας, τοὺς προγόνους γε-
γονέναι ἀρίστους, "remind them,
although they have themselves
(without our having to tell them)
heard it, that their ancestors were
excellent," so that γεγονέναι de-
pends on ἀναμιμνήσκειν, and αὐ-
τοὺς ἀκηκοότας is used absolutely
(like the common phrase τί δεῖ
ἐν εἰδόσιν μακρηγορεῖν).

[16] οἱ περὶ Κέκροπα. Cf. I. i.
18. The strife alluded to is that
between Athene and Poseidon for
supremacy at Athens. The force
of λέγω γάρ has been explained
before.

[17] ἐκ τῆς ἐχομένης ἠπείρου.
"From the adjacent continent."
This means the war carried on
against Erechtheus by the Eleu-

sinians and Thracians. See Thu-
cyd. ii. 15, and Herod. i. 30, and
Plato's Menex. 239 B.

[18] αὐτοὶ καθ' ἑαυτούς. At
Marathon, for instance. With
the Peloponnesians Salamis, Pla-
tæa, &c. were gained.

[19] οἳ δὴ καὶ λέγονται. "Who,
of course (δή), have the reputation
even." They are brave, and so
notoriously that every one thinks
them so as well. I think the pro-
noun οἵ refers not to the Lacedæ-
monians, but to the Athenians, the
main subjects of the narrative.
For as the Athenians are not said
to have surpassed the Pelopon-
nesians, but only to have fought
in their company, to speak of the
superior bravery of the last, would
not necessarily imply any eulo-
gium on the Athenians. Below,
after ἐπέτρεπον supply δίκαια.

ἀνθρώπων. Λέγονται γάρ, ἔφη. 12. Τοιγαροῦν πολ-
λῶν μὲν μεταναστάσεων ἐν τῇ Ἑλλάδι γεγονυιῶν
διέμειναν ἐν τῇ ἑαυτῶν, πολλοὶ δὲ ὑπὲρ δικαίων ἀντι-
λέγοντες ἐπέτρεπον ἐκείνοις, πολλοὶ δὲ ὑπὸ κρειττόνων
ὑβριζόμενοι κατέφευγον πρὸς ἐκείνους. 13. Καὶ ὁ Περι-
κλῆς· Καὶ θαυμάζω γε, ἔφη, ὦ Σώκρατες, ἡ πόλις ὅπως
ποτ᾽ ἐπὶ τὸ χεῖρον ἔκλινεν. Ἐγὼ μέν, ἔφη, οἶμαι, ὁ
Σωκράτης, ὥσπερ καὶ [20] ἄλλοι τινὲς διὰ τὸ πολὺ ὑπερ-
ενεγκεῖν καὶ κρατιστεῦσαι καταρραθυμήσαντες ὑστε-
ρίζουσι τῶν ἀντιπάλων, οὕτω καὶ Ἀθηναίους πολὺ δι-
ενεγκόντας ἀμελῆσαι ἑαυτῶν, καὶ διὰ τοῦτο χείρους γε-
γονέναι. 14. Νῦν οὖν, ἔφη, τί ἂν ποιοῦντες ἀναλάβοιεν
τὴν ἀρχαίαν ἀρετήν; Καὶ ὁ Σωκράτης· Οὐδὲν ἀπό-
κρυφον δοκεῖ μοι εἶναι, ἀλλ᾽, εἰ μὲν ἐξευρόντες τὰ τῶν
προγόνων ἐπιτηδεύματα μηδὲν χεῖρον ἐκείνων ἐπιτη-
δεύοιεν, οὐδὲν ἂν χείρους ἐκείνων γενέσθαι [21]· εἰ δὲ μή,
τοῖς γε νῦν πρωτεύοντας μιμούμενοι καὶ τούτοις τὰ
αὐτὰ ἐπιτηδεύοντες, ὁμοίως μὲν τοῖς αὐτοῖς χρώμενοι
οὐδὲν ἂν χείρους ἐκείνων εἶεν, εἰ δ᾽ ἐπιμελέστερον, καὶ
βελτίους. 15. Λέγεις, ἔφη [22], πόρρω που εἶναι τῇ
πόλει τὴν καλοκἀγαθίαν· πότε γὰρ οὕτως Ἀθηναῖοι,
ὥσπερ Λακεδαιμόνιοι, ἢ πρεσβυτέρους αἰδέσονται; οἱ
ἀπὸ τῶν πατέρων ἄρχονται καταφρονεῖν τῶν γεραιτέ-
ρων· ἢ σωμασκήσουσιν οὕτως; οἱ οὐ μόνον αὐτοὶ
εὐεξίας ἀμελοῦσιν, ἀλλὰ καὶ τῶν ἐπιμελουμένων κατα-
γελῶσι. 16. Πότε δὲ οὗτοι πείσονται τοῖς ἄρχουσιν;

[20] ὥσπερ καί. Cf. note on I.
i. 6.
[21] γενέσθαι. This depends on
δοκεῖ μοι repeated, or an equiva-
lent phrase. Below, with εἰ δὲ
ἐπιμελέστερον, supply χρῷντο, εἰ
χρῷντο being equivalent to χρώ-
μενοι.
[22] Λέγεις, ἔφη. "You describe
the State's excellence as some-
where very far off" (πόρρω που).
If the goodness of our city de-
pends on our copying the Lace-
dæmonians, it will not be realized
very soon, for we are at present
very unlike them. For the re-
spect paid by the Spartans to
age, cf. the well-known story of
their courtesy to the old man at
Olympia (Cic. de Senect. 18).

οἳ καὶ ἀγάλλονται ἐπὶ τῷ καταφρονεῖν τῶν ἀρχόντων·
ἢ πότε οὕτως ὁμονοήσουσιν; οἵ γε ἀντὶ μὲν τοῦ συνερ-
γεῖν ἑαυτοῖς τὰ συμφέροντα²³ ἐπηρεάζουσιν ἀλλήλοις
καὶ φθονοῦσιν ἑαυτοῖς μᾶλλον ἢ τοῖς ἄλλοις ἀνθρώποις·
μάλιστα δὲ πάντων ἔν τε ταῖς ἰδίαις συνόδοις καὶ ταῖς
κοιναῖς διαφέρονται καὶ πλείστας δίκας ἀλλήλοις δικά-
ζονται καὶ προαιροῦνται μᾶλλον οὕτω κερδαίνειν ἀπ'
ἀλλήλων ἢ συνωφελοῦντες αὑτούς· τοῖς δὲ κοινοῖς
ὥσπερ ἀλλοτρίοις χρώμενοι περὶ τούτων αὖ μάχονται
καὶ ταῖς εἰς τὰ τοιαῦτα²⁴ δυνάμεσι μάλιστα χαίρουσιν.
17. Ἐξ ὧν πολλὴ μὲν ἀπειρία καὶ κακία²⁵ τῇ πόλει
ἐμφύεται, πολλὴ δὲ ἔχθρα καὶ μῖσος ἀλλήλων τοῖς
πολίταις ἐγγίγνεται, δι' ἃ ἔγωγε μάλα φοβοῦμαι ἀεί,
μή τι μεῖζον ἢ ὥστε φέρειν δύνασθαι κακὸν τῇ πόλει
συμβῇ. 18. Μηδαμῶς, ἔφη ὁ Σωκράτης, ὦ Περίκλεις,
οὕτως ἡγοῦ ἀνηκέστῳ πονηρίᾳ νοσεῖν Ἀθηναίους· οὐχ
ὁρᾷς, ὡς εὔτακτοι μέν εἰσιν ἐν τοῖς ναυτικοῖς, εὐτάκτως
δ' ἐν τοῖς γυμνικοῖς ἀγῶσι πείθονται τοῖς ἐπιστάταις,
οὐδένων δὲ καταδεέστερον²⁶ ἐν τοῖς χοροῖς ὑπηρετοῦσι
τοῖς διδασκάλοις; 19. Τοῦτο γάρ τοι, ἔφη, καὶ θαυμασ-
τόν ἐστι, τὸ τοὺς μὲν τοιούτους πειθαρχεῖν τοῖς ἐφεσ-
τῶσι, τοὺς δὲ ὁπλίτας καὶ τοὺς ἱππεῖς, οἳ δοκοῦσι
καλοκἀγαθίᾳ προκεκρίσθαι τῶν πολιτῶν, ἀπειθεστά-
τους εἶναι πάντων. 20. Καὶ ὁ Σωκράτης ἔφη· Ἡ δὲ

---

²³ τὰ συμφέροντα. A cognate
accusative after συνεργεῖν, like
Βοηθεῖν τὰ δίκαια above (II. vi.
25). Below, οὕτω and συνωφε-
λοῦντες correspond.
²⁴ εἰς τὰ τοιαῦτα. Sc. τὰ τοι-
αῦτα οἷον τὸ μάχεσθαι περὶ τῶν
κοινῶν.
²⁵ ἀπειρία καὶ κακία. It is not
clear what this means. Appa-
rently κακία is not vice generally,
for then it would contain μῖσος

and ἔχθρα, but that particular
form of it to which the name
κακία is specifically appropriated.
If so, the words must imply,
"want of warlike skill, and
cowardice."
²⁶ καταδεέστερον. Cf. I. v. 6.
Below, τῶν δεδοκιμασμένων is
"those who have held office with
credit, and passed the usual scru-
tiny on its completion."

ἐν 'Αρείῳ πάγῳ βουλή, ὦ Περίκλεις, οὐκ ἐκ τῶν δεδο-
κιμασμένων καθίσταται; Καὶ μάλα, ἔφη. Οἶσθα οὖν
τινας, ἔφη, κάλλιον ἢ νομιμώτερον ἢ σεμνότερον ἢ
δικαιότερον τάς τε δίκας δικάζοντας καὶ τἆλλα πάντα
πράττοντας; Οὐ μέμφομαι, ἔφη, τούτοις²⁷. Οὐ τοί-
νυν, ἔφη, δεῖ ἀθυμεῖν, ὡς οὐκ εὐτάκτων ὄντων 'Αθηναίων.
21. Καὶ μὴν ἔν γε τοῖς στρατιωτικοῖς, ἔφη, ἔνθα μά-
λιστα δεῖ σωφρονεῖν τε καὶ εὐτακτεῖν καὶ πειθαρχεῖν,
οὐδενὶ τούτων προσέχουσιν. Ἴσως γάρ, ἔφη ὁ Σωκρά-
της, ἐν τούτοις οἱ ἥκιστα ἐπιστάμενοι ἄρχουσιν αὐτῶν·
οὐχ ὁρᾷς, ὅτι κιθαριστῶν μὲν καὶ χορευτῶν καὶ ὀρχησ-
τῶν οὐδὲ εἷς ἐπιχειρεῖ ἄρχειν μὴ ἐπιστάμενος, οὐδὲ
παλαιστῶν οὐδὲ παγκρατιαστῶν; ἀλλὰ πάντες, ὅσοι
τούτων ἄρχουσιν, ἔχουσι δεῖξαι, ὁπόθεν ἔμαθον ταῦτα,
ἐφ' οἷς ἐφεστᾶσι, τῶν δὲ στρατηγῶν οἱ πλεῖστοι αὐτο-
σχεδιάζουσιν. 22. Οὐ μέντοι σέ γε τοιοῦτον ἐγὼ νομίζω
εἶναι, ἀλλ' οἶμαί σε οὐδὲν ἧττον ἔχειν εἰπεῖν, ὁπότε
στρατηγεῖν ἢ ὁπότε παλαιειν ἤρξω μανθάνειν· καὶ
πολλὰ μὲν οἶμαί σε τῶν πατρῴων στρατηγημάτων
παρειληφότα διασώζειν²⁸, πολλὰ δὲ πανταχόθεν συν-
ενηνοχέναι, ὁπόθεν οἷόν τε ἦν μαθεῖν τι ὠφέλιμον εἰς
στρατηγίαν. 23. Οἶμαι δέ σε πολλὰ μεριμνᾶν, ὅπως
μὴ λάθῃς σεαυτὸν ἀγνοῶν τι τῶν εἰς στρατηγίαν ὠφε-
λίμων, καὶ ἐάν τι τοιοῦτον αἴσθῃ σεαυτὸν μὴ εἰδότα²⁹,
ζητεῖν τοὺς ἐπισταμένους ταῦτα, οὔτε δώρων οὔτε
χαρίτων φειδόμενον, ὅπως μάθῃς παρ' αὐτῶν ἃ μὴ
ἐπίστασαι, καὶ συνεργοὺς ἀγαθοὺς ἔχῃς. 24. Καὶ ὁ

---

²⁷ τούτοις. Sc. τοῖς 'Αρειο-
παγίταις, to be supplied from ἡ
ἐν 'Αρείῳ πάγῳ βουλή.

²⁸. διασώζειν. " Keep them safe
to the present time" (διά), through
the whole interval from then to
now.

²⁹ σεαυτὸν μὴ εἰδότα. The
more usual construction would

be αἴσθῃ μὴ εἰδώς (like οἶδα
ὤν, κ.τ.λ., the subject of the
participle and verb being the
same). But perhaps σεαυτόν is
used for the sake of the opposi-
tion to τοὺς ἐπισταμένους. Μή
is used, and not οὐ, because
the whole clause is hypothetical,
depending on ἐάν.

Περικλῆς· Οὐ λανθάνεις με, ὦ Σώκρατες, ἔφη, ὅτι οὐδ'
οἰόμενός[30] με τούτων ἐπιμελεῖσθαι ταῦτα λέγεις, ἀλλ'
ἐγχειρῶν με διδάσκειν, ὅτι τὸν μέλλοντα στρατηγεῖν
τούτων ἁπάντων ἐπιμελεῖσθαι δεῖ· ὁμολογῶ μέντοι
κἀγώ σοι ταῦτα. 25. Τοῦτο δ', ἔφη, ὦ Περίκλεις,
κατανενόηκας, ὅτι πρόκειται τῆς χώρας ἡμῶν ὄρη
μεγάλα καθήκοντα ἐπὶ τὴν Βοιωτίαν, δι' ὧν εἰς τὴν
χώραν εἴσοδοι στεναί τε καὶ προσάντεις εἰσί, καὶ ὅτι
μέση διέζωσται ὄρεσιν ἐρυμνοῖς ; Καὶ μάλα, ἔφη. 26.
Τί δέ ; σὺ ἐκεῖνο ἀκήκοας, ὅτι Μυσοὶ καὶ Πισίδαι ἐν
τῇ βασιλέως χώρᾳ κατέχοντες ἐρυμνὰ πάνυ χωρία καὶ
κούφως ὡπλισμένοι δύνανται πολλὰ μὲν τὴν βασιλέως
χώραν καταθέοντες κακοποιεῖν, αὐτοὶ δὲ ζῆν ἐλεύθεροι ;
Καὶ τοῦτό γ', ἔφη, ἀκούω. 27. Ἀθηναίους δ' οὐκ ἂν
οἴει, ἔφη, μέχρι τῆς ἐλαφρᾶς ἡλικίας[31] ὡπλισμένους
κουφοτέροις ὅπλοις καὶ τὰ προκείμενα τῆς χώρας ὄρη
κατέχοντας βλαβερούς μὲν τοῖς πολεμίοις εἶναι, μεγά-
λην δὲ προβολὴν τοῖς πολίταις τῆς χώρας κατεσκευάσ-
θαι ; Καὶ ὁ Περικλῆς· Πάντ' οἶμαι, ἔφη, ὦ Σώκρατες,
καὶ ταῦτα χρήσιμα εἶναι. 28. Εἰ τοίνυν, ἔφη ὁ Σωκρά-
της, ἀρέσκει σοι ταῦτα, ἐπιχείρει αὐτοῖς, ὦ ἄριστε· ὅ,τι
μὲν γὰρ ἂν τούτων καταπράξῃς, καὶ σοὶ καλὸν ἔσται
καὶ τῇ πόλει ἀγαθόν, ἐὰν δέ τι ἀδυνατῇς, οὔτε τὴν
πόλιν βλάψεις οὔτε σεαυτὸν καταισχυνεῖς.

---

[30] οὐδ' οἰόμενος. "Not so much
as supposing that," &c. Socrates
did not really think Pericles was
taking the steps mentioned, but
only pretended to think so, in
order to point out what he ought
to do. Below, the present ἀκούω
is "I do continually hear this."

[31] μέχρι τῆς ἐλαφρᾶς ἡλικίας.

"While their age retains its
agility." He no doubt refers to
the περίπολοι or militia, consist-
ing of youths from eighteen to
twenty, whose service was con-
fined to Attica. Below, κατα-
πράξῃς is "you succeed in carry-
ing out thoroughly," "you en-
tirely succeed in."

CHAPTER VI.

1. Γλαύκωνα δὲ τὸν Ἀρίστωνος, ὅτ᾽ ἐπεχείρει δημηγορεῖν ἐπιθυμῶν προστατεύειν τῆς πόλεως, οὐδέπω εἴκοσιν ἔτη γεγονώς, ὄντων ἄλλων οἰκείων τε καὶ φίλων οὐδεὶς ἐδύνατο παῦσαι³² ἑλκόμενόν τε ἀπὸ τοῦ βήματος καὶ καταγέλαστον ὄντα, Σωκράτης δὲ εὔνους ὢν αὐτῷ διά τε Χαρμίδην τὸν Γλαύκωνος καὶ διὰ Πλάτωνα μόνος ἔπαυσεν· 2. ἐντυχὼν γὰρ αὐτῷ πρῶτον μὲν εἰς τὸ ἐθελῆσαι³³ ἀκούειν τοιάδε λέξας κατέσχεν· Ὦ Γλαύκων, ἔφη, προστατεύειν ἡμῖν διανενόησαι τῆς πόλεως; Ἔγωγ᾽, ἔφη, ὦ Σώκρατες. Νὴ Δί᾽, ἔφη, καλὸν γάρ, εἴπερ τι καὶ ἄλλο τῶν ἐν ἀνθρώποις· δῆλον γάρ, ὅτι, ἐὰν τοῦτο διαπράξῃ, δυνατὸς μὲν ἔσῃ αὐτὸς τυγχάνειν ὅτου ἂν ἐπιθυμῇς, ἱκανὸς δὲ τοὺς φίλους ὠφελεῖν, ἐπαρεῖς δὲ τὸν πατρῷον οἶκον, αὐξήσεις δὲ τὴν πατρίδα, ὀνομαστὸς δ᾽ ἔσῃ πρῶτον μὲν ἐν τῇ πόλει, ἔπειτα ἐν τῇ Ἑλλάδι, ἴσως δὲ ὥσπερ Θεμιστοκλῆς³⁴ καὶ ἐν τοῖς βαρβάροις, ὅπου δ᾽ ἂν ᾖς, πανταχοῦ περίβλεπτος ἔσῃ. 3. Ταῦτ᾽ οὖν ἀκούων ὁ Γλαύκων ἐμεγαλύνετο καὶ ἡδέως παρέμενε. Μετὰ δὲ ταῦτα ὁ Σωκράτης· Οὐκοῦν, ἔφη, τοῦτο μέν, ὦ Γλαύκων, δῆλον, ὅτι, εἴπερ τιμᾶσθαι βούλει, ὠφελητέα σοι ἡ πόλις ἐστίν; Πάνυ μὲν οὖν, ἔφη. Πρὸς θεῶν, ἔφη, μὴ τοίνυν ἀποκρύψῃ,

---

³² παῦσαι. "To stop him from being dragged." The usual construction with παύειν is a participle, not an infinitive, although the latter is sometimes found. If an orator was distasteful to his hearers in the assembly, he was hooted down until he retired, or the τοξόται removed him. Schneider quotes Plato, Protag. 319 C, καταγέλωσι ἕως ἂν ἢ αὐτὸς ἀποστῇ ἢ οἱ τοξόται αὐτὸν ἀφέλκωσιν.

³³ εἰς τὸ ἐθελῆσαι. "He checked him, after speaking as follows, with a view to his becoming willing (ἐθελῆσαι) to listen." Below, ἡμῖν is the dative of the indirect object, "for our good," or the like.

³⁴ Θεμιστοκλῆς. Cf. Thucyd. i. 138 for the reputation of Themistocles amongst the Persians, γίγνεται παρ᾽ αὐτῷ μέγας καὶ ὅσοι οὐδεὶς πω Ἑλλήνων, κ.τ.λ.

ἀλλ' εἶπον ἡμῖν, ἐκ τίνος ἄρξῃ τὴν πόλιν εὐεργετεῖν ; 4.
Ἐπεὶ δὲ ὁ Γλαύκων διεσιώπησεν, ὡς ἂν τότε³⁵ σκοπῶν,
ὁπόθεν ἄρχοιτο· Ἆρ', ἔφη ὁ Σωκράτης, ὥσπερ, φίλου
οἶκον εἰ αὐξῆσαι βούλοιο, πλουσιώτερον αὐτὸν ἐπι-
χειροίης ἂν ποιεῖν, οὕτω καὶ τὴν πόλιν πειράσῃ πλου-
σιωτέραν ποιῆσαι ; Πάνυ μὲν οὖν, ἔφη. 5. Οὐκοῦν
πλουσιωτέρα γ' ἂν εἴη προσόδων αὐτῇ πλειόνων γενο-
μένων ; Εἰκὸς γοῦν, ἔφη. Λέξον δή, ἔφη, ἐκ τίνων νῦι
αἱ πρόσοδοι τῇ πόλει καὶ πόσαι τινές εἰσι ; δῆλον γάρ,
ὅτι ἔσκεψαι, ἵνα, εἰ μέν τινες αὐτῶν ἐνδεῶς ἔχουσιν,
ἐκπληρώσῃς, εἰ δὲ παραλείπονται³⁶, προσπορίσῃς.
Ἀλλὰ μὰ Δί', ἔφη ὁ Γλαύκων, ταῦτά γε οὐκ ἐπέ-
σκεμμαι. 6. Ἀλλ', εἰ τοῦτο, ἔφη, παρέλιπες, τάς γε
δαπάνας τῆς πόλεως ἡμῖν εἰπέ· δῆλον γάρ, ὅτι καὶ
τούτων³⁷ τὰς περιττὰς ἀφαιρεῖν διανοῇ. Ἀλλὰ μὰ
τὸν Δί', ἔφη, οὐδὲ πρὸς ταῦτά πω ἐσχόλασα. Οὐκοῦν,
ἔφη, τὸ μὲν πλουσιωτέραν τὴν πόλιν ποιεῖν ἀναβαλού-
μεθα· πῶς γὰρ οἷόν τε μὴ εἰδότα γε τὰ ἀναλώματα καὶ
τὰς προσόδους ἐπιμεληθῆναι τούτων ; 7. Ἀλλ', ὦ
Σώκρατες, ἔφη ὁ Γλαύκων, δυνατόν ἐστι καὶ ἀπὸ πο-
λεμίων τὴν πόλιν πλουτίζειν. Νὴ Δία, σφόδρα γ',
ἔφη ὁ Σωκράτης, ἐάν τις αὐτῶν κρείττων ᾖ· ἥττων δὲ

---

³⁵ ὡς ἂν τότε. Sc. ὡς ἂν δια-
σιωπήσειε τότε σκοπῶν, where
σκοπῶν is equivalent to εἰ σκοποίη.
Cf. III. viii. 1, ἀλλ' ὡς ἂν πεπεισ-
μένοι; sc. ὡς ἂν ἀποκρίναιντο εἰ
πεπεισμένοι εἴησαν. Cf. also II.
vi. 38, ὡς ἂν στρατηγικῷ ἐπι-
τρέψαι, sc. ὡς ἂν ἐπιτρέψειαν σοὶ
στρατηγικῷ ὄντι (εἰ στρατηγικὸς
εἴης).
³⁶ εἰ δὲ παραλείπονται. "And
if any are altogether passed over,
you may add them to our other
resources" (πρός). The main
revenues at Athens were derived
from the tribute paid by the allied

states (φόροι), excise and customs,
mines, public lands, judicial fines
(πρυτανεῖα). The average amount
was two thousand talents (Aris-
toph. Vespæ 66).
³⁷ καὶ τούτων. The καὶ is to
be taken with the whole sentence,
"you also intend to," &c. The
καὶ refers back to the previous
sentence, εἰ μέν τινες ἐνδεῶς ἔχου-
σιν, ἐκπληρώσῃς, you intend to
increase the revenues, and also to
cut down expenses. Below, in
ἐπιμεληθῆναι τούτων, the pronoun
although plural means τοῦ πλου-
σιωτέραν τὴν πόλιν ποιεῖν.

ὧν καὶ τὰ ὄντα προσαποβάλοι ³⁸ ἄν. Ἀληθῆ λέγεις,
ἔφη. 8. Οὐκοῦν, ἔφη, τόν γε βουλευσόμενον πρὸς
οὕστινας δεῖ πολεμεῖν τήν τε τῆς πόλεως δύναμιν καὶ
τὴν τῶν ἐναντίων εἰδέναι δεῖ, ἵνα, ἐὰν μὲν ἡ τῆς πόλεως
κρείττων ᾖ, συμβουλεύῃ ἐπιχειρεῖν τῷ πολέμῳ, ἐὰν δὲ
ἥττων τῶν ἐναντίων ³⁹, εὐλαβεῖσθαι πείθῃ. Ὀρθῶς
λέγεις, ἔφη. 9. Πρῶτον μὲν τοίνυν, ἔφη, λέξον ἡμῖν
τῆς πόλεως τήν τε πεζικὴν καὶ τὴν ναυτικὴν δύναμιν,
εἶτα τὴν τῶν ἐναντίων. Ἀλλὰ μὰ τὸν Δί', ἔφη, οὐκ
ἂν ἔχοιμί σοι οὕτως γε ἀπὸ στόματος εἰπεῖν. Ἀλλ',
εἰ γέγραπταί σοι, ἔνεγκε, ἔφη· πάνυ γὰρ ἡδέως ἂν
τοῦτο ἀκούσαιμι. Ἀλλὰ μὰ τὸν Δί', ἔφη, οὐδὲ γέ-
γραπταί μοί πω. 10. Οὐκοῦν, ἔφη, καὶ περὶ πολέμου
συμβουλεύειν τήν γε πρώτην ⁴⁰ ἐπισχήσομεν· ἴσως γὰρ
καὶ διὰ τὸ μέγεθος αὐτῶν ἄρτι ἀρχόμενος τῆς προστα-
τείας οὔπω ἐξήτακας. Ἀλλά τοι περί γε φυλακῆς τῆς
χώρας οἶδ' ὅτι σοι μεμέληκε, καὶ οἶσθα, ὁπόσαι τε
φυλακαὶ ἐπίκαιροι εἰσι καὶ ὁπόσαι μή, καὶ ὁπόσοι τε
φρουροὶ ἱκανοί εἰσι καὶ ὁπόσοι μή εἰσι, καὶ τὰς μὲν
ἐπικαίρους φυλακὰς συμβουλεύσειν ⁴¹ μείζονας ποιεῖν,
τὰς δὲ περιττὰς ἀφαιρεῖν. 11. Νὴ Δί', ἔφη ὁ Γλαύκων,
ἁπάσας μὲν οὖν ⁴² ἔγωγε, ἕνεκά γε τοῦ οὕτως αὐτὰς

---

³⁸ προσαποβάλοι. "Would, be-
sides (not getting any thing),
lose even what he has."
³⁹ τῶν ἐναντίων. Sc. τῆς τῶν
ἐναντίων, but the strictly correct
form of expression is not always
observed. Cf. III. v. 4, ἡ τῶν
Ἀθηναίων δόξα πρὸς τοὺς Βοιω-
τούς (πρὸς τὴν τῶν Βοιωτῶν).
So in Latin, "Plus in amore
valet Mimnermi versus Homero"
(versu Homeri).
⁴⁰ τήν γε πρώτην. "At all
events just at first." Ὁδόν or
some word of the kind must be
supplied. Cf. Demosth. Olynth.

iii. (p. 29), τοῦθ' ἱκανὸν προλαβεῖν
ἡμῖν εἶναι τὴν πρώτην. Below,
καὶ διὰ τὸ μέγεθος seems to be,
"owing to their extent, as well
as for other reasons" (καί),
where αὐτῶν probably refers to
the land and sea forces.
⁴¹ συμβουλεύσειν. This, I
think, depends on οἶδα, so that
οἶδα συμβουλεύσειν is put for
οἶδα ὅτι συμβουλεύσεις. With an
infinitive γιγνώσκω rather has the
sense of "considering," "holding
an opinion," than of "knowing."
⁴² ἁπάσας μὲν οὖν. For the
corrective force of μὲν οὖν see

φυλάττεσθαι, ὥστε κλέπτεσθαι τὰ ἐκ τῆς χώρας⁴³.
Ἐὰν δέ τις ἀφέλῃ γ', ἔφη, τὰς φυλακάς, οὐκ οἴει καὶ
ἁρπάζειν ἐξουσίαν ἔσεσθαι τῷ βουλομένῳ ; ἀτάρ, ἔφη,
πότερον ἐλθὼν αὐτὸς ἐξήτακας τοῦτο, ἢ πῶς οἶσθα, ὅτι
κακῶς φυλάττονται ; Εἰκάζω, ἔφη. Οὔκουν, ἔφη, καὶ
περὶ τούτων, ὅταν μηκέτι εἰκάζωμεν, ἀλλ' ἤδη εἰδῶμεν,
τότε συμβουλεύσομεν ; Ἴσως, ἔφη ὁ Γλαύκων, βέλτιον.
12. Εἴς γε μήν, ἔφη, τἀργύρια οἶδ' ὅτι οὐκ ἀφῖξαι,
ὥστ' ἔχειν εἰπεῖν, διότι νῦν ἐλάττω ἢ πρόσθεν προσ-
έρχεται αὐτόθεν. Οὐ γὰρ οὖν ἐλήλυθα⁴⁴, ἔφη. Καὶ
γὰρ νὴ Δί', ἔφη ὁ Σωκράτης, λέγεται βαρὺ τὸ χωρίον⁴⁵
εἶναι, ὥστε, ὅταν περὶ τούτου δέῃ συμβουλεύειν, αὕτη
σοι ἡ πρόφασις ἀρκέσει. Σκώπτομαι, ἔφη ὁ Γλαύκων.
13. Ἀλλ' ἐκείνου γέ τοι, ἔφη, οἶδ' ὅτι οὐκ ἠμέληκας,
ἀλλ' ἔσκεψαι, καὶ πόσον χρόνον ἱκανός ἐστιν ὁ ἐκ τῆς
χώρας γιγνόμενος σῖτος διατρέφειν τὴν πόλιν, καὶ
πόσου εἰς τὸν ἐνιαυτὸν προσδέεται⁴⁶, ἵνα μὴ τοῦτό γε
λάθῃ σέ ποτε ἡ πόλις ἐνδεὴς γενομένη, ἀλλ' εἰδὼς ἔχῃς
ὑπὲρ τῶν ἀναγκαίων συμβουλεύων τῇ πόλει βοηθεῖν τε
καὶ σώζειν αὐτήν. Λέγεις, ἔφη ὁ Γλαύκων, παμμέ-
γεθες πρᾶγμα, εἴγε καὶ τῶν τοιούτων ἐπιμελεῖσθαι
δεήσει.   14. Ἀλλὰ μέντοι, ἔφη ὁ Σωκράτης, οὐδ' ἂν

above, II. vii. 5. The construc-
tion is ἀπάσας μὲν οὖν ἔγωγε συμ-
βουλεύσω ἀφαιρεῖν.   Translate,
"Nay, rather, I will advise the
removal of all, on the ground at
least of their being," &c.
⁴³ τὰ ἐκ τῆς χώρας. The pre-
position ἐκ is due to the general
idea of removal, and the expres-
sion is a brief one for τὰ ἐν τῇ
χώρᾳ κλέπτεσθαι ἐξ αὐτῆς. Cf.
Thucyd. vi. 7, ἐκδιδράσκουσιν οἱ
ἐκ τῶν Ὀρνεῶν.
⁴⁴ Οὐ γὰρ οὖν ἐλήλυθα. Cf.
III. iii. 2, ἔστι γὰρ οὖν. The force
of οὖν in such cases is "certainly,"

"assuredly," when the fact stated
cannot be disputed.
⁴⁵ βαρὺ τὸ χωρίον. "(And no
wonder) for certainly (καὶ γάρ)
the place (the mines) is un-
healthy." Here καί qualifies γάρ.
⁴⁶ προσδέεται. The subject is
ἡ πόλις, supplied from τὴν πόλιν.
Translate, "and how much more
besides (πρός) the city wants."
In the next clause, τοῦτο is the
accusative after ἐνδεής, appa-
rently the one of locality before
spoken of, as in phrases like ἀγα-
θὸς τὰ πολεμικά.

τὸν ἑαυτοῦ ποτε οἶκον καλῶς τις οἰκήσειεν, εἰ μὴ πάντα
μὲν εἴσεται, ὧν προσδέεται, πάντων δὲ ἐπιμελόμενος
ἐκπληρώσει· ἀλλ' ἐπεὶ ἡ μὲν πόλις ἐκ πλειόνων ἢ
μυρίων οἰκιῶν [47] συνέστηκε, χαλεπὸν δέ ἐστιν ἅμα
τοσούτων οἴκων ἐπιμελεῖσθαι, πῶς οὐχ ἕνα, τὸν τοῦ
θείου, πρῶτον ἐπειράθης αὐξῆσαι; δέεται δέ· κἂν μὲν
τοῦτον δύνῃ, καὶ πλείοσιν ἐπιχειρήσεις· ἕνα δὲ μὴ
δυνάμενος [48] ὠφελῆσαι, πῶς ἂν πολλούς γε δυνηθείης;
ὥσπερ εἴ τις ἐν τάλαντον μὴ δύναιτο φέρειν, πῶς οὐ
φανερόν, ὅτι πλείω γε φέρειν οὐδ' ἐπιχειρητέον αὐτῷ;
15. Ἀλλ' ἔγωγ', ἔφη ὁ Γλαύκων, ὠφελοίην ἂν τὸν τοῦ
θείου [49] οἶκον, εἴ μοι ἐθέλοι πείθεσθαι. Εἶτα, ἔφη ὁ
Σωκράτης, τὸν θεῖον οὐ δυνάμενος πείθειν, Ἀθη-
ναίους πάντας μετὰ τοῦ θείου νομίζεις δυνήσεσθαι
ποιῆσαι πείθεσθαί σοι; 16. Φυλάττου, ἔφη, ὦ Γλαύ-
κων, ὅπως μὴ τοῦ εὐδοξεῖν ἐπιθυμῶν εἰς τοὐναντίον
ἔλθῃς· ἢ οὐχ ὁρᾷς, ὡς σφαλερόν ἐστι τὸ ἃ μὴ οἶδέ τις,
ταῦτα λέγειν ἢ πράττειν; ἐνθυμοῦ δὲ τῶν ἄλλων,
ὅσους οἶσθα τοιούτους, οἷοι φαίνονται [50] καὶ λέγοντες ἃ

---

[47] ἢ μυρίων οἰκιῶν. Οἰκίαι here
are houses, οἶκοι families. The
average number of persons in
each house in the chief towns of
England is about seven probably.
This would give a population of
only 70,000. But from the large
number· of slaves kept by the
well-to-do, it is evident that the
average number to a house must
be greatly enlarged, but to what
extent is a matter of guess-work.
Clinton assumes twelve, and this
would give 120,000, to which he
adds 40,000 more for Peiræus
and the other harbours. Boeckh
makes the total 180,000; Col.
Leake, I believe, about 190,000.
[48] μὴ δυνάμενος. "Supposing
you are not (μή) able." Οὐ δυνά-

μενος would be, "since you are
unable," assuming his inability to
be a fact, which the other form
does not.
[49] τὸν τοῦ θείου. Sc. Char-
mides, as will be seen from the
subjoined table :—

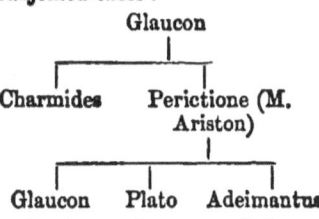

Glaucon
|
Charmides   Perictione (M.
              Ariston)
|
Glaucon   Plato   Adeimantus.

[50] οἷοι φαίνονται. This ex-
plains τοιούτους, "whom you
know to be such,—such, I mean,
as are seen," &c. The genitive

μὴ ἴσασι καὶ πράττοντες, πότερά σοι δοκοῦσιν ἐπὶ τοῖς τοιούτοις ἐπαίνου μᾶλλον ἢ ψόγου τυγχάνειν; καὶ πότερον θαυμάζεσθαι μᾶλλον ἢ καταφρονεῖσθαι; 17. Ἐνθυμοῦ δὲ καὶ τῶν εἰδότων[51] ὅ,τι τε λέγουσι καὶ ὅ,τι ποιοῦσι, καί, ὡς ἐγὼ νομίζω, εὑρήσεις ἐν πᾶσιν ἔργοις τοὺς μὲν εὐδοκιμοῦντάς τε καὶ θαυμαζομένους ἐκ τῶν μάλιστα ἐπισταμένων ὄντας, τοὺς δὲ κακοδοξοῦντάς τε καὶ καταφρονουμένους ἐκ τῶν ἀμαθεστάτων. 18. Εἰ οὖν ἐπιθυμεῖς εὐδοκιμεῖν τε καὶ θαυμάζεσθαι ἐν τῇ πόλει, πειρῶ κατεργάσασθαι ὡς μάλιστα τὸ εἰδέναι ἃ βούλει πράττειν· ἐὰν γὰρ τούτῳ διενέγκας τῶν ἄλλων ἐπιχειρῇς τὰ τῆς πόλεως πράττειν, οὐκ ἂν θαυμάσαιμι, εἰ πάνυ ῥᾳδίως τύχοις ὧν ἐπιθυμεῖς.

CHAPTER VII.

1. Χαρμίδην δὲ τὸν Γλαύκωνος ὁρῶν ἀξιόλογον μὲν ἄνδρα ὄντα καὶ πολλῷ δυνατώτερον τῶν τὰ πολιτικὰ τότε πραττόντων, ὀκνοῦντα δὲ προσιέναι τῷ δήμῳ καὶ τῶν τῆς πόλεως πραγμάτων ἐπιμελεῖσθαι· Εἰπέ μοι, ἔφη, ὦ Χαρμίδη, εἴ τις ἱκανὸς ὢν τοὺς στεφανίτας ἀγῶνας νικᾶν[52] καὶ διὰ τοῦτο αὐτός τε τιμᾶσθαι καὶ τὴν πατρίδα ἐν τῇ Ἑλλάδι εὐδοκιμωτέραν ποιεῖν μὴ

τῶν ἄλλων depends on ὅσους. But see Breitenbach's note on the passage.

[51] καὶ τῶν εἰδότων. Sauppe makes ὅτι τε λέγουσι, κ.τ.λ. depend on ἐνθυμοῦ, not on εἰδότων, which I can hardly think right. The construction seems to have been altered in the writing. If it had run ἐνθυμοῦ τῶν εἰδότων ὅτι οἱ μὲν εὐδοκιμοῦντες ἐκ τῶν μάλιστα ἐπισταμένων εἰσίν, then tho real object after ἐνθυμοῦ would have been ὅτι οἱ μὲν . . . εἰσίν; "re-flect on the fact that . , . as belonging to those who know." Instead of this the form is altered into ἐνθυμοῦ καὶ εὑρήσεις, κ.τ.λ.

[52] ἀγῶνας νικᾶν. This is really a cognate accusative, like νίκην νικᾶν, and similar to νικᾶν 'Ολύμπια and the like forms. 'Αγὼν στεφανίτης is one where a wreath was the guerdon, opposed to one where the prize bore a money value (θεματικός). For ποῖόν τινα see I. i. 1 (τοιάδε τις).

θέλοι ἀγωνίζεσθαι, ποῖόν τινα τοῦτον νομίζοις ἂν τὸν ἄνδρα εἶναι; Δῆλον ὅτι, ἔφη, μαλακόν τε καὶ δειλόν. 2. Εἰ δέ τις, ἔφη, δυνατὸς ὢν τῶν τῆς πόλεως πραγμάτων ἐπιμελόμενος τήν τε πόλιν αὔξειν καὶ αὐτὸς διὰ τοῦτο τιμᾶσθαι ὀκνοίη δὴ [53] τοῦτο πράττειν, οὐκ ἂν εἰκότως δειλὸς νομίζοιτο; Ἴσως, ἔφη· ἀτὰρ πρὸς τί με ταῦτ' ἐρωτᾷς; Ὅτι, ἔφη, οἶμαί σε δυνατὸν ὄντα ὀκνεῖν ἐπιμελεῖσθαι, καὶ ταῦτα [54] ὧν ἀνάγκη σοι μετέχειν πολίτῃ γε ὄντι. 3. Τὴν δὲ ἐμὴν δύναμιν, ἔφη ὁ Χαρμίδης, ἐν ποίῳ ἔργῳ καταμαθὼν ταῦτά μου καταγι̣,·ώσκεις; Ἐν ταῖς συνουσίαις, ἔφη, αἷς σύνει [55] τοῖς τὰ τῆς πόλεως πράττουσιν· καὶ γάρ, ὅταν τι ἀνακοινῶνταῖ σοι, ὁρῶ σε καλῶς συμβουλεύοντα, καὶ ὅταν τι ἁμαρτάνωσιν, ὀρθῶς ἐπιτιμῶντα. 4. Οὐ ταὐτόν ἐστιν, ἔφη, ὦ Σώκρατες, ἰδίᾳ τε διαλέγεσθαι καὶ ἐν τῷ πλήθει ἀγωνίζεσθαι. Καὶ μήν, ἔφη, ὅ γε ἀριθμεῖν δυνάμενος οὐδὲν ἧττον ἐν τῷ πλήθει ἢ μόνος ἀριθμεῖ, καὶ οἱ κατὰ μόνας [56] ἄριστα κιθαρίζοντες, οὗτοι καὶ ἐν τῷ πλήθει κρατιστεύουσιν. 5. Αἰδῶ δὲ καὶ φόβον, ἔφη, οὐχ ὁρᾷς ἔμφυτά τε ἀνθρώποις ὄντα καὶ πολλῷ μᾶλλον ἐν τοῖς ὄχλοις ἢ ἐν ταῖς ἰδίαις ὁμιλίαις παριστάμενα; Καὶ σέ γε διδάξων, ἔφη, ὥρμημαι, ὅτι οὔτε τοὺς φρονιμωτάτους [57] αἰδούμενος οὔτε τοὺς ἰσχυροτάτους φοβού-

---

[53] ὀκνοίη δή. "Should be absolutely reluctant." Δή seems only used to give emphasis to ὀκνοίη, just as it occurs with superlatives, πλεῖστοι δή, κ.τ.λ.

[54] καὶ ταῦτα. Sc. καὶ ταῦτα ("and that too") ἐπιμελεῖσθαι τούτων ὧν, κ.τ.λ. For the next words cf. I. iii. 10.

[55] αἷς σύνει. Cf. II. i. 32, παρ' ἀνθρώποις οἷς προσήκει. In the next words καί corresponds to καί in καὶ ὅταν τι ἁμαρτάνωσιν.

[56] κατὰ μόνας. "Alone," supplying perhaps χώρας. Cf. Thucyd.

i. 37, ὅπως κατὰ μόνας ἀδικῶσι.

[57] ὅτι οὔτε τοὺς φρονιμωτάτους. "I am bent," says Socrates, "on showing you that you feel too bashful to speak amongst the foolish, although you cannot be in the position of feeling bashful before the wise, or timid before the strong, for the assembly is made up of those who are neither. There are in it no wise men before whom you might feel bashful, nor strong before whom you might feel alarmed." It is perfectly true, nevertheless, that a

μενος ἐν τοῖς ἀφρονεστάτοις τε καὶ ἀσθενεστάτοις
αἰσχύνῃ λέγειν· 6. πότερον γὰρ τοὺς γναφεῖς αὐτῶν
ἢ τοὺς σκυτεῖς ἢ τοὺς τέκτονας ἢ τοὺς χαλκεῖς ἢ τοὺς
γεωργοὺς ἢ τοὺς ἐμπόρους ἢ τοὺς ἐν τῇ ἀγορᾷ μετα-
βαλλομένους⁵⁸ καὶ φροντίζοντας, ὅ,τι ἐλάττονος πρι-
άμενοι πλείονος ἀποδῶνται, αἰσχύνῃ; ἐκ γὰρ τούτων
ἁπάντων ἡ ἐκκλησία συνίσταται. 7. Τί δὲ οἴει δια-
φέρειν ὃ σὺ ποιεῖς ἢ τῶν ἀσκητῶν⁵⁹ ὄντα κρείττω τοὺς
ἰδιώτας⁶⁰ φοβεῖσθαι; οὐ γὰρ τοῖς πρωτεύουσιν ἐν τῇ
πόλει, ὧν ἔνιοι καταφρονοῦσί σου, ῥᾳδίως διαλεγόμενος
καὶ τῶν ἐπιμελομένων τοῦ τῇ πόλει διαλέγεσθαι πολὺ
περιὼν⁶¹ ἐν τοῖς μηδὲ πώποτε φροντίσασι τῶν πολι-
τικῶν μηδὲ σοῦ καταπεφρονηκόσιν ὀκνεῖς λέγειν δεδιώς,
μὴ καταγελασθῇς; 8. Τί δ'; ἔφη, οὐ δοκοῦσί σοι
πολλάκις οἱ ἐν τῇ ἐκκλησίᾳ τῶν ὀρθῶς λεγόντων κατα-
γελᾶν; Καὶ γὰρ οἱ ἕτεροι, ἔφη· διὸ καὶ θαυμάζω σου⁶²,
εἰ ἐκείνους, ὅταν τοῦτο ποιῶσι, ῥᾳδίως χειρούμενος, τού-
τοις δὲ⁶³ μηδένα τρόπον οἴει δυνήσεσθαι προσενεχθῆναι.

person may be, and feel, superior
to each unit in an assembly, and
yet be afraid to address them
collectively. There is the chance
of failure present to the speaker,
and the mysterious influence of
numbers. There are some re-
marks on the subject in "Remains
of Archbishop Whately."

⁵⁸ μεταβαλλυμένους. "Those
who barter goods," distinguished
from the merchants who cross
the seas with their merchandise.

⁵⁹ ἢ τῶν ἀσκητῶν. The sense
of comparison inherent in διαφέρει
accounts for the use of ἤ. Cf.
III. ii. 14, τηνικαῦτα γὰρ πολὺ
διαφέρει τὰ αὐτὰ δῶρα ἢ πρὶν ἐπι-
θυμῆσαι διδόναι. With ἀσκητῶν
supply τινά.

⁶⁰ ἰδιώτας. 'Ιδιώτης is used,
like our "layman," as opposed to

a professional. Cf. Thucyd. vi. 72,
ἰδιώτας ὡς εἰπεῖν χειροτέχναις ἀντ-
αγωνισαμένους, "laymen against
craftsmen in war."

⁶¹ πολὺ περιών. "Being greatly
superior to." Cf. Xen. Anab. I.
ix. 24, τὸ δὲ τῇ ἐπιμελείᾳ περι-
εἶναι τῶν φίλων. Below, in καὶ
γὰρ οἱ ἕτεροι, καί is to be joined
with οἱ ἕτεροι, "for the others as
well as those in the assembly."
"The others" are those with
whom he is brought into contact
privately (see above, § 3).

⁶² θαυμάζω σου. The object
after θαυμάζω is the whole clause,
εἰ . . . προσενεχθῆναι. See note
on III. vi. 17, under τῶν εἰδότων.

⁶³ τούτοις δέ. The δέ is super-
fluous, a participle only having
preceded (χειρούμενος). Cf. Plato
de Repub. 393 E, ἐκείνοις μὲν τοὺς

9. Ὦ ἀγαθέ, μὴ ἀγνόει, σεαυτὸν μηδὲ ἁμάρτανε ἃ οἱ πλεῖστοι ἁμαρτάνουσιν· οἱ γὰρ πολλοὶ ὡρμηκότες ἐπὶ τὸ σκοπεῖν τὰ τῶν ἄλλων πράγματα οὐ τρέπονται ἐπὶ τὸ ἑαυτοὺς ἐξετάζειν· μὴ οὖν ἀποῤῥαθύμει τούτου, ἀλλὰ διατείνου μᾶλλον πρὸς τὸ σεαυτῷ προσέχειν· καὶ μὴ ἀμέλει τῶν τῆς πόλεως, εἴ τι δυνατόν ἐστι διὰ σὲ βέλτιον ἔχειν· τούτων γὰρ καλῶς ἐχόντων οὐ μόνον οἱ ἄλλοι πολῖται, ἀλλὰ καὶ οἱ σοὶ φίλοι καὶ αὐτὸς σὺ οὐκ ἐλάχιστα ὠφελήσῃ.

CHAPTER VIII.

1. Ἀριστίππου δ' ἐπιχειροῦντος ἐλέγχειν τὸν Σωκράτην, ὥσπερ αὐτὸς ὑπ' ἐκείνου τὸ πρότερον ἠλέγχετο, βουλόμενος τοὺς συνόντας ὠφελεῖν ὁ Σωκράτης ἀπεκρίνατο, οὐχ ὥσπερ οἱ φυλαττόμενοι, μή πῃ ὁ λόγος ἐπαλλαχθῇ [54], ἀλλ' ὡς ἂν πεπεισμένοι μάλιστα πράττειν τὰ δέοντα. 2. Ὁ μὲν γὰρ αὐτὸν ἤρετο, εἴ τι εἰδείη ἀγαθόν, ἵνα, εἴ τι εἴποι τῶν τοιούτων, οἷον ἢ σιτίον ἢ ποτὸν ἢ χρήματα ἢ ὑγίειαν ἢ ῥώμην ἢ τόλμαν, δεικνύοι δὴ [55] τοῦτο κακὸν ἐνίοτε ὄν· ὁ δὲ εἰδώς, ὅτι, ἐάν τι

θεοὺς δοῦναι ἑλόντας τὴν Τροίαν αὐτοὺς δὲ σωθῆναι. Buttmann in his remarks on δέ in apodosi at the end of his edition of the speech against Midias, quotes also Thucyd. i. 67, φανερῶς μὲν οὐ πρεσβευόμενοι, κρύφα δὲ ἐνῆγον τὸν πόλεμον; but this seems dubious, as κρύφα may be siugly opposed to φανερῶς οὐ πρεσβευόμενοι, so that ἐνῆγον applies to both clauses.

[54] ἐπαλλαχθῇ. "Should get into a difficulty," "become ambiguous." People who are arguing for argument's sake, are careful not to say any thing which may

cut both ways, and so be turned against them. If Socrates had admitted wealth to be good, for instance, it would have got him into difficulty by reason of the ambiguity of the admission, for wealth is not under all circumstances good. For ὡς ἂν πεπεισμένοι cf. III. vi. 4, under ὡς ἂν τότε σκοπῶν.

[55] δεικνύοι δή. "He might— as of course he could—prove." This does not seem to be the same use of δή as in III. vii. 2, ὀκνοίη δή, for I do not see that δεικνύοι admits of any emphasis. It rather

ἐνοχλῇ ἡμᾶς, δεόμεθα τοῦ παύσοντος, ἀπεκρίνατο ἥπερ
καὶ ποιεῖν⁶⁶ κράτιστον· 3. Ἀρά γε, ἔφη, ἐρωτᾷς με,
εἴ τι οἶδα πυρετοῦ ἀγαθόν; Οὐκ ἔγωγ᾽, ἔφη. Ἀλλ᾽
ὀφθαλμίας; Οὐδὲ τοῦτο. Ἀλλὰ λιμοῦ; Οὐδὲ λιμοῦ.
Ἀλλὰ μήν, ἔφη, εἴγ᾽ ἐρωτᾷς με, εἴ τι ἀγαθὸν οἶδα, ὃ
μηδενὸς ἀγαθόν ἐστιν, οὔτ᾽ οἶδα, ἔφη, οὔτε δέομαι⁶⁷.

4. Πάλιν δὲ τοῦ Ἀριστίππου ἐρωτῶντος αὐτόν, εἴ
τι εἰδείη καλόν; Καὶ πολλά, ἔφη. Ἀρ᾽ οὖν, ἔφη,
πάντα ὅμοια ἀλλήλοις; Ὡς οἷόν τε μὲν οὖν, ἔφη, ἀνο-
μοιότατα ἔνια. Πῶς οὖν, ἔφη, τὸ τῷ καλῷ ἀνόμοιον
καλὸν ἂν εἴη; Ὅτι, νὴ Δί᾽, ἔφη, ἔστι μὲν τῷ καλῷ
πρὸς δρόμον ἀνθρώπῳ ἄλλος ἀνόμοιος, καλὸς πρὸς
πάλην, ἔστι δὲ ἀσπίς, καλὴ πρὸς τὸ προβαλέσθαι, ὡς
ἔνι ἀνομοιοτάτη τῷ ἀκοντίῳ, καλῷ πρὸς τὸ σφόδρα τε
καὶ ταχὺ φέρεσθαι. 5. Οὐδὲν διαφερόντως, ἔφη, ἀπο-
κρίνῃ μοι ἢ ὅτε σε ἠρώτησα, εἴ τι ἀγαθὸν εἰδείης. Σὺ
δ᾽ οἴει, ἔφη, ἄλλο μὲν ἀγαθόν, ἄλλο δὲ καλὸν εἶναι;
οὐκ οἶσθ᾽, ὅτι πρὸς ταὐτὰ πάντα καλά τε κἀγαθά
ἐστιν; πρῶτον μὲν γὰρ ἡ ἀρετὴ οὐ πρὸς ἄλλα μὲν
ἀγαθόν, πρὸς ἄλλα δὲ καλόν ἐστιν, ἔπειτα⁶⁸ οἱ ἄνθρω-
ποι τὸ αὐτό τε καὶ πρὸς τὰ αὐτὰ καλοὶ κἀγαθοὶ λέγον-

seems used, as often, when an admitted fact is stated. Cf. II. i. 21, ὅπερ δή, "which, as every one knows."

⁶⁶ ἥπερ καὶ ποιεῖν. "As it was also best to do" (sc. to answer); so that ποιεῖν is equivalent to ἀποκρίνασθαι. Καί does not seem to mean any thing here, and indeed, as I have before remarked, after relatives is apparently added mechanically.

⁶⁷ οὔτε δέομαι. Sc. εἰδέναι. It is to be remarked that here Socrates distinctly asserts the relativity of goodness: a thing is good *for* something else; in other words, there is no recognition so far of an abstract, absolute good; a view which Plato would refuse to admit.

⁶⁸ ἔπειτα. This corresponds to πρῶτον μέν. Cf. I. ii. 1. Below, τὸ αὐτό τε λέγονται is not easy to explain. Perhaps τὸ αὐτό is an accusative of locality as it were, like ἀγαθὸς τὰ πολεμικά. If so, the words mean, "are said to be beautiful and good in the self-same point (or quality) and with reference to the same objects." The general doctrine of course is, that use is the measure of beauty.

ται, πρὸς τὰ αὐτὰ δὲ καὶ τὰ σώματα τῶν ἀνθρώπων
καλά τε κἀγαθὰ φαίνεται, πρὸς ταὐτὰ δὲ καὶ τἆλλα
πάντα, οἷς ἄνθρωποι χρῶνται, καλά τε κἀγαθὰ νομί-
ζεται, πρὸς ἅπερ ἂν εὔχρηστα ᾖ. 6. Ἄρ᾽ οὖν, ἔφη,
καὶ κόφινος κοπροφόρος καλόν ἐστιν; Νὴ Δί᾽, ἔφη,
καὶ χρυσῆ γε ἀσπὶς αἰσχρόν, ἐὰν πρὸς τὰ ἑαυτῶν ἔργα
ὁ μὲν καλῶς πεποιημένος ᾖ, ἡ δὲ κακῶς. Λέγεις σύ,
ἔφη, καλά τε καὶ αἰσχρὰ τὰ αὐτὰ εἶναι; 7. Καὶ νὴ
Δί᾽ ἔγωγ᾽, ἔφη, ἀγαθά τε καὶ κακά· πολλάκις γὰρ τό
τε λιμοῦ ἀγαθὸν πυρετοῦ κακόν ἐστι, καὶ τὸ πυρετοῦ
ἀγαθὸν λιμοῦ κακόν ἐστι, πολλάκις δὲ τὸ μὲν πρὸς
δρόμον καλὸν πρὸς πάλην αἰσχρόν, τὸ δὲ πρὸς πάλην
καλὸν πρὸς δρόμον αἰσχρόν· πάντα γαρ ἀγαθὰ μὲν καὶ
καλά ἐστι πρὸς ἃ ἂν εὖ ἔχῃ, κακὰ δὲ καὶ αἰσχρὰ πρὸς
ἃ ἂν κακῶς.

8. Καὶ οἰκίας λέγων δὲ τὰς αὐτὰς καλάς τε εἶναι καὶ
χρησίμους παιδεύειν ἔμοιγ᾽ ἐδόκει, οἵας χρὴ οἰκοδο-
μεῖσθαι. Ἐπεσκόπει δὲ ὧδε· Ἆρά γε τὸν μέλλοντα
οἰκίαν οἵαν χρὴ ἔχειν τοῦτο δεῖ μηχανᾶσθαι, ὅπως
ἡδίστη τε ἐνδιαιτᾶσθαι καὶ χρησιμωτάτη ἔσται; τούτου
δὲ ὁμολογουμένου· 9. Οὔκουν ἡδὺ μὲν θέρους ψυχεινὴν
ἔχειν, ἡδὺ δὲ χειμῶνος ἀλεεινήν; ἐπειδὴ δὲ καὶ τοῦτο
συμφαῖεν [69]· Οὔκουν ἐν ταῖς πρὸς μεσημβρίαν βλεπού-
σαις οἰκίαις τοῦ μὲν χειμῶνος ὁ ἥλιος εἰς τὰς παστάδας
ὑπολάμπει [70], τοῦ δὲ θέρους ὑπὲρ ἡμῶν αὐτῶν καὶ τῶν
στεγῶν πορευόμενος σκιὰν παρέχει; Οὔκουν εἴ γε
καλῶς ἔχει ταῦτα οὕτω γίγνεσθαι, οἰκοδομεῖν δεῖ ὑψη-
λότερα μὲν τὰ πρὸς μεσημβρίαν, ἵνα ὁ χειμερινὸς ἥλιος

---

[69] συμφαῖεν. For the opta-
tive cf. I. ii. 57, ἐπειδὴ ὁμολο-
γήσαιτο.

[70] ὑπολάμπει. "Shines under-
neath," I suppose because in
winter the sun moves through
the heaven at a less elevation

above the horizon than in the
summer. A house should be high
towards the south to catch as
much of the winter sun as possi-
ble,—in the summer, if the sun
was overhead, a low and a high
dwelling would be all one.

L

μὴ ἀποκλείηται, χθαμαλώτερα δὲ τὰ πρὸς ἄρκτον, ἵνα
οἱ ψυχροὶ μὴ ἐμπίπτωσιν ἄνεμοι; 10. ὡς δὲ συνε-
λόντι[71] εἰπεῖν, ὅποι πάσας ὥρας αὐτός τε ἂν ἥδιστα
καταφεύγοι καὶ τὰ ὄντα ἀσφαλέστατα τιθοῖτο, αὕτη ἂν
εἰκότως ἡδίστη τε καὶ καλλίστη οἴκησις εἴη· γραφαὶ δὲ
καὶ ποικιλίαι[72] πλείονας εὐφροσύνας ἀποστεροῦσιν ἢ
παρέχουσι. Ναοῖς γε μὴν καὶ βωμοῖς χώραν ἔφη εἶναι
πρεπωδεστάτην, ἥτις ἐμφανεστάτη οὖσα ἀστιβεστάτη
εἴη· ἡδὺ μὲν γὰρ ἰδόντας προσεύξασθαι, ἡδὺ δὲ ἁγνῶς
ἔχοντας[73] προσιέναι.

CHAPTER IX.

1. Πάλιν δὲ ἐρωτώμενος, ἡ ἀνδρία πότερον εἴη δι-
δακτὸν ἢ φυσικόν; Οἶμαι μέν[74], ἔφη, ὥσπερ σῶμα
σώματος ἰσχυρότερον πρὸς τοὺς πόνους φύεται, οὕτω
καὶ ψυχὴν ψυχῆς ἐρρωμενεστέραν πρὸς τὰ δεινὰ φύσει
γίγνεσθαι· ὁρῶ γὰρ ἐν τοῖς αὐτοῖς νόμοις τε καὶ ἔθεσι
τρεφομένους πολὺ διαφέροντας ἀλλήλων τόλμῃ. 2.
Νομίζω μέντοι πᾶσαν φύσιν μαθήσει καὶ μελέτῃ πρὸς
ἀνδρίαν αὔξεσθαι· δῆλον μὲν γάρ, ὅτι Σκύθαι καὶ
Θρᾷκες οὐκ ἂν τολμήσειαν ἀσπίδας καὶ δόρατα λα-
βόντες Λακεδαιμονίοις διαμάχεσθαι, φανερὸν δέ, ὅτι

[71] συνελόντι. "And to speak as would suit one who embraces the whole matter into one sentence," i. e. "to speak briefly." Cf. Thucyd. ii. 40, ξυνελών τε λέγω.

[72] γραφαὶ δὲ καὶ ποικιλίαι. "Paintings and decorations." As Kühner suggests, to avoid having these injured by the sun, the houses were perhaps so built as to be sheltered from its rays.

[73] ἁγνῶς ἔχοντας. The mean-ing of the whole passage seems to be this,—Temples ought to be exposed to view, not shrouded by thick groves, that a man might see them as he approached for prayer, and yet with an access uncrowded, that the worshipper might not be liable to contract any pollution as he drew near from contact with the multitude of a crowded approach.

[74] Οἶμαι μέν. For μέν without δέ to correspond, cf. II. vi. 5.

καὶ Λακεδαιμόνιοι οὔτ' ἂν Θρᾳξὶν ἐν πέλταις[75] καὶ
ἀκοντίοις οὔτε Σκύθαις ἐν τόξοις ἐθέλοιεν ἂν διαγωνί-
ζεσθαι. 3. Ὁρῶ δ' ἔγωγε καὶ ἐπὶ τῶν ἄλλων πάντων
ὁμοίως καὶ φύσει διαφέροντας ἀλλήλων τοὺς ἀνθρώ-
πους καὶ ἐπιμελείᾳ πολὺ ἐπιδιδόντας· ἐκ δὲ τούτων
δῆλόν ἐστιν, ὅτι πάντας χρὴ καὶ τοὺς εὐφυεστέρους
καὶ τοὺς ἀμβλυτέρους τὴν φύσιν, ἐν οἷς ἂν ἀξιόλογοι
βούλωνται γενέσθαι, ταῦτα καὶ μανθάνειν καὶ μελετᾶν.
4. Σοφίαν δὲ καὶ σωφροσύνην[76] οὐ διώριζεν, ἀλλὰ
τὸν τὰ μὲν καλά τε καὶ ἀγαθὰ γιγνώσκοντα χρῆσθαι[77]
αὐτοῖς καὶ τὸν τὰ αἰσχρὰ εἰδότα εὐλαβεῖσθαι σοφόν τε
καὶ σώφρονα ἔκρινεν. Προσερωτώμενος δέ, εἰ τοὺς
ἐπισταμένους μὲν ἃ δεῖ πράττειν, ποιοῦντας δὲ τἀναν-
τία, σοφούς τε καὶ ἐγκρατεῖς εἶναι νομίζοι· Οὐδέν γε

[75] ἐν πέλταις. For this use of
ἐν ("arrayed in," or similar
meaning), cf. Æsch. Prom. Vinct.
424, στρατὸς ὀξυπρῴροισι βρέμων
ἐν αἰχμαῖς. Also Xen. Anab. V.
iii. 3, ἐξέτασις ἐν τοῖς ὅπλοις
ἐγένετο.

[76] Σοφίαν δὲ καὶ σωφροσύνην.
The first of these is an intellec-
tual virtue, the second a moral
one. The first implies a scientific
knowledge of what virtue con-
sists in ; the second, that balance
of the passions which enables any
one to carry theory into practice.
This was the weak side of So-
crates' ethics. He believed virtue
to consist in knowledge ; for he
thought that if a man really
knew what was right (and the
consequences of doing wrong),
he would practise it. But this
leaves out of sight the enor-
mous influence of the passions.
This was his theory ; but it is
only fair to add that practically
he strongly urged the necessity

of keeping down the passions and
appetites. But he was, herein,
as many others, superior to his
own theory. Aristotle (Nicom.
Eth. VI. xiii. 5) remarks, Σω-
κράτης τῇ μὲν ὀρθῶς ἐζήτει, τῇ
δ' ἡμάρτανεν· ὅτι μὲν γὰρ φρονή-
σεις ᾤετο εἶναι πάσας τὰς ἀρετάς,
ἡμάρτανεν, ὅτι δὲ οὐκ ἄνευ φρονή-
σεως, καλῶς ἔλεγεν.

[77] χρῆσθαι. The simplest ex-
planation of this infinitive seems
to me to be, that it depends on
ὥστε omitted. The man who
knows what is honourable and
good so as to apply his know-
ledge practically, is both σοφός
and σώφρων, an assertion, of
course, of the doctrine mentioned
in the last note. For the omis-
sion of ὥστε cf. II. v. 3, τὸν δὲ
πριαίμην ἂν φίλον μοι εἶναι. There
is an irregularity of structure be-
sides in this sentence, for τὸν τὰ μὲν
καλά, καὶ τὸν τὰ αἰσχρά ought to
be, τὸν τὰ μὲν καλά, τὰ δὲ αἰσχρά.

μᾶλλον, ἔφη, ἢ ἀσόφους⁷⁸ τε καὶ ἀκρατεῖς· πάντας γὰρ
οἶμαι προαιρουμένους ἐκ τῶν ἐνδεχομένων ἃ οἴονται
συμφορώτατα αὐτοῖς εἶναι, ταῦτα πράττειν. Νομίζω
οὖν τοὺς μὴ ὀρθῶς πράττοντας οὔτε σοφοὺς οὔτε σώ-
φρονας εἶναι. 5. Ἔφη δὲ καὶ τὴν δικαιοσύνην καὶ τὴν
ἄλλην πᾶσαν ἀρετὴν σοφίαν εἶναι· τά τε γὰρ δίκαια⁷⁹
καὶ πάντα, ὅσα ἀρετῇ πράττεται, καλά τε καὶ ἀγαθὰ
εἶναι· καὶ οὔτ' ἂν τοὺς ταῦτα εἰδότας ἄλλο ἀντὶ τούτων
οὐδὲν προελέσθαι, οὔτε τοὺς μὴ ἐπισταμένους δύνασθαι
πράττειν, ἀλλὰ καὶ ἐὰν ἐγχειρῶσιν, ἁμαρτάνειν· οὕτω
καὶ τὰ καλά τε καὶ ἀγαθὰ τοὺς μὲν σοφοὺς πράττειν,
τοὺς δὲ μὴ σοφοὺς οὐ δύνασθαι, ἀλλὰ καὶ ἐὰν ἐγχειρῶ-
σιν, ἁμαρτάνειν· ἐπεὶ οὖν τά τε δίκαια καὶ τὰ ἄλλα
καλά τε καὶ ἀγαθὰ πάντα ἀρετῇ πράττεται, δῆλον
εἶναι, ὅτι καὶ δικαιοσύνη καὶ ἡ ἄλλη πᾶσα ἀρετὴ σοφία
ἐστί. 6. Μανίαν γε μὴν ἐναντίον μὲν ἔφη εἶναι σοφίᾳ,
οὐ μέντοι γε τὴν ἀνεπιστημοσύνην μανίαν ἐνόμιζε, τὸ δὲ
ἀγνοεῖν ἑαυτὸν καὶ μὴ ἃ οἶδε⁸⁰ δοξάζειν τε καὶ οἴεσθαι

⁷⁸ ἀσόφους κ.τ.λ. These words
appear to me to be predicates:
"I think them no more wise and
continent than I think them
unwise and incontinent." Others
make them subjects, "the per-
sons described above are no more
wise, &c., than unwise persons
are wise."

⁷⁹ τά τε γὰρ δίκαια. The steps
in the argument are these: (1)
all acts of justice and virtue are
beautiful (τά τε γὰρ δίκαια . . .
ἀγαθὰ εἶναι), (2) those who know
what is beautiful will choose it
(καὶ οὔτ' ἂν . . . ἁμαρτάνειν), (3)
the wise (who do so possess know-
ledge) will do what is beautiful
(οὕτω καὶ . . . ἁμαρτάνειν), (4) but
as said in (1), acts of justice and
what is beautiful are done by
virtue (ἐπεὶ οὖν . . . πράττεται),

(5) therefore justice and all virtue
is knowledge (δῆλον ὅτι, κ.τ.λ.).
Here it is clear that (4) is incor-
rectly put; it ought to be merely
a repetition of (1), viz. acts of
justice and virtue are beautiful,
instead of which the assertion
is, that acts of justice and all
beautiful acts are done by virtue.
But Xenophon may have implied
that the converse was necessarily
true; that if all beautiful acts
are done by virtue, all acts of
virtue are beautiful, which the
strict argument requires.

⁸⁰ καὶ μὴ ἃ οἶδε. This can only
be explained by supposing an
ellipse, δοξάζειν . . . μὴ ἃ οἶδε
(ἀλλ' ἃ μὴ οἶδεν). Stallbaum
(Plato, Crito 47 E) quotes Phædo
77 E, μᾶλλον δὲ μὴ ὡς ἡμῶν
δεδιότων. In Socrates' opinion,

γιγνώσκειν ἐγγυτάτω [81] μανίας ἐλογίζετο εἶναι· τοὺς
μέντοι πολλοὺς ἔφη, ἃ μὲν οἱ πλεῖστοι ἀγνοοῦσι, τοὺς
διημαρτηκότας τούτων οὐ φάσκειν μαίνεσθαι, τοὺς δὲ
διημαρτηκότας ὧν οἱ πολλοὶ γιγνώσκουσι μαινομένους
καλεῖν· 7. ἐάν τε γάρ τις μέγας οὕτως οἴηται εἶναι,
ὥστε κύπτειν τὰς πύλας τοῦ τείχους διεξιών, ἐάν τε
οὕτως ἰσχυρός, ὥστ᾽ ἐπιχειρεῖν οἰκίας αἴρεσθαι ἢ ἄλλῳ
τῳ ἐπιτίθεσθαι τῶν πᾶσι δῆλων ὅτι ἀδύνατά ἐστι,
τοῦτον μαίνεσθαι φάσκειν, τοὺς δὲ μικρὸν διαμαρτά-
νοντας οὐ δοκεῖν τοῖς πολλοῖς μαίνεσθαι, ἀλλ᾽, ὥσπερ
τὴν ἰσχυρὰν ἐπιθυμίαν ἔρωτα καλοῦσιν, οὕτω καὶ τὴν
μεγάλην παράνοιαν μανίαν αὐτοὺς καλεῖν.

8. Φθόνον δὲ σκοπῶν, ὅ,τι εἴη [82], λύπην μέν τινα
ἐξεύρισκεν αὐτὸν ὄντα, οὔτε μέντοι τὴν ἐπὶ φίλων
ἀτυχίαις οὔτε τὴν ἐπ᾽ ἐχθρῶν εὐτυχίαις γιγνομένην,
ἀλλὰ μόνους ἔφη φθονεῖν τοὺς ἐπὶ ταῖς τῶν φίλων εὐπρα-
ξίαις ἀνιωμένους. Θαυμαζόντων δέ τινων, εἴ τις φιλῶν
τινα ἐπὶ τῇ εὐπραξίᾳ αὐτοῦ λυποῖτο, ὑπεμίμνησκεν,
ὅτι πολλοὶ οὕτως πρός τινας ἔχουσιν, ὥστε κακῶς μὲν
πράττοντας μὴ δύνασθαι περιορᾶν, ἀλλὰ βοηθεῖν ἀτυ-
χοῦσιν, εὐτυχούντων δὲ λυπεῖσθαι· τοῦτο δὲ φρονίμῳ
μὲν ἀνδρὶ οὐκ ἂν συμβῆναι, τοὺς ἠλιθίους δὲ ἀεὶ
πάσχειν αὐτό.

9. Σχολὴν δὲ σκοπῶν, τί εἴη, ποιοῦντας μέν τι ὅλως
ἅπαντας, σχολάζοντας μέντοι τοὺς πλείστους ἔφη
εὑρίσκειν· καὶ γὰρ τοὺς πεττεύοντας καὶ τοὺς γελωτοποι-
οῦντας ποιεῖν τι· πάντας δὲ τούτους ἔφη σχολάζειν·

madness was the want of know-
ledge,—self-knowledge, that is,
and ignorance of virtue. The
popular notion of madness is
serious ignorance of what others
know.

[81] ἐγγυτάτω. The adverb is
used (like an adjective) as a pre-
dicate. Cf. Plato, Leg. 942 C,

τὸν βίον ἀθρόον ἀεὶ καὶ ἅμα καὶ
κοινόν.

[82] ὅ,τι εἴη. Not "what it
might be," for that would be εἴη
ἄν, but "what it was," the opta-
tive being due to the *oratio
obliqua*. There is nothing to
correspond to μέν in λύπην μέν
except μέντοι.

ἐξεῖναι γὰρ αὐτοῖς ἰέναι πράξοντας[83] τὰ βελτίω τού-
των· ἀπὸ μέντοι τῶν βελτιόνων ἐπὶ τὰ χείρω ἰέναι
οὐδένα[84] σχολάζειν, εἰ δέ τις ἴοι, τοῦτον ἀσχολίας
αὐτῷ οὔσης κακῶς ἔφη τοῦτο πράττειν.

10. Βασιλεῖς δὲ καὶ ἄρχοντας οὐ τοὺς τὰ σκῆπτρα
ἔχοντας ἔφη εἶναι, οὐδὲ τοὺς ὑπὸ τῶν τυχόντων αἱρε-
θέντας, οὐδὲ τοὺς κλήρῳ λαχόντας, οὐδὲ τοὺς βιασα-
μένους, οὐδὲ τοὺς ἐξαπατήσαντας, ἀλλὰ τοὺς ἐπισταμέ-
νους ἄρχειν. 11. Ὁπότε γάρ τις ὁμολογήσειε τοῦ μὲν
ἄρχοντος εἶναι τὸ προστάττειν ὅ,τι χρὴ ποιεῖν, τοῦ δὲ
ἀρχομένου τὸ πείθεσθαι, ἐπεδείκνυεν ἔν τε νηΐ[85] τὸν
μὲν ἐπιστάμενον ἄρχοντα, τὸν δὲ ναύκληρον καὶ τοὺς
ἄλλους τοὺς ἐν τῇ νηΐ πάντας πειθομένους τῷ ἐπιστα-
μένῳ, καὶ ἐν γεωργίᾳ τοὺς κεκτημένους ἀγρούς, καὶ
ἐν νόσῳ τοὺς νοσοῦντας, καὶ ἐν σωμασκίᾳ τοὺς σωμ-
ασκοῦντας, καὶ τοὺς ἄλλους πάντας, οἷς ὑπάρχει τι
ἐπιμελείας δεόμενον, ἂν μὲν αὐτοὶ[86] ἡγῶνται ἐπίστασ-
θαι ἐπιμελεῖσθαι,—εἰ δὲ μή, τοῖς ἐπισταμένοις οὐ μόνον

---

[83] πράξοντας. For the case cf.
I. i. 9.

[84] ἰέναι οὐδένα. "To change
however from better to worse, no
one had leisure for *that;* but if
any one did so change, inasmuch
as he had no leisure really at his
disposal, he did badly." This
is obscure. An idle man was one,
in the view of Socrates, who was
not engaged in some useful occu-
pation ; a man who spent his
time at dice was idle, for he
might have left off gambling, and
betaken himself to something
useful. If, however, a man was
already usefully employed, he
could never have "leisure" to
take up with what was bad ;
there was always something use-
ful to turn his hand to, and so,

having no leisure really, his adop-
tion of the worst pursuits was
bad. In τοῦτο πράττειν, τοῦτο
means τὸ ἰέναι ἐπὶ τὰ χείρω, and
κακῶς πράττειν is not, as gene-
rally, "to be unfortunate," but
" to act badly."

[85] ἔν τε νηΐ. For the absence
of the article, and its presence in
the next line but one, cf. I. i. 9.
Translate, "on ship-board," and
"in the ship." Below, τὸν ἐπι-
στάμενον is used absolutely, the
man who has the requisite know-
ledge.

[86] ἂν μὲν αὐτοί. This sen-
tence is not completed. Cf. III.
i. 9, εἰ μέν ... ἐδίδαξεν, εἰ δὲ μή,
κ.τ.λ. Here, as there, supply
καλῶς ἔχει, " all well and good."

παροῦσι πειθομένους, ἀλλὰ καὶ ἀπόντας μεταπεμπο-
μένους, ὅπως ἐκείνοις πειθόμενοι τὰ δέοντα πράττωσιν·
ἐν δὲ ταλασίᾳ καὶ τὰς γυναῖκας ἐπεδείκνυεν ἀρχούσας
τῶν ἀνδρῶν διὰ τὸ τὰς μὲν εἰδέναι, ὅπως χρὴ τα-
λασιουργεῖν, τοὺς δὲ μὴ εἰδέναι. 12. Εἰ δέ τις πρὸς
ταῦτα λέγοι, ὅτι τῷ τυράννῳ ἔξεστι μὴ πείθεσθαι τοῖς
ὀρθῶς λέγουσι· Καὶ πῶς ἄν [87], ἔφη, ἐξείη μὴ πείθεσθαι
ἐπικειμένης γε ζημίας, ἐάν τις τῷ εὖ λέγοντι μὴ πεί-
θηται ; ἐν ᾧ γὰρ ἄν τις πράγματι μὴ πείθηται τῷ εὖ
λέγοντι, ἁμαρτήσεται δήπου, ἁμαρτάνων δὲ ζημιωθή-
σεται. 13. Εἰ δὲ φαίη τις τῷ τυράννῳ ἐξεῖναι καὶ
ἀποκτεῖναι τὸν εὖ φρονοῦντα· Τὸν δὲ ἀποκτείνοντα,
ἔφη, τοὺς κρατίστους τῶν συμμάχων οἴει ἀζήμιον
γίγνεσθαι ἢ ὡς ἔτυχε [88] ζημιοῦσθαι; πότερον γὰρ ἂν
μᾶλλον οἴει σώζεσθαι τὸν ταῦτα ποιοῦντα ἢ οὕτω καὶ
τάχιστ' [89] ἂν ἀπολέσθαι; 14. Ἐρομένου δέ τινος αὐ-
τόν, τί δοκοίη αὐτῷ κράτιστον ἀνδρὶ ἐπιτήδευμα εἶναι,
ἀπεκρίνατο· Εὐπραξίαν [90]. Ἐρομένου δὲ πάλιν, ει
καὶ τὴν εὐτυχίαν ἐπιτήδευμα νομίζοι εἶναι· Πᾶν μὲν
οὖν τοὐναντίον ἔγωγ', ἔφη, τύχην καὶ πρᾶξιν ἡγοῦμαι·
τὸ μὲν γὰρ μὴ ζητοῦντα ἐπιτυχεῖν τινι τῶν δεόντων
εὐτυχίαν οἶμαι εἶναι, τὸ δὲ μαθόντα τε καὶ μελετήσαντά
τι εὖ ποιεῖν εὐπραξίαν νομίζω, καὶ οἱ τοῦτο ἐπιτηδεύ-
οντες δοκοῦσί μοι εὖ πράττειν. 15. Καὶ ἀρίστους δὲ
καὶ θεοφιλεστάτους ἔφη εἶναι ἐν μὲν γεωργίᾳ τοὺς
τὰ γεωργικὰ εὖ πράττοντας, ἐν δ' ἰατρείᾳ τοὺς τὰ
ἰατρικά, ἐν δὲ πολιτείᾳ τοὺς τὰ πολιτικά, τὸν δὲ μηδὲν

---

[87] Καὶ πῶς ἄν. For the sense
of καὶ πῶς ἄν, as distinguished
from πῶς καὶ ἄν, see note on I. iii.
10.

[88] ἢ ὡς ἔτυχε κ.τ.λ. "Or be
only slightly harmed." So in I.
i. 14, τὰ τυχόντα ξύλα are "com-
mon-place stocks."

[89] καὶ τάχιστ'. "In the very

quickest way possible."

[90] Εὐπραξίαν. "Well-doing."
"the practice of virtue." The word
generally means "prosperity." Cf.
Thucyd. iii. 39, αἷς ἂν ἀπροσδόκη-
τος εὐπραξία ἔλθῃ. It is distin-
guished here from εὐτυχία, which
is mere good luck.

εὖ πράττοντα οὔτε χρήσιμον οὐδὲν ἔφη εἶναι οὔτε θεοφιλῆ.

CHAPTER X.

1. Ἀλλὰ μὴν καὶ εἴ[91] ποτε τῶν τὰς τέχνας ἐχόντων καὶ ἐργασίας ἕνεκα χρωμένων αὐταῖς διαλέγοιτό τινι, καὶ τούτοις ὠφέλιμος ἦν· εἰσελθὼν μὲν[92] γάρ ποτε πρὸς Παρράσιον τὸν ζωγράφον καὶ διαλεγόμενος αὐτῷ· Ἄρα, ἔφη, ὦ Παρράσιε, γραφική ἐστιν ἡ εἰκασία τῶν ὁρωμένων; τὰ γοῦν κοῖλα καὶ τὰ ὑψηλά, καὶ τὰ σκοτεινὰ καὶ τὰ φωτεινά, καὶ τὰ σκληρὰ καὶ τὰ μαλακά, καὶ τὰ τραχέα καὶ τὰ λεῖα, καὶ τὰ νέα καὶ τὰ παλαιὰ σώματα διὰ τῶν χρωμάτων ἀπεικάζοντες ἐκμιμεῖσθε. Ἀληθῆ λέγεις, ἔφη. 2. Καὶ μὴν τά γε καλὰ εἴδη ἀφομοιοῦντες, ἐπειδὴ οὐ ῥάδιον ἑνὶ ἀνθρώπῳ περιτυχεῖν ἄμεμπτα πάντα ἔχοντι, ἐκ πολλῶν συνάγοντες τὰ ἐξ ἑκάστου κάλλιστα, οὕτως ὅλα τὰ σώματα καλὰ ποιεῖτε φαίνεσθαι; Ποιοῦμεν γάρ, ἔφη, οὕτως. 3. Τί γάρ; ἔφη, τὸ πιθανώτατόν τε καὶ ἥδιστον καὶ φιλικώτατον καὶ ποθεινότατον καὶ ἐρασμιώτατον ἀπομιμεῖσθε τῆς ψυχῆς ἦθος; ἢ οὐδὲ μιμητόν ἐστι τοῦτο; Πῶς γὰρ ἄν, ἔφη, μιμητὸν εἴη, ὦ Σώκρατες, ὃ μήτε συμμετρίαν μήτε χρῶμα μήτε ὧν σὺ εἶπας[93] ἄρτι μηδὲν ἔχει, μηδὲ ὅλως ὁρατόν ἐστιν; 4. Ἄρ' οὖν, ἔφη, γίγνεται ἐν ἀνθρώπῳ τό τε φιλοφρόνως καὶ τὸ ἐχθρῶς βλέπειν πρός τινας; Ἔμοιγε δοκεῖ, ἔφη. Οὔκουν τοῦτό

---

[91] καὶ εἰ. The καί here does not qualify εἰ so as to mean "even supposing that," putting forward a supposition as improbable; but simply means "also," as does καί in καὶ τούτοις. The double use of καί in both clauses has been noticed before. Cf. I. vi. 3, ὥσπερ

καὶ τῶν ἄλλων, οὕτω καὶ σύ.

[92] εἰσελθὼν μέν. To this corresponds πρὸς δὲ Κλείτωνα (§ 6). Below, ἐκμιμεῖσθε is, "you copy to the life" (ἐκ).

[93] ὧν σὺ εἶπας. See the end of § 1 for the qualities mentioned.

γε μιμητὸν ἐν τοῖς ὄμμασιν; Καὶ μάλα, ἔφη. Ἐπὶ δὲ τοῖς τῶν φίλων ἀγαθοῖς καὶ τοῖς κακοῖς ὁμοίως σοι δοκοῦσιν ἔχειν τὰ πρόσωπα οἵ τε φροντίζοντες καὶ οἱ μή; Μὰ Δί᾽ οὐ δῆτα, ἔφη· ἐπὶ μὲν γὰρ τοῖς ἀγαθοῖς φαιδροί, ἐπὶ δὲ τοῖς κακοῖς σκυθρωποὶ γίγνονται. Οὔκουν, ἔφη, καὶ ταῦτα δυνατὸν ἀπεικάζειν; Καὶ μάλα, ἔφη. 5. Ἀλλὰ μὴν καὶ τὸ μεγαλοπρεπές τε καὶ ἐλευθέριον καὶ τὸ ταπεινόν τε καὶ ἀνελεύθερον καὶ τὸ σωφρονητικόν τε καὶ φρόνιμον καὶ τὸ ὑβριστικόν τε καὶ ἀπειρόκαλον καὶ διὰ τοῦ προσώπου καὶ διὰ τῶν σχημάτων καὶ ἑστώτων καὶ κινουμένων ἀνθρώπων διαφαίνει[94]. Ἀληθῆ λέγεις, ἔφη. Οὔκουν καὶ ταῦτα μιμητά; Καὶ μάλα, ἔφη. Πότερον οὖν, ἔφη, νομίζεις ἥδιον ὁρᾶν τοὺς ἀνθρώπους, δι᾽ ὧν τὰ καλά τε κἀγαθὰ καὶ ἀγαπητὰ ἤθη φαίνεται, ἢ δι᾽ ὧν τὰ αἰσχρά τε καὶ πονηρὰ καὶ μισητά; Πολὺ νὴ Δί᾽, ἔφη, διαφέρει, ὦ Σώκρατες.

6. Πρὸς δὲ Κλείτωνα τὸν ἀνδριαντοποιὸν εἰσελθών ποτε καὶ διαλεγόμενος αὐτῷ· Ὅτι μέν, ἔφη, ὦ Κλείτων, ἀλλοίους[95] ποιεῖς δρομεῖς τε καὶ παλαιστὰς καὶ πύκτας καὶ παγκρατιστάς, ὁρῶ τε καὶ οἶδα· ὃ δὲ μάλιστα ψυχαγωγεῖ διὰ τῆς ὄψεως τοὺς ἀνθρώπους, τὸ ζωτικὸν φαίνεσθαι, πῶς τοῦτο ἐνεργάζῃ τοῖς ἀνδριᾶσιν; 7. Ἐπεὶ δὲ ἀπορῶν ὁ Κλείτων οὐ ταχὺ ἀπεκρίνατο· Ἆρ᾽, ἔφη, τοῖς τῶν ζώντων εἴδεσιν ἀπεικάζων τὸ ἔργον ζωτικωτέρους ποιεῖς φαίνεσθαι τοὺς ἀνδριάντας; Καὶ μάλα, ἔφη. Οὔκουν τά τε ὑπὸ τῶν σχημάτων[96] κατασπώ-

---

[94] διαφαίνει. "Shines through," as a neuter verb. Cf. Anacreon xxviii. 31, Διαφαινέτω δὲ σαρκῶν Ὀλίγον τὸ σῶμ᾽ ἐλέγχον.
[95] ἀλλοίους. "You make your runners and wrestlers different from each other," i.e. the runner is different in figure, attitude, &c.

from the wrestler, not, I think, the runners different amongst themselves. Below, τὸ ζωτικὸν φαίνεσθαι is explanatory of ὅ.
[96] ὑπὸ τῶν σχημάτων. "The parts drawn downwards by the various postures." Below, ἀπειλητικὰ ἀπεικαστέον is equivalent

μενα καὶ τὰ ἀνασπώμενα ἐν τοῖς σώμασι, καὶ τὰ συμπιεζόμενα καὶ τὰ διελκόμενα, καὶ τὰ ἐντεινόμενα καὶ τὰ ἀνιέμενα ἀπεικάζων ὁμοιότερά τε τοῖς ἀληθινοῖς καὶ πιθανώτερα ποιεῖς φαίνεσθαι ; 8. Πάνυ μὲν οὖν, ἔφη. Τὸ δὲ καὶ τὰ πάθη τῶν ποιούντων τι σωμάτων ἀπομιμεῖσθαι οὐ ποιεῖ τινα τέρψιν τοῖς θεωμένοις ; Εἰκὸς γοῦν, ἔφη. Οὔκουν καὶ τῶν μὲν μαχομένων ἀπειλητικὰ τὰ ὄμματα ἀπεικαστέον, τῶν δὲ νενικηκότων εὐφραινομένων ἡ ὄψις μιμητέα ; Σφόδρα γ᾽, ἔφη. Δεῖ ἄρα, ἔφη, τὸν ἀνδριαντοποιὸν τὰ τῆς ψυχῆς ἔργα τῷ εἴδει προσεικάζειν.

9. Πρὸς δὲ Πιστίαν τὸν θωρακοποιὸν εἰσελθών, ἐπιδείξαντος αὐτοῦ τῷ Σωκράτει θώρακας εὖ εἰργασμένους· Νὴ τὴν Ἥραν, ἔφη, καλόν γε, ὦ Πιστία, τὸ εὕρημα τῷ τὰ μὲν[97] δεόμενα σκέπης τοῦ ἀνθρώπου σκεπάζειν τὸν θώρακα, ταῖς δὲ χερσὶ μὴ κωλύειν χρῆσθαι. 10. Ἀτάρ, ἔφη, λέξον μοι, ὦ Πιστία, διὰ τί οὔτε ἰσχυροτέρους οὔτε πολυτελεστέρους τῶν ἄλλων ποιῶν τοὺς θώρακας πλείονος πωλεῖς; Ὅτι, ἔφη, ὦ Σώκρατες, εὐρυθμοτέρους ποιῶ. Τὸν δὲ ῥυθμόν[98], ἔφη, πότερα μέτρῳ ἢ σταθμῷ ἐπιδεικνύων πλείονος τιμᾷ; οὐ γὰρ δὴ ἴσους γε πάντας οὐδὲ ὁμοίους οἶμαί σε ποιεῖν, εἴγε ἁρμόττοντας ποιεῖς. Ἀλλὰ νὴ Δί᾽, ἔφη, ποιῶ· οὐδὲν γὰρ ὄφελός ἐστι θώρακος ἄνευ τούτου. 11. Οὔκουν, ἔφη, σώματά γε ἀνθρώπων τὰ μὲν εὔρυθμά ἐστι, τὰ δὲ ἄρρυθμα ; Πάνυ μὲν οὖν, ἔφη. Πῶς οὖν, ἔφη, τῷ ἀρρύθμῳ σώματι ἁρμόττοντα τὸν θώρακα εὔρυθμον ποιεῖς; Ὥσπερ καὶ ἁρμόττοντα[99], ἔφη· ὁ

to ἀπεικαπτέον ὥστε ἀπειλητικὰ εἶναι.

[97] τῷ τὰ μέν. "By reason of its covering those parts of the wearer (τοῦ ἀνθρώπου) which need a covering." Τοῦ ἀνθρώπου is the genitive after τὰ μέν.

[98] Τὸν δὲ ῥυθμόν. "The due proportion" (between the several parts). Below, after ποιῶ supply αὐτοὺς ἁρμόττοντας.

[99] Ὥσπερ καὶ ἁρμόττοντα. Sc. ποιῶ τὸν θώρακα, οὕτω καὶ ποιῶ εὔρυθμον. By which the artisan

ἁρμόττων γάρ ἐστιν εὔρυθμος. 12. Δοκεῖς μοι, ἔφη ὁ
Σωκράτης, τὸ εὔρυθμον οὐ καθ᾽ ἑαυτὸ λέγειν, ἀλλὰ
πρὸς τὸν χρώμενον, ὥσπερ ἂν εἰ[100] φαίης ἀσπίδα, ᾧ ἂν
ἁρμόττῃ, τούτῳ εὔρυθμον εἶναι, καὶ χλαμύδα καὶ τᾶλλα
ὡσαύτως ἔοικεν ἔχειν τῷ σῷ λόγῳ. 13. Ἴσως δὲ καὶ
ἄλλο τι οὐ μικρὸν ἀγαθὸν τῷ ἁρμόττειν πρόσεστι.
Δίδαξον, ἔφη, ὦ Σώκρατες, εἴ τι ἔχεις. Ἧττον, ἔφη,
τῷ βάρει πιέζουσιν οἱ ἁρμόττοντες τῶν ἀναρμόστων
τὸν αὐτὸν σταθμὸν ἔχοντες· οἱ μὲν γὰρ ἀνάρμοστοι ἢ
ὅλοι ἐκ τῶν ὤμων κρεμάμενοι ἢ καὶ ἄλλο τι τοῦ σώ-
ματος σφόδρα πιέζοντες δύσφοροι καὶ χαλεποὶ γίγνον-
ται, οἱ δὲ ἁρμόττοντες διειλημμένοι τὸ βάρος[1] τὸ μὲν
ὑπὸ τῶν κλειδῶν καὶ ἐπωμίδων, τὸ δὲ ὑπὸ τῶν ὤμων,
τὸ δὲ ὑπὸ τοῦ στήθους, τὸ δὲ ὑπὸ τοῦ νώτου, τὸ δὲ ὑπὸ
τῆς γαστρὸς ὀλίγου δεῖν[2] οὐ φορήματι, ἀλλὰ προσθή-
ματι ἐοίκασιν. 14. Εἴρηκας, ἔφη, αὐτό, δι᾽ ὅπερ ἔγωγε
τὰ ἐμὰ ἔργα πλείστου ἄξια νομίζω εἶναι· ἔνιοι μέντοι
τοὺς ποικίλους καὶ τοὺς ἐπιχρύσους θώρακας μᾶλλον
ὠνοῦνται. Ἀλλὰ μήν, ἔφη, εἴγε διὰ ταῦτα μὴ ἁρμότ-
τοντας ὠνοῦνται, κακὸν ἔμοιγε δοκοῦσι ποικίλον τε καὶ
ἐπίχρυσον ὠνεῖσθαι. 15. Ἀτάρ, ἔφη, τοῦ σώματος

means that as "well-proportioned"
(εὔρυθμος) means "fitting pro-
perly" the person who wears the
breastplate, an ill-proportioned
person *can* have a well-propor-
tioned cuirass. In other words,
"well-proportioned" is merely a
relative term.

[100] ὥσπερ ἂν εἰ. Sc. ὥσπερ ἂν
εἴη εἰ φαίης, or the like. Cf.
Plato, Apol. 23 B, ὥσπερ ἂν εἰ
εἴποι, sc. ἂν ποιοῖτο εἰ εἴποι, where
see Stallbaum's note.

[1] διειλημμένοι τὸ βάρος. "Hav-
ing the weight duly portioned
out." The accusative τὸ βάρος
seems to me the accusative of

locality already spoken of, as seen
in the common phrases ἀγαθὸς τὰ
πολεμικά. Below, φερόμενον is to
be supplied with ὑπὸ τῶν κλειδῶν.
[2] ὀλίγου δεῖν. Δεῖν is the
infinitive of δεῖ, ὥστε ὀλίγου δεῖν,
"so as to want only a little," i.e.
"nearly," "almost." Ὀλίγου
alone is used in the same way. Cf.
Plato, Symp. 198 C, ὀλίγου ἀποδρὰς
ᾠχόμην. By προσθήματι just be-
low he means "a natural addition
to the body." It was like having
so much more flesh only to carry,
which a man would not, within
limits, feel a burden.

μὴ μένοντος ³, ἀλλὰ τοτὲ μὲν κυρτουμένου, τοτὲ δὲ ὀρθουμένου, πῶς ἂν ἀκριβεῖς θώρακες ἁρμόττοιεν; Οὐδαμῶς, ἔφη. Λέγεις, ἔφη, ἁρμόττειν οὐ τοὺς ἀκριβεῖς, ἀλλὰ τοὺς μὴ λυποῦντας ἐν τῇ χρείᾳ. Αὐτός, ἔφη, τοῦτο λέγεις, ὦ Σώκρατες, καὶ πάνυ ὀρθῶς ἀποδέχῃ.

CHAPTER XI.

1. Γυναικὸς δέ ποτε οὔσης ἐν τῇ πόλει καλῆς, ᾗ ὄνομα ἦν Θεοδότη, καὶ οἵας συνεῖναι τῷ πείθοντι⁴, μνησθέντος αὐτῆς τῶν παρόντων τινὸς καὶ εἰπόντος, ὅτι κρεῖττον εἴη λόγου τὸ κάλλος τῆς γυναικός, καὶ ζωγράφους φήσαντος εἰσιέναι πρὸς αὐτὴν ἀπεικασομένους, οἷς ἐκείνην ⁵ ἐπιδεικνύειν ἑαυτῆς ὅσα καλῶς ἔχοι· Ἰτέον ἂν εἴη θεασομένους ⁶, ἔφη ὁ Σωκράτης· οὐ γὰρ δὴ ἀκούσασί γε τὸ λόγου κρεῖττον ἔστι καταμαθεῖν. Καὶ ὁ διηγησάμενος· Οὐκ ἂν φθάνοιτ᾽, ἔφη, ἀκολουθοῦντες. 2. Οὕτω μὲν δὴ πορευθέντες πρὸς τὴν Θεοδότην καὶ καταλαβόντες ζωγράφῳ τινὶ παρεστηκυῖαν ἐθεάσαντο· παυσαμένου δὲ τοῦ ζωγράφου· Ὦ ἄνδρες, ἔφη ὁ Σωκράτης, πότερον ἡμᾶς δεῖ μᾶλλον

³ μὴ μένοντος. "Supposing the body not to remain stationary." By τοὺς ἀκριβεῖς below are meant, apparently, "the close fitting:" it is not these, but such as adapt themselves to the movement of the body, which fit well.

⁴ οἵας συνεῖναι τῷ πείθοντι. Cf. I. iv. 6, τοὺς ὀδόντας οἵους τέμνειν εἶναι. The words are equivalent to τοιαύτης οὔσης ὥστε συνεῖναι.

⁵ οἷς ἐκείνην. Although the sentence is a relative one, the influence of φήσαντος puts the verb in the infinitive. Cf. Plato, Re-

pub. 359 D, καθ᾽ ἃς ἐγκύψαντα ἰδεῖν ἐνόντα νεκρόν. The full sense of the next words is ἐπιδεικνύειν ὅσα ἑαυτῆς ("quantum sui") καλῶς ἔχοι ("it was decent") ἐπιδεικνύειν.

⁶ θεασομένους. Ἰτέον is equivalent to δεῖ ἰέναι, and therefore the accusative is used. Cf. Aristot. Politics vii. 1, ἐάσαντας ἐπὶ τῆς νῦν μεθόδου διασκεπτέον ὕστερον. For οὐκ ἂν φθάνοιτε cf. II. iii. 11. There is the same construction below in ταύτην ἐκτέον ἡμῖν χάριν.

Θεοδότῃ χάριν ἔχειν, ὅτι ἡμῖν τὸ κάλλος ἑαυτῆς ἐπέ-
δειξεν, ἢ ταύτην ἡμῖν, ὅτι ἐθεασάμεθα; ἆρ᾽ εἰ μὲν
ταύτῃ ὠφελιμωτέρα ἐστὶν ἡ ἐπίδειξις, ταύτην ἡμῖν
χάριν ἑκτέον, εἰ δὲ ἡμῖν ἡ θέα, ἡμᾶς ταύτῃ; 3. Εἰπόντος
δέ τινος, ὅτι δίκαια λέγοι· Οὐκοῦν, ἔφη, αὕτη μὲν ἤδη
τε τὸν παρ᾽ ἡμῶν ἔπαινον κερδαίνει, καὶ ἐπειδὰν εἰς
πλείους διαγγείλωμεν, πλείω ὠφελήσεται, ἡμεῖς δὲ ἤδη
τε ὧν ἐθεασάμεθα ἐπιθυμοῦμεν ἄψασθαι καὶ ἄπιμεν
ὑποκνιζόμενοι καὶ ἀπελθόντες ποθήσομεν· ἐκ δὲ τούτων
εἰκὸς ἡμᾶς μὲν θεραπεύειν[7], ταύτην δὲ θεραπεύεσθαι.
Καὶ ἡ Θεοδότη· Νὴ Δί᾽, ἔφη, εἰ τοίνυν ταῦθ᾽ οὕτως
ἔχει, ἐμὲ ἂν δέοι ὑμῖν τῆς θέας χάριν ἔχειν. 4. Ἐκ δὲ
τούτου ὁ Σωκράτης ὁρῶν αὐτήν τε πολυτελῶς κεκοσμη-
μένην καὶ μητέρα παροῦσαν αὐτῇ ἐν ἐσθῆτι καὶ θερα-
πείᾳ[8] οὐ τῇ τυχούσῃ καὶ θεραπαίνας πολλὰς καὶ
εὐειδεῖς καὶ οὐδὲ ταύτας ἠμελημένως ἐχούσας καὶ τοῖς
ἄλλοις τὴν οἰκίαν ἀφθόνως κατεσκευασμένην· Εἰπέ
μοι, ἔφη, ὦ Θεοδότη, ἔστι σοι ἀγρός; Οὐκ ἔμοιγ᾽, ἔφη.
Ἀλλ᾽ ἄρα οἰκία προσόδους ἔχουσα; Οὐδὲ οἰκία, ἔφη.
Ἀλλὰ μὴ χειροτέχναι[9] τινές; Οὐδὲ χειροτέχναι, ἔφη.
Πόθεν οὖν, ἔφη, τἀπιτήδεια ἔχεις; Ἐάν τις, ἔφη,
φίλος μοι γενόμενος εὖ ποιεῖν ἐθέλῃ, οὗτός μοι βίος
ἐστί. 5. Νὴ τὴν Ἥραν, ἔφη, ὦ Θεοδότη, καλόν γε τὸ
κτῆμα· καὶ πολλῷ κρεῖττον οἴων τε καὶ βοῶν καὶ
αἰγῶν φίλων ἀγέλην κεκτῆσθαι. Ἀτάρ, ἔφη, πότερον
τῇ τύχῃ ἐπιτρέπεις, ἐάν τίς σοι φίλος, ὥσπερ μυῖα,
προσπτῆται, ἢ καὶ αὐτή τι μηχανᾷ; Πῶς δ᾽ ἄν, ἔφη,
ἐγὼ τούτου μηχανὴν εὕροιμι; 6. Πολὺ νὴ Δί᾽, ἔφη,

---

[7] ἡμᾶς μὲν θεραπεύειν. "We
court her."
[8] ἐν ἐσθῆτι καὶ θεραπείᾳ. For
the use of ἐν cf. III. ix. 2, ἐν
πέλταις καὶ ἀκοντίοις. Here θερα-
πεία seems to mean "ornaments,"
"get-up."

[9] μὴ χειροτέχναι. "Not any
slave craftsmen, I fancy?" Cf. I.I.
vi. 34, and IV. ii. 10, ἆρα μὴ ἰατρός.
Slaves who were skilled in trades
were let out for hire by their
masters.

προσηκόντως μᾶλλον ἢ αἱ φάλαγγες· οἶσθα γάρ, ὡς
ἐκεῖναι θηρῶσι τὰ πρὸς τὸν βίον· ἀράχνια γὰρ δήπου
λεπτὰ ὑφηνάμεναι, ὅ,τι ἂν ἐνταῦθα ἐμπέσῃ, τούτῳ
τροφῇ χρῶνται. 7. Καὶ ἐμοὶ οὖν, ἔφη, συμβουλεύεις
ὑφήνασθαί τι θήρατρον; Οὐ γὰρ δὴ οὕτως γε ἀτεχνῶς [10]
οἴεσθαι χρὴ τὸ πλείστου ἄξιον ἄγρευμα, φίλους, θηρά-
σειν· οὐχ ὁρᾷς, ὅτι καὶ τὸ μικροῦ ἄξιον, τοὺς λαγώς,
θηρῶντες πολλὰ τεχνάζουσιν; 8. Ὅτι μὲν γὰρ τῆς
νυκτὸς νέμονται, κύνας νυκτερευτικὰς πορισάμενοι, ταύ-
ταις ·αὐτοὺς θηρῶσιν, ὅτι δὲ μεθ' ἡμέραν ἀποδιδρά-
σκουσιν, ἄλλας κτῶνται κύνας, αἵτινες, ᾗ ἂν ἐκ τῆς
νομῆς εἰς τὴν εὐνὴν ἀπέλθωσι, τῇ ὀσμῇ αἰσθανόμεναι
εὑρίσκουσιν αὐτούς, ὅτι δὲ ποδώκεις εἰσίν, ὥστε καὶ ἐκ
τοῦ φανεροῦ [11] τρέχοντες ἀποφεύγειν, ἄλλας αὖ κύνας
ταχείας παρασκευάζονται, ἵνα κατὰ πόδας ἁλίσκωνται,
ὅτι δὲ καὶ ταύτας αὐτῶν τινες ἀποφεύγουσι, δίκτυα
ἱστᾶσιν εἰς τὰς ἀτραπούς, ᾗ φεύγουσιν, ἵν' εἰς ταῦτα
ἐμπίπτοντες συμποδίζωνται. 9. Τίνι οὖν, ἔφη, τοι-
ούτῳ φίλους ἂν ἐγὼ θηρῴην; Ἐὰν νὴ Δί', ἔφη, ἀντὶ
κυνὸς κτήσῃ, ὅστις σοι ἰχνεύων μὲν τοὺς φιλοκάλους
καὶ πλουσίους εὑρήσει, εὑρὼν δὲ μηχανήσεται, ὅπως
ἐμβάλῃ αὐτοὺς εἰς τὰ σὰ δίκτυα. 10. Καὶ ποῖα,
ἔφη [12], ἐγὼ δίκτυα ἔχω; Ἓν μὲν δήπου, ἔφη, καὶ
μάλα εὖ περιπλεκόμενον, τὸ σῶμα, ἐν δὲ τούτῳ ψυχήν,
ᾗ καταμανθάνεις, καὶ ὡς ἂν ἐμβλέπουσα χαρίζοιο καὶ
ὅ,τι ἂν λέγουσα εὐφραίνοις, καὶ ὅτι δεῖ τὸν μὲν ἐπι-

---

[10] ἀτεχνῶς. For this word
some of the editors have ἀτέχνως,
which means "artlessly," "with-
out skill." But ἀτεχνῶς, "abso-
lutely," "downright," as Kühner
observes, may be right. "Why,
surely you do not think that you
will catch friends, the greatest of
all quarries, in such a downright,
off-hand manner?"

[11] καὶ ἐκ τοῦ φανεροῦ. "Quite
out of sight."
[12] Καὶ ποῖα, ἔφη. Cf. III. ix. 12
on καὶ πῶς ἄν. Ποῖον is often
used in contemptuous or angry
questions. Cf. Plato, Charm. 174 B,
ἆρά γε ᾗ τὸ πεττευτικόν; ποῖον;
ἦ δ' ὅς, πεττευτικόν; "draughts
indeed, what draughts?"

μελόμενον ἀσμένως ὑποδέχεσθαι, τὸν δὲ τρυφῶντα ἀπο-
κλείειν, καὶ ἀρρωστήσαντός γε φίλου φροντιστικῶς
ἐπισκέψασθαι ¹³ καὶ καλόν τι πράξαντος σφόδρα συνησ-
θῆναι καὶ τῷ σφόδρα σοῦ φροντίζοντι ὅλῃ τῇ ψυχῇ
κεχαρίσθαι· φιλεῖν γε μὴν εὖ οἶδ᾽ ὅτι ἐπίστασαι οὐ
μόνον μαλακῶς, ἀλλὰ καὶ εὐνοϊκῶς· καὶ ὅτι ἄριστοί ¹⁴
σοί εἰσιν οἱ φίλοι, οἶδ᾽ ὅτι οὐ λόγῳ, ἀλλ᾽ ἔργῳ ἀνα-
πείθεις. Μὰ τὸν Δί᾽, ἔφη ἡ Θεοδότη, ἐγὼ τούτων
οὐδὲν μηχανῶμαι. 11. Καὶ μήν, ἔφη ¹⁵, πολὺ δια-
φέρει τὸ κατὰ φύσιν τε καὶ ὀρθῶς ἀνθρώπῳ προσφέρε-
σθαι· καὶ γὰρ δὴ βίᾳ μὲν οὔτ᾽ ἂν ἕλοις οὔτε κατάσχοις
φίλον, εὐεργεσίᾳ δὲ καὶ ἡδονῇ τὸ θηρίον τοῦτο ἁλώ-
σιμόν τε καὶ παραμόνιμόν ἐστιν. Ἀληθῆ λέγεις, ἔφη.
12. Δεῖ τοίνυν, ἔφη, πρῶτον μὲν τοὺς φροντίζοντάς
σου τοιαῦτα ἀξιοῦν, οἷα ποιοῦσιν αὐτοῖς ¹⁶ σμικρότατα
μελήσει, ἔπειτα δὲ αὐτὴν ἀμείβεσθαι χαριζομένην τὸν
αὐτὸν τρόπον· οὕτω γὰρ ἂν μάλιστα φίλοι γίγνοιντο
καὶ πλεῖστον χρόνον φιλοῖεν καὶ μέγιστα εὐεργετοῖεν.
13. Χαρίζοιο δ᾽ ἂν μάλιστα, εἰ δεομένοις δωροῖο τὰ
παρὰ σεαυτῆς· ὁρᾷς γάρ, ὅτι καὶ τῶν βρωμάτων τὰ
ἥδιστα, ἐὰν μέν τις προσφέρῃ, πρὶν ἐπιθυμεῖν, ἀηδῆ
φαίνεται, κεκορεσμένοις δὲ καὶ βδελυγμίαν παρέχει,

---

¹³ ἐπισκέψασθαι. "To pay a
visit to." The aorists in this sen-
tence are used in the customary
sense of some one definite act,
whereas the presents are used of
an habitual one. If a friend falls
sick at any time, then Theodota is
thereupon to pay him a visit.

¹⁴ ἄριστοι. I retain this be-
cause it is the reading of the
manuscripts and makes sense.
"And as to the point of your
friends being the best possible
(attached firmly to you), I know
that you secure their friendship
not by mere (dainty) words (refer-

ring to μαλακῶς), but by your ge-
nuine interest in them" (referring
to εὐνοϊκῶς). The reading adopted
by some editors is ἀρεστοί, "and as
to the question of your friends
being agreeable to you," &c. I do
not see reason enough for altering
the reading of all the manuscripts.

¹⁵ Καὶ μήν, ἔφη. "And yet, he
said."

¹⁶ οἷα ποιοῦσιν αὐτοῖς. "To
make such claims on them only as
they will least repent granting."
Οἷα is the accusative after the par-
ticiple ποιοῦσιν, and μελήσει is used
impersonally.

ἐὰν δέ τις προσφέρῃ λιμὸν ἐμποιήσας, κἂν φαυλότερα
ᾖ, πάνυ ἡδέα φαίνεται. 14. Πῶς οὖν ἄν, ἔφη, ἐγὼ
λιμὸν ἐμποιεῖν τῳ τῶν παρ' ἐμοὶ δυναίμην; Εἰ νὴ
Δί', ἔφη, πρῶτον μὲν τοῖς κεκορεσμένοις μήτε. προσ-
φέροις μήτε ὑπομιμνήσκοις, ἕως ἂν τῆς πλησμονῆς
παυσάμενοι πάλιν δέωνται, ἔπειτα τοὺς δεομένους ὑπο-
μιμνήσκοις [17] ὡς κοσμιωτάτῃ τε ὁμιλίᾳ καὶ τῷ φαί-
νεσθαι βουλομένῃ χαρίζεσθαι καὶ διαφεύγουσα, ἕως ἂν
ὡς μάλιστα δεηθῶσι· τηνικαῦτα γὰρ πολὺ διαφέρει τὰ
αὐτὰ δῶρα, ἢ πρὶν ἐπιθυμῆσαι διδόναι. 15. Καὶ ἡ
Θεοδότη· Τί οὖν οὐ σύ μοι, ἔφη, ὦ Σώκρατες, ἐγένου
συνθηρατὴς τῶν φίλων; 'Εάν γε νὴ Δί', ἔφη, πείθῃς
με σύ. Πῶς οὖν ἄν, ἔφη, πείσαιμί σε; Ζητήσεις, ἔφη,
τοῦτο αὐτὴ καὶ μηχανήσῃ, ἐάν τί μου δέῃ. 16. Εἴσιθι
τοίνυν, ἔφη, θαμινά. Καὶ ὁ Σωκράτης ἐπισκώπτων
τὴν αὑτοῦ ἀπραγμοσύνην 'Αλλ', ὦ Θεοδότη, ἔφη, οὐ
πάνυ μοι ῥᾴδιόν ἐστι σχολάσαι· καὶ γὰρ ἴδια πρά-
γματα πολλὰ καὶ δημόσια παρέχει μοι ἀσχολίαν, εἰσὶ
δὲ καὶ φίλαι μοι, αἳ οὔτε ἡμέρας οὔτε νυκτὸς ἀφ' αὑτῶν
ἐάσουσί με ἀπιέναι φίλτρα τε μανθάνουσαι παρ' ἐμοῦ
καὶ ἐπῳδάς. 17. 'Επίστασαι γάρ, ἔφη, καὶ ταῦτα, ὦ
Σώκρατες; 'Αλλὰ διὰ τί οἴει, ἔφη, 'Απολλόδωρόν τε
τόνδε καὶ 'Αντισθένην οὐδέποτέ μου ἀπολείπεσθαι;
διὰ τί δὲ καὶ Κέβητα καὶ Σιμμίαν Θήβηθεν παρα-
γίγνεσθαι; εὖ ἴσθι, ὅτι ταῦτα οὐκ ἄνευ πολλῶν φίλτρων
τε καὶ ἐπῳδῶν καὶ ἰύγγων [18] ἐστί. 18. Χρῆσον τοίνυν
μοι, ἔφη, τὴν ἴυγγα, ἵνα ἐπὶ σοὶ πρῶτον ἕλκω αὐτήν.
'Αλλὰ μὰ Δί', ἔφη, οὐκ αὐτὸς ἕλκεσθαι πρὸς σὲ βού-

---

[17] ὑπομιμνήσκοις. "And then re-
mind them of their passion." The
dative ὁμιλίᾳ, and the partici-
ple βουλομένη correspond. For
διαφέρει ἤ cf. III. vii. 7.

[18] ἰύγγων. The ἴυγξ was a bird
(the wry-neck) used in incanta-

tions. It was bound over a wheel,
and as this spun round it was sup-
posed to draw the affections of
the person against whom it was
directed (ἕλκω ἐπὶ σοί). It is used
for the bird, the wheel, and a
charm generally.

λομαι, ἀλλὰ σὲ πρὸς ἐμὲ πορεύεσθαι. Ἀλλὰ πορεύ-
σομαι, ἔφη· μόνον ὑποδέχου. Ἀλλ᾽ ὑποδέξομαί σε,
ἔφη, ἐὰν μή τις φιλωτέρα σου ἔνδον ᾖ.

CHAPTER XII.

1. Ἐπιγένην δὲ τῶν ξυνόντων τινά, νέον τε ὄντα καὶ
τὸ σῶμα κακῶς ἔχοντα, ἰδών· Ὡς ἰδιωτικῶς, ἔφη, τὸ
σῶμα ἔχεις, ὦ Ἐπίγενες. Καὶ ὅς· Ἰδιώτης μέν [19],
ἔφη, εἰμί, ὦ Σώκρατες. Οὐδέν γε μᾶλλον [20], ἔφη, τῶν
ἐν Ὀλυμπίᾳ μελλόντων ἀγωνίζεσθαι. Ἦ δοκεῖ σοι
μικρὸς εἶναι ὁ περὶ τῆς ψυχῆς πρὸς τοὺς πολεμίους
ἀγών, ὃν Ἀθηναῖοι θήσουσιν, ὅταν τύχωσιν; 2. Καὶ
μὴν οὐκ ὀλίγοι μὲν διὰ τὴν τῶν σωμάτων καχεξίαν
ἀποθνήσκουσί τε ἐν τοῖς πολεμικοῖς κινδύνοις καὶ
αἰσχρῶς σώζονται, πολλοὶ δὲ δι᾽ αὐτὸ τοῦτο ζῶντες
ἁλίσκονται καὶ ἁλόντες ἤτοι δουλεύουσι [21] τὸν λοιπὸν
βίον, ἐὰν οὕτω τύχωσι, τὴν χαλεπωτάτην δουλείαν, ἢ
εἰς τὰς ἀνάγκας τὰς ἀλγεινοτάτας ἐμπεσόντες καὶ ἐκτί-
σαντες ἐνίοτε πλείω τῶν ὑπαρχόντων αὐτοῖς τὸν λοιπὸν
βίον ἐνδεεῖς τῶν ἀναγκαίων ὄντες καὶ κακοπαθοῦντες

---

[19] Ἰδιώτης μέν. There is an
implied opposition to some idea
in the speaker's mind, as οἱ δὲ
ἄλλοι εἰσὶν ἀθληταί. Others make
it ἰδιώτης μὲν εἰμὶ τῶν τοιούτων,
τῆς δὲ ψυχῆς ἐπιμελοῦμαι μᾶλλον.
The first seems the simplest to
me.

[20] Οὐδέν γε μᾶλλον. "Nay, no
more a non-professional (that is,
just as much a professional)
really than," &c. They are train-
ing, to be sure, for the games, but
you for war, where your life will
be at stake.

[21] ἤτοι δουλεύουσι. It is to be
noticed that τοι always accom-
panies the first ἤ, whereas we
should rather put this clause in
the second place; because we
should put the likeliest clause
last. Cf. Plato, Phædo 68 C, ἤτοι
τὰ ἕτερα τούτων ἢ καὶ ἀμφότερα.
Also Thucyd. vi. 24, ἤτοι κρύφα
γε ἢ φανερῶς, "secretly, certainly,
or it might be openly." So here,
the enslavement is the most pro-
bable result, "either assuredly be
slaves, or it may be," &c.

M

διαζῶσι, πολλοὶ δὲ δόξαν αἰσχρὰν κτῶνται διὰ τὴν
τοῦ σώματος ἀδυναμίαν δοκοῦντες ἀποδειλιᾶν· 3. Ἡ
καταφρονεῖς τῶν ἐπιτιμίων τῆς καχεξίας τούτων [22] καὶ
ῥᾳδίως ἂν οἴει φέρειν τὰ τοιαῦτα; Καὶ μὴν οἶμαί γε
πολλῷ ῥᾴω καὶ ἡδίω τούτων εἶναι ἃ δεῖ ὑπομένειν τὸν
ἐπιμελόμενον τῆς τοῦ σώματος εὐεξίας· ἢ ὑγιεινότερόν
τε καὶ εἰς τἆλλα χρησιμώτερον νομίζεις εἶναι τὴν
καχεξίαν τῆς εὐεξίας; ἢ τῶν διὰ τὴν εὐεξίαν γιγνο-
μένων καταφρονεῖς; 4. Καὶ μὴν πάντα γε τἀναντία
συμβαίνει τοῖς εὖ τὰ σώματα ἔχουσιν ἢ τοῖς κακῶς·
καὶ γὰρ ὑγιαίνουσιν οἱ τὰ σώματα εὖ ἔχοντες καὶ
ἰσχύουσι, καὶ πολλοὶ μὲν διὰ τοῦτο ἐκ τῶν πολεμικῶν
ἀγώνων σώζονταί τε εὐσχημόνως καὶ τὰ δεινὰ πάντα
διαφεύγουσι, πολλοὶ δὲ φίλοις τε βοηθοῦσι καὶ τὴν
πατρίδα εὐεργετοῦσι καὶ διὰ ταῦτα χάριτός τε ἀξιοῦν-
ται καὶ δόξαν μεγάλην κτῶνται καὶ τιμῶν καλλίστων
τυγχάνουσι καὶ διὰ ταῦτα τόν τε λοιπὸν βίον ἥδιον καὶ
κάλλιον διαζῶσι[23] καὶ τοῖς ἑαυτῶν παισὶ καλλίους
ἀφορμὰς εἰς τὸν βίον καταλείπουσιν. 5. Οὔτοι χρή,
ὅτι ἡ πόλις οὐκ ἀσκεῖ δημοσίᾳ τὰ πρὸς τὸν πόλεμον,
διὰ τοῦτο καὶ ἰδίᾳ ἀμελεῖν, ἀλλὰ μηδὲν ἧττον ἐπι-
μελεῖσθαι· εὖ γὰρ ἴσθι, ὅτι οὐδὲ ἐν ἄλλῳ[24] οὐδενὶ
ἀγῶνι οὐδὲ ἐν πράξει οὐδεμιᾷ μεῖον ἕξεις διὰ τὸ βέλτιον
τὸ σῶμα παρεσκευάσθαι· πρὸς πάντα γάρ, ὅσα πράτ-
τουσιν ἄνθρωποι, χρήσιμον τὸ σῶμά ἐστιν· ἐν πάσαις

---

[22] τῆς καχεξίας τούτων. Τούτων
may either be joined to τῶν ἐπιτι-
μίων, "the penalties just men-
tioned," or depend on τῆς καχ-
εξίας: "the unhealthy condition of
these men." Perhaps the first is
the simpler construction. For the
gender of ὑγιεινότερον cf. II. iii. 1.

[23] διαζῶσι. "Live to its close"
(διά). The τε here does not con-
nect τὸν λοιπὸν βίον with any-
thing subsequent, but the whole

sentence, τὸν βίον διαζῶσι, is con-
nected with the next, τοῖς ἑαυτῶν
παισὶ καταλείπουσιν.

[24] οὐδὲ ἐν ἄλλῳ κ.τ.λ. This is
not the same as οὔτε ... οὔτε, and
cannot therefore mean "neither
...nor." The first οὐδέ is "not
even," the second οὐδέ is "nor."
Translate, "you will be none the
worse (μεῖον ἕξεις) even in any
other contest, nor (indeed) in any
course of action."

δὲ ταῖς τοῦ σώματος χρείαις πολὺ διαφέρει ὡς βέλ-
τιστα τὸ σῶμα ἔχειν· 6. ἐπεὶ καὶ ἐν ᾧ²⁵ δοκεῖς ἐλα-
χίστην σώματος χρείαν εἶναι, ἐν τῷ διανοεῖσθαι, τίς
οὐκ οἶδεν, ὅτι καὶ ἐν τούτῳ πολλοὶ μεγάλα σφάλλονται
διὰ τὸ μὴ ὑγιαίνειν τὸ σῶμα ; καὶ λήθη δὲ καὶ ἀθυμία
καὶ δυσκολία καὶ μανία πολλάκις πολλοῖς διὰ τὴν τοῦ
σώματος καχεξίαν εἰς τὴν διάνοιαν ἐμπίπτουσιν οὕτως,
ὥστε καὶ τὰς ἐπιστήμας ἐκβάλλειν. 7. Τοῖς δὲ τὰ
σώματα εὖ ἔχουσι πολλὴ ἀσφάλεια καὶ οὐδεὶς κίνδυνος
διά γε τὴν τοῦ σώματος καχεξίαν τοιοῦτόν τι παθεῖν,
εἰκὸς δὲ μᾶλλον πρὸς τὰ ἐναντία τῶν διὰ τὴν καχεξίαν
γιγνομένων καὶ τὴν εὐεξίαν²⁶ χρήσιμον εἶναι· καίτοι
τῶν γε τοῖς εἰρημένοις ἐναντίων ἕνεκα τί οὐκ ἄν τις
νοῦν ἔχων ὑπομείνειεν ; 8. αἰσχρὸν δὲ καὶ τὸ διὰ τὴν
ἀμέλειαν γηρᾶσαι²⁷ πρὶν ἰδεῖν ἑαυτόν, ποῖος ἂν κάλ-
λιστος καὶ κράτιστος τῷ σώματι γένοιτο· ταῦτα δὲ οὐκ
ἔστιν ἰδεῖν ἀμελοῦντα· οὐ γὰρ ἐθέλει αὐτόματα γί-
γνεσθαι.

CHAPTER XIII.

1. Ὀργιζομένου δέ ποτέ τινος, ὅτι προσειπών τινα
χαίρειν οὐκ ἀντιπροσερρήθη· Γελοῖον, ἔφη, τό, εἰ μὲν²⁸

²⁵ ἐπεὶ καὶ ἐν ᾧ. "Since even
in that wherein . . . viz. in reflec-
tion?" Here ἐν τῷ διανοεῖσθαι is
explanatory of ᾧ. The frequent
use of καί in this section is to be
noticed, and the word properly
translated.
²⁶ καὶ τὴν εὐεξίαν. It is not
easy to see why καί is used here.
It seems to me to qualify χρήσιμον
εἶναι, "to be also useful with re-
ference to the opposites," &c. A
healthy habit of body is good in
itself; it is also useful indirectly
as preventing λήθη καὶ ἀθυμία

κ.τ.λ. The words look as though
τὴν εὐεξίαν were put in in passing
merely to make the passage clear,
the idea being already given by
τοῖς τὰ σώματα εὖ ἔχουσι, so that
καὶ χρήσιμον are virtually con-
nected together as the emphatic
words. Kühner makes καί qualify
πρὸς τὰ ἐναντία, which I do not
think likely, although no doubt
the sense is ultimately the same as
that suggested above.
²⁷ γηρᾶσαι. Sc. τινά.
²⁸ τό, εἰ μέν. The article is to
be taken with μὴ ἂν ὀργίζεσθαι:

τὸ σῶμα κάκιον ἔχοντι ἀπήντησάς τῳ, μὴ ἂν ὀργί-
ζεσθαι, ὅτι δὲ τὴν ψυχὴν ἀγροικοτέρως διακειμένῳ
περιέτυχες, τοῦτό σε λυπεῖ²⁹.

2. Ἄλλου δὲ λέγοντος, ὅτι ἀηδῶς ἐσθίοι· Ἀκουμενός,
ἔφη, τούτου φάρμακον ἀγαθὸν διδάσκει. Ἐρομένου δέ·
Ποῖον; Παύσασθαι ἐσθίοντα, ἔφη· καὶ ἥδιόν τε καὶ
εὐτελέστερον καὶ ὑγιεινότερόν φησι διάξειν³⁰ παυσά-
μενον.

3. Ἄλλου δ᾽ αὖ λέγοντος, ὅτι θερμὸν εἴη παρ᾽ ἑαυτῷ
τὸ ὕδωρ, ὃ πίνοι³¹· Ὅταν ἄρ᾽, ἔφη, βούλῃ θερμῷ λού-
σασθαι, ἕτοιμον ἔσται σοι. Ἀλλὰ ψυχρόν, ἔφη,
ὥστε λούσασθαι³², ἐστίν. Ἆρ᾽ οὖν, ἔφη, καὶ οἱ οἰκέται
σου ἄχθονται πίνοντές τε αὐτὸ καὶ λουόμενοι αὐτῷ;
Μὰ τὸν Δί᾽, ἔφη· ἀλλὰ καὶ πολλάκις τεθαύμακα, ὡς
ἡδέως αὐτῷ πρὸς ἀμφότερα ταῦτα χρῶνται. Πότερον
δέ, ἔφη, τὸ παρὰ σοὶ ὕδωρ θερμότερον πιεῖν ἐστιν, ἢ τὸ
ἐν Ἀσκληπιοῦ³³; Τὸ ἐν Ἀσκληπιοῦ, ἔφη. Πότερον

"the fact that you would proba-
bly not be angry." In the next
words κάκιον is the predicate, as
the position shows, and the force
of the comparative is a common
one, "with his body in a worse
condition than other people's."
²⁹ τοῦτό σε λυπεῖ. The con-
struction of course requires λυπεῖν,
depending like ὀργίζεσθαι on
γελοῖον. But the old construc-
tion has been changed.
³⁰ διάξειν. "Would live more
pleasantly after so stopping."
With διάγειν, τὸν βίον is to be
supplied, the words being some-
times added, as Aristoph. Nubes
463, ζηλωτότατον βίον ἀνθρώπων
διάξεις. But they are more com-
monly omitted. Cf. Plato, Crito
43 B, ἵνα ὡς ἥδιστα διάγῃς.
³¹ ὃ πίνοι. The optative is used
because the whole sentence is a

narrative of the words of another,
and in the *oratio recta* the sen-
tence would have run θερμόν ἐστι
παρ᾽ ἐμαυτῷ τὸ ὕδωρ ὃ πίνω. If,
as before noticed, these last words
had been ὃ ἔπινεν or ἔπιον, they
would *not* have passed into the
optative. Cf. II. vi. 13, ἤκουσα
ὅτι Περικλῆς πολλὰς ἐπίσταιτο ἃς
ἐπᾴδων τῇ πόλει ἐποίει αὐτὴν
φιλεῖν αὐτόν.
³² ὥστε λούσασθαι. "Cold, so
far at least as to bathe in," i. e.
"too cold to bathe in." Kühner
quotes a similar passage from
Plato, Protag. 314 B, ἡμεῖς γὰρ ἔτι
νέοι ὥστε τοσοῦτο πρᾶγμα διελέσ-
θαι. Below, καὶ οἱ οἰκέται is "your
slaves as well as yourself."
³³ ἐν Ἀσκληπιοῦ. Sc. νεῴ.
Compare the common phrase ἐν
Ἅιδου, and the Latin "ad Dianæ,"
&c. There was a temple of Æscu-

δὲ λούσασθαι ψυχρότερον, τὸ παρὰ σοὶ ἢ τὸ ἐν Ἀμ-
φιαράου; Τὸ ἐν Ἀμφιαράου, ἔφη. Ἐνθυμοῦ οὖν,
ἔφη, ὅτι κινδυνεύεις δυσαρεστότερος εἶναι τῶν τε οἰκε-
τῶν καὶ τῶν ἀρρωστούντων.

4. Κολάσαντος δέ τινος ἰσχυρῶς ἀκόλουθον ³⁴ ἤρετο,
τί χαλεπαίνοι τῷ θεράποντι. "Ότι, ἔφη, ὀψοφαγί-
στατός τε ὢν βλακώτατός ἐστι καὶ φιλαργυρώτατος
ὢν ἀργότατος. Ἤδη ποτὲ οὖν ἐπεσκέψω, πότερος
πλειόνων πληγῶν δεῖται, σὺ ἢ ὁ θεράπων;

5. Φοβουμένου δέ τινος τὴν εἰς Ὀλυμπίαν ὁδόν· Τί,
ἔφη, φοβῇ σὺ τὴν πορείαν; οὐ καὶ οἴκοι σχεδὸν ὅλην
τὴν ἡμέραν περιπατεῖς; καὶ ἐκεῖσε πορευόμενος ³⁵ περι-
πατήσας ἀριστήσεις, περιπατήσας δειπνήσεις καὶ ἀνα-
παύσῃ· οὐκ οἶσθα, ὅτι, εἰ ἐκτείναις τοὺς περιπάτους,
οὓς ἐν πέντε ἢ ἓξ ἡμέραις περιπατεῖς, ῥᾳδίως ἂν Ἀθή-
νηθεν εἰς Ὀλυμπίαν ἀφίκοιο; χαριέστερον δὲ καὶ
προεξορμᾶν ³⁶ ἡμέρᾳ μιᾷ μᾶλλον ἢ ὑστερίζειν· τὸ μὲν

lapius at the south-western foot
of the Acropolis containing a foun-
tain of water. The most famous
temple of the God, however, was
that at Epidaurus. The temple
of Amphiaraus was, I suppose, the
one near Oropus, with a fountain
for invalids. The argument that
invalids were less fastidious than
the grumbler, because they were
content to use colder water, is odd.
One may take Epsom salts when
necessary, but it would be rather
hard to find fault therefore with
any one who declined to drink
salt water habitually.

³⁴ ἀκόλουθον. Bornemann says
this is used like a proper name,
the attendant every one had as a
matter of course and well-known
custom; and that therefore the
article can be omitted at pleasure.
A simpler view seems to me that

it means nothing more than "a
waiting-man," "a footman."

³⁵ πορευόμενος. The participles
are in different tenses, because
the sense is different. "While
on your journey, after a certain
amount of walking."

³⁶ προεξορμᾶν. "To start ear-
lier by one day." So below, μιᾷ
ἡμέρᾳ, κ.τ.λ., is "to make the jour-
ney in more days than other peo-
ple by one day," that is, "to be a
day longer on the road." Μᾶλλον
is of course really superfluous, but
is inserted to put the comparison
vividly forward. It is not at all
uncommon in such circumstances.
Cf. Plato de Leg. 781 A, λαθραιό-
τερον μᾶλλον καὶ ἐπικλοπώτερον
ἦν. Here the intervention of
several words makes the use still
more natural.

γὰρ ἀναγκάζεσθαι περαιτέρω τοῦ μετρίου μηκύνειν τὰς
ὁδοὺς χαλεπόν, τὸ δὲ μιᾷ ἡμέρᾳ πλείονας πορευθῆναι
πολλὴν ῥᾳστώνην παρέχει· κρεῖττον οὖν ἐν τῇ ὁρμῇ
σπεύδειν ἢ ἐν τῇ ὁδῷ.

6. Ἄλλου δὲ λέγοντος, ὡς παρετάθη [37] μακρὰν ὁδὸν
πορευθείς, ἤρετο αὐτόν, εἰ καὶ φορτίον [38] ἔφερε. Μὰ
Δί᾽ οὐκ ἔγωγ᾽, ἔφη, ἀλλὰ τὸ ἱμάτιον. Μόνος δ᾽ ἐπο-
ρεύου, ἔφη, ἢ καὶ ἀκόλουθός σοι ἠκολούθει; Ἠκολούθει,
ἔφη. Πότερον κενός, ἔφη, ἢ φέρων τι; Φέρων νὴ
Δί᾽, ἔφη, τά τε στρώματα καὶ τἆλλα σκεύη. Καὶ
πῶς [39] δή, ἔφη; ἀπήλλαχεν ἐκ τῆς ὁδοῦ; Ἐμοὶ μὲν
δοκεῖ, ἔφη, βέλτιον ἐμοῦ. Τί οὖν; ἔφη, εἰ τὸ ἐκείνου
φορτίον ἔδει σὲ φέρειν, πῶς ἂν οἴει διατεθῆναι; Κακῶς
νὴ Δί᾽, ἔφη· μᾶλλον δὲ οὐδ᾽ ἂν ἠδυνήθην κομίσαι. Τὸ
οὖν τοσούτῳ ἧττον τοῦ παιδὸς δύνασθαι πονεῖν πῶς
ἠσκημένου δοκεῖ σοι ἀνδρὸς εἶναι;

CHAPTER XIV.

1. Ὁπότε δὲ τῶν ξυνιόντων ἐπὶ τὸ δεῖπνον [40] οἱ μὲν
μικρὸν ὄψον, οἱ δὲ πολὺ φέροιεν, ἐκέλευεν ὁ Σωκράτης
τὸν παῖδα τὸ μικρὸν ἢ εἰς τὸ κοινὸν τιθέναι ἢ διανέμειν
ἑκάστῳ τὸ μέρος. Οἱ οὖν τὸ πολὺ φέροντες ᾐσχύνοντό [41]

[37] παρετάθη. "He was ex-
hausted." The word occurs in
the same sense in Plato, Lysis
204 C, παραταθήσεται ὑπὸ σοῦ.

[38] εἰ καὶ φορτίον. This is no
case of εἰ καί in the sense of
"although," but καὶ φορτίον means
"a load as well as himself." Be-
low, τὸ ἱμάτιον is "the usual
cloak."

[39] Καὶ πῶς κ.τ.λ. "Pray, then,
how did he come off from the

journey?" Cf. I. vii. 3, αἰσχρῶς
τε καὶ κακῶς ἀπαλλάξειεν.

[40] ἐπὶ τὸ δεῖπνον. The dinner
was a joint one, where each guest
contributed his share of the pro-
visions. The technical name for
such a dinner was ἔρανος. Socrates'
object here was not to reprove
stinginess, but vulgar ostentation
or foolish rivalry in over-provid-
ing.

[41] ᾐσχύνοντο. There is a varia-

τε μὴ κοινωνεῖν τοῦ εἰς τὸ κοινὸν τιθεμένου καὶ τὸ
μὴ ἀντιτιθέναι τὸ ἑαυτῶν· ἐτίθεσαν οὖν καὶ τὸ ἑαυτῶν
εἰς τὸ κοινόν· καὶ ἐπεὶ οὐδὲν πλέον εἶχον τῶν μικρὸν
φερομένων, ἐπαύοντο πολλοῦ ὀψωνοῦντες.

2. Καταμαθὼν δέ τινα τῶν ξυνδειπνούντων τοῦ μὲν
σίτου πεπαυμένου, τὸ δὲ ὄψον αὐτὸ καθ᾽ αὑτὸ ἐσθίοντα,
λόγου ὄντος περὶ ὀνομάτων, ἐφ᾽ οἵῳ ἔργῳ ἕκαστον εἴη·
῎Εχοιμεν ἄν, ἔφη, ὦ ἄνδρες, εἰπεῖν, ἐπὶ ποίῳ ποτὲ
ἔργῳ ἄνθρωπος ὀψοφάγος καλεῖται; ἐσθίουσι μὲν γὰρ
δὴ πάντες ἐπὶ τῷ σίτῳ ὄψον, ὅταν παρῇ· ἀλλ᾽ οὐκ
οἶμαί πω[12] ἐπί γε τούτῳ ὀψοφάγοι καλοῦνται. Οὐ
γὰρ οὖν, ἔφη τις τῶν παρόντων. 3. Τί γάρ; ἔφη,
ἐάν τις ἄνευ τοῦ σίτου τὸ ὄψον αὐτὸ ἐσθίῃ μὴ ἀσκή-
σεως, ἀλλ᾽ ἡδονῆς ἕνεκα, πότερον ὀψοφάγος εἶναι δοκεῖ
ἢ οὔ; Σχολῇ γ᾽ ἄν[13], ἔφη, ἄλλος τις ὀψοφάγος εἴη.
Καί τις ἄλλος τῶν παρόντων· ῾Ο δὲ μικρῷ σίτῳ, ἔφη,
πολὺ ὄψον ἐπεσθίων; ᾽Εμοὶ μέν, ἔφη ὁ Σωκράτης,
καὶ οὗτος δοκεῖ δικαίως ἂν ὀψοφάγος καλεῖσθαι· καὶ

tion from a simple infinitive in the first clause to the article and infinitive in the second. These variations are not very uncommon. Cf. I. ii. 10, τῶν ἀσκούντων τὸ βιάζεσθαι ἀλλὰ τῶν ἰσχὺν ἐχόντων τὰ τοιαῦτα πράττειν ἔστιν. Sauppe quotes Eurip. Iph. in Aul. 452, ἐκβαλεῖν μὲν αἰδοῦμαι δάκρυ, τὸ μὴ δακρῦσαι δὲ αἰδοῦμαι. The position of τε is easily explained by regarding the words as put for ᾐσχύνοντό τε μὴ κοινωνεῖν καί (ᾐσχύνοντο) τὸ μὴ ἀντιτιθέναι. What Socrates did was this : he directed the ὄψον (relish, dainty, fish, meat, or any thing to flavour their bread) of the small providers to be thrown into a common fund, or divided amongst the company. Thus the great providers felt compelled to take their share of the common

fund (or each small provider's ὄψον in turn, I suppose), and share their own in the same way.

[12] οὐκ οἶμαί πω. "I do not think that so far they are called," &c.; the merely eating ὄψον does not constitute the notion of ὀψοφάγος. Below, αὐτό is "alone," by itself." The "training" (ἄσκησις) would seem to make ὄψον here "meat," as the athletes eat large quantities of it.

[13] Σχολῇ γ᾽ ἄν. Σχολῇ ποιεῖν τι is "to do any thing at one's leisure," then "to be a long time before doing it." Cf. Soph. Œdip. Tyr. 435, σχολῇ γ᾽ ἂν οἴκους τοὺς ἐμοὺς ἐστειλάμην, "it should have been long enough before I sent for you." So here "it would be long before any other could be called so."

ὅταν γε οἱ ἄλλοι ἄνθρωποι τοῖς θεοῖς εὔχωνται πολυ-
καρπίαν, εἰκότως ἂν οὗτος πολυοψίαν εὔχοιτο. 4.
Ταῦτα δὲ τοῦ Σωκράτους εἰπόντος νομίσας ὁ νεανίσκος
εἰς αὑτὸν εἰρῆσθαι τὰ λεχθέντα, τὸ μὲν ὄψον οὐκ
ἐπαύσατο ἐσθίων, ἄρτον δὲ προσέλαβεν. Καὶ ὁ Σω-
κράτης καταμαθών· Παρατηρεῖτ᾽, ἔφη, τοῦτον οἱ πλη-
σίον, ὁπότερα τῷ σίτῳ ὄψῳ "⁴⁴ ἢ τῷ ὄψῳ σίτῳ
χρήσεται.

5. Ἄλλον δέ ποτε τῶν συνδείπνων ἰδὼν ἐπὶ τῷ ἑνὶ
ψωμῷ πλειόνων ὄψων γευόμενον· Ἆρα γένοιτ᾽ ἄν, ἔφη,
πολυτελεστέρα ὀψοποιία ἢ μᾶλλον τὰ ὄψα λυμαι-
νομένη, ἢ ἣν ὀψοποιεῖται "⁴⁵ ὁ ἅμα πολλὰ ἐσθίων καὶ
ἅμα παντοδαπὰ ἡδύσματα εἰς τὸ στόμα λαμβάνων ;
πλείω μέν γε τῶν ὀψοποιῶν συμμιγνύων πολυτελέ-
στερα ποιεῖ, ἃ δὲ ἐκεῖνοι μὴ συμμιγνύουσιν ὡς οὐχ
ἁρμόττοντα, ὁ συμμιγνύων, εἴπερ ἐκεῖνοι ὀρθῶς ποι-
οῦσιν, ἁμαρτάνει τε καὶ καταλύει τὴν τέχνην αὐτῶν.
6. Καίτοι πῶς οὐ γελοῖόν ἐστι παρασκευάζεσθαι μὲν
ὀψοποιοὺς τοὺς ἄριστα ἐπισταμένους, αὐτὸν δὲ μηδ᾽
ἀντιποιούμενον τῆς τέχνης ταύτης τὰ ὑπ᾽ ἐκείνων
ποιούμενα μετατιθέναι ; καὶ ἄλλο δέ τι προσγίγνεται
τῷ ἅμα πολλὰ ἐπεσθίειν ἐθισθέντι· μὴ παρόντων γὰρ
πολλῶν μειονεκτεῖν ἄν τι δοκοίη ποθῶν τὸ σύνηθες· ὁ
δὲ συνεθισθεὶς τὸν ἕνα ψωμὸν ἑνὶ ὄψῳ· προπέμπειν,
ὅτε μὴ παρείη "⁴⁶ πολλά, δύναιτ᾽ ἂν ἀλύπως τῷ ἑνὶ
χρῆσθαι.

⁴⁴ τῷ σίτῳ ὄψῳ. "Will use his
bread as meat," i. e. use so much
meat and so little bread as to re-
verse the usual proportion, and
virtually make the bread the meat.

⁴⁵ ἢ ἣν ὀψοποιεῖται. "Than that
cookery which he indulges in who,"
&c. He who mixes up various
dainties transgresses all the prin-
ciples of the art. The theory

laid down that the cook must be
the best judge of the mixtures
proper to use, would have glad-
dened the great *chef de cuisine*
who left the service of a master
who dared to add more salt to his
soup.

⁴⁶ ὅτε μὴ παρείη. This construc-
tion seems due either to the fact of
the words being equivalent to εἰ μὴ

7. Ἔλεγε δὲ καί, ὡς τὸ εὐωχεῖσθαι ἐν τῇ Ἀθηναίων γλώττῃ ἐσθίειν καλοῖτο· τὸ δὲ εὖ [47] προσκεῖσθαι ἔφη ἐπὶ τῷ ταῦτα ἐσθίειν, ἅτινα μήτε τὴν ψυχὴν μήτε τὸ σῶμα λυποίη μήτε δυσεύρετα εἴη· ὥστε καὶ τὸ εὐωχεῖσθαι τοῖς κοσμίως διαιτωμένοις ἀνετίθει.

παρείη, or to a notion of indefinite frequency. Cf. II. i. 18, ὁ μὲν ἑκὼν φάγοι ἂν ὁπότε βούλοιτο.

[47] τὸ δὲ εὖ. But the word εὖ was attached to it with reference to eating, &c. In λυποίη the optative is simply that of the *oratio obliqua;* and in the *oratio recta,* the words would have run,

ἅτινα ἂν λυπῇ; as here this becomes in the *obliqua* ἅτινα λυποίη, a change to be noticed. What Socrates said was, that in Attic εὐωχεῖσθαι was simply used for "eating," and did not imply "sumptuous banqueting," as it might at first sight appear to do.

ΞΕΝΟΦΩΝΤΟΣ

ΑΠΟΜΝΗΜΟΝΕΥΜΑΤΑ.

BOOK IV.

CHAPTER I.

1. Οὕτω δὲ ὁ Σωκράτης ἦν ἐν παντὶ πράγματι καὶ πάντα τρόπον ὠφέλιμος, ὥστε τῷ σκοπουμένῳ τοῦτο, καὶ εἰ μετρίως [48] αἰσθανομένῳ, φανερὸν εἶναι, ὅτι οὐδὲν ὠφελιμώτερον ἦν τοῦ Σωκράτει συνεῖναι καὶ μετ᾽ ἐκείνου διατρίβειν ὁπουοῦν καὶ ἐν ὁτῳοῦν πράγματι· ἐπεὶ καὶ τὸ ἐκείνου μεμνῆσθαι μὴ παρόντος οὐ μικρὰ ὠφέλει τοὺς εἰωθότας τε αὐτῷ συνεῖναι καὶ ἀποδεχομένους ἐκεῖνον [49]· καὶ γὰρ παίζων οὐδὲν ἧττον ἢ σπουδάζων ἐλυσιτέλει τοῖς συνδιατρίβουσι. 2. Πολλάκις γὰρ ἔφη μὲν ἄν [50] τινος ἐρᾶν, φανερὸς δ᾽ ἦν οὐ τῶν τὰ σώματα

[48] καὶ εἰ μετρίως. "Even supposing him to be possessed of only moderate perception." If the reading be correct, καὶ εἰ is used adverbially, very much in the sense of καίπερ. Of course the use of καὶ εἰ is to be explained originally by an ellipse, καὶ εἰ τοῦτο πραχθείη τινὶ (or ὑπό τινος) μετρίως αἰσθανομένῳ.

[49] ἀποδεχομένους ἐκεῖνον. "Those who approved of his teaching." Ἀποδέχεσθαι is very common in the sense of "acquiescing in a person's remarks," or "approving of his sentiments." Cf. Plato, Repub. 329 E, ἀληθῆ λέγεις, οὐ γὰρ ἀποδέχονται. For the use of αὐτός and ἐκεῖνος together with reference to the same person, cf. Plato, Euthyph. 14 D, αἰτεῖν τε φὴς αὐτοὺς καὶ διδόναι ἐκείνοις. Cf. also I. ii. 3. Below, in καὶ γάρ, καὶ seems to strengthen γάρ, "for certainly."

[50] ἔφη μὲν ἄν. For ἄν with an imperfect, to express a habit, cf. I. i. 16, under ἂν ἀεὶ διελέγετο. With προσέχοιεν below, τὸν νοῦν is virtually understood. The full

πρὸς ὥραν, ἀλλὰ τῶν τὰς ψυχὰς πρὸς ἀρετὴν εὖ
πεφυκότων ἐφιέμενος· ἐτεκμαίρετο δὲ τὰς ἀγαθὰς φύ-
σεις ἐκ τοῦ ταχύ τε μανθάνειν οἷς προσέχοιεν καὶ
μνημονεύειν ἃ ἂν μάθοιεν[51] καὶ ἐπιθυμεῖν τῶν μαθημά-
των πάντων, δι' ὧν ἔστιν οἰκίαν τε καλῶς οἰκεῖν καὶ
πόλιν καὶ τὸ ὅλον ἀνθρώποις τε καὶ ἀνθρωπίνοις πράγ-
μασιν εὖ χρῆσθαι· τοὺς γὰρ τοιούτους[52] ἡγεῖτο παι-
δευθέντας οὐκ ἂν μόνον αὐτούς τε εὐδαίμονας εἶναι καὶ
τοὺς ἑαυτῶν οἴκους καλῶς οἰκεῖν, ἀλλὰ καὶ ἄλλους
ἀνθρώπους καὶ πόλεις δύνασθαι εὐδαίμονας ποιεῖν.
3. Οὐ τὸν αὐτὸν δὲ τρόπον ἐπὶ πάντας ᾔει, ἀλλὰ τοὺς
μὲν οἰομένους φύσει ἀγαθοὺς εἶναι, μαθήσεως δὲ κατα-
φρονοῦντας, ἐδίδασκεν, ὅτι αἱ ἄρισται δοκοῦσαι εἶναι
φύσεις μάλιστα παιδείας δέονται, ἐπιδεικνύων τῶν τε
ἵππων τοὺς εὐφυεστάτους θυμοειδεῖς τε καὶ σφοδροὺς
ὄντας, εἰ μὲν ἐκ νέων δαμασθεῖεν, εὐχρηστοτάτους καὶ
ἀρίστους γιγνομένους[53], εἰ δὲ ἀδάμαστοι γένοιντο, δυσ-
καθεκτοτάτους καὶ φαυλοτάτους· καὶ τῶν κυνῶν τῶν
εὐφυεστάτων, φιλοπόνων τε οὐσῶν καὶ ἐπιθετικῶν τοῖς
θηρίοις, τὰς μὲν καλῶς ἀχθείσας ἀρίστας γίγνεσθαι[54]

phrase occurs Thucyd. vi. 93, τῇ
ἐπιτειχίσειπροσεῖχον ἤδη τὸν νοῦν.
[51] ἃ ἂν μάθοιεν. This is an
unusual construction. Generally
ἃ ἂν μάθωσιν would pass in the
oratio obliqua into ἃ μάθοιεν.
Cf. however Xen. Anab. III. ii.
12, εὐξάμενοι ὁπόσους ἂν κατα-
κάνοιεν, τοσαύτας χιμαίρας κατα-
θύσειν τῇ θεῷ. Kühner seems to
think the reason to be, that in
the *oratio recta* the clauses would
stand μανθάνειν οἷς προσέχουσι
καὶ μνημονεύειν ἃ ἂν μάθωσι, and
to mark this, ἂν, contrary to the
usual rule, is left in the second
clause, when the whole is thrown
into the *oratio obliqua*. But this
is a pure assumption.

[52] τοὺς γὰρ τοιούτους. This is
either for παιδευθέντας ὥστε τοι-
ούτους εἶναι, like ἐκδιδάσκεσθαί
τινα σοφόν (Medea 296), or "such
persons as these when instructed,"
which seems to be the simpler
explanation.

[53] γιγνομένους. "Although
spirited naturally (ὄντας) ....
become" (γιγνομένους). Below,
καλῶς ἀχθείσας is "well ·brought
up."

[54] γίγνεσθαι. The construc-
tion changes from the participle
(γιγνομένους) to the infinitive
after ἐπιδεικνύων. Cf. Thucyd.
i. 72, τῶν μὲν ἐγκλημάτων πέρι
μηδὲν ἀπολογησομένους, δηλῶσαι
δέ, κ.τ.λ.

πρὸς τὰς θήρας καὶ χρησιμωτάτας, ἀναγώγους δὲ γιγνο-
μένας⁵⁵ ματαίους τε καὶ μανιώδεις καὶ δυσπειθεστάτας.
4. Ὁμοίως δὲ καὶ τῶν ἀνθρώπων τοὺς εὐφυεστάτους,
ἐρρωμενεστάτους τε ταῖς ψυχαῖς ὄντας καὶ ἐξεργαστι-
κωτάτους ὧν ἂν ἐγχειρῶσι⁵⁶, παιδευθέντας μὲν καὶ
μαθόντας ἃ δεῖ πράττειν ἀρίστους τε καὶ ὠφελιμωτά-
τους γίγνεσθαι· πλεῖστα γὰρ καὶ μέγιστα ἀγαθὰ ἐργά-
ζεσθαι· ἀπαιδεύτους δὲ καὶ ἀμαθεῖς γενομένους κακί-
στους τε καὶ βλαβερωτάτους γίγνεσθαι· κρίνειν γὰρ
οὐκ ἐπισταμένους ἃ δεῖ πράττειν πολλάκις πονηροῖς
ἐπιχειρεῖν πράγμασι, μεγαλείους δὲ καὶ σφοδροὺς ὄντας
δυσκαθέκτους τε καὶ δυσαποτρέπτους εἶναι· διὸ πλεῖστα
καὶ μέγιστα κακὰ ἐργάζονται. 5. Τοὺς δ᾽ ἐπὶ πλούτῳ
μέγα φρονοῦντας καὶ νομίζοντας οὐδὲν προσδεῖσθαι
παιδείας, ἐξαρκέσειν δέ σφισιν οἰομένους τὸν πλοῦτον
πρὸς τὸ διαπράττεσθαί τε ὅ,τι ἂν βούλωνται καὶ
τιμᾶσθαι ὑπὸ τῶν ἀνθρώπων, ἐφρένου λέγων, ὅτι μωρὸς
μὲν εἴη, εἰ τις οἴεται⁵⁷ μὴ μαθὼν τά τε ὠφέλιμα καὶ
τὰ βλαβερὰ τῶν πραγμάτων διαγνώσεσθαι, μωρὸς δ᾽,
εἰ τις μὴ διαγιγνώσκων μὲν ταῦτα, διὰ δὲ τὸν πλοῦτον
ὅ,τι ἂν βούληται ποριζόμενος οἴεται δυνήσεσθαι καὶ
τὰ συμφέροντα⁵⁸ πράττειν, ἡλίθιος δ᾽, εἴ τις μὴ δυ-

---

⁵⁵ γιγνομένας. This does not
apparently depend on ἐπιδεικνύων,
but is to be joined with ἀνα-
γώγους. But the present parti-
ciple is difficult to explain: "if
they are allowed to become un-
trained," which is awkward. The
aorist γενομένας would be sim-
ple: "after becoming untrained."
The sentence to be complete
should have been τὰς δὲ ἀνα-
γώγους, κ.τ.λ., to correspond to
τὰς μὲν καλῶς, κ.τ.λ.
⁵⁶ ὧν ἂν ἐγχειρῶσι. Sc. ἐργά-
ζεσθαι, for it does not seem that
ἐγχειρεῖν governs an accusative.

It occurs with an infinitive in II.
iii. 12. Below, προσδεῖσθαι is
"to want beyond that."
⁵⁷ εἴ τις οἴεται. This change
to the present indicative in the
oratio obliqua is common. Cf.
II. vii. 12, διηγεῖτο ὅτι αἰτιῶνται
αὐτόν. It may be explained from
the natural tendency of the Greek
mind to narrate in the present
as a more lively way of putting
matters; and in cases like the
one here εἴ τις οἴεται may be re-
garded as a general paraphrase of
ὁ οἰόμενος.
⁵⁸ καὶ τὰ συμφέροντα. "Do

νάμενος τὰ συμφέροντα πράττειν εὖ τε πράττειν οἴεται
καὶ τὰ πρὸς τὸν βίον αὐτῷ ἢ καλῶς ἢ ἱκανῶς παρε-
σκευάσθαι, ἠλίθιος δὲ καί, εἴ τις οἴεται διὰ τὸν πλοῦτον
μηδὲν ἐπιστάμενος δόξειν τι ἀγαθὸς εἶναι, ἢ μηδὲν
ἀγαθὸς εἶναι δοκῶν εὐδοκιμήσειν.

CHAPTER II.

1. Τοῖς δὲ νομίζουσι παιδείας τε τῆς ἀρίστης τε-
τυχηκέναι καὶ μέγα φρονοῦσιν ἐπὶ σοφίᾳ ὡς προσ-
εφέρετο, νῦν διηγήσομαι. Καταμαθὼν γὰρ Εὐθύδημον
τὸν καλὸν γράμματα πολλὰ[59] συνειλεγμένον[60] ποιητῶν
τε καὶ σοφιστῶν τῶν εὐδοκιμωτάτων καὶ ἐκ τούτων
ἤδη τε νομίζοντα διαφέρειν τῶν ἡλικιωτῶν ἐπὶ σοφίᾳ
καὶ μεγάλας ἐλπίδας ἔχοντα πάντων διοίσειν τῷ δύ-
νασθαι λέγειν τε καὶ πράττειν, πρῶτον μὲν[61] αἰσθανό-
μενος αὐτὸν διὰ νεότητα οὔπω εἰς τὴν ἀγορὰν εἰσιόντα,
εἰ δέ τι βούλοιτο διαπράξασθαι, καθίζοντα εἰς ἡνιο-
ποιεῖόν τι τῶν ἐγγὺς τῆς ἀγορᾶς, εἰς τοῦτο καὶ αὐτὸς
ἤει τῶν μεθ' ἑαυτοῦ τινας ἔχων.   2. Καὶ πρῶτον μὲν
πυνθανομένου τινός, πότερον Θεμιστοκλῆς διὰ συν-
ουσίαν τινὸς τῶν σοφῶν ἢ φύσει τοσοῦτον διήνεγκε
τῶν πολιτῶν, ὥστε πρὸς ἐκεῖνον ἀποβλέπειν τὴν πόλιν,
ὁπότε σπουδαίου ἀνδρὸς δεηθείη, ὁ Σωκράτης βουλό-

---

what is for his good, as well"
(καί) as get all he wants by his
money.

[59] γράμματα πολλά. "Many
books." In consequence of this,
he at once (ἤδη) fancied himself
a superior scholar. The con-
struction ἐπὶ σοφίᾳ after δια-
φέρειν seems moulded on φρονεῖν
ἐπὶ σοφίᾳ above, as Kühner sug-
gests.

[60] συνειλεγμένον. This is the

perfect middle, or rather the
passive used for the middle, for
lack of any other.

[61] πρῶτον μέν. There is no
corresponding δέ, unless § 6, ἐπεὶ
δὲ φανερὸς ἦν, answer to πρῶτον
μέν. Euthydemus was not yet
eighteen years old, at which age
a person became capable of the
rights of citizenship, and first
began ἐν ἡλικίᾳ γίγνεσθαι.

μενος κινεῖν τὸν Εὐθύδημον εὔηθες ἔφη εἶναι τὸ οἴεσθαι
τὰς μὲν ὀλίγου ἀξίας τέχνας⁶² μὴ γίγνεσθαι σπου-
δαίους ἄνευ διδασκάλων ἱκανῶν, τὸ δὲ προεστάναι
πόλεως, πάντων ἔργων μέγιστον ὄν, ἀπὸ ταὐτομάτου
παραγίγνεσθαι τοῖς ἀνθρώποις. 3. Πάλιν δέ ποτε
παρόντος τοῦ Εὐθυδήμου, ὁρῶν αὐτὸν ἀποχωροῦντα
τῆς συνεδρίας καὶ φυλαττόμενον, μὴ δόξῃ τὸν Σωκρά-
την θαυμάζειν ἐπὶ σοφίᾳ· "Ὅτι μέν, ἔφη, ὦ ἄνδρες,
Εὐθύδημος οὑτοσὶ ἐν ἡλικίᾳ γενόμενος, τῆς πόλεως
λόγον⁶³ περί τινος προτιθείσης, οὐκ ἀφέξεται τοῦ συμ-
βουλεύειν, εὔδηλόν ἐστιν ἐξ ὧν ἐπιτηδεύει· δοκεῖ δέ
μοι καλὸν προοίμιον τῶν δημηγοριῶν παρασκευάσασθαι
φυλαττόμενος, μὴ δόξῃ μανθάνειν τι παρά του· δῆλον
γάρ, ὅτι λέγειν ἀρχόμενος ὧδε προοιμιάσεται· 4. Παρ'
οὐδενὸς μὲν πώποτε, ὦ ἄνδρες Ἀθηναῖοι, οὐδὲν ἔμαθον
οὐδ' ἀκούων τινὰς εἶναι λέγειν τε καὶ πράττειν ἱκανοὺς
ἐζήτησα τούτοις ἐντυχεῖν οὐδ' ἐπεμελήθην τοῦ διδά-
σκαλόν μοί τινα γενέσθαι τῶν ἐπισταμένων⁶⁴, ἀλλὰ
καὶ τἀναντία· διατετέλεκα γὰρ φεύγων οὐ μόνον τὸ
μανθάνειν τι παρά τινος, ἀλλὰ καὶ τὸ δόξαι· ὅμως δὲ
ὅ,τι ἂν ἀπὸ ταὐτομάτου ἐπίῃ μοι συμβουλεύσω ὑμῖν.
5. Ἁρμόσειε δ' ἂν οὕτω προοιμιάζεσθαι καὶ τοῖς βου-
λομένοις παρὰ τῆς πόλεως ἰατρικὸν ἔργον⁶⁵ λαβεῖν·

⁶² τὰς μὲν .... τέχνας. The accusative depends on σπουδαίους, and is one of defining locality already mentioned more than once.
⁶³ τῆς πόλεως λόγον κ.τ.λ. "When the city calls on her members to speak on any topic:" whenever an assembly is held at which the herald invites any citizen to speak on the matter under debate.
⁶⁴ τῶν ἐπισταμένων. For this absolute use of the word cf. III.

ix. 11. Below, with τὸ δόξαι supply μεμαθηκέναι τί. (See the next section, καὶ τὸ δόξαι, κ.τ.λ.)
⁶⁵ ἰατρικὸν ἔργον. "The appointment of State physician." Δημοσιεύειν was especially used in this sense. Cf. Plato, Gorg. 514 D, κἂν εἰ ἐπιχειρήσαντες δημοσιεύειν παρεκαλοῦμεν ἀλλήλους ὡς ἱκανοὶ ἰατροὶ ὄντες. I don't quite know what these State physicians did, unless they had to attend on the slaves belonging to the State, or to the city officials.

ἐπιτήδειον γ᾽ ἂν αὐτοῖς εἴη τοῦ λόγου ἄρχεσθαι ἐν-
τεῦθεν· Παρ᾽ οὐδενὸς μὲν πώποτε, ὦ ἄνδρες Ἀθηναῖοι,
τὴν ἰατρικὴν τέχνην ἔμαθον οὐδ᾽ ἐζήτησα διδάσκαλον
ἐμαυτῷ γενέσθαι τῶν ἰατρῶν οὐδένα· διατετέλεκα γὰρ
φυλαττόμενος οὐ μόνον τὸ μαθεῖν τι παρὰ τῶν ἰατρῶν,
ἀλλὰ καὶ τὸ δόξαι μεμαθηκέναι τὴν τέχνην ταύτην·
ὅμως δέ μοι τὸ ἰατρικὸν ἔργον δότε· πειράσομαι γὰρ ἐν
ὑμῖν ἀποκινδυνεύων μανθάνειν. Πάντες οὖν οἱ παρόντες
ἐγέλασαν ἐπὶ τῷ προοιμίῳ. 6. Ἐπεὶ δὲ φανερὸς ἦν ὁ
Εὐθύδημος ἤδη μὲν οἷς ὁ Σωκράτης λέγοι προσέχων,
ἔτι δὲ φυλαττόμενος αὐτός τι φθέγγεσθαι καὶ νομίζων
τῇ σιωπῇ σωφροσύνης δόξαν περιβάλλεσθαι, τότε ὁ
Σωκράτης βουλόμενος αὐτὸν παῦσαι τούτου· Θαυ-
μαστὸν γάρ [66], ἔφη, τί ποτε οἱ βουλόμενοι κιθαρίζειν ἢ
αὐλεῖν ἢ ἱππεύειν ἢ ἄλλο τι τῶν τοιούτων ἱκανοὶ
γενέσθαι πειρῶνται [67] ὡς συνεχέστατα ποιεῖν ὅ,τι ἂν
βούλωνται δυνατοὶ γενέσθαι καὶ οὐ καθ᾽ ἑαυτούς, ἀλλὰ
παρὰ τοῖς ἀρίστοις δοκοῦσιν εἶναι, πάντα ποιοῦντες
καὶ ὑπομένοντες ἕνεκα τοῦ μηδὲν ἄνευ τῆς ἐκείνων
γνώμης ποιεῖν, ὡς οὐκ ἂν ἄλλως [68] ἀξιόλογοι γενόμενοι·
τῶν δὲ βουλομένων δυνατῶν γενέσθαι λέγειν τε καὶ
πράττειν τὰ πολιτικὰ νομίζουσί τινες ἄνευ παρασκευῆς
καὶ ἐπιμελείας αὐτόματοι ἐξαίφνης δυνατοὶ ταῦτα

---

[66] Θαυμαστὸν γάρ. There is an
ellipse of some implied clause
here; such as "how is this to be
accounted for?" or "no wonder
you have nothing to say." Trans-
late, "Why, it is strange."
[67] πειρῶνται. The order of
the words for translation is ap-
parently that in which they
stand. If so, ὅτι is the accusa-
tive after δυνατοί, "to do that
whereinsoever they wish to be-
come skilful" (cf. τὰς τέχνας
σπουδαίους, IV. ii. 2). The order

might be also πειρῶνται ὡς συνε-
χέστατα δυνατοὶ γενέσθαι ποιεῖν
ὅτι ἂν βούλωνται. There is a
reading μὴ πειρῶνται, which I
suppose would mean, "they are
not everlastingly practising," i. e.
without learning the theory first:
they are not learning in fact by
making experiments on unhappy
victims.
[68] ὡς οὐκ ἂν ἄλλως. Cf. II. ii.
13, οὐδὲν ἂν τούτου πράξαντος,
and the note there.

ποιεῖν ἔσεσθαι. 7. Καίτοι γε τοσούτῳ ταῦτα ἐκείνων
δυσκατεργαστότερα φαίνεται, ὅσῳ περ πλειόνων περὶ
ταῦτα πραγματευομένων ἐλάττους οἱ κατεργαζόμενοι[69]
γίγνονται· δῆλον οὖν, ὅτι καὶ ἐπιμελείας δέονται πλεί-
ονος καὶ ἰσχυροτέρας οἱ τούτων ἐφιέμενοι ἢ οἱ ἐκείνων.
8. Κατ᾽ ἀρχὰς μὲν οὖν, ἀκούοντος Εὐθυδήμου, τοιού-
τους λόγους ἔλεγε Σωκράτης· ὡς δ᾽ ᾔσθετο αὐτὸν ἐτοι-
μότερον ὑπομένοντα, ὅτε διαλέγοιτο, καὶ προθυμότερον
ἀκούοντα, μόνος ἦλθεν εἰς τὸ ἡνιοποιεῖον· παρακαθε-
ζομένου δ᾽ αὐτῷ τοῦ Εὐθυδήμου· Εἰπέ μοι, ἔφη, ὦ
Εὐθύδημε, τῷ ὄντι, ὥσπερ ἐγὼ ἀκούω, πολλὰ γράμ-
ματα συνῆχας τῶν λεγομένων σοφῶν ἀνδρῶν γεγον-
έναι ; Νὴ τὸν Δί᾽, ἔφη, ὦ Σώκρατες· καὶ ἔτι γε
συνάγω, ἕως ἂν κτήσωμαι ὡς ἂν δύνωμαι πλεῖστα.
9. Νὴ τὴν Ἥραν, ἔφη ὁ Σωκράτης, ἄγαμαί γέ σου[70],
διότι οὐκ ἀργυρίου καὶ χρυσίου προείλου θησαυροὺς
κεκτῆσθαι μᾶλλον ἢ σοφίας· δῆλον γάρ, ὅτι νομίζεις
ἀργύριον καὶ χρυσίον οὐδὲν βελτίους ποιεῖν τοὺς ἀν-
θρώπους, τὰς δὲ τῶν σοφῶν ἀνδρῶν γνώμας ἀρετῇ
πλουτίζειν τοὺς κεκτημένους. Καὶ ὁ Εὐθύδημος ἔχαιρεν
ἀκούων ταῦτα, νομίζων δοκεῖν τῷ Σωκράτει ὀρθῶς
μετιέναι τὴν σοφίαν. Ὁ δὲ καταμαθὼν αὐτὸν ἡσθέντα
τῷ ἐπαίνῳ τούτῳ· 10. Τί δὲ δὴ βουλόμενος ἀγαθὸς
γενέσθαι, ἔφη, ὦ Εὐθύδημε. συλλέγεις τὰ γράμματα ;
ἐπεὶ δὲ διεσιώπησεν ὁ Εὐθύδημος σκοπῶν, ὅ,τι ἀπο-
κρίναιτο, πάλιν ὁ Σωκράτης· Ἆρα μὴ ἰατρός[71] ; ἔφη·

[69] οἱ κατεργαζόμενοι. "Those
who bring their work to a suc-
cessful issue" (κατά).
[70] ἄγαμαί γέ σου. The genitive
σου is really dependent on διότι
. . . προείλου, κ.τ.λ., as I have ex-
plained before. The possibility
of such a construction arises from
the fact that διότι . . . προείλου
is an explanation of τοῦτο (or

similar word), on which σου de-
pends. The construction is there-
fore ἄγαμαι τοῦτό σου, sc. διότι,
κ.τ.λ. "I admire this point
about you, because I mean," &c.
Below, τί depends on ἀγαθός,
"from a desire to be good in
what respect?"
[71] Ἆρα μὴ ἰατρός; Sc. βούλει
γενέσθαι. For ἆρα μή, cf. I. iii.

πολλὰ γὰρ καὶ ἰατρῶν ἐστι συγγράμματα. Καὶ ὁ
Εὐθύδημος· Μὰ Δί', ἔφη, οὐκ ἔγωγε. Ἀλλὰ μὴ
ἀρχιτέκτων βούλει γενέσθαι; γνωμονικοῦ γὰρ ἀνδρὸς
καὶ τοῦτο δεῖ. Οὔκουν ἔγωγ', ἔφη. Ἀλλὰ μὴ γεω-
μέτρης ἐπιθυμεῖς, ἔφη, γενέσθαι ἀγαθός, ὥσπερ ὁ Θεό-
δωρος[12]; Οὐδὲ γεωμέτρης, ἔφη. Ἀλλὰ μὴ ἀστρολόγος,
ἔφη, βούλει γενέσθαι; ὡς δὲ καὶ τοῦτο ἠρνεῖτο· Ἀλλὰ
μὴ ῥαψῳδός; ἔφη· καὶ γὰρ τὰ Ὁμήρου σέ φασιν ἔπη
πάντα κεκτῆσθαι. Μὰ Δί' οὐκ ἔγωγ', ἔφη· τοὺς γάρ
τοι ῥαψῳδοὺς οἶδα τὰ μὲν ἔπη ἀκριβοῦντας, αὐτοὺς δὲ
πάνυ ἠλιθίους ὄντας. 11. Καὶ ὁ Σωκράτης ἔφη· Οὐ
δήπου, ὦ Εὐθύδημε, ταύτης τῆς ἀρετῆς ἐφίεσαι, δι' ἣν
ἄνθρωποι πολιτικοὶ γίγνονται καὶ οἰκονομικοὶ καὶ
ἄρχειν ἱκανοὶ καὶ ὠφέλιμοι τοῖς τε ἄλλοις ἀνθρώποις
καὶ ἑαυτοῖς; καὶ ὁ Εὐθύδημος· Σφόδρα γ', ἔφη, ὦ
Σώκρατες, ταύτης τῆς ἀρετῆς δέομαι. Νὴ Δί', ἔφη ὁ
Σωκράτης, τῆς καλλίστης ἀρετῆς καὶ μεγίστης ἐφίεσαι
τέχνης· ἔστι γὰρ τῶν βασιλέων αὕτη καὶ καλεῖται
βασιλική· ἀτάρ, ἔφη, κατανενόηκας, εἰ οἷόν τ' ἐστὶ μὴ
ὄντα δίκαιον ἀγαθὸν ταῦτα γενέσθαι; Καὶ μάλα[13],
ἔφη, καὶ οὐχ οἷόν τέ γε ἄνευ δικαιοσύνης ἀγαθὸν πολί-
την γενέσθαι. Τί οὖν; ἔφη, σὺ δὴ τοῦτο κατείργασαι[7];
12. Οἶμαί γε, ἔφη, ὦ Σώκρατες, οὐδενὸς ἂν ἧττον
φανῆναι δίκαιος. Ἀρ' οὖν, ἔφη, τῶν δικαίων ἐστὶν
ἔργα, ὥσπερ τῶν τεκτόνων; Ἔστι μέντοι, ἔφη. Ἀρ'
οὖν, ἔφη, ὥσπερ οἱ τέκτονες ἔχουσι τὰ ἑαυτῶν ἔργα

11. Καὶ ἰατρῶν is "of physicians as well as of others."

[12] ὁ Θεόδωρος. This was a mathematician of Cyrene, from whom Socrates learnt geometry. He is one of the dramatis personæ in Plato's Theætetus.

[13] Καὶ μάλα. Sc. κατανενόηκα. In the next clause οἷόν τε is put for οἷόν τέ ἐστιν: "It is at all

events impossible" (that is quite clear at least). For γε similarly used, cf. IV. v. 2, ὡς οἷόν τέ γε μάλιστα.

[14] τοῦτο κατείργασαι; "Have you secured this?" sc. "the being just." Cf. οἱ κατεργαζόμενοι above in § 7. Below, διεξηγήσασθαι is "to detail them at full length (διά) to the public" (ἐξ).

N

ἐπιδεῖξαι, οὕτως οἱ δίκαιοι τὰ ἑαυτῶν ἔχοιεν ἂν διεξη-
γήσασθαι ; Μὴ οὖν [75], ἔφη ὁ Εὐθύδημος, οὐ δύναμαι
ἐγὼ τὰ τῆς δικαιοσύνης ἔργα ἐξηγήσασθαι ; καὶ νὴ
Δί᾽ ἔγωγε τὰ τῆς ἀδικίας· ἐπεὶ οὐκ ὀλίγα ἐστὶ καθ᾽
ἑκάστην ἡμέραν τοιαῦτα ὁρᾶν τε καὶ ἀκούειν. 13.
Βούλει οὖν, ἔφη ὁ Σωκράτης, γράψωμεν ἐνταυθοῖ μὲν
δέλτα, ἐνταυθοῖ δὲ ἄλφα ; εἶτα ὅ,τι μὲν ἂν δοκῇ
ἡμῖν τῆς δικαιοσύνης ἔργον εἶναι πρὸς τὸ δέλτα τιθῶ-
μεν, ὅ,τι δ᾽ ἂν τῆς ἀδικίας πρὸς τὸ ἄλφα ; Εἴ τί σοι
δοκεῖ, ἔφη, προσδεῖν τούτων, ποίει ταῦτα. 14. Καὶ ὁ
Σωκράτης γράψας ὥσπερ εἶπεν· Οὐκοῦν, ἔφη, ἔστιν
ἐν ἀνθρώποις ψεύδεσθαι ; Ἔστι μέντοι, ἔφη. Ποτέ-
ρωσε οὖν, ἔφη, θῶμεν τοῦτο ; Δῆλον, ἔφη, ὅτι πρὸς
τὴν ἀδικίαν. Οὐκοῦν, ἔφη, καὶ τὸ ἐξαπατᾶν ἔστι ;
Καὶ μάλα, ἔφη. Τοῦτο οὖν ποτέρωσε θῶμεν ; Καὶ
τοῦτο δῆλον ὅτι, ἔφη, πρὸς τὴν ἀδικίαν. Τί δέ ; τὸ
κακουργεῖν ; Καὶ τοῦτο, ἔφη. Τὸ δὲ ἀνδραποδίζεσθαι ;
Καὶ τοῦτο. Πρὸς δὲ τῇ δικαιοσύνῃ οὐδὲν ἡμῖν τούτων
κείσεται, ὦ Εὐθύδημε ; Δεινὸν γὰρ ἂν εἴη, ἔφη. 15.
Τί δ᾽ ; ἐάν τις στρατηγὸς αἱρεθεὶς ἄδικόν τε καὶ ἐχθρὰν
πόλιν ἐξανδραποδίσηται, φήσομεν τοῦτον ἀδικεῖν ; Οὐ
δῆτα, ἔφη. Δίκαια δὲ ποιεῖν οὐ φήσομεν ; Καὶ μάλα.
Τί δ᾽ ; ἐὰν ἐξαπατᾷ [76] πολεμῶν αὐτοῖς ; Δίκαιον,
ἔφη, καὶ τοῦτο. Ἐὰν δὲ κλέπτῃ τε καὶ ἁρπάζῃ τὰ
τούτων, οὐ δίκαια ποιήσει ; Καὶ μάλα, ἔφη· ἀλλ᾽

---

[75] Μὴ οὖν κ.τ.λ. "It can
hardly be that I am unable?"
So ἆρα μὴ ἰατρός; in § 10. Cf.
III. ii. 4, ἀλλὰ μὴ χειροτέχναι;
Below, with τὰ τῆς ἀδικίας sup-
ply δύναμαι ἐξηγήσασθαι.

[76] ἐξαπατᾷ. No doubt it is fair
to deceive an enemy in all mat-
ters wherein it is understood on
both sides or by universal usage,
that one general may deceive an-

other by strategical manœuvres,
feints, &c. But it is not fair to
deceive an enemy in any point to
which the above understanding
does not apply, because then con-
fidence is betrayed. If a general
sent a flag of truce, and seized
that opportunity to take an un-
expected advantage of the enemy,
he would be acting unfairly.

ἐγώ σε τὸ πρῶτον ὑπελάμβανον πρὸς τοὺς φίλους
μόνον ταῦτα ἐρ.ντᾶν. Οὔκουν, ἔφη, ὅσα πρὸς τῇ ἀδικίᾳ
ἐθήκαμεν, πάνι.ι καὶ πρὸς τῇ δικαιοσύνῃ[77] θετέον
ἂν εἴη; Ἔοικεν, ἔφη. 16. Βούλει οὖν, ἔφη, ταῦτα
οὕτω θέντες διορισώμεθα πάλιν, πρὸς μὲν τοὺς πολε-
μίους δίκαιον εἶναι τὰ τοιαῦτα ποιεῖν, πρὸς δὲ τοὺς
φίλους ἄδικον, ἀλλὰ δεῖν πρός γε τούτους ὡς ἁπλούσ-
τατον εἶναι; Πάνυ μὲν οὖν, ἔφη ὁ Εὐθύδημος. 17.
Τί οὖν; ἔφη ὁ Σωκράτης, ἐάν τις στρατηγὸς ὁρῶν
ἀθύμως ἔχον τὸ στράτευμα ψευσάμενος φήσῃ συμμά-
χους προσιέναι καὶ τῷ ψεύδει τούτῳ παύσῃ τὰς ἀθυ-
μίας τοῦ στρατεύματος, ποτέρωθι τὴν ἀπάτην ταύτην
θήσομεν; Δοκεῖ μοι, ἔφη, πρὸς τὴν δικαιοσύνην. Ἐὰν
δέ τις υἱὸν ἑαυτοῦ δεόμενον φαρμακείας καὶ μὴ προσιέ-
μενον φάρμακον ἐξαπατήσας ὡς σιτίον τὸ φάρμακον
δῷ καὶ τῷ ψεύδει χρησάμενος οὕτως ὑγιᾶ ποιήσῃ,
ταύτην αὖ τὴν ἀπάτην ποῖ θετέον; Δοκεῖ μοι, ἔφη,
καὶ ταύτην εἰς τὸ αὐτό. Τί δ'; ἐάν τις ἐν ἀθυμίᾳ
ὄντος φίλου δείσας, μὴ διαχρήσηται ἑαυτόν[78], κλέψῃ
ἢ ἁρπάσῃ ἢ ξίφος ἢ ἄλλο τι τοιοῦτον, τοῦτο αὖ ποτέ-
ρωσε θετέον; Καὶ τοῦτο νὴ Δί', ἔφη, πρὸς τὴν δικαιο-
σύνην. 18. Λέγεις, ἔφη, σὺ οὐδὲ πρὸς τοὺς φίλους
ἅπαντα δεῖν ἁπλοΐζεσθαι; Μὰ Δί' οὐ δῆτα, ἔφη· ἀλλὰ
μετατίθεμαι τὰ εἰρημένα, εἴπερ ἔξεστι. Δεῖ γέ τοι,
ἔφη ὁ Σωκράτης, ἐξεῖναι πθλὺ μᾶλλον ἢ μὴ ὀρθῶς
τιθέναι. 19. Τῶν δὲ δὴ τοὺς φίλους ἐξαπατώντων ἐπὶ
βλάβῃ, ἵνα μηδὲ τοῦτο παραλίπωμεν ἄσκεπτον, πότερος

---

[77] πρὸς τῇ δικαιοσύνῃ. In § 17
there is ποτέρωθι and also πρὸς
τὴν δικαιοσύνην, and in § 14
ποτέρωσε. The last is the proper
construction, strictly with a verb
of motion, like ἐθήκαμεν, but the
dative is a brief way of putting
what would otherwise be ἐθή-
καμεν πρὸς τὴν δικαιοσύνην ὥστε

[78] ἑαυτόν. For the case cf.
Thucyd. i. 126, καθεζομένους δέ
τινας διεχρήσαντο. The general
notion of "killing" conveyed by
the word takes the accusative
case. Below, καὶ γὰρ τὰ πρόσθεν
is, "for evın what I said before."

ἀδικώτερός ἐστιν, ὁ ἑκὼν ἢ ὁ ἄκων; Ἀλλ', ὦ Σώκρατες,
οὐκέτι μὲν ἔγωγε πιστεύω οἷς ἀποκρίνομαι· καὶ γὰρ τὰ
πρόσθεν πάντα νῦν ἄλλως ἔχειν δοκεῖ μοι ἢ ὡς ἐγὼ
τότε ᾠόμην· ὅμως δὲ εἰρήσθω μοι ἀδικώτερον εἶναι τὸν
ἑκόντα ψευδόμενον τοῦ ἄκοντος.   20. Δοκεῖ δέ σοι
μάθησις καὶ ἐπιστήμη τοῦ δικαίου εἶναι, ὥσπερ τῶν
γραμμάτων; Ἔμοιγε. Πότερον δὲ γραμματικώτερον
κρίνεις, ὃς ἂν ἑκὼν μὴ ὀρθῶς γράφῃ καὶ ἀναγιγνώσκῃ
ἢ ὃς ἂν ἄκων; Ὃς ἂν ἑκών, ἔγωγε· δύναιτο γὰρ ἄν,
ὁπότε βούλοιτο[79], καὶ ὀρθῶς αὐτὰ ποιεῖν. Οὔκουν ὁ
μὲν ἑκὼν μὴ ὀρθῶς γράφων γραμματικὸς ἂν εἴη, ὁ δὲ
ἄκων ἀγράμματος; Πῶς γὰρ οὔ; Τὰ δίκαια δὲ πότερον
ὁ ἑκὼν ψευδόμενος καὶ ἐξαπατῶν οἶδεν ἢ ὁ ἄκων;
Δῆλον, ὅτι ὁ ἑκών. Οὔκουν γραμματικώτερον μὲν τὸν
ἐπιστάμενον γράμματα τοῦ μὴ ἐπισταμένου φῂς εἶναι;
Ναί. Δικαιότερον δὲ τὸν ἐπιστάμενον τὰ δίκαια τοῦ
μὴ ἐπισταμένου; Φαίνομαι[80]· δοκῶ δέ μοι καὶ ταῦτα
οὐκ οἶδ' ὅπως λέγειν.   21. Τί δὲ δή, ὃς ἂν βουλό-

---

[79] ὁπότε βούλοιτο. Cf. II. i.
18, φάγοι ἂν ὁπότε βούλοιτο. The
words are equivalent to εἴ ποτε
βούλοιτο, of an indefinitely fre-
quent act. Kühner says, that
here Socrates "agit sophistam,"
because the theory contradicts
IV. vi. 6, οἱ τὰ δίκαια ποιοῦντες
δίκαιοί εἰσιν, which is not the
same at all as οἱ τὰ δίκαια ποιεῖν
ἐπιστάμενοι. But to few men is
it given never to contradict them-
selves, and certainly Socrates did
—or Plato makes him—very
much vary in his remarks at
different times. Socrates made
virtue to consist in knowledge.
From this premise, it is a fair
deduction, that the man who
knows how to act justly but acts
unjustly designedly is better,—

for he possesses more knowledge,
—than the man whose injustice
is unintentional. A man who
writes badly on purpose when he
can write well, is a better writer,
in point of skill, than the man
who writes badly because he can-
not help it. But, as before ob-
served, Socrates was better than
his theory, and illogically he
recognized the necessity of due
regulation of the emotions and
passions, over and above mere
knowledge.
[80] Φαίνομαι. Sc. λέγων. The
sense is, I think, " I am shown by
the argument to say this; but I
seem to admit this too, I scarce
know how." He admits it logi-
cally, but hardly knows what to
make of it.

μενος τἀληθῆ λέγειν μηδέποτε τὰ αὐτὰ περὶ τῶν αὐτῶν
λέγῃ, ἀλλ' ὁδόν τε φράζων τὴν αὐτὴν τοτὲ μὲν πρὸς
ἔω, τοτὲ δὲ πρὸς ἑσπέραν φράζῃ καὶ λογισμὸν [51] ἀπο-
φαινόμενος τὸν αὐτὸν τοτὲ μὲν πλείω, τοτὲ δ' ἐλάττω
ἀποφαίνηται, τί σοι δοκεῖ ὁ τοιοῦτος; Δῆλος νὴ Δί'
εἶναι, ὅτι ἃ ᾤετο εἰδέναι οὐκ οἶδεν. 22. Οἶσθα δέ τινας
ἀνδραποδώδεις καλουμένους; Ἔγωγε. Πότερον διὰ
σοφίαν, ἢ δι' ἀμαθίαν; Δῆλον, ὅτι δι' ἀμαθίαν. Ἀρ'
οὖν διὰ τὴν τοῦ χαλκεύειν ἀμαθίαν τοῦ ὀνόματος
τούτου τυγχάνουσιν; Οὐ δῆτα. Ἀλλ' ἄρα [52] διὰ τὴν
τοῦ τεκταίνεσθαι; Οὐδὲ διὰ ταύτην. Ἀλλὰ διὰ τὴν
τοῦ σκυτεύειν; Οὐδὲ δι' ἓν τούτων, ἔφη, ἀλλὰ καὶ
τοὐναντίον· οἱ γὰρ πλεῖστοι τῶν γε τὰ τοιαῦτα ἐπι-
σταμένων ἀνδραποδώδεις εἰσίν. Ἀρ' οὖν τῶν τὰ καλὰ
καὶ ἀγαθὰ καὶ δίκαια μὴ εἰδότων τὸ ὄνομα τοῦτ' ἐστίν;
Ἔμοιγε δοκεῖ, ἔφη. 23. Οὐκοῦν δεῖ παντὶ τρόπῳ δια-
τειναμένους φεύγειν, ὅπως μὴ ἀνδράποδα ὦμεν. Ἀλλά,
νὴ τοὺς θεούς, ἔφη, ὦ Σώκρατες, πάνυ ᾤμην φιλοσο-
φεῖν φιλοσοφίαν, δι' ἧς ἂν μάλιστα ἐνόμιζον παιδευ-
θῆναι τὰ προσήκοντα ἀνδρὶ καλοκαγαθίας ὀρεγομένῳ·
νῦν δὲ πῶς οἴει με ἀθύμως ἔχειν ὁρῶντα ἐμαυτὸν διὰ
μὲν τὰ προπεπονημένα οὐδὲ τὸ ἐρωτώμενον ἀποκρί-
νεσθαι δυνάμενον ὑπὲρ ὧν μάλιστα [53] χρὴ εἰδέναι, ἄλλην
δὲ ὁδὸν οὐδεμίαν ἔχοντα, ἣν ἂν πορευόμενος βελτίων
γενοίμην; 24. Καὶ ὁ Σωκράτης· Εἰπέ μοι, ἔφη, ὦ
Εὐθύδημε, εἰς Δελφοὺς δὲ [54] ἤδη πώποτε ἀφίκου; Καὶ

[51] λογισμόν. "Setting forth a calculation," i. e. giving the result of it.
[52] Ἀλλ' ἄρα. This ἄρα is different in sense from the ἆρα above, used in questions. Here it draws an inference, "but then, —if not what has been already mentioned,—is it," &c.
[53] ὑπὲρ ὧν μάλιστα. Sc. ὑπὲρ

τούτων ἃ μάλιστα χρὴ εἰδέναι. Breitenbach however makes it ὑπὲρ τούτων ὑπὲρ ὧν χρὴ εἰδέναι ἀποκρίνασθαι. For ὑπέρ in the sense of περί cf. I. i. 17, ὑπὲρ τούτων παραγνῶναι.
[54] εἰς Δελφοὺς δέ. The δέ is curious. Καὶ... δέ is common; cf. I. i. 3, κἀκεῖνος δέ, "and he more-over." Here δέ seems to refer to

δίς γε νὴ Δία, ἔφη. Κατέμαθες οὖν πρὸς τῷ ναῷ που
γεγραμμένον τὸ Γνῶθι σαυτόν; Ἔγωγε. Πότερον οὖν
οὐδέν σοι τοῦ γράμματος ἐμέλησεν, ἢ προσέσχες τε καὶ
ἐπεχείρησας σαυτὸν ἐπισκοπεῖν, ὅστις εἴης; Μὰ Δί᾽
οὐ δῆτα, ἔφη· καὶ γὰρ δὴ πάνυ τοῦτό γε ᾤμην εἰδέναι·
σχολῇ γὰρ ἂν ἄλλο τι ᾔδειν, εἴγε μηδ᾽ ἐμαυτὸν ἐγί-
γνωσκον. 25. Πότερα δέ σοι δοκεῖ γιγνώσκειν ἑαυτὸν
ὅστις τοὔνομα τὸ ἑαυτοῦ μόνον οἶδεν, ἢ ὅστις, ὥσπερ οἱ
τοὺς ἵππους ὠνούμενοι οὐ πρότερον οἴονται γιγνώσκειν
ὃν ἂν βούλωνται γνῶναι, πρὶν ἂν ἐπισκέψωνται[85],
πότερον εὐπειθής ἐστιν ἢ δυσπειθής, καὶ πότερον
ἰσχυρός ἐστιν ἢ ἀσθενής, καὶ πότερον ταχὺς ἢ βραδύς,
καὶ τἆλλα τὰ πρὸς τὴν τοῦ ἵππου χρείαν ἐπιτήδειά τε
καὶ ἀνεπιτήδεια ὅπως ἔχει[86], οὕτως ὁ ἑαυτὸν ἐπισκεψά-
μενος, ὁποῖός ἐστι πρὸς τὴν ἀνθρωπίνην χρείαν, ἔγνωκε
τὴν αὑτοῦ δύναμιν; Οὕτως ἔμοιγε δοκεῖ, ἔφη, ὁ μὴ
εἰδὼς τὴν ἑαυτοῦ δύναμιν ἀγνοεῖν ἑαυτόν. 26. Ἐκεῖνο
δὲ οὐ φανερόν, ἔφη, ὅτι διὰ μὲν τὸ εἰδέναι ἑαυτοὺς
πλεῖστα ἀγαθὰ πάσχουσιν οἱ ἄνθρωποι, διὰ δὲ τὸ
ἐψεῦσθαι ἑαυτῶν[87] πλεῖστα κακά; οἱ μὲν γὰρ εἰδότες

ἀλλὴν ὁδὸν οὐδεμίαν ἔχοντα, as
though the speaker had in his
mind something like ἄλλην μὲν
ὁδὸν οὐδεμίαν ἔχοις ἄν, εἰς Δελ-
φοὺς δὲ ἀφίκου; This would be
sufficiently expressed in English
by emphasizing the name of the
place: "have you ever been to
Delphi?"
[85] πρὶν ἂν ἐπισκέψωνται. It is
to be noticed that πρὶν ἄν with a
subjunctive can only be used
when the previous clause con-
tains a negative, as here οὐ πρό-
τερον, κ.τ.λ. I do not think there
is any difference of meaning in
such cases between πρὶν ἂν ἐπι-
σκέψωνται and πρὶν ἐπισκέψασθαι.
Cf. IV. iv. 9, οὐκ ἀκούσῃ· πρὶν

γ᾽ ἂν αὐτὸς ἀποφήνῃ.
[86] ὅπως ἔχε.. This is a con-
tinuation of the usual Greek
idiom prevailing through this
passage, viz. γνῶναι τὰ ἄλλα ὅπως
ἔχει, instead of γνῶναι ὅπως τὰ
ἄλλα ἔχει.
[87] ἐψεῦσθαι ἑαυτῶν. Cf. § 27
for the same construction. The
sense is, "through their being
deceived about themselves," form-
ing a wrong estimate of their
own powers. Perhaps the geni-
tive is due to some general notion
of missing or coming short (of
any knowledge) of oneself. Cf.
Soph. Ajax 807, ἔγνωκα φωτὸς
ἠπατημένη, "cheated of the man."
Such verbs (ἁμαρτάνειν, λείπεσ-

ἑαυτοὺς τά τε ἐπιτήδεια ἑαυτοῖς ἴσασι καὶ διαγιγνώσ
κουσιν ⁸⁶ ἅ τε δύνανται καὶ ἃ μή· καὶ ἃ μὲν ἐπίστανται
πράττοντες πορίζονταί τε ὧν δέονται καὶ εὖ πράτ
τουσιν, ὧν δὲ μὴ ἐπίστανται ἀπεχόμενοι ἀναμάρτητοι
γίγνονται καὶ διαφεύγουσι τὸ κακῶς πράττειν· διὰ
τοῦτο δὲ καὶ τοὺς ἄλλους ἀνθρώπους δυνάμενοι δοκι
μάζειν καὶ διὰ τῆς ⁶⁹ τῶν ἄλλων χρείας τά τε ἀγαθὰ
πορίζονται καὶ τὰ κακὰ φυλάττονται. 27. Οἱ δὲ μὴ
εἰδότες, ἀλλὰ διεψευσμένοι τῆς ἑαυτῶν δυνάμεως πρός
τε τοὺς ἄλλους ἀνθρώπους καὶ τἆλλα ἀνθρώπινα
πράγματα ὁμοίως διάκεινται ⁹⁰· καὶ οὔτε ὧν δέονται
ἴσασιν οὔτε ὅ,τι πράττουσιν οὔτε οἷς χρῶνται, ἀλλὰ
πάντων τούτων διαμαρτάνοντες τῶν τε ἀγαθῶν ἀπο
τυγχάνουσι καὶ τοῖς κακοῖς περιπίπτουσι. 28. Καὶ
οἱ μὲν εἰδότες ὅ,τι ποιοῦσιν, ἐπιτυγχάνοντες ὧν πράτ
τουσιν, εὔδοξοί τε καὶ τίμιοι γίγνονται· καὶ οἵ τε
ὅμοιοι τούτοις ἡδέως χρῶνται, οἵ τε ἀποτυγχάνοντες
τῶν πραγμάτων ἐπιθυμοῦσι τούτους ὑπὲρ αὐτῶν βου
λεύεσθαι καὶ προΐστασθαί γε ἑαυτῶν τούτους καὶ τὰς
ἐλπίδας τῶν ἀγαθῶν ἐν τούτοις ἔχουσι καὶ διὰ πάντα
ταῦτα πάντων μάλιστα τούτους ἀγαπῶσιν. 29. Οἱ
δὲ μὴ εἰδότες ὅ,τι ποιοῦσι, κακῶς δὲ αἱρούμενοι καὶ

θαι, κ.τ.λ.) take a genitive. Why
they do, is perhaps because they
convey the idea of the negation of "taking hold of," or
"seizing," to which a partitive
genitive is usually annexed, as
λάβεσθε τῶν γονάτων,—at which
point explanation must cease.
   ⁸⁶ διαγιγνώσκουσιν. Διά is
connected with δύο. The sense
of διαγιγνώσκειν therefore is, "to
know things a-two," as it were,
when separated into two sets, and
so to be able to distinguish one
set from the other.
   ⁶⁹ καὶ διὰ τῆς. The καί is

unusual, and not easy to understand. It seems to be "also."
These men themselves, in their
own persons,—by their judicious
conduct,—secure good; as they
are able to test not only themselves but others (καὶ τοὺς
ἄλλους), they also (καί), by the
use they make of these last, gain
additional good.
   ⁹⁰ ὁμοίως διάκεινται. That is,
"they are as wrong about others
as about themselves." Below, οἱ
ὅμοιοι is "people like themselves," as sensible, that is.

οἷς ἂν ἐπιχειρήσωσιν ἀποτυγχάνοντες οὐ μόνον ἐν
αὐτοῖς τούτοις ζημιοῦνταί⁹¹ τε καὶ κολάζονται, ἀλλὰ
καὶ ἀδοξοῦσι διὰ ταῦτα καὶ καταγέλαστοι γίγνονται
καὶ καταφρονούμενοι καὶ ἀτιμαζόμενοι ζῶσιν· ὁρᾷς δὲ
καὶ τῶν πόλεων ὅτι ὅσαι ἂν ἀγνοήσασαι τὴν ἑαυτῶν
δύναμιν κρείττοσι πολεμήσωσιν, αἱ μὲν ἀνάστατοι
γίγνονται, αἱ δ' ἐξ ἐλευθέρων δοῦλαι. 30. Καὶ ὁ Εὐ-
θύδημος· Ὡς πάνυ μοι δοκοῦν⁹², ἔφη, ὦ Σώκρατες,
περὶ πολλοῦ ποιητέον εἶναι τὸ ἑαυτὸν γιγνώσκειν,
οὕτως ἴσθι· ὁπόθεν δὲ χρὴ ἄρξασθαι ἐπισκοπεῖν ἑαυτόν,
τοῦτο πρὸς σὲ ἀποβλέπω εἴ μοι ἐθελήσαις ἂν⁹³ ἐξη-
γήσασθαι. 31. Οὔκουν, ἔφη ὁ Σωκράτης, τὰ μὲν ἀγαθὰ
καὶ τὰ κακὰ ὁποῖά ἐστι, πάντως που γιγνώσκεις; Νὴ
Δί', ἔφη, εἰ γὰρ μηδὲ ταῦτα οἶδα, καὶ τῶν ἀνδραπόδων
φαυλότερος ἂν εἴην. Ἴθι δή, ἔφη, καὶ ἐμοὶ ἐξήγησαι
αὐτά. Ἀλλ' οὐ χαλεπόν, ἔφη· πρῶτον μὲν γὰρ αὐτὸ
τὸ ὑγιαίνειν ἀγαθὸν εἶναι νομίζω, τὸ δὲ νοσεῖν κακόν,
ἔπειτα⁹⁴ τὰ αἴτια ἑκατέρου αὐτῶν, καὶ ποτὰ καὶ βρωτὰ
καὶ ἐπιτηδεύματα, τὰ μὲν πρὸς τὸ ὑγιαίνειν φέροντα
ἀγαθά, τὰ δὲ πρὸς τὸ νοσεῖν κακά. 32. Οὔκουν, ἔφη,
καὶ τὸ ὑγιαίνειν καὶ τὸ νοσεῖν, ὅταν μὲν ἀγαθοῦ τινος

⁹¹ ζημιοῦνται. "They suffer
loss and correction." In κολάζειν
there is the idea, not of inflicting
pecuniary or other harm or loss
(ζημιοῦν), but of chastisement
with a view to improve the
offender morally.

⁹² Ὡς πάνυ μοι δοκοῦν. This
depends on οὕτως ἴσθι. Διανοεῖσ-
θαι ὡς διαλλαγησομένων (Plato,
Repub. 381 C) is a common con-
struction; and as εἰδέναι and all
verbs of knowing take a parti-
ciple in the accusative (or nomi-
native), ἴσθι ὡς δοκοῦν seems a
natural construction.

⁹³ εἰ .. ἐθελήσαις ἄν. Ἄν does

not occur with εἰ in a clause
expressing an hypothesis where
εἰ means "if," in the sense of
"supposing that." But here εἰ
means "if," in the sense of
"whether," and in that sense εἰ
can have ἄν. Translate, "I look
to you, to see whether or not you
would be willing to explain this."
So in Euripides, οὐκ οἶδα εἰ πεί-
σαιμί σε ἄν, "I don't know
whether I should be likely to
persuade you." Below, πάντως
που γιγνώσκεις is, "you know
fully, no doubt" (που), or "if I
mistake not." Cf. III. iii. 2.

⁹⁴ ἔπειτα. Cf. I. ii. 1.

αἴτια γίγνηται, ἀγαθὰ ἂν εἴη, ὅταν δὲ κακοῦ, κακά·
Πότε δ' ἄν, ἔφη, τὸ μὲν ὑγιαίνειν κακοῦ αἴτιον γένοιτο,
τὸ δὲ νοσεῖν ἀγαθοῦ ; "Οταν νὴ Δί', ἔφη, στρατείας τε
αἰσχρᾶς καὶ ναυτιλίας βλαβερᾶς καὶ ἄλλων πολλῶν
τοιούτων οἱ μὲν διὰ ῥώμην μετασχόντες ἀπόλωνται, οἱ
δὲ δι' ἀσθένειαν ἀπολειφθέντες σωθῶσιν. Ἀληθῆ λέγεις·
ἀλλ' ὁρᾶς, ἔφη, ὅτι καὶ τῶν ὠφελίμων οἱ μὲν διὰ ῥώμην
μετέχουσιν, οἱ δὲ δι' ἀσθένειαν ἀπολείπονται. Ταῦτα
οὖν, ἔφη, ποτὲ μὲν ὠφελοῦντα[95], ποτὲ δὲ βλάπτοντα
μᾶλλον ἀγαθὰ ἢ κακά ἐστιν ;   33. Οὐδὲν μὰ Δία
φαίνεται κατά γε τοῦτον τὸν λόγον. Ἀλλ' ἤ γέ τοι
σοφία, ὦ Σώκρατες, ἀναμφισβητήτως ἀγαθόν ἐστιν·
ποῖον γὰρ ἄν τις πρᾶγμα οὐ βέλτιον πράττοι σοφὸς ὢν
ἢ ἀμαθής ; Τί δαί; τὸν Δαίδαλον, ἔφη, οὐκ ἀκήκοας,
ὅτι ληφθεὶς ὑπὸ Μίνω διὰ τὴν σοφίαν ἠναγκάζετο
ἐκείνῳ δουλεύειν καὶ τῆς τε πατρίδος ἅμα καὶ τῆς ἐλευ-
θερίας ἐστερήθη καὶ ἐπιχειρῶν ἀποδιδράσκειν μετὰ τοῦ
υἱοῦ τόν τε παῖδα ἀπώλεσε καὶ αὐτὸς οὐκ ἠδυνήθη
σωθῆναι, ἀλλ' ἀπενεχθεὶς εἰς τοὺς βαρβάρους πάλιν
ἐκεῖ ἐδούλευεν ; Λέγεται νὴ Δί', ἔφη, ταῦτα. Τὰ δὲ
Παλαμήδους οὐκ ἀκήκοας πάθη ; τοῦτον γὰρ δὴ πάντες
ὑμνοῦσιν, ὡς διὰ σοφίαν φθονηθεὶς ὑπὸ τοῦ Ὀδυσσέως
ἀπόλλυται. Λέγεται καὶ ταῦτα, ἔφη. Ἄλλους δὲ
πόσους οἴει διὰ σοφίαν ἀναρπάστους πρὸς βασιλέα[96]
γεγονέναι καὶ ἐκεῖ δουλεύειν ;   34. Κινδυνεύει, ἔφη, ὦ
Σώκρατες, ἀναμφιλογώτατον ἀγαθὸν εἶναι τὸ εὐδαι-
μονεῖν. Εἴγε μή τις αὐτό, ἔφη, ὦ Εὐθύδημε, ἐξ ἀμφι-

---

[95] ποτὲ μὲν ὠφελοῦντα. "If
they sometimes do good." If
the things mentioned do harm
sometimes, they have no more
right to be called good than bad.
In οὐδὲν φαίνεται the full con-
struction is οὐδὲν μᾶλλον φαί-
νεται ἀγαθὰ ἢ κακά.

[96] πρὸς βασιλέα. The Persian
king is meant. Cf. III. v. 26.
As he was *the* king in the eyes of
the Greeks, the article could be
dispensed with, as in such words
as ἥλιος, γῆ, κ.τ.λ., where there
could be no ambiguity from its
absence.

λόγων ἀγαθῶν συντιθείη. Τί δ᾽ ἄν, ἔφη, τῶν εὐδαι-
μονικῶν ἀμφίλογον εἴη; Οὐδέν, ἔφη, εἴγε μὴ προσ-
θήσομεν αὐτῷ κάλλος ἢ ἰσχὺν ἢ πλοῦτον ἢ δόξαν ἢ
καί τι ἄλλο τῶν τοιούτων. Ἀλλὰ νὴ Δία προσθή-
σομεν, ἔφη· πῶς γὰρ ἄν τις ἄνευ τούτων εὐδαιμονοίη;
35. Νὴ Δί᾽, ἔφη, προσθήσομεν ἄρα ἐξ ὧν πολλὰ καὶ
χαλεπὰ συμβαίνει τοῖς ἀνθρώποις· πολλοὶ μὲν γὰρ διὰ
τὸ κάλλος ὑπὸ τῶν ἐπὶ τοῖς ὡραίοις παρακεκινηκότων [97]
διαφθείρονται, πολλοὶ δὲ διὰ τὴν ἰσχὺν μείζοσιν ἔργοις
ἐπιχειροῦντες οὐ μικροῖς κακοῖς περιπίπτουσι, πολλοὶ
δὲ διὰ τὸν πλοῦτον διαθρυπτόμενοί τε καὶ ἐπιβουλευό-
μενοι ἀπόλλυνται, πολλοὶ δὲ διὰ δόξαν καὶ πολιτικὴν
δύναμιν μεγάλα κακὰ πεπόνθασιν. 36. Ἀλλὰ μήν,
ἔφη, εἴγε μηδὲ τὸ εὐδαιμονεῖν ἐπαινῶν ὀρθῶς λέγω,
ὁμολογῶ μηδὲ ὅ,τι πρὸς τοὺς θεοὺς εὔχεσθαι χρὴ
εἰδέναι. Ἀλλὰ ταῦτα μέν, ἔφη ὁ Σωκράτης, ἴσως διὰ
τὸ σφόδρα πιστεύειν εἰδέναι οὐδ᾽ ἔσκεψαι· ἐπεὶ δὲ
πόλεως δημοκρατουμένης παρασκευάζῃ προεστάναι,
δῆλον, ὅτι δημοκρατίαν γε οἶσθα, τί ἐστι. Πάντως
δήπου, ἔφη. 37. Δοκεῖ οὖν σοι δυνατὸν εἶναι δημο-
κρατίαν εἰδέναι μὴ εἰδότα δῆμον; Μὰ Δί᾽ οὐκ ἔμοιγε.
Καὶ τί νομίζεις δῆμον εἶναι; Τοὺς πένητας τῶν πολι-
τῶν ἔγωγε. Καὶ τοὺς πένητας ἄρα οἶσθα; Πῶς γὰρ
οὔ; Ἀρ᾽ οὖν καὶ τοὺς πλουσίους οἶσθα; Οὐδέν γε
ἧττον ἢ καὶ τοὺς πένητας. Ποίους δὲ πένητας καὶ
ποίους πλουσίους καλεῖς; Τοὺς μέν, οἶμαι, μὴ ἱκανὰ
ἔχοντας εἰς ἃ δεῖ τελεῖν [98] πένητας, τοὺς δὲ πλείω τῶν
ἱκανῶν πλουσίους. 38. Καταμεμάθηκας οὖν, ὅτι ἐνίοις

---

[97] παρακεκινηκότων. Παρακι-
νεῖν (used intransitively) is "to
be moved aside, away from the
right point." Cf. παρακούειν,
παραληρεῖν, and similar com-
pounds. Thence it means "to
be frenzied." So Plato, Phædr.

249 D.
[98] τελεῖν. "To pay for what
they want," lit. "to spend money
on the objects on which it is
necessary to spend it," that is, on
the necessaries of life.

μὲν πάνυ ὀλίγα ἔχουσιν οὐ μόνον ἀρκεῖ ταῦτα, ἀλλὰ
καὶ περιποιοῦνται ἀπ᾽ αὐτῶν⁹⁹, ἐνίοις δὲ πάνυ πολλὰ
οὐχ ἱκανά ἐστι; Καὶ νὴ Δί¹⁰⁰, ἔφη ὁ Εὐθύδημος, ὀρθῶς
γάρ με ἀναμιμνήσκεις, οἶδα γὰρ καὶ τυράννους τινάς,
οἳ δι᾽ ἔνδειαν, ὥσπερ οἱ ἀπορώτατοι, ἀναγκάζονται
ἀδικεῖν. 39. Οὔκουν, ἔφη ὁ Σωκράτης, εἴγε ταῦτα οὕτως
ἔχει, τοὺς μὲν τυράννους εἰς τὸν δῆμον θήσομεν, τοὺς
δὲ ὀλίγα κεκτημένους, ἐὰν οἰκονομικοὶ ὦσιν, εἰς τοὺς
πλουσίους; καὶ ὁ Εὐθύδημος ἔφη· Ἀναγκάζει με καὶ
ταῦτα ὁμολογεῖν δηλονότι ἡ ἐμὴ φαυλότης· καὶ φρον-
τίζω, μὴ κράτιστον ᾖ μοι σιγᾶν· κινδυνεύω γὰρ ἁπλῶς
οὐδὲν εἰδέναι.

Καὶ πάνυ ἀθύμως ἔχων ἀπῆλθε καὶ καταφρονήσας
ἑαυτοῦ καὶ νομίσας τῷ ὄντι ἀνδράποδον εἶναι. 40.
Πολλοὶ μὲν οὖν τῶν οὕτω διατεθέντων ὑπὸ Σωκράτους
οὐκέτι αὐτῷ προσῄεσαν, οὓς καὶ¹ βλακωτέρους ἐνό-
μιζεν, ὁ δὲ Εὐθύδημος ὑπέλαβεν οὐκ ἂν ἄλλως ἀνὴρ
ἀξιόλογος γενέσθαι, εἰ μὴ ὅ,τι μάλιστα Σωκράτει
συνείη· καὶ οὐκ ἀπελείπετο ἔτι αὐτοῦ, εἰ μή τι ἀναγ-
καῖον εἴη· ἔνια δὲ καὶ ἐμιμεῖτο ὧν ἐκεῖνος ἐπετήδευεν·
ὁ δὲ ὡς ἔγνω αὐτὸν οὕτως ἔχοντα, Ἥκιστα μὲν διετά-
ραττεν, ἁπλούστατα δὲ καὶ σαφέστατα ἐξηγεῖτο ἅ τε
ἐνόμιζεν² εἰδέναι δεῖν καὶ ἐπιτηδεύειν κράτιστα εἶναι.

⁹⁹ περιποιοῦνται ἀπ᾽ αὐτῶν.
"They make gain out of them;"
they have little, and yet they
save out of it. In περιποιεῖν the
preposition has the same force as
in περιεῖναι, "to be over and
above;" so that the meaning is,
"to make a surplus," "to gain."

¹⁰⁰ Καὶ νὴ Δί². "Certainly,—
for you remind me rightly—for
I know." Here ὀρθῶς γάρ, κ.τ.λ.
·is parenthetic.

¹ οὓς καί. Either καί merely

follows the relative in the sense
of "also," in the mechanical way
already spoken of (cf. note on p.
25), or it qualifies βλακωτέρους in
the sense of "absolutely stupid to
a considerable extent."

² ἅ τε ἐνόμιζεν. Sc. ἅ τε ἐνό-
μιζεν δεῖν εἰδέναι καὶ ἃ ἐνόμιζεν
κράτιστα εἶναι ἐπιτηδεύειν: but
no doubt εἰδέναι τε δεῖν would be
the more natural arrangement.
Cf. III. v. 3.

CHAPTER III.

1. Τὸ μὲν οὖν λεκτικοὺς καὶ πρακτικοὺς καὶ μηχανικοὺς γίγνεσθαι τοὺς συνόντας οὐκ ἔσπευδεν, ἀλλὰ πρότερον τούτων ᾤετο χρῆναι σωφροσύνην αὐτοῖς ἐγγενέσθαι· τοὺς γὰρ ἄνευ τοῦ σωφρονεῖν ταῦτα δυναμένους ἀδικωτέρους τε καὶ δυνατωτέρους κακουργεῖν ἐνόμιζεν εἶναι. 2. Πρῶτον μὲν δὴ περὶ θεοὺς ἐπειρᾶτο σώφρονας ποιεῖν τοὺς συνόντας. Ἄλλοι μὲν οὖν αὐτῷ πρὸς ἄλλους οὕτως ὁμιλοῦντι παραγενόμενοι διηγοῦντο, ἐγὼ δέ, ὅτε πρὸς Εὐθύδημον τοιάδε διελέγετο, παρεγενόμην. 3. Εἰπέ μοι, ἔφη, ὦ Εὐθύδημε, ἤδη ποτέ σοι ἐπῆλθεν ἐνθυμηθῆναι, ὡς ἐπιμελῶς οἱ θεοὶ ὧν οἱ ἄνθρωποι δέονται κατεσκευάκασι; καὶ ὅς· Μὰ τὸν Δί᾽, ἔφη, οὐκ ἔμοιγε. Ἀλλ᾽ οἶσθά γ᾽, ἔφη, ὅτι πρῶτον μὲν [3] φωτὸς δεόμεθα, ὃ ἡμῖν οἱ θεοὶ παρέχουσιν; Νὴ Δί᾽, ἔφη, ὅ γ᾽ εἰ μὴ εἴχομεν, ὅμοιοι τοῖς τυφλοῖς ἂν ἦμεν ἕνεκά γε [4] τῶν ἡμετέρων ὀφθαλμῶν. Ἀλλὰ μὴν καὶ ἀναπαύσεώς γε δεομένοις ἡμῖν νύκτα παρέχουσι κάλλιστον ἀναπαυτήριον. Πάνυ γ᾽, ἔφη, καὶ τοῦτο χάριτος ἄξιον. 4. Οὔκουν καί, ἐπειδὴ ὁ μὲν ἥλιος φωτεινὸς ὢν τάς τε ὥρας [5] τῆς ἡμέρας ἡμῖν καὶ τἆλλα πάντα σαφηνίζει, ἡ δὲ νὺξ διὰ τὸ σκοτεινὴ εἶναι ἀσαφεστέρα ἐστίν, ἄστρα ἐν τῇ νυκτὶ ἀνέφηναν, ἃ ἡμῖν τὰς ὥρας τῆς νυκτὸς ἐμφανίζει, καὶ διὰ τοῦτο πολλὰ ὧν δεόμεθα πράττομεν; Ἔστι ταῦτα, ἔφη. Ἀλλὰ μὴν ἥ γε σελήνη οὐ μόνον τῆς νυκτός, ἀλλὰ καὶ τοῦ μηνὸς τὰ μέρη

---

[3] πρῶτον μέν. To this corresponds ἀλλὰ μὴν καί, κ.τ.λ., instead of ἔπειτα δέ.

[4] ἕνεκά γε. "As far as our eyes are concerned." Cf. Plato, Repub. 329 B, τὰ αὐτὰ ἐπεπόνθη ἕνεκά γε γήρως. The meaning is, that if our eyes were the only

causes of sight, we should be blind; besides eyes we must have light to correspond.

[5] τάς τε ὥρας. Not the hours of the day, but its various divisions, such as dawn, midday, &c. In this sentence καί is joined to ἀνέφηναν.

φανερὰ ἡμῖν ποιεῖ. Πάνυ μὲν οὖν, ἔφη. 5. Τὸ δ᾽,
ἐπεὶ τροφῆς δεόμεθα, ταύτην ἡμῖν ἐκ τῆς γῆς ἀνα-
διδόναι⁶ καὶ ὥρας ἁρμοττούσας πρὸς τοῦτο παρέχειν,
αἳ ἡμῖν οὐ μόνον ὧν δεόμεθα πολλὰ καὶ παντοῖα παρα-
σκευάζουσιν, ἀλλὰ καὶ οἷς εὐφραινόμεθα ; Πάνυ, ἔφη,
καὶ ταῦτα φιλάνθρωπα. 6. Τὸ δὲ καὶ ὕδωρ ἡμῖν παρ-
έχειν οὕτω πολλοῦ ἄξιον, ὥστε καὶ φυτεύειν τε καὶ
συναύξειν τῇ γῇ καὶ ταῖς ὥραις πάντα τὰ χρήσιμα
ἡμῖν, συντρέφειν δὲ καὶ αὐτοὺς ἡμᾶς καὶ μιγνύμενον
πᾶσι τοῖς τρέφουσιν ἡμᾶς εὐκατεργαστότερά τε καὶ
ὠφελιμώτερα καὶ ἡδίω ποιεῖν αὐτὰ καί, ἐπειδὴ πλείστου
δεόμεθα τούτου, ἀφθονέστατον αὐτὸ παρέχειν ἡμῖν ;
Καὶ τοῦτο, ἔφη, προνοητικόν. 7. Τὸ δὲ καὶ τὸ πῦρ
πορίσαι ἡμῖν, ἐπίκουρον μὲν ψύχους, ἐπίκουρον δὲ
σκότους, συνεργὸν δὲ πρὸς πᾶσαν τέχνην καὶ πάντα,
ὅσα ὠφελείας ἕνεκα ἄνθρωποι κατασκευάζονται ; ὡς
γὰρ συνελόντι⁷ εἰπεῖν, οὐδὲν ἀξιόλογον ἄνευ πυρὸς
ἄνθρωποι τῶν πρὸς τὸν βίον χρησίμων κατασκευά-
ζονται. Ὑπερβάλλει, ἔφη, καὶ τοῦτο φιλανθρωπίᾳ.
[Τὸ δὲ καὶ ἀέρα ἡμῖν ἀφθόνως οὕτω πανταχοῦ δια-
χῦσαι, οὐ μόνον πρόμαχον· καὶ σύντροφον ζωῆς, ἀλλὰ
καὶ πελάγη περᾶν δι᾽ αὐτοῦ καὶ τὰ ἐπιτήδεια ἄλλους
ἀλλαχόθι καὶ ἐν ἀλλοδαπῇ στελλομένους πορίζεσθαι,
πῶς οὐχ ὑπὲρ λόγον ; Ἀνέκφραστον.] 8. Τὸ δὲ τὸν
ἥλιον, ἐπειδὰν ἐν χειμῶνι⁸ τράπηται, προσιέναι τὰ

⁶ Τὸ δ᾽ .. ἀναδιδόναι. Sc. τοὺς
θεούς. If the construction were
complete, it would be τὸ δὲ τοὺς
θεοὺς ἀναδιδόναι .... τί τοῦτό σοι
δοκεῖ εἶναι; Below, ὥστε καὶ φυ-
τεύειν is "as to go the length of
both producing." And in the
same sentence καὶ αὐτοὺς ἡμᾶς is,
"ourselves as well" (as τὰ χρή-
σιμα).

⁷ ὡς γὰρ συνελόντι. Cf. III.
viii. 10. Below, ἀλλαχόθι καὶ ἐν

ἀλλοδαπῇ follows πορίζεσθαι, not
στελλομένους, which would re-
quire ἀλλαχόσε and εἰς ἀλλο-
δαπήν. Here στελλομένους is
used absolutely, "by making
voyages." There can be very
little doubt that all this passage
from τὸ δὲ καὶ ἀέρα to ἀνέκφρασ-
τον, is an interpolation, judging
from the style, and its absence
from all the MSS. but one.

⁸ ἐπειδὰν ἐν χειμῶνι. "After

μὲν ἁδρύνοντα, τὰ δὲ ξηραίνοντα, ὧν καιρὸς διελήλυθεν,
καὶ ταῦτα διαπραξάμενον μηκέτι ἐγγυτέρω προσιέναι,
ἀλλ' ἀποτρέπεσθαι φυλαττόμενον, μή τι ἡμᾶς μᾶλλον
τοῦ δέοντος θερμαίνων βλάψῃ, καὶ ὅταν αὖ πάλιν
ἀπιὼν γένηται ἔνθα καὶ ἡμῖν δῆλόν ἐστιν, ὅτι, εἰ
προσωτέρω ἄπεισιν, ἀποπαγησόμεθα ὑπὸ τοῦ ψύχους,
πάλιν αὖ τρέπεσθαι καὶ προσχωρεῖν καὶ ἐνταῦθα τοῦ
οὐρανοῦ ἀναστρέφεσθαι, ἔνθα ὢν μάλιστα ἡμᾶς ὠφε-
λοίη⁹ ; Νὴ τὸν Δί', ἔφη, καὶ ταῦτα παντάπασιν ἔοικεν
ἀνθρώπων ἕνεκα γιγνόμενα. 9. Τὸ δ' αὖ, ἐπειδὴ καὶ
τοῦτο φανερόν, ὅτι οὐκ ἂν ὑπενέγκαιμεν οὔτε τὸ καῦμα
οὔτε τὸ ψῦχος, εἰ ἐξαπίνης γίγνοιτο, οὕτω μὲν κατὰ
μικρὸν προσιέναι τὸν ἥλιον, οὕτω δὲ κατὰ μικρὸν
ἀπιέναι, ὥστε λανθάνειν ἡμᾶς εἰς ἑκάτερα τὰ ἰσχυρό-
τατα καθισταμένους ; Ἐγὼ μέν, ἔφη ὁ Εὐθύδημος, ἤδη
τοῦτο σκοπῶ, εἰ ἄρα τί ἐστι¹⁰ τοῖς θεοῖς ἔργον ἢ ἀν-
θρώπους θεραπεύειν, ἐκεῖνο δὲ μόνον ἐμποδίζει με, ὅτι
καὶ τἆλλα ζῶα τούτων μετέχει. 10. Οὐ γὰρ καὶ τοῦτ',

it has once turned during winter,"
"after it has passed the winter
solstice." It is assumed here that
the sun is nearer the earth in
summer than in winter, which, of
course, is just the opposite of the
real fact, the greater heat of
summer being due to other
reasons.

⁹ ὠφελοίη. The absence of ἄν
is to be noticed. The same omis-
sion of the particle occurs else-
where. Plato, Euthyd. 296 E,
τὰ μὲν γὰρ ἄλλα οὐκ ἔχω πῶς ἀμ-
φισβητοίην. Kühner also quotes
Cyrop. I. iv. 14, ἄφες τοὺς κατ'
ἐμὲ διαγωνίζεσθαι ὅπως ἕκαστος
κράτιστα δύναιτο. It will be seen,
that in all these examples the
clause begins with a relative (for
πῶς might be ὅπως). I don't
know whether the optative might

be used to express that the mat-
ter is put forward rather as the
thought of the subject of the
verb than as a simple fact.
Could, in the text, the meaning
be, "where he thought he could
benefit us most?" a sort of
divine providence being attri-
buted to the sun? If so, Stall-
baum would be right in saying
that, in the passage from the
Euthydemus, ἄν wants inserting,
for the sense could hardly be the
one suggested.
¹⁰ εἰ ἄρα τί ἐστι. "Whether
really the Gods have any thing
to do but look after men." Ἄρα
is used in its usual sense of draw-
ing an inference; if the Gods
show such consideration for men,
it follows apparently that they
have no other occupation.

ἔφη ὁ Σωκράτης, φανερόν, ὅτι· καὶ ταῦτα ἀνθρωπων
ἕνεκα γίγνεταί τε καὶ ἀνατρέφεται; τί γὰρ ἄλλο ζῷον
αἰγῶν τε καὶ οἴων καὶ ἵππων καὶ βοῶν καὶ ὄνων καὶ
τῶν ἄλλων ζῴων τοσαῦτα ἀγαθὰ ἀπολαύει, ὅσα ἄν-
θρωποι; ἐμοὶ μὲν γὰρ δοκεῖ πλείω τῶν φυτῶν ¹¹· τρέ-
φονται γοῦν καὶ χρηματίζονται οὐδὲν ἧττον ἀπὸ
τούτων ¹² ἢ ἀπ' ἐκείνων· πολὺ δὲ γένος ἀνθρώπων τοῖς
μὲν ἐκ τῆς γῆς φυομένοις εἰς τροφὴν οὐ χρῶνται, ἀπὸ
δὲ βοσκημάτων γάλακτι καὶ τυρῷ καὶ κρέασι τρεφό-
μενοι ζῶσι· πάντες δὲ τιθασσεύοντες καὶ δαμάζοντες τὰ
χρήσιμα τῶν ζῴων εἴς τε πόλεμον καὶ εἰς ἄλλα πολλὰ
συνεργοῖς χρῶνται. Ὁμογνωμονῶ σοι καὶ τοῦτ᾽, ἔφη·
ὁρῶ γὰρ αὐτῶν καὶ τὰ πολὺ ἰσχυρότερα ἡμῶν οὕτως
ὑποχείρια γιγνόμενα τοῖς ἀνθρώποις, ὥστε χρῆσθαι
αὐτοῖς ὅ.τι ἂν βούλωνται. 11. Τὸ δ᾽, ἐπειδὴ πολλὰ
μὲν καλὰ καὶ ὠφέλιμα, διαφέροντα δὲ ἀλλήλων ἐστί,
προσθεῖναι ¹³ τοῖς ἀνθρώποις αἰσθήσεις ἁρμοττούσας
πρὸς ἕκαστα, δι' ὧν ἀπολαύομεν πάντων τῶν ἀγαθῶν·
τὸ δὲ καὶ λογισμὸν ἡμῖν ἐμφῦσαι, ᾧ περὶ ὧν αἰσθανό-
μεθα λογιζόμενοί τε καὶ μνημονεύοντες καταμανθάνομεν,
ὅπῃ ἕκαστα συμφέρει, καὶ πολλὰ μηχανώμεθα. δι' ὧν
τῶν τε ἀγαθῶν ἀπολαύομεν καὶ τὰ κακὰ ἀλεξόμεθα· 12.

---

¹¹ πλείω τῶν φυτῶν. "More
benefits (from them) than (from)
plants." This is, if the text is
sound, a brief form, instead of
πλείω ἢ (ἀπολαύουσι) τῶν φυτῶν.
With comparatives there are often
instances of compression, cf. III.
xi. 5, κρεῖττον οἴων φίλων ἀγέλην
κεκτῆσθαι, sc. ἢ ἀγέλην οἴων. Cf.
also Thucyd. vi. 16, ἐμοὶ μᾶλλον
ἑτέρων προσήκει, sc. ἢ ἑτέροις.
The commentators compare De
Repub. Laced. ix. 1, εὗροι ἂν
μείους ἀποθνήσκοντας, τῶν ἀπο-
χωρεῖν αἱρουμένων, sc ἢ τῶν,

κ.τ.λ., "fewer die than of those
who," &c.
¹² ἀπὸ τούτων. "From animals
than plants," where τούτων refers
to animals, although plants have
been mentioned last, because *they*,
and not plants, are the principal
subject in the passage. Below,
after βούλωνται supply χρῆσθαι,
so that ὅτι is really a cognate
accusative, "with whatever use
they want to use them."
¹³ Τὸ δ᾽ . . . προσθεῖναι. See
above on § 5, under τὸ ἀνα-
διδόναι.

τὸ δὲ καὶ ἑρμηνείαν δοῦναι, δι' ἧς πάντων τῶν ἀγαθῶν
μεταδίδομέν τε ἀλλήλοις διδάσκοντες καὶ κοινωνοῦμεν
καὶ νόμους τιθέμεθα καὶ πολιτευόμεθα; Παντάπασιν
ἐοίκασιν, ὦ Σώκρατες, οἱ θεοὶ πολλὴν τῶν ἀνθρώπων
ἐπιμέλειαν ποιεῖσθαι. Τὸ δὲ καί, εἰ ἀδυνατοῦμεν τὰ
συμφέροντα προνοεῖσθαι ὑπὲρ τῶν μελλόντων, ταύτῃ
αὐτοὺς ἡμῖν συνεργεῖν, διὰ μαντικῆς τοῖς πυνθανομένοις
φράζοντας τὰ ἀποβησόμενα καὶ διδάσκοντας, ᾗ ἂν
ἄριστα γίγνοιντο [14]; Σοὶ δ', ἔφη, ὦ Σώκρατες, ἐοίκασιν
ἔτι φιλικώτερον ἢ τοῖς ἄλλοις χρῆσθαι, εἴ γε μηδὲ
ἐπερωτώμενοι ὑπό σου προσημαίνουσί σοι ἅ τε χρὴ
ποιεῖν καὶ ἃ μή. 13. "Οτι δέ γε ἀληθῆ [15] λέγω, καὶ
σὺ γνώσῃ, ἂν μὴ ἀναμένῃς, ἕως ἂν τὰς μορφὰς τῶν
θεῶν ἴδῃς, ἀλλ' ἐξαρκῇ σοι τὰ ἔργα αὐτῶν ὁρῶντι
σέβεσθαι καὶ τιμᾶν τοὺς θεούς. Ἐννόει δέ, ὅτι καὶ
αὐτοὶ οἱ θεοὶ οὕτως ὑποδεικνύουσιν· οἵ τε γὰρ ἄλλοι
ἡμῖν τἀγαθὰ διδόντες οὐδὲν τούτων εἰς τοὐμφανὲς ἰόντες
διδόασι, καὶ ὁ τὸν ὅλον κόσμον συντάττων τε καὶ συν-
έχων, ἐν ᾧ πάντα καλὰ καὶ ἀγαθά ἐστι, καὶ ἀεὶ μὲν
χρωμένοις ἀτριβῆ τε καὶ ὑγιᾶ καὶ ἀγήρατα παρέχων,
θᾶττον δὲ νοήματος ἀναμαρτήτως ὑπηρετοῦντα, οὗτος
τὰ μέγιστα μὲν πράττων ὁρᾶται, τάδε δὲ οἰκονομῶν
ἀόρατος ἡμῖν ἐστιν. 14. Ἐννόει δ', ὅτι καὶ ὁ πᾶσι

[14] γίγνοιντο. The plural after
a neuter is not usual. Perhaps
it was not so much the mere
words (τὰ ἀποβησόμενα) as the
idea of distinct plurality, raised
by the notion of results happen-
ing continually, that influenced
the writer.
[15] "Οτι δέ γε ἀληθῆ. Socrates
takes up the subject interrupted
by the remark, σοὶ δ', ἔφη, ὦ Σώ-
κρατες, and proceeds as follows:
"That I am right when I say the
Gods keep us by augury you will

admit, unless you insist on ocular
demonstration, and want to see
the Gods so employed. But their
usual conduct hints that you
must not expect to see them:
we do not see them in the
discharge of their other func-
tions, nor does the creator and
ruler of the world allow himself
to be visible; but his working is
known by its results. So we
may be sure that the Gods keep
us by augury, although we do
not see them."

φανερὸς δοκῶν εἶναι ἥλιος οὐκ ἐπιτρέπει τοῖς ἀνθρώ-
ποις ἑαυτὸν ἀκριβῶς ὁρᾶν, ἀλλ', ἐάν τις αὐτὸν ἀναιδῶς
ἐγχειρῇ θεᾶσθαι, τὴν ὄψιν ἀφαιρεῖται. Καὶ τοὺς
ὑπηρέτας δὲ τῶν θεῶν εὑρήσεις ἀφανεῖς ὄντας· κεραυνός
τε γὰρ ὅτι μὲν ἄνωθεν ἀφίεται, δῆλον, καὶ ὅτι οἷς ἂν
ἐντύχῃ πάντων κρατεῖ, ὁρᾶται δ' οὔτ' ἐπιὼν οὔτε κατα-
σκήψας οὔτε ἀπιών· καὶ ἄνεμοι αὐτοὶ μὲν οὐχ ὁρῶνται,
ἃ δὲ ποιοῦσι φανερὰ ἡμῖν ἐστι, καὶ προσιόντων αὐτῶν
αἰσθανόμεθα. Ἀλλὰ μὴν καὶ ἀνθρώπου γε ψυχή, ἥ,
εἴπερ τι καὶ ἄλλο τῶν ἀνθρωπίνων, τοῦ θείου μετέχει,
ὅτι μὲν βασιλεύει ἐν ἡμῖν, φανερόν, ὁρᾶται δὲ οὐδ'
αὐτή[16]. Ἃ χρὴ κατανοοῦντα μὴ καταφρονεῖν τῶν ἀορά-
των, ἀλλ' ἐκ τῶν γιγνομένων τὴν δύναμιν αὐτῶν κατα-
μανθάνοντα τιμᾶν τὸ δαιμόνιον. 15. Ἐγὼ μέν, ὦ
Σώκρατες, ἔφη ὁ Εὐθύδημος, ὅτι μὲν οὐδὲ μικρὸν ἀμε-
λήσω τοῦ δαιμονίου, σαφῶς οἶδα, ἐκεῖνο δὲ ἀθυμῶ[17],
ὅτι μοι δοκεῖ τὰς τῶν θεῶν εὐεργεσίας οὐδ' ἂν εἷς ποτε
ἀνθρώπων ἀξίαις χάρισιν ἀμείβεσθαι. 16. Ἀλλὰ μὴ
τοῦτο ἀθύμει, ἔφη, ὦ Εὐθύδημε· ὁρᾷς γάρ, ὅτι ὁ ἐν
Δελφοῖς θεός, ὅταν τις αὐτὸν ἐπερωτᾷ, πῶς ἂν τοῖς
θεοῖς χαρίζοιτο, ἀποκρίνεται· Νόμῳ πόλεως· νόμος
δὲ δήπου πανταχοῦ ἐστι κατὰ δύναμιν ἱεροῖς θεοὺς
ἀρέσκεσθαι· πῶς οὖν ἄν τις κάλλιον καὶ εὐσεβέστερον
τιμῴη θεούς, ἢ ὡς αὐτοὶ κελεύουσιν, οὕτω ποιῶν;
17. ἀλλὰ χρὴ τῆς μὲν δυνάμεως[18] μηδὲν ὑφίεσθαι·

[16] ὁρᾶται δὲ οὐδ' αὐτή. "But
itself (as distinguished from its
results, ὅτι βασιλεύει, φανερόν)
is not even visible" (much less
fathomable).
[17] ἐκεῖνο δὲ ἀθυμῶ. Not "I
am perplexed about this," but
"my perplexity is this;" so that
ἐκεῖνο is a cognate accusative
after ἀθυμῶ, replacing τήνδε τὴν
ἀθυμίαν.

[18] τῆς μὲν δυνάμεως. The sen-
tence is never complete; but
after the parenthesis, ὅταν γάρ,
the first clause is repeated in a
different form, χρὴ οὖν μηδὲν
ἐλλείποντα τιμᾶν ("if one never
neglects honouring") θαρρεῖν τε,
κ.τ.λ. If the sentence had been
finished as it began, it would have
run, ταῦτα δὲ ποιοῦντα θαρρεῖν τε,
κ.τ.λ.

ὅταν γάρ τις τοῦτο ποιῇ, φανερὸς δήπου ἐστὶ τότε οὐ
τιμῶν θεούς· χρὴ οὖν μηδὲν ἐλλείποντα κατὰ δύναμιν
τιμᾶν τοὺς θεοὺς θαρρεῖν τε καὶ ἐλπίζειν τὰ μέγιστα
ἀγαθά· οὐ γὰρ παρ᾽ ἄλλων[19] γ᾽ ἄν τις μείζω ἐλπίζων
σωφρονοίη ἢ παρὰ τῶν τὰ μέγιστα ὠφελεῖν δυναμένων,
οὐδ᾽ ἂν ἄλλως μᾶλλον, ἢ εἰ τούτοις ἀρέσκοι· ἀρέσκοι
δὲ πῶς ἂν μᾶλλον, ἢ εἰ ὡς μάλιστα πείθοιτο αὐτοῖς;
18. Τοιαῦτα μὲν δὴ λέγων τε καὶ αὐτὸς ποιῶν εὐσε-
βεστέρους τε καὶ σωφρονεστέρους τοὺς συνόντας παρ-
εσκεύαζεν.

CHAPTER IV.

1. Ἀλλὰ μὴν καὶ περὶ τοῦ δικαίου γε οὐκ ἀπεκρύπ-
τετο ἣν εἶχε γνώμην, ἀλλὰ καὶ ἔργῳ ἀπεδείκνυτο, ἰδίᾳ
τε πᾶσι νομίμως τε καὶ ὠφελίμως χρώμενος καὶ κοινῇ
ἄρχουσί τε[20] ἃ οἱ νόμοι προστάττοιεν πειθόμενος καὶ
κατὰ πόλιν καὶ ἐν ταῖς στρατείαις οὕτως, ὥστε διά-
δηλος εἶναι παρὰ τοὺς ἄλλους εὐτακτῶν, 2. καὶ ὅτε
ἐν ταῖς ἐκκλησίαις ἐπιστάτης γενόμενος οὐκ ἐπέτρεψε
τῷ δήμῳ παρὰ τοὺς νόμους ψηφίσασθαι, ἀλλὰ σὺν
τοῖς νόμοις ἠναντιώθη τοιαύτῃ ὁρμῇ τοῦ δήμου, ἣν οὐκ
ἂν οἶμαι ἄλλον οὐδένα ἄνθρωπον ὑπομεῖναι· 3. καὶ ὅτε
οἱ τριάκοντα προσέταττον αὐτῷ παρὰ τοὺς νόμους τι,
οὐκ ἐπείθετο· τοῖς τε γὰρ νέοις ἀπαγορευόντων αὐτῶν
μὴ διαλέγεσθαι καὶ προσταξάντων ἐκείνῳ τε καὶ ἄλλοις

---

[19] οὐ γὰρ παρ᾽ ἄλλων. Sc. οὐ
σωφρονοίη ἐλπίζων (εἰ ἐλπίζοι)
μείζω παρ᾽ ἄλλων. Below, with
οὐδ᾽ ἂν ἄλλως, the construction is
οὐδ᾽ ἂν σωφρονοίη ἐλπίζων ἄλλως
ἢ εἰ, κ.τ.λ.

[20] ἄρχουσί τε. To this corre-
sponds καὶ ὅτε . . . οὐκ ἐπέτρεψε.

The strictly accurate form of the
sentence would have been ἄρ-
χουσί τε πειθόμενος καὶ οὐκ ἐπι-
τρέψας. Below, παρὰ τοὺς ἄλλους
is "beyond all others." Cf. I. iv.
11, παρὰ τὰ ἄλλα ζῶα ὥσπερ θεοὶ
βιοτεύουσι.

τισὶ τῶν πολιτῶν ἀγαγεῖν τινα²¹ ἐπὶ θανάτῳ, μόνος
οὐκ ἐπείσθη διὰ τὸ παρὰ τοὺς νόμους αὐτῷ προστάτ-
τεσθαι· 4. καὶ ὅτε τὴν ὑπὸ Μελήτου²² γραφὴν ἔφευγε,
τῶν ἄλλων εἰωθότων ἐν τοῖς δικαστηρίοις πρὸς χάριν
τε τοῖς δικασταῖς διαλέγεσθαι καὶ κολακεύειν καὶ
δεῖσθαι παρὰ τοὺς νόμους, καὶ διὰ τὰ τοιαῦτα πολλῶν
πολλάκις ὑπὸ τῶν' δικαστῶν ἀφιεμένων, ἐκεῖνος οὐδὲν
ἠθέλησε τῶν εἰωθότων ἐν τῷ δικαστηρίῳ παρὰ τοὺς
νόμους ποιῆσαι, ἀλλὰ ῥᾳδίως ἂν ἀφεθεὶς²³ ὑπὸ τῶν
δικαστῶν, εἰ καὶ μετρίως τι τούτων ἐποίησε, προείλετο
μᾶλλον τοῖς νόμοις ἐμμένων ἀποθανεῖν ἢ παρανομῶν
ζῆν. 5. Καὶ ἔλεγε δὲ οὕτως καὶ πρὸς ἄλλους μὲν
πολλάκις, οἶδα δέ ποτε αὐτὸν καὶ πρὸς Ἱππίαν²⁴ τὸν
Ἠλεῖον περὶ τοῦ δικαίου τοιάδε διαλεχθέντα· διὰ
χρόνου γὰρ ἀφικόμενος ὁ Ἱππίας Ἀθήναζε παρεγένετο
τῷ Σωκράτει λέγοντι πρός τινας, ὡς θαυμαστὸν εἴη τό,
εἰ μέν τις βούλοιτο σκυτέα διδάξασθαί²⁵ τινα ἢ τέκτονα

²¹ ἀγαγεῖν τινα. During the
tyranny of the Thirty at Athens,
Socrates, with others, was di-
rected by them to bring back to
Athens Leon, a citizen who had
retired to Salamis, his native
place. Cf. Plato, Apol. p. 32 C.
²² τὴν ὑπὸ Μελήτου. Γραφὴν
φεύγειν is the same in sense as a
passive verb, and is therefore
constructed like one. Cf. III. iv. 1,
τραύματα ὑπὸ τῶν πολεμίων ἔχων.
²³ ἂν ἀφεθείς. Cf. II. ii. 13,
οὐδὲν ἂν τούτου πράξαντος. Below,
in εἰ καὶ μετρίως, καί qualifies
μετρίως, "even to a moderate
extent."
²⁴ πρὸς Ἱππίαν. There is an
amusing description of this so-
phist in Plato's Dialogue of the
Hippias. He was a vain, con-
ceited man, and a dandy withal.

He there boasts that all his dress,
ring, shoes, &c., were made by his
own hand.
²⁵ διδάξασθαι. Sc. ὥστε σκυτέα
εἶναι, "to get any one taught to
be a shoemaker." This is a com-
mon meaning of διδάσκεσθαι in the
middle voice. Cf. Plato, Meno 93
B, τὸν υἱὸν ἱππέα μὲν ἐδιδάξατο
ἀγαθόν. Εἰ μέν τις βούλοιτο has
ἐὰν δέ τις βούληται to correspond,
for φασὶ δέ τινες is only parenthetic.
This sudden intrusion of the ora-
tio recta is curious. The sentence
must either be a reflection of
Xenophon's own, which is impro-
bable, or the writer forgot him-
self for a moment, and put the
actual words of Socrates down.
I think μὴ εἰδέναι depends on
θαυμαστόν, the sentence φασὶ . . .
διδαξόντων being quite a paren-

ἢ χαλκέα ἢ ἱππέα, μὴ ἀπορεῖν, ὅποι ἂν πέμψας τούτου
τύχοι· φασὶ δέ τινες καὶ ἵππον καὶ βοῦν τῷ βουλο-
μένῳ δικαίους ποιήσασθαι πάντα μεστὰ εἶναι τῶν
διδαξόντων· ἐὰν δέ τις βούληται ἢ αὐτὸς μαθεῖν τὸ
δίκαιον ἢ υἱὸν ἢ οἰκέτην διδάξασθαι, μὴ εἶναι²⁶ ὅποι ἂν
ἐλθὼν τύχοι τούτου. 6. Καὶ ὁ μὲν Ἱππίας ἀκούσας
ταῦτα, ὥσπερ ἐπισκώπτων αὐτόν· Ἔτι γὰρ σύ, ἔφη,
ὦ Σώκρατες, ἐκεῖνα τὰ αὐτὰ λέγεις, ἃ ἐγὼ πάλαι ποτέ
σου ἤκουσα; καὶ ὁ Σωκράτης· Ὁ δέ γε τούτου δεινό-
τερον, ἔφη, ὦ Ἱππία, οὐ μόνον ἀεὶ τὰ αὐτὰ λέγω, ἀλλὰ
καὶ περὶ τῶν αὐτῶν· σὺ δ' ἴσως διὰ τὸ πολυμαθὴς εἶναι
περὶ τῶν αὐτῶν οὐδέποτε τὰ αὐτὰ λέγεις. 7. Ἀμέλει,
ἔφη, πειρῶμαι καινόν τι λέγειν ἀεί. Πότερον²⁷, ἔφη,
καὶ περὶ ὧν ἐπίστασαι, οἷον περὶ γραμμάτων, ἐάν τις
ἔρηταί σε, πόσα καὶ ποῖα Σωκράτους ἐστίν, ἄλλα μὲν
πρότερον, ἄλλα δὲ νῦν πειρᾷ λέγειν; ἢ περὶ ἀριθμῶν
τοῖς ἐρωτῶσιν, εἰ τὰ δὶς πέντε δέκα ἐστίν, οὐ τὰ αὐτὰ
νῦν, ἃ καὶ πρότερον, ἀποκρίνῃ; Περὶ μὲν τούτων, ἔφη,
ὦ Σώκρατες, ὥσπερ σύ, καὶ ἐγὼ ἀεὶ τὰ αὐτὰ λέγω,
περὶ μέντοι τοῦ δικαίου πάνυ οἶμαι νῦν ἔχειν εἰπεῖν,
πρὸς ἃ οὔτε σὺ οὔτ' ἂν ἄλλος οὐδεὶς δύναιτ' ἀντειπεῖν.
8. Νὴ τὴν Ἥραν, ἔφη, μέγα λέγεις ἀγαθὸν εὑρηκέναι,
εἰ παύσονται μὲν οἱ δικασταὶ δίχα ψηφιζόμενοι, παύ-

thesis, although it seems to have
modified εἰ μέν τις βούλοιτο into
ἐὰν δέ τις βούληται.

²⁶ μὴ εἶναι. "That there was
no place, whither going," &c.

²⁷ Πότερον. Πότερον is not to
be joined with ἤ, so as to make a
disjunctive question, " is it about
—or— ?" Kühner is right in
saying the words do not mean
"utrum . . . an," but ἤ is simply
"aut." For there is no opposi-
tion intended between γραμμάτων
and ἀριθμῶν; they are only in-

stances of the same class of things
with respect to which it is impos-
sible to give various answers.
Πότερον is often found alone. Cf.
Plato, Lysis 205 A, πότερον καὶ
τὸ ἐρᾶν ἔξαρνος εἶ; A similar
passage to this in Xenophon is
found in Plato, Meno 96 D, πό-
τερόν ποτε οὐδ' εἰσὶν ἀγαθοὶ ἄνδρες
ἢ τίς ἂν εἴη τρόπος τῆς γενέσεως
τῶν ἀγαθῶν γιγνομένων, "I won-
der whether there are no good
men at all, or what way," &c.

σονται δὲ οἱ πολῖται περὶ τῶν δικαίων ἀντιλέγοντές τε
καὶ ἀντιδικοῦντες καὶ στασιάζοντες, παύσονται δὲ αἱ
πόλεις διαφερόμεναι περὶ τῶν δικαίων καὶ πολεμοῦσαι·
καὶ ἐγὼ μὲν οὐκ οἶδ᾽ ²⁸, ὅπως ἂν ἀπολειφθείην σου πρὸ
τοῦ ἀκοῦσαι τηλικοῦτον ἀγαθὸν εὑρηκότος. 9. Ἀλλὰ
μὰ Δί᾽, ἔφη, οὐκ ἀκούσῃ, πρίν γ᾽ ἂν αὐτὸς ἀποφήνῃ,
ὅ,τι νομίζεις τὸ δίκαιον εἶναι· ἀρκεῖ γάρ, ὅτι τῶν ἄλλων
καταγελᾷς ἐρωτῶν μὲν καὶ ἐλέγχων πάντας, αὐτὸς δ᾽
οὐδενὶ θέλων ὑπέχειν λόγον οὐδὲ γνώμην ἀποφαίνεσθαι
περὶ οὐδενός. 10. Τί δέ; ὦ Ἱππία, ἔφη, οὐκ ᾔσθησαι,
ὅτι ἐγὼ ἃ δοκεῖ μοι δίκαια εἶναι οὐδὲν παύομαι ἀπο-
δεικνύμενος; Καὶ ποῖος δή σοι ²⁹, ἔφη, οὗτος ὁ λόγος
ἐστίν; Εἰ δὲ μὴ λόγῳ, ἔφη, ἀλλ᾽ ἔργῳ ἀποδείκνυμαι·
ἢ οὐ δοκεῖ σοι ἀξιοτεκμαρτότερον τοῦ λόγου τὸ ἔργον
εἶναι; Πολύ γε νὴ Δί᾽, ἔφη· δίκαια μὲν γὰρ λέγοντες
πολλοὶ ἄδικα ποιοῦσι, δίκαια δὲ πράττων οὐδ᾽ ἂν εἷς
ἄδικος εἴη. 11. Ἤσθησαι οὖν ³⁰ πώποτέ μου ἢ ψευ-
δομαρτυροῦντος ἢ συκοφαντοῦντος ἢ φίλους ἢ πόλιν
εἰς στάσιν ἐμβάλλοντος ἢ ἄλλο τι ἄδικον πράτ-
τοντος; Οὐκ ἔγωγε, ἔφη. Τὸ δὲ τῶν ἀδίκων ἀπέ-
χεσθαι οὐ δίκαιον ἡγῇ; Δῆλος εἶ, ἔφη, ὦ Σώκρατες,
καὶ νῦν διαφεύγειν ἐγχειρῶν τὸ ἀποδείκνυσθαι γνώμην,
ὅ,τι νομίζεις τὸ δίκαιον· οὐ γὰρ ἃ πράττουσιν οἱ δίκαιοι,
ἀλλ᾽ ἃ μὴ πράττουσι, ταῦτα λέγεις. 12. Ἀλλ᾽ ὤμην
ἔγωγε, ἔφη ὁ Σωκράτης, τὸ μὴ θέλειν ἀδικεῖν ἱκανὸν
δικαιοσύνης ἐπίδειγμα εἶναι· εἰ δέ σοι μὴ δοκεῖ, σκέψαι,
ἐὰν τόδε σοι μᾶλλον ἀρέσκῃ· φημὶ γὰρ ἐγὼ τὸ νόμιμον
δίκαιον εἶναι. Ἆρα τὸ αὐτὸ λέγεις, ὦ Σώκρατες, νόμι-
μόν τε καὶ δίκαιον εἶναι; Ἔγωγε, ἔφη. 13. Οὐ γὰρ

---

²⁸ ἐγὼ μὲν οὐκ οἶδ᾽. The clause
opposed to this in the writer's
mind, to account for μέν, must
have been οἱ δὲ ἄλλοι τάχ᾽ ἂν
ἀπολειφθεῖεν ῥᾷον, or the like.
²⁹ Καὶ ποῖος δή σοι. Cf. I. iii.

10.
³⁰ Ἤσθησαι οὖν. In I. vi. 4
there is τί χαλεπὸν ᾔσθησαι τοῦ-
μοῦ βίου; Thucyd. i. 70 has περὶ
ὧν οὐκ αἰσθάνεσθαι.

αἰσθάνομαί σου, ὁποῖον [31] νόμιμον ἢ ποῖον δίκαιον
λέγεις. Νόμους δὲ πόλεως, ἔφη, γιγνώσκεις; Ἔγωγε,
ἔφη. Καὶ τίνας τούτους νομίζεις; Ἃ οἱ πολῖται, ἔφη,
συνθέμενοι ἅ τε δεῖ ποιεῖν καὶ ὧν ἀπέχεσθαι ἐγράψ-
αντο. Οὔκουν, ἔφη, νόμιμος μὲν ἂν εἴη ὁ κατὰ ταῦτα
πολιτευόμενος, ἄνομος δὲ ὁ ταῦτα παραβαίνων; Πάνυ
μὲν οὖν, ἔφη. Οὔκουν καὶ δίκαια μὲν ἂν πράττοι ὁ
τούτοις πειθόμενος, ἄδικα δ' ὁ τούτοις ἀπειθῶν· Πάνυ
μὲν οὖν. Οὔκουν ὁ μὲν τὰ δίκαια πράττων δίκαιος,
ὁ δὲ τὰ ἄδικα ἄδικος; Πῶς γὰρ οὔ; Ὁ μὲν ἄρα νόμι-
μος δίκαιός ἐστιν, ὁ δὲ ἄνομος ἄδικος. 14. Καὶ ὁ Ἱπ-
πίας· Νόμους δ', ἔφη, ὦ Σώκρατες, πῶς ἄν τις ἡγή-
σαιτο σπουδαῖον πρᾶγμα εἶναι ἢ τὸ πείθεσθαι αὐτοῖς,
οὕς γε πολλάκις αὐτοὶ οἱ θέμενοι ἀποδοκιμάσαντες
μετατίθενται; Καὶ γὰρ πόλεμον [32], ἔφη ὁ Σωκράτης,
πολλάκις ἀράμεναι αἱ πόλεις πάλιν εἰρήνην ποιοῦνται.
Καὶ μάλα, ἔφη. Διάφορον οὖν τι οἴει ποιεῖν, ἔφη,
τοὺς τοῖς νόμοις πειθομένους φαυλίζων, ὅτι καταλυθεῖεν
ἂν οἱ νόμοι, ἢ εἰ τοὺς ἐν τοῖς πολέμοις εὐτακτοῦντας
ψέγοις, ὅτι γένοιτ' ἂν εἰρήνη; ἢ καὶ τοὺς ἐν τοῖς πο-
λέμοις ταῖς πατρίσι προθύμως βοηθοῦντας μέμφῃ;
15. Μὰ Δί' οὐκ ἔγωγ', ἔφη. Λυκοῦργον δὲ τὸν Λακε-
δαιμόνιον, ἔφη ὁ Σωκράτης, καταμεμάθηκας, ὅτι οὐδὲν
ἂν διάφορον τῶν ἄλλων πόλεων τὴν Σπάρτην ἐποίησεν,
εἰ μὴ τὸ πείθεσθαι τοῖς νόμοις μάλιστα ἐνειργάσατο
αὐτῇ; τῶν δὲ ἀρχόντων ἐν ταῖς πόλεσιν οὐκ οἶσθα. ὅτι,
οἵτινες ἂν τοῖς πολίταις αἰτιώτατοι ὦσι τοῦ τοῖς νόμοις

---

[31] ὁποῖον. For the union of
the indirect and direct interroga-
tives cf. I. i. 11, ὅπως ἔφυ ὁ
κόσμος καὶ τίσιν ἀνάγκαις ἕκαστα
γίγνεται.
[32] Καὶ γὰρ πόλεμον. The γάρ
refers to a suppressed clause, οὐ-
δὲν λέγεις, καὶ γάρ, κ.τ.λ. "Your

remark about laws is not to the
purpose, it would apply to war as
well (καί); and yet it is obviously
untrue there." Below, καὶ τοὺς ἐν
τοῖς πολέμοις is, in the same way,
"those who help their country in
its wars, as well as those who
observe its laws."

πείθεσθαι, οὗτοι ἄριστοί εἰσι; καὶ πόλις, ἐν ᾗ μάλιστα
οἱ πολῖται τοῖς νόμοις πείθονται, ἐν εἰρήνῃ τε ἄριστα
διάγει καὶ ἐν πολέμῳ ἀνυπόστατός ἐστιν; 16. ἀλλὰ
μὴν καὶ ὁμόνοιά γε μέγιστόν τε ἀγαθὸν δοκεῖ ταῖς
πόλεσιν εἶναι, καὶ πλειστάκις ἐν αὐταῖς αἵ τε γερου-
σίαι καὶ οἱ ἄριστοι ἄνδρες παρακελεύονται τοῖς πολί-
ταις ὁμονοεῖν, καὶ πανταχοῦ ἐν τῇ Ἑλλάδι νόμος κεῖται
τοὺς πολίτας ὀμνύναι ὁμονοήσειν, καὶ πανταχοῦ ὀμνύ-
ουσι τὸν ὅρκον τοῦτον· οἶμαι δ᾽ ἐγὼ ταῦτα γίγνεσθαι,
οὐχ ὅπως τοὺς αὐτοὺς χοροὺς κρίνωσιν[33] οἱ πολῖται,
οὐδ᾽ ὅπως τοὺς αὐτοὺς αὐλητὰς ἐπαινῶσιν, οὐδ᾽ ὅπω
τοὺς αὐτοὺς ποιητὰς αἱρῶνται, οὐδ᾽ ἵνα τοῖς αὐτοῖ
ἥδωνται, ἀλλ᾽ ἵνα τοῖς νόμοις πείθωνται· τούτοις γὰρ
τῶν πολιτῶν ἐμμενόντων, αἱ πόλεις ἰσχυρόταταί τε
καὶ εὐδαιμονέσταται γίγνονται· ἄνευ δὲ ὁμονοίας οὔτ᾽
ἂν πόλις εὖ πολιτευθείη, οὔτ᾽ οἶκος καλῶς οἰκηθείη.
17. Ἰδίᾳ δὲ πῶς μὲν ἄν τις ἧττον ὑπὸ πόλεως ζημιοῖτο,
πῶς δ᾽ ἂν μᾶλλον τιμῷτο, ἢ εἰ τοῖς νόμοις πείθοιτο;
πῶς δ᾽ ἂν ἧττον ἐν τοῖς δικαστηρίοις ἡττῷτο, ἢ πῶς ἂν
μᾶλλον νικῴη; τίνι δ᾽ ἄν τις μᾶλλον[34] πιστεύσειε
παρακαταθέσθαι ἢ χρήματα ἢ υἱοὺς ἢ θυγατέρας, τίνα
δ᾽ ἂν ἡ πόλις ὅλη ἀξιοπιστότερον ἡγήσαιτο τοῦ νομί-
μου; παρὰ τίνος δ᾽ ἂν μᾶλλον τῶν δικαίων τύχοιεν
ἢ γονεῖς ἢ οἰκεῖοι ἢ οἰκέται ἢ φίλοι ἢ πολῖται ἢ
ξένοι; τίνι δ᾽ ἂν μᾶλλον πολέμιοι πιστεύσειαν ἢ
ἀνοχὰς[35] ἢ σπονδὰς ἢ συνθήκας περὶ εἰρήνης; τίνι

---

[33] κρίνωσιν. "Assign the vic-
tory to," a meaning to which the
verb easily passes. The full ex-
pression occurs Plato, Rep. 399 E,
κρίνοντες τὸν Ἀπόλλω πρὸ Μαρ-
σύου.

[34] τίνι δ᾽ ἄν τις μᾶλλον. This
is not the same construction as
that in II. vi. 6, τούτῳ πιστεύ-
ομεν εὖ ποιήσειν, for there the

subject of the infinitive is the
person designated by the pro-
noun, here it is not. I think the
infinitive depends on ὥστε under-
stood. Kühner makes τίνι de-
pend, not on πιστεύσειε, but on
παρακαταθέσθαι.

[35] ἢ ἀνοχάς. This is appa-
rently a kind of cognate accu-
sative, replacing πίστιν, as partly

δ' ἂν μᾶλλον ἢ τῷ νομίμῳ σύμμαχοι ἐθέλοιεν γίγ-
νεσθαι, τῷ δ' ἂν μᾶλλον οἱ σύμμαχοι πιστεύσειαν ἢ
ἡγεμονίαν ἢ φρουραρχίαν ἢ πόλεις; τίνα δ' ἄν τις
εὐεργετήσας ὑπολάβοι χάριν κομιεῖσθαι μᾶλλον ἢ τὸν
νόμιμον; ἢ τίνα μᾶλλον ἄν τις εὐεργετήσειεν ἢ παρ'
οὗ χάριν ἀπολήψεσθαι νομίζει; τῷ δ' ἄν τις βούλοιτο
μᾶλλον φίλος εἶναι ἢ τῷ τοιούτῳ, ἢ τῷ ἧττον ἐχθρός;
τῷ δ' ἄν τις ἧττον πολεμήσειεν ἢ ᾧ ἂν μάλιστα μὲν
φίλος εἶναι βούλοιτο, ἥκιστα δ' ἐχθρός, καὶ ᾧ πλεῖ-
στοι [36] μὲν φίλοι καὶ σύμμαχοι βούλοιντο εἶναι, ἐλά-
χιστοι δ' ἐχθροὶ καὶ πολέμιοι; 18. Ἐγὼ μὲν οὖν, ὦ
Ἱππία, τὸ αὐτὸ ἐπιδείκνυμι νόμιμόν τε καὶ δίκαιον
εἶναι, σὺ δ' εἰ τἀναντία γιγνώσκεις, δίδασκε. Καὶ ὁ
Ἱππίας· Ἀλλά, μὰ τὸν Δία, ἔφη, ὦ Σώκρατες, οὔ μοι
δοκῶ τἀναντία γιγνώσκειν οἷς εἴρηκας περὶ τοῦ δικαίου.
19. Ἀγράφους δέ τινας οἶσθα, ἔφη, ὦ Ἱππία, νόμους;
Τούς γ' ἐν πάσῃ, ἔφη, χώρᾳ κατὰ ταὐτὰ νομιζομένους.
Ἔχοις ἂν οὖν εἰπεῖν, ἔφη, ὅτι οἱ ἄνθρωποι αὐτοὺς
ἔθεντο [37]; Καὶ πῶς ἄν, ἔφη, οἵ γε οὔτε συνελθεῖν
ἅπαντες ἂν δυνηθεῖεν οὔτε ὁμόφωνοί εἰσι; Τίνας οὖν,
ἔφη, νομίζεις τεθεικέναι τοὺς νόμους τούτους; Ἐγὼ μέν,
ἔφη, θεοὺς οἶμαι τοὺς νόμους τούτους τοῖς ἀνθρώποις
θεῖναι· καὶ γὰρ παρὰ πᾶσιν ἀνθρώποις πρῶτον νομί-
ζεται θεοὺς σέβειν. 20. Οὔκουν καὶ γονέας τιμᾶν

equivalent to it. Cf. I. i. 5, ταῦτα δὲ τίς ἂν ἄλλῳ πιστεύσειεν ἢ θεῷ; In the next clause, πιστεύειν ἡγεμονίαν, the construction is the usual one.

[36] ᾧ πλεῖστοι. Sc. ἄν, which of course is to be taken, not with ᾧ, but βούλοιντο.

[37] ἔθεντο. Below there is τεθεικέναι, and properly. In the present sentence, men are spoken of as meeting and passing laws for themselves, for their own use.

Below, there is supposed to be some external legislator, who passed laws for mankind. Cf. Plato, Hipp. Maj. 284 D, τίθενται τὸν νόμον οἱ τιθέμενοι, and, directly after, οἱ ἐπιχειροῦντες τοὺς νόμους τιθέναι. But nevertheless, as a legislator may himself be regarded as subject to the law, the middle is used in his case sometimes. Cf. Plato, Leg. 630 D, οἰώμεθα Λυκοῦργόν τε καὶ Μίνω τίθεσθαι τὰ νόμιμα.

πανταχοῦ νομίζεται; Καὶ τοῦτο, ἔφη. Οὔκουν καὶ
μήτε γονέας παισὶ μίγνυσθαι μήτε παῖδας γονεῦσιν,
Οὐκέτι μοι δοκεῖ, ἔφη, ὦ Σώκρατες, οὗτος θεοῦ³⁸ νόμος
εἶναι. Τί δή; ἔφη. "Οτι αἰσθάνομαί τινας, ἔφη,
παραβαίνοντας αὐτόν. 21. Καὶ γὰρ ἄλλα πολλά,
ἔφη, παρανομοῦσιν· ἀλλ᾽ οὖν³⁹ δίκην γέ τοι διδόασιν
οἱ παραβαίνοντες τοὺς ὑπὸ τῶν θεῶν κειμένους νόμους,
ἣν οὐδενὶ τρόπῳ δυνατὸν ἀνθρώπῳ διαφυγεῖν, ὥσπερ
τοὺς ὑπ᾽ ἀνθρώπων κειμένους νόμους ἔνιοι παραβαί-
νοντες διαφεύγουσι τὸ δίκην διδόναι, οἱ μὲν λανθάνοντες,
οἱ δὲ βιαζόμενοι. 22. Καὶ ποίαν, ἔφη, δίκην, ὦ Σώ-
κρατες, οὐ δύνανται διαφεύγειν γονεῖς τε παισὶ καὶ
παῖδες γονεῦσι μιγνύμενοι; Τὴν μεγίστην νὴ Δί᾽, ἔφη·
τί γὰρ ἂν μεῖζον πάθοιεν ἄνθρωποι τεκνοποιούμενοι
τοῦ κακῶς τεκνοποιεῖσθαι; 23. Πῶς οὖν, ἔφη, κακῶς
οὗτοι τεκνοποιοῦνται, οὕς γε οὐδὲν κωλύει ἀγαθοὺς
αὐτοὺς ὄντας ἐξ ἀγαθῶν παιδοποιεῖσθαι; "Οτι νὴ Δί᾽,
ἔφη, οὐ μόνον ἀγαθοὺς δεῖ τοὺς ἐξ ἀλλήλων παιδοποι-
ουμένους εἶναι, ἀλλὰ καὶ ἀκμάζοντας τοῖς σώμασιν· ἢ
δοκεῖ σοι ὅμοια τὰ σπέρματα εἶναι τὰ τῶν ἀκμαζόντων
τοῖς τῶν μήπω ἀκμαζόντων ἢ τῶν παρηκμακότων;
Ἀλλὰ μὰ Δί᾽, ἔφη, οὐκ εἰκὸς ὅμοια εἶναι. Πότερα οὖν,
ἔφη, βελτίω; Δῆλον ὅτι, ἔφη, τὰ τῶν ἀκμαζόντων.
Τὰ τῶν μὴ ἀκμαζόντων ἄρα οὐ σπουδαῖα; Οὐκ εἰκὸς
μὰ Δί᾽, ἔφη. Οὔκουν οὕτω γε οὐ δεῖ παιδοποιεῖσθαι;
Οὐ γὰρ οὖν, ἔφη. Οὔκουν οἵ γε οὕτω παιδοποιούμενοι
ὡς οὐ δεῖ παιδοποιοῦνται; "Εμοιγε δοκεῖ, ἔφη. Τίνες
οὖν ἄλλοι, ἔφη, κακῶς ἂν παιδοποιοῖντο, εἴγε μὴ

---

38 οὗτος θεοῦ. "This seems to be a law," otherwise νόμος would require the article. For the force of οὐκέτι in this clause, cf. III. iv. 10, ἀλλὰ τὸ μάχεσθαι οὐκέτι ἀμφοτέρων.

39 ἀλλ᾽ οὖν. "But then—as a

consequence—they certainly undergo justice at all events." They commit the transgression, but at all events they have to suffer in consequence (οὖν). Below, for καὶ ποίαν, cf. III. xi. 10.

οὗτοι; 24. Ὁμογνωμονῶ σοι, ἔφη, καὶ τοῦτο. Τί
δέ; τοὺς εὖ ποιοῦντας ἀντευεργετεῖν οὐ πανταχοῦ νό-
μιμόν ἐστι; Νόμιμον, ἔφη· παραβαίνεται δὲ καὶ
τοῦτο. Οὔκουν καὶ οἱ τοῦτο παραβαίνοντες δίκην
διδόασι, φίλων μὲν ἀγαθῶν ἔρημοι γιγνόμενοι, τοὺς δὲ
μισοῦντας ἑαυτοὺς ἀναγκαζόμενοι διώκειν· ἢ οὐχ οἱ μὲν
εὖ ποιοῦντες τοὺς χρωμένους ἑαυτοῖς ἀγαθοὶ φίλοι
εἰσίν, οἱ δὲ μὴ ἀντευεργετοῦντες τοὺς τοιούτους διὰ μὲν
τὴν ἀχαριστίαν μισοῦνται ὑπ᾽ αὐτῶν, διὰ δὲ τὸ μάλιστα
λυσιτελεῖν τοῖς τοιούτοις χρῆσθαι τούτους μάλιστα
διώκουσι; Νὴ τὸν Δί᾽, ὦ Σώκρατες, ἔφη, θεοῖς ταῦτα
πάντα[40] ἔοικε· τὸ γὰρ τοὺς νόμους αὐτοὺς[41] τοῖς παρα-
βαίνουσι τὰς τιμωρίας ἔχειν βελτίονος ἢ κατ᾽ ἄνθρωπον
νομοθέτου δοκεῖ μοι εἶναι. 25. Πότερον οὖν, ὦ Ἱππία,
τοὺς θεοὺς ἡγῇ τὰ δίκαια νομοθετεῖν ἢ ἄλλα τῶν δι-
καίων[42]; Οὐκ ἄλλα μὰ Δί᾽, ἔφη· σχολῇ γὰρ ἂν ἄλλος
γέ τις τὰ δίκαια νομοθετήσειεν, εἰ μὴ θεός. Καὶ τοῖς
θεοῖς[43] ἄρα, ὦ. Ἱππία, τὸ αὐτὸ δίκαιόν τε καὶ νόμιμον
εἶναι ἀρέσκει.

---

[40] θεοῖς ταῦτα πάντα. "All
these arrangements seem like the
Gods," i. e. "to the arrange-
ments of the Gods;" a construc-
tion to be compared with III.
vi. 8, ἡ τῆς πόλεως δύναμις ἥττων
τῶν ἐναντίων, sc. τῆς τῶν ἐναν-
τίων.

[41] τοὺς νόμους αὐτούς. Socrates
means by this, that the laws, by
their essential operation, work
out the penalty of transgression.
Merely human laws do not: they
require machinery from without
to punish the breach of them. If
a man steals undetected, he es-
capes the penalty attached by
human law to theft: the penalty
awarded by the divine he cannot
escape. So far, the divine law is
more perfect than human law

(βελτίονος ἢ κατ᾽ ἄνθρωπον νομο-
θέτου, for which cf. I. vii. 4).

[42] ἄλλα τῶν δικαίων. "Other
than what is just," ἄλλος taking
the construction of comparatives,
either with a genitive as here, or
with ἤ. Cf. Plato, Theæt. 186 E,
καταφανέστατον γέγονεν ἄλλο ὂν
αἰσθήσεως ἐπιστήμη. Below, for
σχολῇ, cf. III. xiv. 3.

[43] Καὶ τοῖς θεοῖς. "The Gods
then also (as well as I) regard
the same thing as both just and
lawful." Socrates had defined
"the just" to be "the lawful,"
and he shows that the Gods take
the same view. But the reason-
ing is faulty. The laws of the
Gods are assumed to be perfect;
in that supposition of course "the
just" and "the lawful" coincide.

Τοιαῦτα λέγων τε καὶ πράττων δικαιοτέρους ἐποίει τοὺς πλησιάζοντας.

CHAPTER V.

1. Ὡς δὲ καὶ πρακτικωτέρους ἐποίει τοὺς συνόντας ἑαυτῷ, νῦν αὖ τοῦτο λέξω· νομίζων γὰρ ἐγκράτειαν ὑπάρχειν ἀγαθὸν [44] εἶναι τῷ μέλλοντι καλόν τι πράξειν, πρῶτον μὲν αὐτὸς φανερὸς ἦν τοῖς συνοῦσιν ἠσκηκὼς ἑαυτὸν μάλιστα πάντων [45] ἀνθρώπων, ἔπειτα διαλεγό-μενος προετρέπετο πάντων μάλιστα τοὺς συνόντας πρὸς ἐγκράτειαν. 2. Ἀεὶ μὲν οὖν περὶ τῶν πρὸς ἀρετὴν χρησίμων αὐτός τε διετέλει μεμνημένος καὶ τοὺς συν-όντας πάντας ὑπομιμνήσκων· οἶδα δέ ποτε αὐτὸν καὶ πρὸς Εὐθύδημον περὶ ἐγκρατείας τοιάδε διαλεχθέντα· Εἰπέ μοι, ἔφη, ὦ Εὐθύδημε, ἆρα καλὸν καὶ μεγαλεῖον νομίζεις εἶναι καὶ ἀνδρὶ καὶ πόλει κτῆμα ἐλευθερίαν; Ὡς οἷόν τέ γε μάλιστα, ἔφη. 3. Ὅστις οὖν ἄρχεται ὑπὸ τῶν διὰ τοῦ σώματος ἡδονῶν καὶ διὰ ταύτας [46]

The laws of the Gods are an embodiment of pure justice, and there can be no divergence between justice and law. But amongst men law—if by law be meant legislative enactments—is imperfect, and is not therefore synonymous with justice; there are unjust laws as well as just. If laws were what they ought to be, and not what they actually are, the position of Socrates would be a sound one.

[44] ὑπάρχειν ἀγαθόν. The construction is νομίζων ἀγαθὸν εἶναι ἐγκράτειαν ὑπάρχειν.

[45] μάλιστα πάντων. As Kühner says, πάντων is probably neuter here, and although, just before, μά-

λιστα πάντων ἀνθρώπων is "more than any other man," here the words mean "as much as possible." Cf. IV. v. 9, πάντων μά-λιστα ἥδεσθαι ποιεῖ. For ὡς οἷόν τέ γε μάλιστα, cf. IV. ii. 11. Translate "as far so as possible at all events," if that be a sufficient answer to your question. The words seem partly ironical. "Do you think this good?" "About as good as it can be, at all events, if that satisfies you."

[46] διὰ ταύτας. The difference between διά with a genitive and accusative is well exemplified here, "through the medium of the body," and "owing to these pleasures."

μὴ δύναται πράττειν τὰ βέλτιστα, νομίζεις τοῦτον
ἐλεύθερον εἶναι ; "Ηκιστα, ἔφη. "Ισως γὰρ ἐλεύθερον
φαίνεταί σοι τὸ πράττειν τὰ βέλτιστα, εἶτα τὸ ἔχειν
τοὺς κωλύσοντας τὰ τοιαῦτα ποιεῖν ἀνελεύθερον νο-
μίζεις ; Παντάπασί γε, ἔφη. 4. Παντάπασιν ἄρα
σοι δοκοῦσιν οἱ ἀκρατεῖς ἀνελεύθεροι εἶναι ; Νὴ τὸν
Δί᾽, ἔφη, εἰκότως. Πότερον δέ σοι δοκοῦσιν οἱ ἀκρατεῖς
κωλύεσθαι μόνον τὰ κάλλιστα πράττειν, ἢ καὶ ἀναγ-
κάζεσθαι τὰ αἴσχιστα ποιεῖν ; Οὐδὲν ἧττον ἔμοιγ᾽,
ἔφη, δοκοῦσι ταῦτα ἀναγκάζεσθαι⁴⁷ ἢ ἐκεῖνα κωλύεσθαι.
5. Ποίους δέ τινας δεσπότας ἡγῇ τοὺς τὰ μὲν ἄριστα
κωλύοντας, τὰ δὲ κάκιστα ἀναγκάζοντας ; 'Ως δυνατὸν
νὴ Δί᾽, ἔφη, κακίστους. Δουλείαν δὲ ποίαν κακίστην
νομίζεις εἶναι ; 'Εγὼ μέν, ἔφη, τὴν παρὰ τοῖς κα-
κίστοις δεσπόταις. Τὴν κακίστην ἄρα δουλείαν οἱ
ἀκρατεῖς δουλεύουσιν ; "Εμοιγε δοκεῖ, ἔφη. 6. Σοφίαν⁴⁸
δὲ τὸ μέγιστον ἀγαθὸν οὐ δοκεῖ σοι ἀπείργουσα τῶν
ἀνθρώπων ἡ ἀκρασία εἰς τοὐναντίον αὐτοὺς ἐμβάλ-
λειν ; ἢ οὐ δοκεῖ σοι προσέχειν τε τοῖς ὠφελοῦσι καὶ
καταμανθάνειν αὐτὰ κωλύειν ἀφέλκουσα ἐπὶ τὰ ἡδέα,
καὶ πολλάκις αἰσθανομένους τῶν ἀγαθῶν τε καὶ τῶν
κακῶν ἐκπλήξασα ποιεῖν τὸ χεῖρον ἀντὶ τοῦ βελτίονος
αἱρεῖσθαι ; Γίγνεται τοῦτ᾽, ἔφη. 7. Σωφροσύνης δέ,
ὦ Εὐθύδημε, τίνι ἂν φαίημεν ἧττον ἢ τῷ ἀκρατεῖ
προσήκειν ; αὐτὰ γὰρ δήπου⁴⁹ τὰ ἐναντία σωφροσύνης

---

⁴⁷ ταῦτα ἀναγκάζεσθαι. Sc.
πράττειν, not that the word is
necessary or really to be supplied,
for ταῦτα is an accusative cognate
after ἀναγκάζεσθαι, replacing ταύ-
την τὴν ἀνάγκην.

⁴⁸ Σοφίαν κ.τ.λ. "Does not
intemperance, barring off wisdom
from men," &c. Of the next
clause the construction is ἢ οὐ
δοκεῖ σοι ἡ ἀκρασία κωλύειν

προσέχειν, κ.τ.λ.

⁴⁹ αὐτὰ γὰρ δήπου. Here αὐτὰ
τὰ ἐναντία seem to be joined in
the sense of "very opposite,"
"absolute contraries." I suppose
the article is used, because it is
assumed that every thing has an
opposite as a matter of course:
"the opposites" the two qualities
naturally have. Below, τοῖς σω-
φρονοῦσι depends on τὰ ἐναντία,

καὶ ἀκρασίας ἔργα ἐστίν. Ὁμολογῶ καὶ τοῦτο, ἔφη.
Τοῦ δ᾽ ἐπιμελεῖσθαι ὧν προσήκει οἴει τι κωλυτικώ-
τερον ἀκρασίας εἶναι; Οὔκουν ἔγωγε, ἔφη. Τοῦ δὲ
ἀντὶ τῶν ὠφελούντων τὰ βλάπτοντα προαιρεῖσθαι
ποιοῦντος καὶ τούτων μὲν ἐπιμελεῖσθαι, ἐκείνων δὲ
ἀμελεῖν πείθοντος καὶ τοῖς σωφρονοῦσι τὰ ἐναντία
ποιεῖν ἀναγκάζοντος οἴει τι ἀνθρώπῳ κάκιον εἶναι;
Οὐδέν, ἔφη. 8. Οὔκουν τὴν ἐγκράτειαν τῶν ἐναντίων
ἢ⁵⁰ τὴν ἀκρασίαν εἰκὸς τοῖς ἀνθρώποις αἰτίαν εἶναι;
Πάνυ μὲν οὖν, ἔφη. Οὔκουν καὶ τῶν ἐναντίων τὸ
αἴτιον εἰκὸς ἄριστον εἶναι; Εἰκὸς γάρ, ἔφη. Ἔοικεν
ἄρα, ἔφη, ὦ Εὐθύδημε, ἄριστον ἀνθρώπῳ ἡ ἐγκράτεια
εἶναι; Εἰκότως γάρ, ἔφη, ὦ Σώκρατες. 9. Ἐκεῖνο
δέ, ὦ Εὐθύδημε, ἤδη πώποτε ἐνεθυμήθης; Ποῖον; ἔφη.
Ὅτι καὶ ἐπὶ τὰ ἡδέα, ἐφ᾽ ἅπερ μόνα δοκεῖ ἡ ἀκρασία
τοὺς ἀνθρώπους ἄγειν, αὐτὴ μὲν οὐ δύναται ἄγειν, ἡ δ᾽
ἐγκράτεια πάντων μάλιστα ἥδεσθαι ποιεῖ. Πῶς; ἔφη.
Ὥσπερ ἡ μὲν ἀκρασία⁵¹ οὐκ ἐῶσα καρτερεῖν οὔτε
λιμὸν οὔτε δίψαν οὔτε ἀφροδισίων ἐπιθυμίαν οὔτε
ἀγρυπνίαν, δι᾽ ὧν μόνων ἔστιν ἡδέως μὲν φαγεῖν τε
καὶ πιεῖν καὶ ἀφροδισιάσαι, ἡδέως δ᾽ ἀναπαύσασθαί τε
καὶ κοιμηθῆναι, καὶ περιμείναντας⁵² καὶ ἀνασχομένους,

and the words are equivalent to ποιεῖν τὰ ἐναντία τούτοις ἃ ποιοῦσιν οἱ σωφρονοῦντες.

⁵⁰ τῶν ἐναντίων ἢ κ.τ.λ. "The opposite of what intemperance produces." Τὰ ἐναντία is constructed like a comparative. Cf. III. xii. 4. τἀναντία συμβαίνει ἢ τοῖς κακοῖς. Διάφορος has been often used in the same way in this book. In the next sentence τῶν ἐναντίων means of course "what is opposite" to the effects of intemperance.

⁵¹ Ὥσπερ ἡ μὲν ἀκρασία. Ὥσπερ does not begin a comparison here, for there is nothing to correspond to it (such as οὕτω καὶ below), but introduces the answer to the question of Euthydemus (πῶς; ἔφη). Translate, "just so far as." This is not a common use of ὥσπερ; but as πῶς and ὡς, or ὅπως, are correlatives, as interrogatives and relative, it is a very natural use.

⁵² καὶ περιμείναντας κ.τ.λ. These participles agree with the subject of καρτερεῖν, which settles the meaning of καὶ ... καί.

ἕως ἂν ταῦτα ὡς ἔνι ἥδιστα γένηται, κωλύει τοῖς ἀναγ-
καιοτάτοις τε καὶ συνεχεστάτοις ἀξιολόγως· ἥδεσθαι·
ἡ δ᾽ ἐγκράτεια μόνη ποιοῦσα καρτερεῖν τὰ εἰρημένα
μόνη καὶ ἥδεσθαι ποιεῖ ἀξίως μνήμης ἐπὶ τοῖς εἰρη-
μένοις. Παντάπασιν, ἔφη, ἀληθῆ λέγεις. 10. Ἀλλὰ
μὴν τοῦ μαθεῖν τι⁵³ καλὸν καὶ ἀγαθὸν καὶ τοῦ ἐπι-
μεληθῆναι τῶν τοιούτων τινός, δι᾽ ὧν ἄν τις καὶ τὸ
ἑαυτοῦ σῶμα καλῶς διοικήσειε καὶ τὸν ἑαυτοῦ οἶκον
κακῶς οἰκονομήσειε καὶ φίλοις καὶ πόλει ὠφέλιμος
γένοιτο καὶ ἐχθροὺς κρατήσειεν, ἀφ᾽ ὧν οὐ μόνον ὠφέ-
λειαι, ἀλλὰ καὶ ἡδοναὶ μέγισται γίγνονται, οἱ μὲν
ἐγκρατεῖς ἀπολαύουσι πράττοντες αὐτά, οἱ δ᾽ ἀκρατεῖς
οὐδενὸς μετέχουσι· τῷ γὰρ ἂν ἧττον φήσαιμεν τῶν
τοιούτων προσήκειν ἢ ᾧ ἥκιστα ἔξεστι ταῦτα πράττειν,
κατεχομένῳ⁵⁴ ἐπὶ τῷ σπουδάζειν περὶ τὰς ἐγγυτάτω
ἡδονάς; 11. Καὶ ὁ Εὐθύδημος· Δοκεῖς μοι, ἔφη, ὦ
Σώκρατες, λέγειν, ὡς ἀνδρὶ ἥττονι τῶν διὰ τοῦ σώματος
ἡδονῶν πάμπαν οὐδεμιᾶς ἀρετῆς προσήκει. Τί γὰρ
διαφέρει, ἔφη, ὦ Εὐθύδημε, ἄνθρωπος ἀκρατὴς θηρίου
τοῦ ἀμαθεστάτου; ὅστις γὰρ τὰ μὲν κράτιστα μὴ
σκοπεῖ, τὰ ἥδιστα δ᾽ ἐκ παντὸς τρόπου ζητεῖ ποιεῖν,
τί ἂν διαφέροι τῶν ἀφρονεστάτων βοσκημάτων; ἀλλὰ
τοῖς ἐγκρατέσι μόνοις ἔξεστι σκοπεῖν τὰ κράτιστα τῶν
πραγμάτων καὶ ἔργῳ καὶ λόγῳ διαλέγοντας κατὰ γένη⁵⁵
τὰ μὲν ἀγαθὰ προαιρεῖσθαι, τῶν δὲ κακῶν ἀπέχεσθαι.

---

⁵³ τοῦ μαθεῖν τι. The con-
struction of this sentence is οἱ
ἐγκρατεῖς ἀπολαύουσι τοῦ μαθεῖν,
κ.τ.λ. ... πράττοντες αὐτά, sc. τὸ
μαθεῖν, κ.τ.λ. Ἀφ᾽ ὧν refers to
what has just been mentioned, τὸ
τὸ ἑαυτοῦ σῶμα διοικεῖν, κ.τ.λ.

⁵⁴ κατεχομένῳ. "Fast bound
to the eager pursuit of the nearest
pleasures." The intemperate man
is such a slave to present gratifi-

cation, that he cannot refrain,
even though to gain greater
future advantages.

⁵⁵ διαλέγοντας κατὰ γένη. "Di-
viding them into classes." From
this sense of the word Socrates
derives διαλέγεσθαι, "to reason
logically." The construction is
made to depend all through on
ἔφη.

12. Καὶ οὕτως ἔφη ἀρίστους τε καὶ εὐδαιμονεστάτους ἄνδρας γίγνεσθαι καὶ διαλέγεσθαι δυνατωτάτους· ἔφη δὲ καὶ τὸ διαλέγεσθαι ὀνομασθῆναι ἐκ τοῦ συνιόντας κοινῇ βουλεύεσθαι διαλέγοντας κατὰ γένη τὰ πράγματα· δεῖν οὖν πειρᾶσθαι ὅ,τι μάλιστα πρὸς τοῦτο ἑαυτὸν ἕτοιμον παρασκευάζειν καὶ τούτου μάλιστα ἐπιμελεῖσθαι· ἐκ τούτου γὰρ γίγνεσθαι ἄνδρας ἀρίστους τε καὶ ἡγεμονικωτάτους καὶ διαλεκτικωτάτους.

CHAPTER VI.

1. Ὡς δὲ καὶ διαλεκτικωτέρους ἐποίει τοὺς συνόντας, πειράσομαι καὶ τοῦτο λέγειν· Σωκράτης γὰρ τοὺς μὲν εἰδότας, τί ἕκαστον εἴη [56] τῶν ὄντων, ἐνόμιζε καὶ τοῖς ἄλλοις ἂν ἐξηγεῖσθαι, τοὺς δὲ μὴ εἰδότας οὐδὲν ἔφη θαυμαστὸν εἶναι αὐτούς τε σφάλλεσθαι καὶ ἄλλους σφάλλειν· ὧν ἕνεκα σκοπῶν σὺν τοῖς συνοῦσι, τί ἕκαστον εἴη τῶν ὄντων, οὐδέποτ' ἔληγε. Πάντα μὲν οὖν, ᾗ διωρίζετο, πολὺ ἔργον ἂν εἴη διεξελθεῖν, ἐν ὅσοις δὲ καὶ τὸν τρόπον τῆς ἐπισκέψεως δηλώσειν οἶμαι, τοσαῦτα λέξω. 2. Πρῶτον δὲ περὶ εὐσεβείας ὧδέ πως ἐσκόπει· Εἰπέ μοι, ἔφη, ὦ Εὐθύδημε, ποῖόν τι νομίζεις εὐσέβειαν εἶναι; Καὶ ὅς· Κάλλιστον νὴ Δί', ἔφη. Ἔχεις οὖν εἰπεῖν, ὁποῖός τις ὁ εὐσεβής ἐστιν; Ἐμοὶ μὲν δοκεῖ, ἔφη, ὁ τοὺς θεοὺς τιμῶν. Ἔξεστι δὲ

[56] τί ἕκαστον εἴη. Socrates, as before observed, may be said to have introduced the practice of definition into argument. His plan was, however, judging from Plato's Dialogues, mainly negative; he dissected the definitions of others, and tested their soundness or unsoundness. For instance, in the Lysis, the various accounts of friendship are reviewed; in the Laches, of bravery, and so on; and every definition advanced shown to be untenable. Socrates was apparently happier in exposing the badness of other people's definitions than in advancing satisfactory ones of his own; a process naturally less easy than the former.

ὃν ἄν τις βούληται τρόπον τοὺς θεοὺς τιμᾶν; 3. Οὐκ,
ἀλλὰ νόμοι εἰσί, καθ᾽ οὓς δεῖ τοῦτο ποιεῖν. Οὐκοῦν ὁ
τοὺς νόμους τούτους εἰδὼς εἰδείη ἄν, ὡς δεῖ τοὺς θεοὺς
τιμᾶν; Οἶμαι ἔγωγ᾽, ἔφη. Ἀρ᾽ οὖν ὁ εἰδὼς τοὺς θεοὺς
τιμᾶν οὐκ ἄλλως οἴεται δεῖν τοῦτο ποιεῖν ἢ ὡς οἶδεν;
Οὐ γὰρ οὖν, ἔφη. Ἄλλως δέ τις θεοὺς τιμᾷ ἢ ὡς
οἴεται δεῖν; 4. Οὐκ οἶμαι, ἔφη. Ὁ ἄρα τὰ περὶ τοὺς
θεοὺς νόμιμα εἰδὼς νομίμως ἂν τοὺς θεοὺς τιμῴη;
Πάνυ μὲν οὖν. Οὐκοῦν ὅ γε νομίμως τιμῶν ὡς δεῖ
τιμᾷ; Πῶς γὰρ οὔ; Ὁ δέ γε ὡς δεῖ τιμῶν εὐσεβής
ἐστι; Πάνυ μὲν οὖν, ἔφη. Ὁ ἄρα τὰ περὶ τοὺς
θεοὺς νόμιμα εἰδὼς ὀρθῶς ἂν ἡμῖν εὐσεβὴς ὡρισμένος
εἴη; Ἐμοὶ γοῦν, ἔφη, δοκεῖ.

5. Ἀνθρώποις δὲ ἄρα ἔξεστιν ὃν ἄν τις τρόπον βού-
ληται χρῆσθαι; Οὐκ, ἀλλὰ καὶ περὶ τούτους ὁ εἰδὼς ἅ
ἐστι νόμιμα, καθ᾽ ἃ δεῖ πως [57] ἀλλήλοις χρῆσθαι, νό-
μιμος ἂν εἴη. Οὐκοῦν οἱ κατὰ ταῦτα χρώμενοι ἀλλή-
λοις ὡς δεῖ χρῶνται; Πῶς γὰρ οὔ; Οὐκοῦν οἵ γε ὡς
δεῖ χρώμενοι καλῶς χρῶνται; Πάνυ μὲν οὖν, ἔφη.
Οὐκοῦν οἵ γε τοῖς ἀνθρώποις καλῶς χρώμενοι καλῶς
πράττουσι τἀνθρώπεια πράγματα; Εἰκός γ᾽, ἔφη.
Οὐκοῦν οἱ τοῖς νόμοις πειθόμενοι δίκαια οὗτοι ποιοῦσι;
Πάνυ μὲν οὖν, ἔφη. 6. Δίκαια δὲ οἶσθα, ἔφη, ὁποῖα
καλεῖται; Ἃ οἱ νόμοι κελεύουσιν, [ἔφη.] Οἱ ἄρα ποι-
οῦντες ἃ οἱ νόμοι κελεύουσι δίκαιά τε ποιοῦσι καὶ ἃ
δεῖ; Πῶς γὰρ οὔ; Οὐκοῦν οἵ γε τὰ δίκαια ποιοῦντες
δίκαιοί εἰσιν; Οἶμαι ἔγωγ᾽, ἔφη. Οἴει οὖν τινας πεί-
θεσθαι τοῖς νόμοις μὴ εἰδότας ἃ οἱ νόμοι κελεύουσιν;
Οὐκ ἔγωγ᾽, ἔφη. Εἰδότας δὲ ἃ δεῖ ποιεῖν οἴει τινὰς
οἴεσθαι δεῖν μὴ ποιεῖν ταῦτα; Οὐκ οἶμαι, ἔφη. Οἶδας

---

[57] καθ᾽ ἃ δεῖ πως. "We must
behave towards each other in
various relations." Πως seems to
mean "any how," "in whatever

way it may be necessary;" the
way depending on the various
relations in which we stand to
others.

δέ τινας ἄλλα ποιοῦντας ἢ ἃ οἴονται δεῖν; Οὐκ ἔγωγ,
ἔφη. Οἱ ἄρα τὰ περὶ ἀνθρώπους νόμιμα⁵⁸ εἰδότες τὰ
δίκαια οὗτοι ποιοῦσιν; Πάνυ μὲν οὖν, ἔφη. Οὔκουν
οἵ γε τὰ δίκαια ποιοῦντες δίκαιοί εἰσι; Τίνες γὰρ
ἄλλοι; ἔφη. Ὀρθῶς ἄν ποτε ἄρα ὁριζοίμεθα ὁριζό-
μενοι δικαίους εἶναι τοὺς εἰδότας τὰ περὶ ἀνθρώπους
νόμιμα; Ἔμοιγε δοκεῖ, ἔφη.

7. Σοφίαν δὲ τί ἂν φήσαιμεν εἶναι; εἰπέ μοι, πό-
τερά σοι δοκοῦσιν οἱ σοφοί, ἃ ἐπίστανται, ταῦτα σοφοὶ
εἶναι, ἢ εἰσί τινες ἃ μὴ ἐπίστανται σοφοί; Ἃ ἐπί-
στανται δῆλον ὅτι, ἔφη· πῶς γὰρ ἄν τις, ἅ γε μὴ ἐπί-
σταιτο, ταῦτα σοφὸς εἴη; Ἆρ᾽ οὖν οἱ σοφοὶ ἐπιστήμῃ
σοφοί εἰσι; Τίνι γάρ, ἔφη, ἄλλῳ τις ἂν εἴη σοφός, εἴ
γε μὴ ἐπιστήμῃ; Ἄλλο δέ τι σοφίαν οἴει εἶναι ἢ ᾧ
σοφοί εἰσιν⁵⁹; Οὐκ ἔγωγε. Ἐπιστήμη ἄρα σοφία
ἐστίν; Ἔμοιγε δοκεῖ. Ἆρ᾽ οὖν δοκεῖ σοι ἀνθρώπῳ
δυνατὸν εἶναι τὰ ὄντα πάντα ἐπίστασθαι; Οὐδὲ μὰ
Δί᾽ ἔμοιγε πολλοστὸν μέρος αὐτῶν. Πάντα μὲν ἄρα
σοφὸν οὐχ οἷόν τε ἄνθρωπον εἶναι; Μὰ Δί᾽, οὐ δῆτα,
ἔφη. Ὃ ἄρα ἐπίσταται ἕκαστος, τοῦτο καὶ σοφός⁶⁰
ἐστιν; Ἔμοιγε δοκεῖ.

8. Ἆρ᾽ οὖν, ὦ Εὐθύδημε, καὶ τἀγαθὸν οὕτω ζητη-

---

⁵⁸ Οἱ ἄρα τὰ . . νόμιμα. There
seem combined in this sentence
two ambiguities worth noticing,
already spoken of in the course of
the notes. It is assumed as be-
yond dispute,—or, rather, Euthy-
demus has allowed it to pass
without question,—that they who
know what is lawful (νόμιμα) will
do it, making virtue depend on
knowledge,—a partial truth only,
—leaving out the emotions and
passions. It is also tacitly as-
sumed, that the just is identical
with the lawful,—an assumption

only warrantable, either on the
supposition that laws are always
what they should be, or when
"the just" is used in a different
sense from that it usually bears;
principles, that is, of absolute
right, accordance with which
gives to actual laws their value.

⁵⁹ ἢ ᾧ σοφοί εἰσιν. Sc. ἢ τοῦτο
ᾧ τινες or οἱ ἄνθρωποι σοφοί εἰσιν,
the subject of εἰσίν being easily
gathered from τις ἂν εἴη σοφός.

⁶⁰ καὶ σοφός. Sc. "wise in this
respect as well" (as acquainted
with it).

P

τέον ἐστί; Πῶς; ἔφη. Δοκεῖ σοι τὸ αὐτὸ πᾶσιν ὠφέλιμον εἶναι; Οὐκ ἔμοιγε. Τί δέ; τὸ ἄλλῳ ὠφέλιμον οὐ δοκεῖ σοι ἐνίοτε ἄλλῳ βλαβερὸν εἶναι; Καὶ μάλα, ἔφη. Ἄλλο δ᾽ ἄν τι φαίης ἀγαθὸν εἶναι-ἢ τὸ ὠφέλιμον; Οὐκ ἔγωγ᾽, ἔφη. Τὸ ἄρα ὠφέλιμον[61] ἀγαθόν ἐστιν, ὅτῳ ἂν ὠφέλιμον ᾖ; Δοκεῖ μοι, ἔφη.

9. Τὸ δὲ καλὸν ἔχοιμεν ἄν πως ἄλλως εἰπεῖν, ἤ, εἰ ἔστιν[62], ὀνομάζεις καλὸν ἢ σῶμα ἢ σκεῦος ἢ ἄλλ᾽ ὁτιοῦν, ὃ οἶσθα πρὸς πάντα καλὸν ὄν; Μὰ Δί᾽ οὐκ ἔγωγ᾽, ἔφη. Ἆρ᾽ οὖν, πρὸς ὃ ἂν ἕκαστον χρήσιμον ᾖ, πρὸς τοῦτο ἑκάστῳ καλῶς ἔχει χρῆσθαι; Πάνυ μὲν οὖν, ἔφη. Καλὸν δὲ πρὸς ἄλλο τί ἐστιν ἕκαστον ἢ πρὸς ὃ ἑκάστῳ καλῶς ἔχει χρῆσθαι; Οὐδὲ πρὸς ἕν ἄλλο, ἔφη. Τὸ χρήσιμον ἄρα καλόν ἐστι, πρὸς ὃ ἂν ᾖ χρήσιμον; Ἔμοιγε δοκεῖ, ἔφη.

10. Ἀνδρίαν δέ, ὦ Εὐθύδημε, ἆρα τῶν καλῶν νομίζεις εἶναι; Κάλλιστον μὲν οὖν[63] ἔγωγ᾽, ἔφη. Χρήσιμον ἄρα οὐ πρὸς τὰ ἐλάχιστα νομίζεις τὴν ἀνδρίαν; Μὰ Δί᾽, ἔφη, πρὸς τὰ μέγιστα μὲν οὖν. Ἆρ᾽ οὖν δοκεῖ σοι πρὸς τὰ δεινά τε καὶ ἐπικίνδυνα χρήσιμον

[61] Τὸ ἄρα ὠφέλιμον. This is a very simple account of "the good;" that it is that which is ultimately useful. But it is a very different account from Plato's. With him "the good" is an abstract transcendental quality, entirely independent of utility, by participation in which all phenomenal goods become such. The simpler view was probably that of the ex-historical Socrates.

[62] ἤ, εἰ ἔστιν. This is perhaps corrupt, or, if not, translate: "but as for the beautiful, could we define it in some other way," or. "if it exists as beautiful, do you describe it as either a beautiful body," &c. There is no abstract beauty; but we can only speak of a beautiful body or vessel as having certain definite uses, fitness for which makes its beauty. An abstract beauty can be measured by nothing, for it has no definite use, and therefore no fitness or unfitness for any thing.

[63] Κάλλιστον μὲν οὖν. Cf. II. vii. 5 for the corrective force of μὲν οὖν. In the next sentence, οὐ must be taken with πρὸς τὰ ἐλάχιστα, "in matters not the least."

εἶναι τὸ ἀγνοεῖν αὐτά; "Ηκιστά γ' ἔφη. Οἱ ἄρα μὴ
φοβούμενοι τὰ τοιαῦτα διὰ τὸ μὴ εἰδέναι τί ἐστιν οὐκ
ἀνδρεῖοί εἰσιν; Νὴ Δί', ἔφη, πολλοὶ γὰρ ἂν οὕτω γε
τῶν τε μαινομένων καὶ τῶν δειλῶν ἀνδρεῖοι εἶεν. Τί
δὲ οἱ καὶ τὰ μὴ δεινὰ δεδοικότες; "Ετι γε, νὴ Δία,
ἧττον, ἔφη. 'Αρ' οὖν τοὺς μὲν ἀγαθοὺς πρὸς τὰ δεινὰ
καὶ ἐπικίνδυνα ὄντας ἀνδρείους ἡγῇ εἶναι, τοὺς δὲ κακοὺς
δειλούς; Πάνυ μὲν οὖν, ἔφη. 11. 'Αγαθοὺς δὲ πρὸς
τὰ τοιαῦτα νομίζεις ἄλλους τινὰς ἢ τοὺς δυναμένους
αὐτοῖς καλῶς χρῆσθαι; Οὐκ, ἀλλὰ τούτους, ἔφη.
Κακοὺς δὲ ἄρα τοὺς οἵους τούτοις " κακῶς χρῆσθαι;
Τίνας γὰρ ἄλλους; ἔφη. 'Αρ' οὖν ἕκαστοι χρῶνται,
ὡς οἴονται δεῖν; Πῶς γὰρ ἄλλως; ἔφη. "Αρα οὖν οἱ
μὴ δυνάμενοι καλῶς χρῆσθαι ἴσασιν, ὡς δεῖ χρῆσθαι;
Οὐ δήπου γε, ἔφη. Οἱ ἄρα εἰδότες, ὡς δεῖ χρῆσθαι.
οὗτοι καὶ δύνανται; Μόνοι γ', ἔφη. Τί δέ; οἱ μὴ
διημαρτηκότες ἄρα κακῶς χρῶνται τοῖς τοιούτοις; Οὐκ
οἴομαι, ἔφη. Οἱ ἄρα κακῶς χρώμενοι διημαρτήκασιν;
Εἰκός γ', ἔφη. Οἱ μὲν ἄρα ἐπιστάμενοι τοῖς δεινοῖς τε
καὶ ἐπικινδύνοις καλῶς χρῆσθαι ἀνδρεῖοί εἰσιν, οἱ δὲ
διαμαρτάνοντες τούτου δειλοί; "Εμοιγε δοκοῦσιν, ἔφη.

12. Βασιλείαν δὲ καὶ τυραννίδα ἀρχὰς μὲν ἀμφο-
τέρας ἡγεῖτο εἶναι, διαφέρειν δὲ ἀλλήλων ἐνόμιζε· τὴν
μὲν γὰρ ἑκόντων τε τῶν ἀνθρώπων καὶ κατὰ νόμους
τῶν πόλεων ἀρχὴν βασιλείαν ἡγεῖτο, τὴν δὲ ἀκόντων
τε καὶ μὴ κατὰ νόμους, ἀλλ' ὅπως ὁ ἄρχων βούλοιτο,
τυραννίδα· καὶ ὅπου μὲν ἐκ τῶν τὰ νόμιμα ἐπιτε-
λούντων⁶⁵ αἱ ἀρχαὶ καθίστανται, ταύτην τὴν πολι-

---

⁴⁴ οἵους τούτοις. Cf. I. iv. 6.
This view of Courage is very
much the same as that in Plato's
Laches, where it is defined by
Nicias to be "a knowledge of
things terrible and not terrible in
war" (195 A); but there So-

crates pronounces this definition
to be unsatisfactory, and the
matter is left undecided.
⁶⁵ τῶν τὰ νόμιμα ἐπιτελούντων.
"Those who fulfil all the legal
requirements of the State."

τείαν ἀριστοκρατίαν ἐνόμιζεν εἶναι, ὅπου δ᾽ ἐκ τιμη-
μάτων, πλουτοκρατίαν, ὅπου δ᾽ ἐκ πάντων, δημοκρα-
τίαν.

13. Εἰ δέ τις αὐτῷ περὶ του ἀντιλέγοι μηδὲ ἔχων
σαφὲς λέγειν, ἀλλ᾽ ἄνευ ἀποδείξεως ἤτοι σοφώτερον
φάσκων εἶναι, ὃν αὐτὸς λέγοι⁶⁶ ἢ πολιτικώτερον ἢ
ἀνδρειότερον ἢ ἄλλο τι τῶν τοιούτων, ἐπὶ τὴν ὑπόθεσιν
ἐπανῆγεν ἂν πάντα τὸν λόγον ὧδέ πως· 14. Φὴς σὺ
ἀμείνω πολίτην εἶναι, ὃν σὺ ἐπαινεῖς, ἢ ὃν ἐγώ; Φημὶ
γὰρ οὖν. Τί οὖν οὐκ ἐκεῖνο πρῶτον ἐπεσκεψάμεθα, τί
ἐστιν ἔργον ἀγαθοῦ πολίτου; Ποιῶμεν τοῦτο. Οὐκοῦν
ἐν μὲν χρημάτων διοικήσει κρατοίη ἂν ὁ χρήμασιν
εὐπορωτέραν ποιῶν τὴν πόλιν; Πάνυ μὲν οὖν, ἔφη.
Ἐν δέ γε πολέμῳ ὁ καθυπερτέραν τῶν ἀντιπάλων;
Πῶς γὰρ οὔ; Ἐν δὲ πρεσβείᾳ ἆρα ὃς ἂν φίλους ἀντὶ
πολεμίων παρασκευάζῃ; Εἰκότως γε. Οὐκοῦν καὶ ἐν
δημηγορίᾳ ὁ στάσεις τε παύων καὶ ὁμόνοιαν ἐμποιῶν;
Ἔμοιγε δοκεῖ. Οὕτω δὲ τῶν λόγων ἐπαναγομένων⁶⁷
καὶ τοῖς ἀντιλέγουσιν αὐτοῖς φανερὸν ἐγίγνετο τἀληθές.
15. Ὁπότε δὲ αὐτός τι τῷ λόγῳ διεξίοι, διὰ τῶν
μάλιστα ὁμολογουμένων ἐπορεύετο, νομίζων ταύτην
τὴν ἀσφάλειαν⁶⁸ εἶναι λόγου· τοιγαροῦν πολὺ μάλιστα
ὧν ἐγὼ οἶδα, ὅτε λέγοι, τοὺς ἀκούοντας ὁμολογοῦντας
παρεῖχεν· ἔφη δὲ καὶ Ὅμηρον⁶⁹ τῷ Ὀδυσσεῖ ἀνα-

⁶⁶ ὃν αὐτὸς λέγοι. "The man
whom he mentioned himself was
either wiser" (than the one So-
crates spoke of). For ἐπανῆγεν
ἂν cf. I. iii. 4.
⁶⁷ ἐπαναγομένων. Sc. ἐπὶ τὴν
ὑπόθεσιν.
⁶⁸ ταύτην τὴν ἀσφάλειαν. The
article here is unusual, because it
is clear that ταύτην is the pre-
dicate. I suppose τὴν ἀσφάλειαν
means "the safety always as-
sumed to be arrived at in logical

discussion;" one might translate
it, "the required security in argu-
ment lay here."
⁶⁹ Ὅμηρον. Cf. Odyss. viii.
171. Below, ὡς ἱκανὸν αὐτὸν
ὄντα might have been in the
dative. As Kühner suggests, it
may be perhaps attracted to
ἀσφαλῆ ῥήτορα εἶναι. Below, τῶν
δοκούντων, κ.τ.λ., is, "what is
readily approved by men," what
men have no difficulty in admit-
ting.

θεῖναι τὸ ἀσφαλῆ ῥήτορα εἶναι, ὡς ἱκανὸν αὐτὸν ὄντα
διὰ τῶν δοκούντων τοῖς ἀνθρώποις ἄγειν τοὺς λόγους.

CHAPTER VII.

1. "Οτι μὲν οὖν ἁπλῶς τὴν ἑαυτοῦ γνώμην ἀπε-
φαίνετο Σωκράτης πρὸς τοὺς ὁμιλοῦντας αὐτῷ, δοκεῖ
μοι δῆλον ἐκ τῶν εἰρημένων εἶναι, ὅτι δὲ καὶ αὐτάρκεις
ἐν ταῖς προσηκούσαις πράξεσιν αὐτοὺς εἶναι⁷⁰ ἐπε-
μελεῖτο, νῦν τοῦτο λέξω· πάντων μὲν γὰρ ὧν ἐγὼ οἶδα
μάλιστα ἔμελεν αὐτῷ εἰδέναι, ὅτου τις ἐπιστήμων εἴη
τῶν συνόντων αὐτῷ, ὧν δὲ προσήκει ἀνδρὶ καλῷ·
κἀγαθῷ εἰδέναι, ὅ,τι μὲν αὐτὸς εἰδείη, πάντων προθυ-
μότατα ἐδίδασκεν, ὅτου δὲ αὐτὸς ἀπειρότερος εἴη, πρὸς
τοὺς ἐπισταμένους ἦγεν αὐτούς. 2. 'Εδίδασκε δὲ καὶ
μέχρι ὅτου δέοι ἔμπειρον εἶναι ἑκάστου πράγματος τὸν
ὀρθῶς πεπαιδευμένον· αὐτίκα⁷¹ γεωμετρίαν μέχρι μὲν
τούτου ἔφη δεῖν μανθάνειν, ἕως ἱκανός τις γένοιτο, εἴ
ποτε δεήσειε, γῆν μέτρῳ ὀρθῶς ἢ παραλαβεῖν ἢ παρα-
δοῦναι ἢ διανεῖμαι, ἢ ἔργον ἀποδείξασθαι⁷²· οὕτω δὲ
τοῦτο ῥᾴδιον εἶναι μαθεῖν, ὥστε τὸν προσέχοντα τὸν
νοῦν τῇ μετρήσει ἅμα τήν τε γῆν ὁπόση ἐστὶν εἰδέναι
καὶ ὡς μετρεῖται ἐπιστάμενον ἀπιέναι. 3. Τὸ δὲ μέχρι
τῶν δυσξυνέτων διαγραμμάτων γεωμετρίαν μανθάνειν

---

⁷⁰ αὐτοὺς εἶναι. This is a less
usual construction after ἐπι-
μελεῖσθαι than the genitive, as in
I. ii. 55, ἐπιμελεῖσθαι τοῦ ὡς
φρονιμώτατον εἶναι.
⁷¹ αὐτίκα. "For instance."
Cf. Plato, Repub. 340 D, ἐπεὶ
αὐτίκα ἰατρὸν καλεῖς σὺ τὸν ἐξα-
μαρτάνοντα περὶ τοὺς κάμνοντας ;
⁷² ἔργον ἀποδείξασθαι. This
seems to me to mean, "to mark
out work" for labourers to do,

although one would hardly per-
haps have expected the middle ;
but I do not see what else the
words can mean. Kühner con-
siders the sense to be, "to give
an account of his measurement,"
adopted in assigning land, &c. : as
far as the usual force of ἀποδεί-
ξασθαι goes, this is right; but the
whole phrase can hardly mean
this.

ἀπεδοκίμαζεν· ὅ,τι μὲν γὰρ ὠφελοίη ταῦτα, οὐκ ἔφη
ὁρᾶν· καίτοι οὐκ ἄπειρός γε αὐτῶν ἦν· ἔφη δὲ ταῦτα
ἱκανὰ εἶναι ἀνθρώπου βίον κατατρίβειν καὶ ἄλλων
πολλῶν τε καὶ ὠφελίμων μαθημάτων ἀποκωλύειν.
4. Ἐκέλευε δὲ καὶ ἀστρολογίας ἐμπείρους γίγνεσθαι,
καὶ ταύτης μέντοι [73] μέχρι τοῦ νυκτός τε ὥραν καὶ
μηνὸς καὶ ἐνιαυτοῦ δύνασθαι γιγνώσκειν ἕνεκα πορείας
τε καὶ πλοῦ καὶ φυλακῆς, καὶ ὅσα ἄλλα ἢ νυκτὸς ἢ
μηνὸς ἢ ἐνιαυτοῦ πράττεται, πρὸς ταῦτ' ἔχειν τεκμη-
ρίοις χρῆσθαι, τὰς ὥρας τῶν εἰρημένων διαγιγνώ-
σκοντας· καὶ ταῦτα δὲ ῥᾴδια εἶναι μαθεῖν παρά τε τῶν
νυκτοθηρῶν καὶ κυβερνητῶν καὶ ἄλλων πολλῶν, οἷς
ἐπιμελὲς ταῦτα εἰδέναι.　5. Τὸ δὲ μέχρι τούτου [74]
ἀστρονομίαν μανθάνειν, μέχρι τοῦ καὶ τὰ μὴ ἐν τῇ
αὐτῇ [75] περιφορᾷ ὄντα καὶ τοὺς πλανήτας τε καὶ ἀσταθ-
μήτους ἀστέρας γνῶναι, καὶ τὰς ἀποστάσεις αὐτῶν
ἀπὸ τῆς γῆς καὶ τὰς περιόδους καὶ τὰς αἰτίας αὐτῶν
ζητοῦντας κατατρίβεσθαι, ἰσχυρῶς ἀπέτρεπεν· ὠφέ-
λειαν μὲν γὰρ οὐδεμίαν οὐδ' ἐν τούτοις ἔφη ὁρᾶν· καίτοι
οὐδὲ τούτων γε ἀνήκοος ἦν· ἔφη δὲ καὶ ταῦτα ἱκανὰ
εἶναι κατατρίβειν ἀνθρώπου βίον καὶ πολλῶν καὶ
ὠφελίμων ἀποκωλύειν.　6. Ὅλως δὲ τῶν οὐρανίων, ᾗ
ἕκαστα ὁ θεὸς μηχανᾶται, φροντιστὴν γίγνεσθαι ἀπέ-

---

[73] καὶ ταύτης μέντοι. "This
too, however, only up to the
point of being able," &c. For
ῥᾴδια instead of ῥᾴδιον cf. IV. ii.
40, ἅ τε ἐνόμιζεν ἐπιτηδεύειν κρά-
τιστα εἶναι. The word may be
used impersonally, although in the
plural. Cf. Thucyd. iii. 88, θέρους
γὰρ ἀδύνατα ἦν ἐπιστρατεύειν.

[74] μέχρι τούτου. What τούτου
is, is explained by the sentence
μέχρι τοῦ ... γνῶναι.

[75] καὶ τὰ μὴ ἐν τῇ αὐτῇ. "The
bodies also not carried round in
the same revolution" (as the

heavens generally). The fixed
stars revolve with the heavens,
the planets have a motion of
their own. In καὶ τοὺς πλανήτας,
the καί does not so much add
something new to what has pre-
ceded, as particularize and ex-
plain it, for the planets are
already included in the general
expression τὰ μὴ ἐν τῇ αὐτῇ περι-
φορᾷ ὄντα. Cf. I. i. 7, καὶ τοὺς
μέλλοντας, κ.τ.λ., and the note
there, where a particular case is
mentioned of a general remark
just made.

τρεπεν· οὔτε γὰρ εὑρετὰ ἀνθρώποις αὐτὰ ἐνόμιζεν εἶναι,
οὔτε χαρίζεσθαι θεοῖς ἂν ἡγεῖτο τὸν ζητοῦντα ἃ ἐκεῖνοι
σαφηνίσαι οὐκ ἐβουλήθησαν· κινδυνεῦσαι δ᾽ ἂν ἔφη καὶ
παραφρονῆσαι τὸν ταῦτα μεριμνῶντα οὐδὲν ἧττον ἢ
Ἀναξαγόρας [76] παρεφρόνησεν, ὁ μέγιστον φρονήσας
ἐπὶ τῷ τὰς τῶν θεῶν μηχανὰς ἐξηγεῖσθαι. 7. Ἐκεῖνος
γὰρ λέγων μὲν τὸ αὐτὸ εἶναι πῦρ τε καὶ ἥλιον ἠγνόει,
ὡς τὸ μὲν πῦρ οἱ ἄνθρωποι ῥᾳδίως καθορῶσιν, εἰς δὲ
τὸν ἥλιον οὐ δύνανται ἀντιβλέπειν· καὶ ὑπὸ μὲν τοῦ
ἡλίου καταλαμπόμενοι τὰ χρώματα μελάντερα ἔχουσιν,
ὑπὸ δὲ τοῦ πυρὸς οὔ· ἠγνόει δέ, ὅτι καὶ τῶν ἐκ τῆς
γῆς [77] φυομένων ἄνευ μὲν ἡλίου αὐγῆς οὐδὲν δύναται
καλῶς αὔξεσθαι, ὑπὸ δὲ τοῦ πυρὸς θερμαινόμενα πάντα
ἀπόλλυται· φάσκων δὲ τὸν ἥλιον λίθον διάπυρον εἶναι
καὶ τοῦτο ἠγνόει, ὅτι λίθος μὲν ἐν πυρὶ ὢν οὔτε λάμπει
οὔτε πολὺν χρόνον ἀντέχει, ὁ δὲ ἥλιος τὸν πάντα
χρόνον πάντων λαμπρότατος ὢν διαμένει. 8. Ἐκέλευε
δὲ καὶ λογισμοὺς μανθάνειν, καὶ τούτων δὲ ὁμοίως τοῖς
ἄλλοις ἐκέλευε φυλάττεσθαι τὴν μάταιον πραγμα-
τείαν, μέχρι δὲ τοῦ ὠφελίμου πάντα καὶ αὐτὸς συν-
επεσκόπει καὶ συνδιεξῄει τοῖς συνοῦσι. 9. Προέτρεπε
δὲ σφόδρα καὶ ὑγιείας ἐπιμελεῖσθαι τοὺς συνόντας,
παρά τε τῶν εἰδότων μανθάνοντας ὅσα ἐνδέχοιτο [78], καὶ
ἑαυτῷ ἕκαστον προσέχοντα διὰ παντὸς τοῦ βίου, τί

---

[76] Ἀναξαγόρας. He was one
of the Ionic physical school of
philosophers (B.C. 500—430). He
was a friend of Euripides and
Pericles, and banished from
Athens on a charge of impiety.

[77] ὅτι καὶ τῶν ἐκ τῆς γῆς.
Some of the editors have καὶ ὅτι.
Snuppe edits ὅτι καὶ, but explains
it by supposing a "trajectio," or
a removal of καί from the right
place. It is clear that there are
such cases, where particles are

trajected, τε especially; but per-
haps it is not so here. For καὶ
τῶν ἐκ τῆς γῆς φυομένων seems to
be "plants even," as contrasted
tacitly with men, who have been
already mentioned, and are in the
speaker's mind assumed to re-
quire sunlight for their well-
being.

[78] ἐνδέχοιτο. The verb is used
impersonally. Cf. I. ii. 23, πῶς
οὖν οὐκ ἐνδέχεται μὴ σωφρονεῖν;

βρῶμα ἢ τί πόμα ἢ ποῖος πόνος συμφέροι αὐτῷ, καὶ
πῶς τούτοις χρώμενος ὑγιεινότατ᾽ ἂν διάγοι· τοῦ γὰρ
οὕτω προσέχοντος[79] ἑαυτῷ ἔργον ἔφη εἶναι εὑρεῖν
ἰατρὸν τὰ πρὸς ὑγίειαν συμφέροντα αὐτῷ μᾶλλον δια-
γιγνώσκοντα ἑαυτοῦ. 10. Εἰ δέ τις μᾶλλον ἢ κατὰ
τὴν ἀνθρωπίνην σοφίαν ὠφελεῖσθαι βούλοιτο, συνεβού-
λευε μαντικῆς ἐπιμελεῖσθαι· τὸν γὰρ εἰδότα, δι᾽ ὧν οἱ
θεοὶ τοῖς ἀνθρώποις περὶ τῶν πραγμάτων σημαίνουσιν,
οὐδέποτ᾽ ἔρημον ἔφη γίγνεσθαι συμβουλῆς θεῶν.

CHAPTER VIII.

1. Εἰ δέ τις, ὅτι φάσκοντος αὐτοῦ[80] τὸ δαιμόνιον ἑαυτῷ,
προσημαίνειν, ἅ τε δέοι καὶ ἃ μὴ δέοι ποιεῖν, ὑπὸ τῶν
δικαστῶν κατεγνώσθη θάνατος, οἴεται αὐτὸν ἐλέγχεσθαι
περὶ τοῦ δαιμονίου ψευδόμενον, ἐννοησάτω πρῶτον μέν,
ὅτι οὕτως ἤδη τότε πόρρω τῆς ἡλικίας ἦν, ὥστ᾽, εἰ καὶ
μὴ τότε, οὐκ[81] ἂν πολλῷ ὕστερον τελευτῆσαι τὸν βίον,

[79] τοῦ γὰρ οὕτω προσέχοντος.
The genitive *may* depend on
μᾶλλον. Translate, "for he said
that it would be hard work
(ἔργον) to find a physician more
skilled than the man who thus
attends to himself, more skilled,
that is, than himself in what re-
lates to health." Ἑαυτοῦ is then
also governed by μᾶλλον, and is
added as a kind of afterthought,
from τοῦ προσέχοντος being put
at the head of the sentence some
distance off, for the sake of em-
phasis. This is the way the pas-
sage is generally taken. I be-
lieve, however, that τοῦ προσ-
έχοντος is governed by ἔργον.
It would be a piece of work (hard
work) for the man who, &e., . . .
to find, &c.

[80] φάσκοντος αὐτοῦ. This per-
haps depends on κατεγνώσθη (cf.
Thucyd. vi. 61, θάνατον κατέ-
γνωσαν αὐτοῦ τε καὶ τῶν μετ᾽
ἐκείνου). If Socrates were warned
by his supernatural adviser what
to do and what not to do, it
might be supposed, Xenophon
says, that this adviser would
have warned him not to do what
eventually led to his death, be-
cause he did it.

[81] ὥστ᾽ . . . οὐκ. Ὥστε with
an infinitive is of course nega-
tived by μή, not οὐ. Wherever
therefore οὐ occurs in this con-
struction, some particular reason
will be found. Here it is a very
simple matter, for οὐ πολλῷ
ὕστερον are connected together
and form a single idea, so that

εἶτα ὅτι τὸ μὲν ἀχθεινότατον τοῦ βίου καὶ ἐν ᾧ πάντες
τὴν διάνοιαν μειοῦνται ἀπέλειπεν[82] ἀντὶ δὲ τούτου τῆς
ψυχῆς τὴν ῥώμην ἐπιδειξάμενος εὔκλειαν προσεκτή-
σατο, τήν τε δίκην[83] πάντων ἀνθρώπων ἀληθέστατα
καὶ ἐλευθεριώτατα καὶ δικαιότατα εἰπὼν καὶ τὴν
κατάγνωσιν τοῦ θανάτου πρᾳότατα καὶ ἀνδρωδέστατα
ἐνεγκών. 2. Ὁμολογεῖται γὰρ οὐδένα πω τῶν μνημο-
νευομένων ἀνθρώπων κάλλιον θάνατον ἐνεγκεῖν· ἀνάγκη
μὲν γὰρ ἐγένετο αὐτῷ μετὰ τὴν κρίσιν τριάκοντα
ἡμέρας βιῶναι διὰ τὸ Δήλια[84] μὲν ἐκείνου τοῦ μηνὸς
εἶναι, τὸν δὲ νόμον μηδένα ἐᾶν δημοσίᾳ ἀποθνήσκειν,
ἕως ἂν ἡ θεωρία ἐκ Δήλου ἐπανέλθῃ· καὶ τὸν χρόνον
τοῦτον ἅπασι τοῖς συνήθεσι φανερὸς ἐγένετο οὐδὲν
ἀλλοιότερον διαβιοὺς ἢ τὸν ἔμπροσθεν χρόνον· καίτοι
τὸν ἔμπροσθέν γε[85] πάντων ἀνθρώπων μάλιστα ἐθαυ-
μάζετο ἐπὶ τῷ εὐθύμως τε καὶ εὐκόλως ζῆν. 3. Καὶ

οὐ has nothing to do with ὥστε.
When Demosthenes says ὥστε οὐ
μεμνῆσθαι (De Coronâ 320, quoted
by Kühner), the last two words
are equivalent to ἐπιλανθάνεσθαι.
The same principle explains why
οὐ is found after εἰ, instead of μή.
When Plato (Meno, 78 B) says,
εἴτε διδακτὸν εἴτ᾽ οὐ διδακτόν, the
words οὐ διδακτόν are regarded as
a single word, in the sense of
"unteachable."

[82] ἀπέλειπεν. The imperfect
is used, I think, because it refers,
not so much to the final and
momentary act of dissolution, but
to his closing moments, viewed
as extending through the whole
period which elapsed from his
condemnation to his death, some-
where about a month.

[83] τήν τε δίκην. "And after
pleading on his trial;" where
δίκη seems used loosely for his

defence (ἀπολογία) on his trial.

[84] Δήλια. This refers to the
annual θεωρία sent to Delos from
Athens, in memory of the release
from the annual tribute of human
victims paid to the Cretans by
Theseus. During the absence of
the sacred vessel no one could be
put to death at Athens.

[85] καίτοι τὸν ἔμπροσθέν γε.
"And yet during his previous
life, at all events." This is
added because it might have been
thought, that although his con-
duct was exactly what it was
before, yet he might have been
habitually low-spirited in tem-
perament. But it was just the
reverse: he was always cheerful
then, at all events, whether he
was afterwards or not (γε); but
he was equally cheerful after-
wards.

πῶς[66] ἄν τις κάλλιον ἢ οὕτως ἀποθάνοι; ἢ ποῖος ἂν
εἴη θάνατος καλλίων ἢ ὃν ἂν κάλλιστά τις ἀποθάνοι;
ποῖος δ' ἂν γένοιτο θάνατος εὐδαιμονέστερος τοῦ καλ-
λίστου; ἢ ποῖος θεοφιλέστερος τοῦ εὐδαιμονεστάτου;
4. Λέξω δὲ καὶ ἃ Ἑρμογένους τοῦ Ἱππονίκου ἤκουσα
περὶ αὐτοῦ· ἔφη γάρ, ἤδη Μελήτου γεγραμμένου
αὐτὸν[67] τὴν γραφήν, αὐτὸς ἀκούων αὐτοῦ πάντα μᾶλλον
ἢ περὶ τῆς δίκης διαλεγομένου λέγειν αὐτῷ, ὡς χρὴ
σκοπεῖν ὅ,τι ἀπολογήσεται, τὸν δὲ τὸ μὲν πρῶτον
εἰπεῖν· Οὐ γὰρ δοκῶ σοι τοῦτο μελετῶν διαβεβιωκέναι;
ἐπεὶ δὲ αὐτὸν ἤρετο, ὅπως; εἰπεῖν αὐτόν, ὅτι οὐδὲν
ἄλλο ποιῶν διαγεγένηται ἢ διασκοπῶν μὲν τά τε δίκαια
καὶ τὰ ἄδικα, πράττων δὲ τὰ δίκαια καὶ τῶν ἀδίκων
ἀπεχόμενος, ἤνπερ νομίζοι[88] καλλίστην μελέτην ἀπο-
λογίας εἶναι. Αὐτὸς δὲ πάλιν εἰπεῖν· 5. Οὐχ ὁρᾷς, ὦ
Σώκρατες, ὅτι οἱ Ἀθήνησι δικασταὶ πολλοὺς μὲν ἤδη
μηδὲν ἀδικοῦντας[89] λόγῳ παραχθέντες ἀπέκτειναν,

---

[66] Καὶ πῶς. Cf. I. iii. 10.
Below, ὃν is an accusative cog-
nate after ἀποθάνοι.

[87] γεγραμμένου αὐτόν. The
double accusative is very simple;
τὴν γραφήν is a cognate accusa-
tive, and γράφεσθαι is equivalent
in meaning to "to indict," "to
accuse" (διώκειν). For this con-
struction cf. Plato, Apol. 19 A,
Μέλητός με ἐγράψατο τὴν γραφὴν
ταύτην. As γράφομαι in the
middle has no perfect of its own,
it borrows that of the passive.
Cf. Demosth. Contra Midiam, 548,
τοῦθ' ἡδέως ὅτι Μειδίου μισθωσα-
μένου γέγραπται, and 553, εἰσ-
εληλύθει καὶ διείλεκτο ἐκείνῳ.
Πέπραγμαι (Demosth., page 845)
and ἔσκεμμαι (Plato, Leg. 867 E)
are used in the same way.

[88] ἤνπερ νομίζοι. This is cu-
rious. The clause above, εἶπεν

ὅτι διαγεγένηται, might have been
εἶπεν ὅτι διαγεγενημένος εἴη (cf.
Xen. Anab. II. i. 3, ἔλεγον ὅτι
Κῦρος μὲν τέθνηκεν, Ἀριαῖος δὲ
πεφευγὼς εἴη). Then, in the
oratio obliqua, subsidiary clauses
beginning with a relative are also
in the optative mood, as a rule
(cf. I. iv. 26), as Xen. Anab. VII.
i. 34, ἀπεκρίνατο ὅτι βουλεύσοιτο
ὅ,τι δύναιτο ἀγαθόν. These two
rules account for the optative in
ἤνπερ νομίζοι.

[89] μηδὲν ἀδικοῦντας. I do not
see very clearly why this is not
οὐδέν. Perhaps it is because the
sense is not so much "many
although distinctly guiltless," as
"many even supposing them
guiltless;" i. e. the jurors were so
notoriously led away by false or
extraneous arguments to con-
demn certain persons, that it was

πολλοὺς δὲ ἀδικοῦντας ἀπέλυσαν; Ἀλλὰ νὴ τὸν Δία,
φάναι αὐτόν, ὦ Ἑρμόγενες, ἤδη μου ἐπιχειροῦντος
φροντίσαι τῆς πρὸς τοὺς δικαστὰς ἀπολογίας, ἠναν-
τιώθη τὸ δαιμόνιον. 6. Καὶ αὐτὸς εἰπεῖν· Θαυμαστὰ
λέγεις· τὸν δέ· Θαυμάζεις, φάναι, εἰ τῷ θεῷ δοκεῖ
βέλτιον εἶναι ἐμὲ τελευτᾶν τὸν βίον ἤδη; οὐκ οἶσθ',
ὅτι μέχρι μὲν τοῦδε τοῦ χρόνου ἐγὼ οὐδενὶ ἀνθρώπων [90]
ὑφείμην ἂν οὔτε βέλτιον οὔθ' ἥδιον ἐμοῦ βεβιωκέναι;
ἄριστα μὲν γὰρ οἶμαι ζῆν τοὺς ἄριστα ἐπιμελομένους
τοῦ ὡς βελτίστους γίγνεσθαι, ἥδιστα δὲ τοὺς μάλιστα
αἰσθανομένους, ὅτι βελτίους γίγνονται. 7. Ἃ ἐγὼ
μέχρι τοῦδε τοῦ χρόνου ἠσθανόμην ἐμαυτῷ συμβαί-
νοντα καὶ τοῖς ἄλλοις ἀνθρώποις ἐντυγχάνων καὶ πρὸς
τοὺς ἄλλους παραθεωρῶν ἐμαυτὸν οὕτω διατετέλεκα
περὶ ἐμαυτοῦ γιγνώσκων· καὶ οὐ μόνον ἐγώ, ἀλλὰ καὶ
οἱ ἐμοὶ φίλοι οὕτως ἔχοντες περὶ ἐμοῦ διατελοῦσιν, οὐ
διὰ τὸ φιλεῖν ἐμέ, καὶ γὰρ οἱ τοὺς ἄλλους φιλοῦντες
οὕτως ἂν εἶχον πρὸς τοὺς ἑαυτῶν φίλους, ἀλλὰ διόπερ
καὶ αὐτοὶ ἂν οἴονται [91] ἐμοὶ σύνοντες βέλτιστοι γί-
γνεσθαι. 8. Εἰ δὲ βιώσομαι πλείω χρόνον, ἴσως ἀναγ-
καῖον ἔσται τὰ τοῦ γήρως [92] ἐπιτελεῖσθαι καὶ ὁρᾶν τε
καὶ ἀκούειν ἧττον καὶ διανοεῖσθαι χεῖρον καὶ δυσμα-
θέστερον καὶ ἐπιλησμονέστερον ἀποβαίνειν καὶ ὧν

seen that the question of guilti-
ness or innocence was never fairly
tried out. What Hermogenes
says is, not that people were con-
demned who were innocent, but
that, innocent or not, their con-
demnation was due to the in-
flammatory arguments of their
accusers.

[90] οὐδενὶ ἀνθρώπων. "Would
not concede to any man that he
has lived," &c. For the dative,
followed by the infinitive, cf. II.
vi. 6, τούτῳ πιστεύσομεν καὶ τοὺς

λοιποὺς εὖ ποιήσειν. Below, πρὸς
τοὺς ἄλλους παραθεωρῶν is "ex-
amining myself in comparison
with all others."

[91] ἂν οἴονται. The order is,
διόπερ οἴονται καὶ αὐτοὶ ("they as
well as I") ἂν γίγνεσθαι.

[92] τὰ τοῦ γήρως κ.τ.λ. "To
pay as it were the debts of old
age," to undergo the inconve-
niences attached to length of
days, and regarded here as a kind
of tax to be paid.

πρότερον βελτίων ἦν, τούτων χείρω γίγνεσθαι· ἀλλὰ
μὴν ταῦτά γε μὴ αἰσθανομένῳ μὲν ἀβίωτος ἂν εἴη ὁ
βίος, αἰσθανόμενον δὲ πῶς οὐκ ἀνάγκη χεῖρόν τε καὶ
ἀηδέστερον ζῆν; 9. ἀλλὰ μὴν εἴ γε ἀδίκως ἀποθανοῦμαι,
τοῖς μὲν ἀδίκως ἐμὲ ἀποκτείνασιν αἰσχρὸν ἂν εἴη τοῦτο·
εἰ γὰρ τὸ ἀδικεῖν αἰσχρόν ἐστι, πῶς οὐκ αἰσχρὸν καὶ
τὸ ἀδίκως ὁτιοῦν ποιεῖν; ἐμοὶ δὲ τί αἰσχρὸν τὸ ἑτέρους
μὴ δύνασθαι περὶ ἐμοῦ τὰ δίκαια μήτε γνῶναι μήτε
ποιῆσαι; 10. ὁρῶ δ' ἔγωγε καὶ τὴν δόξαν τῶν προγεγο-
νότων ἀνθρώπων ἐν τοῖς ἐπιγιγνομένοις οὐχ ὁμοίαν
καταλειπομένην τῶν τε ἀδικησάντων καὶ τῶν ἀδικηθέν-
των· οἶδα δέ, ὅτι καὶ ἐγὼ ἐπιμελείας τεύξομαι ὑπ' ἀν-
θρώπων[93], καὶ ἐὰν νῦν ἀποθάνω, οὐχ ὁμοίως τοῖς ἐμὲ
ἀποκτείνασιν· οἶδα γὰρ ἀεὶ μαρτυρήσεσθαί[94] μοι, ὅτι
ἐγὼ ἠδίκησα μὲν οὐδένα πώποτε ἀνθρώπων οὐδὲ χείρω
ἐποίησα, βελτίους δὲ ποιεῖν ἐπειρώμην ἀεὶ τοὺς ἐμοὶ
συνόντας. Τοιαῦτα μὲν πρὸς Ἑρμογένην τε διελέχθη
καὶ πρὸς τοὺς ἄλλους. 11. Τῶν δὲ Σωκράτην γιγνω-
σκόντων, οἶος ἦν, οἱ ἀρετῆς ἐφιέμενοι πάντες ἔτι καὶ
νῦν διατελοῦσι πάντων μάλιστα ποθοῦντες ἐκεῖνον, ὡς
ὠφελιμώτατον ὄντα πρὸς ἀρετῆς ἐπιμέλειαν. Ἐμοὶ
μὲν δὴ τοιοῦτος ὤν, οἷον ἐγὼ διήγημαι, εὐσεβὴς μὲν
οὕτως, ὥστε μηδὲν ἄνευ τῆς τῶν θεῶν γνώμης ποιεῖν,
δίκαιος δέ, ὥστε βλάπτειν μὲν μηδὲ μικρὸν μηδένα,
ὠφελεῖν δὲ τὰ μέγιστα τοὺς χρωμένους αὐτῷ, ἐγκρατὴς
δέ, ὥστε μηδέποτε προαιρεῖσθαι τὸ ἥδιον ἀντὶ τοῦ
βελτίονος, φρόνιμος δέ, ὥστε μὴ διαμαρτάνειν κρίνων
τὰ βελτίω καὶ τὰ χείρω, μηδὲ ἄλλου προσδέεσθαι[95],

---

[93] ὑπ' ἀνθρώπων. This con-
struction is used because ἐπι-
μελείας τεύξομαι is equivalent to
a passive verb; θεραπευθήσομαι
or the like. Cf. III. iv. 1, τραύ-
ματα ὑπὸ τῶν πολεμίων τοσαῦτα
ἔχων. See note on II. vi. 38.

[94] μαρτυρήσεσθαι. The future
middle is here used passively.
Cf. Thucyd. i. 142, τῇ τῶν χρη-
μάτων σπάνει κωλύσονται. So
ὠφελήσεσθαι (I. vi. 14). Cf. also
I. i. 8.

[95] μηδὲ ἄλλου προσδέεσθαι.

ἀλλ' αὐτάρκης εἶναι πρὸς τὴν τούτων γνῶσιν, ἱκανὸς
δὲ καὶ λόγῳ εἰπεῖν τε καὶ διορίσασθαι τὰ τοιαῦτα,
ἱκανὸς δὲ καὶ ἄλλους δοκιμάσαι τε καὶ ἁμαρτάνοντας
ἐξελέγξαι καὶ προτρέψασθαι ἐπ' ἀρετὴν καὶ καλοκἀγα-
θίαν, ἐδόκει τοιοῦτος εἶναι, οἷος ἂν εἴη ἄριστός τε ἀνὴρ
καὶ εὐδαιμονέστατος· εἰ δέ τῳ μὴ ἀρέσκει ταῦτα, παρα-
βάλλων τὸ ἄλλων ἦθος πρὸς ταῦτα οὕτω κρινέτω.

"Nor to want any other person's ὡς οὐκ εἰδόσιν προσέδει. Below,
aid beyond himself (πρός)." Cf. εἰ δέ τῳ, κ.τ.λ., corresponds to ἐμοὶ
Thucyd. i. 68, διδασκαλίας δὲ ἂν μὲν ἐδόκει.

INDEX.

The numerals refer to the page.

from final causes, 47; theory of the relativity of good, 144; his identification of virtue with knowledge, 147.

State physicians, 174.

Subject omitted before the infinitive, 9.

Subjunctive—of deliberation, 18. 31; change to from optative, 13; from indicative, 89.

συνελόντι εἰπεῖν, 146. 189.

σχολῇ γε ἄν, 167.

T.

τε, apparently superfluous, 34; τε ... τε, 9; trajected, 74. 128; followed by ἤ, 61.

τηλικοῦτος, 31.

Theodorus, 177.

τιθέναι νόμον, 200.

τίς with adjective, 2; after ὁ μέν, 91; τί γὰρ ἄλλο ἤ, 87.

τοῖος δέ, apparently used retrospectively, 14. 62.

τυγχάνω—τὰ τυχόντα, 9.

U.

Verbals in τεος with the accusative, 156.

ὑπάρχειν, 84.

ὑπείκειν with genitive, 87.

ὑπέρ for περί, 10.

ὑπό with neuter verbs, 103. 195. 220.

ὑπόβαθρα, 75.

ὑποκορίζεσθαι, 73.

THE END.

GILBERT AND RIVINGTON, PRINTERS, ST. JOHN'S SQUARE, LONDON.

A SELECTION OF WORKS,

PUBLISHED BY

WHITTAKER & CO., AVE MARIA LANE.

	£	s.	d.
ANTHON'S VIRGIL. By the Rev. F. METCALFE. New Edition. 12mo, cloth	0	7	6
BEATSON'S Progressive Exercises on the Composition of Greek Iambic Verse. 12mo, cloth	0	3	0
BELLENGER'S French Conversations. New ed. 12mo, cl.	0	2	6
BIBLIOTHECA CLASSICA :—			
ÆSCHYLUS. With a Commentary, by F. A. PALEY, M.A.	0	18	0
CICERO'S ORATIONS. Edited by G. LONG, M.A. 4 vols. 8vo, cloth. (The volumes sold separately)	3	4	0
DEMOSTHENES. With a Commentary, by the Rev. R. WHISTON, M.A. Vols. I. and II. 8vo, cloth . each	0	16	0
EURIPIDES. With a Commentary, by F. A. PALEY, M.A. Vols. I., II. & III. Sold separately. 8vo, cloth, each	0	16	0
HERODOTUS. With English Notes, &c., by the Rev. J. W. BLAKESLEY, B.D. 2 vols. 8vo, cloth	1	12	0
HESIOD. With Eng. Notes, by F. A. PALEY, M.A. 8vo, cl.	0	10	6
HOMER, The Iliad. Vol. I. Books 1 to 12. With English Notes, by F. A. PALEY, M.A. 8vo, cloth	0	12	0
——————— Vol. II. Books 13 to 24. With English Notes, by F. A. PALEY, M.A. 8vo, cloth	0	14	0
HORACE. With a Commentary, by the Rev. A. J. MACLEANE. 8vo, cloth	0	18	0
JUVENAL and PERSIUS. With a Commentary, by the Rev. A. J. MACLEANE. 8vo, cloth	0	12	0
PLATO, PHAEDRUS of, with English Notes, &c., by W. H. THOMPSON, D.D. 8vo, cloth	0	7	6
——————— GORGIAS of, with English Notes, &c., by W. H. THOMPSON, D.D. 8vo, cloth	0	7	6
SOPHOCLES. With a Commentary, by the Rev. F. H. M. BLAYDES, M.A. Vol. I. 8vo, cloth	0	18	0
TACITUS, The Annals. By Rev. P. Frost, M.A. 8vo, cl.	0	15	0
TERENCE. With a Commentary, by the Rev. E. ST. JOHN PARRY. 8vo, cloth	0	18	0
VIRGIL. Vol. I. Containing the Eclogues and Georgics. With a Commentary, by J. CONINGTON, M.A. 8vo, cloth	0	12	0
——————— Vol. II. Containing Books 1 to 6 of the Æneid. With a Commentary, by J. CONINGTON, M.A. 8vo, cloth	0	14	0
——————— Vol. III. Containing Books 7 to 12 of the Æneid. With a Commentary, by J. CONINGTON, M.A., and H. NETTLESHIP. 8vo, cloth	0	14	0
₊ Other volumes will shortly be published.			
BOYER and DELETANVILLE'S Complete French Dictionary. New edition. 8vo, bound	0	12	0
BYTHNER'S Lyre of David. By the Rev. T. DEE, A.B. New edition, by N. L. BENMOHEL, A.M. 8vo, cloth	1	4	0
CÆSAR de Bello Gallico. With English Notes, &c., by GEORGE LONG, M.A. 12mo, cloth	0	5	6
————. Books 1 to 3, by G. LONG, M.A. 12mo, cloth	0	2	6
CAMPAN'S (Madame) Conversations in *French and English*. New edition. 12mo, cloth	0	3	6
CATULLUS, TIBULLUS, and PROPERTIUS. With Eng. Notes. By the Rev. A. H. WRATISLAW, M.A. 12mo, cl.	0	3	6

£ s. d.

CAMBRIDGE GREEK AND LATIN TEXTS, 16mo,
   cloth (13 as 12):—

ÆSCHYLUS, Paley	. . . . . .	.0	3 0
CÆSAR de BELLO GALLICO, Long.	. .	.0	2 0
CICERO de SENECTUTE et de AMICITIA, Long	.0	1 6
CICERO'S ORATIONS, Long. Vol. I.	. .	.0	3 6
EURIPIDES, Paley. 3 vols.	. . . . each	0	3 6
HERODOTUS, Blakesley. 2 vols.	. . .	.0	7 0
HOMERI ILIAS, Paley.	. . . . .	.0	2 6
HORATIUS, Macleane .	. . . . .	.0	2 6
JUVENAL et PERSIUS, Macleane	. . .	.0	1 6
LUCRETIUS, Munro	. . . . . .	.0	2 6
SALLUST, CATILINA et JUGURTHA, Long	.	.0	1 6
TERENCE, Wagner	. . . . . .	.0	3 0
THUCYDIDES, Donaldson. 2 vols.	. . .	.0	7 0
VIRGIL, Conington	. . . . . .	.0	3 6
XENOPHON, ANABASIS, Macmichael	. .	.0	2 6
NOVUM TESTAMENTUM GRÆCUM, Scrivener	.0	4 6
—————————— large paper, 4to, half-bound	.0	12 0

CAMBRIDGE GREEK AND LATIN TEXTS, with
   English Notes. 18mo, cloth (13 as 12) . . each 0 1 6
ÆSCHYLUS, PROMETHEUS VINCTUS, Paley.
SEPTEM CONTRA THEBES, Paley.
EURIPIDES, ALCESTES, Paley.
——————— HECUBA, Paley.
——————— HIPPOLYTUS, Paley.
——————— MEDEA, Paley.
——————— BACCHÆ, Paley.
——————— ION, Paley.
OVID, Selections from, Macleane.

CHEPMELL'S (Rev. Dr. H. Le M.) Course of History.
   First Series. 12mo, cloth 0 5 0
—————————— Questions on the First Series. 12mo. sewed 0 1 0
CICERO'S Minor Works. De Officiis, &c. &c. With Eng-
   lish Notes, by W. C. TAYLOR, LL.D. 12mo, cloth .0 4 6
CICERO de Amicitia, de Senectute, &c. With Notes, &c.,
   by G. LONG, M.A. 12mo, cloth 0 4 6
COMSTOCK'S Natural Philosophy, by LEES. 18mo, bound 0 3 6

DAWSON'S Greek-English Lexicon to the New Testament.
   New edition, by Dr. TAYLOR. 8vo, cloth . . .0 9 0
DES CARRIERE, Histoire de France. Par C. J.
   DELILLE. 12mo, bound 0 7 0

EURIPIDES, PORSON, by Schofield. 8vo, cloth . .0 10 6

FLUGEL'S German and English, and English and German
   Dictionary. New edition. 2 vols. 8vo, cloth . .1 1 0
—————————— Abridged. 12mo, bound . . .0 6 0
FOREIGN CLASSICS. 12mo, cloth:—

BIELEFELD'S German Ballads	. . . .	.0	3 6
CHARLES XIIth, by Direy .	. . . .	.0	3 6
FONTAINE'S Fables, by Gasc	. . . .	.0	3 0
GOETHE'S HERMANN and DOROTHEA.	.	.0	2 6
PICCIOLA, SAINTINE, by Dubuc	. . .	.0	3 6
SCHILLER'S MAID OF ORLEANS, by W. Wagner	.0	3 6

FOREIGN CLASSICS (*continued*):—

	£ s. d
SCHILLER'S WALLENSTEIN, by Buchheim . . 0 6 6
——— MARIA STUART, by Kastner . . 0 3 0
TELEMAQUE, FENELON, by Delille 0 4 6
GRADUS ad PARNASSUM. Pyper. New and improved edition. 12mo, cloth. 0 7 0
GREEK TESTAMENT (The). With Notes, &c., by the Rev. J. F. Macmichael, B.A. 12mo, cloth . . 0 7 6
HAMEL'S French Grammar. New edit. 12mo, bound . 0 4 0
——— French Exercises. New edition. 12mo, bound 0 4 0
*** Key to ditto. New edition. 12mo, bound . . 0 3 0
——— French Grammar and Exercises, by Lambert. 12mo, bound 0 5 6
*** Key to ditto, by Lambert. 12mo, bound . . 0 4 0
HOBLYN'S Dictionary of Medical Terms. New edition, much enlarged. sm. 8vo, cloth 0 12 6
HOMER'S ILIAD, Abridged. With English Notes, by F. A. Paley, M.A. 12mo, cloth 0 6 6
HORACE. With English Notes, by the Rev. A. J. Macleane, M.A. Abridged. 12mo, cloth 0 6 6
JUVENALIS SATIRÆ XVI. With English Notes, by H. Prior, M.A. 12mo, cloth 0 4 6
LE BRETON'S French Scholar's First Book. 12mo, cl. 0 3 0
LEVIZAC'S French Dictionary. New ed. 12mo, bd. 0 6 6
LONG'S (George, M.A.) Atlas of Classical Geography. With copious Index, &c. 8vo, half-bound . . 0 12 6
——— Grammar School Atlas of Classical Geography. 8vo, cloth 0 5 0
MARTIAL'S Select Epigrams. With English Notes, by F. A. Paley, M.A. 12mo, cloth 0 6 6
NEPOS, with Notes, and Indices, by the late Rev. J. F. Macmichael, B.A. 12mo, cloth 0 2 6
OLLENDORFF'S (Dr. H. G.) French Method. New edition. 8vo, cloth 0 12 0
*** Key to ditto, by Dr. Ollendorff. 8vo, cloth . 0 7 0
——— French Method. School edition. 12mo, cloth 0 6 6
——— German Method. New edition. Crown 8vo, cloth 0 7 0
*** Key to ditto. 8vo, cloth 0 7 0
——— Introductory Book to his German Method. 12mo, cloth 0 3 6
——— Italian Method. School edit. 12mo, cl. 0 7 0
*** Key to ditto, by Dr. Ollendorff. 8vo, cloth . 0 7 0
——— Spanish Method. 8vo, cloth . . 0 12 0
*** Key to ditto, by Dr. Ollendorff. 8vo, cloth . 0 7 0
OVID'S FASTI. With English Notes, &c., by F. A. Paley, M.A. 12mo, cloth 0 5 0

WHITTAKER'S IMPROVED EDITIONS OF

PINNOCK'S History of England. New edit. 12mo, bound 0 6 0
——— Rome. New edit. 12mo, bound 0 5 6
——— Greece. New edit. 12mo, bound 0 5 6
——— Arithmetical Tables. 18mo, sewed . . 0 0 6
——— Ciphering Book. No. 1. Fcap. 4to. swd. . 0 1 0

£ s. d.

PINNOCK'S Key to Ciphering Book. 12mo, bound . . 0 3 6
———— Child's First Book. 18mo, sewed . . 0 0 3
———— Explanatory English Reader. 12mo, bound . 0 4 6
———— English Spelling Book. New edit. 12mo, cloth 0 1 6
———— Exercises in False Spelling. 18mo, cloth . 0 1 6
———— First Spelling Book. 18mo, cloth . . 0 1 0
———— Mentorian Primer. 18mo, half-bound . . 0 0 6
———— Catechisms of Arts, Sciences, History, &c. each 0 0 9
PENROSE'S (Rev. John) Easy Exercises in Latin Elegiac
  Verse. New edition. 12mo, cloth 0 2 0
SALLUST. With English Notes, by GEORGE LONG, M.A.
  12mo, cloth 0 5 0
SCHINZEL'S German Preparatory Course. 12mo, cloth . 0 2 6
  ₊ Or, in two Parts. 12mo, cloth . . . each 0 1 6
SHAKESPEARE. Edited by J. PAYNE COLLIER, Esq.
  With Portrait and Vignette. Super-royal 8vo, cloth 1 1 0
SOPHOCLES, by MITCHELL. With English Notes, Critical
  and Explanatory. 2 vols. 8vo, cloth . . . 1 8 0
  ₊ The Plays can be had separately. 8vo, cloth . each 0 5 0
STODDART'S New Latin Delectus. 12mo, cloth . . 0 4 0
TACITUS. Germania and Agricola. With English Notes,
  by the Rev. P. FROST. 12mo, cloth . . . 0 3 6
TAYLOR'S History of France and Normandy. 12mo, bound 0 5 0
———— History of the Roman Empire. 12mo, cloth . 0 6 6
VALPY'S GRADUS, Latin and English. royal 12mo,
  bound 0 7 6
———— Greek Testament, for Schools. 12mo, bound . 0 5 0
———— Cornelius NEPOS. New edition. 12mo, cloth 0 2 6
———————— With English Notes, by
  HICKIE. 12mo, cloth 0 3 6
———— Schrevelius's Greek and English Lexicon. New
  edition, by Dr. MAJOR. 8vo, cloth . . . 0 10 6
VENERONI'S Italian Grammar. New edit. 12mo, bound 0 6 0
VIRGIL, With English Notes, abridged from Conington.
  Vol. I. Books I.—IV. 12mo, cloth . . . 0 5 6
———Vol. II. Æneid. Books V.—XII. 12mo, cloth . 0 5 6
———Books V. and VI (separate). 12mo, cloth . . 0 2 6
———Bucolics. Georgics. By Rev. J. G. SHEPPARD,
  D.C.L. 12mo, cloth 0 3 0
WALKER'S DICTIONARY. Remodelled by SMART.
  New edition. 8vo, cloth 0 12 0
———————— Epitomized by ditto. 12mo, cloth 0 6 0
WALKINGAME'S Tutor's Assistant. By FRASER. New
  edition. 12mo, cloth 0 2 0
  ₊ Key to ditto. New edition. 12mo, cloth . . 0 3 0
WEBER'S Outlines of Universal History. Translated by
  Dr. M. BEHR. 8vo, cloth. 0 9 0
WHITTAKER'S Florilegium Poeticum. 12mo, cloth . 0 3 0
XENOPHON'S Anabasis. With English Notes, &c., by
  the Rev. J. F. MACMICHAEL, B.A. New edition.
  12mo, cloth 0 5 0
———————— Cyropædia. With English Notes, by the
  Rev. G. M. GORHAM, M.A. New edition. 12mo, cloth 0 6 0
———————— Memorabilia. With Notes, by the Rev. P.
  FROST. New edition. 12mo, cloth 0 4 6

www.ingramcontent.com/pod-product-compliance
Lightning Source LLC
Chambersburg PA
CBHW020108030726
47498CB00006B/2007